TU PEOR ERROR

Materia oscura

S. Sheeran

TU PEOR ERROR

Materia oscura

© 2015 S. Sheeran
Edición y corrección: Sheila Irizarry
Diseño de interior y portada: Sheila Irizarry
Fotografía de portada: dreamstime.com
Todos los derechos reservados
Primera edición: mayo de 2015
ISBN-10:099061302X
ISBN-13:978-0-9906130-2-2
Registrado bajo el número: 1-2222920381

Esta historia es en nombre de la realidad y la fantasía. Benditas, que cuando se mezclan, forman historias maravillosas.

El segundo amor no es como el primero, donde la intensidad pasional de la idiotez te nubla el pensamiento y piensas estar viviendo en un cuento de hadas… hasta que se te caen las alas. El segundo amor se atribuye sabiduría. Es la reivindicación de los errores del primero.

A veces.

Solo a veces…

El tercer amor, ¿cómo será?

1

Él lo sabía ✳ Ella también

8 de agosto de 2011

Boston, Massachusetts, Estados Unidos Continentales

La voz de una mujer se escuchaba hablando en inglés a través del sistema de altavoz: 'En cinco minutos daremos comienzo al proceso de abordaje del vuelo 715 de Alaska Airlines con destino a Sitka'.

—¡Por fin! —murmuró Salvador a la misma vez que le regalaba un gesto de alivio a la mujer que caminaba de un lado a otro frente a él. Le seguía los pasos a una inquieta pequeña que correteaba entre los bultos y equipajes de los que, al igual que ellos, llevaban una larga espera por tomar el vuelo. Algunos estaban solo de tránsito, otros, viaje de negocios. Para Salvador y Naja era el regreso a su hogar. El fin de otra pesadilla y el comienzo de una nueva etapa en sus vidas. Tenían esperanzas de que podrían adaptar la existencia de su familia a la nueva realidad. Ya lo habían hecho. Una vez más, no debía ser demasiado complicado.

La espera había logrado colocar a Salvador casi al borde del desquicio. La paciencia carecía de un lugar en sus virtudes. Y aún con esa carencia, aceptaba que los pasados años, esa misma paciencia había sido su mejor aliada. Aunque a él no le gustara admitirlo, sabía que todo tiene su tiempo. Dejó escapar una sonrisa para sí al escuchar el eco silencioso

11

de una voz que le invadió el pensamiento. Una voz que poseía un poder sobre natural en él. Naja parecía llevar siempre esas palabras guardadas en un compartimiento entre los labios para pronunciárselas en el justo momento en que percibiera una pizca de desespero en él. Esa era una de las tantas virtudes que amaba de aquella mujer. Una mano pequeña y débil halándole el pantalón le hizo despegar la mirada de la dueña de la voz calma.

—Papi, pipi. Pipi, papi —*"Otra vez"*, pensó Salvador. Las tenía contadas, las veces que había llevado, en las pasadas cuatro horas, al pequeño Nardo al baño. Eran doce. Esta sería la número trece. El hombre, con mucho cuidado, tomó en los brazos al pequeño ejerciendo la fuerza suficiente para brindarle un agarre seguro, pero con la delicadeza como cuando acaricias con la punta de los dedos las plumas de un ave pequeña, frágil. Acomodó los mullidos protectores que cubrían la cabeza y lánguidas extremidades del niño. Con la mirada, que jamás había podido apaciguar, logró capturar algunas ojeadas de las personas que colmaban el área de espera. Los seguían con curiosidad. Eran el centro de atención y eso le disgustaba a Salvador.

Ya tendría que acostumbrarse y hacerse de la idea que, al menos hasta que el niño creciera un poco más, esas miradas habían llegado para quedarse como algo rutinario en sus vidas.

Con Nardo seguro en el brazo izquierdo, extendió el derecho y acarició con delicadeza la cabeza del jovencito a su lado. Dormía recostado del brazo del asiento.

—Aarón —le espantó algunos flequillos de pelo que le cubrían el rostro. Parecían llevar rastros de las nubes de Júpiter—. Aarón, despierta. Ya vamos a abordar. Acompáñame a llevar a tu hermano al baño.

Lo escuchó gruñir.

—No quiero, vayan ustedes —respondió el jovencito arrastrando la voz y buscando un mejor acomodo en el sillón.

—Vamos, campeón, despierta. Necesito que me ayudes con Nardo. De paso intentas a ver si te dan ganas también.

Naja, no tardó en acercárseles.

—Aarón, anda, ve con papá —le enderezó el torso como pudo. Con solo diez años ese muchachito tenía cuerpo de adolescente—. Ya tendrás tiempo de dormir en el avión.

—Está bien… Voy —accedió bajo protesta. Mientras se levantaba, su madre le depositaba un beso en la frente.

—Gracias, cariño, por toda la ayuda que nos has dado con tus hermanos.

Aarón sonrió. Una sonrisa de labios cerrados y apretados, una ingenua, de orgullo, de hermano mayor.

—¡Sabella, ven! —Naja se apartó a toda velocidad corriendo tras la pequeña niña, a la que los encaracolados cabellos le saltaban al compás de la carrera que llevaba de un lado a otro. Intentaba llamar la atención de un perro de servicio. Parecía que esperaba junto a su amo, igual que todos, por el abordaje del vuelo 715.

Salvador no pudo más que reír al ver las ocurrencias de la melliza del pequeño Nardo y la cara de vergüenza que llevaba Naja. La risa se le fue en huelga al instante en que le pareció que, el hombre que sujetaba el perro de servicio, monitoreó los movimientos de la pequeña. El animal tenía un letrero colgando del lomo que leía (servicio para no vidente). El líder de la familia sintió que se le tensaron cada una de las coyunturas en el cuerpo, el estómago se le contrajo. Dilató el inicio del recorrido hasta el baño. Permanecía con la cabeza en dirección del perro, el hombre, su hija y su mujer. Con los ojos escaneaba todo el perímetro. De repente, todos parecían sospechosos: la mujer anciana encorvada sentada en la silla de ruedas, el hombre joven que abrazaba y susurraba alguna frase de amor al oído de una linda mujer, el dependiente que atendía el puesto de alimentos a unos metros del terminal número 32; donde se suponía hacía cuatro horas, hubieran abordado su vuelo. Hasta la mujer embarazada que se acariciaba el vientre sin parar mientras se recostaba de una columna parecía estar de más en aquella escena.

—Pipi, papi, pipi, pipi —repetía el pequeño inquieto buscando llamar la atención.

Salvador cerró los ojos por unos segundos. Intentó respirar lo más profundo que los escépticos pulmones le permitieron. La voz del niño continuaba advirtiéndole que, si no se daba prisa, sería otra la situación con la que tendría que lidiar. Mientras permanecía con los párpados ocultando su estado de alarma, los hombros le dieron un brinco al sentir un toque en una de las manos. De inmediato, reconoció la piel y el tacto que intentaba hacerlo caminar. *"Aarón"*, pensó aliviado. Salvador abrió los ojos, y al ver a Naja caminando hacia él con la niña en brazos, pudo tranquilizarse un poco. Supo que su mujer se había percatado de que algo le sucedía, que algo le inquietaba. Ya la mirada indagatoria, esa que había conseguido la capacidad sobre él casi igual a la del suero de la verdad, estaba moldeándole los ojos a Naja. Mientras iniciaba el paso hacia el área de los baños, que ubicaba a unos 30 metros de la puerta de embarque, se cruzó con madre e hija.

—¿Estás bien? —no tardó en preguntar Naja mientras posaba la mano en el hombro de Salvador.

Le sintió tenso.

—Pipi, mami, pipi, papi, pipi —cada vez era un tono más elevado el de la voz del niño en desespero.

—Creo que debes apresurarte, cariño, o podríamos perder el vuelo —la madre trasladó una mano a la espalda del pequeño, que compartía la misma cabellera, aunque más corta, que su melliza—, si Nardo se lo hace encima.

Una sonrisa fraudulenta fue la única respuesta que recibió Naja del hombre que ama.

—Toma los pasaportes de mi bolsillo —ordenó Salvador. Ella, sin demora, metió la mano en uno de los amplios compartimientos que adornaban el pantalón gris estilo cargo que vestía el hombre. Con los documentos en las manos, se dirigió al área donde permanecía sin vigilancia su equipaje.

Resultó ser que el pipi de Nardo vino acompañado del número dos. No le quedó más remedio a Salvador que, junto a su otro muchachito, esperar recostado de la puerta del cubículo donde encerraba el retrete.

—¿Nardo se va a morir?

Escuchó esa pregunta en susurros de Aarón. Extraño lugar que escogía el mayor de sus muchachos para entablar una de esas conversaciones profundas; de las que no sabía cuándo caería preso y a las que, al día de hoy, no le había encontrado escapatoria.

—Todos vamos a morirnos en algún momento —respondió Salvador directo a los ojos del jovencito. Con Aarón, no podía, no había necesidad de aclimatar los pensamientos y respuestas a las de un niño.

—Sí, pero ¿cuándo él se va a morir?

Aarón tenía solo diez años, sin embargo, poseía la capacidad de entablar conversaciones, razonar y analizar las situaciones casi como todo un adulto. La inteligencia de ese niño distaba de una mente de esa edad. A menudo, Salvador bromeaba diciéndole que era un viejo encerrado en el cuerpo de un chiquillo.

—No lo sé, Aarón. Como no sé cuándo me moriré yo o tú.

No sabía cuándo le tocaría a la puerta la muerte ni a él ni a ninguno de los de su familia. Lo que sí tenía aún fresco en la mente, era cuántas veces él había sido quien abriera la puerta a la extinción de otros.

Después de tantos años, todavía lo tenía presente.

—¿Yo me voy a enfermar como él? —continuaba el jovencito inquiriendo.

—Ya te han hecho todos los estudios, Aarón, y... —un suspiro— *"Gracias a Dios"*, todo salió bien. Tú no estás enfermo.

—Nardo tampoco estaba enfermo. Mi hermano estaba bien.

Por la manera en que los ojos cósmicos de Aarón se entrecerraban, pudo notar la preocupación que lo agobiaba.

Posó una mano en el antebrazo del muchacho, le regaló un apretón solidario. Que supiera que, él estaba allí para ellos, aunque quizás, aún más aterrado que todos los demás de la familia.

—Lo sé —se limitó a decir—. Acto seguido, entreabrió la puerta del cubículo del baño para echarle un vistazo al pequeño que continuaba en lo suyo—. Apresúrate, Nardito, que se nos va el avión.

—¿Mamá tiene la culpa? —el chico grande se encargó de traerlo de vuelta a la conversación inconclusa.

—¿La culpa de qué? —*"Todos tenemos tantas culpas, viejito. Los adultos siempre cargamos tantas culpas."*

—De que Nardito se enfermara.

Un hombre entró al lugar. Y aunque el flujo de personas en un baño público es concurrido, más aún en un aeropuerto, la mirada a Salvador se le aceleró. No era coincidencia. Había visto entrar y salir del lugar a ese mismo hombre en doce ocasiones. Esta era la número trece.

Podía ser solo pura coincidencia.

Salvador no pensaba así.

Ya volvían a inquietársele los pulmones impidiéndole llevar el oxígeno suficiente para que mantuviera la cordura. Le había costado tanto mantener el control estas últimas dos semanas en ese lugar extraño a donde habían tenido que acudir de emergencia cuando el pequeño Nardo enfermó.

—Ya esto lo hemos hablado, Aarón, tu hermano estaba enfermo. No lo sabíamos. Cuando tu mamá se cayó con Nardito, el golpe aceleró la enfermedad. Ella no tiene la culpa, nadie tiene la culpa. Los accidentes pasan. Por eso se llaman accidentes, porque nadie tiene la culpa, Aarón.

Salvador conocía muy bien la diferencia entre un accidente y un incidente. Su vida y la de su esposa, eran una combinación incontable de accidentes e incidentes con dimensiones que, solo una colisión cósmica, podría registrar.

Aunque Salvador quería dar palabras de aliento y tranquilidad al niño, no podía evitar pensar, *"Soy el único culpable"*.

La mirada del padre seguía en espera. Necesitaba ver, que el hombre que los había acompañado las trece veces al baño, saliera del cubículo.

—Quiero ir a casa, papá —la voz se le quebró un poco al niño.

Desvió la mirada hacia su hijo.

Volvió a fijarla en el otro cubículo.

"No hay nada más estremecedor que escuchar la voz quebrantada de tus hijos agobiada por una preocupación y sentirte con las manos atadas", repitió en el pensamiento Salvador las palabras que había escuchado una vez en la voz de su madre. Hacía diez años no la veía o escuchaba. Desconocía si tan siquiera seguía con vida.

—Yo también. Creo que todos estamos cansados, campeón, locos por estar en casa.

—Quiero ir a cazar estrellas contigo —¿Alguna otra cosa podría estremecerle más el corazón?—. Hace tiempo que no lo hacemos. ¿Me prometes que me llevarás a cazar estrellas?

—Te prometo que iremos a cazar estrellas, viejito.

Esa promesa fue suficiente para que se dibujara una sonrisa de complicidad en los labios de Aarón y los ojos se le llenaran del mismo resplandor sobrenatural que a su madre.

—¡Papá, ya! ¡Límpiame el cucu, papá!

Antes de adentrarse al diminuto espacio y ponerle punto final a la diligencia del pequeño Nardo, Salvador le ordenó a Aarón que estuviera pendiente si salía alguien del primer cubículo.

No podía quedarse con la duda.

No debía.

Tenía que saber si el señor "coincidencias" abandonaba el lugar.

Con las manos lavadas, los niños con sus necesidades satisfechas, y la confirmación de que el hombre coincidencias había abandonado el baño, caminaban de regreso a la puerta de embarque. A lo lejos Salvador pudo divisar a Naja. Esperaba con la niña en brazos, junto a una columna y el equipaje a su alrededor. Al verlos, ella les hizo un ademán con la mano. ¡Que avanzaran! Ya casi todo el mundo había abordado la nave. Salvador comenzó a dar pasos agigantados. Aarón lo imitó al instante. El padre, no podía correr. Pondría en riesgo la salud y seguridad del pequeño Nardo.

De pronto, todo a su alrededor se detuvo. Sintió que el universo había enmudecido.

Podría jurar que los sentidos se le agudizaron tanto, que hasta veía cada partícula de polvo tambalearse en el aire. Dejó de escuchar el latir agitado de su corazón. Solo escuchaba un sonido metálico que jamás había podido olvidar. Los pulmones se le sumaron a la huelga de la razón. Cada una de las coyunturas en el cuerpo se le volvieron a contraer. Vio al hombre del perro de servicio caminando hacia ellos. Dirigía al perro en vez de ser al revés. La anciana encorvada en la silla de ruedas, como si hubiese sido bendecida con un milagro divino, había recuperado la rectitud en la columna vertebral, caminaba sigilosa hasta su esposa y la pequeña Sabella. De nuevo, solo segundos le tomó escanear el lugar y llegar a una conclusión. Fue en ese entonces que sintió un fuerte golpe en la parte trasera de las rodillas, que al instante, le robó el equilibrio lanzándolo al suelo. *"Mi muchachito"*, pensó solo en el pequeño Nardo que si llegaba a darse un golpe contra el suelo, las consecuencias serían nefastas. Las manos de la mujer embarazada, la que no paraba de sobarse el vientre, se adelantaron con tal agilidad, que logró arrebatarle a Nardo de los brazos antes que impactara el suelo.

Otro sonido le invadió los oídos.

El más desgarrador.

El que era capaz de humanizarle hasta la parte más inhumana de su ser.

El que le había irrumpido miles de sueños y rogaba nunca tener que oír cuando estuviera despierto.

El llanto de los mellizos y la voz desafiante de Aarón se escuchaba.

—¡Suéltenme! ¡Suelten a mis hermanos! ¡Papá! ¡Mamá!

Y a lo lejos, la voz desesperada de Naja que gritaba una y otra vez el nombre de sus hijos y esposo.

Salvador permanecía sometido a la obediencia, sintiendo como el frío del piso se derretía al calor de la sangre hirviente que le corría por todo el cuerpo. Mientras repasaba en la mente los posibles escenarios, aquellos que, una y otra vez había imaginado, en las manos sintió el metal frío que le anunciaba la privación de la libertad ¿clandestina? Supo en ese momento que ya era tarde. No había nada qué hacer.

Vio como el hombre que acariciaba a la joven mujer y la persona del puesto de alimentos, llevaban a sus gemelos en los brazos. Los niños continuaban llorando y llamándolo sin parar, sin consuelo.

De repente el disparo de adrenalina, que le había adormecido el cerebro y activado su verdadera naturaleza, se esfumó. Así como con cada segundo que pasaba se esfumaban aquellas esperanzas de haber logrado encontrar paz.

En la distancia veía a Naja, también en el suelo, en la misma posición que él. Ya no gritaba el nombre de los niños. La veía pronunciar su nombre: 'Salvador' 'Salvador' 'Salvador'.

Él era su (salvador). En esta ocasión, no la había podido librar de las garras del pasado. Ni a ella, ni a sus hijos, ni a él mismo.

Sus vidas se desvanecieron en cuestión de segundos.

Sintiéndose impotente y vencido yacía en el suelo casi frente a la puerta de embarque.

Había perdido todo.

A todos.

Hijos.

Esposa.

La vida.

Él lo sabía.

Ella también.

Era el riesgo que tenían que correr para poder ir en la búsqueda del tratamiento que el pequeño Nardo necesitaba, y además, asegurarse que ninguno de sus otros dos hijos corriera el riesgo de tan terrible enfermedad.

Mientras escuchaba que los oficiales le leían sus derechos, los mismos, que él muy bien sabía se le mearían encima en unas cuantas horas, vio como dos de los encubiertos, levantaban a Naja y se la llevaban del lugar como una criminal.

Una vez más la fuerza gravitacional que creaba aquella *materia oscura* se empeñaba en alterarles el rumbo de sus vidas.

Frente a sus ojos incrédulos, nublados por el dolor que le palpitaba en el corazón, segundo a segundo, partícula a partícula, átomo a átomo se fue materializando *"su peor error"*.

Materia oscura

Once años atrás…
San Juan, Puerto Rico.

2

La gata ⁕ La extraña

Un ruido lo despertó. ¿Un gemido? Parecía una gata en celo. Había jurado que, como volviera a escucharla, se levantaría, correría hasta el patio trasero de la casa y la despescuezaría. ¡Oh!, sí que lo haría. En algo tenía que descargar la furia que llevaba en el pecho y le quería hacer explotar la cabeza.

Ya se había vuelto habitual ese retumbar insonoro dentro de los pensamientos. Tenía la capacidad de joderle el día, a cualquier hora. Llevaba en ese lugar trescientos sesenta y cinco días y estaba seguro que no podría aguantar mucho más. Decidió darle una oportunidad al animal. Después de todo, la pobre no tenía la culpa de ser presa de los instintos de su naturaleza. A veces, Damián, también sentía que caería preso de los instintos, de su naturaleza.

"¡Oh, por Dios!"

Otro gemido.

Entonces supo que no era una gata, no una de las que caminan en cuatro patas. Pensó que de todos modos aquella mujer parecía que sí la tenían en cuatro patas. Si su madre lo escuchara hablar así, de seguro ya le tendría los cinco dedos de la mano derecha marcados en la mejilla.

25

"*¡Mierda! Este idiota que se antoja de coger a estas horas.*" Era consciente que, ofrecerle asilo a su amigo, no había sido buena idea. Lo que no sabía, era que se arrepentiría de tenerlo viviendo bajo el mismo techo.

Decirle que no, era sencillo, costaba pronunciar solo dos letras. Lo que le respondió también cayó en la categoría de monosílabo, se le hizo más fácil pronunciarlo. A solo un par de días que le dijo que sí, el arrepentimiento no había faltado un solo momento. Santiago, sin tener donde caerse muerto, llevaba la suerte de coger todas las noches. Damián pensaba que el de la mala suerte era él.

De nuevo escuchó la voz de mujer:

—¡Qué grande la tienes! ¡Por Dios!

Tenía que ser un bendito chiste. Quiso reír. Al menor intento de contracción en los cachetes, sintió unas terribles punzadas en las sienes como cuchillas queriéndoles atravesar el cerebro. Se agarró la cabeza con las manos y presionó con toda la fuerza que pudo encontrar a esa hora de la madrugada.

Ese último año en su vida se le había convertido en una constante migraña. "*Solo necesito un bendito vaso de agua y una o dos aspirinas.*" ¡Las que fueran, pero pronto! Debía acordarse en la mañana preguntarle a Santiago el tamaño de su miembro. No es que ese fuera un dato de relevancia para él. Si la mujer que estaba disfrutando tanto, la gata en celos de gemidos bilingües, estaba sorprendida con el tamaño del miembro del amigo, tal vez, pudiera tener un punto de referencia. ¿Para qué negar que hacía tiempo que no amanecía con una mujer a su lado? Temía que hubiese perdido algunos de sus dotes.

Y pasó que lo atrapó una de esas pendejadas donde el pensamiento le da con lanzarte en la cara el pasado. De pronto vio al flacucho, al que tenía que sacar de apuros y ayudar a conseguir citas. Era el parlanchín, el más veloz de todo el colegio. Ahora, el flacucho no era más el débil, tampoco el Santiago que dejó en la isla años atrás cuando se marchó.

26

Entre el sonido que generaba una leve vibración de alguna parte en la consola del aire acondicionado y la noticia que había recibido en la tarde, tenía la cabeza a punto de estallar. *"Siete* años." Inhaló profundo el frío aire de la habitación. *"Mierda… siete malditos años"*, continuó pensando mientras exhalaba, esta vez, un aire caliente cargado de las musarañas que ya la mente no le daba abasto para procesar. Llevaba casi tres horas dando vueltas y vueltas en la cama, rodando como rolo de amasar, pero incapaz de aplanar ninguno de los problemas que le robaban el sueño. Hastiado de tanto pensar, Damián estiró un brazo, tomó la almohada del lado vacío de la cama. De un tirón la acercó hacia él cubriéndose el rostro. Por unos instantes sintió que el frío, alojado en la tela del mullido cojín, lograría aliviarle la terrible migraña. Ya se le manifestaba a plenitud. Presionaba sobre el rostro con ambas manos, una a cada extremo de ese breve remedio.

—¡Ahhhh! *Yeah*¡ ¡Así, Santi! *Baby! Yeah!* ¡Ah! *Yeah!* ¡Ah! ¡Sí! ¡Sííí!

"¡Carajo!" No pudo más. Lanzó la almohada de un golpe al suelo, y apoyándose con las manos sobre el colchón, logró sentarse.

De todo lo que a la mente se le antojó extrañar en esos segundos de nostalgia juvenil, lo más que le pegaba eran los días donde no tenía responsabilidades. Donde ir al colegio, obtener buenas calificaciones para poder entrar a la universidad en la facultad de biología y luego seguir estudios en medicina era su única responsabilidad. 'Tú eres ahora la cabeza. Muchos dependemos de ti, Damián'. No tardaron en sonar las palabras de su tío. Las llevaba como un sistema de alarma inconsciente el cual se activaba al más mínimo intento de deserción. *"¡Maldito cabrón!"*, sentenció en el pensamiento. Eran palabras muy ciertas, muchas personas dependían de él.

Luego de permanecer sentado unos minutos al borde de la cama, entre maldiciones por el dolor que le aquejaba, y las risas internas por los quejidos de la gata en celo al otro lado de la pared, decidió ir a la cocina por el remedio necesario. Nadie se lo traería. Se puso de pie. Le pareció que la cabeza era lo que había puesto primero en el piso. Cada paso que lograba dar camino a la cocina era como si le golpearan el cerebro con un bloque de concreto.

La luz del pasillo que lo llevaría hasta el lugar estaba encendida. Tuvo que entrecerrar los ojos para minimizar la molestia que le causaba el resplandor fluorescente. Caminaba con los hombros caídos, arrastrando los pies, sintiendo la arenilla que cubría el suelo metiéndosele entre los dedos y el ruedo del pantalón de algodón negro que usaba para dormir. Le colgaba un poco más abajo de la ingle, haciendo un contraste drástico con el color blanco del torso desnudo. Recordó que hacía como dos meses que no llamaba a Carmen, la señora que le ayudaba en los quehaceres del hogar. Durante todo el recorrido los gemidos continuaban. Esta vez alternaban con palabras lascivas en la voz de Santiago quien parecía acompañarlas con el sonido plano de lo que parecían ser palmetazos. Sin duda, las manos de su amigo (acariciaban) a la gritona mujer. Damián se detuvo frente a la puerta de la lujuria. Pasó la mano izquierda por su entrepierna. Un breve acomodo rutinario. Por segundos la curiosidad casi llega a ganar. ¿Qué tal si abría la puerta? Las posibles opciones que se le presentaron en el pensamiento, por esa noche, no le llamaban la atención.

El eco en el lugar era insoportable. La casa de seis habitaciones y cuatro baños estaba vacía. Una cama y una repisa como base para un televisor en la que era ahora su recámara, un colchón en el piso del cuarto que Santiago había convertido en matadero de mujeres gritonas y unos sillones, que había dejado su tío en la sala, era el simple inventario que ocupaba el interior del lugar.

Los eventos que le habían obligado a cambiar el rumbo de su planificada vida sucedieron tan rápido, que solo tuvo tiempo de mudar algo de ropa y nada más.

Al llegar al final del pasillo, punto medio entre el comedor y la sala, se detuvo. Acto seguido, se le contrajeron, todavía más, los músculos de los hombros. Unos destellos cobrizos se colaban entre los rayos de luz que lo tenían ciego. Se pasó la mano izquierda por la frente para quitarse de los ojos algunos mechones del pelo negro. Le habían servido como filtro a la brillantez en el recorrido hacia la cocina. Un bulto encogido, unos brazos enroscados alrededor de las rodillas y dos pies trepados encima del sofá de mimbre fue lo que encontró con la mirada. Lo observó por un instante. Y aunque el instinto innato le ordenaba asumir una actitud de defensa, la urgencia no le llegó a las extremidades. El paquete no se movía. Sintió un deseo curioso por tocarlo. Parecía indefenso.

—¡Hey! —dijo con áspera voz. Le habló desde el mismo lugar. Ni un paso más avanzó.

Los destellos rojizos comenzaron a moverse. Poco a poco se desplazaban a ambos lados como telón anunciando el comienzo de un acto. A medida que aquella presencia extraña en el sofá de mimbre se erguía, un rostro se develaba y el par de pies descendían de la tela maltratada. Una mezcla de oscuridad y brillantez le hacía imposible distinguir más detalles. La gracia que percibió en los movimientos le anunció la identidad de aquel personaje desconocido.

"¿Una mujer?"

—¡Hey!

Fue un saludo tímido y rauco. Le reveló que la mujer llevaba un rato allí dormida. Miró el reloj, siempre le acompañaba en la muñeca derecha. Validó lo que creía. *"¿Qué demonios hace una mujer en mi sala y no en mi cama a las cuatro de la mañana?"* Muy en lo profundo agradecía que esa mujer no estuviera en su cama. El dolor de cabeza le hubiera, de seguro, inhabilitado poder desempeñarse de manera satisfactoria.

Cuando se disponía a comenzar el interrogatorio, otra ráfaga de gemidos y vanaglorias al miembro del reciente huésped invadió el silencio que lo separaba de la extraña pelirroja. Por la mueca de ¿vergüenza? que pudo distinguir en el rostro de la mujer, supo la razón de su presencia en el lugar.

Se quedó observándola unos segundos más. Quería acercarse y satisfacer el deseo absurdo de pasar los dedos entre el cabello extraño. Pudo haberse movido en la dirección opuesta hasta la pared que alojaba el interruptor de la luz de la sala y develar, de una vez, la identidad de lo que le parecía más un cachorro abandonado sobre el viejo sofá.

Otra ráfaga, esta vez, de punzadas en la sien le recordó la razón por la que le urgía ir a la cocina. Giró el cuerpo, caminó hacía la izquierda y se adentró en el lugar, donde años atrás, acostumbraba tomar el desayuno antes de ir al colegio. No encendió la luz. Se dejó llevar por la que escapaba del interior del refrigerador. Abrió el cajón de la alacena, donde último había dejado el remedio. Del frasco que extrajo, tomó algunas aspirinas, y sin contar cuántas, se las lanzó en la boca. Agarró el solitario galón de agua del interior del refrigerador. Tomaría un sorbo, como siempre hacía, directo de la boquilla. Le avergonzó pensar que la extraña en la sala pudiera estar observándolo. Abrió varias puertas de los gabinetes. Ya no recordaba dónde guardaba los vasos desechables, los únicos que tenía en esa casa. Desistió de la búsqueda muy pronto. Inclinó el recipiente y continuó con su vida tal cual como había sido los pasados doce meses.

En el camino de regreso por el pasillo a su habitación, y luego de dar un breve vistazo a la extraña, que permanecía donde mismo la había dejado, se encontró haciendo una nota mental: *"Santiago, acuérdame decirte que la nueva regla de este lugar es que tus mujercitas vengan solas y no traigan imbéciles que les velen los polvos contigo".*

3

Amiga ✳ Necesidad ✳ Nunca

—Ceci, es miércoles. ¡Por Dios!

—En una hora paso por ti.

Fue todo lo que Natalia logró escuchar a través del celular. La dejaron con todas las posibles razones para no ir de fiesta un miércoles en la punta de la lengua. ¿La más lógica? Al igual que su amiga, el día después, tendría que ir temprano a la oficina como era costumbre de lunes a viernes. *"¡Por Dios, Cecilia, es media semana!"*

Podía asegurar que, en las neuronas de a quien quería como una hermana, el concepto de puntualidad le había venido defectuoso de nacimiento. Sin duda, era la razón para que nunca hubiera logrado permanecer por mucho tiempo en un empleo fijo. Cecilia no estaba de acuerdo.

Resignada y sintiendo la obligación (moral) de acompañarla y no dejarla a la suerte, buscó en el armario qué vestir. El objetivo era una salida corta. Ese punto no era negociable. Se las ingeniaría para persuadir a Cecilia y regresar, al menos, a media noche y así poder descansar algunas horas antes de ir al trabajo.

Las opciones escaseaban en el clóset de la habitación de Natalia. Ese lugar hacía unos meses la había recibido con los brazos abiertos como si la extrañara. Ella le cambió el color rosado de las paredes con la intención de escribir otras páginas de la historia de su vida en ellas. Ese

31

lugar encerraba demasiados recuerdos que se negaban a ser olvidados.

Ilusiones que un día se esfumaron.

Sueños no contados.

Fantasías inconclusas.

Lágrimas todavía húmedas.

Inocencia guardada.

Y malas decisiones, como diría su padre.

Podía pintar las benditas paredes de negro, y aún así en las noches, al apagar el interruptor de la luz, éstas se iluminarían con la historia de los primeros veinticuatro años de su vida escrita en colores neón sobre cada una de ellas. Queriéndole decir; 'para que no se te olvide'.

Unos jeans ajustados y una blusa negra holgada de mangas largas parecían aptos para la ocasión. Debió alegrarse por la facilidad no habitual con la que los pantalones permitieron que las caderas se le deslizaran en ellos. En su lugar, comenzó a recordar la razón de aquella insalubre pérdida de peso. Apareció el habitual ardor en los grises ojos que antecedía el par de lágrimas que con frecuencia la visitaban. Las despachó con las manos justo en el momento en que escuchó el toque en la puerta.

—Sí, pasa —anunció.

—Hola —la mujer paseó la mirada tomando nota del atuendo que Natalia lucía—. La cena ya está lista.

—Gracias, pero no tengo hambre —le respondió moldeando los labios con una sonrisa tenue.

—¿Vas a salir? —inquirió la visita en un tono sutil mientras se adentraba a la habitación y con sumo cuidado, cerraba la puerta.

—Solo un rato. Regreso temprano.

—Déjame adivinar —las cejas alzadas—. ¿Irás con Ceci?

—Sí —respondió Natalia encogiéndose de hombros.

—A tu padre le están comenzando a preocupar esas salidas constantes de Ceci y ahora tuyas.

"No es para menos, a mí también me preocupan", hubiese querido confesarle Natalia a su madre. No debía. No era prudente.

—Lo sé, pero no tiene por qué hacerlo… preocuparse. Salimos a dar una vuelta, comer algo… solo eso. Tal vez, alguna cervecita, no pasa de ahí —no le gustaba mentir. ¿Cómo le diría lo que en realidad pasaba en esas salidas?

—Entonces —Iraida dio un paso, quedó frente a su hija, le regaló una sonrisa complaciente a la misma vez que le acomodaba algunos mechones de cabello por encima de los hombros—, pásenla bien y cuídense mucho.

Natalia besó la piel de la frente, donde los años comenzaban a dejar algunas arrugas en su madre. Le devolvió la misma sonrisa complaciente.

—Mamá —llamó antes de que Iraida abandonara el cuarto.

—Dime, cariño.

—Gracias.

No hubo necesidad de abundar en las razones que impulsaron esas *gracias* a través de las cuerdas vocales de la joven. La madre las tenía todas muy presentes en el corazón. Con un leve gesto arrugando la nariz, Iraida le obsequió un 'de nada' y se retiró devolviéndole a la joven el reflejo de su imagen en el espejo al cerrar la puerta.

Natalia se dejó el cabello suelto, tal cual se lo habían acomodado. Que le cayeran algunos mechones sobre los hombros, otros por la espalda. Como de costumbre, poco maquillaje en el rostro. Lo suficiente para cubrir las pecas que, según ella, le deslucían toda la piel. Tras deslizarse un poco de brillo en los labios con un diminuto pincel, se quedó observándose reflejada en el espejo. Mientras lo hacía, escuchaba colarse por la rendija bajo la puerta las voces de sus padres. Parecían estar sumergidos en una animada conversación.

—¿Quién diría, Natalia? Estás en el mismo lugar que hace cuatro años atrás —dijo para sí misma, más con pena que reproche—. Tantas ganas de progresar, de ser independiente, de demostrar lo que puedes dar y volviste al mismo lugar.

Antes de marcharse, tomó un poco de maquillaje base y se cubrió en el dedo anular un pedazo de piel más blanca.

Casi lo olvidaba.

✳✳✳

—¡Maldición, Cecilia! ¡Estaciona el bendito auto y vete a dormir ya!

Natalia estaba molesta porque, como ya se había vuelto costumbre en las últimas semanas, la amiga no había cumplido con su palabra.

—Natalia —Cecilia tosió un poco—, son las doce y diez minutos de la madrugada, estás frente a tu casa, sana y salva —guiñó un ojo—, promesa cumplida. ¡Saca tu culo de mi auto!

—No voy a bajarme y dejarte manejar así —le preocupaba, además, que su padre estuviera despierto observando por alguna ventana desde el interior de la casa. De seguro le cuestionaría.

—¿Qué riesgo corro a solo cuatro casas de distancia? ¡Bájate! ¡Fuera!

—Vas a jurarme, por nuestra amistad, que cuando me baje del auto solo manejarás hasta estacionar frente a tu casa, te darás una ducha fría y te irás a dormir. Mañana cuando te llame al celular, a las nueve de la mañana, estarás sentada en el escritorio de tu trabajo enviándome mensajes a cada diez minutos de lo aburrida que estás.

A la pelinegra se le explayó la sonrisa.

—Lo juro —le respondió Cecilia con la mano izquierda levantada. Al notar que elevaba la mano incorrecta, estalló en risas y las intercambió. La densidad del olor a alcohol que abandonó el aliento de Cecilia pudo haberle destrozado las fosas nasales a Natalia. Fueron unas cuantas cervezas, otras más y otras más. Su amiga ya no parecía tener fin cuando de ingerir alcohol (socialmente) se trataba. Cada vez que había que ponerle el final a una noche de salida, era una discusión que obligaría a Cecilia la mañana siguiente a desbordarse en atenciones hacia Natalia para tratar de recompensarle el mal rato inflingido.

Los párpados ya le pesaban a la joven sobria por lo que decidió, por esta vez, confiar. Dejó escapar un suspiro como punto final a la plegaria que había elevado al cielo, *Dios, que cumpla la promesa*. Abandonó el lugar del pasajero.

—Hablamos mañana —se despidió molesta. Cerró la puerta con más fuerza que de costumbre.

Cecilia puso en marcha el auto deportivo. Uno rojo que sin importar lo que ella vistiera, siempre hacía juego con su *look*. Natalia la vio manejar unos metros, lo hizo en zigzag. Luego estacionó en la entrada de la casa. Permaneció vigilante afuera en la acera. Aunque era una noche de abril, de vez en cuando el viento soplaba.

La conocía muy bien. Por la luz que iluminaba el interior del auto, supo que hablaba por el celular. La observó unos minutos. Aprovechó el despiste de la embriagada. Caminó de regreso hasta el auto, y con un movimiento abrupto, volvió a ocupar el mismo lugar de antes.

—¡¿Qué haces?! —dio un salto en el asiento—. ¡Mierda, Natalia! —un palmetazo en el guía—. ¡Me vas a matar del corazón! ¡Mierda!

—Prefiero que mueras del corazón a que lo hagas contra un poste o barranco abajo —sintió el auto moverse en retroceso—. ¿Qué haces?

—Tengo que hacer una visita —ese tono burlón acompañado de la sonrisa de medio lado lo decía todo.

Cecilia estaba decidida. Necesitaba hacer una visita. Natalia nada podía hacer. Nunca aprendió a manejar autos de transmisiones manuales. No le quedaba más remedio que acompañarla. La conciencia no la dejaría pegar los ojos sabiendo que Cecilia se iba manejando sola en ese estado. Si al fin de la madrugada estaba en sus destinos matarse barranco abajo, que fueran entonces las dos, así no tendría que vivir con el cargo de conciencia.

No le cabía en ella nada más.

La llevaba al tope.

¡Por fin! Llegaron al destino con el corazón en la boca y las oraciones en los pensamientos. Cecilia con los pies inquietos buscando balance en aquella altura que le daban los tacones, tocaba como demente la puerta de una residencia desconocida para Natalia quien aguardaba detrás de ésta con algunos escalones de distancia. Al cabo de un rato la puerta se abrió creando un hueco oscuro. Un hombre apareció a través de la penumbra. Uno alto, delgado, despeinado. Cecilia se lanzó sobre aquel cuerpo semidesnudo. Sin problemas le aterrizó en los brazos. La recibió con un beso apasionado. Montada en las caderas del joven, la ebria amiga, desapareció al interior del lugar.

Sintió rabia y frustración. ¿Para qué negarlo? Sintió celos también. Pensó que debió halarla, aunque fuera por los pelos y llevársela arrastrada de allí. ¿Acaso no es lo que haría una hermana mayor si viera que la menor está apunto de lanzarse por un acantilado?

No lo hizo.

Materia oscura

Cecilia no era su hermana.

Las alturas y Natalia no congeniaban.

"¿Qué carajos hago aquí?", se preguntó parada en el mismo escalón a mitad de las escaleras en la entrada de la casa ajena. Paseó la mirada por los alrededores evaluando las opciones y posibilidades. Ya tenía claro cuáles eran las intenciones de Cecilia y el tipo de visita que presenciaba. Lo desaprobaba. Tenía que decidir su suerte por el tiempo que le tomara a Cecilia saciarse la estúpida necesidad. No halló un alma, aunque fuera una perdida, en la calle. *"¿Y si Ceci me necesita? No tengo idea de quién es este fulano. ¿Y si le hace daño?"* Y aunque las probabilidades le decían que estaría más segura en el medio de la carretera, exhaló y entró a una estancia casi vacía. Antes de continuar avanzando cerró la puerta que todavía tenía las llaves colgando de la cerradura en la parte interior.

A la derecha, vio lo que colocándole los muebles indicados, pudiera ser un amplio comedor. A la izquierda había una enorme sala donde pudo encontrar dos pequeñas piezas que algún momento formaron un juego de sala. A bastantes pasos más de distancia en dirección recta, divisó un largo pasillo iluminado donde pudo contar siete puertas. Sintiendo los latidos del corazón retumbarle en el medio de la garganta, decidió optar por el lado izquierdo. Se acomodó en uno de los muebles desgastados en la estancia. Al sentarse las espigas del ratán emitieron un chillido que pareció más un quejido. Cuando el eco rebotó en las paredes vacías, le creó unas cosquillas desagradables en el estómago. *"¿Quién tiene muebles de mimbre hoy día?"*, pensó imaginando un viejo anticuado como dueño del lugar.

Se escuchaba el sonido de la noche adentrándose en la casa a través de los espacios que dejaban algunas ventanas entreabiertas. Al cabo de unos minutos, y tal vez, a raíz del efecto calmante que siempre tenía el sonido de los grillos y los coquíes en ella, el estado de alerta que sentía fue mermando. Natalia con los pies encima del viejo mueble se enroscó y enterró el rostro entre las rodillas. Dejó que los párpados descansaran.

—¡Hey!

Los músculos de todo el cuerpo se le tensaron. Ella deseaba que fuera en el sueño donde había escuchado esa voz desafiante. Poco a poco fue desenterrando el rostro de entre las rodillas. Mientras el cabello se le desplazaba hacia ambos lados de la cara pudo divisar la silueta parada al principio del pasillo.

—¡Hey! —alcanzó a responderle devolviendo el mismo saludo. Era una silueta diferente a la del hombre que había secuestrado de "placer" a Cecilia. Fue fácil llegar a esa conclusión. Aún se escuchaba el eco de los gemidos. Debido a la luz que se reflejaba a espaldas del hombre en la mitad del pasillo, le era casi imposible palpar algún detalle adicional que no fuera; la altura promedio de la silueta, los músculos de los hombros desnudos que, aunque parecían decaídos, sobresalían del contorno promedio de una figura masculina. Al menos, de la que ella estaba acostumbrada a observar.

"¡Por Dios, que vergüenza!", pensó mientras apretaba los labios y escondía los ojos en las sombras de los párpados.

—*Kill me! Yes!* Santiago, *kill me!*

Mientras Cecilia se rendía a la batalla que protagonizaba tras una de las siete puertas e imploraba llena de lujuria a su acompañante que la matara de placer, Natalia, también deseaba morir, pero de la vergüenza que le calentaba las mejillas. *"¿Cómo te atreves a ponerme en una situación así? ¡Este es el colmo!"*, sentenció.

Cuando abrió los ojos ya la silueta no estaba donde antes. Se había desplazado hasta la cocina donde abría y cerraba las puertas del estante de manera desesperada. A los oídos le llegó otra ráfaga más de imploraciones, las que sirvieron como música de fondo para el desfile y posterior desaparición de aquel hombre a través del pasillo.

"En mi vida regresaré a este maldito lugar", juró abochornada Natalia.

4

Disculpa ✳ Memoria Corta ✳ Debilidad

Esa mañana casi por instinto, y sin despegar apenas los ojos, marcó en el celular el número de la oficina de su jefe para dejar constancia que se ausentaría. Un resfriado la llevaba indispuesta. Luego, envió un mensaje de texto:

Lo siento, Nat :(

¿Te he dicho que eres la mejor de las mejores amigas en todo el universo? Ay, la cagué en grande.

Intentó soltar una sonrisa. Sabía que esta vez sí la había embarrado en grande con Natalia. Volteó hacia el lado opuesto a las ventanas en la habitación huyéndole al sol. Volvió a rendirse a Morfeo.

Cuando ya los ojos café se le extenuaron de tanto descansar, esperaba tendida en la cama por el sonido del celular en señal de una respuesta a los mensajes de texto que le cursó desde temprano en la mañana a su amiga.

Comenzaba a preocuparse.

Los sentimientos de culpa padecían de memoria corta. *"Yo cumplí"*, pensó. *"A la media noche estabas frente a tu casa. Solo tenías que bajarte del auto y meterte a la maldita casa. Que no eres La Cenicienta.*

Eres una adulta y nadie te obligó a meterte en mi auto." Y del pensamiento del auto saltó al colchón en el suelo.

Así, sin más.

Esa era ella.

Cecilia, la de la culpa corta y memoria selectiva.

Pensaba en el fuego con el que aquel hombre le recorrió los lugares del cuerpo durante la madrugada. No hubo necesidad de lujos, flores u ostentosas cenas en restaurantes inaccesibles. No. Anoche solo bastó un colchón en el piso de una habitación casi vacía y un hombre con muchas ganas de darle todo el cariño que, por casi más de un año ella mendigaba. Él recibió lo suyo. Ella tenía mucho para dar.

Haría el último intento del día para conseguir hablar con Natalia.

—¡Mierda! —gritó al percatarse de la hora en la pantalla del celular.

Las doce del mediodía y aún en la cama. Cecilia podía alterar toda su rutina diaria, dudar si cumplir con las responsabilidades en el trabajo, e incluso, con sus amistades. Era una obligación estar en un lugar específico todos los días. De un brinco se levantó de la cama con la sábana enredada en los pies. Le provocó un tambaleo en la búsqueda de no sucumbir a lo que sería una caída con consecuencias.

Corrió hasta la habitación que había designado como oficina en la casa, encendió el computador y se acomodó en la silla. Rodó un poco más el asiento hacia adelante. Quedó cerca frente al monitor. Mientras observaba la pantalla iluminarse, se fijaba en la imagen que se reflejaba. *"¡Coño!"* Regresó en otra carrera al cuarto y se tiró por encima de la cabeza el primer camisón que encontró en el suelo. Su imagen reflejada en el monitor se encargó de recordarle que todavía vestía la ropa interior que la acompañó en el encuentro nocturno.

De vuelta al sillón frente al monitor, con el corazón latiéndole a mil, esperaba por el fastidioso sonido del *Skype.* Ese retintín que, unos meses atrás, ansiaba por escuchar a cualquier hora del día, ya le comenzaba a fastidiar. Durante la espera se recogió el cabello largo y crespo en una cola hasta la parte trasera de la cabeza. Auxiliada por el reflejo en el monitor, con los dedos se arregló algunos pelos rebeldes que se resistían a la sumisión. Dejó escapar un suspiro. Estiró el cuello para acercarse un poco más a la pantalla. Notó que le quedaban residuos del maquillaje ensombreciéndole la piel debajo de los ojos. Agarró un pedazo de tela de la esquina del camisón, lo humedeció con saliva y con fuerza frotó la piel hasta aclarar algunos tonos la sombra de la culpabilidad.

El corazón le saltó al tan esperado timbrazo.

El libreto diario comenzó.

Palpitaciones aceleradas todavía más.

Poco a poco una sonrisa forzada le explayaba los labios.

—Hola, cariño —saludó con entusiasmo la voz masculina a través del internet.

La comunicación se cortó por un breve instante.

—Hola, *dear*[1] —respondió cuando volvió aparecer la imagen.

—¿Te sientes bien? —la cara del hombre se agrandó y distorsionó un poco al acercarse al monitor—. ¿Pasó algo? —quiso aclarar—; Es que veo que estás en la casa y no en el trabajo.

Cubriéndose la boca con ambas manos, Cecilia tosió.

—Amanecí creo que con el *flu*[2], nada grave.

—¿Has tomado algo? ¿Fuiste al doctor? —inquirió el joven sin dejar pausas entre cada pregunta.

—En un rato iré. Llamé, pero me dijo la secretaria que la espera

1   En español: querido.
2   En español: gripe.

en el consultorio estaba bastante larga. ¿Y tú, cómo estas? ¿Qué tal tu día, *honey*[3]?

Lo vio frotarse las sienes. Como siempre llevaba la cabeza rapada.

—Más de lo mismo. Algunos enfrentamientos con los insurgentes, pero son lejos de aquí. Por el momento nada de qué preocuparse.

Cecilia hizo el intento de obsequiarle una sonrisa directo al aparato incrustado en la parte superior del monitor. Les permitía comunicarse a miles de millas de distancia. Al detenerse en los ojos oscuros de mirada tierna y comprensiva del hombre proyectado en la pantalla, los labios no pudieron concederle la curvatura que siempre le solía adornar el rostro.

—Ceci…, solo unos meses más —Tony sí le obsequiaba la sonrisa de siempre, la que había logrado convencerla que, enlistarse en el ejercito, era lo correcto—. Antes que puedas darte cuenta, estaré de regreso —el silencio dijo presente—. ¿Compraste el auto, el que querías? —hacía un intento de sonar más animado.

—No. Intentaré ir en el fin de semana con Nat.

Una breve pausa. Tony habló:

—¿Cómo está Natalia?

—Bien. Ya sabes, terminando de resolver todos los rollos, pero avanzando muy bien.

Un sonido agudo comenzó a escucharse en el lado del mundo que se encontraba el joven. En la pantalla, imágenes de personas cruzando a las espaldas de Tony quien ya no llevaba rastro de la sonrisa en el rostro.

—¡Cariño, me tengo que ir! ¡Te amo!

El sonido cesó y la imagen del esposo desapareció de la pantalla mucho antes que ella pudiera hacerle eco al 'te amo'. Cecilia permaneció incontables segundos frente a la computadora con el cuerpo inmó-

---

3   En español: dulzura.

vil y una revoltura en la boca del estómago. Lágrimas comenzaron a humedecerle las mejillas. Llevaban consigo los residuos del maquillaje que aún le quedaba oculto entre las abultadas pestañas. La vibración del celular, que descansaba encima del escritorio, le llamó de manera súbita la atención. Trepó las piernas al sillón, las rodillas le quedaron a la altura del pecho.

No debía responder ese llamado.

"Soy débil."

"Siempre lo he sido."

Extendió la mano al lado opuesto del celular, agarró una cajetilla de cigarrillos, tomó uno, lo encendió y con los ojos cerrados, dio tres caladas profundas intentando a la misma vez silenciar la vibración que la tentaba. Que le decía 'ven, te estoy esperando'.

Sucumbió a la vibración del aparato tecnológico, como solía llamarle Natalia. Tras la ausencia de Tony, que llevaba más de año y medio activo en el ejército, Cecilia había compartido muchas noches el espacio vacío de la cama matrimonial con aquella cosa rectangular en vez de su esposo.

Leyó el mensaje e intentó alejarse de la tentación. Averiguó si tenía alguna otra notificación.

Comenzó a escribir a quien sí quería saber de ella:

Dime dónde nos encontramos.

* * *

Ni un solo mensaje respondería Natalia. De todo lo que le había tocado vivir hasta ese momento, esa era la situación más incómoda y humillante. Estaba molesta por lo ocurrido la pasada noche y la posición denigrante, que para ella, Cecilia se colocaba. ¡Por Dios, Tony era su amigo! Los tres habían compartido los años de infancia y las aventuras de la adolescencia. En sus hombros Cecilia ahogó el llanto cuando a los quince años la vida se empeñó en golpearla muy duro.

Natalia estaba en medio de una aburridísima conferencia donde las neuronas llevaban rato cabeceándole. El facilitador intentaba enseñarles los diferentes tipos de estados financieros, las partes y cómo las acciones de los miembros de una empresa pueden influenciarlos. Solo pensaba en el momento en que tuviera la oportunidad de darle un buen empujón y gritarle: ¡¿Qué diablos tienes en esa cabezota, Cecilia Rivera?! Sin embargo, la invadió un recuerdo que era el culpable de que llevara toda una vida tolerando las estupideces de su casi hermana.

Durante el receso escolar de verano aprovechaban para hacer pijamadas. Cualquier cosa era la excusa perfecta para que Cecilia se quedara a dormir en la casa de Natalia o viceversa. Esa noche la casa de los Benavent era el punto de encuentro. Los padres de Cecilia la habían dejado bajo la supervisión de Roberto e Iraida, los de Natalia, porque debían asistir a una cena de negocios.

Sus residencias estaban a solo metros de distancia. Los Rivera y Benavent llevaban una linda amistad. Compartían bastantes cosas en común: ambas madres eran profesoras universitarias, a ellos les encantaba disfrutar de una buen partido de tenis y solo habían procreado una hija.

Era una comunidad de clase media-alta. Quién allí vivía tenía la capacidad de disfrutar de un nivel de vida más acomodado que el promedio de la población. No eran ricos. Eran profesionales trabajadores. Ambos laboraban desde que asomaba el sol, hasta que se ocultaba para poder ofrecerles una calidad de vida sin carencias.

Cecilia era la menor de las dos por un año. Aquella noche reía a carcajadas al escuchar a Natalia narrarle una historia de amor de una revista Vanidades. Le suplicó que leyera en voz alta. A la negrita, como le llama Iraida y Tony de cariño a Cecilia, le gustaba todo tipo de historias. Lo que no le gustaba era leer y por eso le rogaba a Natalia que lo hiciera por ella. Decía que era instantáneo. Como tomara un libro y estacionara los sentidos en la primera página, los ojos se le desconectaban y el sueño la dominaba. Natalia ya se sabía la rutina. Mientras leía, Cecilia echaba una inspección mandatoria al tocador. Decía que era por aquello de encontrar alguna novedad.

—¿Tienes testamento, Nat?

Cesó la lectura. Apartó al instante la vista de la revista.

—¿Qué?

—¿Que si tienes testamento? —volvió a preguntar mientras sujetaba en las manos una caja de madera, un especie de joyero que una de las abuelas le había regalado a Natalia hacía bastantes años.

Natalia dejó escapar una carcajada al pensar que ya venía la negrita con alguna ocurrencia.

—Ceci, eso es para los adultos. Yo no tengo en qué caerme muerta.

—No es para tanto, Nat. Antes de morirte no te olvides dejarme el cofrecito este.

La vio lanzarse sobre la cama con la pequeña caja en las manos. El moño revuelto y enrizado que llevaba elevado en la cabeza retumbó como una pelota de algodón.

—Te lo puedes llevar ahora mismo si quieres. No sé qué obsesión tienes con esa caja, es horrible. Si todavía no la desaparezco, es porque mamá me tiene amenazada. Si lo hago, me voy a meter en problemas.

—Me gusta —lo contemplaba con mucha curiosidad—. Es distinto, Nat, pero feo no es.

—Deberías pensar así de Rigoberto.

Era un compañero de la escuela al que todos pensaban como diferente. Cecilia pensaba que era horripilante.

—¡Ni loca! —soltó a la misma vez que colocó con cuidado el cofre sobre la cama y enseguida le lanzó una almohada a la pelirroja.

Comenzaron a reír a carcajadas.

Las risotadas de repente se vieron interrumpidas por la silueta del padre que las observaba demasiado silencioso desde el marco de la puerta.

—Lo siento papá, hablaremos más bajito.

Ya era costumbre sus regaños o 'advertencias amistosas' como él le gustaba llamarles. La pasaban tan bien juntas, que a veces, no se daban cuenta que en vez de hablar, gritaban y reían con total descuido de la hora.

Roberto dio un paso que lo sacó de la sombra.

—Cariño, necesito hablar con Cecilia un momento —la hija notó que no usó su habitual selección de tonos al articular. El padre siempre colocaba énfasis en ciertas palabras al expresarse. Era fácil saber cuándo estaba molesto o feliz. En ese momento no supo descifrarlo—. Por favor, ve con tu madre a la sala.

Miró a Cecilia, quien en segundos se puso más pálida que la misma Natalia. Ya no le quedaban rastros de las risas infantiles. No tuvo más remedio que meter los pies dentro de las pantuflas mullidas y salir de la habitación. Al pasar junto a Roberto, sintió un apretón en el hombro.

Mientras iba al encuentro con su madre, la joven no dejó pasar desapercibido que el padre había llamado a su amiga Cecilia y no Ceci o negrita. Algo muy serio había ocurrido.

A Iraida le tocó decirle lo sucedido a su hija. El papá se encargó de Cecilia. No le salió ni una lágrima a Natalia. El asombro era de tal magnitud que se quedó pasmada. Reaccionó cuando escuchó el llanto y gritos de Cecilia que llegaban desde el cuarto. Quiso ir a abrazarla y llorar con ella. Iraida dijo que se esperara, que le diera tiempo a Roberto para tranquilizarla. A veces Natalia sentía algo extraño. Era como una especie de celos por la relación de Cecilia y su papá. Se entendían muy bien. Ella le reía las *gracias en cosas que a Natalia no le parecían graciosas. Quería mucho a su papá. A quién no quería era a su carácter.*

Al cabo de unos minutos, entre sollozos, Cecilia y Roberto llegaron a la sala. La joven llevaba los ojos hinchados y no le paraban de derramar lágrimas. El hombre nunca removió la mano del hombro de la chica triste. La otra mano que llevaba libre la enroscó en la espalda de su hija. Las encerró en un abrazo.

Lo que sentía Natalia era lago más que pena, era una culpa incomprensible. Cecilia de repente se había quedado sola en este mundo y ella tenía a sus padres justo allí aunque a veces llegó a desear no tenerlos.

A insistencias de la chicas, el matrimonio Benavent, hizo un intento por conseguir la custodia de Cecilia. No hubo éxito. Por deseo escrito de su madre, la joven tuvo que mudarse a vivir con una tía por tres años en lo que alcanzaba lo que para aquel entonces era la mayoría de edad. Solo en ese momento podría tomar posesión de los bienes que sus padres le heredaron al morir: la casa donde había crecido y una cuenta de banco con algunos miles de dólares. Suficientes para lograr cursar estudios universitarios sin tener que trabajar.

Cecilia Rivera estaba a las doce y un minuto de la madrugada un veinte de junio cruzando las puertas de la casa de la tía Estela. Llevaba solo un bulto que contenía la ropa y el miedo que puede cargar una joven de dieciocho años rumbo a enfrentarse a la vida. Sola.

—¡Natalia!

Escuchó el susurro cerca de la oreja. Era Rafael, un compañero de trabajo. Se apartó de prisa. La tomó por sorpresa. Debía agradecerle que la trajera de vuelta a aquel pequeño salón donde se condensaba el olor de perfumes baratos y cremas de Avon. Sabía que él estaba sentado a su derecha pero hacía minutos que la mente la había llevado fuera de ese lugar.

—Sí —respondió imitando el bajo tono de voz.

—Te han hecho una pregunta —dijo el joven señalando al conferenciante.

—Disculpe —habló directo al señor de calvicie graciosa. Llevaba unos solitarios mechones de pelo que lucían cansados de hacer el intento fallido de disimularle la calva.

Un solo paso fue suficiente para que se le acercara. La nariz de Natalia protestó.

—He preguntado ¿cómo afectaría a la empresa si extendemos los días de pagos a los suplidores?

La joven observó de reojo a los demás compañeros en la audiencia. *"Esto debe ser una broma."*

Nadie se reía o daba indicio que así fuera. Tras un profundo suspiro, y con la intención de ofrecer solo una breve respuesta, abrió la boca:

—Veamos, si como usted dice extendemos el tiempo de pago a los suplidores, se verían afectados los tres estados financieros.

Logró callarse sin mucho esfuerzo.

Respondió solo lo que le preguntó.

—Entonces, ¿estamos de acuerdo que aumentar el tiempo de pago a los suplidores es una movida correcta para lograr un impacto positivo en la empresa? —esta vez el hombre se dirigía al resto de la audiencia.

—No —Natalia pisó los últimos rastros de voz del señor.

Todos volvieron a mirarla.

El calvo fue quien último prestó atención. En un intento de la pelirroja por buscar refugio en la mirada de Rafael, lo vio recostar la espalda de la silla y estirar las piernas que casi le chocan con las del señor. El joven comenzó a observarla con lo que le pareció era una sonrisa placentera que le hizo notar el color castaño que compartía entre cabellos y ojos. Ya a ese punto fue imposible para Natalia contener las ganas de enseñarle al señor algo de números y estados financieros.

Ni las conversaciones privadas que notó algunos sostenían entre sí lograron detenerla. Era imperativo corregir al señor en unos cuantos términos prácticos.

El hombre se notaba algo molesto. A cada instante se secaba las gotas de sudor que le usaban la calvicie como chorrera. Dio por terminada la sesión.

Natalia sintió la victoria.

Le gustaba esa sensación.

✳ ✳ ✳

Trascurrió la tarde y noche del jueves, las amigas no se comunicaron. En la mañana del viernes, fue Cecilia quién inició de nuevo los intentos de reconciliación. Si no fuera porque necesitaba concentrar toda la atención en los análisis que preparaba y que tenían como fecha de entrega esa misma tarde, Natalia la hubiera ignorado. Aunque la opción de apagar el aparato telefónico estaba disponible, ya necesitaba hablarle. Era su única conexión con el mundo. Con quien único compartía de manera social.

—Sí, Cecilia Rivera, te perdono —saludó Natalia con la boca llena de galletas que comía. Sujetaba el teléfono con el cuello torcido entre la oreja y el hombro mientras no dejaba de castigar las teclas en el computador.

—Por eso eres la única mujer con la que tendría mi momento lésbico —la escuchó responder.

No pudo evitar que las partículas y trozos de galletas le salieran expulsadas de la boca. Temió que alguien hubiera escuchado y se asomara por su cubículo. Habló más bajo:

—¡Mierda, Ceci, me has hecho escupir todo el escritorio y la computadora!

—Lo sé, cariño, eso te excita. Pero no es para tanto. No tienes que babear por mí.

Las ocurrencias de Cecilia nunca dejaban de sorprenderla. Tenía una agilidad mental para salir con cada cosa. Natalia pensaba que no era la mujer más inteligente que conocía, pero sí la más astuta con la palabra.

—A las nueve en mi casa —anunció Cecilia.

—No voy a salir hoy —respondió mientras, con la punta de los dedos, recogía los pedazos de comida del escritorio.

—*Nine o' clock in my house. Be sharp, baby!*[4] —volvió a repetir, con una entonación peculiar. Llevaba una mezcla de español e inglés en el hablar que nunca había podido entender el origen. Cecilia no había vivido en el extranjero. Ella decía que era la mejor manera de expresarse, que a veces había cosas que en inglés sonaban más lindo o *sexy*.

¿Ha de ser por eso que anoche el festín que se dio era bilingüe?

—Dije que no. Ya debo colgar, tengo que entregar unos informes antes que termine el día.

—Te enviaré la dirección donde estaré. Pondré tu nombre en el listado de *VIP* por si te animas.

No prestó importancia a los detalles que Cecilia le envió casi al instante por mensaje de texto. Por fin ya podría concentrar la atención en los reportes que debía entregar.

Al cabo de un rato fue a echarle un vistazo a Rafael. Dejó atrás su lugar de trabajo y caminó hasta que pasó tres espacios más y llegó donde quien le debía unos reportes para terminar el análisis. No fue mucho la

---

4 En español: A las nueve en punto en mi casa. ¡Sé puntual, cariño!

distancia que tuvo que recorrer. En un solo cuarto tenían atosigados a seis personas. El baño del lugar, era más espacioso que el cubículo donde se suponía debían pasar ocho horas al día, a veces más. Al menos la tecnología y los sistemas de información llevaban algo de decencia en aquel sitio. ¿Qué más podía pedir? *"Mucho más"*, pensaba Natalia. Por algo había trabajado duro y hasta quemado sus pestañas estudiando. Quería progresar, quería ser alguien importante en el mundo de los números. Quería demostrarle a Roberto que sus "malas" decisiones no le impedirían triunfar en el mundo laboral como lo hizo él. Por el momento, ese pequeño lugar era lo que apareció, y con lo que intentaba, quincena a quincena rehacer su vida.

—¿Ya tienes tu parte lista? —preguntó mientras se sentaba encima del escritorio. Tuvo que mover algunos cartapacios para hacer algo de espacio. Desde que lo conoció, supo que Rafael no era muy organizado.

El joven dio un salto y con un movimiento veloz escondió la imagen de la pantalla en que trabajaba. Colocó otra que mostraba los reportes en los que debía estar trabajando.

—Sí, ya casi, casi —respondió girando en su dirección con la sonrisa temblorosa.

—¿Qué era eso?

Natalia extendió la mano, intentó tomar el control del ratón.

Rafael fue más ágil y agarró el aparato primero. A la joven se le quedó la mano en el aire.

—¿Qué era qué? —lo vio apresurado bloqueando al computador.

¿Qué escondía?

—La pantalla que ocultaste.

Ya comenzaba a incomodarse. Tenía que incluir los reportes y análisis de Rafael en el trabajo que debía entregar antes de terminar el día. Por lo que acababa de presenciar, comenzó a sospechar que en eso era en lo menos que su compañero invertía el tiempo.

—No escondí ninguna pantalla —llevó las manos hasta el teclado, entró la clave secreta y desbloqueó el computador—. He estado toda la mañana trabajando en ésta —mostró una pantalla llena de números y reportes.

—Escondiste una pantalla cuando escuchaste mi voz. No era esta. Aquella tenía muchas gráficas, líneas y curvas por todos lados. Mira, no me importa lo que hagas con tu tiempo y en qué te entretengas siempre y cuando no me hagas quedar mal.

Rafael pudo percibir el cambio en el tono de voz de Natalia. Ya no era más ese tono melodioso que la cabeza le reproducía cada noche mientras entretejía musarañas de las cosas que le gustaría hacer con su compañera de trabajo. Si solo se atreviera a decirle. *"¡Mierda!"* La joven lo había agarrado desprevenido.

—Natalia, espera —llamó antes que ella abandonara el cubículo y en un gesto impulsivo, logró tomarle de la mano.

Lo fulminó con la mirada.

De inmediato él soltó el agarre.

—Dime, Rafael —con el rostro contraído, le concedió la oportunidad de expresarse.

—Ven —sin levantarse, estiró el brazo, haló otra silla y la colocó junto a él—, siéntate. La joven estrujó los labios, frunció el ceño—. ¿Quieres saber qué hacía?

—Sí.

—Pues entonces debes sentarte —dio dos palmadas en el asiento mullido al que algunos hilos de la tela gastada le guindaban.

Materia oscura

Ocupó el espacio vacío dejando que una mueca de fastidio la acompañara.

—Mira —comenzó a decir Rafael mientras observaba de un lado al otro—, esto es lo que hago.

Mostró la pantalla de la discordia.

Mientras ella contemplaba y descifraba lo que Rafael le enseñaba, él, con los oídos vigilantes a todo lo que pasaba fuera del cubículo, se deleitaba mirándola, teniéndola tan cerca.

Natalia quedó hipnotizada por las líneas que comenzaron a adornar el monitor; algunas curvas, otras rectas, unas en picada y otras en ascenso. Se ajustó los anteojos que utilizaba solo para leer. Acercó un poco más la silla hacia el escritorio. De repente sentía demasiada saliva en la boca mientras rotaba la cabeza intentando descifrar lo que sus ojos veían. Aunque sintió la respiración de Rafael muy cerca, no retrocedió. Ni tan siquiera cuando logró hablar.

—¿Inviertes en la bolsa?

—¡Bingo! —le respondió en un susurro desautorizado cerca de la oreja.

Natalia volvió a depositar la atención en la pantalla por unos segundos, se llevó el lápiz a la boca, mordió el extremo opuesto a la punta.

—Si tienes ese dinero que dice ahí, ¿por qué trabajas aquí en esta..?

—¿Pocilga? —completó y soltó un resoplido a la misma vez que recostaba la espalda a la silla. Llevó ambas manos a la nuca—. Ya quisiera yo que ese dinero fuera mío.

—¿No lo es? —le picó la curiosidad de saber de quién era esa suma considerable.

—No, es de… Bueno los dueños del dinero no vienen al caso.

—¿Es dinero sucio? —inquirió la joven imitando el susurro que el muchacho hiciera segundos atrás.

Una voz se escuchaba acercarse. De prisa Rafael escondió la pantalla que había llamado la atención de Natalia, y en segundos, los reportes pendientes quedaron explayados en el monitor. Los corazones de ambos se agitaron. La voz no llegó hasta ellos. Pareció que se detuvo en un cubículo cercano y luego se apartó.

Las miradas de ambos jóvenes se encontraron. Rafael sonrió le gustó la breve pero intensa sensación de peligro que sintió junto a Natalia.

—No es dinero sucio, pero no es mío. Si apenas tuviera una cuarta parte de ese dinero, ¡uff!, lo invertiría y así trabajaría sin ninguna presión. Con la libertad de mandar al demonio en cualquier momento a quien se ponga difícil.

—¿Seguirías trabajando aquí si tuvieras ese dinero?

El joven asentó con la cabeza. *"Si supieras cuál es la única razón que me mantendría levantándome en las mañanas y llegando hasta este lugar."*

—Pues te felicito Yo lo primero que haría sería irme de aquí —confesó Natalia mientras se ponía de pie y devolvía la silla que ocupaba a su lugar—. Ten mucho cuidado. ¿Sabes que la compañía puede rastrear los portales que visitas?

—Sí, lo sé —Rafael trepó los pies encima del escritorio y comenzó a mecerse en la silla—. Tranquila. Tengo eso bajo control.

—Bien por ti —Natalia le golpeó las piernas con una libreta que llevaba en la mano—. ¿Y mis reportes están bajo control?

Los pies del chico volvieron al lugar apropiado.

—Sí, general —hizo un gesto de saludo militar con la mano—, te los envío a tu correo en diez minutos.

—Bien.

El día transcurrió sin mayores contratiempos. Rafael cumplió con la promesa y envió puntual los reportes a Natalia. Ella concluyó con las tareas y hasta pudo apartar tiempo para darle una mano a él con otros reportes que le estaban fastidiando. Si no fuera por ella, no hubiera logrado entregarlos a tiempo también.

—¡Natalia! —escuchó una voz llamarla en medio del estacionamiento. Que en realidad no era un estacionamiento, si no el borde de la calle que rodeaba el edificio donde trabajaban. Ella, que ya estaba con casi medio cuerpo dentro del auto, desistió del movimiento y se dispuso a buscar la procedencia de la voz. Él se acercaba en su dirección a paso acelerado. Llevaba colgando de uno de los hombros una mochila y se arreglaba la camisa de manga larga al borde de la cintura.

—¿Qué sucede, Rafael? —pensó que había algún error en los reportes, en milisegundos repasaba los cálculos en la mente.

—Gracias por —pausó, tomó aire— tu ayuda —Rafael le interrumpió los cálculos mentales—. La jefa me ha felicitado por ellos.

—Pues yo te felicito también —una sonrisa de alivio se le plantó en el rostro. *"Sabía que no había ningún error"*, pensaba orgullosa.

—Le he dicho que tú me ayudaste —confesó constriñendo los labios.

—No era necesario —Natalia le dio una pequeña palmada en el hombro que apartó al instante. El hallazgo de unos firmes músculos bajo la tela que vestía el joven la intimidó—. Sabes que lo hago con gusto —concluyó.

—Déjame invitar a comer algo hoy —se aclaró la voz— o mañana o cuando puedas. Como agradecimiento, a tu ayuda, claro.

Se conmovió por el rostro del muchacho quien reflejaba un nerviosismo inusual. Rafael siempre se expresaba con seguridad y le decía lo que opinaba sin adornos a cualquiera, como si no le importara un bledo lo que pensaran de él. En esa ocasión, le sorprendió tenerlo enfrente con las manos atosigadas casi hasta las muñecas en los bolsillos del pantalón, los hombros encogidos a solo pulgadas de rosarle las orejas y un curioso rubor en las mejillas que intentaba ocultarse tras el vello crecido de la barba.

—Dime lugar y hora. Yo llego. ¿Te parece?

Un resoplido se le escapó del centro del pecho a Rafael dejando a su paso una hermosa sonrisa que le iluminó el rostro.

—Mexicano, margaritas, las ocho, nuevo restaurante en Condado.

Mientras Natalia se metía en el auto y torcía la manija para bajar la ventanilla del lado del conductor, fue validando los datos poco a poco.

—Mexicano. Margaritas. Las ocho. Nuevo restaurante.

—En Condado —completó Rafael.

—Nuevo restaurante en Condado —validó poniendo en marcha el viejo auto compacto.

5

VIP ✳ Una Noche ✳ De regreso

Eran casi las diez de la noche, dos horas de espera le había concedido a Rafael y un par de margaritas bien cargadas en nombre de la madre de él. Ya sabía ella que no era buena idea intentar relacionarse con el sexo opuesto tan pronto. La primera cita a la que accedía luego del fracaso del que intentaba recuperarse y resultó terminar en tremendo plantón. Quiso llamarlo. Recordó que no tenía su número. Tampoco había accedido a darle el suyo cuando él se lo solicitó. Algo avergonzada y hastiada por las continuas rondas de la mesera, sacó de la billetera un par de dólares de veinte y los dejó encima de la mesa. Que se encargara otro del protocolo de pago.

El cuerpo le decía que era hora de irse a dormir, sin embargo, la tequila comenzaba a bailarle en la sangre. Miró el mensaje de texto que Cecilia le cursó a media mañana. Validó la dirección del lugar donde su amiga la había colocado en la lista de *personas importantes*.

—VIP, *Very Important People* —pronunció en voz alta. Le gustó como se escucharon esas palabras. Una sonrisa traviesa se le escapó—. Veamos cómo se siente ser alguien importante, Natalia— dijo para sí.

Al llegar al lugar observó un área muy amplia donde las personas, al parecer importantes, dejaban los autos. El *valet parking* estaba repleto. Los coches, en su mayoría de marcas lujosas y último modelo, formaban alineados una cola que casi bloqueaba la carretera principal frente al establecimiento. Mientras pasaba a muy baja velocidad frente al lugar, pudo ver una larga fila de personas apostadas a lo largo de la entrada. Natalia había oído hablar a algunos compañeros de trabajo de YOLO. Nunca había estado en él, ni tan siquiera por los alrededores. En ese último año se la había pasado escondiéndose.

La arquitectura de la entrada era imponente. Grandes paredes de cristal dejaban a la vista de los transeúntes algunas de las cosas que allí ocurrían. *"Ni de loca voy al valet con esta chatarra."* Pensó que ya era suficiente por esa noche. No sería la burla de alguien una vez más. Manejó entre algunos callejones aledaños al lugar. Al ver unas cuantas parejas caminando, decidió imitarles. Antes de bajar del auto repasó en ella: ojos con un toque de rímel, pómulos y nariz con la capa usual de corrector, los labios necesitaban un retoque del brillo que se le desgastó a causa de las margaritas. En menos de dos segundos, asunto resuelto. Llevaba algunos mechones de cabello recogidos. Los soltó y con la yema de los dedos frotándose la cabeza le otorgó algo de volumen.

No fue hasta que vio otras mujeres pasar por el lado del auto que reparó en lo que vestía. Pantalones de mezclilla bien ajustados, una camisilla blanca relajada y la chaqueta de pana color caramelo cubriéndole el resto de la piel. Por la forma como vestían los demás, tenía claro que el de ella no era el atuendo perfecto para una persona en el listado de *VIP* de YOLO. Al menos estaba segura que no se reservarían el derecho de admisión con ella. Los tacones que decidió usar para acortar la diferencia de estatura con Rafael habían sido una acertada elección. El metro sesenta y cinco de estatura, que llevaba en el cuerpo, debía ser recompensado para intentar mirar a los ojos a la fallida cita.

Natalia se unió a un grupo que caminaba hacia el lugar. No podía negar que sentía cosquillas desde el estómago hasta en los pies. *"¿Y si no es cierto? ¿Y si no estoy en la lista de VIP? Ceci, no me haría pasar tal bochorno. ¿O sí?"*

Al acercarse a la entrada, fue directo donde se encontraba una joven anfitriona que parecía sacada de un ejemplar de la revista *Vogue* y quien era escoltada por dos hombres altos, vestidos con sendos trajes negros que parecían ennegrecerles hasta las sonrisas. Las vibraciones de la música se escapaban por las enormes puertas de cristal. Comenzaron a invadirle el cuerpo y le otorgaron, de una vez, el valor para anunciarse con la modelo.

No pasó desapercibida la manera en que la anfitriona, de labios rojizos y ojos maquillados con un perfecto estilo ahumado, paseó la mirada en ella. Las largas pestañas postizas hicieron un intento fallido por intimidar a Natalia. La mujer se excusó. Le habló algo al oído a uno de los hombres de traje negro y pocas sonrisas. Uno de ellos le hizo una seña con la mano a la invitada.

Lo acompañó.

"Esto es servicio VIP", pensaba Natalia. Caminaba detrás del grandulón sintiendo en la espalda el peso de las miradas fulminantes llenas de envidia de aquellos que llevaban rato en espera de lograr acceso al club. Zigzagueó entre la gente de caras felices y tragos en manos. De pronto, los pies se le congelaron. Observó al hombre que comenzaba a subir por unas inmensas escaleras transparentes, que iluminadas por una luz azul neón daban la impresión que eran las escaleras a las puertas del cielo.

Se detuvo.

El hombre le ordenó con un gesto amable en las manos que continuara siguiéndolo.

Natalia imaginaba que la sección de gente importante se encontraba ubicada en las alturas, al final de aquella tortuosa escalera en el majestuoso lugar; allí donde el gentío no molestaba, donde la gente importante podría disfrutar del impresionante lugar en privacidad. Aunque los pies le temblaban, fijó los ojos en la espalda del grandulón. Enfrentó uno a uno los escalones en medio de la oscuridad mental que le ennegreció la visión.

La hizo pasar al interior de lo que parecía ser una oficina.

—¿A dónde va? —se apresuró a preguntar todavía llevando las rodillas frías y las nubes grises en los ojos.

—Voy a decirle a su amiga que ha llegado. Puede esperar aquí y ponerse cómoda. ¿Desea tomar algo?

Natalia contempló en silencio varias opciones, *"¿Qué podría ser más oportuno para un trato VIP? ¿Champán, vino, güisqui?"*

—¿Tienen mojitos?

—Sí, señorita, tenemos mojitos —confirmó el hombre.

—Pues entonces que sea un mojito. ¡Gracias!

Se quedó sola en el lugar. Las luces azules y blancas que, se proyectaban por todo el salón, y que parecían danzar en el aire, la atraparon al instante. Avanzó unos pasos y unos cuantos más. Lo hizo como una joven criatura felina, despacio, hipnotizada por la curiosidad de saber el origen de aquella novedad.

En el fondo de la oficina una pared de cristal servía como escaparate a la acción. Sin pensarlo bordeó el escritorio. Notó que tenía diversos documentos esparcidos encima. Se acercó a la pared. Retrocedió un poco. Le preocupó que la gente pudiera verla del otro lado. Enseguida se percató que el vidrio solo permitía visibilidad en una dirección. Se dedicó a espiar. Embelesada husmeaba con la mirada entre la gente. Cuando encontraba algo que la atraía, se detenía y trataba de adivinar lo que pudieran estar pensando e incluso hablando aquellos extraños. Nunca había tenido la oportunidad de estar en un lugar como ese, mucho menos desde esa perspectiva. La mayoría de la gente era linda, elegante, al menos así los percibía desde allí. Los altos decibeles de la música, hacían que el vidrio latiera. Parecía un corazón agitado. Sonrió al escuchar las primeras notas de la canción. Esa melodía la conocía muy bien.

—*Bring back the joy to my life, Don't leave me here with these tears*

—su canto fue interrumpido cuando apareció una joven vestida con un unitardo tornasol que parecía emularle la piel.

—Aquí está su mojito.

—¡Gracias! —respondió sin poder apartar la vista de la mujer. Era linda, exótica y lucía un cuerpo envidiable.

Tomó en las manos el vaso de cristal con la bebida. Haló la silla más cercana. La que estaba detrás del escritorio de cristal con soportes en acero inoxidable. Todo en aquel lugar parecía estar hecho a pedido. YOLO, todo una obra de arte. Con un tarareo entre sorbo y sorbo continuaba disfrutando la canción.

No lo pudo evitar.

La mirada se le escapó a los documentos encima del área de trabajo. Dio otro sorbo, y sin enterarse cuándo había abandonado el trago, ya llevaba las manos repletas de cosas que no le pertenecían.

La música le tenía bailando las neuronas. La punta de los tacones golpeaba al ritmo el mármol negro.

—¡Hey! —Natalia se quedó con el aire dentro del pecho. En una mano papeles y en la otra, lápiz y calculadora. La cabeza la dejó hundida en los documentos. No se atrevió a exhalar—. ¡¡¡¡¡Hey!!!!! —al sentir que la voz se le acercó, soltó la evidencia que la inculparía.

Exhaló.

Por un breve instante, el saludo le pareció familiar.

Se atrevió a levantar el rostro.

—Hey —respondió de igual manera. Extendió la mano para saludarlo—. Soy Natalia, amiga de Cecilia. Estoy esperando por ella. El señor de seguridad dijo que... —la otra mano nunca llegó. Sí, el hombre que ya había bordeado el escritorio de cristal, se encontraba apunto de atropellarla.

—¡No sé quién carajo es Cecilia, ni quién rayos eres tú! ¿Qué demonios haces aquí? ¿Qué hacías con esos documentos?

Natalia estaba preparada para excusarse por tal entrometimiento. Sin embargo, el nivel de hostilidad del extraño parecía que le había congelado las cuerdas vocales.

La puerta se abrió de un sopetón. Cecilia entró, detrás un joven alto y delgado.

¿El de la visita nocturna?

Esta vez estaba peinado.

Ella vestía un diminuto traje negro muy ceñido al cuerpo que no se resistía a sus curvas bien cuidadas.

—Damián, ella es la amiga de Ceci —informó Santiago. Sin soltar el agarre de la mujer que lo visitaba en las madrugadas, avanzó hasta el escritorio y le colocó una mano en el hombro al iracundo joven.

—Necesito que me diga, para empezar, ¡¿qué carajos hace en mi oficina?! ¿Qué hacía husmeando en cosas que no le pertenecen? —dio un paso más—. ¿Acaso no te enseñaron modales? ¿No te enseñaron que no se mete la nariz en lo que no es tuyo?

Cecilia soltó el agarre de Santiago. Montó escolta al lado de la joven avergonzada.

—Damián, ella es mi amiga y estoy segura no tenía ninguna intención de entrometerse en tus cosas —se acercó al oído de Natalia y le preguntó en un murmullo—. ¿Por qué no me dijiste que vendrías? —le apretó el brazo y plantó una sonrisa plástica en los labios—. Te hubiera dicho cómo vestir.

En ese preciso momento Natalia entendió cuál era la razón por la que el grandulón de seguridad la llevó allí. ¿O fue que la encerró? Entendió que no era importante, ni ella, ni el trato que recibía. Con una mano se liberó de Cecilia, enderezó la postura lo más que pudo, caminó unos cuantos pasos y agarró el bolso que descansaba encima de una silla. Se acercó al escritorio, tomó un gran sorbo del mojito, secó en sus jean el sudor del vaso que le mojó la palma y que, ¡gracias a Dios!, le enfrió la mente.

—Pues dile a este idiota que deje de preocuparse tanto por el código de vestimenta de esta mierda de lugar —dio media vuelta y comenzó a caminar—. ¡Ni porque lo convierta en un club nudista se salva de la bancarrota! —sentenció.

Nadie dijo más.

Cecilia, que llevaba a Santiago arrastrado de la mano, logró alcanzarla mientras descendía las escaleras. Se detuvo. Sabía que no era el lugar para abordarla. La observó descender con las piernas y manos temblorosas.

Natalia, con paso acelerado, iba de regreso al auto pensando que no le quedaban dudas; esa era una noche para haberse quedado en casa.

—Nat —llamaba Cecilia—. ¡Nat, espera!

—¡¿Qué?! —preguntó en una parada abrupta con las manos elevadas sobre la cabeza.

—¿Qué diablos acaba de pasar en esa oficina con Damián?

—¡Dímelo tú! Tú fuiste la que me invitaste. ¿VIP? ¿Sabes cuál es el trato VIP que me han dado? Me han encerrado en esa maldita oficina ¡por casi media hora!, con la excusa que irían por ti para comunicarte que yo, tu amiga, la VIP, Very Idiota y Pendeja, había llegado. Pero resulta, que la verdadera intención era esconderme de la vista de la gente. Que no se ofendieran con la mierda que traigo puesta.

Cecilia se mordía los labios forcejeando con la risa que se le quería escapar, deslizó la mirada de reojo a Santiago quien miraba al suelo, librando el mismo forcejeo que ella.

—Santi hablará con él. Le dirá que se disculpe —cejas alzadas— ¿Verdad, honey?

—¿Lo haré? —recibió la reprimenda en la mirada de Cecilia—. Sí, sí, lo haré.

—Aquí nadie tiene que hablar con nadie. Que se vaya a pedirle disculpas a la misma madre que lo parió.

—Nat —encerró en un consuelo la mano de su amiga entre las suyas—, ¿quieres que vayamos a comer algo o ir a algún otro lugar?

—No, Cecilia, disfruta tu noche —pausó miró a Santiago y luego en dirección de una pareja que caminaba por el callejón—, entre la gente importante —completó. Hizo un gesto de manos al aire—. Yo me largo.

En medio del pequeño callejón Cecilia observaba, con la boca abierta, cómo Natalia, furiosa, abordaba el auto y los dejaba atrás.

✳ ✳ ✳

Unos cuantos gritos y maldiciones se llevaron los miembros de la seguridad del club nocturno. *"¿A quién carajo se le ocurre darle acceso a una completa extraña a este lugar? Podía decir que era la misma Reina de Inglaterra, ni eso era razón para que la dejaran pasar"*, pensaba furioso Damián.

—¡¿Han entendido?!

Los cuatro hombres de negro, que llevaban sistemas de comunicaciones inalámbricos como enredaderas por el cuello hasta las orejas, asentaron al unísono.

—Pueden irse.

Damián se retiraba la chaqueta a la misma vez que caminaba hasta el escritorio. Mientras la gente normal se divertía en los dos pisos inferiores, alguien tenía que encargarse de hacer que todo corriera como debía. Las amanecidas no eran en especial el elemento de esa nueva vida que más resintiera. En la facultad de medicina fueron muchas las noches donde no pegó un ojo. Allí había un propósito.

Se acomodó en la silla. Con movimientos pausados se enrollaba las mangas de la blanca y fina camisa que vestía. Con la música tan ruidosa, le era difícil concentrarse en ese bendito lugar. Sin embargo, prefería atender los asuntos allí y no llevarlos consigo a ninguna otra parte. ¡Ja!, como si pudiera apagar el interruptor de la mente al terminar cada jornada en la madrugada. Agarró los documentos que la noche anterior había abandonado sin lograr cuadrar las cifras. En un papel amarillo adjunto con una presilla encontró una nota escrita a mano:

"Estimado extraño:

Me disculpo por el atrevimiento de revisar sus documentos sin autorización. Verá, pienso que es lo menos que puedo hacer para reciprocar el trato privilegiado que me ha permitido disfrutar esta noche.

Comencemos por las reglas básicas de administración, este tipo de información sensitiva NUNCA debe dejarla al alcance de cualquiera.

Revisando las cifras de los estados financieros, he podido notar un desbalance significativo entre ingresos vs. gastos.

Debe usted considerar las siguientes observaciones..."

Damián continuó leyendo la nota, cada uno de los puntos señalados, cifras y cálculos que en ella había. En solo minutos, pudo encontrar la luz que iluminaba muchas de las dudas y huecos que las pasadas noches le habían acabado la paciencia.

"Atentamente,

Natalia, VIP (por una noche)"

Agitando la cabeza a ambos lados se tiró contra el espaldar dejando escapar un chasquido. Leyó la nota tres veces más sintiendo cómo las burbujas de la sangre hirviendo le causaban picazón en el interior de la piel. Tomó el celular del escritorio y se dispuso a marcar.

—Santiago —levantó la voz—, ¿todavía estás en YOLO? —al sentir el empujón de la ola de aire que levantó algunos papeles del escritorio, dirigió la atención a la puerta. ¡Como si no tuviera ya suficiente por esa noche!—. Te llamo en un rato.

La imagen de la mujer forcejeando con César a media puerta ya era costumbre.

—Disculpa, Damián, es que ella insistió en subir…

—Déjanos solos —interrumpió el joven.

—¡Deberías avergonzarte! Si él supiera el trato que me das —reclamaba la mujer en un tono regañadientes mientras se arreglaba el ajuste del vestido en las caderas. Parecía estar en los bajos cuarenta. Vestía un traje rojo ceñido al cuerpo y un escote que dejaba al descubierto lo suficiente para ganarse una clasificación de (solo para adultos).

—Te he dicho que no vengas aquí —bramó Damián.

—No me agrada en lo absoluto verte la cara pero, si no contestas mis llamadas, no me dejas otra opción.

—¿Qué quieres? —salió detrás del escritorio.

Una carcajada por parte de la mujer antes de hablar:

—¿Es que te lo tengo que decir? —cruzó los brazos frente al pecho.

—Ya te deposité la partida de este mes.

—El niño necesita medicinas. La pasada semana estuvo internado en el Hospital Pediátrico.

Una bocanada de aire se le escapó al pelinegro.

—¿Cuánto más necesitas? —preguntó sin dudar Damián.

—La cuenta del hospital son más de dos mil dólares y las medicinas van por sobre setecientos.

Observó con mirada fría y el ceño fruncido a la rubia, pudo percatarse cuán cristalinos llevaba los ojos. Metió la mano en el bolsillo del pantalón, sacó la billetera, apartó unos dólares que luego le extendió a la mujer.

—Toma. Hazme llegar mañana el comprobante del hospital —una mueca en los labios—. Veré qué puedo hacer.

La fémina contó los billetes, se giró camino a la puerta. Damián la observaba irse cuando ella volteó. Esta vez le notó el rostro más relajado.

—¿Siete años? —la escuchó preguntar.

No le dio una respuesta verbal, solo balanceó la cabeza arriba y abajo. *"Siete malditos años."*

Una tarde de fin de otoño regresaba de clases al departamento donde se hospedaba cerca de la Universidad de Duke, donde cursaba el primer año de medicina luego de terminar estudios en neurociencia en la misma institución. Al verlo, supo que algo trascendental había sucedido. Gutiérrez, la mano derecha de quien le subsidiaba los estudios en aquella reconocida universidad, no estaría fumando apostado en la entrada del edificio por cualquier estupidez. Significaba que para llegar hasta él, tenía que tomar un vuelo de San Juan a Carolina del Norte.

—¿Te sienta bien el frío, muchacho? —lanzó una gran nube de humo en dirección contraria a donde se encontraban parados—. Porque a mí se me está congelando hasta el culo —le saludó con unas cuantas palmadas en la espalda. El hombre llevaba una barba abultada y un gorro de lana que le cubría las orejas.

El muchacho no sintió nada diferente a lo que sentía años atrás cada vez que interactuaba con alguno de los hombres de su tío.

—¿Qué haces aquí? —inquirió Damián con la voz seca.

Una señal en las manos y los ojos del visitante precedieron el anuncio. Que abriera la puerta y se dirigieran al interior.

—Vine a comerme el pavo contigo —se quedó esperando la gracia en el joven—. Digamos que soy como un transporte escolar —soltó una carcajada huérfana—. Nos vamos esta misma noche.

—¿Qué? —una llave solitaria y un par de libros se le escurrieron de las manos al chico.

—Que te regresas a la Isla del Encanto —tomó la llave del suelo y abrió la puerta de cristal. Mientras, Damián se encargaba de recoger los libros del piso—. Nos vamos hoy mismo.

—¿Por qué? ¿Dónde está él?

—Muchas preguntas a la vez, Damián. Entremos y te respondo las que pueda.

No tuvo remedio.

Gutiérrez tenía una misión.

—¡No puedo irme y dejar la universidad así nada más!

—Sí, sí puedes —ante la mirada paralizada de Damián, abría las gavetas, sacaba la ropa que encontraba y la lanzaba dentro de una maleta que encontró en un armario del pequeño dormitorio y la había colocado encima de la cama—. Te necesita.

—¿Dónde está Sebastián? —comenzó a sacar la ropa al mismo ritmo que Gutiérrez la metía.

—Ya intenté lo que estás pensando —se detuvo, se pasó las manos por la nuca, las aletas de la nariz se le alzaron—. La respuesta es no. A

quien pidió ver fue a ti, no a Sebastián.

Damián intentaba entender el porqué era a él a quien, el hombre que aparentaba estar en problemas, quería ver. "¿Qué demonios sé yo de sus negocios? A menos que haya comprado un puto hospital, yo no tengo nada que hacer entre sus cosas", quiso decir. Sabía que aunque formulara una decena de argumentos para persuadir al emisario de tal requerimiento, todo sería en vano. Gutiérrez estaba cumpliendo una misión. Era una orden. Aunque fuera amarrado, amordazado y anestesiado, se lo llevaría de vuelta.

—Mira, chico —le sujetó las manos con la fuerza suficiente para que supiera que comenzaba a perder la paciencia. Retiraba las piezas de ropa de su agarre con una calma tensa y las devolvía al interior de la maleta—, créeme cuando te digo que, si por mí fuera, a ti sería la última persona que acudiría. Pero esa no es mi decisión. Alguna razón debe tener el jefe para querer verte.

Sin mayor resistencia, esa noche estaba abordando un vuelo que partió algunas horas antes que el de Gutiérrez. La mano derecha de su tío no voló en el mismo avión que él. 'No quiero comprometerte' Fue la respuesta cuando Damián lo increpó.

Esa misma madrugada, y por instrucciones de quien lo mandó a llamar, otro de los empleados lo recogió en el aeropuerto. Dijo haber recibido órdenes de instalarlo en la casa vacía. En ese lugar Damián había generado gran parte de los recuerdos de su niñez y adolescencia.

—Mañana vendrá alguien a limpiar el lugar —anunció el desconocido.

Otro empleado, a quien Damián nunca había visto, pernoctó a la entrada de la casona.

Una cama, un gavetero y un par de muebles de mimbre maltratados era lo único que habitaba la casa.

Pensó en llamar a su madre o intentar encontrar en qué nicho se escondía su hermano Sebastián. Hace años que parecía que la tierra se lo había tragado. Desistió de todo intento. Aún le quedaban esperanzas de poder persuadir al tío.

Durante largas y solitarias horas de insomnio organizaba el discurso, el que le daría al tío Nicolás Roa en la mañana cuando le fuera a visitar a la Penitenciaría Federal.

Al amanecer, aún sin desayunar, conducido por una escolta, llegó hasta las afueras del presidio. Era un edificio enorme. Las paredes exteriores no lucían color artificial, solo el concreto del que estaban forjadas. Unas rejas de color azul verdoso, que parecían más ornamentales que de seguridad, resaltaban cerca de los diminutos vidrios, para algunos, el único contacto con el exterior. Un hombre gordo, tez blanca y cabello blancuzco se le acercó caminando con dificultad.

—Qué gusto verte, muchacho. Mírate, estás hecho todo un hombre.

Si supiera que Damián no compartía el sentimiento. Lo consideraba desagradable. Tal vez, el hombre ni tenía la culpa que el muchacho lo relacionara con los eventos que, hasta ese momento, eran los menos agradables de su vida. El tono agudo de la voz del licenciado tenía algo que se le metía por los oídos y le despertaba ese lado impaciente que heredara de los Roa.

—¿Qué es lo que pasa? ¿Por qué tanto misterio? —preguntó el muchacho arrugando el rostro.

—Veo que no te han actualizado —el abogado lo sujetó por el brazo a la altura del codo y lo llevó un poco más apartado del grupo de personas que esperaban porque iniciaran las rondas de visitas—. ¿No has hablado con tu madre? —Damián sintió un espasmo súbito en la quijada.

—No —respondió.

El licenciado se rascó las arrugas de la frente.

—Verás, a Nicolás lo han acusado de evasión contributiva.

—Pero, ¿está en una cárcel federal?

—Sí, son los americanos, el Servicio de Rentas Internas quienes le acusan.

—¿El IRS?

—Así mismo. Siempre se los digo, ¡carajo!, que le paguen las benditas cuotas al Seguro Social y se quiten el gobierno de encima. Pero nunca siguen consejos. No se para qué diablos me pagan.

Habiéndose sometido al engorroso protocolo de seguridad, que era requisito para lograr acceso al área de visitas a los reos, Damián esperaba junto al abogado en un pequeño cuarto donde imaginaba se reuniría se daría la reunión.

Lo vio entrar.

Cuando Nicolás vio al sobrino, se le plantó una sonrisa en la cara que le elevó las orejas. Quiso acelerar el paso, estaba prohibido.

—Cuatro años, muchacho, que no te dejas ver —quiso abrazarlo, otra cosa más que estaba prohibida en ese lugar.

—Sabes que he estado estudiado los veranos —comenzó a decir Damián.

—Sí, lo sé. ¿Se te olvida quién paga?

Desde que partió a Carolina del Norte había procurado permanecer lo más lejos de San Juan que pudiera. Ese había sido su escape. Aunque era cierto que en los meses de verano se matriculaba en clases para adelantar el currículo, en las navidades o receso de primavera prefería irse con algún amigo a algún estado y pasarla con cualquier familia ajena o pasarla solo en su pequeño dormitorio. En cinco años que llevaba estudiando en Duke, solo en dos ocasiones había regresado a la isla. La razón tenía nombre y compartía su apellido; Estefanía Roa. Ésta era la tercera que regresaba y *también era por un Roa.*

*—Ven, siéntate, aquí no nos darán mucho tiempo —Damián obe-
deció y lo acompañó hasta la mesa que le habían asignado para el encuentro—. Necesito que me des una mano en lo que resuelvo los asuntos que me
han traído hasta aquí.*

—¿Sebastián?

*—Deja a tu hermano fuera de esto —"por el momento", completó
en silencio.*

—¿En qué puedo yo ayudar? —cruzó los brazos frente al pecho.

*—Dar la cara por mí. Que la gente sepa, que los negocios de Nicolás
Roa siguen su camino, que un Roa sigue al mando.*

*—Pero tío, yo no tengo ni idea de tus asuntos —protestaba con la
voz baja que se le escapaba entre la tensa mandíbula.*

*Un palmetazo del tío en la desgastada superficie de la mesa aler-
tó al guardia apostado en la puerta. El sobrino respiró profundo, si así
calmara el coraje y la tensión del momento que imaginaba ocurriría; el
guardia avanzando sometiendo a la obediencia a su tío y poniendo fin al
encuentro.*

Nada de eso sucedió.

*Damián observó cuando los ojos del reo se fijaron en los del alguacil
y tras hablarle en un lenguaje silencioso y desconocido para él, el hombre
con la autoridad desistió.*

*—¡Pues más vale que te vayas haciendo la putita idea porque te
toca reciprocar lo que has recibido!*

*Damián, aunque hubiera querido cerrar los ojos y cuando los abrie-
ra aparecer en otro lugar, no lo hizo. Se quedó observando al tío con la
mirada fría, grabando el momento. Oyendo las palabras que sabía, algún
día, lo escucharía decir. El monólogo de Nicolás duró más tiempo de lo que*

un recluso ordinario pudiera disfrutar. Damián permaneció en silencio.

6

Otra vez ✳ Lo que tengo

Natalia aceptó la invitación de Cecilia a cenar con el único propósito de ¡por fin! tener la conversación que había procrastinado por meses. Llegaron al lugar en vehículos separados. Las probabilidades de que su amiga se levantara y la abandonara a la suerte eran muy altas. No se tomaría el riesgo. Las cosas nunca le habían salido bien cuando de riesgos se trataban.

Después de unos mojitos, Natalia tuvo el valor de pronunciar la primera palabra de la esperada conversación.

—¿Cuándo vas a ponerle fin a tus andadas? —el tono no reflejaban la relajación artificial que proyectaba en el rostro. Se arrepintió al instante. Tal vez, debió abordarla de alguna otra manera.

—¿Cuáles andadas, Nat? —curioseó en la brillantez que reflejaba su esmalte de las uñas. En la mañana visitó el salón de belleza.

Natalia logró silenciar el insulto que sintió nacer en el centro del pecho. Saldría disparado como proyectil sin medir el alcance del daño que haría. La música instrumental que ambientaba el lugar de comida oriental llenó el espacio vacío en la conversación. Fue Cecilia quien tomó otro sorbo del trago y entrecerró los ojos intentando contener la sonrisa.

—Ceci, Tony se juega la vida en sabe Dios qué desierto y tú aquí saltando como mona de liana en liana.

75

La sonrisa se le desapareció del rostro a la pelinegra, sus ojos recuperaron la expresión normal.

—Lo de cara de mona, no me agrada para nada. Me ofendes. ¿Se te olvida que soy negra por definición? —un resoplido—. Te confieso que lo de saltar de liana en liana —una carcajada—, ¡eso sí que me ha impresionado! Se ve que ya volvemos a los viejos tiempos. Ay, Nat, ¿recuerdas?

—¿De dónde conoces a ese tipo —pausó y bebió—, el tal Santi?

—Santiago —aclaró Cecilia desplazando la mirada a ambos lados. Por lo bajo continuó—: Es que le dicen Santi. Es primo de una compañera de trabajo.

—¡¿Qué?! —tosió varias veces. Tuvo que hacer un esfuerzo por mantener la boca cerrada ante tal confesión. Si la abría, de seguro la bañaría con el líquido que saldría disparado—. ¿Te has vuelto loca? —Natalia inclinó el cuerpo de manera tal, que casi trepa por encima de la mesa.

—No le veo nada malo —tomó un pedazo de pan, comió.

—Cecilia, que le seas infiel a Tony, mi amigo y tu esposo, es más que desagradable, pero, que tengas la desfachatez de hacerlo en público, es …

—¡Es nada, Nat! —interrumpió—. Desde que Tony se fue, he buscado el maldito botón de pausa, el que se supone que presionándolo pueda congelar todo en mi vida, mi mente, mi cuerpo. ¿Sabes qué, cariño? No lo he encontrado. Y ya no deseo buscarlo más. No dejaré de vivir mi vida porque Tony decidió que era lo "mejor" para nosotros largarse al carajo, a una guerra de mierda de un país que no conoce ni su puta historia —dio un gran sorbo. Necesitaba enfriarse la garganta—. No lo haré.

—Yo no te pido eso, Ceci. Solo pienso que debes considerar las consecuencias de lo que haces mientras él no está.

—¿Y si me lo matan? ¿Y si un maldito día me toca a la puerta un imbécil vestido de soldado, ese que se gana la vida de puerta en puerta llevando el pésame a los estúpidos indios? No vale la pena, Nat, nadie vale la pena. Nadie vale que sacrifiques tu vida. Tú lo sabes muy bien. Nadie vale la pena —sentenciaba ya con voz más silenciosa, parecía hablar con ella misma.

Cecilia le lanzaba verdades a Natalia que la dejaban sin respuestas. Siempre lo hacía. En esta ocasión la joven pensaba que la morena estaba equivocada. Que en algún momento en su vida, sí llegaría esa persona que valdría la pena. Ya se había equivocado una vez. Temía volver a cometer el mismo error. Lo que Cecilia hacía, de ninguna manera que lo mirara se veía bien.

Natalia la observaba cavilando en silencio.

—No me mires así, Nat. Además, ¿quién me garantiza que él, Tony, tu amigo, sí encontró el botón de pausa?

—Me preocupas, Ceci. Lo que haces está mal.

—¿Qué es lo que te preocupa? ¿Qué es lo que está mal? ¿Qué él se entere? —una mueca de despreocupación—. Eso no sucederá.

—¿Por qué tan segura? — *"Esta isla es tan pequeña."*

—Nat, yo no habré ido a la universidad, ni tengo fórmulas matemáticas bailándome en la cabeza como tú, pero no soy tan tarada como para buscarme las aventuras en los mismos círculos sociales donde se pasea Tony. No tienes que echarte una carga adicional a las que ya tienes. No hay de qué preocuparse. Tengo todo bajo control. Debería ser yo quien me ocupe de ti, amiga —Cecilia extendió la mano sobre la mesa con la palma hacía arriba, Natalia sin dudar colocó la suya encima—. Deberías intentarlo.

—¿Intentar qué?

Quiso retirar la mano del agarre, no lo logró.

—Un experimento. Ver si es cierto eso que dicen de que un clavo saca otro clavo.

El mesero trajo la cuenta y la acomodó en medio de la mesa, entre el menú de postres y el salero.

—Dime tú, Ceci, ¿funciona?

—Yo no busco sacar un clavo, amiga, lo que busco es mantener el lugar que ocupaba mi clavo calientito en lo que regresa… si es que lo hace— Natalia sujetó la cuenta. De un tirón, Cecilia se la arrebató—. Yo pago —con la mirada gacha la pelirroja soltó el papel.

Continuaron en carros separados luego de cenar. Para Cecilia, era mandatorio la segunda parte de la salida nocturna, para Natalia, la reivindicación de los fallidos intentos en esa semana de pasar una noche agradable. El lugar era una imitación barata del club donde casi habían expulsado a Natalia la noche anterior. El volumen de la música estaba a un nivel agradable. Comenzaba a llenarse, aún así, era cómodo desplazarse de un lado a otro.

La conversación con Cecilia no había sido lo que esperaba. Natalia quería ser fuerte, abrirle los ojos pero, ¿cuándo Cecilia la había obedecido? Además, ¿con qué moral le cuestionaba a la amiga sus actos? No paraba de cuestionarse los suyos.

Se acomodaron en una mesa cercana al área de la barra. No se hicieron esperar las miradas e invitaciones de algunos a acompañarles.

¡Qué fastidio!

Ambas chicas vestían jeans ajustados y tacones altos, sin embargo, Cecilia usaba una camisa cuyo escote expresaba mucho más. Natalia daba vida a una camisa rosada y ajustada. El largo de las mangas le cubría tres cuartas partes de los brazos. La morena, sin avisarle, se apartó por un momento. Al instante, Natalia comenzó a desesperar. Observaba de un lado a otro con disimulo. Tantos rostros desconocidos, con intenciones conocidas, que le revolcaron el estómago. No pasó mucho rato cuando; *"Una vez más, Ceci. Santiago"*, se dijo.

La pareja se le acercó. La joven llevaba una amplia sonrisa en el rostro. Santiago reconocía el lugar con la mirada. Natalia comenzó a sentirse incómoda. El joven no hacía mucho esfuerzo por iniciar temas de conversación. Se limitaba a escuchar las ocurrencias de la pelinegra alegre. Entre respuestas cortas, Natalia utilizaba cada oportunidad que los ojos distraídos de Cecilia le otorgaban para escudriñar al joven. Estaba segura que era más de 1.9 metros la estatura de Santiago. Si permanecía mucho rato mirándole, los ojos verdosos empañados por un velo cristalino le creaban una sensación de lagrimeo. Desconocía la causa. Se permitió parpadear un instante para eliminar la incómoda sensación. Al abrir los ojos encontró sendas sonrisas plantadas en las caras de la pareja. Santiago elevó una mano haciendo señas. Cecilia hacía esa mueca inconfundible que le delataba las travesuras, las culpas. Natalia resistió la urgencia de girar y por fin enterarse quién era la cita a ciegas. Otra vez, Cecilia se había tomado la libertad.

—¡Hey! —los hombros se le comenzaron a encrespar al escuchar esa voz por tercera vez en la misma semana.

Mientras la pareja saludaba al joven que se les unía, Natalia evaluaba las opciones. Podía saludar, ignorar o huir. Cuando levantó la mirada tropezó con una mano que esperaba paciente frente a ella. El agarre fue débil, el toque tibio.

—Damián Roa —inclinó un poco el rostro hacia el lado derecho.

Natalia quiso mostrarle cuánto placer le generaba conocerlo.

Apretó la mano fuerte.

Muy fuerte.

Cuanto más pudo.

Le clavó la mirada en los ojos. Conoció que eran negros. Solo negros. Enmarcados por unas cejas abundantes, arqueadas con suavidad. Se escondían entre mechones de pelo lacio del mismo color.

—Natalia Benavent —develó a la misma vez que advertía la cicatriz, aún más pálida que el resto de la piel de la cara. La marca comenzaba bajo el lóbulo de la oreja izquierda y terminaba a la mitad de la barbilla. ¿O era al revés? Sin poder entender sintió que el pecho se le estrechaba a medida que en el subconsciente intentaba adivinar la manera en que tal herida le había marcado el rostro a ese muchacho, tal vez la vida.

Damián, estaba lerdo por lo inusual de los rasgos de la joven a quien llegó a considerar intrusa unos días atrás. Por primera vez se permitió explorar las facciones tras ese cabello naranja que se empeñaba en cubrirle el rostro. Recordó el bulto que lo había sorprendido un par de madrugadas atrás enroscado en el viejo sofá de mimbre. Con el recuerdo dijo presente de nuevo el deseo tonto de sentir el cabello deslizársele entre los dedos. Notó el gris de los ojos enmarcados de un brillo. Supo al instante, que si no dejaba de mirarlos, en segundos serían capaces de hipnotizarle. ¿Ya era tarde? Advirtió, además, cómo las abundantes pestañas y estilizadas cejas compartían el mismo color zanahoria del cabello. Las pequeñas manchas bajo el maquillaje de las mejillas y la piel sobre la nariz fueron lo que lo colocó en un estado que no le permitía sentir el intento fallido de Natalia por triturarle la mano.

Cuando Damián despertó del trance en que había sucumbido, no se dejó intimidar. Dobló la intensidad del agarre en la mano femenina. Torció el rostro. Le parecía divertido el intento de intimidación por parte de la diminuta y ¿bonita? joven. La ingenuidad de esa muchacha era atrevida. Llegar a pensar que con un saludo apretado podría intimidar a un Roa.

Los músculos del cuello de Natalia se le comenzaron a tensar. Él pudo advertir que comenzaban a notársele bajo la piel del cuello los contornos de algunas venas. Ella no claudicó. Sentía que los huesos de la mano estaban a punto de convertírseles en polvo. Las ganas de continuar midiendo fuerzas con el hombre la seguían manteniendo firme ante la mirada de los dos espectadores más cercanos.

Cuando Damián comenzó a notar el leve temblor que se apoderaba del labio inferior de Natalia, sintió la necesidad de halarla y estrellarla contra él. Tal vez, socorrerle la piel.

La liberó.

—¿Les invito a tomar algo? —preguntó Damián buscando anular los últimos segundos de ese encuentro. Hubo de todo menos sonrisas.

—No, gracias —respondió Natalia apoyando el codo encima de la mesa alta conteniéndose las ganas de sobarse la mano maltrecha.

—¿Mojito? —insistió Damián con las cejas alzadas y la malicia mostrada en el espacio arrugado entre ellas. Aún no se le antojaba regalarle ninguna sonrisa. Volvió a recibir un no por respuesta, esta vez, más pausado y firme.

Santiago no perdió tiempo en ofrecerse a buscar las bebidas, sin embargo, el amigo lo acompañó.

Natalia ardía en furia. Agarró por el brazo a Cecilia pero, con la misma rapidez tuvo que soltarla al sentir el dolor que le corrió desde la punta los dedos hasta el antebrazo derecho.

—Te juro por mi madre que es la última vez que salgo contigo —sentenció con los dientes apretados y solo el espacio suficiente para dejar escapar el juramento.

—Nat, relájate. Damián es un tipo *cool*[5]. Fíjate que estuvo desde anoche insistiéndole a Santi que coordinara un encuentro.

—¿Conmigo? —no pudo más, socorrió la mano adolorida entre su pecho y la mano sana.

—¿Con quién más? ¿Déjame ver? —Cecilia le arrancó extremi-

---

5   En español: chévere.

dad del encierro que la tenía.

—¿Qué quiere el idiota ese conmigo?

—Eso tendrás que averiguarlo tú. ¿Te duele? —sobó por un breve momento y terminó plantándole un beso encima de los dedos—. Pero, de que quiere algo, quiere algo —calló antes que pudieran soltársele las carcajadas y recibir los insultos de Natalia.

Los hombres se acercaban de vuelta abriéndose paso entre la gente.

—Mojito para usted —Damián le extendió el vaso a Natalia. De inmediato lo aceptó. ¿Cortesía? Lo agarró con la mano izquierda, queriéndolo vaciar de un sorbo, lo colocó encima de la mesa adjunta sin probarlo.

Mientras Santiago y Cecilia parecían absorberse en una conversación privada a unos pasos, Natalia permanecía en silencio. Solo una mirada, de tantas que había recibido en aquel lugar, logró hacerla desear salir corriendo de allí.

Damián trataba de ahogar en el vaso de güisqui la necesidad creciente de mirarla. De estacionar los ojos en ella y no volverlos a apartar. Hacerlo, no sería correcto. Quería tomar ventaja de la manera consciente y burda en que ella lo ignoraba. Notó como Natalia extendía la mano hasta el vaso que encerraba el trago sin probar. La vio abrazarlo con los dedos y jugar con el sudor que escurría del plástico. Un sentimiento breve lo invadió. Él era el causante de la molestia en aquella pequeña pero, atrevida mano.

—Seamos claros —comenzó a decir Natalia mientras se le colocaba enfrente y lo miraba sin pestañear—, ni tú quieres estar aquí, ni yo tampoco.

Le duró poco la culpa a Damián. Inclinó la cabeza un poco, volvió a mirarle los ojos. Hubiera querido soplarle el rostro a Natalia, espantar

Materia oscura

los mechones de pelo que le estorbaban visibilidad plena. El diagnóstico le tomó poco. Esa mujer sufría de un extraño caso de belleza enfermiza.

—Pues vámonos —la comisura del labio se le comenzó a torcer. Se inclinó un poco más hasta la oreja de la joven—. Podemos ir a mi casa o mi oficina en el club. ¿Creo que ya la conoces? —Natalia dio un paso atrás. Los ojos en fuego lo fulminaron. La boca abierta sin disimulo le delató a Damián que, ¡por fin!, había atrapado su atención. Quiso explorar los límites de ese rostro enfurecido—. Lo que tengo que hacer contigo, incluso, puede ser aquí mismo.

Damián recibió un leve empujón cuando un grupo de personas intentaban pasar de un lado a otro. La excusa perfecta para acortar la distancia con ella.

Si no fuera por la sensación indescifrable que le seguía creando la cicatriz en la cara de aquel muchacho, con gusto le hubiese plantado una cachetada sin ningún aviso. ¿Por qué le dolía tan solo pensar lastimarlo? Sabía muy bien que cada cicatriz, visible o invisible, tiene una historia detrás. Con frecuencia, una triste.

—¿Qué dijiste? —preguntó Natalia casi sin aliento en un tono elevado.

—Que lo que tengo que decirte puede ser aquí mismo. Aunque, preferiría un lugar más silencioso —abrió los ojos más de lo natural—, más privado.

La joven se llevó las manos a la cintura, una a cada lado.

—Mira, Damián, dejemos algo muy claro. Yo no tomé ningún documento de los que estaban descuidados en aquella oficina. ¿Quieres una disculpa? Pues me disculpo y de paso, me despido —tomó el bolso que había colgado del espaldar de una de las sillas—. Buenas noches.

A paso apresurado, esquivando entre la gente, emprendió camino hacia la salida. *"Qué idiota eres, Natalia. Era él, el imbécil que lleva por nombre Damián, quien debía disculparse contigo y no al revés."*

Tardó segundos en reaccionar. Se quedó lerdo, desconcertado por la sensación que, sin previo aviso, le paralizó la pierna al sentir el roce de la cadera de la joven cuando lo apartó para abrirse paso. Soltó el trago y avanzó de prisa hasta la salida.

Logró alcanzarla.

—¡Hey! —le haló la tira del bolso.

Tenía que detenerla.

Se quedó con éste colgando de la mano.

La vio tambalearse.

—¡¿Qué te pasa, estúpido?!

—Lo siento. ¿Siempre huyes así? —la señalaba con el dedo índice.

No pasó desapercibido para Damián cuando se oscureció el resplandor de los ojos que lo habían hipnotizado.

"Siempre", respondió ella para sí.

Ante el silencio de Natalia, extendió la mano despacio, colgando de ésta, el bolso. Sintió necesario extender algo más.

—Lo siento. De veras que lo siento —dejó escapar las palabras sin ninguna intención pretenciosa.

—¿Qué sientes? —encontró una excusa perfecta para, tal vez, mirarle el rostro más tiempo de lo que hasta ese momento había podido—. ¿El haberme casi echado de tu *club* por mi vestimenta? —sí, eran negros, solo negros esos ojos—. ¿El casi destrozarme la mano? —y la miraban sin pestañear—. ¿Las propuestas indecentes? —le vio los párpados contraérseles, *"¿habrá sido por lo de indecente?"* —¿El que casi me lanzas al suelo?

Damián se cruzó de brazos.

—Parece que contigo no empecé, ni con el pie derecho, ni el izquierdo —soltó una bocanada de aire y con ella la primera sonrisa.

—Mira yo no voy a tener sexo contigo. No me interesa —*"¿cierto?"* —. Ahórrate lo que sea que tengas en mente.

En cualquier otra ocasión la idea de llevársela a la cama hubiese sido muy atractiva. Necesitaba algo más de ella. Si tan solo hubiese sabido cuánto más llegaría a necesitar.

—Busco un administrador para YOLO, el *club* —aclaró.

—¡Y qué me importa!

"¿Malcriada, también?"

—Tú necesitas una entrada adicional, yo, alguien que ponga orden en las cosas de mis negocios.

La luz en la mirada de Natalia volvió aparecer. Esta vez él sentía que le quemaba las pupilas. Ella dio un paso atrás pensando que esa era otra más de las que tenía que anotar en la larga lista de cosas que, en algún momento en su vida, le cobraría a Cecilia. ¿Quién se creía ella para andar divulgándole sus cosas personales y problemas económicos a extraños?

Damián no tardó en notar que, una vez más, la había cagado. La pobre muchacha estaba avergonzada por la manera presuntuosa en la que él le había planteado la propuesta. Era la única que él conocía, la manera Roa. Aunque quisiera negarla. 'Primero buscas la debilidad. Siempre todos tienen un punto débil, Damián. La clave está en identificarlo antes que ellos identifiquen el tuyo.' Esas palabras eran uno de los tantos consejos, no solicitados, que le daba el tío Nicolás cada vez que lo visitaba en la penitenciaría.

—Ten —le extendió una tarjeta con el logo del club.

Dudó unos segundos aceptarla. Ya estaba cansada, quería poner fin a esa noche, a la humillación. La tomó entre los dedos.

—Piénsalo —habló mirando al suelo.

Natalia volteó, caminó algunos pasos alejándose y agitando en la mano izquierda sobre la cabeza la pequeña tarjeta. Quería decirle 'vete al infierno'. Dejó escapar:

—Buenas noches.

7

Decisión ✳ Nicolás ✳ Su muchacho

Todavía le costaba aceptar, la posible sentencia de siete años en la prisión federal. Nicolás Roa era consciente, algunos años de su vida tendría que dejarle al gobierno por la evasión de impuestos pero, "¡siete años!" Jamás fue uno de los panoramas que contempló.

Por más que sus abogados buscaron negociar con el *Servicio de Rentas Internas*[6] en la búsqueda de lograr un acuerdo que le devolviera la libertad, fue imposible. El fisco le había elegido para llevar un mensaje al país y estaban dispuestos a llegar hasta las últimas consecuencias.

A un año desde la inicial detención, Damián no había hecho tan mal trabajo llevando los negocios lícitos de la familia. Sabía que no se equivocó cuando lo encaminó en los estudios de medicina. Ese muchacho no era un hombre de negocios. No de los negocios Roa. A Nicolás le quedaba muy claro. Lo ratificó cuando su sobrino, en una de las visitas a la penitenciaría, le escupiera que solo se quedaba porque la moral le exigía pagarle la deuda. 'El día que pongas el primer pie fuera de este lugar, estaré yo poniendo el mío fuera de este país', le había dicho Damián. El sobrino tendría que esperar para ver ese día llegar, al menos seis años más, si es que los federales se salían con la suya.

Nicolás estaba acostado en la pétrea cama. Observaba el techo de

---

6   IRS por sus siglas en inglés. Es el buró encargado de administrar e implementar los sistemas de impuestos y las cuotas del Seguro Social en los Estados Unidos Continentales.

concreto de la compacta celda. Ese cajón no era ni una cuarta parte de lo que podía ser el baño de la casa más pequeña de todas las propiedades que poseía. A falta de papel y lápiz para escribir los problemas y analizar las opciones, como antes acostumbraba hacer, solía agotar el tiempo en esa misma posición. Le permitía distribuir el peso del encierro a través del cuerpo, quitarle algo a la mente. Durante años había enfrentado situaciones más complicadas que un encierro. En todas tuvo éxito. ¿Por qué en esta no lo tendría?

Sin dudas Damián no era la persona para manejar el negocio que fungía como motor de las arcas del tío Roa. *"No lo sé, Nicolás"*, escuchaba las palabras de Gutiérrez en la mente. En ese año que ya llevaba recluido, a diario se preguntaba si era necesario involucrar a Sebastián en los asuntos familiares.

Lo extrañaba.

A veces más que otras.

Hacía un par de semanas, tras la visita de su mano derecha, concluyó que era la única opción. Gutiérrez lo había apoyado con el manejo de la operación del negocio de transporte de armas. En esos últimos meses, los problemas se habían comenzado a apilar. Como en cualquier arena competitiva, los oponentes aprovechaban el encierro del líder Roa para quitarles negocios, maltratar las relaciones con los clientes del Medio Oriente a los que, Nicolás y Transportes Roa, le servían por años. Nadie había logrado ofrecer un mejor servicio de puente para la entrada de las armas al mercado Norteamericano, El Caribe y algunos países de Centroamérica.

La muerte de uno de los mejores hombres de Nicolás fue la gota que colmó la copa. Era el mensaje que Ibáñez, el principal competidor, le enviaba. Las dimensiones y códigos de ética de esa economía subterránea se reescribían.

Cuando el tío Nicolás se inició en los negocios de transporte de armas, le tomó algunos años y despacharse a unos cuantos para que por fin entendieran que había nuevas reglas para hacer negocios. La sangre no correría. No, a menos que fuera necesario; eliminar un daño inminente a la organización, un soplón, una amenaza contra cualquier miembro y su familia. Lo demás se canalizaba evitando manchar de rojo lo que les permitía poner el pan en las mesas de las familias de los miembros de la organización.

Si esto hubiera ocurrido unos años atrás, hubiese sido más fácil. Gutiérrez habría quedado como cabecilla. *"¿Quién mejor que él?"* Ya no era una opción. La enfermedad de su amigo lo había deteriorado. No era el mismo guerrero. No tenía la fuerza física ni mental para manejar una operación tan demandante como aquella. Cuando le extirparon el cáncer de próstata hacía un tiempo atrás, se llevaron también los años que le quedaban productivos en la organización. Gutiérrez merecía retirarse, disfrutar junto a su familia los frutos que rindiera el arduo y arriesgado trabajo de los pasados veinticinco años.

Aunque a veces la malcriadez de Damián la interpretaba como ingratitud, era consciente que ese sobrino suyo, al que quería como un hijo, no había nacido para ser parte de esos negocios. En Damián siempre había visto esperanza. La oportunidad de que su familia se superara de la manera en que lo hacían otras familias. Los que disfrutaban la dicha dentro de lo que las leyes de la sociedad dictaban. Desde pequeño lo observaba jugar e interactuar con los demás niños y su hermano. Llegó a pensar que sí sería el heredero del poder. Conforme fue creciendo, aunque de cuerpo siempre lograba intimidar, notó que era débil de carácter. El tío veía compasión en el rostro del Damián niño, del joven, del adulto. Cuando el único hermano varón incitaba una trifulca a causa de los constantes arranques de celos, Damián, mostraba una mirada con ira. Lo de Sebastián eran celos infundados por el trato diferencial que, de manera intencional, el tío brindaba a los hermanos. El pelinegro nunca pudo trasladar aquel coraje hasta los puños para otorgar la paliza que el otro mocoso se merecía. El mayor de los sobrinos siempre le huía a la agresión física. Fue el día en que el reclamo a gritos de Sebastián desde la entrada de la casa, anunciaba otra de las tan acostumbradas trifulcas. Le reclamaba a Damián, para ese entonces de diecisiete años, haber salido a sabiendas, con la chica que a él le interesaba. Gritos, manotazos y empujones era lo que recibía Damián. Toleró el maltrato por unos minutos. Luego, le escupió que lo había hecho adrede. Que si quería, se podía quedar con la muchachita. Que aunque usadita, servía para pasar un buen rato.

"Debí intervenir." Nicolás, a menudo solía reclamarse.

El tío Roa lo pensó muy tarde. Justo cuando decidió poner orden a lo que parecía una pelea habitual entre hermanos, vio la mano del menor que se movió como un celaje desplegando un centello por el lado izquierdo del rostro de Damián. Al acercarse a los sobrinos un olor a metal le invadió la nariz. Al mirar vio la sangre que chorreaba entre los dedos de las manos temblorosas de Damián.

"¡Maldito Sebastián!"

Él sí tenía los cojones.

Ese era *su* muchacho, Sebastián Roa.

Quien único cumplía con los requisitos para ocupar su lugar.

Conseguirlo le demoraba días. Muchas veces podían ser meses. Su gente siempre lo hacía. Esta vez la demora fue menor de lo que pudo imaginar. Lograr que lo visitara a la penitenciaría, fue más difícil que lo que le había costado con Damián.

A Sebastián lo hallaron escondido en un departamento en la zona oeste de la isla. Para ser un escondite, tenía lujos que sobraban.

—¿Cómo para qué carajos me quiere el tío? —preguntó mientras apuntaba un AK-47 al pecho de Gutiérrez quien era flanqueado por un par de hombres de Nicolás. Reciprocaban la amenaza.

Sebastián vivía con ese palpitar elevado e inagotable en el pecho. Su tío nunca había vuelto a ser el mismo con él desde aquella tarde que le desgarró el rostro a Damián con la navaja que él mismo le había regalado en su cumpleaños número quince. Se salvó de una denuncia porque su madre, Eladia, había intercedido e implorado a su *cuñado* para que no lo hiciera. Que le ahorrara el dolor que le causaría enfrentar a ambos hermanos.

Sebastián no bajaba la guardia *"¿Por qué luego de tanto tiempo le interesó al tío? ¿Habrán conseguido algunos de mis enemigos aliarse con Nicolás?"* Y aunque no podía evitar formularse esas preguntas, sabía las verdaderas razones, también que era el momento que *todos* llevaban esperando por los pasados años.

Todos.

En especial, él.

El sobrino más pequeño había sido muy efectivo en ganarse una buena cantidad de enemigos. Darían lo que fuera por verle la cabeza donde tenía los pies. A los ojos de muchos, Sebastián había heredado ese gen que corría en la familia por la afinidad a cosas ilícitas, a los de otros, era un baluarte necesario en el linaje Roa. Le costó ganarse el respeto en el bajo mundo de quienes gobernaban en esa realidad paralela. Con la ayuda silenciosa de algunos, a los veinticuatro años ya su nombre sonaba a temor. De seguro que el apellido en algo había contribuido.

—Nicolás necesita que lo visites en la Federal —dijo Gutiérrez encendiendo un cigarrillo.

Con agilidad, Sebastián repasó todos sus actos.

Los últimos años.

Los últimos meses.

Las últimas semanas.

Los últimos días.

Las últimas horas.

Revisó todo, antes que otros fueran los dueños de su vida y durante también. Las imágenes mentales de cada uno de ellos se mostraron frente a él.

Los amenazados.

Los atracados.

Los estafados.

Hasta los que ya no hablaban.

"Los muertos hablan", recordó las palabras que escuchó decir una vez en la televisión a un abogado. *"Los míos, no"*, le escupió en aquella ocasión a la pantalla.

—No me he acercado al imbécil de Damián —masculló no tan solo con los dientes, también con la expresión de enojo en los ojos. Debía hacerse el estúpido, seguir el plan. Esa era la razón de mayor peso que pudo hallar en la mente para que el tío lo mandara a llamar. *"¡Jamás en tu vida te le vuelvas a acercar a tu hermano!"*, con esa sentencia fue que el tío perdonó tan vil e inescrupuloso acto de Sebastián.

—Lo sé y te felicito. Al fin parece que estás madurando —Gutiérrez apartó con la mano firme el cañón del arma de quien, para él, seguía siendo un mocoso—. Parece que la mayoría de edad, aunque tarde, está haciendo lo suyo en ti —terminó el experimentado hombre. Sentía la autoridad de haber conocido al joven desde que era en realidad un mocoso.

Se necesitaba más que un muchachito con ganas de jugar al guapetón de barrio apuntándole con un arma tan potente para lograr intimidar a Gutiérrez.

—¿Qué es lo que quiere? —preguntó Sebastián mientras bajaba despacio el cañón—. Guarda el arma y ven conmigo.

—¿Se está muriendo? —meditó por un segundo. Soltó una carcajada—. No, no se está muriendo. Déjame adivinar. ¿Ya le rompieron el culo en la cárcel? —la mirada fulminante de Gutiérrez tuvo efecto. Se le esfumó la sonrisa que llevaba plantada en el rostro.

—Deja la maldita arma y acompáñame. Mañana, por ti mismo averiguas cómo sigue el culo de tu tío.

Sebastián, mostró unos minutos adicionales de resistencia.

Era necesario.

Fue con Gutiérrez. Cuestionándose las capacidades que pudieran tener los contactos e influencias de Nicolás en la Federal para dejarlo entrar sin mayores contratiempos, accedió. Sabía que uno que otro agente tanto de la policía estatal como de la federal le tenían el ojo echado.

También eso era necesario.

Pernoctó en otra de las múltiples residencias del tío. No pegó los ojos en toda la noche. Aunque sabía que los hombres que cuidaban los alrededores de la localidad estaban armados, no llevar consigo un arma lo hacía sentir inquieto. Sus armas no eran legales, nunca lo habían sido. No tenía ningún permiso para poseer o portarlas por lo que Gutiérrez había insistido que no anduviera con ellas hasta tanto visitara a Nicolás.

El día después, justo como esperaba, la conversación con el tío comenzó muy tensa.

—*"¿Te rompieron el culo ya, tío?"* —aunque esa era la primera pregunta que quería hacerle, la guardó para otro momento—. ¿Qué quieres? —bramó.

—Seré directo, Sebastián. Puede que me claven en este lugar por seis años más. Tu hermano se hace cargo de algunos de mis negocios, necesito que tú te hagas cargo de los más importantes. ¿Sabes a qué me refiero? —El hombre de tez bronceada, cabello castaño y abultado que lucía el lacio que compartían algunos de los hombres Roa, contemplaba al joven. *"Permita Dios que esté haciendo lo correcto"*, cavilaba.

El joven no le apartó ni un instante la mirada del rostro. Vivía rabioso por la preferencia que el tío mostraba por Damián. Nicolás sabía que quien más se parecía a él era en efecto Sebastián.

—¿Por qué esa confianza de repente en mí? —la incredulidad se le depositó entre las comisuras de la boca—. ¿Dónde dejaste al gran doctor, el gran Damián?

—Tu hermano seguirá manejando los negocios del club, inmuebles y otras inversiones. Tú, dirigido por mí, manejarás el de importación y exportación; Transportes Roa.

Mordiéndose el labio inferior, Sebastián se dejó caer contra el espaldar de la silla, llevó las manos cruzadas al pecho.

—¿Qué te hace pensar que accederé a ser tu marioneta?

El tío imitó la postura.

—¿Acaso esto no es lo que siempre has querido, ser igual que el tío Nicolás?

También se mordió el labio inferior. ¿Habrá sido de manera consciente?

—¿Qué hay en todo esto para mí —pausó, y mientras continuaba castigándose la piel del labio, prosiguió muy despacio pronunciando con detalle—, tío?

—Los de la policía estatal, se olvidarán que existes, los de la federal, estoy seguro podrán buscar en qué entretenerse por un tiempo. Además, recibirás una buena paga pero —se acercó irguiendo el torso—, deberás olvidarte de todas las mierdas que tienes alborotadas allá fuera —advirtió—. Nos encargaremos de saldar las cuentas y contentar a aquellos que has enfadado.

El tío estaba muy bien informado de la situación del sobrino en el mercado.

—A ver si entiendo, recuerda que yo soy el idiota de los dos —dejó escapar un resoplido—. ¿Significa que la veta de no acercarme a mi hermano ha quedado anulada?

—Significa que ya eres un adulto de veinticuatro años, ¡carajo!, que se supone que hayas madurado. Que te guste o no, tendrás que lidiar con tu hermano y lo harás de una manera civilizada. De eso no tengo dudas, hijo.

Sebastián tuvo que tragar hondo, muy muy hondo para controlar la sensación que le provocó cuando lo escuchó llamarlo hijo.

Mentiroso, el tío Roa. Sí que las tenía, las dudas.

La conversación duró algunos diez minutos más, Sebastián permaneció en silencio atendiendo cada palabra que le esbozaba el tío. Casi no movió las soleadas pestañas que le enmarcaban los ojos verdosos. Eran iguales a los de su único tío.

8

Oportunidad ✳ Curiosidad

El día en la oficina transcurrió como de costumbre; reuniones, reportes y claro, la esperada explicación de Rafael, quien no paró de disculparse desde las ocho de la mañana hasta las cinco de la tarde. Un problema familiar fue la excusa que ofreció para el desplante que le dio a Natalia. Solo aceptando la posibilidad de volver a acordar una nueva fecha fue que ella pudo quitárselo de encima.

El lunes en la noche, al llegar a la casa de sus padres, luego de la jornada en la oficina, lanzó el paquete de sobres encima del colchón. Había de todos los colores y tamaños. Al esparcirse, no tardaron en cubrir más de la mitad de la superficie de la cama. Natalia había pasado por la oficina de correos en la hora del almuerzo. Debió imaginarlo. El apartado postal que rentaba estaba repleto. ¿Qué más podía esperar luego de casi un mes sin recoger la correspondencia?

Se acomodó en la esquina de la cama y comenzó a retirarse los zapatos. Notó que la suela de uno de ellos comenzaba a despegarse. Intentó acomodarla, se quedó con un pedazo colgando de los dedos.

—Genial —lanzó con desgano al suelo el zapato y el pedazo de suela.

Enroscó los pies encima de la cama, se masajeó los dedos y la planta. Un suspiro profundo le relajó el pecho que lo llevaba apretado. Dispuso gran parte del tiempo para abrir y revisar cada una de las cartas.

Era todo un ritual que había aprendido de su padre; tomaba el sobre, golpeaba tres veces por uno de los costados, con las manos los elevaba y trasponía contra la luz para asegurarse que, al rasgar el papel, no se llevara parte del documento interior. Luego, volvía a acercarlo frente al pecho, desgarraba el borde, extraía el contenido, daba doble vistazo validando que dentro del sobre no quedara nada, lanzaba el sobre vacío al suelo y comenzaba a analizar la factura o aviso de cobro.

Uno a uno.

Repetía, una y otra vez, el ritual para cada sobre.

Facturas y más facturas, cobros y más cobros. Mientras llevara en las costillas los rastros del pasado, sería imposible volver a empezar. Aunque le enfadara que Cecilia hubiese ventilado la paupérrima situación económica que la rondaba, sabía que eran buenas las intenciones detrás de esa indiscreción.

Su actual empleo no era lo que pondría el dinero que necesitaba en la cartera para dejar de recibir los sobres que la ponían inquieta. Las neuronas le daban para más. Para mucho más.

Fue preciso el cambio.

De empleo.

De círculo social.

De nada parecía haber valido todos los sacrificios que hizo para continuar estudiando y trabajando en aquellos años que la vida de repente se le volcó encima. ¿Cuándo alguien entendería eso? Aunque se negara a aceptarlo, a veces de manera inconsciente, le daba la razón a Cecilia. 'Nat, tú tienes una mezcla letal. Eres linda, inteligente, joven, y encima, eres mujer. Combinación perfecta para que los malnacidos machistas que ocupan los altos puestos gerenciales se sientan amenazados.'

Hubiese cambiado de manera permanente hasta el lugar de residencia. El dinero no le alcanzaba. Se había quedado sin un solo centavo.

Por eso había pedido prestado a Cecilia unos cuantos dólares para cubrir tres meses de renta de un departamento en una zona apartada. Solo su amiga sabía la ubicación, sin embargo, carecía de autorización para visitarla. Durante aquel tiempo, Cecilia nunca violentó esa prohibición, tenía muy claro cuán necesario era para Natalia convertirse en casi un fantasma. Ella necesitaba desconectarse de todo y todos para poder olvidar. Hubiera querido largarse a otro estado o país. No tenía el valor. La soledad, aunque necesaria, le aterraba.

Cada vez que enfrentaba las cartas de cobros o escuchaba a su padre quejarse de las constates llamadas telefónicas de cobradores malcriados y malparidos, la voz maldita le recriminaba como un chillido *"Pudiste lograr un acuerdo justo."*

¿Qué más justo que recuperar su libertad y seguridad?

Total, que del otro lado no había mucho que pedir.

El corazón y alma de Natalia estaban sentenciados a una prisión que parecía eterna. Ese encierro y oscuridad que solo puede generar la culpa, el sentimiento incansable de traición. *"Egoísta"*, escuchó el subconsciente lanzarle el insulto. Era constante.

Al meter la mano en el bolso para sacar la chequera y comenzar hacer trucos de magia estirando los dólares, junto con la billetera se vino la pequeña tarjeta plateada. La había olvidado. No a quien se la dio.

—YOLO —leyó.

Jugó con la tarjeta entre los dedos por un rato. Observó el nombre impreso en ésta. *"Damián Roa"*, recordaba muy bien ese nombre, más bien a ese hombre. Repasó el momento en que, con la mano atrapada en la de él, pudo observarle despacio el rostro. Algo familiar se escondía en aquella mirada. Algo en el torbellino que se le formaba en el espacio entre los oscuros ojos, la frente rígida y la nariz respingada. No, no era un rasgo físico lo que solía ser familiar. Era algo más.

Al otro día, martes, a la hora de almuerzo Natalia se sentía como una estúpida niña con la cabeza metida bajo la caseta telefónica. Sujetaba en la mano los últimos veinticinco centavos que le quedaban. En los quince minutos que llevaba bajo el sol de mediodía, había hecho el intento de llamarle en tres ocasiones. La misma cantidad de veces había colgado al escucharle la voz. Ensayó tres veces más lo que diría. Debía añadir al discurso una excusa por las llamadas colgadas. Suspiró. Deslizó la moneda por la hendidura. Limpió las gotas de sudor que le mojaban desde la frente hasta la sien y se le acumulaban en el cuello.

—Si no va hablar, deje de joder.

Escuchó el "amable" saludo en la voz masculina.

—¿Damián? —aclaró la garganta—. ¿Damián Roa?

Silencio.

"*¿Habrá colgado?*"

El ruido de los autos transitando por la calle paralela a donde se encontraba ubicada, le dificultaba identificar si él continuaba al otro lado de la línea. Lo pudo haber llamado desde la oficina. Prefería mantener el grado de inseguridad en el anonimato. Si al final no se armaba de valor para hablarle, mejor que pensara que era cualquiera con ganas de fastidiar quien lo llamaba y colgaba.

—¿Va hablar? —preguntó en un bramido que le hizo saltar el estómago aún vacío a la joven.

—Es Natalia, la amiga de…

—Cecilia —interrumpió.

Durante la tarde, en la soledad de su cubículo en la oficina, comenzó a imaginarse trabajando para el joven de oscura mirada. "*No es descabellado*", se dijo. Ya había visto la situación financiera en que se encontraba el negocio. Parecía ser un tema administrativo. ¿Cuán complicado podría ser? *"Trabajaré algunos meses para acumular el dinero suficiente, y al menos, reducir la cantidad de cartas de cobro. Tal vez, hasta juntar para el mes a fondo de un pequeño departamento"*, sonrió. No era desagradecida con sus padres, al contrario, el poder llegar en las noches y compartir algunas palabras con ellos la reconfortaba de alguna manera. Sin embargo, luego de haber hecho vida independiente, tener un espacio propio y el silencio que venía con éste, le resultaba incómodo pasearse por la casa cuando ellos estaban. Sentía que la carga negativa, que se empeñaba en bajarle sus hombros cuando caminaba, era contagiosa. Se suponía que era ella quien tenía el deber de ayudarles.

Era la ley de vida.

Los Benavent llevaban dos años de debacle financiera. Roberto había sido cesanteado del empleo como director de recursos humanos de una empresa local. Después de casi veinticinco años e incontables reconocimientos, no había espacio para él en ese lugar. Intentaron llevar el mismo nivel de vida con la mesada que recibió. Poco les duró. Era algo insostenible. *"Todo pasa, hija, verás como todo pasa"*, recordó las palabras de su madre y las repitió para sí en voz alta:

—Todo pasa, Natalia, todo pasará…

Sacó del bolso un papel en el que había escrito algo la pasada noche. Luego de escribir todos los cheques que la cuenta de banco podía aguantar esa quincena, invirtió el resto de la noche sumergida en su computador portátil. No había podido sacarse de la cabeza las gráficas que vio en el monitor de Rafael. Ese *juego* de la *bolsa*, siempre le había parecido algo interesante. En la universidad había estudiado los conceptos básicos del tema. Se quedó con la curiosidad de ponerlos en práctica en la vida real. Algunas casas de corretaje fueron de las primeras opciones donde intentó buscar empleo al terminar los estudios. En ninguna le dieron la oportunidad. Todas elogiaron su currículum, sin embargo, exigían experiencia. Natalia se quedó con la curiosidad de saber cuál hubiese sido el resultado si hubiera nacido hombre y llevara un diploma con el nombre de una universidad con sede en los Estados Unidos.

Como había acordado con Damián en la llamada de mediodía que duró menos de un minuto, pasadas las seis de la tarde se encontraba frente a la entrada de YOLO. Se disponía a anunciarse con un toque en una de las puertas de cristal. Lo vio venir desde el interior. Llevaba puesto un conjunto gris oscuro que le hacía resaltar el negro de la camisa. Él tardó unos segundos quitando los cerrojos del otro lado de la puerta. Cruzó el umbral y se acercó.

—¡Hey! —quiso extenderle la mano y saludar. Si la relación con esa joven sería de trabajo, mejor empezar de una manera prudente.

Le indicó con un breve movimiento en un brazo que pasara.

—¡Hey! —Natalia trató de disimular la urgencia inexplicable que sintió de no apartarle la mirada de los ojos.

Damián le dijo que lo siguiera. Obedeció en silencio. Comenzó a contemplar la acción que ocurría a esas horas en el sitio. Al menos contó diez personas entre hombres y mujeres moviéndose de un lado a otro. Todos jóvenes. Encontró una barra ubicada en medio de lo que parecía ser una pista de baile en el primer nivel. Allí tres mujeres y dos hombres rellenaban las enormes neveras con toda clase de bebidas. Un sonido repentino le hizo dar un breve salto en los hombros. Al instante encontró el origen del alboroto. Uno de los empleados derramaba un enorme balde de hielo sobre una especie de piscina de acrílico ubicada en el centro de la enorme y rectangular barra construida de un material blanco y sólido. "*¡Ah, por Dios!*", exclamó en silencio con la boca entreabierta. Siguió el camino que formaban las estructuras onduladas a lo largo de las paredes y el techo. Elevó el rostro un poco más, bastante más. Validó que sí eran las ramas de un árbol de acero inoxidable que trepaban por las paredes hasta el tope de aquel lugar cubriendo el techo. Pudo notar entre la estructura, como queriendo pasar desapercibidas, unas luces. Imaginó eran las culpables del espectáculo de transformación de ese sitio que experimentó la semana pasada. Su presencia fue solo percibida por un par de los empleados. Pareció que al ver al jefe caminar frente a ella, perdieron cualquier interés en mirar a la extraña visita. Comenzó a sentir entusiasmo. La segunda vez que entraba a ese lugar. Atestiguarlo vacío sin el bullicio nocturno, le creó fascinación. Estaba acostumbrada a presenciar eventos importantes tras bambalinas, pero nunca un lugar de vida nocturna y mucho menos uno del tamaño y lujos de ese.

Hacía segundos que Damián había detenido el paso. La observaba embelesado a unos escalones de distancia. Natalia inmóvil contemplaba la acción de los preparativos. Él pudo notar cuando le tocó el turno a las paredes y el techo de ser víctimas de la curiosidad femenina. Ella reparaba en todo.

—¿Seguimos? —preguntó Damián suprimiendo las ganas de avanzar hasta ella y explicarle cada detalle de la decoración por la que había pagado una fortuna.

Le invadió un coraje repentino. ¿Qué le pasaba? ¿Por qué esa ansiedad? Se cuestionaba ante la mujer que lucía una falda negra que terminaba justo encima de las rodillas y una camisa color azul cielo cuyas mangas le cubrían toda la piel de los brazos.

Natalia salió del trance, regresó al espacio y tiempo que compartía con quien pensaba dueño del espectáculo.

—Sí, disculpa —alcanzó a responder. Cuando miró al piso para asegurar los pasos, la trasparencia de los escalones que parecían estar hechos de cristal, le creó una sensación de aturdimiento y vértigo. Volvió a odiarlos. Lo había hecho la primera vez que estuvo allí. En esta ocasión no fue la excepción.

El momento no pasó desapercibido por el ex estudiante de medicina.

—¡Hey!, ¿estás bien? —por instinto quiso acercarse y tomarle el pulso. Se paralizó ante el hecho de tener que volverla tocar.

—Sí —se llevó las manos al rostro, levantó los anteojos que había olvidado quitarse al salir de la oficina y se frotó los ojos—, me ha turbado la transparencia. Sentí que estaba en el aire —consiguió decir con un tono que delataba mofa de sí.

Damián la instó a que continuara el ascenso. Se echó a un lado para permitirle el paso. La siguió. En un intento por conocer las pantorrillas que le sostenían el cuerpo, notó que la suela de uno de los zapatos se despegaba. ¿Tan mal era la situación económica de esa muchacha? Cecilia no le había dado detalles. Solo dijo que a Natalia no le vendría mal un *par-time*[7] porque necesitaba una entrada adicional. No había soltado la lengua de más. Fue él quien le preguntó en qué trabajaba la pelirroja.

Natalia se detuvo frente a la puerta de la oficina donde le había llevado el hombre de la seguridad la semana pasada. Damián se aventuró a entrar primero. Permaneció sujetando la puerta con uno de los pies, para que la joven de pantorrillas estilizadas, entrara. Tuvo que contener las ganas repentinas de reír al recordar la mandada al infierno que ella de había lanzado unas noches atrás y lo imbécil que se sintió luego al leer la nota de ésta.

—Siéntate, por favor —intentó usar un tono neutro.

Al escucharlo, Natalia no pudo negar que un calentón comenzó a expandírsele en la garganta. Le molestaba recibir órdenes, por más simples que fueran. Ese siempre había sido el punto de conflicto con su padre. Imaginó que expresarse de pie no cambiaría los resultados de la conversación próxima.

—¿Qué tipo de trabajo tengo que hacer? —se retiró los anteojos y permaneció con ellos en las manos.

Damián, incómodo con el rechazo a la invitación que le hiciera a sentarse, permaneció también de pie. Se alejó un poco hasta acercarse a la pared de cristal detrás del escritorio, la que le había permitido a Natalia observar toda la acción la noche que él la sorprendió hurgándole en los documentos.

---

7   En español: con frecuencia se refiere a un trabajo de jornada a tiempo parcial.

—Administrativos —metió las manos en los bolsillos.

—Soy financiera, no administradora.

A través de las inflexiones de la voz, pudo percibir orgullo. *"Dichosa tú que puedes hacer lo que te apasiona"*, llegó a pensar.

—¿Y no es lo mismo? —cuestionó. Para él era la misma cosa. El punto era que arreglara el desastre que tenía en los negocios. No tardó en sentirse un idiota cuando vio la mueca de desaprobación en la cara de Natalia—. Pues mi definición de administrativos incluye todo lo relacionado con los números de las empresas —*"que son un desastre desde que Bermúdez se despareció"*, terminó diciendo para sí volviendo la cara de frente al cristal.

—Puedo dedicarle tiempo en las noches de lunes a sábados, luego de mi horario regular en la oficina. Desde mi casa puedo trabajar y conectarme a cualquier sistema que tengas si es que…

Damián la interrumpió. Giró hacia ella.

—Tienes que trabajar desde aquí —pausó—, la información *sensitiva* no sale de este lugar —otorgó una pronunciación muy marcada a esa misma palabra que ella había resaltado con doble línea en la nota que le dejó junto con las recomendaciones para mejorarle las finanzas. Le había revuelto el coraje en aquella ocasión. Una sonrisa soslayada elevó la comisura del labio provocando que el ojo izquierdo se contrajera y la cicatriz tomara un papel protagónico en el gesto.

Natalia entendió el mensaje.

—Perfecto. Pero, vestiré como desee.

"Rencorosa", le soltó en el pensamiento. Al instante se retrajo. *"¿Y si no tenía la capacidad para vestir a la altura del club? Sería injusto exigirle que lo hiciera."*

—Puedes vestir como quieras. De todas formas, no estarás socializando con los clientes.

"Como si me interesara hacerlo, imbécil", le hubiera dicho. Era una realidad que necesitaba el empleo. Después de un suspiro que terminó en resoplido, aceptó la condición laboral. Lo dejó saber con un movimiento inclinando hacia el frente la cabeza. Había llegado ese momento tan incómodo para ella. ¿Cómo le preguntaría acerca de los honorarios?

—¿Cuánto facturarás por tus servicios? —Damián se le adelantó. Notó la incomodidad en el rostro que consideraba hermoso.

Natalia pensó que era ahora o nunca.

—Tres mil mensual en efectivo —habló a una velocidad más rápida de lo usual.

Damián caminó a paso lento y se le plantó en frente. *"¿En qué diablos dijo que trabajaba?"* La observaba con detenimiento y sin reservas. Las condiciones de los servicios salieron muy deprisa, claras y concisas de la boca que la mujer no paraba de morder.

Natalia sintió que un temblor comenzó a emergerle en los hombros *"¿Por qué se inquietaba tanto con ese hombre que la observaba detenido a corta distancia y no le daba indicio de ninguna emoción? ¿Estaré haciendo lo correcto en tener que verle la cara todas las noches?"*

Recordó que sería temporero.

—Entonces, ¿qué respondes? —ella levantó el rostro y continuó hablándole firme a los ojos—. ¿Aceptas mi propuesta o no?

—Serán mil quinientos mensuales —la vio dar un paso hacia atrás—. Si en tres meses me demuestras una mejoría en las finanzas de mis negocios, te pagaré la diferencia de tu tarifa retroactiva y una bonificación del diez porciento —estiró la mano para sellar el trato.

"Después de todo no pareces tan tarado."

Natalia miraba el torbellino que apareció por unos segundos en-

Materia oscura

tre los ojos y el lugar donde nacía la nariz de Damián. Temerosa de que éste fuera a lastimarla como lo hizo la otra vez, le extendió la mano. Debió aceptar, que en aquella ocasión, había sido provocado por ella. No le apartó un segundo la mirada mientras creaba consciencia de las pequeñas corrientes que parecían electrizarle los vellos del brazo.

Él, hubiera querido que ella alargara la pronunciación de las sílabas cuando le dijo, 'tenemos un trato'. Y así permanecer con el toque de la mano entre la suya por más tiempo, hasta poder encontrar una explicación científica a esa quemazón que se le estaba colando por los poros y le había sellado los labios.

Sintió que ella se retiró muy pronto.

9

El ✳ Bonito ✳ Seba

Sebastián Roa siempre le buscaba las cinco patas al gato. Cargando con una consciencia tan pesada, era mandatorio, no hacerlo, un descuido que podría llevarlo a la tumba.

—Es que algo debe tener entre las manos —usó un tono burlón para continuar—, el tío Nicolás —se dirigía a su madre quien se movía de un lado a otro en la cocina de la casa que le había obsequiado hacía unos años el cuñado.

A Eladia no le sorprendió cuando esa tarde el menor de sus varones se le apareció en la entrada de la casa. Estaba acostumbrada a las constantes desapariciones y apariciones de Sebastián. El hijo la observaba de pie recostado del refrigerador. Notó que su madre no había cambiado mucho en los pasados años. Era una mujer elegante. No dejaba de preguntarse, ¿qué diablos hacía para conservarse, para no dejar que los años y las situaciones de la vida le arrugaran el rostro?

—Nicolás necesita tu ayuda, tu hermano también —detuvo el paso frente al muchacho. Tuvo que inclinar la cabeza hacia arriba para hablarle con autoridad directo a los ojos. Llevaba el ceño fruncido—. Tienes ese deber. Nosotros, todos, estamos en deuda con él —le hizo un ademán que se moviera, que necesitaba buscar algo en la nevera.

—¿Nosotros? ¿Me incluyes? No me jodas Eladia, que al tío no le debo un carajo. Le deberás tú y el pendejo de Damián. A mí el tío no me ha dado nada, ¡ni un carajo!

La señora, que vestía un conjunto de ropa deportiva bajo el delantal rojo, se detuvo con la leche que acababa de extraer del refrigerador en las manos. *"Le debes más a Nicolás de lo que puedas pensar, más que el mismo Damián."* Si no conociera la impulsividad que corría por las venas de ese muchacho, tal vez…

—Cada plato de comida que te metiste en la barriga —le señaló— desde que naciste fue gracias al dinero que nos daba el hermano de tu padre.

—Como si me importara. Allá tú que escogiste preñarte de un drogadicto incapaz de mantener nada excepto su vicio a esa maldita porquería.

Se escuchó un palmetazo sobre la encimera. Hizo retorcer todo menos el estómago del hijo.

—¡Más respeto, Sebastián Roa! —un segundo palmetazo aterrizó en los firmes abdominales del molesto joven—. No estás hablando con cualquiera en la calle. ¡Yo soy tu madre! ¡Carajo!

El crujido de las mandíbulas del muchacho no se hizo esperar. Había ido a visitarla después de la conversación en la cárcel con Nicolás. Aunque asumir el puesto del máximo Roa era lo que todos esperaban de él, lo que todos necesitaban, todavía no lograba asimilar la petición. Era imposible deshacerse de las preguntas que le retumbaban en la cabeza. ¿Y si era una trampa para eliminarlo de una vez?

Recordó las palabras de quien le ordenaba. 'Por el momento, harás lo que él te pida.'

Las discusiones y argumentos eran siempre el broche de oro para ponerle un final a cada una de las visitas que le hacía a su madre. A los ojos de Sebastián, ella había cometido demasiados errores en la vida y todos, de una manera u otra, habían repercutido en sus hermanos y él. *"Lo siento"*, quiso decir, pero solo en el pensamiento, porque si de algo era incapaz esa boca áspera, era pronunciar tales palabras. Pensaba que no tenía por qué pedirle disculpas a nadie.

Era el mundo.

Eran todos.

Los que le debían una disculpa a él.

Sebastián escapó hasta la sala, allí se lanzó en el sofá. Acostado con una pierna colgando sobre el mango, observaba todo. Notó que el juego de comedor y el de la sala eran diferentes a los que vio la última vez que la había visitado. ¿Cuánto habría pasado? ¿Un año o dos? Pero en esa visita pasada también había notado que aquellos muebles eran nuevos. Los de esta ocasión, eran diferentes.

El ruido inconfundible del procesador de alimentos hizo que se le retorciera el hígado. ¿Cuántas veces hubiera querido tener el valor para acabar, también, con esa agonía?

Eladia atravesó la sala llevando en las manos una bandeja con una enorme jeringa encima que contenía un líquido verdoso. Se detuvo frente a Sebastián, balanceó el peso de la bandeja en un solo brazo, de un porrazo le obligó a bajar el pie.

—¿Vas a verla por fin? —Sebastián no respondió. Intentó permanecer inexpresivo, las aletas de la nariz concentraron el coraje—. Siempre pregunta por ti —suavizó la voz—, 'el bonito Seba'.

Continuó ignorándola. Que le hablara al viento porque él no aportaría una sola palabra al tema.

La madre, que ya había avanzado unos pasos más, se detuvo. Escondida detrás de la pared que marcaba el paso hacia el área de los cuartos, lo observó encerrarse el rostro entre las manos. Apretaba con fuerza, le brotaban las venas. *"Mi bonito, Seba"*, dijo para sí. *"Mi hijo, ¿qué hice mal contigo?"* Cuando vio que comenzaba a liberarse el rostro, desapareció. Debía cumplir con su deber. Lo llevaba haciendo por dieciocho años.

—¡Hola, preciosa! ¿Cómo está la princesa de esta casa? ¿Tienes hambre? Aquí está tu almuerzo.

Una comezón en los ojos le obligó a parpadear de manera acelerada. Había escuchado las palabras de su madre retumbar de pared en pared hasta llegarle a los oídos. Sebastián, con las manos torpes, se estrujó los ojos. Fue el sonido de los murmullos de la *princesa* lo que lo arrastró hasta la puerta del último cuarto en el pasillo. Permaneció escondido tras el marco de la puerta. Eladia sabía que las observaba. Podía distinguir a su prole por el olor natural que irradiaban. Cada uno olía diferente: Damián a compasión, la princesa a inocencia y Sebastián, pues, ¿a qué más?, coraje. Lo ignoró. Continuó con la rutina, la que su deber de madre le exigía y ella hacía con el corazón.

Con un velo en los ojos, Sebastián continuaba observando. Reparó en la juventud que se negaba a abandonarla. A los cuarenta y cinco años todavía la belleza de su madre se mostraba ostentosa entre algunas arrugas que hacían el intento de aparecer. Nada parecía haber cambiado mucho. Primero, Eladia la desvestía, sacaba un paño húmedo y tibiado de una especie de caja eléctrica para esos propósitos, aseaba el cuerpo, cambiaba el pañal y volvía a colocarle un camisón limpio. Los que él recordaba eran de princesas de Disney, la de hoy no. La madre siempre le hablaba mientras cuidaba de ella y en ocasiones le regalaba una canción.

Hacía años que no la veía. Había crecido. Las facciones del rostro estaban más pronunciadas, sin embargo, todavía encerraban el brillo infantil de su eterno estado mental. Estefanía compartía los mismos ojos verdosos y color de cabello soleado con Sebastián. Llevaba la piel tan blanquecina como la de Damián. De seguro el encierro y la falta de sol contribuían a eso.

—¿Sabes quién preguntó por ti? —habló Eladia mientras extraía de un paquete sellado unos guantes plásticos estériles y se vestía las manos. Lo hizo con la dulzura que estuvo ausente cuando hablaba hacía unos minutos con Sebastián.

—¿El bonito Seba? —respondió la joven en un murmullo. Solo su madre y hermanos eran capaces de entender.

—Sí, el bonito Seba —bajó la baranda de la camilla.

—¿Damián? ¿Dónde Damián?

—Sí, también Damián ha preguntado por ti.

El rubio llegó a levantar el pie derecho con la intención de dar un paso fuera de la clandestinidad y adentrarse en la habitación. Parecía un cuarto de una unidad especializada de un hospital. Gran parte del espacio la ocupaba una variedad de equipos médicos: cama eléctrica de posiciones, bombas de infusión intravenosa y monitores. Cada cosa con la capacidad de hacer un ruido distintivo. Según él, insoportable.

Retrocedió.

Salió de la casa.

Sentado en los escalones de la entrada principal, encendió un cigarrillo. Mientras lo castigaba con profundas caladas, observaba las letras estilizadas que llevaba grabadas en color negro en el antebrazo izquierdo, "*Estefanía*".

Arrancó un puñado de Cruz de Marta amarillas. Las sostuvo por unos segundos en la mano cerrada. Estrujaba con fuerza. Las dejó caer.

Su hermana había nacido con una condición congénita que le provocó problemas neurológicos, retraso mental y le impedía tener un funcionamiento motor normal. Desde su nacimiento vivía confinada a todas aquellas máquinas y equipos médicos que le acompañaban siempre. Tenía que ser alimentada de manera artificial a través de un acceso en el estómago. Esa era, sin duda, la razón principal para no sentir remordimientos por lo que años atrás hizo. En un momento dado llegó a pensar que, si existió alguna vez un culpable en la faz de la tierra de que su hermana estuviera confinada a ese infierno, a esa vida de miseria, *"de mierda"*, ese era a quien alguna vez llamó papá.

Los sucesos de aquella noche tomaron ventaja ante la inusual vulnerabilidad de la mente de Sebastián.

Había sido una noche de parranda, varios clubes nocturnos, aunque sabían que las identificaciones que llevaban eran más falsas que un billete de tres dólares, les permitían acceso. Un grupo de cinco muchachitos entre las edades de catorce y quince años, algunos pasados de tragos, caminaban por una calle de Santurce donde se concentraban los lugares que frecuentaban. Hablaban estupideces en voz muy alta, más bien parecía que se profesaban obscenidades entre sí. Al coincidir en uno de los clubes, Damián había insistido a Santiago que se uniera al grupo. Tenía un presentimiento que alguno de esos estúpidos terminaría metiendo en problemas a Sebastián.

El augurio no le falló. Mientras caminaban a unos cuantos pasos de distancia del grupo de alborotosos, vio cuando en una esquina se toparon con un hombre. Los jóvenes no perdieron tiempo en comenzar a molestar al pobre infeliz. Sin razón aparente, le pateaban y golpeaban a gusto y gana mientras gritaban improperios. La ropa mugrienta, telas desgarradas, barba descuidada y la piel desaseada no le impidieron a Damián reconocerlo.

—¡Basta! ¡¡Déjenlo!! —se le abalanzó encima recibiendo en la espalda los golpes que todavía los idiotas continuaban lanzando—. ¡Váyanse al carajo, malditos pendejos!

Santiago, que siempre sobresalía en estatura, fue quitándole uno a uno de encima al muchacho y el hombre en el suelo.

—¡Arranquen pa'l carajo! —gritaba Santiago.

Gruñían y sudaban como perros furiosos con los colmillos babeando. Tenían ganas de terminar de destrozar la presa. Esperaban órdenes del líder. Sebastián, con el rostro inexpresivo, permanecía estacionado en medio de la acera observando.

—¡Lárguense! —ordenó sin mover nada más que los labios.

No fue necesario repetir el comando. Cuando el líder hablaba, ellos obedecían. Terminaron los cinco patanes de alejarse.

El rubio continuaba quieto en el mismo lugar.

Cuando Santiago pudo ver que ya el peligro se alejaba, se dispuso a ofrecer ayuda a Damián quien intentaba de cuclillas poner en pie al hombre desorientado.

—¿Estás bien? —preguntó el mayor de los hermanos mientras hacía un intento fallido por acomodarle la mugrienta camisa.

El hombre no respondió, solo vagaba la mirada entre los dos hermanos.

—¿Cómo está Estefanía? —alcanzó a preguntar. Por la resequedad en la voz, parecía que llevaba días sin ingerir líquidos.

Sebastián le saltó encima volviéndolo a lanzar al suelo.

—¡Maldito hijo de puta! ¡¿Por qué no te acabas de morir?!— estaba poseído por una ira común en él.

Santiago y Damián se apresuraron a quitarle de encima a Osvaldo al iracundo hijo.

—¡Déjalo, Sebastián! ¡Déjalo ya! —ordenaba mientras lanzaba a su hermano contra la pared.

—¿Por qué lo defiendes? ¿No te da vergüenza? ¿Qué la gente vea lo que es tu papá? Y tú —se dirigió al padre—, ¿no te abochornas? ¿No te cansas de humillarnos?

El hombre, ya de pie, observaba a sus hijos. Los ojos parecían divagarle entre un trance de lucidez y adicción.

—Díganle —tosió— a su madre que la quiero mucho... que yo los quiero mucho a ustedes.

Cada palabra que pronunciaba era un cerillo encendido para el combustible derramado en la cordura de Sebastián. Con otro empujón quitó del camino a Damián quien, aunque siempre los superó en estatura, no así en fuerza, más aún, cuando el diablo parecía metérsele dentro. De nuevo intentaba quitarle de encima a la fiera en que se había transformado Sebastián.

—¡Maldita sea! ¡Déjalo ya!

Los tres muchachitos se enroscaron en una batalla, los dos mayores tratando de neutralizar al menor. No tuvieron éxito. Con un derechazo, logró lanzar aturdido al pavimento al flacucho de Santiago, con un izquierdazo acompañado de un fuerte empujón, se quitó de encima a Damián, quien al retroceder en un impulso descontrolado se golpeó la parte trasera de la cabeza con el filo de la cuneta. Allí donde se unía el concreto de la acera y el asfalto de la carretera, quedó tirado Damián. El crujido del cráneo al encuentro con el pavimento lo aturdió. Cuando pudo recobrar control de sus sentidos e intentaba erguirse, escuchó a Santiago hablar desesperado.

—¡¿Qué haces, Sebastián?! Baja esa arma, ¡maldición, bájala!

Santiago permanecía a varios pasos de distancia con el rostro pálido y las manos temblorosas a la altura de su cabeza. Sebastián le apuntaba al padre con un arma directo en la sien. Mientras, Osvaldo permanecía inerte con el torso córvido, los ojos apagados y un hilo de sangre que le corría por una de las comisuras de los labios.

—¡No vale la pena, Sebastián, no vale la pena! —alcanzó a gritar por lo bajo Damián con la cara retorcida a la misma vez que descubría la causa del mareo que le había nublado un poco la vista. Sintió algo húmedo en la parte trasera de la cabeza.

—Cierto, no vale la pena —coincidió Sebastián mientras retrocedía *dos pasos.*

Cuando parecía que había desistido de toda mala intención, con movimientos apresurados volvió a acercársele al hombre desamparado.

Agarró la mano derecha del padre.

Colocó un arma en ella.

Le acomodó el dedo en el gatillo.

La pistola apuntando a quemarropa de vuelta en la sien del hombre que deambulaba.

—¿A que no tienes los cojones para hacerme el favor y pegarte un tiro? —agitó los hombros.

Ante los ojos incrédulos de los dos jóvenes, que intentaban evitar una desgracia, Osvaldo, sin el mínimo intento de resistencia descargó la poca energía que le quedaba en su cuerpo. Era cuerpo consumido por la droga y aquella terrible enfermedad. Su dedo índice recibió la gota de energía remanente, liberó la bala que le fulminó la miserable vida que llevaba.

Ante los ojos aturdidos de los muchachos el cuerpo de Osvaldo iba cayendo como en cámara lenta al suelo. Damián, que apenas se incorporaba, volvió también a caer con los ojos congelados y la boca entreabierta. A Santiago le temblaban las piernas, y aunque el instinto le gritaba ¡huye!, era imposible obedecer. Sebastián, quien no pensaba que su padre tendría el valor para volarse los sesos, se dio cuenta cuán equivocado estaba. Miró alrededor en búsqueda de algún testigo adicional. La calle estaba desolada. Se apresuró a quitarle el arma que todavía permanecía en la mano del cuerpo sin vida. La guardó en su cintura y comenzó a correr desapareciendo entre los oscuros callejones.

Osvaldo Roa, ese era el nombre que encabezaba la larga lista de vidas que Sebastián Roa había tomado.

Solo esa, por ignorancia y ¿equivocación?

Las demás, por encargo y necesidad.

La camioneta negra estacionada a dos casas de distancia le devolvió el sentido del presente. Ahora él parecía ser alguien importante. El 'protegido' del tío, de muchos.

Contaba con cuantos hombres quisiera para cuidarle la espalda. Los años de su joven vida, la que había pasado en la calle, le habían enseñado que nadie te cuida la espalda como tú mismo. Unas palabras le retumbaron en la mente, 'La clave para sobrevivir en este mundo en que nos ha tocado existir es independencia. No dejes que ni tu mente ni tu corazón dependan de nada o nadie.' No tardó en soltar la habitual maldición que le explotaba en el pecho cada vez que recordaba aquella mujer. Quiso volver al interior de la casa para despedirse de Eladia y Estefanía. Solo llegó hasta el comedor, donde metió la mano en el bolsillo delantero del pantalón, sacó un bulto de billetes de cien y los arrojó encima de la reluciente mesa de cristal.

Como alma que lleva el diablo abandonó la residencia llevándose consigo el sonido de la voz de Estefanía preguntando por el bonito Seba.

Eladia se miraba frente al espejo en el baño de su amplio cuarto en medio de la rutina nocturna de belleza. Antes de acostarse, al asegurarse que Estefanía conseguía el sueño, tomaba una ducha de agua tibia, se removía el maquillaje del rostro, aplicaba un suero de 'juventud', un par de cremas para el cuello, otras para debajo de los ojos. Esa noche hacía todo con mayor lentitud. Repasaba lo que había sido su vida. Intentaba lograr encontrar algo que pudiera haber hecho para, tal vez a tiempo, haberle dado un giro diferente. La tira del camisón de seda púrpura se le deslizó por el hombro. La sensación que le creó el toque de su dedo cuando la devolvió a su lugar fue algo parecida a la que sentía con las caricias que tanto extrañaba. Hacía un año que su cama no recibía las visitas sigilosas en la oscuridad. Ellas eran el único respiro que le devolvía las fuerzas, para la mañana siguiente, volver a enfrentar un día más.

TU PEOR ERROR
Materia oscura

Cuánto extrañaba los profundos monólogos que él entablaba mientras ella permanecía recostada sobre su pecho desnudo escuchando los pormenores con los que él había tenido que lidiar durante el día. Era mutuo el consuelo, la dependencia. Eladia le regalaba las palabras precisas, las que desde siempre habían alimentado y justificado la naturaleza de las acciones de él.

10

Solo ✳ Vive ✳ Una vez

Natalia arribó a YOLO esa tarde algunos minutos pasada la hora acordada. El acceso al interior del local se dio sin el menor inconveniente. Era la tercera vez que el grandulón que vigilaba el portal la veía en los últimos días. Subió las escaleras transparentes con las piernas temblorosas y sin sucumbir a la tentación de mirar hacia abajo. Se encontraba respirando profundo frente a la puerta de la oficina del joven.

La puerta estaba cerrada.

Dio varios golpes.

Una voz desde el interior la instó a entrar.

—¡Hey! —por instinto lo saludó. Ya era costumbre hacerlo igual que él. Al instante se sintió presa del olor masculino que inundaba el lugar. Detuvo el paso cuando lo vio ocupado, hablaba por teléfono.

—¡Hey! —le respondió desde el fondo de la habitación donde permanecía de pie recostado contra la pared de cristal.

Con varios movimientos en la mano libre, le indicó que pasara y cerrara la puerta. Parecía que supervisaba los preparativos para la noche en los dos pisos inferiores. YOLO se había convertido, sin dudas, en el lugar de encuentro del *jet set* del país. Cada detalle tenía que ser cuidado con celo. La experiencia de cada uno de los invitados merecía ser perfecta en todos los sentidos. Solo así, se les abrían las billeteras sin ninguna timidez.

Natalia caminó hasta el sofá rojo de dos plazas que, junto a una butaca blanca y una mesa de centro en cristal, decoraba la pequeña pero elegante sala que precedía el área de trabajo. No pasó desapercibido para sus ojos la camisa negra y pantalón oscuro que vestía Damián. Le echó una mirada de reojo a lo que ella traía puesto. Tuvo que contener las ganas súbitas de reír al pensar que él pudiera tener mejor gusto al vestir que ella. ¿O tal vez era el dinero?

Aprovechó el tiempo que Damián continuaba conversando para aclimatarse. Le causó gracia el pelo que se le quedó revuelto luego que el joven se pasara la mano por la frente mientras parecía que comenzaba a desesperar con la conversación. Se permitió algunas respiraciones profundas en busca de calmar las cosquillas que le comenzaban a recorrer el estómago. *"Mala idea"*, pensó al instante en que, otra vez, el olor masculino volvió a invadirle el cuerpo. Comenzó a respirar de poco en poco, si así pudiera engañarse los sentidos. Continuó con la función vital llenándose el pecho de la esperanza que en los días siguientes, las neuronas se le llegaran a acostumbrar y se les calmara la ansiedad.

Damián la vio retirarse los tacones, los de la suela hambrienta, los que hubiese condenado a la basura la primera vez que los vio. De la mochila negra que cargaba en un hombro cuando llegó y que había colocado en el suelo junto a ella, sacó unas zapatillas doradas. Perdió por completo el hilo de la conversación justo cuando ella se desnudaba los pies. Se preguntaba, cómo era que el simple hecho de ver a esa mujer que vestía una falda de polyester y una camiseta rosada de mangas largas le había causado unas palpitaciones incómodas que no eran en el pecho. Tuvo que voltear y dar la espalda por completo para reprender el inquieto que le palpitaba entre las piernas. Ya sabía que la falta de sexo por algún lado le iba a explotar. *"Mala idea, Damián. ¿En qué estabas pensando?"*

Continuaba de espaldas a ella, sin embargo, podía verla con claridad. Volvió a embobarse con la imagen de Natalia reflejada en el cristal. Esta vez se recogía el cabello y lo atravesaba con un lápiz. ¿Qué excusa pondría para justificar permanecer más tiempo de espaldas escondiendo la excitación que sufría?

"¿Qué diablos me pasa?", pensó Damián. Ella le miraba con descaro el trasero, parecía no percatarse que el vidrio reflejaba casi como un cristal. Ladeaba la cabeza, se mordía el labio. De repente se convirtió en un juego. Damián con toda intención elevó el brazo derecho contra la esquina de la pared para recostar el cuerpo. Era instinto natural. *"¿Hambrienta?"*, le hubiera preguntado sin necesidad. Por la manera en que Natalia se humedeció el labio inferior antes de volver a mordérselo, le había adelantado la respuesta a esa interrogante. El bramido del otro lado del teléfono le hizo retumbar la cabeza a Damián. Hablaba con Gutiérrez, o mejor dicho, ya en ese punto Gutiérrez hablaba solo.

—¿Me estás escuchando, Roa?

"Ni una bendita palabra."

—Sí —respondió en automático.

—Pues dime ¿qué hacemos con los que deben más de dos meses? —sonaba impaciente.

—Denles un mes adicional, pero cóbrenle intereses.

—¿Qué porciento?

—El que te dé la gana, Gutiérrez. Tengo que colgar.

La situación que en silencio vivieron por breves minutos, aunque tentadora, se desviaba de la verdadera intención que requería la presencia de la joven en el lugar. Ya se acostumbraría a tenerla allí. Había tenido que aprender a adaptarse a todas las cosas nuevas en su vida.

—¿Hambre? —preguntó ya con toda la atención en la nueva empleada. ¿O era intención?

Natalia padecía de un hambre que hacía meses no decía presente y que le llevaba revoloteando el estómago y un poco más abajo. Podría comerse un animal.

—No, gracias.

Ante la súbita seriedad que enmarcaba el rostro de la joven, Damián cayó en tiempo. Le instó a que se acercara hasta el escritorio. Acomodó su silla, le ofreció que la ocupara, él permanecería de pie.

—Natalia, te presento a tu compañero de trabajo, el señor computador.

—Más bien, el señor dinosaurio —la expresión le salió con toda naturalidad, así mismo la vergüenza después. Evitó mirarlo.

¿Qué demonios le pasaba que esa mujer lo dejaba sin palabras? Al contador anterior le hubiera respondido; *"Pues es con la mierda con la que tienes que trabajar"* o lo hubiera mandado al carajo. Estaba muy ocupado admirando el paisaje desde ese ángulo. Le provocó una sonrisa notar que el color zanahoria del cabello de Natalia, que le era tan inusual, parecía natural. Respiró profundo. Se deleitó con la manera en que el aroma le acariciaba los sentidos mientras se le desplazaba a través de las fosas nasales. *"Ojalá ese fuera siempre el olor del aire que respiraba"*, pensó en total desconocimiento de sí. ¡Qué mariconada!, le hubiera dicho Santiago.

Al silencio de Damián, habló:

—Lo siento —maltrataba los labios y los ojos los llevaba gachos—. Creo que con este dinosaurio podremos intentar trabajar.

—Para eso te pagaré ¿o no?

¿Y por qué de pronto esa hostilidad con ella?

Era la única manera que conocía de frenar lo que fuera que esa mujer había desatado al entrar por aquella puerta, o ¿desde cuándo?

TU PEOR ERROR
Materia oscura

✳ ✳ ✳

Natalia llevaba casi dos semanas trabajando en las noches en YOLO. Esperaba ansiosa el domingo. Su único día libre lo dedicaría a dormir. Era agotador eso de tener dos trabajos. Pensaba, que por el dinero y la libertad que conseguiría luego que cumpliera los objetivos, valdría la pena convertirse en noctámbula. Estaba dispuesta a sacrificarse.

Damián hasta el momento se comportaba como un jefe decente. A veces algo callado, demasiado para el agrado de la nueva empleada. Los primeros días estuvo mucho más tiempo en la oficina junto a ella. Debía asegurarse que tuviese a su alcance todo lo que pudiera necesitar. Le consiguió una computadora nueva. ¿Habrá sido por el cargo de conciencia o por la indeseada necesidad de complacerla, esa que le invadía el poco sueño que solía acompañarlo en las noches? La instó a que usara de manera permanente su escritorio. Que era muy grande. Que había espacio para dos. Colocó una silla adicional de esas que tienen ruedas y ergonomía. Debía estar lo más cómoda y a gusto posible. Cuando ocupaban ambos lugares de trabajo en el bendito escritorio, quedaban frente a frente. Al levantar la mirada se encontraba con la pared de cristal y las luces de baile inquietas, también con el rostro de Damián. Él pensaba que se había despachado con el mejor paisaje. Solo la veía a ella.

Natalia llegaba directo al club del trabajo diurno cargando su mochila negra. ¡Uff!, él ya sabía de memoria el ritual. Ante él se cambiaba los tacones por las zapatillas. El cabello se lo recogía en un moño torcido con lo primero que encontrara. A veces lo hacía con un lápiz, otras, con bolígrafo o una liguilla. Damián le llevaba la cuenta. Durante esos primeros días presenciando el rito, se imaginó soltando el cabello lacio y rojizo. ¡Bah! Se imaginó despeinándolo, estrujando, halando y hasta torciendo aquel cabello que lo traía loco. Quería ver cómo ese color tan exótico hacía contraste con el blanquecino de la piel de los pechos. Había podido advertir esa parte escondida del cuerpo a través del vacío que se le formaba entre el busto y las telas las veces que ella se agachaba para cambiarse los zapatos.

El objetivo de esos primeros días era explicarle los múltiples negocios que el tío le encargara. El nombre de Nicolás se paseaba invisible entre las pilas de documentos que tuvo que revisar Natalia durante esos días. En un comienzo pensaba que los negocios pertenecían de manera fidedigna al joven que se había dedicado a asecharla en silencio con la mirada las horas que ella pasaba sumergida en el trabajo. Hasta el momento se había construido un perfil para sí misma. Era puntual, organizado en todo menos los números, tenía buen gusto al vestir y le incomodaba su presencia. Lo que no sabía era si tanto como a ella la de él.

Mientras estudiaba documentos, estados bancarios y perfiles de suplidores, de vez en cuando hacía preguntas. Algunas aclaratorias, otras, por puro impulso de saciar la estúpida necesidad de hacerlo hablar. Era casi imposible poder describir la sensación placentera que le causaban las ondas húmedas que creaba el sonido de la voz de Damián.

Y mientras ella quería seguir escuchando de manera interminable la voz, él, sentado en su espacio tras el escritorio frente a ella, se dedicaba a estudiar otro asunto que consideraba más importante. Se preguntaba si hubiese sido una mujer fea y no tuviera esos ojos brillantes, ese cuerpo desperdiciado bajo la ropa de baja calidad, que no le hacía tributo a las curvas, ¿le hubiese hecho tal oferta?

Lo único que buscaba era un administrador para el club y un contador para los otros negocios. ¿En qué bendito problema se había metido?

Natalia levantó el rostro de manera súbita. Lo sorprendió mirándola con hambre sin darle tiempo a disfrazar la expresión.

—¿Qué edad tienes? —lo atacó con la pregunta que bien pudo considerar indiscreta.

—Veinticinco —respondió sin permitirse un espacio para cuestionar la naturaleza de tal curiosidad. Necesitaba satisfacerla y que acabara de volver a enterrar la cabeza en la pantalla del computador. Si le continuaba observando así unos segundos más, castigando el lápiz con los dientes, hubiera necesitado salir de ese lugar para evitar una denuncia de acoso laboral.

Ella cesó el castigo al lápiz, lo colocó con lentitud sobre el escritorio antes de continuar.

—Veinticuatro —le dijo y lo vio al instante arrugar la mirada—. Que yo tengo veinticuatro —elevó un poco la voz. La música comenzaba a sonar en los pisos inferiores. Aunque las paredes de la oficina eran capaces de contener bastante el sonido del lugar y propiciar una atmósfera con una calma aparente para trabajar, a veces costaba unos minutos aclimatarse—. Pensé que me preguntarías. Ya sabes —encogió los hombros—, yo te pregunto, tú me preguntas.

Damián dejó escapar una sonrisa para sus adentros que pudo ser percibida. *"Si supieras la de cosas que quisiera preguntarte."* Al instante se imaginó jugando ese juego; yo te hago, tú me haces. Estaba seguro que ella sería la que cargaría con la victoria.

—¿A quién le cuidas los negocios? —soltó Natalia antes de volver a castigar el lápiz, con toda cotidianidad como quién pregunta, ¿cómo ha ido tu día?

Se le quitaron las ganas de jugar a Damián.

—¿Qué? —era necesario ganar tiempo.

—Si voy a trabajar para ti e intentar enderezar este desastre —señaló con el lápiz un grupo de papeles apilados a su lado en una esquina del escritorio—, tengo que saber la verdad.

—¿De qué hablas? ¿Verdad de qué? —supo que esa conversación comenzaba a aproximarse a límites restringidos.

—A que no puedo trabajar a medias. ¿Sabes?, en los días que llevo aquí, he ido formulándome y descartando teorías.

—¿Acerca de qué? —había que ponerle el freno.

—De ti.

—¿De mí? —tuvo que carraspear la garganta para aquietar la curiosidad que le daban esas supuestas teorías e intentar desvanecer el frío que le comenzaba a adormecer los dedos de las manos. ¿O era porque ella le acababa de confesar que pasó tiempo pensando en él?

—De cómo has acumulado el capital y los negocios a tu nombre —lo vio manosear los números del celular que descansaba sobre la superficie de cristal—. Te las puedo compartir —alzó las cejas—. Pero si bien me quieres contar por voluntad propia, tal vez me ahorrarías cualquier imprudencia.

Abandonó los números del celular, recostó la espalda del asiento y cruzó los brazos descansándolos en los pectorales. Ya se le habían encontrado las cejas en el centro del ceño.

—Escuchemos tus imprudencias, Natalia.

Asintió con la cabeza. *"Conste que te advertí"*, quiso decir la joven.

—Teoría número uno, heredaste todo de tus padres pero nunca estuviste involucrado con ellos en los negocios por lo que no tienes ni idea de cómo hacer las cosas —esperó unos segundos por la reacción de Damián que nunca llegó—. Teoría número dos, eres un genio con un *IQ* de 160 o más, y aunque creo que los números no son lo tuyo, bien pudieras ser el artífice de las ideas, de los conceptos. Por eso vistes elegante, porque quieres proyectar el concepto, la teoría de las cosas, pero no llegas a la ejecución —tampoco hubo una reacción—. Teoría número tres, ninguna de las anteriores y solo eres un telón que cuida los intereses de alguien que está en problemas.

Si el rostro del apuesto joven hubiese podido palidecer un poco más, la piel se le hubiera convertido en un manto translúcido y ella se podría ahorrar los esfuerzos por adivinar las verdades de su vida. La traviesa sonrisa que le adornaba las palabras a Natalia se disipó. Fue considerada al dejarle el espacio necesario para que pudiera exhalar la sorpresa de tal descubrimiento.

Mientras Damián continuaba de cuerpo rígido sin tan siquiera pestañear, pensaba en las diversas maneras que podía mentirle. Tal vez insultarla y decirle lo entrometida e indiscreta que era. Podía irse por el lado fácil, sacarla a patadas de allí, mandarla al carajo, que no volviera más. Pero…quería que supiera. Por una extraña razón sentía que necesitaba decirle la verdad. No quería mentiras con esa *entrometida* mujer. No lograba articular palabra alguna, solo atestiguar cómo ella tomaba conciencia de lo que significaba el silencio; su silencio.

—Ya es tarde, debo irme —anunció Natalia. La voz ya no mostraba el disfrute de hacía unos segundos cuando lo tenía sumergido en pleno interrogatorio.

Damián la vio levantarse, montarse la mochila en el hombro y caminar de prisa rumbo a la puerta.

Le urgía actuar.

Ya sabía la verdad.

Si la dejaba cruzar el umbral, tal vez no la volvería a ver jamás. No allí donde él ya se había acostumbrado a tenerla, cerca, muy cerca.

De un salto se puso de pie. Con unos cuantos pasos agigantados ya estaba tras ella sujetándole la mochila y volteándola frente a él.

—Necesito besarte —confesó Damián entre respiraciones trémulas. Los ojos se le adelantaron, le devoraban los labios a la joven.

"¡Gracias, Dios mío!", dijo Natalia en el pensamiento mientras permanecía con los párpados cerrados sintiendo las sensaciones que tanto extrañaba comenzar a apoderárseles del cuerpo.

—Pensé que nunca lo dirías —las pestañas inquietas reciprocaban coquetas los besos de los ojos negros. Lo hacían con la misma pasión que los recibía.

Damián quiso sonreír. El frío de las manos había desaparecido, las traía hirviendo. El deseo desenfrenado de robarle más que un beso lo tenía maquinando. Quitó el bulto del hombro, cayó al suelo descuidado. Le importó poco el ruido sólido que hizo la mochila al caer. Le compraría otra computadora portátil si fuera necesario, las que quisiera. Con las manos en fuego le atrapó el rostro. Se otorgó, ¡por fin!, el placer de mirarla, contemplarla de cerca, trazar la forma de esos ojos y ver si era cierto que las pestañas que los enmarcaban parecían los rayos del sol en un atardecer caribeño.

Natalia no le negó ni un segundo la mirada. Que supiera cuán agradecida estaba que él tuviera el coraje para dar el primer paso. Y aunque la vocecita de niña tonta, que llevaba calmando los pasados días, reía a carcajadas infantiles por las cosquillas que se le acumulaban en el vientre, intentó permanecer inexpresiva. Lo que estaba sintiendo con solo el toque de las manos de ese hombre era algo muy serio. De preocuparse. Hacía unos segundos se hubiera conformado con un beso. En ese instante, era imposible. Sintió miedo. De pronto quiso salir corriendo. Un solo toque, de los labios que llevaba analizando por una semana, no apaciguaría el alboroto que sentía en el cuerpo de todas aquellas sensaciones que se le habían apagado un tiempo atrás.

Damián se inclinó un poco para nivelarse a la altura de ella, se acercó más a su rostro. Se atrevió a dar comienzo a eso que sabía solo podría conocer un final tras probar la tan deseada piel. Con la lengua se aventuró a explorar el interior de aquella boca indiscreta. Natalia lo reconocía, lo recibía con afán mientras le enroscaba las manos en el cuello y trepaba con los dedos por la nuca rígida hasta enredarlos en la parte superior de la cabeza. ¡Cuánto deseaba hacer eso!

Continuaban devorándose a besos; los labios, el rostro y todo lo que alcanzaran a sentir. Damián soltó un gruñido cuando Natalia le clavó los dientes en la base del cuello. La apartó de manera abrupta encerrando el rostro travieso entre las manos. Incrustó la mirada en la suya. ¡Al fin! enredó la mano en el cabello causante de las fantasías nocturnas que había padecido. Se permitió el placer. Tiró de él con sutileza. Lo liberó. Natalia soltó una sonrisa de complacencia que al instante lo contagió. Ella regresó al lugar que ocupaba segundos antes con la boca. Le lamió la piel que había maltratado. El joven deslizó las manos inquietas por los costados de las piernas de Natalia. Sintió que comenzaba a jadear con timidez. Continuó recorriéndola desde las caderas casi hasta los tobillos. Experimentaba el ondular de la punta de sus dedos mientras exploraban los contornos de las pantorrillas. Las llevaba grabadas en la cabeza desde que las avistó ascendiendo las escaleras en el club. Encontró el espacio perfecto entre el borde de la falda y la piel de aquella mujer que había logrado desquiciarlo. Se aventuró a seguir explorando. Ascendió. Cuando llegó al espacio donde terminaban los muslos y le comenzaban las nalgas, con fuerza obtusa la sujetó. En un movimiento simultáneo separándole los pliegues de las piernas la elevó. Se la colgó en las caderas como una obra de arte que se cuelga en la mejor pared de la casa para ser admirada.

—Llevo más de diez horas sin bañarme —le dijo Natalia con la voz apenada y un intento infructuoso de devolver los pliegues de la falda a su lugar.

—Y yo llevo más de diez días muriéndome por hacer esto.

La silenció con un beso brusco.

Con una mano y dos pasos torpes se acercó un poco más a la puerta. Nadie debía interrumpir. Con el tacto encontró el pomo, sin dudar colocó el seguro a la perilla. Nunca dejó de besarla. Ella tampoco cesaba de explorarle la oscuridad de los ojos.

"¿El sofá o la butaca?", bendita encrucijada que llevaba Damián. La cargó hasta una esquina de la habitación donde menos alcanzaba la luz. Aunque sabía que el vidrio de la pared en el fondo los protegía, lo menos que quería era exponer a esa mujer a cualquier situación incómoda.

"Despacio", le gritaba la conciencia. Ella lo instaba a todo lo con-

trario. A no dejarla, a seguir a toda prisa. Presionaba su cuerpo contra el de Natalia compartiendo el peso con la pared, permitiéndose ondular las caderas y presentar la erección desesperada contra el pubis danzante.

En desespero, sin apartarse de los labios, le fue desabotonando la camisa. Se lanzó a la aventura de liberar, por encima del sostén sin desabrochar, los senos que esperaban por él firmes y seguros de sí. En la oscuridad no pudo verlos bien, los sentía tersos. Cuando se encontraba con la nariz sumergida entre el anhelado botín, respiró profundo la esencia que le devolvió la vida que poco a poco se le había escapado. Los efectos de la desconocida droga que acababa de aspirar no demoraron. Las palpitaciones más arrítmicas y más desesperadas que jamás había sentido lo tenían preso. Se desabrochó el pantalón, le quedaron colgando de los tobillos. Bajó el calzoncillo y su miembro saltó en una respingada rozando la tela del panty. Natalia apretó con más fuerza el lazo que le permitía mantenerlo preso entre sus piernas.

—Más vale —le mordió el labio despacio— que tengas un condón —lamió el cuello— en algún lugar de esta oficina —retomó la boca.

Como todo buen doctor, debía promover la prevención. Antes de deshacerse del pantalón, había extraído de uno de los bolsillos el dispositivo de vida o muerte. Con la boca rasgó el empaque de aluminio, con las manos temblorosas, pero no de miedo, vistió para la ocasión el deseo que ella tanto quería sentir, que él quería hacerla sentir. Deslizándole los dedos entre las nalgas le expandió los pliegues y aprovechó para sacar hacia un lado el único estorbo en el camino. Lo sorprendió encontrar un diminuto ajuar. Habría pensado que la joven, con oportunidades para mejorar el buen gusto al vestir, llevaría algo más conservador. Con los dedos palpó la piel más sensible en ese lugar oscuro donde no tenía dudas encontraría la luz que le terminaría de alumbrar la vida. La piel de sus dedos curiosos escuchó el grito de humedad. Se aventuró a penetrarla. Sintió el aire ardiente que le cubrió el rostro. Natalia exhaló con tanta fuerza al sentirlo entrar en ella que los pulmones se le habrían vuelto diminutos. Damián tenía que ir en su auxilio. Le devolvió el aliento con un beso profundo. Con movimientos pausados seguía presentándosele ante la intimidad como el hombre que la quería llevar al placer máximo. Con los labios húmedos continuó acariciándole los pechos y el cuello.

Natalia pensaba que no había mejor posición que esa, contra la pared, donde podía escuchar muy de cerca los gruñidos misericordiosos de Damián cada vez que exhalaba. Levitaba sobre la presión que le ejercía el miembro en el punto del que las mujeres hablan tanto. Contrario a lo que temía podría pasar la próxima vez que tuviera intimidad, estaba disfrutando cada instante de ese súbito encuentro. Cada vez que él ondulaba la pelvis adentrándose en ella, la hacía estremecer al sentir el susurro de sus ansiosas palpitaciones.

Había olvidado esa sensación de placer profundo. El pudor de la primera vez brillaba por su ausencia. Era cierto lo que Cecilia le dijo una vez, 'los que siguen son diferentes, Nat, y mejores porque te sientes con experiencia'. Con Damián no sentía temor de hacerlo bien o mal, solo se entregaba al deseo que llevaba días hostigándola. Unas ganas de reír le invadieron al preguntarse, ¿qué pensaría él si supiera que unas cuantas noches, al terminar la jornada en YOLO y llegar a su hogar, tuvo que acariciarse contemplando la imagen de él que llevaba grabada en la mente para poder hacer las pases con los pensamientos y así poder descansar?

No era necesario dañar el momento con palabras. ¿Qué podían decir? El lenguaje del placer se expresaba. Los gruñidos eran afirmaciones, los quejidos, la invitación a que lo volvieran a hacer.

Damián sintió el aumento en la intensidad del abrazo con que los labios de la oscuridad le acariciaban entre las suaves piernas. Casi victorioso se propuso llevarla hasta la locura acelerando las embestidas. Con la ayuda de un dedo pulgar, aumentó la dosis de placer en la parte más tierna de su sexo.

Lo sintió acompañándola, pendiendo del mismo abismo de locura en el que él estaba apunto de lanzarla. Natalia quería verle el rostro. Quería saber si ella era capaz de apagarle la oscuridad de los ojos. No pudo contener las oleadas de corrientes que le atacaban feroces provenientes de todos lados. No le importó quién escuchara. En un grito agradecido dejó que se le escapara el nombre.

—¡¡¡Damián!!!

—¡Hey! —respondió en una última embestida que no conoció retroceso.

El aire húmedo y tibio que exhalaban era clara evidencia del nivel de satisfacción que ambos lograron alcanzar. Damián quería mantener el contacto íntimo. Llevaba el rostro incrustado en el pecho de Natalia. Sujetaba los brazos de su prisionera. Que no se le fuera a escapar.

—Ya me puedes bajar —le quitaba con la punta de los dedos unos mechones de pelo oscuro y húmedo que le cubrían la parte del rostro que ella alcanzaba a verle.

Damián desenterró la cabeza, elevó la mirada iluminada hacia la joven, preguntó con la voz entrecortada todavía buscando aliento:

—Si te bajo, ¿saldrás corriendo y no volverás?

Natalia sintió la necesidad de trazar lento, muy lento, despacito con la punta de los dedos la cicatriz en el rostro del joven. *"¿Quién o cómo te habrás hecho esto?"*

—¿Tú quieres que salga corriendo y no vuelva?

Damián soltó una mano de las caderas y la llevó al rostro que ya no podía parar de mirar. Sujetó con firmeza.

—No —pronunció la súplica.

—Entonces —la mujer lo besó despacio—, no lo haré.

Natalia sonrió confiada.

—Te bajaré con una sola condición, que vengas conmigo a mi casa.

Materia oscura

—¿Tu casa? —incredulidad.

—Ya estoy en confianza. Necesito hacer esto una vez más—un suspiro profundo—, pero no aquí, no así. Regálame la mañana, Natalia.

No era necesario el regalo, él se lo había ganado.

En un acto de escapismo, que le hubiera ganado cualquier reto a Houdini, desaparecieron del abarrotado lugar por la entrada lateral, que daba directo al estacionamiento que utilizaban los empleados. Damián no quería que los vieran salir juntos. No permitiría conjeturas de nadie. Por primera vez, no estaba dispuesto a tolerar comentarios. No dañarían la imagen de Natalia. ¿Cuál era la imagen que no quería dañar? Apenas la conocía. Solo sabía que le gustaba usar prendas pequeñas entre las piernas y tenía una agilidad envidiable con los números. Había crecido escuchando a su madre decir que, 'a la mujer que le preocupe su imagen, que se ocupe de cuidarla y mantener las piernas cerradas'.

Se marcharon en una camioneta negra todo terreno, Damián manejaba. Con frecuencia se permitía retirar la atención del camino para contemplarla y así asegurase que ella permanecía allí. Que no se había arrepentido. Que no era uno de esos delirios nocturnos que había padecido los pasados días.

Natalia llevaba una sonrisa invisible adornándole el rostro. Estaba satisfecha con la expresión que Damián exhibía. Se sentía victoriosa. Lo había hecho, apagarle la oscuridad de la hermosa mirada del joven. Además, se había atrevido a experimentar la intimidad con una segunda persona.

No pudo controlar el impulso. Le tomó la mano que ella descansaba sobre la piel color ladrillo del asiento. La aproximó un poco más a su lado. La quería cerca, cuanto más cerca pudiera, mejor. Dejó escapar una bocanada de aire al advertir en la boca hermosa la sonrisa soslayada. Natalia aprobaba la cercanía.

—¿Quieres comer algo? —debía mostrarse como todo un caballero. Que no se notara el desespero que llevaba. Ojalá y el hambre que ella tuviera fuera similar al que le atacaba a él. Que dijera que no, era lo único que deseaba.

—No, ¿y tú?

—Tampoco —agradeció en silencio.

Al llegar a la casa Damián guardó el auto en la cochera. Todavía tenía su mano sobre la de Natalia. Temía que en un impulso de arrepentimiento fuera a abrir la puerta y lanzarse en un escape. Una seriedad súbita le desplazó la sonrisa de los labios a la joven. Se deslizó junto a ella hacia el lado del pasajero.

Se sintió estúpida por un momento.

—Eras tú —alcanzó a decir por lo bajo la chica.

El destino la había llevado al mismo lugar donde hacía unas semanas dijo que jamás volvería. *"¿Cómo no te diste cuenta, Natalia?"*

—Sí, y también eras tú —le respondió indiferente. Como si el hecho que ella estuviera en su casa aquella noche velándole las cogidas a Cecilia no fuera razón para avergonzarse.

La trepó sobre los muslos, besó con intensidad. Que entendiera, que la noche que importaba era esa y no la pasada.

—Te aseguro que adentro estaremos más cómodos —alcanzó a decir.

Cargando enrollada de la cintura a Natalia, salió de la camioneta y se dirigió a la última puerta del pasillo de sonidos lujuriosos.

—Necesito darme un baño —le susurró al oído Natalia en una pausa de aquellos besos que parecían arrancarle la piel.

"Uff, qué suerte que había recordado llamar a Carmen y recién había aseado la casa."

La condujo al baño de la habitación. Con una seriedad apacible comenzó a quitarle cada una de las piezas de ropa. Cuando ya la tenía desnuda enfrente, le tocó el turno, y ante la mirada contempladora de la joven, la acompañó en su desnudez.

Otra cosa más tendría que agradecer Natalia a Cecilia. 'Aunque no estés activa sexualmente, siempre debes estar lista porque el momento se puede presentar y lo peor que podría pasar es que el prospecto se espante. ¿Me entiendes, Nat?' Claro que la entendía y desde que recibió el consejo siempre mantenía muy bien arregladas sus partes íntimas. No lo hacía porque estuviera a la espera de ese momento. Era porque la hacía sentir bien.

Fue Damián quien abrió el grifo y ajustó la temperatura del agua.

—¿Caliente o fría?

—Más caliente que fría.

Natalia admiraba la forma en que se le tensaba el torso y los músculos entrelazados descendían por el costado. Se dejaban notar mejor en los glúteos de Damián con el movimiento inclinado para ajustar la temperatura. No pudo encontrar una sola marca de las travesuras de la niñez en aquella piel, tampoco lunares. Era como estar ante un muñeco de piel de porcelana cubierta por una fina capa aterciopelada de vello oscuro.

Con el agua de la ducha corriéndoles por los cuerpos, haciéndolos sentir unidos, los besos no encontraron tregua. Damián tomó el jabón, se llenó lo suficiente las manos y comenzó a frotarle los hombros a Natalia. Notó que entre la espuma blanca se asomaban pequeñas manchas iguales a las del rostro que llevaba grabado a la perfección. Jugaban en todos los tonos de degradación pintándole la piel.

Entre el éxtasis, la ternura y premura de todos esos eventos se sentía aturdida. Esas manos eran las segundas que les permitía realizar un acto tan íntimo y fue inevitable que el inicio del toque la transportara al pasado. Damián percibió una breve contracción en los hombros de la joven, no se detuvo.

—Levanta las manos, Natalia —no pudo esperar. Le agarró un brazo y lo llevó sobre la cabeza redonda que pensaba perfecta. Hizo lo mismo con el otro brazo—. No los bajes.

No le molestó obedecer. Era consciente que mientras Damián se servía el plato grande acariciándole los pechos erguidos, su miembro erecto la desafiaba. *"¡Gané! ¡Gané! ¡Gané!"* proclamaba para sí. Si no fuera tan recelosa con su intimidad, interrumpiría todo en ese preciso momento para llamar a Cecilia y decirle que había ganado la apuesta. Había encontrado el pene más hermoso del mundo. El perfecto. Prefería disfrutar sola el sabor de esa victoria. Mientras pensaba en su infantil triunfo, Damián avanzaba en la conquista. Había abierto espacio entre las piernas inseguras. Con la mano resbalosa lavaba con movimientos lentos el monte venus y un poco más allá. Las corrientes que le invadieron los terminales nerviosos a Natalia le hicieron temblar las piernas. En un instinto natural de sobrevivencia, extendió la mano brusca, buscaba algún agarre. Lo primero que encontró fue el miembro erguido de Damián a quien la sorpresa, contrario a sorprenderlo, le aumentó la excitación.

Apenas pegaron los ojos durante la noche. Luego del baño, repitieron los eventos un par de veces más, las veces que los cuerpos, cada vez más exhaustos, se lo permitieron. Con cada ocasión se iban agotando las fuerzas, crecía entre ellos algo más.

11

Damián ✳ Buenos días ✳ Natalia

—¡¿Que hora es?! —preguntó Natalia. Abandonaba la cama a toda prisa. Fue directo al baño por su ropa—. ¡¿Qué hora es?! —volvió a cuestionar, esta vez elevando un poco más el timbre de la voz. ¡Que se despertara y le dijera de una vez qué bendita hora era!

—No sé, mira el celular —se aclaró la voz—, está al lado del televisor —todavía llevaba los rastros del cansancio que le dejó la activa noche.

"¡Mierda!", pensó Natalia, eran casi las ocho de la mañana. Eso le traía consigo un par de problemas. Primero, era viernes y tenía que ir al trabajo en la empresa, segundo, había pasado la noche fuera de la casa de sus padres sin avisarles que se ausentaría. Debían estar muy preocupados.

Sentado en la cama con el cabello despeinado y el rostro tranquilo, Damián la veía vestirse, luego, maniobrar con su celular.

—¡Mierda! —lo lanzó encima de la cama cuando notó que la carga estaba agotada.

—¿Qué pasa?

—Son casi las ocho, Damián, tengo que ir al trabajo y llamar a mi casa. Deben estar muy preocupados.

Abandonó la cama todavía desnudo, se dirigió junto al televisor y regresó con su celular.

—Toma, está desbloqueado —desapareció rumbo al baño.

Mientras escuchaba el sonido del agua correr, no pudo evitar pensar ¿por qué Damián no la había invitado a tomar un baño con él? Con un asomo de decepción, repasó los recientes eventos. No le obsequió los buenos días, o un beso. Ni tan siquiera un roce accidental de piel cuando le dio el teléfono. Claro, ¿qué podía esperar después de tan indiscreto comportamiento? Se apresuró a llamar al trabajo y excusarse con la supervisora. Recibió un 'mejórate pronto, Natalia' de respuesta luego de haberle dicho que algún virus le había pegado y la tenía indispuesta. El escenario no fue el mismo cuando telefoneó a su casa y su mamá fue quien respondió.

—¿Estás bien, Natalia? Tu padre está furioso y no ha dejado de llamar a Cecilia que dice que no sabe de ti.

La joven pudo notar que era más preocupación que molestia lo que transmitía la voz de Iraida.

—Estoy bien. Me fui con unas amistades después del trabajo. Se nos fue el tiempo, mamá, sin darnos cuenta. Lo siento. Me recosté un rato porque tenía mucho sueño y no podía manejar así. Me quedé dormida. Disculpa, sé que debí haber llamado pero…

—Está bien, amor, está bien. Yo me encargo de tu padre. ¿Vendrás a la casa ahora?

—No, lo haré más tarde.

—Cuídate, cariño. Luego hablamos.

Al terminar las llamadas Damián seguía encerrado en el baño. El agua corría.

Materia oscura

Natalia volvió a repasar el comportamiento de esa mañana.

No hubo buenos días.

Ni un beso.

Un roce.

Un abrazo.

Un intento de volver a repetir lo de la noche anterior.

No la invitó a tomar una ducha con él. ¡Claro! Anoche estaba demasiado interesado en ayudarla a bañarse!

No le ofreció el desayuno.

No hubo ni un vaso de agua.

La culpa y miseria no tardó en alojársele entre los pensamientos. *"Qué pendeja has sido, Natalia, echaste todo a perder, una vez más".*

A Damián un sentimiento de angustia lo invadió de repente. Era imposible controlar los párpados que se empeñaban en abrir y cerrarse a máxima velocidad. Una alarma le chilló en el pecho. De prisa y con pasos largos, se dirigió hasta la cocina llamando su nombre.

No recibía respuesta.

El vaivén de las llaves pegadas en la perilla de la puerta de entrada de la casa le hizo correr.

La abrió.

Asomó el cuerpo.

La encontró.

"¡Demonios!"

Los ojos le dejaron de parpadear. Natalia caminaba por la acera a paso acelerado con la mochila colgando de un hombro.

—¡Natalia! ¡¡Natalia!! ¡¡¡Natalia¡¡¡ —la llamó con fuerza varias veces. Ella ni se inmutó en voltear o hacer el intento de detenerse.

Al ver la cara del vecino que le atravesó la mirada, recordó que estaba desnudo. Corrió hasta el cuarto, se puso los jeans, pero no encontró la camisa que también había dejado en el suelo. Se quedó descalzo. Salió corriendo tras ella.

—¡Hey! ¿Te has vuelto loca? —apenas logró decir entre respiraciones cortas cuando la alcanzó.

Natalia dio un brinco. Por instinto se aferró el bulto al pecho. Enseguida el reconocimiento de su voz atenuó el susto. No se inmutó en mirarlo. No se detuvo. Damián, aceleró aún más. Logró adelantársele y se le plantó en medio del camino. *"¿Para dónde crees que vas?"*

—¡Natalia, detente!

Lo bordeó y continuó aumentado el tamaño de sus zancadas. Él, insistente, volvió a acelerar el paso, logró plantársele enfrente una vez más y la detuvo por los hombros.

—¡Mierda, Natalia, detente!

Al notar el desespero que Damián llevaba en el rostro, no pudo continuar. Se detuvo y con la mirada al suelo, permaneció callada.

Tampoco le salían las palabras, intentaba entender si había hecho algo que provocara el abandono abrupto de la joven. No entendía.

—¿A dónde vas? —alcanzó a preguntar.

—No voy hacer el papelito de mujer arrepentida después de una noche estúpida a consecuencia de los efectos del alcohol porque bien sabes no estaba ebria. Me dirijo a tomar un taxi para buscar mi auto y seguir con mis cosas.

Materia oscura

—¿Qué hice, Natalia? —se rascó la cabeza—. ¿Qué fue lo que hice para que te fueras así sin decir nada?

—Pudiste, al menos, darme los buenos días. ¿Sabes?, no se le niegan ni a un mendigo en la calle.

—¿Buenos días? —se le torció la cara con una mueca—. *"¿Todo esto por unos buenos días?"*

No pudo disimular la sensación que le causaba solo pensar que, si por el olvido de unos buenos días, esa mujer, con la que solo había compartido unas horas su cama, lo tenía con palpitaciones desesperadas y a punto de salir desnudo corriendo tras ella, imaginando qué haría si no lo quería volver a ver; no quería ni pensar lo que Natalia lograría en él después de permanecer junto a su lado unas semanas más.

Se acercó un paso más. Ella permanecía quieta con el rostro de vuelta al suelo. La sujetó por la barbilla con la mano temblorosa, despacio le levantó el rostro. Que lo mirara. Quería que sus labios recibieran las vibraciones de cada sílaba.

—Siento haber olvidado dártelos. Será lo primero que haga siempre al verte. Te lo prometo.

"Cómo si ya no tuvieras preocupaciones suficientes, Damián."

Aunque no entendía la razón, estaba seguro que podía pasar el día entero con la mirada clavada en ese rostro. Colocaría una alarma eterna en su reloj que le avisara todos los benditos días el momento preciso para darle los buenos días, las buenas tardes, buenas noches y todas las buenas que ella quisiera. En un impulso que le brotó del corazón, la encerró en un abrazo y con las manos la aferró a su pecho desnudo y húmedo. Complacido se sintió cuando Natalia no puso ninguna resistencia. Le correspondió deslizando las manos por la espalda.

—No es solo los buenos días. Quiero que me acaricies al despertar y que me invites a compartir la ducha.

Damián sintió iluminarse con el brillo de aquella sonrisa que volvía a aparecer en la boca hermosa. Su complacencia aumentó todavía más cuando supo que él no era el único *loco* que ya se aventuraba a pensar en un futuro juntos, también ella así lo pensaba.

—Lo siento —comenzó a decir mientras la dirigía de la mano a iniciar el recorrido de regreso a la casa—. Te dejé sola para que pudieras tener privacidad y hacer tus llamadas.

Natalia se sintió como una estúpida niña. Él, hombre maduro, dándole su espacio y ella pensando que era un grosero que se había despachado con la cuchara grande en la noche y luego, como buen patán, le importaba una mierda los detalles. Detuvo el paso en seco, se frotó el rostro antes de hablar.

—Discúlpame tú a mí por reaccionar así. Lo siento.

Damián le plantó un beso en el lomo de la mano que volvió a sujetar.

—Disculpada.

Al cruzar el umbral de vuelta a la casa, se dispusieron a comenzar el día como ambos hubiesen querido. La invitó a darse un baño. Sí, otro más.

Mientras se duchaban fue inevitable que intimaran otra vez. La manera en que lo miraba le hacía sentir de un modo muy extraño. Ella trataba de permanecer de pie mientras sus manos buscaban encontrar un agarre en las lozas húmedas y resbalosas. Ya no mostraba pudor en dejar que se le escaparan los gemidos. Eso lo tenía enloquecido. La sujetaba de espaldas con la mano plena sobre la pelvis, los dedos hurgando en el deseo. Natalia sentía cómo los pies se le elevaban del suelo con cada arremetida. Primero fue ella quien consiguió el placer máximo, luego, le tocó el turno a él quien casi se derrumba dejando escapar un gruñido sobre la espalda de la mujer.

Materia oscura

—Buenos días —le susurró al oído mordiéndole el lóbulo de la oreja izquierda mientras permanecía todavía en su interior.

—Buenos días, Damián.

Se estremeció al escuchar su nombre. Entonces, supo sin duda alguna, que desde ese día en adelante daría y haría lo que fuera por unos buenos días de esa mujer.

12

La joya ✳ Limpieza ✳ Las reglas

Gutiérrez se encargaría de saldar las cuentas pendientes de Sebastián en el bajo mundo. Fueron las instrucciones del jefe Nicolás. Debía cumplirlas, siempre lo hacía. Esperaba al joven sentado en la sala de uno de los tres departamentos que Nicolás y su equipo utilizaban como centros de mando de las operaciones del negocio principal. En esta ocasión, era el que ubicaba en el pueblo de Ponce en la zona sur de la isla. Era imperativo moverse de un lugar a otro.

Minimizaba los riesgos.

Repasaba en la mente la información que habían logrado levantar las fuentes en la calle. Al menos, una decena de asesinatos, algunos asaltos entre bandas, atentados y otros tantos que se podían clasificar como misceláneos. Todos formaban parte del espléndido currículo del joven delincuente.

A Gutiérrez no le quedaban dudas que Sebastián tenía las agallas que necesitaba quienquiera que fuera a ocupar la posición de líder en la organización. Por momentos llegaba a pensaba, que tal vez, tenía demasiadas para el puesto. Dudaba que tuviera el sentido común y la capacidad para dejarse guiar por la sabiduría que los años tras la organización le habían permitido acumular, tanto a él, como al tío Roa.

Ese mundo no era del débil. Ambos, su gran amigo Nicolás y él habían sobrevivido todo ese tiempo logrando mantener al margen a los atrevidos. Aquellos que se dejaban llevar por la ambición. Los que se levantaron en revueltas con el único propósito de adueñarse del lucrativo negocio de tráfico de armas. Por débiles no era que lo habían logrado. Por débiles y falta de juicio no era que seguían, luego de tantos años, con vida.

En un principio contempló con seriedad asumir el mando de la organización, sin embargo, el cáncer, que tras el tratamiento había desaparecido, se llevó consigo gran parte de sus fuerzas. Deseaba ya colgar las armas y dejarlas enfriar. Descansar, poder irse a algún lugar desconocido y bajar de una vez y por todas la guardia.

El ruido de la manija de la puerta lo instó, por instinto natural, a llevarse la mano a la cintura y acariciar con el dedo el gatillo. Permaneció sentado. Esa tranquilidad aparente que solo los años le habían regalado le permitía actuar con cautela.

Tres hombres entraron al lugar, Sebastián era uno de ellos, el del medio. Gutiérrez, los saludó y ante la mirada expectante del rubio, impartió instrucciones del plan para escoltar un cargamento muy importante de AK-47 que tendría lugar esa noche.

—Recuerden que deben tener los ojos bien abiertos. Hay rumores de que piensan darnos un palo en algún momento y este es el cargamento más grande que hemos recibido en meses.

Los hombres escuchaban con atención. Uno estaba entre los medianos treinta, el otro lucía en los altos veinte.

—¿Cuántos seremos en la escolta? —preguntó el más joven.

—Sabes que nunca les digo. ¡Ah!, pero estén seguros que los suficientes para montar una guerra si es que algún pendejo se le ocurriera tratar de robarnos. ¡Vamos! —con dos aplausos sonoros los instó a ponerse en acción—. Dios los bendiga.

Sebastián, que llevaba los sentidos agudos. Sintió una curiosidad particular por el control que parecía mostrar Gutiérrez sobre aquellos hombres, de igual modo armados y peligrosos. Soltó un resoplido después de una carcajada que duró hasta que se quedaron solos.

—¿Qué Dios los bendiga? ¿Qué carajos? No me jodas. ¿Qué es esto? ¿Un puto culto?

Gutiérrez tensó la mirada, la única reacción visible a las palabras de Sebastián. Con una mano, le invitó a sentarse junto a él. Lo vio dudar.

El mejor amigo del tío nunca le había inspirado confianza. Pasaron algunos segundos.

Aceptó la invitación.

Se mantuvo alerta.

Vio al hombre hacer un movimiento para levantarse de la silla. Intentó replicarlo. Los reflejos del anfitrión fueron mucho más rápidos. Antes que Sebastián lograra despegar el trasero del asiento, con un despliegue de fuerza repentino e inesperado, Gutiérrez, lo empujaba de nuevo enterrándole con ambas manos los dedos entre los huesos de la clavícula. Que dejara el culo en su lugar.

—Te lo diré solo una vez —la voz pausada y ausencia de cualquier rastro de gracia—. Si quieres que tu tío esté orgulloso de ti, ve empezando por demostrar madurez. ¿Sabes por qué Nicolás ha llevado esta organización a lo que hoy día es? —pausó. Sabiendo que la respuesta no le llegaría, continuó—. Porque los que trabajan para él lo respetan. ¿De qué otra manera pudieras liderar a un grupo de peligrosos mercenarios sino es demostrándoles que te preocupas por ellos, que entiendes y atiendes sus necesidades? —fue soltando poco a poco y con cautela el agarre—. Alístate, muchachito, que este consejo es gratis, los próximos, te van a costar y mi tarifa es onerosa.

Con una sacudida de hombros Sebastián terminó de sacarse de

encima las manos de Gutiérrez quien volvió a tomar asiento, esta vez, frente a un iracundo joven. Usaba la mesa de madera como escudo. La ignorancia es atrevida, podía intentar algún acto estúpido.

—¡Qué joyita! Tremenda partida de seguidores que te has acumulado, muchachito. Vas a quedar con una deuda muy grande con Nicolás después que te los quite de encima.

—No tienen que hacer nada por mí —masculló todavía con las aletas de la nariz que parecían las de un toro.

—No, si no lo hace por ti, pendejito, lo hace por la organización. Repasemos el listado de los nombres que me tengo que asegurar que te quito de encima; El Chino, La Cabra, Ferdinand el del oeste, los Implicados, los del Corral. ¿Se me queda alguno? —Sebastián con la mirada fija, agitó la cabeza de lado a lado—. Entonces esperemos que en un par de días ya tu nombre esté frío y borrado de las balas que deben tenerlo grabado.

No podía negar, que saberse el líder de la organización Roa en algún momento de su vida, le había hecho salivar.

Este era otro tiempo.

Eran otras las razones por las que debía ocupar el puesto.

El no sentirse con libertad plena era un asunto, que en su momento, tendría que manejar. Lo que no sabía en ese instante era hasta qué punto lo podría llevar.

—¿Qué carajos pinto yo aquí?

—Poco a poco, muchacho, vas a ir aprendiendo poco a poco. Empecemos por las reglas de seguridad —una ceja se le alzó a Sebastián—. Ya en la calle se regó el rumor que tú, el gran Sebastián Roa, asumirás el lugar de Nicolás. ¿Sabes lo que eso significa?

"¿Qué si lo sé? ¡Ah! ¿Acaso lo sabes tú, Gutiérrez?", quiso decirle.

Otra vez el joven agitaba la cabeza en negación.

—Significa que ya alguien le puso precio a tu pescuezo. Los pendejos que te estoy quitando de encima, son nenes de tetas al lado de los que ahora pagarán por tu cabeza.

—¿Ibáñez? —increpó.

—Veo que has estado informándote —aplaudió—. ¡Bravo! Ese es el más peligroso, pero hay un par más a los que le beneficiaría que los Roa estén fuera de circulación. Pedro y Gustavo, esos son siempre tus hombres. Serán tu sombra mientras estés despierto. Irán contigo a todas partes. Así sea cuando te den ganas de cogerte a cualquier mujerzuela. Si ese fuera el caso, te esperarán en la puerta del motel o el lugar donde se te antoje chingar, claro, después de haberse asegurado que la mujer no representa ningún peligro para ti. Solo cuando vayas a dormir, ellos se retirarán, entonces ,Ernesto y Tato serán los que te cuiden el sueño.

El joven rió para sí en silencio. Le parecía absurda tanta seguridad. Si tan solo ellos supieran la realidad de los pasados años, ¿gastarían tantos recursos cuidándole?

Mientras escuchaba a Gutiérrez impartirle instrucciones, intentó mostrar que la seriedad del rol que estaba asumiendo iba tomando forma en él.

—Todo un jodido despliegue para cuidarme —soltó con ironía.

—Digamos que lo que cuida ese despliegue es tu cerebro. Aquí no te ensucias tú las manos con nadie. Para eso están los demás. Aquí serás tú el que dará órdenes. ¿Entiendes?

Hizo sonar los dedos de las manos presionándolos antes de hablar.

—Claro como el agua.

Las lecciones acerca de las reglas de seguridad se extendieron un poco más. Gutiérrez mencionó la importancia de mantener un bajo perfil y así no dar motivos para atraer la atención de las autoridades, muy en especial la de los federales. Ellos lideraban las cacerías de brujas contra las organizaciones de tráfico de armas, drogas y prostitución. Le dijo también, que por el momento, él continuaría ocupándose de lo relacionado a los servicios lícitos de Transportes Roa. Era prioridad que Sebastián aprendiera todos los detalles del negocio principal. La cortina que cubría la realidad clandestina podía esperar.

Antes que apresaran a Nicolás, la compañía contaba con una cartera de clientes prestigiosos, líderes en los mercados de consumo y construcción. En manada fueron prescindiendo de los servicios de Transportes Roa. De seguro, una estrategia, recomendada por algún representante de relaciones públicas o algún bufete legal. La cartera de clientes con la que contaban era más reducida, no por eso podía descuidar los servicios. Era aquella la realidad paralela que les permitía tener todo aquel andamiaje de vehículos y flota marina. ¿Cómo le explicaría a los clientes que, ahora el nuevo gerente general no tenía ni un diploma de escuela secundaria? Poco a poco lo iría introduciendo al mundo administrativo. Ya se las inventaría para ver qué puesto podría ocupar.

Gutiérrez dedicó la segunda parte de la sesión introductoria al mundo Roa a compartir detalles del cargamento que recibirían esa noche. Se trataba de un embarque de sobre mil armas las cuales llegarían en piezas a través del puerto mercante en Ponce, ellos las escoltarían hasta un lugar secreto en la zona montañosa de la isla donde un grupo trabajaría en el ensamblaje, al día siguiente saldrían rumbo a territorio norteamericano a través de las costas de la zona norte de la isla.

—¿Cuánto es la tarifa de nuestro servicio? —debía mostrar interés en los detalles.

—Mil —Gutiérrez levantó un dedo índice—, por cada una—completó.

—Cien mil —se humedeció los labios resecos—, no está nada mal para tres días de trabajo —dijo Sebastián deleitándose con el sabor que esa cifra le dejó en lo labios.

—Me sorprendes, pendejito, eres rápido con los números.

Disfrutaba cómo se le tensaban las mandíbulas a Sebastián cada vez que lo llamaba con algún epíteto. Él respetaba al tío Nicolás. Sebastián tendría que ganarse su confianza y respeto. Una tarea muy difícil de lograr.

—¿Cuáles son los riesgos?

—¿De qué? —preguntó Gutiérrez agitando las manos al aire.

—Si pasa una cagada. Si la policía o los federales nos agarran.

—Transportes Roa es una entidad auto asegurada. ¿Sabes lo que significa? —no le permitió responder—. Significa que, producto que no se entregue bajo los términos originales de cada acuerdo, producto que tenemos que asumir el costo y sufragar cualquier daño o pérdidas causadas al cliente. ¿Entiendes? —el hombre de piel rojiza inclinó el torso hacía el frente—. Son grandes los golpes, sí, pero también son grandes las consecuencias de las cagadas.

—¿Cuándo conoceré a los clientes?

Ese era un objetivo que ocupaba uno de los primeros puestos en el listado de tareas que ya traía consigo Sebastián y del cual, ni Gutiérrez, ni el tío Roa eran artífices.

—Con calma, mocoso, esa gente no se dejará meter un nuevo negociante hasta que no te ganes su confianza.

—Dime, tú que todo lo sabes, ¿cómo hago eso? ¿Cómo me gano su confianza? —permaneció inclinado, también hacia el frente muy atento y sin pestañear.

—Empezando por hacer las paces con tu hermano.

Sebastián dejó escapar un bufido. ¿En realidad tenía tanta importancia hacer las paces con Damián? Cuando el tío lo mencionó en la visita en la Federal, pensó que solo era un tema familiar pendiente. Nunca le vio la relevancia que parecía tener.

—Aquí no hay espacio para niñerías. En los próximos meses nos esperan unos negocios muy importantes, que si los manejas con éxito, no habrá quien se atreva a desafiar o tan siquiera pensar intentar meterse contigo. Si la embarras, no tendrás tiempo de sentarte a llorar. Terminarás en el hoyo haciéndole compañía a Nicolás, o terminarás tieso y frío.

—Sigo sin entender. ¿Para qué carajo tengo que darle un beso al cabrón de Damián?

—Me sorprende tanto cariño por tu hermano. Admito que hace un rato con los números me impresionaste, pero, ahora, ¡coño! sí que me has decepcionado.

Estaba perdiendo la paciencia con Gutiérrez. Mientras éste le hablaba imaginaba cuál sería la mejor manera, la que le diera el mejor gusto de ponerle una bala en el centro de la frente.

—Deja de hablar tanta mierda —iracundo preguntó—. ¿Me vas a decir por qué?

—¿Cómo crees que se limpiará ese dinero? —le devolvió Gutiérrez el cuestionamiento.

Todo cobró sentido para el joven.

Y a sí, como se le iluminó la mente, ofreció una respuesta:

—Los negocios que maneja Damián.

—¡Carajo! —exclamó mirando al techo—. ¡Si el pendejito no salió tan morón como yo pensaba!

No, primero le cortaría la lengua. Cuando ya lo hubiese atragantado con ella, le pegaría el tiro.

154

—El dinero de tus negocios se limpia a través de los que maneja tu hermano. Pero te advierto, él no tiene idea de la otra rama de negocios de Nicolás. Yo he estado manejando esta parte en el último año y me he encargado de mantenerlo al margen.

—Damián no puede ser tan pendejo y no darse cuenta. ¿Quién lleva los números allá? ¿Qué pasó con Bermúdez? ¿No era él el que lo hacía?

—Ahí entramos en otro asunto. Sí, era Bermúdez hasta hace unos meses. Los números los llevó por muchos años él —una pausa necesaria—, pero las manos se le pusieron inquietas y los bolsillos, de la noche a la mañana, se le fueron engordando.

—¿Y te lo despachaste? —quiso mostrar algo de placer en pensar que a Bermúdez lo habían liquidado.

—Aquí no usamos esos términos, mocoso —con la mano balanceándose en el aire acompañó las siguientes palabras—: Decidí mandarlo a un retiro temprano.

Y el milagro sucedió. Por primera vez los hombres parecieron compartir sendas sonrisas. ¿Complicidad?

—¿Y quién lleva los números ahora?

De repente mostraba mayor interés. Eso despertó cierto entusiasmo en Gutiérrez.

—Natalia —dijo inexpresivo.

—¿Una mujer? —se le fue la risa—. ¿Una maldita mujer? —le volvieron las ganas de reír.

—Una mujercita que tu hermano contrató y lleva un par de semanas trabajando en el club en las noches.

—¿Algo que atender con la mujercita? —Gutiérrez frunció el ceño, Sebastián continuó—. Tu mirada me dice que no te gusta algo en ella.

Le preocupó que el pendejillo pudiera en tan poco tiempo descifrarle. *"Sí, parece que Nicolás tiene razón, potencial no te falta, muchachito"*, pensó.

Gutiérrez se ahorró los detalles de que ya Damián se había atribuido derechos adicionales con la contadora. Fue pura casualidad. Apenas una semana atrás visitó en la noche la oficina en YOLO para hablar con Damián. Al subir encontró la puerta cerrada con seguro. Aprovechó para darse un trago en la barra del primer nivel y al rato, cuando intentó de nuevo hallarlo, la puerta estaba abierta, la oficina vacía. Un pedazo de la envoltura de aluminio de un preservativo reflejando la luz le reveló la aparente razón que motivara la clausura de la puerta y posterior desaparición de los dos.

—Por el momento, dejemos la mujercita a un lado. No creo sea una molestia. Ya habrá que abordarla. Con eso bregaremos en su momento.

Se levantó de la silla, bordeó la mesa pasando por el lado de Sebastián con la intención de ir a la cocina y buscar algo que le humedeciera la garganta. Fue sorprendido por el sorpresivo agarre en uno de los brazos del joven *delincuente*. La tensión no se hizo esperar.

—Para de decirme nombres estúpidos —se escuchó la advertencia.

—Con gusto, pendejillo, lo haré cuando dejes de hacer pendejadas como esta.

En segundos Gutiérrez analizó la situación, estuvo a punto de desenfundar el arma y darle una lección al imbécil sobrino de su amigo. Al observar la manera con la que Sebastián lo miraba, con los ojos rabiosos, febriles y las cejas cruzándoseles en el seño, supo que si tan siquiera hacía el menor intento por tocar el arma, el desenlace de ese día sería muy oscuro para uno de los dos. Ante la falta de contraataque por parte del joven, también supo que era cierto lo que decían en la calle. 'No le tiembla nada cuando se siente amenazado.'

13

Un bocado ✳ Siempre ✳ Una vez

Encerrado en la oficina que le habían asignado de modo temporero en el edificio Federal en la avenida Chardón, Todd Brandom memorizaba cada línea roja que entrelazaba todas las tarjetas de la investigación a la que había sido nombrado como líder un par de semanas atrás. La memoria fotográfica, una de las tantas cualidades que lo habían llevado hasta allí, le permitía almacenar cada uno de los nombres.

Los detalles.

Los países.

Los puntos débiles identificados en esas tarjetas.

Al agente especial Brandom le sobraba experiencia de campo, sin embargo, esta era la oportunidad para demostrar toda su capacidad de líder. A sus treinta y dos años ya había sido reconocido en varias ocasiones por el impecable trabajo de campo aprehendiendo algunos de los maleantes más buscados, desarticulando organizaciones de bajo nivel que se lucraban del trasiego de drogas, armas y una que otra que se atrevían a desafiar las leyes del comercio interestatal.

Todd conocía cuán ruda podía ser la vida. Nacido en el corazón de New York tuvo que aprender a manejarse entre las gangas y los diferentes grupos que se debatían las calles de Bronx. De padre estadounidense y madre dominicana, el color oscuro de la piel, la contextura

159

fornida del cuerpo y el nombre anglosajón le camuflaban muy bien sus raíces latinas. Solo cuando se pronunciaba en español le afloraban porque lo hacía con un dominio del idioma envidiable para cualquier americano trabajando en la Isla.

De pie recostando las caderas contra el escritorio, no necesitó mucho tiempo para llegar a sus propias conclusiones. Las mangas enrolladas de la camisa clara y el nudo relajado de la corbata gris evidenciaban el empeño que había puesto. No le tomó mucho tiempo ni esfuerzo luego de completar la lectura y análisis del tupido informe que le habían heredado al momento de su nombramiento. Eran claras las conclusiones. La situación crítica en la que se encontraba la Isla, el Caribe y el Este de los Estados Unidos en cuanto al trasiego de armas ilegales había sido autoinfligida. Era el resultado de años de descuido de los gobiernos y las autoridades. Años de hacerse de la vista larga. Ahora él se tenía que enfrentar a un gran monstruo. Uno con muchos brazos, piernas y hasta arterias. Solo tenía una cabeza y un corazón. Él la había identificado. Lo había encontrado. Aprendió a través de los años en el FBI, que cuando atacas al enemigo, por más que te supere en inteligencia o fuerza, debes atacarle el corazón. A diferencia de lo que pensaban sus compañeros y lo que le habían enseñado en la academia federal, que el cerebro es el punto donde toda maldad ve su nacimiento, Todd pensaba que el corazón es el motor que mantiene todo conectado. De poco en poco se acercó a la pared donde colgaba el gran pizarrón blanco que le había servido como lienzo para esa obra de arte que había trazado. Ya tenía el diagrama que le indicaba cómo disecar al monstruo. Tomó de la repisa el marcador color rojo, se lo llevó a la boca y con la ayuda de los dientes removió la tapa. No pudo evitar que el olor a amoniaco que enseguida le invadió las fosas nasales le hiciera retorcerse en una mueca. Recuperó en un instante. Volvió la atención al pizarrón. Dibujó con la mano derecha un gran corazón sobre un nombre: Nicolás Roa. Devolvió la tapa al maloliente marcador. Tres pasos agigantados le devolvieron la distancia suficiente que le permitía contemplar su obra de arte. *"Fuck!, Sí que es un monstruo."* Esa organización era un endriago muy sólido e inteligente. Haría lo que los años le habían enseñado, se lo comería de poquito en poquito, sin necesidad de querer atragantarse.

—*One bite at a time*— dijo para sí luego de dar un sorbo a la taza de café que le relajó al instante los hombros y le trajo el recuerdo del origen de aquella frase. *"¿Cómo te comes un elefante?, le preguntó su padre una vez. Todd, que era un niño para ese entonces, no supo responder. Un bocado a la vez, hijo, one bite at a time."*

✳ ✳ ✳

Damián había ido por el desayuno al establecimiento de comida rápida que ubicaba a unas cuantas cuadras de su casa. Natalia permanecía en el cuarto recostada en la cama. Aunque sus instintos exploratorios le pellizcaban el trasero para que se pusiera a husmear en la casa y así pudiera conocer un poco más de él, prefirió quedarse y limitar la investigación a esas cuatro paredes. No quería ni imaginarse el papelón que haría si Santiago o Cecilia la encontraban allí.

El aire acondicionado estaba encendido a una temperatura agradable. Para decepción de la curiosidad de la joven, en el lugar no había mucho que fisgonear. En una inspección visual de trescientos sesenta grados notó que nada colgaba de las paredes grises. Al extremo izquierdo de la cama tamaño king ubicada contra la pared al fondo de la habitación, divisó una credencia que servía de base para un televisor grande, al extremo opuesto, un gavetero que le llamó la curiosidad.

Se aventuró.

Buscó acercarse.

Encima de la madera solo encontró unas cuantas monedas, en los cajones, la ropa del joven doblada y acomodada con meticulosidad. Aprovechó para tomar prestado unos pantaloncillos en tela de recuadros y una camisa blanca. De repente la alertó lo que pareció ser el sonido de una puerta al cerrarse. Provocó que se lanzara de un brinco sobre el colchón. Terminó de acomodarse las prendas de ropa haciendo malabares encima de la cama. A los segundos Damián entraba al cuarto cargando en una mano la bolsa con los alimentos y en la otra, una bandeja de cartón con dos vasos de café.

—¿Aburrida? —preguntó mientras se sentaba en la cama. Le mostró una sonrisa soslayada.

—Gracias —tomó de las manos el emparedado que le ofrecía—. ¿Parezco aburrida?

—Parece que te entretuviste buscando algo sexy que ponerte.

—Lo siento. Quería ponerme algo limpio. Si es un problema puedo devolverlo —comenzó a levantarse la camiseta.

—No, tranquila. Esperaba encontrarte husmeando por la casa —volvió a sonreír y la cicatriz pareció adornarle el rostro.

—¿Me estás acusando de entrometida? —no lo dejó responder—. Aunque te confieso que ganas no me faltaron de explorar este lugar, quise evitar encontrarme con alguna visita imprevista.

Damián elevó una ceja, la miró con el rostro inclinado y habló con lentitud deliberada:

—Imprevista como…

—Santiago —Natalia comenzó abrir la envoltura del emparedado.

—Y Cecilia —completó el joven.

—Sí, como Santiago y Cecilia.

Él, que se disponía a verter azúcar en los cafés, le preguntó con los sobres entre los dedos:

—¿Cuántos de azúcar?

—Dos —Natalia le sujetó la mano en un gesto impulsivo que lo obligó a mirarla en seriedad—. Yo le pongo el azúcar. Gracias— un silencio incómodo se acomodó en el colchón en medio de los dos—. Disculpa. Es que tengo que hacerlo yo.

—¿Poner el azúcar?

—Sí —una mueca hizo que se le arrugara todo el rostro.

—¿Siempre? —quiso saber si esa fijación con el azúcar era algo del momento o con lo que tendría que lidiar más adelante.

—Siempre —respondió robándole de la mano un par de sobrecitos. Intentó atenuar la noticia sonriendo, lo que acentuó unas finas líneas en la frente.

Luego de observarla llevar acabo el inexplicado ritual, comenzaron a desayunar mientras Damián hojeaba muy atento y en silencio el periódico que había traído consigo. A Natalia le despertó curiosidad la ajena concentración que destilaba su compañía. Parecía leer y analizar página por página. De vez en cuando dejaba escapar un resoplido, unos con matices de incredulidad, otros, sorpresa y otros hasta parecían de enojo.

—¿Siempre? —preguntó Natalia.

—¿Siempre qué? —Damián comenzó a mirar alrededor para entender a qué se refería ella.

—¿Siempre te devoras el periódico así?

El chico cerró y abrió los ojos despacio, dejó escapar un resoplido y sonrió. Se puso serio.

—Siempre —se acercó y le plantó un beso con sabor a café. Comenzaron a reír y puso a un lado el periódico—. ¿Qué quieres hacer hoy? Digo, si es que prefieres algo en específico.

—Quedarme aquí contigo —respondió complaciente Natalia con el torso recostado de la pared que hacía las veces de espaldar de la cama.

—¿Todo el día? —no le apartaba los ojos de encima.

—Todo el día... *"y la noche si me dejas también"* —respondió inconclusa.

El hombre la sujetó por las manos, en un despliegue de fuerza sutil, la haló hasta él encerrándola en un abrazo.

—Aunque me preocupa si podré rendir todo el día, si es lo que deseas, aquí y así nos quedaremos todo el día.

Se dijo que, sin duda alguna, así quería tenerla siempre junto a él, pegada al pecho.

Con cada respiración que sentía al compás de la de ella, intentaba silenciar la voz que con afán continuaba preguntándole por qué se empeñaba en seguir complicándose la vida todavía más. ¿A caso no era suficiente con lo que otros ya se la habían complicado?

—Tal vez… —pausó Damián, se aclaró la voz. Intentaba llenarse de valor—. Tal vez te parezca estúpido lo que voy a decir —sintió la urgencia de acariciarla, se frotó las manos en la piel de los hombros de la joven cuyo rostro lucía una expresión relajada—, a lo mejor, imposible —trasladó las caricias hasta el cuello tibio. Pudo sentir cómo los latidos le delataban el pulso acelerado de ella—. No quiero apartarme de ti —confesó y al instante se desconocía.

Natalia contuvo el aliento. Damián sintió un vacío frío que desplazó el calor, que en solo un par de minutos, se había acumulado entre sus cuerpos.

En un pestañear la tenía encima sentada a horcadas mirándole. Mientras contemplaba la belleza física del joven, llevaba a cabo en su ágil mente un análisis minucioso de aquellas palabras. *"Análisis de riesgo"*, le llamó. En su profesión era habitual tener que preparar ese tipo de análisis. En principio era sencillo, evaluar los pros y contras de las decisiones. *"¿Cuáles serían los pros?"*, se dijo. *"Poder sentirme extasiada como las pasadas horas, acabar con la soledad que me está matando e intentar rehacer mi vida. ¿Y los contras?"* Por más que quiso, no encontró, en ese preciso momento, ninguno.

Si tan siquiera hubiese tenido un panorama más claro de lo que significaba ser un Roa.

—Mi padre solía preguntarme cuándo me había convertido en la reina de las estupideces —acercó un poco más su mano al rostro de Damián. Trazó con la yema de uno de los dedos índices el contorno de la nariz en perfecta rectitud y con dimensiones adecuadas para otorgarle esa personalidad que continuaba descubriendo minuto a minuto—. Por mi empeño en los imposibles, decía —lo veía atento esperando con curiosidad que continuara—. Lo que dices es estúpido. Sí, lo es. No imposible —rozó los labios del joven con los dedos—, yo me siento igual.

La convulsión que le provocó esas palabras a Damián en su sexualidad, que hasta ese momento disfrutaba de un muy buen merecido descanso, no pasó desapercibida bajo los pliegues de Natalia. Le dejó saber con una sonrisa maliciosa. Él pensaba que esa sonrisa le hacía juego perfecto con los ojos que le gritaban que la hiciera suya una vez más. ¿Cuándo se había vuelto experto en descifrar lo que quieren las mujeres, en especial esa?

—No me gusta que tomen mis cosas sin permiso, ¿sabes? —dijo muy serio.

Natalia no perdió un segundo. Entendió a perfección la intención de ese súbito cambio de ánimo, de esa reclamación.

—¿Y qué piensas hacer al respecto? ¿Echarme de tu casa, también?

Se amarró a la altura de la cintura el exceso de tela de la camisa que, sin permiso del dueño, había tomado prestada. Su ombligo quedó huérfano. Damián se imaginó explorando esa cavidad de simetría perfecta. En un movimiento brusco elevando las rodillas la tomó por sorpresa lanzándola al colchón. La aprisionaba con las rodillas en las caderas. Tenía toda la malévola intención de obtener de vuelta lo que le pertenecía. No contó con la risa traviesa que Natalia dejó escapar y que lo desarmó de cualquier intención carnal. Una sensación poco familiar le invadió. ¿Ternura? Su mente no lograba encontrar la palabra para describirla. Se deslizó a un lado, aprisionó la mano derecha y entre caricias sanadoras comenzó a besarla.

—Casi te quiebro la mano aquella noche en el bar cuando nos presentaron —la vio hacer un puchero—. Es que fuiste atrevida, ¡eh! —una palmadita sobre la mano fue el regaño que se había ganado por entrometida.

—Es que tu reacción, la noche antes cuando me encontraste en el club, me dejó furiosa y con ganas de decirte dos o tres barbaridades para ponerte en tu sitio. Fuiste grosero.

—¿Cuándo te encontré? —un resoplido—. Querrás decir, cuando te sorprendí entrometida con las narices entre mis cosas.

—Deberías agradecerme —le retiró las manos del agarre.

Damián volvió en la búsqueda de esas manos que ya sentía necesitaba tener de vuelta entre las suyas.

—Pensé que mi agradecimiento, estas últimas horas, había quedado muy claro. Pareciera que no —rodó sobre ella y la dejó aprisionada bajo su cuerpo. Distribuía el peso entre los codos y las rodillas sobre el colchón para no incomodarla con sus ochenta kilos. No le apartaba los ojos de encima. La mirada indiscreta anticipó la curiosidad—. ¿Quién eres Natalia? —preguntó deslizando un dedo a través del linde entre el pelo y la piel de la frente.

—Soy Natalia —respondió en un intento por simplificarse la vida frente a ese hombre que la tenía hipnotizada.

—Natalia —pausó—. ¿Solo Natalia?

—Sí, Natalia —un suspiró. Un intento de huida de esa conversación se le atravesó en la garganta. Logró controlarlo y continuó—, así de simple. Soy lo que vez aquí. Aparte de mi auto, que pues ya no le queda mucho, no tengo nada. Solo este hermoso cuerpo y…

Damián interrumpió la caricia que no había pausado desde que inició, con dos toques delicados en la frente se apresuró a completarle las palabras:

—Y esta mentecita que guardas aquí.

—Correcto. Solo este hermoso cuerpo y la mentecita que guardo en esta cabezota —dejó escapar unas carcajadas silenciosas—. Y tú, ¿quién eres?

—Soy este cuerpecito —dejó caer el peso del cuerpo sobre ella con toda la intención para que lo sintiera—, pero sin la mentecita en la cabezota. Aunque eso creo ya lo has comprobado por ti misma.

Volvieron a reír, esta vez el momento se prolongó más en el tiempo.

—En serio, Damián, ¿quién eres?

Natalia se atrevió a incitar una mayor profundidad en las respuestas. Desconocía que ese hombre que la miraba con curiosidad, tenía tanta o más necesidad que ella de saber hechos concretos que le mostraran quién era ella.

Damián volvió a deslizarse de regreso sobre el colchón a través del costado de Natalia. Enroscando el brazo por la espalda de ella, la instó a que rodara y quedara acostada frente a frente con él. Permaneció silencioso por casi un minuto. Intentaba organizar los pensamientos. Alineaba las palabras precisas para formar las oraciones perfectas que explicaran quién era él de manera conveniente, que no provocara que esa hermosa mujer saliera corriendo otra vez. Que la vida no se le volviera a oscurecer.

—Soy Damián. ¿Te dije que mi apellido es Roa?

—Sí, creo recordar que dijiste —pronunció el apellido muy despacio imitando la voz y el tono intimidante que usara Damián el día que oficializaron la presentación— Roa.

Le era curioso el apellido, poco común en la isla. Era corto pero al pronunciarlo sentía que le dejaba una sensación desconocida en la garganta.

—No se te pasa una —la besó—. Pues éste que ves aquí, hasta hace poco más de un año era un estudiante de medicina. Las circunstancias de la vida me hicieron regresar a este 'bendito' lugar. Ahora soy —rodó los ojos— el que está a cargo de algunos negocios familiares.

—¿Esas circunstancias de la vida tienen nombre y apellido? —escuchaba y escudriñaba al detalle cada palabra de Damián que continuaba abrazándola con ternura.

—Nicolás Roa —y ese nombre le salió con todo el peso que le causaba tan siquiera pensar en lo que el tío lo había metido.

—¿Tu papá? —inclinó un poco el rostro.

—No… —un resoplido de fastidio—, mi tío — *"Mi maldito tío".*

—¿Y dónde está ahora? —no desperdiciaría la oportunidad que le brindaba la buena disposición de Damián a responderle.

—En la Federal.

—¿La cárcel? —la voz le salió en un hilo muy fino.

Hizo un gesto afirmativo con el rostro, los labios apretados, le salieron las palabras:

—Evasión contributiva del Seguro Social —le adelantó porque ya sabía que la curiosidad la llevaría a querer saber el porqué su tío estaba en prisión.

—¿A cuánto tiempo lo sentenciaron?

—Todavía no lo hacen. Pueden ser hasta siete años —*"siete mal-*

ditos años".

Los ojos de Natalia se explayaron. Damián pudo ver más de lo usual del globo ocular.

—Así que tú vas a manejar todo por los próximos seis años —como de costumbre la mente le trazó los cálculos con la velocidad de un rayo.

—No —enseguida quiso cambiar el rumbo de la conversación. Ya había compartido demasiado con esa extraña. Lo menos que deseaba era asustarla y que saliera corriendo. Hacía rato que la marca de piel más clara en el dedo anular de la mano izquierda de Natalia le tenía pensando, maquinando las posibilidades. Se acercó los nudillos de la mano de la joven a los labios, muy despacio los besó. Con el dedo índice se atrevió a trazar el contorno de esa marca blanquecina—. ¿Algo más de —entrecerró la mirada— solo Natalia que deba considerar o de lo que me deba cuidar?

Damián no tenía que ser más explícito. Enseguida ella captó la insinuación y las intenciones guardadas detrás de éstas.

—No, nada más… —bajó la cabeza. Uno, dos, tres segundos y volvió a subirla—. Después de esto —señaló la marca del dedo—, solo quedó Natalia y su viejo auto. *"Y las deudas que me llevaron hasta ti"*, completó en silencio sintiendo un calentón en el rostro.

El modo en que la luz en la mirada de Natalia se fundió como bombillo que se le quiebran los filamentos al recibir una sobrecarga de energía, le estrujó el pecho. Provocó que se le comenzara a condensar un deseo incontrolable de golpear al maldito que había causado eso que aún desconocía. Fuera lo que fuera que Natalia había vivido, tenía la capacidad de apagar el brillo de aquella mirada que Damián sentía le comenzaba a alimentar el alma que llevaba hambrienta. Un pensamiento protector se le apoderó de la razón. *"¿Y si la golpeaba? ¿Y si abusaba de ella?"* El solo imaginar que cualquier imbécil le hubiese puesto una mano encima para dañarla le comenzó a avivar la furia silenciosa que por años llevaba apaciguando.

—¿Te hizo daño? —tenía las mandíbulas rígidas. Intentó encender otra vez la conexión entre sus miradas.

Demoró en responder. *"De seguro ya él se había dado cuenta de la clase de persona que ella era. De las que salen corriendo."*

—¿Te hizo daño? —volvió a preguntar, esta vez permitiendo que el aire que le escapaba de la boca al pronunciarse, le acariciara una mejilla a la que ya había declarado su mujer.

—No —y por fin respondió Natalia con decibeles más bajos de los que puedas encontrar en una biblioteca—. ¿YOLO? —arrugó la frente. La curiosidad de saber cuál era el significado de aquellas cuatro letras la asaltó—. ¿Qué significa? —había que cambiar la conversación.

—*You only live once* —un suspiro—. Solo vives una vez —respondió el joven.

El sonido de unas voces inoportunas interrumpió el momento. Sin dudas, una era la de Santiago. Tampoco había dudas que la voz femenina no pertenecía a Cecilia.

—Mierda —dijo Damián entre dientes.

—Sí, mierda —le siguió ella entendiendo el significado que él le daba en ese momento a esa palabra.

—No quiero que Santiago te vea aquí —antes que preguntara por qué continuó—: No quiero que comiencen a hablar de ti. Santiago será mi amigo pero guardarse los secretos y mantener la boca cerrada no lo lleva bien.

El saber que Damián se preocupaba por los rumores que la gente pudiera comenzar a circular acerca de ella, la llenó de una sensación que extrañaba hacía ya mucho tiempo. Quiso abrazarlo.

—Debo ir a mi casa a buscar ropa limpia, tengo trabajo que hacer en la noche.

—Iremos en un rato —acordó Damián con una guiñada.

14

Imposible ✳ Se le ve ✳ Tregua

Ya estaba harta de que la pelirroja tratara de verle la cara de idiota. Algo pasaba con Natalia. Temiendo lo peor, tenía que enfrentarla. Tuvo que aguantarse las insoportables llamadas de Roberto Benavent cuestionándole por el paradero de su hija. ¡Como si ella tuviera que saber cada paso que su amiga diera! El cariño que le tenía a Iraida y Roberto por todo lo que habían hecho por ella al quedar huérfana era lo único que le impedía decirles que tal vez Natalia estaba pasándola bien, recibiendo la revolcada que tanto le hacía falta. Tenía mucho coraje. ¡Coño! ¿Cuántas veces le había dicho que cuando hiciera travesuras tenía que hacerlas bien?

Esa semana Natalia se la había pasado de excusa en excusa evitando hablarle. *"Como si no supiera dónde hallarte, Nat."*

El plan para ese viernes era encontrarse con Santiago en YOLO para empezar la noche. Antes, tenía que prestarle una visita de cortesía a alguien en ese mismo lugar, solo que a dos pisos más arriba. Con su objetivo atravesado entre ceja y ceja, llegó una hora más temprano de lo pautado. Pudo lograr acceso al interior del club sin ningún inconveniente, la seguridad ya la conocía. Claro que su naturaleza coqueta y seductora le hubiera facilitado las cosas. No fue necesario esta vez.

Natalia había intentado compartir algunos detalles que consideraba importantes acerca de las movidas administrativas que entendía necesarias implementar en el club cuanto antes.

—Ven, siéntate junto a mí —Damián se deslizó un poco en el sofá haciendo espacio para su mujer.

—Necesito hablar de un tema serio, Damián —lo vio arrugar la mirada—. Si me siento junto a ti no voy a poder completar la primera oración.

—Ven, amor —movió la mano cerca de su oreja—. Desde allá no puedo escucharte bien.

—¿Ahora tienes sordera?

—Ven —estiró las manos abiertas hacia el frente—, no te hagas de rogar.

La vio sonreír y acercarse poco a poco. Cargaba unos documentos. Cuando ya la tenía sentada junto a él le tomó las piernas, se las llevó hasta su falda, le removió las zapatillas y comenzó a masajearle los pies con las manos firmes y pacientes.

—Cuéntame, ¿qué es lo que quieres decirme?

—Es necesario que revisemos el listado de proveedores y los acuerdos de suplidos que tienes con ellos. Creo que podrás ahorrar casi un treinta porciento revisando este punto.

—No puedo —frunció el ceño.

—Si me autorizas, lo hago yo.

Damián rió.

—No, Natalia, que cuando te tengo cerca, no puedo concentrarme en nada que no seas tú —la vio regalarle una sonrisa soslayada.

—Me la estás poniendo difícil para hacer mi trabajo, Damián.

Los papeles volaron por el aire cuando la joven levantó las manos del susto que se llevó al sentir que Damián la halaba hacia él.

—Déjame hacer el mío, cariño.

Natalia yacía recostada en el pecho de Damián sobre el mismo sofá donde un rato antes intentaba compartirle a su jefe las recomendaciones administrativas para encaminar las finanzas del club. Se sentía muy a gusto. Buscaba robarle hasta el más mínimo grado del calor que la piel de él generaba a través de la tela del suéter. La temperatura, en especial en esa parte del lugar nocturno, era bastante fría. La semana había sido muy intensa en todos los sentidos. No podía terminar mejor; rendida después de haber experimentado una vez más el éxtasis en los brazos del hombre cuyo olor deseaba fuera cada mañana el primer respiro consciente al despertar. La música aún no comenzaba a sonar por lo que disfrutaban de la paz que les otorgaba el silencio al ritmo del latir sincronizado de sus corazones. A esas horas, entrada las siete de la noche, todavía los empleados debían estar concentrados correteando de lado a lado asegurando los preparativos. Era un espacio que moría en el tiempo solo para ellos dos.

—¿Te quedarás conmigo hoy? —preguntó satisfecho mientras ahogaba la nariz en el cabello revuelto. La respuesta de Natalia no apareció con la rapidez que él hubiese deseado. Un sí acompañó el suspiro que dejó escapar Natalia—. Por favor, controla el entusiasmo —le dijo rodando los ojos.

—Discúlpame, es que todavía tengo que pensar cómo manejar a mis padres en el asunto —volvió a refugiarse en los tibios pectorales.

—¿Tienes que pedirles permiso? —se le torció la boca junto con las palabras.

—Ya te he dicho que no —una pausa reflexiva—. Es que ellos se preocupan, sobre todo mi papá.

—Pues diles que te quedarás conmigo —deslizó las manos despacio por la espalda femenina. Al llegar a la tela del traje que cubría las firmes y redondas nalgas por las que tanto disfrutaba deslizar las manos entre la hendidura que las separaba, apretó el agarre—. Que yo te cuido muy bien —le dio una nalgada sonora—. Quiero conocerlos.

Natalia despegó un poco el rostro del pecho de Damián para mirarlo.

—¿Harías eso por mí?

—Haría lo que fuera por tenerte siempre a mi lado.

La ilusión invadió a Natalia, qué más hubiera deseado que presentar a Damián como su nueva pareja. El sufrimiento del que también había sido objeto el matrimonio Benavent a causa de las malas decisiones de su única hija era suficiente. Ellos merecían un descanso de sus 'estupideces'.

Si bien ella no estaba en la búsqueda de un nuevo amor, que pensaba que no era merecedora, no puso resistencia a la llegada de Damián a su vida. En solo unos días él había sido capaz de rellenar los cráteres que se le habían formado en el corazón y que con cada noche en soledad dolían más.

—Creo que debemos esperar —lamentó, una triste sonrisa la acompañaba.

—Lo que tú digas, amor —volvió a inhalar el aroma de mujer.

—Pero sí, esta noche me quedo contigo —intentaba devolver el entusiasmo.

El gesto invisible de fastidio que tenía secuestrado el rostro de Damián desapareció. La sonrisa de victoria que se le apoderó de los labios al joven le hizo saltar el corazón a Natalia, y a la misma vez preguntarse, ¿cómo era posible que sintiera así por alguien en tan poco tiempo? ¿Sería posible? ¡Claro que sí! Quién mejor que ella para saber que cuando se siente, se siente y punto.

"El segundo amor no es como el primero donde te vuelves una idiota y no sabes identificar lo bueno de lo malo, lo que es real a lo que la realidad que quieres crear te presenta", recordó las palabras de su madre que comenzaban a perder sentido. No tenía dudas que Damián era su segundo amor. Contrario a lo que Iraida le había dicho una noche de consuelo tras horas en llanto, con Damián se sentía todavía más idiota que la primera vez. *"¿Habrá algo mal en mí? ¿Habré nacido con el corazón defectuoso? ¿Habrá sido la razón?"*

El pomo de la puerta se quejaba con un sonido peculiar. Los hizo crear conciencia del mundo que continuaba girando fuera de esa habitación. La rigidez de ambos cuerpos no se hizo esperar. Natalia, de un salto, cayó de pie arreglándose los pliegues del traje gris. Damián, con una mano sobre el pantalón, acomodaba los restos de la erección que con facilidad lo pudiera delatar.

—Nat, soy yo Ceci. ¿Estás ahí?

Varios golpes en la puerta.

—Debes abrir —advirtió Natalia metiendo los pies en las zapatillas. Se llevó una mano cruzada frente al pecho y con la otra se masajeó la nuca—. Llevo evitándola toda la semana. La conozco, no se irá sin verme.

—Pues avanza y mueve ese trasero lindo que tienes. Más vale que al menos te encuentre frente la computadora y parezca que trabajas —se acercó dos pasos y le atrapó el rostro entre las manos—, porque si se deja llevar por esta cara hermosa —le ofreció un beso tierno que ella no reparó en reciprocar—, no le será complicado saber la razón por la que la evitas.

—¡Nat, abre! ¿Estás aquí? —se volvió a escuchar.

Natalia ejercitaba los músculos del rostro con muecas de todo tipo en un intento de borrar ese semblante que podría delatarla. Era cierto. Había notado la expresión constante que le adornaba la cara todas las mañanas desde que se dejó besar por primera vez por ese hombre. A toda prisa se acomodó en la silla detrás del escritorio. Damián, vestido de paciencia se aproximó a la puerta y luego de retirar el seguro giró la perilla. La expresión de fastidio que llevaba Cecilia se le congeló en el rostro al verlo.

¿Qué esperaba? Ese era su negocio y esa su oficina.

—¡Oh, disculpa! Hola, Damián.

—Hola, Cecilia —no mostró mucha emoción. Tuvo que hacer un esfuerzo sobrenatural para no reírsele en la cara a la chica vestida con un traje negro muy ceñido y un escote en los pechos que no dejaba mucho a la imaginación. *"Si a Santiago le interesara esta mujer de verdad, no la dejaría jamás mostrarse en público así."* Agradeció que los gustos exuberantes por la moda no era algo que distinguía a Natalia.

En segundos un desfile de expresiones paseó por el rostro de Cecilia.

Parecía fastidio, por esperar.

Alivio, porque por fin alguien se dignaba a abrir la puerta.

Sorpresa, porque fue Damián quien apareció.

Suspicacia, porque se preguntaba cuál era la razón del seguro en la perilla.

Satisfacción, porque logró advertir la sonrisa que intentaba escapársele al joven por las comisuras de la boca.

—Vine a ver a Nat, espero no te moleste —de puntillas se deslizó a un lado intentando observar por encima del hombro de Damián—. ¿Está aquí?

—Pasa —señaló con el dedo el escritorio—. Está allí trabajando.

—Gracias.

Se hizo a un lado para que ella pudiera pasar.

—¿Santiago vino contigo? —peguntó deteniendo el paso rumbo a abandonar la oficina.

—No, vendrá más tarde. Yo me adelanté.

Damián se le acercó a Cecilia. Justo en ese momento comenzó a sonar la música a unos decibeles rebeldes.

—¡Hazme un favor! —Cecilia asintió—. No la entretengas mucho, tiene trabajo de sobra.

Era cierto lo del trabajo pero, el favor no venía por el interés de que ella adelantara lo acumulado. Damián llevaba seis días soñando y planificando el fin de semana con Natalia. No permitiría que nada ni nadie le alterara los planes. Había decidido que abandonarían YOLO a la medianoche y así sería.

Cecilia esperó ver la puerta cerrarse por completo antes de voltearse. Escuchó el vacío que se creó en la habitación y que le succionó casi todos los pensamientos. Alcanzó a completar dos grandes pasos. La quijada se le aflojó dejándola de boca explayada. Giró otra vez de manera pausada hacia la puerta. Permaneció unos minutos observando, analizando más bien. En ese momento fue cuando las imágenes que barajeaba en la mente, como un paquete de naipes en preparación para una partida de póquer, ¡puf! cobraron sentido. Volvió a girar. Esta vez para verle la cara a su amiga cuando la desenterrara de los papeles que parecía analizar.

—Dime que coge con la misma intensidad que mira, Nat.

Y entonces advirtió justo el movimiento que imaginó su amiga haría. Natalia casi se despescueza por la rapidez con que giró el cuello para enfrentarle las palabras.

—¡¿Qué?! —la boca abierta.

—Quiero saber si Damián coge con esa intensidad que lleva escondida en la mirada.

Cecilia se mordía una pequeña esquina del labio superior y acariciaba el escote del pecho con las uñas pintadas de rojo que le hacían juego con el color de los labios. Si Natalia no iba a confirmarle por voluntad propia lo que estaba segura era una realidad, jugaría sucio para conseguir esa respuesta.

—¿De qué carajos hablas, Ceci?

—Nat, a Damián lo tengo en la lista de los que quiero para que me mantengan el hueco calientito— advirtió.

Recibió el golpe de la mirada de la pelirroja.

—Estás enferma —intentó disimular la furia que le causaban los celos de tan solo imaginar que otra mujer tan siquiera osara en insinuar algo con Damián.

—Acepto que si sigues con esa cara forzada y esa línea de preguntas incrédulas podría llegar a creerte que no pasa nada entre ustedes —los hombros se le relajaron. Una sonrisa lúbrica le encendió todavía más los labios—, pero la cara de 'me estoy cogiendo a la mujer más linda del mundo' que tiene Damián lo dice todo, querida Nat.

No pudo disimular más. Con el rostro de medio lado dejó escapar una sonrisa tímida. El saber que alguien advirtiera la misma cara que ella llevaba pero a la inversa, le llenaba de satisfacción y una ilusión irracional.

Se puso de pie y abandonó las responsabilidades tras el escritorio. Se acercó a la morena, que por ese instante sintió como enemiga.

Cecilia parecía más una mujer en busca de una noche llena de diversión y acción que una joven casada esperando en agonía y soledad el regreso de su esposo de una sola pieza.

—No se te ocurra ni mirarlo, Cecilia —advirtió olvidando los estrechos lazos que la unían a la mujer que tenía en frente.

—¿Y por qué no, Nat? —desafió. Le seguía el juego. La acorralaría en una esquina, sin que pudiera notarlo, hasta que pronunciara su confesión.

—¿Por qué lo harías? —torció el rostro.

La tensión continuaba en aumento.

—Porque es guapo, intrigante, algo misterioso y porque me parece que el bulto —puso una mano en su entrepierna haciendo un gesto ostentoso—, que llevaba aquí abajo hace un rato tiene muy buen potencial al estímulo. A menos que ya ese potencial hubiese sido estimulado y se estuviera manifestando a plenitud. Disculpa pero no pude dejar de notarlo, amiga.

—Te lo diré una sola vez —acortó la distancia entre ambas todavía más. Levantó la mirada amenazante para alcanzar la de su amiga que se elevaba unas pulgadas más por los tacones rojos que acompañaban el vestido provocador—. Sí, me lo estoy cogiendo. No lo mires. No te le acerques. Si te es posible, ni le hables. ¿Entendido, querida Ceci?

Entre una mezcla de victoria por lograr la confesión de Natalia y aturdimiento porque no le conocía ese lado agresivo, celoso y amenazante a la pasiva mujer, se le abalanzó y la encerró en un abrazo.

—¡Oh, por Dios! Creo que me voy a hacer pipis encima. ¡Estoy feliz! —le plantó un beso en la mejilla. Acto seguido, estrujándole la piel con los dedos, le comenzó a remover la marca de lápiz labial que le dejó—. ¡Me alegro mucho por ti! —manos en la cintura, pechos erguidos—. Pero si me hubieras dicho que te traía tan loquita, hubiese arreglado algo antes —le agarró ambas manos entrelazándolas con las suyas—. Te confieso que no me llegó a pasar por esta cabezota liarlos.

—Por favor, no le digas a nadie, ni siquiera a Santiago —zarandeó un poco las manos de Cecilia con las suyas.

—¿Por qué no? —levantó las aletas de la nariz—. ¿Acaso él no quiere que nadie sepa? ¿Está comprometido? ¿Qué pasa, Nat?

—Preferimos mantenerlo para nosotros por el momento, mientras yo esté trabajando aquí. Ya sabes, cuidar las apariencias.

—¿Quién lo quiere así? ¿Tú o él?

—Ambos. Y ya basta de interrogatorios —buscó zafarse con éxito del agarre.

Cecilia, luego de un suspiro frustrado dijo:

—Bien. Mensaje captado. Cierro la boca y no más preguntas —se desplazó por el lado de Natalia llegando hasta el escritorio donde trepó las nalgas y cruzó de manera muy sensual las piernas —¿Coge como mira?

"¡Qué fastidio!"

La pregunta indiscreta la sulfuró tanto que quiso escupirle lo que había escuchado unas noches atrás. Quiso decirle que su 'Santi' se tiraba a otras mujeres y ella tan ilusa pendiente de cómo cogían otros hombres.

—¿A qué hora acordaste encontrarte con Santiago?

Cecilia captó el mensaje claro y conciso. Natalia estaba tan metida con el Damián, al punto que ya había trascendido la línea que demarcaba la amistad entre ellas. Pero ¿cuándo?, ¿cómo pasó? De un salto cayó de pie y arreglándose el borde del traje habló:

—Ya debe estar abajo esperándome impaciente.

"Sí, claro, impaciente y esperándote."

—Ven —la agarró Cecilia por el brazo—, vamos a darnos un trago para festejar que tu corazón se ha sanado. Que ya tienes un clavo que te llena el huequito.

—¡Cecilia! —reprendió. Esa analogía del clavo la encontraba desagradable.

—Lo siento —torció la sonrisa—. ¿Acaso es un tornillo de rosca ancha?

—¡Por Dios, vete ya! Tengo que terminar aquí, Ceci. Mientras otros se divierten, yo trabajo. ¿Recuerdas?

—Es solo un trago, Nat. Uno y luego te vuelves a encerrar aquí. *Please, Im begging you, baby.*[8]

¿Cómo se negaría a esa cara de súplica? ¿Qué mal le haría un trago? Un mojito para poner a bailar las neuronas a ver si así lograba cuadrar esos números.

—Vamos, pero solo uno.

Mientras Cecilia descendía las escaleras en un trote seductor con ínfulas imperiales, Natalia lo hacía a paso muy lento deslizando el agarre sudoroso de las manos a través de ambos pasamanos. ¿Cuánto daría porque hubiese un elevador en ese lugar?

La noche prometía ser una bastante activa. Lo evidenciaba la cantidad de personas que comenzaban a llenar el lugar. Apenas el reloj marcaba las ocho y era necesario caminar a esquivos para abrirse paso entre la gente. Cecilia lideraba la marcha rumbo a la barra central, la que ubicaba en medio de la pista de baile. La música marcaba el ritmo.

Bebían.

Bailaban.

Besaban.

---

8   En español: Te estoy rogando, querida.

Rozaban los cuerpos entre sí.

Natalia experimentaba una sensación extraña. Sentía el acoso de algunas miradas. Era como una advertencia de que no llevaba el atuendo alineado al código de vestimenta de tan codiciado lugar. Si supieran que ella podía desplegarse a gusto, hasta desnuda si le daba la gana y nada haría más feliz al dueño del lugar que ellos veneraban.

El rostro inconfundible de Santiago sobresalía entre las personas que circundaban la barra. Cecilia se le acercó por la espalda y lo abrazó por la cintura. Mientras la pareja llevaba a cabo el ritual apasionado de saludos, los ojos de Damián quedaron fijos en Natalia. *"¿Sorpresa? ¿Disgusto? ¿Alegría?"*, se cuestionaba la joven.

—¡Hey! —le regaló el acostumbrado saludo, esta vez en un tono más elevado. Sujetaba una botella de agua entre las manos.

—¡Hey! —alcanzó solo a mover los labios.

Damián advirtió timidez.

Permanecieron observándose, sin saber qué decir o cómo actuar. No pensó verla por esos lares. De repente fue consciente de las miradas hambrientas. Depredadores que olían una presa nueva en el vecindario. Se le agitó más el estómago cuando entendió lo que atraía a esos malnacidos. ¿Quién podría resistirse a la belleza exótica y hasta algo angelical de su mujer? No eran adornos, maquillaje o telas finas lo que mostraba como disfraz para atraerlos. Era belleza. Solo la misma pura belleza que lo había enredado y lo tenía como loco viendo demonios y enemigos donde tal vez no los había.

Cecilia, dueña de la verdad que definía la relación entre esos dos, pudo notar el momento de tensión y ambigüedad. Sintió que el corazón se le estrujó al verlos tan indefensos, inseguros de cómo manejar esa química que no podían negar y que cualquiera avistaría a millas de distancia.

—*Sorry*[9], Damián, te la he secuestrado solo por unos minutitos —se acercó, le sujetó el antebrazo. Soltó una carcajada muda imaginando los insultos que Natalia debía estar lanzándole en silencio por atreverse a tocarlo. Se aventuró a aproximársele a la oreja—. La encontré muy tensa allá arriba en la guarida y te la he secuestrado para que se dé un trago —apartándose elevó la mano derecha con la palma abierta—. Juro que te la devolveré al mismo lugar en diez minutitos.

Damián que tenía clavada la mirada en Natalia mientras Cecilia le hablaba, trataba de no mostrar la mezcla de emociones que le azotaban el tórax. Quería halarla, estrellársele contra el pecho y en un beso reclamar su titularidad. Que todos supieran que ella le pertenecía.

—¿Qué desean tomar? —preguntó con sobriedad el dueño.

Los tragos no se hicieron esperar. Damián insistió que se desplazaran al área *VIP* donde la música se escuchaba un poco más baja y hacía más cómodo el entablar una conversación. Mientras a Santiago se le comenzaba a concentrar el entusiasmo bajo al cremallera incitado por los sensuales y embriagantes movimientos de Cecilia, Damián observaba cómo Natalia recorría el lugar con suma atención. Contemplaba las paredes forradas en una textura acojinada en piel color morado oscuro. Los muebles de exclusividad, diseñados y fabricados para el lugar, eran en forma circular permitiendo que los clientes 'más importantes' se acomodaran como mejor se les antojara; que hicieran lo que mejor les pareciera para pasarla bien, para gastar todo el dinero que les viniera en gana. Ella parecía detenerse en cada esquina, memorizaba los detalles. Hubiese querido de un brazo conducirla de regreso a la oficina y que terminara el bendito mojito allá arriba donde la sabía segura. Tenerla entre toda aquella gente lo hacía sentir vulnerable. Pensaba solo en cómo la protegería, si de manera inoportuna, se formara una reyerta.

Aunque el lugar contaba con bastantes recursos de seguridad, cuando la gente se alcoholizaba y drogaban era inevitable que sucedieran esos inoportunos. Por suerte los lograban neutralizar con prontitud. Los

---

9   En español: Lo siento.

clientes siempre continuaban la noche como si nada hubiese ocurrido.

"¿Por qué de pronto esta obsesión con que le pasará algo?", masculló en el pensamiento.

Debía controlarse.

¿Qué podía pasar en los próximos cinco minutos que le restaban para terminar el trago y devolver el lindo trasero a la guarida? La escoltaría de vuelta y tal vez tendría algunos detalles con su empleada.

De repente los ojos de Damián ya no veían más a Natalia. Quedaron estrellados en la espalda de Santiago que se había plantado frente a él como una muralla. El joven confundido por la acción del amigo dio un paso hacia el lado izquierdo. Salió de la sombra. Entonces, el comportamiento del flacucho tuvo sentido.

—Vaya, vaya, Damián Roa. ¿Hace cuánto que tenía el gusto de no verte?

Los músculos le cayeron víctimas de espasmos repentinos. Las mandíbulas tensas le hicieron ver el rostro más cuadrado. Las cejas se unieron formando un solo camino y los ojos se le encendieron en fuego. El instinto le gritaba que se dejara de mierda, la agarrara del brazo y saliera corriendo con ella de allí. En lo que pareció una eternidad, pero fueron solo unos segundos, analizó las posibles reacciones de esa visita inesperada. Dio un paso al frente. Una ligera y casi imperceptible inclinación diagonal lo colocó frente a Natalia cubriéndole la mitad del cuerpo.

—¿Qué haces aquí? —llevaba la voz agresiva.

El inoportuno, sin mover el rostro pudo capturar cada movimiento, hasta pareciera que los pensamientos de Damián. Un súbito resplandor le acarició las pupilas, captó toda su atención.

Damián lo vio inclinar muy despacio el rostro hacia el lado derecho y lanzar una mirada de elevador que recorrió a Natalia. Había fracasado en su intento por esconderla, que pasara desapercibida.

—Yo también me alegro de volver a verte, hermano —usó el tono sarcástico que enmarcaba siempre sus palabras y le estiraba más la sonrisa burlona.

Sebastián ya era todo un hombre. Hacía más de siete años que no se veían, desde aquella tarde en que tuvo la osadía de cortarle el rostro. Llevaba el cabello corto y más rubio que nunca. La piel evidenciaba bastantes horas bajo el maltrato del sol. El vello del rostro le había crecido como para recortarlo en forma de candado y los ojos más sombríos que nunca. Si no fuera porque sabía de qué color eran, no hubiese podido adivinar. Damián continuaba aventajándolo en altura solo por un par de pulgadas. De seguro eran compensadas con la fuerza que se le concentraba en los músculos perceptibles bajo el oscuro suéter de lana.

Santiago apareció en el lugar con dos de los hombres del equipo de seguridad. Damián estaba tan envuelto en proteger la identidad de Natalia y descifrar las intenciones de la desagradable visita, que no se percató cuando el flaco abandonó el lugar y llevó a Cecilia consigo. La amenaza que pudieran representar aquellos grandulones no inquietó para nada a Sebastián. Los observó despreocupado por encima de cada uno de los hombros.

—¿Todo bien por aquí, Damián? —se dirigió César al jefe.

—Tú me dices, Sebastián. ¿Todo bien? —imitó el tono que había escuchado en la voz de su hermano toda la vida.

El rubio, con las manos levantadas en el aire y un paso atrás dijo:

—Todo bien. Quiero hablar contigo —paseó la mirada por los presentes—; en privado.

Damián se preguntaba qué demonios tendría que hablar con él. Ellos nunca habían tenido mucho en común y desde aquel atentado que sufrió, mucho menos. Acceder a la petición parecía ser la manera más sensata de alejarlo de Natalia. Sabía que para Sebastián había una deuda pendiente.

—Vamos arriba —ordenó Damián. Ignoró por completo la mirada y el gesto de protesta de Santiago.

Sebastián volvió a lanzar una última inspección a Natalia, que silenciosa e inerte, era testigo del momento que tenía las cualidades para convertirse en un apocalíptico encuentro. Él le hizo un gesto de asentimiento que ella no reciprocó. Al girar sobre el mismo eje que creaban sus pies, fue cuando la reserva de combustible, que por naturaleza llevaba en un espacio entre el estómago y los testículos, se le encendió. Vio aquella oscuridad de mujer, que con un ajustado vestido negro y mirada en fuego, parecía invitarle a ahogarse en sus pechos. Se mordió los labios saboreando lo que supo fue en ella la misma reacción que él sintió al percibir el leve salto en el camino endemoniado sobre la oscura y lustrosa piel que cubría el hueco donde le terminaba el cuello y le comenzaba el esternón. *"¿Cuándo cogemos, preciosa?"*, le hubiese dicho, sin embargo, sabía que eso propiciaría su salida de manera no grata del lugar. Había ido a dejar unos puntos muy claros con el hermano. Debía cumplir con ello.

Sebastián ascendía por las escaleras muy despacio. Se otorgaba el tiempo suficiente para grabar los detalles del lugar. *"Y este cabrón dándose la vida buena."* Pensaba que, mientras él le tocaba la parte sucia, el trabajo duro, su hermano se las daba de vida fácil manejando el exclusivo club nocturno. No pudo evitar que la mente comenzara a formular diferentes maneras de darle un toque especial al lugar. Los clientes eran el perfil perfecto de gente adinerada, vacías de sentido, en busca de experiencias que los hicieran sentir vivos. *"Presas fáciles."* Se apresuró a disipar las musarañas. ¿En qué pensaba? La vida le había tomado un giro inesperado hacía siete años. Un giro que le sería muy difícil cambiar. Estaba decidido a hacerlo.

Damián hubiese querido que César lo acompañara. No tenía ninguna pena en aceptar que le inquietaba la presencia de Sebastián. Al ver que Gutiérrez se les unió en la marcha hacía el tercer nivel donde ubicaba el despacho, se le calmaron un poco las respiraciones.

—Te invitaría a sentar, pero mejor seré claro. No eres bienvenido aquí —de pie y con las caderas recostadas del escritorio quiso dejar muy visible el perímetro que su hermano *no* debía cruzar. Que no le quedaran dudas, no lo quería volver a ver por allí.

—Pues que yo sepa nunca he necesitado tu permiso para hacer lo que me salga de los cojones —se lanzó al sofá con su gesto holgazán.

Gutiérrez, recostado de la puerta cerrada, presenciaba el esperado encuentro. ¡De lo que se perdía Nicolás! El comienzo no distaba nada de lo que imaginó. Le había ordenado al maldito mocoso rubio que lo esperara unos minutos en la entrada en lo que atendía una llamada de último minuto.

Debió imaginarlo.

¿Por qué le obedecería?

Cansado como se sentía, ansiando el retiro de aquella vida dura e ingrata, le tocaba hacer el papel de árbitro y niñera de aquellos dos.

—Voy a decirlo solo una vez —pausó encendió un cigarrillo. Ni el cáncer había podido quitarle ese vicio—. Nicolás los necesita a ambos. Si quieren partirse las caras, darse algunas trompadas, solo me lo dicen y busco dónde encerrarlos un rato. Después, dejarán la mierda esa que llevan. Porque si no, seré yo quien le dé un par de trompadas a cada uno.

Los hermanos fulminaron al hombre. Parecía extasiar con cada calada.

—¿Qué es lo que quieren? —preguntó Damián con la quijada elevada.

—Verás, este viejo que está aquí —comenzó a decir Gutiérrez— tiene derecho a retirarse—. Tu tío ha decidido que será tu hermano Sebastián quien se quede a cargo de Transportes Roa y todo el combo que viene con ello.

—¿Qué combo? —demandó Damián. La curiosidad lo asaltó al escuchar la palabra, combo. Siempre había sospechado que algunas vías paralelas corrían junto a los negocios de transporte, préstamos, alquiler de inmuebles y empeño de valores.

Las vibraciones de la sonrisa sarcástica que dejó escapar Sebastián tropezaron con el rostro de Damián. El menor imitaba a Gutiérrez encendiendo un cigarrillo.

—Nicolás prefiere que te mantengas al margen, Damián —respondió Gutiérrez.

Sebastián, quiso contribuir a la conversación.

—El tío piensa que no tienes las pelotas suficientes —se agarró el bulto entre las piernas— para manejar el otro lado de los negocios.

Gutiérrez, de dos zancadas, cayó justo al lado del rubio corajudo y sin pensarlo le propinó un golpetazo en la parte de la nuca que lo tomó desprevenido. No logró que se moviera nada en el cuerpo del muchachito. Un golpe así le hubiera hecho retumbar la cabeza a cualquiera.

—Cierra el pico. Vuelves a interrumpirme, pendejillo de mierda y acabarás con mi paciencia.

Sebastián engruñó el hocico como bestia en preparación para el ataque. Los ojos en llamas parecían que eran los responsables de las bocanadas de humo que le camuflaba el rostro.

Damián quedó perplejo ante la escena. Tuvo que controlar las ganas repentinas de reír que le invadieron el estómago. *Tan guapo de barrio que te haces, hermanito*", pensó. A la misma vez se preguntaba, ¿por qué la mano derecha de su tío ejercía tal control sobre la fiera que conocía por hermano?

Materia oscura

Para Gutiérrez no pasó desapercibido el gesto instantáneo e impulsivo de Sebastián con la mano derecha en la cintura. Por suerte, los hombres que le acompañaban y esperaban fuera del lugar, permanecieron custodios de las armas. Es que ese muchacho lo llevaba en la sangre. Ratificó que si lo hubiese dejado venir solo a ondular la bandera blanca, un lazo negro sería lo que terminaría solitario colgando en la entrada principal de YOLO.

—Te decía, Damián, antes que me interrumpieran, que Nicolás quiere que te mantengas al margen de los 'otros' asuntos. La presencia de Sebastián aquí esta noche es para hacer las paces contigo. Su mando en el otro lado está sujeto a unas condiciones. Que dejen la mierda entre ustedes, es una de ellas. ¿Cierto, Sebastián?

No respondió. Cavilaba cuál sería la mejor manera de quebrarle el cuello a Gutiérrez. Así le dejaría saber, que no había nacido hombre en la faz de la tierra que se atreviera a humillarlo y luego pensara que podría seguir disfrutando de la vida. A la falta de respuesta por parte de Sebastián, Gutiérrez golpeó con el dedo índice y un toque algo rudo el hombro encrespado del rubio que permanecía aún sentado.

—¿Cierto, mocoso?

En cámara lenta y con los ojos cerrados, Sebastián dio una calada que pareció eterna y que casi consumió todo lo que le quedaba del cigarrillo, se puso de pie despacio y con un estilo particular en el andar, se acercó a Damián. El hermano menor, permaneció unos instantes mirando a quien compartía su sangre. Exhaló directo al rostro de Damián. El humo serpenteaba entre ambos. Elevó un poco la cara para así poder hablarle directo al oído.

—No te cruces en mi camino, cabrón, y te ahorrarás los problemas. Ah, se me olvidaba, la pelirroja —Damián sintió cómo la quijada se le tensó de solo imaginar el nombre de Natalia en la voz de Sebastián—, te la puedes seguir cogiendo. Santiago no corrió con la misma suerte que tú.

Cuando debía estar preocupado y tratando de entender qué otros negocios ahora manejaba el demente de su hermano, solo estaba ofuscado en el alivio que le provocaba saber que Natalia no había corrido con la mala suerte de ser la presa en la que Sebastián se ensañara. Ya tendría que advertir a Santiago que su mujer no había corrido con la misma suerte.

Gutiérrez observaba listo para actuar en caso que fuera necesario contrarrestar el despliegue de instintos animales de Sebastián. Por un momento no sabía si, admirar la paciencia de Damián, quien parecía no inmutarse con las amenazas de su hermano, o dar por cierto que, en vez de paciencia y entereza, era miedo y cobardía lo que llevaba aquel muchacho entre las piernas.

***

Mientras Gutiérrez intentaba que los hermanos Roa fumaran una imitación barata de la pipa de la paz, Rafael, el compañero de trabajo de Natalia, estaba tendido sobre la pequeña cama que ocupaba más de la mitad del estudio en el que vivía rentado. Nadie conocía la ubicación, ni siquiera la existencia de aquel lugar. A los ojos de sus conocidos, vivía con la abuela. Por enésima vez leía el papel que Natalia le había entregado unos días atrás. Se resistía a creer en la estrategia de inversión que con timidez le recomendara. La duda lo rondó un par de días. El papel ya estaba muy estrujado de tanto sacarlo y volverlo a meter al bolsillo. El dinero no era de él. Se suponía que solo ejecutaba las compras y ventas de acciones que le ordenaban. No tenía libertad de formular sus propias estrategias. Natalia había plasmado de manera estructurada el racional de aquellos movimientos financieros. No le quedó más remedio que arriesgarse.

***

Al salir de la oficina, como alma que lleva al diablo, Sebastián tropezó con alguien.

Natalia esperaba caminando en círculos cerca de la puerta. Cecilia y Santiago la habían dejado sola con la excusa de ir a buscar otro trago. Debía continuar con el trabajo que abandonó. *"Todo por un bendito mojito."* Quería saber qué era lo que pasaba allá dentro. Lo único que sabía era que aquel joven extraño, al parecer, era el hermano de Damián, su cuñado.

—Lo siento —la joven se disculpó. Elevó bastante el volumen de la voz a la misma vez buscaba recobrar el balance. La música imposibilitaba escuchar con claridad.

—Yo no —sin demora respondió Sebastián con la voz tan enérgica, que no hacía falta que gritara para entenderle. Torciendo el cuello muy lento de un lado al otro la observaba como si fuera un espécimen raro—. ¿Tú eres?

Damián, que había permanecido dentro de la oficina tratando de liberarse del coraje que lo poseía, al escuchar voces e identificar la de su mujer entre ellas, avanzó hasta la puerta donde pudo ver cómo Sebastián la miraba.

"¡Mierda!", pensó Gutiérrez. Imaginó que ahora la rencilla entre los dos mocosos, pudiera tener una falda envuelta. Complicaría todo aún más. Antes que la muchacha respondiera la pregunta que el rubio dejó en el aire, salió al paso hablándole bastante cerca al que se había convertido en su pupilo.

—Ella es Natalia, Sebastián. Es la dama que tu hermano ha contratado para que maneje los números, de la que te hablé.

Sintió que la presencia de Damián les acompañaba, esa sensación inexplicable sobre los hombros cada vez que compartía el aire con su hermano, ya había vuelto a aparecer.

—Ya hablaremos, Natalia —extendió una mano y la acercó hasta el rostro de la joven, que ya en ese punto del atropellado encuentro, había contenido por completo el aliento. Sintió una impulsiva curiosidad por aquella mujer a quien el efecto de las luces ultravioletas, que adornaban el pasillo, le hacía resplandecer las pestañas como las nubes de Júpiter. *"M31"*, el pensamiento violento lo sorprendió. Con el dedo índice y el del corazón, se atrevió a darle unos toques en las mejillas. Permaneció callado mostrando la sonrisa lúbrica que sabía terminaría de joderle la noche a Damián.

Continuó el paso escaleras abajo, tras él, Gutiérrez. Damián no demoró en correr hasta donde permanecía Natalia atontada, tratando de descifrar la realidad de aquel momento. La tomó por el brazo y enfrentando el aturdimiento de la joven tuvo casi que arrastrarla dentro de la oficina. Con una patada restrelló la puerta, con los brazos encerró a su mujer contra el pecho.

—¿Estás bien? —se le agitó la respiración. El movimiento de la cabeza de Natalia no era suficiente. Tenía que escucharla decir 'sí, estoy bien'—. ¡¿Estás bien?! ¡Contéstame! —insistía inconsciente de la rudeza que depositaba en su exigencia.

—¡Sí, sí, estoy bien! ¡¿Qué te pasa?!

—Escúchame bien, no quiero que vuelvas a permitir que Sebastián te ponga una mano encina —con la punta de ambos dedos pulgares, sacudía las mejillas de Natalia. Como si así pudiera limpiar cualquier rastro del asqueroso toque que le había profanado la piel—. ¿Me entendiste? —la besó en los labios—. Necesito escuchar que has entendido, Natalia —la volvió a besar.

Respondió un sí ahogado en el beso en que Damián la encerraba. Éste al saberse complacido por la respuesta, invadió con la lengua el interior de la boca de Natalia. En un inicio respondió con timidez. Al sentirse atrapada entre la madera fría de la puerta y el cuerpo ardiendo de Damián, se le encendió algo en el interior. Era como la chispa que crea el golpe accidental de un cable positivo y uno negativo.

Le hurgaba bajo la tela de la falda. Estaba desesperado. No quería abandonar el beso apasionado de lenguas entrelazadas y dientes feroces que lo tenía al borde del desquicio. Quería desgarrar los labios tiernos y húmedos. La boca, el cuello, las mejillas, las orejas, el pecho, los senos, todo. Toda la mujer era reclamada. Necesitaba validar por sí mismo que ella estaba bien. Sintió las manos de Natalia jugando con la hebilla de la correa. Con rapidez, se las apartó. Que entendiera que él se encargaría de maniobrar con la pieza de metal. Se bajó los pantalones y la erección quedó en libertad. Con furia le desgarró el panty, sin más, buscó llegar hasta el lugar donde le urgía refugiarse. Le importó poco donde estaban, ni que su hermano pudiera regresar. Solo en la irracionabilidad que se encontraba podía hacer una cosa y esa era tenerla y reclamarla como lo que era; suya.

En la entrada del club los ojos de Santiago confirmaron que Sebastián había abandonado el lugar. Se dispuso a ir en busca de respuestas. Llevando casi arrastrando de la mano a Cecilia, iba escaleras arriba rumbo al despacho de Damián. De repente, cuando quedaban algunos escalones, el agarre de Cecilia le detuvo el impulso. Al mirarla advirtió en ella una expresión de travesura que no lograba entender. ¿Qué carajo podía ser gracioso en esos momentos?

Sin mucha dificultad encontró lo que le había causado la gracia a la mujer. Dos pares de pies danzaban a un ritmo desenfrenado y quedaban en evidencia a través de la rendija inferior de la puerta.

—¿Tú sabías eso? —preguntó luego de unos segundos. Vio un gesto de complacencia en ella.

—Soy inocente—dijo Cecilia con sonrisa traviesa elevando los hombros coquetos.

No les quedó más remedio que aguardar sentados en la escalera. Santiago no se iría de allí hasta que hablara con Damián. Ignoró la insistencia de Cecilia empeñada en ahorrarle la vergüenza a su amiga, que cuando los viera esperando con caras de aburrimiento, sabría la razón por la que no se atrevieron interrumpir.

En el interior de la oficina Natalia, encendida por la mezcla agridulce de lujuria y rudeza que derrochaba, Damián lo recibía. Aunque era la primera vez que lo sentía ajeno, en el pecho entendía cuánto él la necesitaba; así, en ese momento, de esa manera. No pasó mucho cuando dejó escapar un gruñido que lo liberó de la demencia que lo había poseído. El placer no fue tan generoso con ella. Y eso, ¿qué importaba? ¿Qué mayor placer que sentirse necesitada por ese hombre?

—¿Ahora me puedes explicar qué rayos es lo que ha pasado? —la voz calma.

En silencio Damián fue apartándose, y mientras la liberaba del agarre, Natalia iba deslizando la espalda contra la puerta hasta que logró conseguir el balance en los pies.

—Vámonos de este maldito lugar.

Era imperativo saber ¿qué carajo? trajo de vuelta a ese demente. Si alguien sabía de lo que era capaz Sebastián, ese era Santiago. Habiendo sido testigo cómo ese animal empujó a pegarse un tiro en la cabeza a su propio padre y estando enterado de las andadas de él en la calle, le alarmaba demasiado la reciente presencia.

La puerta ¡por fin! se abrió. Damián atravesaba el umbral llevando de la mano a Natalia. Lo tenía sin cuidado quién pudiera verlos. Que supieran que ella era de él. Que todavía llevaba su rastro. El caminar se le redujo de golpe cuando advirtió la pareja sentada en la escalera.

Natalia solo alcanzó a encontrarse con los ojos de Cecilia. Le reían a carcajadas. Damián se acercó a Santiago, le habló antes que lo asaltara a preguntas.

—No estaré en la casa.

Santiago lo vio comenzar el descenso. Natalia sintió un frío congelarle los tobillos al descender dos escalones con la rapidez que marcaba el paso de Damián, su consciente esperaba el golpe del pasado en la espalda, cuando sintió el jalón de la mano ardiente para que continuara, lo hizo sin pensar más.

15

Historia ✳ Guerra ✳ Familia

Natalia quiso respetar el silencio que Damián había impuesto durante el trayecto. No tenía dudas, al llegar a la casa lo haría hablar. Que le dijera todo. Tenía que saber qué era lo que había logrado poseerlo, hacerlo comportarse como un animal en celo. Parecía que el fin de semana ya estaba arruinado.

Damián giró el volante de la camioneta con brusquedad. Tomó la salida contraria a la que les conduciría a su casa. El rugido de las llantas desafiando el asfalto le hizo temblar los tímpanos a Natalia.

No pudo más.

—¡¿Vas a decirme qué es lo que te pasa?! —giró en el asiento para observarlo. Era imposible mostrarle empatía.

Ahogado en un coraje vergonzoso, se debatía por decirle verdades a medias o contarle todo lo que era de su conocimiento. Que fuera ella quién decidiera si quería continuar a su lado luego de escuchar un poco más de la historia de la familia que lo llevaba arrastrado e imposibilitado de evolucionar y aspirar a algo mejor. Diferente.

Le pidió unos minutos. Se frotaba con fuerza una mano en su frente. Debía buscar un lugar seguro donde detenerse.

Todavía le quedaba algo de cortesía a Natalia, impaciente esperó.

Treinta minutos pasaron antes que Damián estacionara la camioneta en un mirador que hacía las veces de área para descanso en la ruta rumbo a las montañas centrales de la isla. A los ojos equívocos de él, ella había esperado paciente. Era hora de reciprocarle.

—Ese que viste en YOLO es Sebastián —se le escapó un suspiro de hastío—, mi hermano.

"*¡Fantástica primicia!*", pensó Natalia.

—Dime algo que no sepa. ¿Qué es lo que pasa entre ustedes?

Quieta y sin mirarlo permanecía sentada con los brazos cruzados bajo los pechos.

El hombre elevó las manos y se las llevó hasta la nuca, por la boca dejó escapar una porción de aire que le movió algunos pelos de los que le caían despeinados en la frente.

—Mi familia es un desastre, Natalia —logró vencer la súbita resequedad en la garganta. En el pecho se le hacía un hueco con cada respiro—. Mi papá era un adicto. Gracias a su maldito vicio, se contagió con VIH —pestañeó en un largo abrir y cerrar de ojos—. No tengo una bendita memoria junto a él sano, fuera de esa asquerosa adicción —miraba fijo, perdido en el centro del volante—. Con la ayuda de mi tío Nicolás, mi madre nos crió lo mejor que pudo —los puños se le cerraban casi en automático—. Desde que tengo uso de la razón, nada entre Sebastián y yo ha funcionado —se le arrugó el entrecejo—. Es como si aborreciera mi presencia —dejó caer el pecho sobre el guía—. A veces llego a creer que el sentimiento es mutuo —sintió que compartirle esas últimas palabras a Natalia le aliviaron un peso inadvertido que se le alojaba en el corazón. Una súbita humedad se le comenzó a acumular en las esquinas de los ojos.

—Sigo sin entender, Damián. ¿Qué tiene que ver la historia de tu familia disfuncional con lo sucedido la pasada hora? —entendía más de lo que quería dejarle ver.

Materia oscura

—Mi tío Nicolás ha sido siempre el pilar, el sustento de la familia. Gracias a sus *negocios* y *generosidad*, pudimos tener una vida sin necesidades, ir a buenos colegios. En mi caso, dedicarme a estudiar medicina, porque así él lo quería.

—Entiendo que tu padre no pintó nada en la vida de ustedes, pero ¿tu madre no podía trabajar? Ustedes eran su responsabilidad.

Era lo que cualquier mujer responsable haría, ocuparse de sus hijos.

—Nosotros pasamos a ser una responsabilidad de segundo plano para mi mamá cuando Estefanía llegó. Es mi hermana menor. Nació con unas afecciones de desarrollo que le afectan el sistema motor. Ha vivido postrada en una cama toda su vida. Mi madre ha podido relegar esa responsabilidad en otros y no lo ha hecho. Ha dado cátedra de amor, responsabilidad y sacrificio cuidándola.

Los ojos de Natalia, que escuchaba atenta se vistieron de un brillo tembloroso. No necesitó más detalles para imaginar los sacrificios que esa señora habría tenido que afrontar por cuidar a un ser amado condenado por una maldita enfermedad. ¡Qué atrevimiento el suyo! Era la fluctuación en las ondas de la voz de Damián las que se encargaban de golpearle el corazón cada vez que llegaban hasta ella sus palabras.

—Lo siento —bajó el rostro.

—Yo también —extendió la mano derecha y la posó sobre la izquierda de ella.

—No, digo que… lo siento por haberme atrevido a insinuar, a cuestionar la responsabilidad de tu mamá —sentía que si dejaba de agitar las pestañas las lágrimas le vencerían.

—No lo sientas —se escuchó un sonido que emergía de su garganta. Buscaba combatir de nuevo la resequedad y así empujar la angustia de vuelta al estómago—. Yo me pregunto lo mismo todos los días.

—¿Pero cómo dices algo así? Ella, ella…

—Natalia —interrumpió—, tú eres una mujer inteligente —pausó, giró el torso hacía ella. Lo próximo debía decirlo de frente, mirando los soles que le habían comenzado a iluminar de esperanza. Sintió el calor que le irradiaba la suave piel que aún permanecía entre sus dedos—. Eso es una de las cosas que me trae loco por ti —logró sonrojarla—. Sabes que en los negocios que le manejo a mi tío hay algunas cosas que, digamos no huelen bien. También lo sé. Lo he sabido siempre y no he querido mirar más allá para conocer detalles. *"¿Qué piensas de mí ahora, amor?"*, le hubiera preguntado pero no estaba seguro de querer escuchar la respuesta.

—¿Qué quería tu hermano?

—Parece que hay una serie de negocios que corren paralelos a los que están bajo mi responsabilidad. Que desde que mi tío fue encarcelado, Gutiérrez, su mano derecha, los maneja. Él se va a retirar y Nicolás ha puesto al mando a Sebastián. Quiere que la cosa se quede en familia.

Así que eso era Gutiérrez, la mano derecha de tu tío. Continuaba hilvanando las revelaciones en el intento de hacerse una historia que pudiera encontrarle un principio o imaginarse un final. Había conocido a Gutiérrez unas noches atrás cuando pasó por el club procurando hablar con Damián. En aquella ocasión, ese señor de rostro sombrío le había mirado con detenimiento limitándose a preguntar por Damián. Le respondió que él regresaría en un rato. Luego, lo vio dirigirse al primer nivel del club y esperar disfrutando de un trago sentado en unos de los taburetes de la barra principal. Escondida tras el vidrío de la oficina lo observó todo el tiempo de espera que estuvo allí. Le estuvo curioso lo pausado del movimiento en la manos cuando se llevaba a la boca el cigarrillo, lo profundo de las caladas y hasta la manera en que los de la seguridad y otros empleados lo saludaban. Nunca hubo una ceremonia formal de presentación. Lo cierto era que de ella sí habían conversado. Fue Gutiérrez quien le dijo a Sebastián quién era ella.

—Sigo sin entender. ¿Qué tienes que ver con esas operaciones ilícitas? —ya Natalia las había calificado. No era necesario analizar evidencia.

—El cese a la guerra conmigo —resopló algunas carcajadas débiles—. Es una de las condiciones le puso el tío para poder permanecer en el puesto.

—¿Guerra? ¿Así definen su relación?

Y ella que pensaba que 'guerra' era lo que había tenido con su padre hacía unos años atrás.

A Natalia le costaba entender cómo dos hermanos podían llegar a definir su relación como una guerra. No conocía lo que era tener un hermano. Estaba segura que el amor que se debía sentir por alguien al que le unieran unos lazos de sangre, debía ser mayor al que ella sentía por su amiga Cecilia, que la quería como a una hermana.

—Es que no hay relación, Natalia. ¿Ves esto? —le llevó la mano hasta la cicatriz en su rostro—. Eso fue la gota que colmó la copa —*"¡Por Dios!"* Le pareció que gritaron los ojos de Natalia cuando soltaron algunas lágrimas.

Por más de un ahora, Damián le relató los eventos más significativos de los años en que su hermano y él no tenían otra opción más que compartir el techo en que vivían obligados por su tío Nicolás. 'Déjamelos a mí, que esta mierda entre ellos se tiene que acabar.' Con esa sentencia, Eladia accedió a que los muchachos se mudaran un tiempo con el 'cuñado' y así ver, si teniendo una figura masculina que hiciera las veces de padre, se podía enderezar a Sebastián y sacarle coraje a Damián. Las trifulcas más significativas habían sido iniciadas por el menor, donde el hermano mayor por defenderlo, terminaba soltando y hasta agarrando bofetones de terceros. Le relató acerca de la que prometía coronarse como la gran batalla de no ser por el inesperado incidente de la cortadura en el rostro.

—¡¿Y te acostaste con la novia de Sebastián?! —se llevó las manos a la boca abierta.

—No era su novia —se rascó la barbilla—, nunca lo llegó a ser.

Claro que no lo sería. Después de aquello, ¿cómo?

—Pero es que entre ustedes, ¿no había un código de honor? ¿No se supone que lo hay? ¿Entre hermanos? —agitaba las manos en el aire—. Que el primero que le ponga un ojo encima a una chica gana el pase.

Trataba de recordar unas palabras que Tony, el esposo de Cecilia, le había dicho una vez. 'Es como una maldición. Si uno de tus amigos la mira primero, quien se atreva si quiera a mirarla, quedará condenado.'

—¡Ja, ja! —soltó un par de carcajadas, esta vez con más fuerza. En el intento de silenciarlas, se le agitaron los hombros que llevaba caídos y con ellos la espalda—. En esa edad solo hay hormonas revueltas, y cuando se te juntan con las soberanas ganas de demostrarle a tu pendejo hermano, que con la actitud de guapetón de barrio no se consigue todo, terminas haciendo lo que yo hice.

Allí estaba la mujer que le había robado el corazón, con los ojos cubiertos de incredulidad, los labios entreabiertos y pensando sabe Dios qué barbaridades de él. No era que quería besarla. ¡No!, necesitaba besarla, robar de ella esa paz que en tantos años solo había hallado en aquellos labios rosados. Pensó en arreglarle los mechones de pelo que permanecían alborotados cerca de las orejas. Solo la miró el tiempo suficiente para saber que ella pasaba juicio sobre todo lo que acababa de escuchar y lo que no había escuchado, pero era fácil deducir.

Vio la delicada mano acercársele. Se deslizaba sigilosa sobre la piel del asiento. Llegó hasta la suya que la tenía descansando sobre un muslo. Mierda. Qué difícil se le haría esto. No podía pretender mantenerla a junto a él. Creyó justo darle el dinero por la paga se sus servicios. Le pagaría hasta los que no había prestado aún. Ella debía necesitarlo, de otro modo no hubiese aceptado el trabajo y las horas largas de esfuerzo adicional. Que se fuera, lejos. Sí, allí la quería, en el mismísimo carajo. Muy lejos donde nada ni nadie relacionado a él la pudiera dañar.

—Siento mucho que hayas tenido que vivir todo eso —le instó Natalia con un leve tirón a devolverle la mirada que ya había apartado. Reconoció la maldita vergüenza que le empañaba el brillo misterioso. Aquel con la opulencia capaz de embrujarla desde que tuvo el avistamiento de torso desnudo y pelo revuelto en la casa vacía donde juró no volver. En esos precisos instantes lo único que quería era que él pusiera la camioneta en marcha y castigara el pedal del acelerador rumbo a ese mismo lugar. Lo tendería sobre la cama, le removería cada pieza de ropa. Le desnudaría el cuerpo porque ya el alma la llevaba desnuda, le anestesiaría con besos y caricias esas heridas que le llevaban agonizando la moral, sabe Dios desde cuándo—, de veras, lo siento.

Damián debía romper cualquier conexión con la piel que lo llevaba desquiciado para dejar salir las próximas palabras:

—¿Te llevo a tu casa o por tu auto al club?

Sintió una avalancha de sentimientos que le querían hacer estallar el pecho. Lanzó maldiciones a una de sus manos que se empeñaba en desobedecerle resistiendo la orden de apartarse de la mano de ella.

—¿Me estás despachando? —las cejas fruncidas. Al silencio respiró muy hondo. Se le revolcó el estómago. No supo si era el olor a nuevo que destilaba el interior de la camioneta o por la falta de valor que le pareció notar en las implicaciones que encerraban aquella pregunta—. Porque si eso es lo que estás haciendo —endureció el tono de voz—, te podría mandar al mismísimo carajo en este preciso momento si me diera la gana.

Sí que podía.

No había lazos físicos con aquel hombre. Solo tendría que deslizar la mano en la manija de la puerta, tirar, saltar y así acortar la distancia que le mantenía los pies separados de la tierra.

'Cuando se hacen las cosas por segunda vez, suelen ser más sencillas', solía decirle su padre.

No podía.

No lo haría.

No lo dejaría solo después que él tuviera el valor de abrir su corazón y dejarle ver lo que le tocó vivir, los recuerdos que le atormentaban, los miedos que le hacían temblar esa mirada dura y la vergüenza, que cuando Damián se despistaba, le encorvaba la espalda. Ella sentía que la vida le daba una segunda oportunidad para revindicar sus errores. *"Tal vez..."*

—No te culparé si quieres salir corriendo —lo escuchó decir sin mirarla.

Lo último que él deseaba era causarle daño o hacerla sufrir. Si hubiera sabido el golpetazo que le dieron esas palabras en el pecho a Natalia, se las hubiese tragado. Debía alejarla, pero como siempre, cada vez que debió apartarse, irse lejos de aquella familia, no lo hizo. Le faltó el coraje. Con Natalia no era la excepción.

—No me iré a ningún lado —le soltó llena de enojo. Lo descargó en el puñetazo que le lanzó y que llegó a aterrizar en uno de los hombros de Damián.

Que se irguiera y enderezara esa espalda grande y fornida. Si alguien se iría al carajo, sería el tal Sebastián. Una sonrisa se le quiso escapar cuando notó de regreso el brillo en los ojos de Damián. Y cuando ella ya había lanzado con fuerza otro segundo golpe, se lo detuvo en el aire. Quedó presa bajo las órdenes de las manos que le sujetaban las muñecas.

—Parece que no te quieres largar —desaprobó con movimientos en la cabeza.

—Tendrás que mandar algunos de los hombres de tu tío para que me desaparezcan porque no me iré a ningún lugar —las palabras que tenía intenciones de ser una broma, tal vez de mal gusto, resultaron tener la capacidad de oscurecerle el rostro a Damián que segundos antes, parecía comenzar a entusiasmarse—. ¡Ay!, lo siento. No estuvo bien que dijera eso. ¿Verdad?

—Jamás vuelvas a decir algo así —sentenció.

Es que el solo pensarlo, aunque fuera por unos instantes, y saberlo tan simple de transformar en realidad, parecía que lo haría perder la cordura. Si algo le llegaba a pasar, jamás se lo perdonaría.

—¡Hey! —quiso traerlo de vuelta del viaje adónde se había perdido—. Dije que lo siento —la sensualidad comenzó a aflorar. Sentir el agarre rudo de las manos del hombre que había tenido la capacidad de hacerla permanecer allí y no salir corriendo, como pensaba era su naturaleza, le comenzó a agitar el pecho—. ¿Qué haces? —preguntó dejándose deslizar de espaldas hacia el asiento trasero.

La maniobra requirió destrezas de agilidad y algo de fuerza. No le soltó ni un instante las articulaciones que le unían las manos con los antebrazos. Ella comenzó a sentir unas corrientes que le hacían arder la punta de los pechos.

Lo vio acomodársele entre las piernas. Ocultaban tímidas la piel desnuda, la que él había dejado en evidencia cuando desgarró en la oficina la diminuta tela que la cubría. Se sintió desfallecer al primer lamido que restauró de inmediato la conexión entre ellos.

Olía a él.

Todavía lo hacía.

Ese olor se mezclaba con el agridulce sabor de la excitación del sexo tierno. Estaba hambriento. No era el estómago el que le gruñía, lo hacía el corazón. Comenzó a deleitarse con el manjar que ella le ofrecía sin resistencia. Estaba en deuda. No era momento de pensar en él. El momento era de ella, de devolverle lo que le había robado, reciprocar su entendimiento y regalarle el mismo placer que ella le obsequiaba cada vez que lo recibía. Abandonó el agarre de las muñecas para dedicarse a guiar el ondular involuntario de las caderas de su mujer. Natalia se estremecía al ritmo de los quejidos, que sin vergüenza alguna, lanzaba al viento y se estrellaban contra el interior del vidrio en la camioneta. Sus dedos no perdieron la oportunidad para alojarse en el lugar que adoraban. Hurgaban en el cabello de Damián en búsqueda de dominarle el vaivén con el que mecía la lengua. Pasaron varios minutos cuando ya ella había visitado el cielo y el infierno en un mismo viaje. Quedó casi incapaz de poder respirar. Él no tuvo que especificar con una nota a lo que correspondía ese pago. Natalia supo cuál era su intención y lo agradeció mil y una vez.

La deuda estaba saldada.

Damián no sintió que fuera suficiente. La sujetó por las caderas y la reclamó suya una vez más. Los vidrios del auto empañados y el movimiento de las llantas aún con el auto detenido, eran la evidencia de lo que allí dentro se consumaba.

Minutos más tarde, acostados en la cajuela trasera de la camioneta bajo un cielo estrellado, compartían el calor de los cuerpos en una noche fría de primavera en el Caribe. El ritmo de las respiraciones apaciguadas evidenciaba el nivel de satisfacción. Natalia recostaba la cabeza en el pecho de Damián, respiraba hipnotizada por los latidos del corazón bajo la piel tibia. Era lo correcto. Permanecería a su lado, le ofrecería todo su amor. Lo ayudaría en lo que pudiera. Sí, eso haría.

Damián ¡por fin! se rindió a la realidad que se negaba aceptar. Amaba a esa mujer y la confirmación de ese sentimiento era tan simple; después de hacerla suya no quería apartarse de ella, no podía, no como le sucedía con cualquier otra mujer.

No.

Con su ángel, no era así.

Era diferente.

Bajo la oscuridad de aquel cielo le juró en silencio que todo cambiaría.

✳ ✳ ✳

Sebastián yacía inerte en la terraza privada de la habitación, que desde la repatriación hace unos días al apellido Roa, se había convertido en su guarida. Esperaba conciliar el sueño. Continuaba vestido con la misma ropa que se había presentado en el club. Llevaba las mangas enrolladas al nivel de los codos. La vida de los últimos años le había enseñado que estar listo para correr en cualquier momento, podría significar la diferencia entre la vida o la muerte. Siempre dormía con ropa de salir. 'Siempre listo para enfrentar lo que sea, Sebastián.' Esas palabras era lo único que le agradecía a la mujer que también aborrecía. Le había enseñado a estar siempre listo. Siempre un paso adelante de lo que fuera o quién fuera.

Aquel lugar era su preferido. Nunca pensó que volvería a estar allí. No después de aquella estupidez. Era la propiedad más grande de Nicolás, ubicada en la zona costera del área norte de la isla. Pocos sabían de su existencia. Los que sí se daban por enterado, desconocían cómo llegar al lugar. Solo los asignados a la escolta de quién se hospedara allí recibían el privilegio de dicha ubicación. Era una mansión de ensueño sembrada en los pies de una colina que se alzaba solitaria frente a la costa. Los tres niveles de concreto armado se abrían al norte con ventanales panorámicos enmarcados en metales grises, desde los techos rasos hasta los pisos en mármol blanco. Quien se atreviera a decir que había lugar más hermoso que ese para presenciar la puesta del sol caribeño, tendría que vérselas con él.

Llevaba rato distendido, desparramado en uno de los sillones reclinables para tomar el sol que bordeaban la alberca de estilo infinito. Era de uso exclusivo para la habitación principal en el tercer nivel. Los rayos lunares lo bañaban. Le hacían lucir la piel de un tono azulado y el tatuaje en el antebrazo, grisáceo. Durante las horas de luz, la vista era una réplica del paraíso; donde el mar pretensioso e ingenuo con sus tonos infinitos de azules, se atrevía a desafiar al cielo. Como si no estuviera enterado de la procedencia de la belleza que reflejaba.

Las noches eran sus momentos preferidos en ese lugar. Alejado de las luces que adulteraban los verdaderos colores nocturnos, disfrutaba de los cielos oscuros. En noches despejadas, lo hacía mucho más. De la mano izquierda le colgaban unos binoculares astronómicos que apenas alcanzaban a pesar 2 kilos y medir unas seis pulgadas. Repasaba los eventos de la noche y el reencuentro con Damián. *"M31, Andrómeda, M31"*, no paraba de repetir aquellas letras y aquel nombre en la mente. Y mientras lo hacía, la sensación extraña que le invadió cuando miró a los ojos a la mujer que su hermano se cogía, volvía a repetirse.

—¡Puta madre! —murmuró para sí preguntándose cómo una persona podía tener en los ojos un reflejo tan preciso de esa imagen.

Volvió a colocarse los binoculares frente a los ojos. Echó un vistazo una vez más. Allí estaba la M31, la galaxia Andrómeda. En un impulso repentino y descontrolado lanzó el aparato científico contra el suelo. Algunos pedazos saltaron esparcidos por el lugar. Las manos le colgaban por los bordes del sillón, las llevaba inquietas y frías.

¡Qué capacidad había tenido aquella mujer para despertar en él una parte que había matado hacía mucho tiempo! En algún momento, donde ya casi no recordaba, la astronomía llegó a ser lo único en la vida que le apasionaba, que lo tranquilizaba. De toda la mierda de materias en los años de colegio, solo el estudio del espacio fue lo que tuvo la capacidad de robar su atención. De enfocarlo. Permitirle concentrar toda aquella energía que se le apoderaba de los puños y llevarla hasta la razón.

Nunca lo entendieron.

Nunca hicieron el esfuerzo.

Se rieron la primera vez que lo vieron en el patio de la casa acostado en la grama con los ojos perdidos en el espacio. Pasadas las horas pensaron que estaba enfermo. Es que el bendito Sebastián ni por un minuto podía permanecer quieto. Desde aquel día procuró trepar al techo de la casa cuando ya todos dormían. Disfrutaba solo el placer desconocido que sentía al mirar hacia arriba.

A nadie le importó, que con el tiempo aprendiera que una galaxia es una isla de miles de millones de estrellas separadas. Que no ha nacido ser humano en este mundo que pueda contar el número exacto de ellas. Que hay tres tipos de galaxias: las espirales, las eclípticas y las irregulares. Que La Gran Nube de Magallanes, que sólo es visible en el hemisferio Sur, está a ciento setenta mil años luz de la Tierra y tiene treinta y nueve mil años luz de diámetro.

Nadie pensó que él, al igual que su hermano, sí tenía materia gris encerrada en aquella cabeza dura que le costaba concentrarse por la inquietud que cargaba en las manos y los pies. Que un niño no tenía la capacidad para entender por qué.

Nadie.

Nadie, excepto ellos.

De los que no pudo huir.

Su madre, luego del nacimiento de Estefanía ya no tuvo tiempo para ellos. A quien en algún momento llamó papá, lo pensaba como una escoria, que cada vez que le robaba un respiro al aire, profanaba la palabra padre. Su tío, aunque tenía que reconocer que era el proveedor de la familia Roa, y gracias a eso las cosas materiales nunca faltaron, no era un santo.

No era el San Nicolás.

No la imagen que les vendía a los demás. La que todos, a cambio de unos cuantos pesos y las miradas largas sobre cualquier suspicacia acerca de la procedencia de la ayuda, con facilidad le compraban.

Volvió a plantar los ojos desnudos en el cielo. Esta vez le pareció que un grupo de estrellas alineadas casi en perfección horizontal le dibujaron el borde de la negra y diminuta falda que lo había encendido en el club. A la boca le llegó la sensación del posible sabor de aquellas tetas atrevidas que parecían ser duras y gustarle el juego rudo. Sebastián se mordió el labio inferior imaginando lo que sentiría en el momento en que llegara a destrozar la boca de aquella mujer. *"Pronto"*, se dijo. Si algo le habían enseñado en los pasados años, era a lograr siempre el objetivo. Fuera lo que fuera. Deslizó una de las manos ásperas hasta su entrepierna, *"¡puta madre!"*, desabrochó con desespero el jean, aprisionó la ya casi dolorosa erección y comenzó a castigarse imaginándose hundido entre las tetas de la morena mientras la embestía con furia. Los ojos que le miraban eran los de la Andrómeda.

—¡¡¡Mierda!!!

Liberó en un grito la furia.

El placer.

El odio.

Pero no la sed.

16

La viuda ✳ Los números

El teléfono había sonado mil veces. ¡Maldita sea, Nat! Llevaba marcándole desde la noche anterior. Era la noche del domingo y no daba rastro de vida. Por segunda ocasión, con unos cuantos años de por medio y bastantes noches de llanto, Cecilia se encontraba en la misma sala, con las mismas personas, recibiendo la misma noticia. Se había quedado sola.

"¿Dónde carajos estás, Natalia? ¿Con quién demonios?", se preguntaba Roberto Benavent. Su hija llevaba todo el fin de semana sin comunicarse ni responder el teléfono, y aunque le había dicho a la madre que estaría con unas amigas, él no se comía el cuento. Cuando llegara, fuera la hora que fuera, lo tendría que escuchar. Una vez bastó para que casi derrochara su vida. No le permitiría una segunda. De eso se encargaría él.

Los sollozos de Cecilia le obligaron apaciguar la ira. Tendría que esperar para poder dar la reprimenda a Natalia. La joven huérfana los necesitaba, la necesitaba y ella, *"¡Sabe Dios dónde carajos está!"*

Un retintín hurgando en la puerta de la entrada principal de la residencia Benavent logró atraer la mirada de los tres adultos en la sala. Cuando la puerta abrió:

—¡Al fin! —bufó el padre.

Natalia que venía convencida, con la seguridad que le otorgaba la caricia que le resguardaba la mano de Damián durante el trayecto de vuelta a su casa, se detuvo en seco. En los ojos le rebotó la imagen imprevista. Las dudas la asaltaron. Quiso voltear e irse a la fuga de lo que le parecía la inquisición aguardando por ella en medio de la sala. Algo pasaba y ella no quería saber qué.

Dio un paso en retroceso. Tropezó con el pecho de Damián, que a solo un paso de distancia, le cuidaba la sombra silencioso. Pasaron el fin de semana resguardados en un paraíso escondido entre las verdes montañas de la isla. Solo estuvieron ellos dos amándose cada vez que les saltaban las ganas. Venía decidida. Respondería a las demandas de Damián que quería pasar más noches junto a ella. Pensó que presentarle a su familia podría ser una buena idea.

¿Inoportuna?

Tal vez.

—Buenas noches —dijo Damián moldeando el tono de la voz a la cargada atmósfera que le invadió la respiración. En segundos, ya había intentado hacer un diagnóstico de la situación. La madre, comprensiva sentada en el borde de un sofá de color oscuro con las manos haciendo lo que parecía un gesto de consuelo sobre los hombros de Cecilia. El padre, hombre alto casi igualándole la estatura a él, permanecía de postura invariable detenido al borde del mismo sofá. Sin duda era un hombre sobreprotector. La amiga, con el rostro descompuesto, los ojos hinchados y morados parecía… parecía… ¡Bah!, de esa no tenía la mínima idea qué pensar. Desde que supo de las visitas nocturnas a Santiago, había pensado de todo de aquella mujer.

—Buenas noches —respondieron al unísono la madre y el padre.

—¿Qué sucede? —cuestionó Natalia sin soltar la mano del ya declarado novio.

Roberto no hablaba, Iraida tampoco. Cecilia cayó de pie, con cuatro violentos pasos ya estaba respirándole las lágrimas en la cara a su amiga.

—¡Qué egoísta eres! ¡Cuando te enredas con alguien solo piensas en ti! ¡Como siempre, te desapareces y que se joda el puto mundo y la puta humanidad!

Natalia estaba confundida. Mostrando en la cara una mueca de asombro, buscaba alguna explicación por parte de sus padres.

Silencio.

Por unos segundos, solo hubo silencio y el llanto de Cecilia.

—Ayer en la tarde le informaron que Tony falleció —anunció el padre, ahogando el coraje que llevaba en la pena por Cecilia y el muchacho a quien había conocido por mucho tiempo.

Natalia abandonó la mano de Damián. Se sintió tambalear. Su mente convertía la noticia en realidad. Fue el agarre del mismo joven en la cintura lo que evitó que terminara en el piso. Cuando sintió que recuperó el equilibrio, no dudó intentar encerrar en un abrazo a Cecilia. Recibió el rechazo fulminante acompañado de insultos que iban desde 'falsa', 'egoísta', 'inhumana' y muchos más. En la confusión, Natalia solo pudo pensar en evitar que Damián tuviera que continuar presenciando el desagradable y penoso incidente. Volteó y hablándole al oído le pidió que la acompañara fuera de la casa. En un principio éste se resistió. Sabía que le pediría que se fuera. Él quería estar allí para ella. Se preguntaba quién rayos era Tony y por qué su muerte había afectado tanto a Cecilia. Debía ser el hermano, o el padre o el primo. Qué más daba ya adivinar de la mujer de vida alegre.

Roberto le salió al paso.

—Yo acompañaré al señor, Natalia. Tú quédate aquí con Cecilia y tu madre.

A Damián no le gustó el tono con el que el padre le ordenó. Mucho menos que lo llamara 'señor'. La connotación que le había otorgado a esa palabra distaba mucho de respeto.

Lo menos que deseaba era causarle más problemas de los que, al parecer, ya tenía. Antes de obedecer, le encerró el rostro entre sus manos, la miró con detenimiento. Que entendiera que él estaba allí para ella en cualquier momento. Que no dudara en llamarlo. Estaría pendiente hasta de las señales de humo por si acaso fueran necesarias para librarse de lo que fuera pasaría al dejarla sola allí.

—Te amo —le susurró por primera vez en un impulso que le secuestró la voz antes de besarla. Fue un beso corto pero tierno ante los ojos expectantes de todos.

No existían palabras más oportunas para culminar aquel fin de semana. De manera incansable se profesaron su abrupto, inentendible e incontenible amor. Quería darle las energías a Natalia para lidiar con la situación familiar. Si por él fuera, se la hubiera montado en el hombro como un saco de patatas y la hubiese librado de aquellos tres. Le pertenecía. En ese mismo instante declaró que nadie en el mundo tenía el derecho de hacerla sufrir, a mirarla o hablarle de la manera en que Cecilia y aquel hombre, sin importar quién fuera y el derecho que ese estatus le otorgara, lo hacían.

Aquellas dos palabras le llegaron a Natalia como una caricia. Se le deslizó por los tímpanos abrazándole el interior del cuerpo. 'También te amo,' debía decir. Bajó el rostro y apretó con fuerza la mano del joven antes de soltar el agarre.

—Vamos —escuchó Damián decir al ahora suegro. Vacilante lo siguió.

✳✳✳

El agente especial Brandom no descansaba. Domingo en la noche y repasaba sus notas a cera del caso Roa. Llevaba menos de un mes en la Isla. Sentía que todo iba encaminándose. Cuando lo asignaron, decidió que dejaría a su esposa e hijos en New York. Se mudaría solo al Caribe. Era incierto el tiempo que le tomaría lograr la evidencia suficiente para que un Gran Jurado Federal emitiera un pliego acusatorio, tan grueso, que no le permitiera salir a la libre comunidad nunca más a Nicolás. Así desmantelaría la organización Roa. Su familia debía estar lo más apartada posible. Esto era en grande. Esta gente no jugaba a ser los líderes del bajo mundo en el trasiego de armas e influencias.

No.

No jugaban.

Eran los líderes.

Eso tenía unas implicaciones.

Algunas de ellas palpables a simple vista.

Otras, inimaginables.

Estiró la mano y tomó de la pequeña mesa la copa de vino tinto. Dio un sorbo al que paseó por el interior de la boca antes de dejar escapar a través de la garganta. *"Los números no mienten."* Ya le habían llegado los informes de la situación financiera de los pasados meses de la organización. Las cifras estaban en un rojo brillante, un rojo que bien podía oler a sangre. Las finanzas agonizaban. Había solo una razón. La cabecilla de la organización llevaba un año encerrado, el mismo periodo que los números reflejaban un viaje en picada. Eso era una clara señal de que el hombre era también el cerebro detrás de los recaudos. Solo había que esperar porque ellos mismos darían el paso en falso que los pondría en la posición que el agente los quería.

17

Él ✳ Jefe

Sebastián admiraba con las manos entrelazadas en el cabello dorado el DB5 que era uno de los tres carros de colección que su tío guardaba como tesoros en la cochera de la mansión. *"¡Mierda!"*, repetía en asombro queriendo aventurarse a deslizar los dedos por la inmaculada pintura del bonete del *Aston Martin* del año 1963. Era una pieza única de colección. No dominaba mucho el tema de los carros antiguos, sin embargo, podía olfatear que ese que tenía enfrente era uno de mucho valor. Si supiera que era una réplica exacta del primer auto que utilizaron en las películas de *James Bond*. Imaginó que era algo de mucho valor para Nicolás.

—No sabía que todavía el tío jugaba con carritos. ¡El hijo de puta se lo tenía bien guardado! —exclamó con reticencia.

—Me informaron que el cargamento fue sacado con vida de la Isla —le anunció Gutiérrez ignorando por completo el comentario anterior que consideraba estúpido.

—¡Bravo! —dio dos palmadas. Al instante, sintió la reprimenda en la mirada del emisario—. ¿No se supone celebremos los triunfos?

—Mira, muchacho, ya es hora que cojas esto con seriedad. Aquí

217

hay demasiado en juego.

"*¿Cómo si yo no lo supiera, pendejo?*"

—El encierro en este puto lugar me está apendejando más de lo que piensas que ya estoy. ¡Coño!, ¿no te das cuenta?, necesito acción.

—Hay que enfriarte, Sebastián, hay demasiadas deudas tuyas allá afuera.

—¿Cuándo habrá otro cargamento?

Con el cigarrillo pendiendo de los labios, sacaba un encendedor del bolsillo delantero del jean. De un golpe Gutiérrez le echó a perder la intención del cigarro.

—¡¿Qué mierdas?! —bufó con cara de toro listo para fajar, las manos al aire, palmas abiertas y tiesas.

Gutiérrez se paseó despreocupado frente al agredido y como si desconociera el valor de la pieza de colección que tenía enfrente, trepó un pie en el parachoques. Ese gesto, de seguro pondría al tío a retumbar contra las cuatro paredes de su encierro.

—De eso quiero hablar —recostó el codo en la rodilla elevada—. Nicolás piensa que ya es hora que te vayan viendo la cara de nene bonito.

El joven encendió el cigarrillo. Quería fumar, y porque se le antojaba, lo haría. Lanzó la primera bocanada de humo en dirección de Gutiérrez.

—¿Te rejode, verdad?

—¿Qué? —acomodó la funda de tobillo donde llevaba el arma— Me rejoden tantas cosas últimamente que tienes que ser más específico conmigo, muchachito.

—Que sea yo quien se quede al mando —la punta de la lengua le acariciaba el colmillo que le quedó al descubierto en el momento en que sonrió.

—No, mijo. Yo ya voy de salida. El retiro me llama —se inclinó un poco más para limpiar una mancha que le deslustraba la bota—. Lo que me rejode es que pareciera que no tomas nada en serio

—Debieras saber que no siempre todo lo que parece es —otra calada interminable.

—Eso lo tengo muy claro, Roa —comenzó a caminar hacia las escaleras que conducían fuera de la cochera—, muy claro —completó— se detuvo a mitad de camino—. Ya es hora que vayas asumiendo tus responsabilidades.

—¡Bah!

—Habrá un transporte esta noche. Ponte lindo, papito —le lanzó un beso burlesco—, que vas a conocer a los muchachos. Salimos a las nueve —terminó de decir ya casi alcanzando a cruzar la puerta.

Sebastián estuvo toda la tarde ansioso. Necesitaba acción. Ya sentía que las manos y piernas se le comenzaban a inquietar. Tomó en serio las órdenes de su mentor. Buscó una ropa apropiada para ese tipo de salidas nocturnas. De esas, tenía bastantes. ¿Cuál más, sino color negro? Pantalón cargo, camiseta y una chaqueta de cuero. El fino cerquillo del vello que le dibujaba la sombra de un candado del mismo color dorado que el cabello, no podía faltar.

Le pareció que viajaron por casi una hora en la *SUV* negra con cristales oscuros. Durante el camino, Gutiérrez fue ilustrándolo con información mucho más detallada de la operación. Este era un cargamento muy importante. Un favor que le hacían a los rusos sirviendo de intermediario con una organización del centro de los Estados Unidos. Desde que apresaron a Nicolás, los rusos no habían querido hacer negocios con ellos.

¿Y quién querría?

Olían a federales.

Hubo una filtración de información en México que trastocó el envío. Era un pedido urgente. Un cargamento anterior había sido interceptado antes de llegar a las costas del país puente y Pavel, el contacto directo con la organización rusa, había pedido apoyo. Que lo ayudaran a completar ese envío, que él se encargaría que los rusos reconsideraran la decisión de no hacer más negocios con los Roa.

Nicolás no quiso negarles el favor. Gutiérrez le aconsejó pensarlo dos veces. Las autoridades estarían en alerta máxima. Sabían, que cuando interceptaban un cargamento, era una demanda en el mercado que quedaba al descubierto. Por algún lado alguien, algún oportunista, buscaría satisfacerla.

La intención de Gutiérrez era iniciar el entrenamiento de campo. Que el chico observara un poco más de cerca sin involucrarse en la operación. Era necesario aprendiera las técnicas y procesos que la organización utilizaba.

Llegaron a un terreno baldío luego de transitar por un camino pedregoso, que se abría paso entre contenedores abandonados y torres de acero enmohecidas. En algún tiempo aquellos pedazos de acero y metal fueron grúas para manejar las cargas marítimas. En medio del desolado parque industrial que quedaba cercano a la zona donde ubicaban los muelles, dos vehículos se avistaban estacionados a distancias prudentes; una *SUV* negra escoltada por un hombre de negro y el otro vehículo un *Crown Victoria* del mismo color, acompañado por otro hombre, pero con gusto de moda diferente.

El cargamento fue retirado con éxito de la embarcación privada en la que arribó a la costa sureña. Lo habían llevado a ese lugar para validar la calidad, el estado y cantidad del contenido. Era el procedimiento crucial al recibir cualquier carga. Imprescindible saber, qué se recibía, cuánto y el estado en que se encontraba. No existía margen para correr ningún riesgo. Al instante que la mercancía quedaba en sus manos, eran responsables de ella. Estuviese como estuviese. En el estado que fuese. Una vez se completaba la inspección, que podía tomar desde unos minutos hasta un par de horas, se procedía a liquidar en efectivo y en la moneda solicitada el adeudo correspondiente a los servicios de transporte. Todo dependía de la cantidad del embarque, la comodidad del lugar destinado a estos fines y cualquier factor externo que pudieran presentarse de imprevisto.

—Listos para la inspección, señor —dijo el único hombre de negro que se había alejado un poco de la camioneta y esperaba apostado en medio del lugar.

"Mierda, esto es serio." No pudo evitar pensar Sebastián mientras hacía un inventario imaginario de las cosas que podría llevar aquel hombre en cada uno de los compartimientos que tenía en los pantalones, chaqueta y cinturón. Estaba vestido como para una guerra. Reparó en el gorro pasamontañas que llevaba cubriéndole la cabeza, la parte de enfrente levantada dejándole ver ojos, boca y nariz.

El rubio le quedó a deber el saludo al grandulón quien llevaba los ojos ocupados circundando el perímetro y las manos llenas con una AK-47 que apuntaba en un ángulo diagonal al suelo. Gutiérrez asintió, aguardaba acompañado de Sebastián frente al vehículo que los llevó hasta el lugar, flanqueado por Pedro y Gustavo, las escoltas permanentes asignadas al nuevo líder. Estaban apostados a cada lado del vehículo llevando armas largas.

—Chapo, conoce al jefe, Sebastián Roa.

El anuncio logró que los ojos del hombre encontraran un nuevo objetivo para analizar, y como si la mirada no pudiera endurecérsele más, el entrecejo se le brotó. Lo fotografió de pies a cabeza. Parecía demasiado joven para llevar un título tan grande. Le conocía la fama en el bajo mundo. Las mandíbulas se le sobresaltaron, los tendones del cuello se pronunciaban.

Gutiérrez notó el disgusto. Sonrió para sí con satisfacción. Esa era la reacción que esperaba. Desconfianza, en todo y en todos era la virtud que tenía la capacidad de mantenerlos un día más en la faena.

Un día más respirando.

Un día más haciendo lo que había que hacer.

Chapo era el segundo hombre de confianza de Nicolás. De edad rondaba los treinta. Su estatura se veía resaltada por la envidiable condición física que cargaba en el cuerpo. No era un novato. Llevaba tres años trabajando para la organización y más de siete como contratista independiente. 'Devuelvo lo que hizo la nación por mí', solía decir. Tan pronto celebró mayoría de edad y cumpliendo con su responsabilidad como ciudadano americano, se enlistó en el ejército de los Estados Unidos. Sirvió en varias misiones como parte de un comando especial encargado de eliminar 'amenazas' potenciales en sitios inimaginables de esta tierra. Tuvo que desaparecer cuando un periodista neoyorquino destapó la identidad de los miembros de aquel grupo secreto y el Senado Norteamericano inició una investigación poniendo los dedos en cada uno de aquellos soldados que servían a la Nación. Desde ese momento regresó en la clandestinidad a la isla. Tocó la puerta de Nicolás quien, sin dudarlo un segundo, lo recibió y protegió. El muchacho tenía potencial y mucho que ofrecer. Además, venía con muy buenas recomendaciones. ¿Cómo no hacerlo?

Siendo el supervisor de operaciones de campo, era imperativo conservar la agilidad, fortaleza y dureza para manejar la parte más riesgosa de las operaciones. Contrario a lo que muchos podían pensar, y a diferencia de los carteles que traficaban drogas, lo miembros de la organización Roa podían considerarse profesionales en lo que hacían, de los más cotizados y codiciados por otros gremios. A menudo intentaban, sin éxito, pirateárselos ofreciéndoles villas y castillas. Por eso Nicolás los trataba bien. Se encargaba de satisfacerle las necesidades y las de sus familias. No dejaba margen para la deserción o traición. Quien todavía así tuviera el descaro de hacerlo, debería asumir el peso de las sanciones correspondientes. Para Nicolás era imperdonable el uso de drogas entre los suyos. Como cualquier empresa de alto nivel, tenía políticas internas con las cuales todos los miembros, sin excepción, tenían que cumplir so pena de ser expulsados considerando las implicaciones que conllevaba esa expulsión. Toda la organización corría en un paralelo fatuo con los negocios lícitos. Tenía supervisores de operaciones, coordinadores de distribución, asociados que se encargaban de las cuentas por pagar, las de cobrar y hasta un departamento que se encargaba con exclusividad de cualquier actividad de mantenimiento necesaria en las operaciones. De manera curiosa, este último departamento, que contaba con solo un miembro en su plantilla, era el segundo más respetado en la organización. Gutiérrez era jefe y empleado en esa área.

—Señor —saludó Chapo antes de lanzar un último vistazo al muchachito. Giró para iniciar la marcha de vuelta a la gran nave que se alzaba a sus espaldas. Parecía abandonada.

—¿A dónde crees que vas? —preguntó Gutiérrez en un intento por detener a Sebastián.

Al ver que le siguió los pasos al Chapo entre las nubes de polvo que levantaban las botas mientras se alejaba, de manera abrupta plantó una mano en el hombro del muchacho.

—Hacerme cargo de mi responsabilidad.

Demandaba con mirada fulminante que le quitara la mano de encima. Que no lo volviera a tocar.

—Vinimos de observadores, Sebastián.

—Vine a crear *empatía* con mis hombres —le abrió los ojos de par en par—, qué mejor manera que unírmeles en la acción.

Dejó Sebastián a Gutiérrez con la palabra en la boca, continuó a prisa logrando alcanzar a Chapo. Al son del paso acelerado que marcaba el supervisor de operaciones y mostrando un excesivo entusiasmo comenzó a interrogarlo con preguntas referentes a la operación en curso.

Las respuestas de Chapo fueron escuetas. Por momentos dudó responder. No lo conocía. No sabía si él estaba trabajando de manera secreta con alguna agencia de ley y orden o peor, con alguna organización que le hiciera la competencia.

Sebastián comenzaba a sentir el efecto embriagador de la adrenalina invadiéndole las venas. Veneraba esa sensación de excitación, detestaba la que seguía cuando todo acaba. Al entrar al almacén se encontró con tres hombres vestidos de igual manera que Chapo. Dedujo eran los suyos. Otros tres vestían ropa corriente, pantalones vaqueros y camisas oscuras. Todos mostraron inquietud ante la presencia del desconocido. Que era una compañía amiga, les dijo Chapo para calmar la ansiedad que pudo notar comenzaba a inquietarle los muchachos. Se reservó la identidad. No era el momento ni el lugar.

Sebastián se contagió de la ansiedad. No podía negar la excitación que sentía por lo que significaba el momento para su comienzo como líder de la organización. Sin embargo, la ansiedad de ese preciso momento tenía su origen en otra fuente. Una sola causa; uno de los hombres que estaban vestidos igual que Chapo. Se suponía que ese hombre era de su bando, del de los Roa. Le notó los ojos intranquilos, mucho más de esa inquietud natural que reflejaban los demás. Una línea de gotas de sudor comenzaba a alineársele en la frente. La noche estaba fresca. ¿Y por qué carajo aquel hombre comenzaba a sudar? El viento soplaba. Había sido lo primero que notó el joven al bajarse de la camioneta. Miró hacia arriba. Se percató que la luz amarillenta que alumbraba el lugar colgaba del techo como a unos cuatro o cinco metros. Tampoco era la razón de aquella sudoración. Quiso preguntarle a Chapo quién era el tipo. Prefirió no interrumpir. Mejor dejar que las actividades llevaran el curso según planificado.

Sebastián no le quitó la mirada de encima al hombre de los ojos intranquilos. Sumaba a los detalles peculiares una manera particular de raspar con del dedo índice la parte superior del gatillo de la FN calibre 5.7 que le ocupaba las manos. El menor de los hombres Roa comenzó a inquietarse.

Más de lo que le gustaba.

Más de lo que le hacía sentir placer.

Se tornó incómodo. Si por él hubiera sido, le habría pegado un tiro en la cabeza a ese tipo ¡ya! Lo sabía necesario aunque no entendiera por qué.

La operación de inspección tomó cuarenta minutos, los mismos que Sebastián dedicó a observar mientras se destrozaba el interior del labio inferior con el filo de los dientes. O se entretenía en eso, o se aventuraba a soltar el tiro que tanto deseaba.

El objetivo se completó bajo estricto protocolo circundado por la tensión que generaba el estado de alerta de todos los presentes que iban armados. Todo estaba en orden: la cantidad acordada por las partes para ensamblar mil rifles AK-47 y la mercancía en el estado correcto. Los transportistas recibieron la paga en billetes grandes y en la moneda acordada para luego abandonar el lugar. El próximo paso era escoltar el cargamento hasta el punto de ensamblaje ubicado en la zona montañosa de la Isla.

Sebastián tenía que salir de la duda. Los tres hombres que comandaba Chapo permanecían en guardia apostados en línea horizontal. Los cajones de madera clara que encerraban la mercancía estaban colocados a unos pasos detrás de sus espaldas. les imitaban la pose. Les hizo una seña con la mano, que permanecieran quietos. Los hombres sorprendidos lo vieron acercársele por la espalda a Chapo y decirle algo al oído. El comandante incrédulo cuestionó con la mirada cruzada la orden a Sebastián: 'Diles que pongan todas las armas en el piso frente a ellos y después que den cinco pasos hacia atrás.' Chapo no entendía qué demonios era lo que sucedía. La mente le ordenaba que le soltara un tiro a Sebastián. Al ver el rostro decidido de éste, recordar el apellido y las palabras de Gutiérrez 'el nuevo jefe Roa', su instinto de supervivencia le gritó que mejor obedeciera.

—Saquen todas sus armas —ordenó con voz pausada y firme mientras observaba con detenimiento cada una de las reacciones en los tres pares de ojos que le miraban desconcertados. Que no fueran idiotas y mejor les obedecieran—. Colóquenlas despacio en el piso frente a ustedes —continuó con autoridad.

De inmediato la resistencia no se hizo esperar. Uno apuntó el arma a Sebastián, otro repasó con la mirada la zona de escape, la que ya estaba delineada en caso de que algo se saliera de los planes; una pequeña puerta al lado izquierdo del lugar. El tercer hombre, el que inconsciente había motivado todo, se quedó estático y un leve temblor, que no pasó desapercibido para Sebastián le comenzó a agitar la quijada.

El rubio aguardaba todo el tiempo a un paso de distancia detrás de Chapo, desde donde le dictaba las instrucciones con su propia FN en la mano izquierda. En silencio, el desconocido nuevo jefe les volvió a ordenar que colocaran las armas en el suelo. Mientras, Chapo reforzó las órdenes con la voz, esta vez más convincente.

—¡Armas al piso frente a ustedes y cinco pasos atrás! ¡Ahora, coño!

—¡¿Qué carajo pasa?! ¡¿Quién puñeta es este tipo?! —demandó el del medio, el más grande, el de piel oscura.

—¡¡¡Ahora, coño!!! —gritó Chapo otra vez.

Los hombres, de manera pausada, comenzaron a colocar las armas que llevaban en las manos en el suelo. Luego, guiados por las señales de Sebastián, hurgaron en sus cinturas y tobillos, extrajeron las armas adicionales. Todos los movimientos se dieron en cámara lenta. Cada reflexión de una articulación, cada esfuerzo de los músculos de aquellos hombres se podía escuchar. Sebastián los podía escuchar.

En ningún momento el jefe pronunció palabra. Le ordenaba a Chapo al oído. Que fuera el emisario de las órdenes.

TU PEOR ERROR
Materia oscura

Seis armas contó Roa y dos cuchillos en total. Se resistían a completar los cinco pasos.

—¡¡¡Atrás, puñeta!!! —vociferó Chapo, logrando una reacción de los que eran algunos de sus mejores hombres.

Sebastián pensó en desarmar al jefe de operaciones también, sin embargo, pudo percibir que no había necesidad. Se arriesgó, sí que lo hizo. Con pasos vigilantes fue acortando la distancia a la línea que todavía formaban los hombres. El arma le colgaba en la mano en un vaivén al lado del muslo. La suela de sus botas dejaba las huellas en la arcilla. Tomó el tiempo necesario para hacer la inspección. Uno a uno les observa; los capilares y las pupilas. Las mandíbulas; ¿tensas o distendidas?, ¿pasivas o temblorosas? Los labios; ¿húmedos o resecos? Las manos; ¿listas para enfrentarlo o para abrirse paso en la huida? El pecho; ¿con respiraciones erráticas o constantes? Las rodillas; ¿temblorosas o firmes? Cualquier lugar donde la traición se empeñara en aparecer, allí se detenía la mirada escudriñadora de Sebastián. Entre minutos tensos llegó al tercer sujeto, el de frente sudada y la quijada temblorosa. Se le quedó observando por algunos segundos directo a los ojos marrones, y cuando avistó los rasgos de esa sensación que nunca le fallaba, sin mediar palabra y en un movimiento fulminante se dio el placer de apretar el gatillo directo a la cabeza. El hombre cayó aniquilado al suelo. Una nube rojiza se levantó al aire ante la mirada e incluso gruñidos de desconcierto de los demás. Al instante, la escolta, que había permanecido afuera junto a Gutiérrez, se abría paso en el almacén.

—¡¿Qué carajos pasa aquí?! —gritó Gutiérrez apareciendo detrás de los dos hombres.

Sebastián volteó. Con el dedo en alto al nivel de los labios le hizo señal.

Que se callara.

Que no dijera una palabra más.

227

Que no dieran un paso más.

Al contacto con su mirada le mostró por primera vez ese gesto lúbrico e insano que se le apoderaba del rostro cada vez que sabía tenía la razón: aletas de la nariz y cejas elevadas, dientes castigando el labio inferior y el resoplido del aire desplazándose por las fosas nasales después de haberle energizado los pulmones. Gutiérrez prefirió no aventurarse, expectativo le siguió el juego.

A patadas, Sebastián volteó el cuerpo sin vida. Comenzaba a dejar una gran mancha roja en la arcilla. Se agachó, le soltó los amarres laterales del chaleco antibalas que traía y deslizándolo lo trepó hasta cubrirle la cabeza ensangrentada. Con una chuchilla, que sacó de una baqueta en el tobillo derecho, y demostrando habilidades diestras en su manejo, desgarró la camisa negra del muerto. *"¡BINGO!"*, exclamó silencioso.

Allí estaba lo que traía al hombre tan nervioso y perspirando en exceso. Un diminuto micrófono pegado en el pecho con cinta adhesiva. Con la misma cuchilla se lo arrancó del pecho llevándose consigo algo de la piel. Lo lanzó al suelo y aplastó con el taco de la bota hasta que lo hizo trizas.

Todos lo miraban en silencio, asombrados. Sebastián comenzó a caminar en dirección a abandonar el lugar, al pasar junto a Chapo, le dio dos palmadas en el hombro:

—Te lo encargo.

Continuó el paso. Le asintió la cabeza a Gutiérrez. Justo antes de cruzar el umbral, se detuvo. Volteó solo la cabeza y miró sobre el hombro. Con la sonrisa explayada se dirigió a los dos hombres que continuaban con vida al lado del difunto mirándole con incredulidad.

—Sebastián Roa, para servirles.

18

El perro ✳ **Algo más** ✳ **¡Por fin!**

Simona Riley escuchaba los gritos a través del auricular del teléfono en la oficina de la Agencia en Miami. Era lo menos que podía hacer, escuchar con la boca cerrada la descarga para luego exponer su punto, si es que lograba conjurar uno.

La voz iracunda le reclamaba la muerte de un informante del FBI. ¿Cómo era posible? Nadie le había advertido. Mientras digería los reclamos y las amenazas con reportarla a los superiores, ella observaba el expediente que yacía abierto de par en par sobre el escritorio. Removió la horquilla que sostenía la foto en el cartapacio. Activó el manos libres del teléfono, enseguida redujo el volumen de la bocina. Con ambas manos sujetaba la foto de su *mejor prospecto*. No podía evitar que le vinieran los recuerdos de su hijo cada vez que lo veía o hablaba de él. La división que ella lideraba en la Agencia era necesaria. Tal vez no justa, pero sí necesaria. De eso no tenía dudas.

—¡Maldita sea, Riley, estas cosas no pueden pasar! ¿Me estás escuchando? ¿Entendiste?

—Sí. Entendido. No volverá a suceder—mintió y no dijo más.

A esas alturas del juego no podía garantizar nada. Habían esperado casi siete años por este momento. Demasiado estaba ya invertido en el prospecto. Contra las opiniones de algunos, esperaron pacientes por las condiciones perfectas. Le tocó manipular y aprender a domar la rabia que traía consigo. Había sido tarea difícil. Les llegó demasiado rabioso y rebelde.

Con ellos.

Con los suyos.

Con todos.

¿Qué carajo esperaban? Era solo un crío.

Riley se dedicó a hacer para lo que le pagaban; sacar el máximo potencial en él, moldearlo a las necesidades de la Agencia.

Cerró los ojos.

Respiró profundo.

Sonrió.

Era el momento tan esperado.

Su perro estaba rabioso y las cadenas se habían soltado.

❋❋❋

Los días siguientes al anuncio de la muerte del joven militar fueron bastante pesados para todos. Cecilia sentía que se encontraba más sola que nunca. Los papeles se habían invertido. Ahora era quien, cuando sonaba el celular, lo veía en la distancia. No respondía llamadas de Natalia, de los suegros, cuñados u otros amigos.

Ya nada le hacía sentido.

La muerte de Tony la había soñado cuatrocientos cincuenta veces, la misma cantidad de días que él había pasado lejos de ella, en lo que pensaba era una oportunidad de progresar.

Cecilia se sumergió en lo único que parecía hacerle olvidar. Evitaba cualquier situación que pudiera permitir un encuentro con Natalia.

Mientras esperaba el arribo de lo que quedó del cuerpo de su 'amado' se dedicó al desperdicio. Cuando no estaba metida en un centro comercial derrochando dinero en ropas y zapatos, se refugiaba revolcándose en las sábanas que ella misma había comprado y que ahora daban un poco de decencia al colchón de Santiago. De jueves a domingo YOLO era su refugio. En el club nocturno, en medio de tantos extraños, al ritmo de la sensual música, se extasiaba con lo que fuera que Santiago le diera para 'olvidar'. Quería que se le borrara la bendita mente. La quería en blanco. Aquella cosa se la ponía en negro. Nunca quiso compartir con él ninguna sustancia de esas extrañas. Nunca hasta hacía dos días cuando ya la mente no le soportaba más ese vacío doloroso.

La situación para Natalia, aunque en condiciones algo distantes, era igual de incómoda. Su padre y Cecilia habían logrado sembrarle un sentimiento de culpa por el dolor de la morena. Sabía no era la culpable que el vehículo de Tony cruzara por encima de una mina en pleno Golfo Pérsico. Sin embargo, no estar allí en ese momento que ella la necesitaba, esa sí era culpa suya. Intentó en múltiples ocasiones hablar con Cecilia. No tuvo éxito. Una noche la esperó frente a su casa, y cuando quiso hablarle, su amiga le estrelló la puerta en las narices. Ya Cecilia recapacitaría, y como siempre, cuando menos Natalia se lo esperara, llegaría con alguna ingeniosa disculpa.

Roberto Benavent no perdía las oportunidades para lanzarle una de las constantes insistencias para que dejara el trabajo ese que se había conseguido en las noches. 'No te hace falta. Aquí, en esta casa, no tienes que aportar un centavo, Natalia.' Sí, claro. Como si ella no supiera la situación económica que sus padres enfrentaban. Ella representaba para ellos una carga más. El mensaje era indirecto. A quién quería que dejara era a Damián. Ese muchacho no le había causado buena vibra en el mismo instante que lo vio aparecer escoltando a su hija por la puerta de la casa. Le importaba poco que su mujer pensara que la historia se repetía; el padre inmaduro celando a la única hija. Estaba seguro, esta vez, no se trataba de la misma situación anterior donde Natalia era una muchachita inmadura que cayó en las garras del 'primer amor'.

No.

Esta vez había algo más.

Las noches reclamaban las horas del día. Natalia no veía el momento en que llegara la tarde para encontrarse con Damián, y en sus brazos, sentir como todo quedaba reducido a diminutas partículas en el viento, que con solo soplarlas, se le desvanecían en la vista.

Las ansias lo llevaban desquiciado. La quería todas las noches en su cama. No tenerla a su lado había comenzado a crearle una ansiedad que comenzaba a sentirse incómoda. Damián entendía que debía darle espacio, muy en especial en los asuntos relacionados a la familia y la amiga. Aunque intentaba no hacerse de prejuicios en contra de Cecilia, no podía evitar preguntarse qué diablos era lo que tenía en la cabeza la morena. Había que tener una moral baja o no tenerla para revolcarse con un tipo como Santiago mientras el marido se jugaba la vida en el desierto.

Saber que su Natalia era tan diferente lo llenaba de paz.

✳ ✳ ✳

Sebastián llevaba dos semanas entre embarque y embarque. Frecuentaba de jueves a sábado YOLO. La primera noche que se apareció, Damián quiso sacarlo a patadas, no lo quería cerca. El rubio no le había dado ningún motivo para hacerlo. Tuvo la intención de esperar en la cola para entrar sin pretender recibir ningún trato especial por ser de la familia. Uno de los hombres de la seguridad advirtió su presencia y le extendió una invitación para que se ahorrara toda la espera de una persona ordinaria. ¿Por qué no lo haría? Era el hermano del jefe. El hombre tuvo que ampliar la convocatoria a las dos escoltas que no le perdían ni pie ni pisada. Gastaba las horas sentado siempre en el mismo lugar; el taburete en la esquina de la barra principal del primer nivel, entre la sombra de los dos alcahuetes sintiéndoles las respiraciones golpearle la nuca.

Materia oscura

Los habría despachado.

Que lo dejaran solo.

Ellos todavía respondían a Nicolás.

No le obedecerían.

Todavía no.

Jugaba con la misma cerveza por las primeras dos horas mientras observaba el ir y venir de la gente. Podía ver que la mayoría buscaba enajenarse de la realidad individual que vivían.

Querían un escape.

El más próximo, la barra.

Notaba que el agua era la bebida preferida de los que lucían más *extasiados*.

"¡Pendejos!", dijo para sí.

Siempre, en algún momento de la velada, picaba la presa de esa noche sin tener que hacer mayor esfuerzo. *"Mierda."* Maldecía cada vez que se le aventuraba una nueva mujer dispuesta a abandonar el lugar con él. No era ella. No la que él quería. La que le había despertado un deseo endemoniado y por la que llevaba seis días tirándose a la que cayera, solo pensando en ella.

La primera fue en el departamento de la mujer.

La segunda, en un motel.

Las siguientes tres, las había despachado en la *SUV*.

La de anoche, no llegó a salir del club. La condujo al baño del área *VIP*, la chica fue insistente en primero regalarle placer con los labios experimentados. No tardó mucho en derramarse en ella. Cuando lo hizo, cuando ya se sintió satisfecho y no deseaba que nadie lo tocara, se la obsequió a las escoltas, que frente a él, hicieron con la mujer todo lo que ella les permitió.

Todo.

Había que crear empatía con los empleados.

¿De qué mejor manera podría?

Aunque el lugar ideal para encontrar un espacio de relajación por el aumento en responsabilidades que le soltaba Nicolás era una de las suites en el área *VIP*, Sebastián se sentaba en la barra. Desde allí podía verla agitando el cuerpo despacio, a veces al ritmo de la música, otras, al ritmo de la mierda que estaba seguro se había metido. Pensaba que ese movimiento era perfecto para acercársele por la espalda, rozarle las nalgas, que no lo intimidaban. Eran perfectas. Había hecho el ejercicio. *"Sí, que lo son"*, se decía. Eran el prototipo perfecto para alojar su miembro entre ellas, deslizarlo ayudado por el sudor que esa piel destilaba y dejarlo que él tomara el camino que quisiera. No podía negar, que a veces sentía la necesidad de tener que ducharla primero, en especial cuando veía a Santiago besarla o pasarle las manos drogadas por alguna parte.

El plan estaba delineado. Mil veces repasado en su mente. La primera vez, la cogería en la camioneta rumbo a la guarida. Allí se despojaría de esas ganas de orígenes bestiales que le llevaban comiendo el estómago y un poco más abajo desde hacía varias semanas. Allí, ¡por fin!, encerraría su miembro entre las tetas atrevidas y descubriría de lo que eran capaces. La segunda cogida sería en la cochera de la mansión. La doblegaría sobre el guardalodos del *Aston Martin* y la embestiría hasta que con los gritos deslustrara el brillo de la pieza de colección. ¡Ja! Si tan solo el tío supiera lo que le esperaba al hermoso auto. En la tercera, la desparramaría en el medio de la cama de la habitación, vería cuánto podría abrirle aquellas malditas piernas estilizadas. Pero la cuarta, ¡uff!, esa sería a opción de ella. Tantas dádivas le despertaba la mujer.

Materia oscura

Esa noche hacía un rato que la vio abandonar la pista. Parecía molesta. No era adivino, solo observador. Alguna discusión se habría cuajado entre Santiago y ella. *"Plan activado."*

Regresaba sola al área de baile en el primer nivel del club. Se movía como una demente. Parecía una perra en celo envuelta en una nota muy alta del agua que sostenía en una botella de plástico entre las manos. No pasaría mucho tiempo para que los perros la olfatearan.

Esperó unos minutos.

Santiago no regresó.

Pobre infeliz.

Se puso de pie. Sin disimulo acomodó la erección que llevaba desde que la comenzó ver bailar. Dijo a los guardaespaldas que lo dejaran solo, que permanecieran sentados. Sigiloso caminó en zigzag entre la multitud que bailaba al ritmo desenfrenado del *hit* del momento *Stranger in my house* de Tamia. La canción no podía ser más oportuna. Por la espalda, Sebastián se le acercó a Cecilia, soltó un gruñido silencioso cuando las benditas nalgas le comenzaron a rozar. Se le volvió a desacomodar la erección. No malgastó tiempo. Depositó las manos en la curvatura de la cintura, la que el vestido blanco muy ajustado hacía lucir casi desnuda. Se acopló a su ritmo, al que ella le regalaba. Enterró la nariz en el tope de la cabeza, que aunque llevaba tacones muy altos, quedaba un par de centímetros menos que él. Igual a como lo había imaginado. Olía a sexo. O la tomaba y la llevaba arrastrada por el brazo fuera del lugar para continuar con el plan o se correría allí mismo. No le importaba que fuera delante de toda aquella gente. Sin duda, ni cuenta se darían. Así no era como lo había planificado.

De las manos fue llevándola sin resistencia escoltado por sus hombres rumbo a la salida. Escuchó su nombre en un grito. El golpe vino después.

—¡¡¡Sebastián!!! ¡¡¡Suéltala!!!

Lo primero que pensó antes de voltear fue torcerles el pescuezo a los dos imbéciles que lo acompañaban. Si esa persona hubiera tenido la intención de matarlo, ya sería historia. ¿O hubiese sido al revés? Cuando por fin giró vio a Pedro y Gustavo sujetando al agresor.

✳✳✳

Natalia llevaba dos semanas confinada a la oficina en el club. El culpable era Sebastián. Damián le advirtió que su hermano merodeaba el lugar. Con sutileza forzada le prohibió que se paseara fuera de la oficina. No quería que estuviera cerca de él para nada.

La joven no había podido adelantar todo el trabajo que deseaba. Pasaba las noches distraídas espiando tras el cristal. Eran dos los que le desviaban la atención. Cecilia, noche a noche parecía más fuera de sí. Desde el segundo día de la presencia de Sebastián en el lugar, advirtió que parecía vigilarle los pasos a su amiga. Notó además, las veces que abandonaba el lugar con una mujer diferente. Una cada noche.

Fue solo en un instante que apartó la atención. Entonces, el hombre 'secuestraba' a la morena. Violentó la promesa que le hiciera a Damián. Sin dudarlo, comenzó a correr. Hubiera querido tener alas para no haber perdido tanto tiempo bajando las escaleras. Fue al salir del club que lo divisó. Sin pensarlo se le abalanzó encima.

—¡Suéltala! —le volvió a ordenar mientras intentaba zafarse del agarre de los grandulones—. ¡Suéltenme, imbéciles!

César, quien había recibido instrucciones precisas por parte de Damián de no perder de vista a Natalia, se unió a la fiesta que había comenzado sin él.

—Suelten a la señorita, caballeros.

Pasaron solo segundos para que les acompañaran tres hombres adicionales del equipo de seguridad de YOLO.

—Ya oyeron, imbéciles, suelten a la señorita —ordenó Sebastián con tono burlesco.

Tan pronto Natalia se sintió liberada, avanzó hasta Cecilia y le arrebató la mano del agarre de Sebastián.

—Ceci, ven conmigo, *please* —la haló un poco hacia ella. Solo encontró los ojos perdidos de su hermosa amiga—. No tienes que hacer esto. Ven conmigo, cariño, ven.

La morena, que permanecía inerte a las palabras de su mejor amiga, apartó con brusquedad la mano.

La tensión comenzó a ser palpada por algunos invitados que esperaban en la entrada del club por lograr acceso.

—Púdrete, Natalia.

Esta vez fue ella quien sujetó la mano del rubio. Se dejó guiar rumbo a la camioneta. Ni los gritos de Natalia llamándola le hicieron reaccionar.

Sebastián pensaba que en su plan ya a esas horas debía estar cogiéndose a la mujer. Allí estaba, intentando deshacerse del coraje que la mujer de su hermano le había creado. De camino a la guarida, ordenó a la escolta que se detuviera en un licorería y le trajeran unas cervezas. Sería buen anfitrión. Sin mediar palabras, solo miradas soslayadas que tanteaban los movimientos vecinales, ofreció a la presa en cautiverio la bebida. En plena ausencia de dudas la mujer aceptó el ofrecimiento. Con delicada brusquedad se acercó la boca de la botella a los pálidos labios.

Bebió.

Sin pena.

Sin pausa.

Sin decencia.

Sebastián quedó embelesado con la ordinaria acción que le pareció develar la plebeyez escondida de esa diosa de las curvas endemoniadas. Absorto no perdió tiempo. Se acercó. Ella no mostró ninguna señal de rechazo. Él, con la lengua sedienta le limpió algunas gotas del licor que le discurrían por las comisuras de la boca. Caían de poco en poco. Se escondían entre los pechos. Recogió con la lengua las gotas más atrevidas. Se rindió a la necesidad irracional de recorrer en ascenso la vereda que el etílico había surcado para él sobre la piel que tanto deseaba. Fue desde el pecho hasta la comisura de la boca, que hasta el momento, permanecía indemne.

Esa mujer sabía a puro sexo.

Sabía a puro infierno.

Estaba dispuesto a pelearse con el mismo demonio por sucumbir en las pailas que imaginaba ardían en medio de aquellas piernas. No titubeó en devorarle los labios, devolverle el color rojizo que llevaba grabado desde la primera vez que la vio. Agresivo y animal, le mordía y estrellaba la lengua contra las experimentadas paredes de esa boca. Con el primer choque, se desató una batalla campal por el poder. El dominio absoluto de la voluntad del otro estaba en juego. Sebastián se apartó de manera impulsiva. Quería meterse y revolcarse dentro de esa mujer. No allí. Sintió de repente una sensación de repulsión al imaginarse poseyéndola frente a las escoltas. *"Mierda."*

Trató de concentrarse en el vaivén de la camioneta que continuaba avanzando rumbo a la guarida.

No funcionó.

Llevó la mano izquierda a su entrepierna, sin pena masajeó acomodando el entusiasmo que le comenzaba a incomodar. Unos segundos adicionales pasaron sin tan siquiera mirarla. Avistó que la diosa se movía. Le incitó mirarla. Cecilia acomodaba el torso recostado en el espaldar del asiento cubierto de cuero negro y brillante. La poca luz de los autos y del alumbrado de la carretera, que lograba penetrar los gruesos y oscuros tintes del vidrio, solo le permitía disfrutar de algunas partes del cuerpo de la acompañante. Por ratos, el rostro, que era lo que estaba más a su alcance, y cuando le daba la gana a la bendita luz, le permitía verle la piel en el centro del pecho.

La vio arquear la espalda. Pensó que se acomodaba. *"Puta madre"*, se dijo a sí mismo. Si hasta verla acomodarse en el asiento lo hacía endurecerse aún más. Le pareció que se levantaba el borde del ajustado vestido, y cuando la luz se apiadó de él, le mostró lo que colgaba de la mano de ella. Balanceaba un diminuto tanga en un dedo. La erección que mantenía prisionera, libraba una batalla con la cremallera de sus jeans. Con mirada desafiante, Cecilia le ofreció el panty. Las tomó sin apartar la mirada de los ojos, que cada vez más, parecían recobrar la consciencia. Despacio se las llevó hasta el rostro. Con una profunda calada acompañada de un hambriento gruñido, confirmó lo que llevaba días imaginando; el sexo de esa mujer podría traerle problemas.

—Detén la camioneta y bájense —ordenó con urgencia.

Era de vida o muerte.

Si esperaba un segundo más sin meterse dentro de aquella mujer, moriría.

"Sí que moriría."

Allí estaba con la piel brillante invitándolo. Lo esperaba abierta de par en par. Se mostraba ante él sin ningún pudor. Sebastián hizo las pases con su erección. *"¡Por fin!"* La liberó. Vio como a Cecilia los ojos se le hacían más pequeños. Con una sonrisa lasciva en los labios se saboreaba mirándole mientras él consolaba y estimulaba su miembro erecto encerrado entre sus dedos juntos.

No quiso esperar.

Ya bastante lo había hecho, mucho más de lo que estaba acostumbrado cuando se ensañaba con una hembra. Sacó un preservativo del bolsillo del pantalón. Con mil maldiciones y profanaciones entre los dientes se cubrió el sexo. Sebastián podía ser impulsivo y hasta en ocasiones dar indicios de demencia, pero si algo tenía muy claro, era que no terminaría como Osvaldo; ni adicto, ni contagiado con *VIH*.

Con brusquedad haló a Cecilia.

Se la trepó encima.

Plantó su bandera.

Reclamó la conquista.

Necesitó unos segundos para recuperarse del cantazo que se le apoderó del cuerpo al sentirse dentro de ella. No era tierna como la había imaginado. Su interior era rígido y exigente. *"Demonios."* Llegó a pensar que terminaría apenas comenzando. Buscó distraerse en algo que le apaciguara la excitación.

"Mierda", soltó cuando la imagen de Cecilia había desaparecido, en su lugar, estaban los ojos aquellos malditos que tanto le incomodaban.

La ira que le causó encontrarse pensando en aquella mujer le despertó aún más los instintos animales. Con manos desesperadas, le desgarró el vestido a la altura del pecho. Que le enseñara ya de una maldita vez las tetas que lo tenían desquiciado. Como un glotón, la saboreó. Le comió los pezones que llevaba duros. Con esa mujer no podía encontrar el significado de la palabra delicadeza. Los quejidos lujuriosos que escapaban de los labios femeninos le calentaban el rostro. Le llenaban de mayor ímpetu las caderas, que apoyadas por los pies, generaban embestidas sin compasión.

Quería todo de ella.

Deslizó la mano derecha por las curvas endemoniadas que rebotaban sobre su pelvis. Un rebote con ritmo. Se abrió paso entre los pliegues de las nalgas. Con un pequeño esfuerzo alcanzó un poco más. Humedeció el dedo índice en la savia que escurría de la diosa excitada. Sin piedad reclamó el único lugar que le quedaba sin conquistar de aquella mujer.

TU PEOR ERROR
Materia oscura

Cecilia estaba enloquecida al sentirse colmada y poseída por Sebastián Roa.

En el exterior, la escolta vigilaba, aseguraban el perímetro. El polvo del jefe debía ser seguro. Entre ellos intercambiaban sonrisas. Aunque no lo dijeran a viva voz, deseaban que el jefe tuviera una dadiva con ellos. Lo había hecho la pasada noche. ¿Por qué ahora no?

Se quedaron esperando.

Ese manjar jamás lo compartiría.

19

Presentimiento ✳ Pacto ✳ Rebelión

—Admito que el chico tiene potencial, Nicolás, pero me preocupan algunas maneras que tiene de hacer las cosas —le decía Gutiérrez a su amigo en una de las visitas a la penitenciaría, que en algún momento sin darse cuenta se tornaron parte de la rutina semanal.

Debía relatarle los sucesos recientes, decirle del infiltrado en la organización y el descubrimiento de Sebastián. Le contó hasta el más mínimo detalle. Desde cómo al muchacho se le encendieron los ojos en el mismísimo instante en que le anunciara que presenciaría una operación, hasta lo hambriento que se veía de ser partícipe de la acción. Fue más pausado en la parte que le narró cómo había descubierto al hombre alambrado y la manera en que Chapo le contó el control que ejerció Sebastián de la situación. Decía que parecía no temer y dijo también cómo el rubio se aventuró a no desarmarlo y darle la espalda sin preocupación.

Al reo se le dibujó una sonrisa torcida. Estaba seguro que Sebastián era el correcto. ¿Cómo no? Ese era su muchacho. Le corrían sus genes en las venas. Mucho más que a Damián. Solo dos personas sabían cuán unidos eran los lazos de sangre entre él y el ahora nuevo líder de Transportes Roa.

Eso pensaba.

—Hay que darle su espacio, Gutiérrez. Que demuestre y que se gane el respeto de los demás.

Se mostraba muy complacido con la actuación del muchacho. No había sido una equivocación repatriarlo a la familia.

—¿Ganárselo? —se aventuró a acercarse un poco y en voz más baja continuó—. ¡No! Si el mocoso se lo está adjudicando él mismo. Tenías que haber estado allí, Nicolás —se acercó un poco más—, se voló a Félix delante de todos los demás. Es que todavía no entiendo cómo carajos sabía de la rata.

Gutiérrez tenía un par de hipótesis acerca de cómo pudo el muchacho saber que había un infiltrado. Quiso compartirle a Nicolás unas cuantas de esas posibles razones. No era el momento. ¿Para qué insinuar desconfianza en el mocoso? El orgulloso tío se mostraba muy entusiasmado con la reciente actuación. Habían cosas más importantes de todo ese lío. Los federales continuaban en la caza de la Organización.

—Ese muchacho siempre ha tenido buen ojo —volvió a sonreír, esta vez dejando más visible el nivel de complacencia que sentía—. ¿Has averiguado algo de nuestros amigos? —no sería tan imbécil como para mencionarlos allí en plena sala de visitas de *la Federal*. Si bien era cierto que, gracias a sus influencias y la compra de privilegios, los días en la penitenciaría distaban mucho de ser desagradables, no podía abusar.

—Hace un par de semanas aterrizó un nuevo "amigo" —con voz silenciosa pronunció lo siguiente— ATF[10].

—Hay que estar pendiente de eso, Gutiérrez, sabes que se nos ha hecho bastante difícil hacer amistades entre ellos.

—¿Y si no fueron los amigos y fue algo montado por Ibáñez?

Nicolás tomó unos segundos para sopesar lo que implicaba la pregunta. Si había sido una treta de Ibáñez, su competidor, no le encontraba sentido.

---

10   En español: Buró de Alcohol, Tabaco y Armas de Fuego.

—¿Qué lograría con ello?

—No lo sé. Solo que se me hace tan raro, que si Félix era una rata de los amigos de —volvió a silenciar la voz para pronunciar las siglas— ATF, hubieran intervenido al escucharlo en problemas y evitado lo que le pasó.

—A menos que lo consideraran un daño colateral y les importara una mierda la basura —añadió Nicolás.

—No lo sé, no me convence —Gutiérrez se quedó pensativo, sumergido en la maldita pregunta. ¿Por qué los de la ATF no habían salvado a su infiltrado?

—¿Qué hay de la Natalia? —le sorprendió con la pregunta Nicolás.

—¿Qué te puedo decir? —el hombre relajó el cuerpo, recostó la espalda en la parte trasera de la silla de resina, y con la mano derecha sobre la mesa, rasgaba un pedazo pequeño de laca de barniz que se había levantado—. Parece que se encarga bastante bien de los asuntos de tu sobrino.

—¿No me digas que ya Sebastián se la está cogiendo? —se frotó el rostro con ambas manos.

—No, amigo, si no es Sebastián.

—¡¿Damián?! —la sonrisa torcida de Gutiérrez fue suficiente confirmación—. ¡Qué hijo de puta! ¿Quién diría que el muchachote no perdería tiempo? —soltó unas carcajadas que le hicieron saltar los hombros—. ¿Qué pasa Gutiérrez? —la sonrisa se le esfumó, los hombros se le paralizaron—. No me gusta tu cara.

—Nunca te ha gustado —respondió tambaleando una sonrisa de medio lado.

—Déjate de juegos y dime.

Las líneas de expresión en el rostro que le enmarcaban la mirada, mostraban una dureza más pronunciada que lo habitual. A los ojos del gran jefe, las llevaba cargadas de preocupaciones mayores.

—Mierda, Roa —con ambas manos se frotó el rostro, parecía que intentaba plancharse las preocupaciones que lo delataban—. Tengo un maldito presentimiento que tus sobrinos no me dejarán disfrutar mi retiro.

—¿Qué no me has dicho, amigo? —nunca fallaba leyendo el rostro de Gutiérrez—. ¿Algo más con la muchacha esa? No me digas que los pendejos estos se están peleando por el coño de la jodida mujer. ¿Ves? Por esa misma mierda es que no me gusta tener mujeres en la organización. Son una maldita tentación andante —esperaba atento la respuesta de Gutiérrez con las manos enfrente, encima de la mesa y las palmas abiertas de par en par sintiendo el frío de la madera—. No me digas que volvemos a lo mismo de hace años.

—No, ella parece aborrecer a Sebastián —pausó, juntó los labios en una mueca torcida—. Eso es lo que me preocupa. No sé cuán dispuesta pueda estar a, ya sabes, hacernos los quehaceres —torció la cabeza hacia ambos lados, miraba si alguien los observaba. Con voz baja y permaneciendo sentado, como establecían las reglas para las visitas en la penitenciaría, se acercó al borde de la mesa—. ¿Qué haremos si no coopera?

Nicolás soltó una gran bocanada de aire, entrelazó las manos a la misma distancia que ya las tenía del pecho y comenzó a jugar con los dedos pulgares.

—Haremos lo que siempre hemos hecho —pausó, buscó humedecer, y por un momento, relajarse los labios con la lengua—. Las excepciones son lo que nos hace vulnerables. Mírame, por una puta excepción estoy al borde de ganarme seis años más en este magnífico lugar.

No había más que decir.

Ya le había confirmado cuál era el curso de acción. 'Cero excepción', volvió a citar las palabras de su jefe. Como en la mayoría de los casos, Nicolás no le decía los pasos a seguir. Para resolver el asunto, tenía que inventárselas y asegurar que todos los cabos quedaban atados. Él solo daba la orden. Gutiérrez se encargaba de delinear el plan y asegurar la ejecución del mismo. Quedaba confirmado el presentimiento, los hermanos lo mantendrían alejado del retiro. Al menos por un tiempo.

✳ ✳ ✳

A pesar del comienzo fallido, Sebastián logró recuperar el control y llevar acabo su plan con Cecilia. La primera vez, tal como lo imaginó, la hizo suya en la camioneta y le dio a probar un poco de lo que estaba dispuesto a ofrecerle. La segunda, *"¡ah!"* todavía tenía la imagen de la pelinegra derramada en el bonete del *Aston Martin*. Debía recordar decirle a quién carajo se encargara de cuidar y mantener aquellos autos, que ese necesitaba un cariño especial para devolverle el brillo a la pintura. Un coleccionista hubiera pensado que el valor del auto había sido profanado, él pensaba, que ahora, tenía un valor sentimental. La tercera ocasión sí fue en su cama como había planificado y la cuarta también, se olvidó de la delicadeza. No hubo tiempo para que ella seleccionara un lugar de preferencia como se había dicho haría.

Fue una noche de pocas palabras y mucha acción. Aunque el alcohol en un principio estuvo bastante presente en las venas de Cecilia, pronto se evaporó llevándose consigo cualquier rastro de las otras cosas que había ingerido para olvidar. Ella estuvo consciente de todo cuanto hizo por complacer a ese hombre que la había hipnotizado aquella vez en el club cuando todos se alarmaron con su súbita presencia.

Las escoltas los traían de regreso a YOLO en la misma camioneta que habían partido. Sebastián quiso disfrazarse de educado, ofreció comprarle desayuno. Solo un café aceptó la joven. Él, aunque con ojos cansados y un poco apagados por la noche activa que disfrutó, lucía en general refrescado. No usó perfume, nunca lo hacía. La fragancia fresca que les dejó el jabón en las pieles se mezclaba con la que emanaba de los vasos de poliuretano que cada uno sujetaba. El café se encargaba de dar el toque de sobriedad en el interior del auto.

Un espacio vacío en el asiento trasero los separaba.

—Quiero volver a verte —le soltó Sebastián sin las habituales inflexiones que adornan las palabras de un amante.

La confesión le limpió de los hombros a Cecilia los rastros de ¿vergüenza? que sentía. Llevaba un grado de experiencia bastante avanzado en las cosas del sexo y la lista de compañeros que habían logrado disfrutar de sus encantos era, digamos que… carecía de timidez. Ahora Sebastián ocupaba un lugar (especial). Se había convertido en el primer hombre con el que se había lanzado de cabeza sin permitirse conocerlo algunas horas antes.

—Sabes dónde conseguirme —respondió seguido de un sorbo del líquido. Buscaba calmar un poco el dolor de cabeza que parecía querer arruinarle la culminación de la velada.

Por supuesto que sabía dónde conseguirla. Ese era el problema. No quería tener que conseguirla donde sabía. No quería volver a verla estrujándose con el periquero de Santiago. Se aventuró a cerrar el espacio que los separaba. Se desplazó un poco al lado izquierdo. Quedó frente a ella. Le removió de las manos el vaso de café que colocó junto al suyo en el portavasos trasero. Con las manos tibias le obligó a mirarlo.

—Ese es el puto problema, no quiero tener que encontrarte donde ya sé —pausó, con el dedo removió una hilacha de cabello que se le escapaba rebelde del rabo de caballo con el que había intentado acomodárselo—. No quiero que veas a nadie más —le encerró los labios en los suyos y con la lengua dominante le dejó saber quién era el único que podría, de ahora en adelante, entrar en esa boca—. ¿Sabes a quién me refiero?

A Cecilia la petición, contrario a enojarla, la llenó de un sentimiento del que llevaba careciendo bastante tiempo; se sintió deseada, dominada, protegida. Ya estaba cansada de ser ella quien estuviera detrás de los hombres mendigando cariños durante la ausencia de su ahora difunto marido. Todavía no creía real la belleza y los lujos que presenció en la mansión. En la noche llegó a pensar que todo era un sueño, tal vez creado por la porquería que Santiago le había dado para ingerir. En la mañana, cuando ya estaba en plena lucidez, supo que era una realidad. Ese hombre estaba solo. Le fue muy fácil saber. Ella conocía el sentimiento. Sebastián necesitaba cariños y una voz que lo acompañara en aquella soledad. Le devolvió el beso depositando el mismo deseo de control sobre él que había sentido de su parte.

—Soy exigente, cuando doy, quiero recibir. Puedo cumplir con los términos que demandas, solo que yo demando los mismos.

Sebastián soltó una carcajada que le hizo retumbar los pectorales. Le pareció divertido la seriedad súbita que intentaba aquella belleza ponerle a las palabras.

—Tranquila, que el flacucho periquero no me interesa —logró sacarle una sonrisa a la chica que lo miraba expectante queriendo escuchar de su parte un compromiso a los términos propuestos. Ella lo había visto salir con aquellas mujeres del club los días en que se dedicaba a vigilarla. Entre ellos no había mucha diferencia, ¿o sí?—. ¿Qué tienes en mente?

—Por el momento —comenzó a decir y con los dedos delicados le arregló también el cabello al joven—, llegas —continuó, le acomodó el cuello de la camisa—, estás —deslizó la mano hasta la entrepierna de Sebastián que ya empezaba a respirar más a prisa, y cuando ejerció presión para dejarle un recuerdo de la sensaciones que ella era capaz de regalarle, le sintió con dureza y entusiasmo. Ahora era ella la de la sonrisa maliciosa— y te vas del club conmigo —finalizó de exponer los términos del acuerdo que se cuajaba.

Sebastián fue dejando que la sonrisa maliciosa se le apoderara del rostro. Mientras tanto contemplaba las implicaciones de esa sencilla condición.

—Llego, estoy y me voy del club contigo —otro beso salvaje—.

Creo que podré cumplir con los términos.

Cuando se disponía a treparla a horcadas, y tal vez ordenarle a las escoltas que bajaran de la camioneta otra vez, uno de ellos le interrumpió.

—Roa, tiene compañía.

Habían arribado al estacionamiento del club, Cecilia necesitaba buscar su auto. No esperaba encontrarse con algo más.

Natalia aguardaba sentada sobre la cajuela del auto deportivo de su amiga bajo el maltrato de los rayos del sol. Vestía la misma ropa de la noche anterior cuando se atrevió, en un intento fallido, a evitar que el detestable cuñado que se gastaba, se aprovechara de la indefensa mujer. Estaba empapada de sudor. Llevaba el cabello recogido en una trenza rebelde que se le escurría por encima del hombro. Las sombras negras bajo los ojos reflejaban las horas de preocupación que llevaba esperando. Cecilia no contestó ninguna de las casi cincuenta llamadas que le hizo. Junto a ella, Damián, quien había recurrido en su auxilio en el mismo instante que recibió el llamado desesperado. Su amada estaba muy preocupada porque Sebastián se había llevado a su amiga que estaba en muy mal estado. Durante toda la madrugada, Damián trató de calmarla, que entendiera que Cecilia era una adulta y que ella debía ser responsable de sus actos. Al final, terminó diciéndole que no era una santa y que no podía pasarse las noches cuidándole la vida sexual de su amiga. Esa era responsabilidad de la misma Cecilia.

Error.

La verdad llevaba un sabor amargo. A Natalia le supo mal. Fue razón suficiente para una discusión entre ellos. No tuvo trascendencia mayor. Damián cedió. Dijo que, tal vez, las palabras que utilizó no fueron las correctas. No dijo que, de todos modos, eran las únicas que le venían a la mente cuando pensaba en Cecilia. ¿Cuán diferente podría pensar de esa mujer?

Materia oscura

El crujido de lo que parecían ser unas llantas que se acercaban alertó a Natalia. Se puso de pie en el mismo instante que divisó la camioneta.

—Quédate a mi lado —ordenó Damián quien imitó los movimientos corporales de su chica y se le adelantó un paso más dejándola tras su espalda.

Sin apartarse mucho del auto de Cecilia, esperaron a que la camioneta se detuviera. La puerta delantera del pasajero se abrió, Pedro salió del interior y se dispuso a abrir la puerta del costado trasero. Sebastián bajó de la camioneta exhibiendo una sonrisa que a Natalia le parecía asquerosa. Analizó el perímetro. No tenía motivos para confiar. Observó a su hermano y con un leve movimiento en su cabeza saludó. A Natalia, la ignoró por completo. ¿Para qué darle motivos a Damián para que armara una trifulca? Giró hacia el interior de la camioneta. Extendió una mano para ayudar a Cecilia en su descenso. Ya cuando se aseguró que su diosa tenía los pies apoyados en el pavimento, le encerró el rostro con ambas manos y besó con pasión.

"Asqueroso", murmuró Natalia.

La amiga preocupada le observó la vestimenta. Llevaba el mismo traje blanco de la noche anterior solo que encima le cubría una camisa de mangas largas. No imaginó el porqué real de cubrirse el pecho. Cecilia caminaba hacia su auto con las llaves bailando de uno de los dedos, los lentes oscuros le cubrían los ojos. La pelirroja se aventuró. Avanzó unos pasos. Aunque Damián la agarró por un antebrazo y logró detenerla por un momento, al verse fulminado por los ojos en llamas de Natalia, la liberó.

—Ceci, ¿estás bien? ¿Dónde estabas? ¿Te hizo daño el mal nacido? —bombardeaba de preguntas a la chica que hacía *la caminata de la vergüenza* sin ninguna pizca de pudor, como si de desfilar en una pasarela se tratara.

Cecilia la ignoró. Continuó avanzando hasta su auto.

Natalia, sin entender esa actitud irreconocible, avanzaba a paso acelerado detrás de ella. Exigía una respuesta. ¡Maldita sea! Se la había pasado toda la noche pensando en las barbaridades que le podían estar ocurriendo.

—¡Maldita sea, Cecilia! ¡¿No te vas a dignar a decirme aunque sea que te cogió bien el desgraciado ese?! —gritó iracunda ya con la piel del mismo color que el cabello.

El exabrupto logró hacer que la morena se detuviera y girara en torno a la que consideró en ese instante su agresora.

—¡¿Te lo quieres coger también?! ¡¿Te arreglo una cogida para ustedes tres?! ¿Que se quede en familia? ¡¿Prefieres los cuatro?! —inició el andar más apresurado en esta ocasión. Antes de abordar el auto gritó—: ¡No me jodas, Natalia Benavent! ¡Déjame en paz! ¡Desaparécete como siempre lo has hecho!

Se metió en el auto y lo puso en marcha.

Damián solo escuchó. Consideró la escena puras niñerías. Estaba más pendiente de una amenaza mayor, que al igual que él, observaba con detenimiento. Parecía sentirse complacido con la actuación de la que, esa mañana, parecía ser su mujer.

Las respiraciones agitadas por la ira dominaban a Natalia, sentía que explotaría. Giró hacia donde aún se encontraba estacionada la camioneta negra. Con la misma mirada de fuego que había fulminado a Damián unos segundos atrás, se atrevió a hacerlo con Sebastián.

Le pareció gracioso que la mujercita esa se atreviera a retarlo de tal manera. *"Parece que mi hermano no te ha contado mucho de la historia familiar"*, pensó. Como se encontraba de buen ánimo, procuró divertirse. Le regaló una sonrisa retorcida, maliciosa y pervertida justo antes de abordar el vehículo.

La gota que colmó la copa.

Quería correr.

Quería metérsele en la camioneta al imbécil y asqueroso de Sebastián.

Quería golpearlo hasta que éste le suplicara ya no más.

Estaba poseída.

La ira se le apoderó de los pensamientos.

Le ordenó los movimientos.

Sin saber cómo o de dónde sacó la gran piedra que sujetaba en las manos, la lanzó contra la camioneta impulsada con toda aquella furia desconocida. Tal vez hubiera sido mejor pegarle al cuñado. Para su suerte, ¿mala o buena? el peñazo aterrizó en el vidrio de la puerta por donde Sebastián había abordado.

Lo hizo trizas.

El estruendo que causó el impacto del proyectil al chocar con el vidrio fue lo que alertó a Damián. Por estar pendiente a su hermano, no advirtió a tiempo las intenciones de su chica. Había perdido la oportunidad.

La camioneta se detuvo de manera abrupta. Las llantas levantaron hollín. El eco del sonido al maltratar el pavimento les reveló lo desolado del lugar. Los tres hombres descendieron a la par. Las dos escoltas permanecieron rezagados por órdenes de Sebastián quien caminaba con los puños cerrados balanceando los brazos tiesos al ritmo de sus pasos en dirección a Natalia. *"Mierda"*, pensó Damián. Sabía, por experiencia, que la situación se había complicado. Corrió y alcanzó a plantárseles en medio a los dos contrincantes. No pudo negarse a sí mismo, que ver cómo Natalia tuvo la capacidad de joderle el fin de la gran velada que debió haber tenido con Cecilia, le causó gracia. Poco le duró al volver a ver aquella ira en los ojos endemoniados de su hermano.

Era esa ira inconsciente.

Desconocedora de límites.

La del animal que llevaba dentro.

La de la última noche que vieron a su padre con vida.

El temor que sintió por la impredecible reacción que pudiera tener Sebastián lo obligó a levantarse la camisa y colocar la mano en el arma que llevaba escondida en la cintura. Tenía las manos temblorosas. Sintió el agarre de Natalia aferrársele a la parte trasera del pantalón. Damián logró agarrar con firmeza al arma. Las escoltas imitaron el movimiento. Sebastián levantó la mano derecha, porque aunque los tenía a las espaldas, sabía cuál debió ser su reacción inmediata.

Que se detuvieran.

Él se encargaría.

Tenía todo bajo control.

Natalia estaba desconcertada por la magnitud que había escalado el evento. Sebastián, luego de advertir el arma en la cintura de su hermano, se acercó todavía más a él.

—Te lo voy a decir solo una vez, cabrón. Amarra a tu perra porque si no, me tocará amarrarla a mí.

Las cejas al pelinegro se le hicieron una y el sol le hizo resplandecer la cicatriz.

—Yo me encargaré de mi mujer, pendejo. Pero si vuelves a dirigirte así a ella, el que quedará con la lengua amarrada y tiesa será otro.

Sebastián soltó un bufido y al unísono un paso atrás. La reacción que esperaba de cobardía en Damián nunca llegó. Se atrevió a retarlo y hasta amenazarlo.

"Qué error, hermanote", disfrutaba el descubrimiento.

La camioneta se marchó y con ella aquellos hombres dejando a la pareja mudos parados en medio del estacionamiento. A Natalia le temblaban las piernas y las manos. Necesitaba con urgencia un abrazo de Damián. Él estaba muy molesto, rabiado con ella y la reacción infantil que los puso en esa situación tan peligrosa. Al verle palidecer la piel del rostro que hacía segundos le igualaba el tono del cabello, dejó que sus brazos corrieran en auxilio.

—Tranquila. Ya se fueron —la encerró en un abrazo fuerte que le hizo endurecer los bíceps sobre la frágil espalda—. No debiste provocarlo. Te lo he dicho, Natalia, mi hermano es peligroso. Mientras más lejos esté, mejor.

—Lo siento —movía la cabeza de lado a lado, buscaba espantar las lágrimas que se le antojaban aparecer—. No sé qué me pasó —al aferrarse todavía más al joven sintió la densidad y el frío del metal bajo la tela de la húmeda camisa—. ¿Por qué cargas un arma? —logró zafarse con éxito del abrazo.

—¿Por qué diablos crees que lo hago? —el tono irónico reflejó más su preocupación que las ganas de consolarla. Al ver la frente de Natalia fruncirse, advirtió lo descortés de su respuesta—. Lo siento— dijo estrujándose los ojos y la frente con una mano—. Ese, cariño —señaló en la dirección por donde la camioneta negra había abandonado el lugar—, es la razón por la que estoy armado —Damián la sujetó de la mano y comenzó a caminar hacia su camioneta—. Vámonos de aquí. Estoy hambriento y con sueño. Tú debes estar igual.

Natalia se dejó llevar.

—Quiero una de esas —le reveló al instante que abordaron.

—Un arma no es un juguete, Natalia.

—Quiero que me enseñes a usarla, por favor.

"Ni lo sueñes."

—No lo sé. Lo pensaré.

Un rotundo no era lo que deseaba darle. Saberla con un arma, luego de haber presenciado el exabrupto infantil, era más un peligro para su seguridad que dejarla desarmada. Ya lo había pensado. Desde que Sebastián reapareció, se dio a la tarea de buscar las opciones más viables que le permitiera a Natalia estar lista para defenderse. Acababa de confirmar que un arma no era la mejor opción. Le acarició la nuca como si intentara relajarla.

—¿Estás bien?

Natalia asintió pensativa.

20

Sin prudencia ✳ No lo era ✳ Una razón más

Lo que debió ser otra mañana habitual, de esas en la que la negra beldad regresaba a su casa luego de ser el centro de atención de algún hombre con suerte, se había convertido en una que deseaba con ansias volver a repetir. Él le gustaba mucho. Sentía una extraña manera de atracción hacia Sebastián. Su rudeza le provocaba que se le erizara toda la piel. *"Carajo"*, pensó que lo había jodido todo. *"Maldita perra."* Las piernas se le habían explayado con solo un lamido de aquel animal de tentaciones oscuras. Ahora el tipo lo único que pensaría era que ella era una cualquiera. Jamás la tomaría en serio.

La alegría se le comenzó a empañar. El teléfono sonaba insistente. Al advertir que era Santiago quien llamaba, lo ignoró. *"Mandar al infierno al imbécil"*, anotó en el listado mental de quehaceres. Tenía que deshacerse de aquel *tecato*, así lo había ordenado Sebastián.

'¿Qué diablos te pasa, Ceci, qué haces desperdiciándote con un tipo como Santiago?' Le pareció que era la misma Natalia que se había colado en la recámara y le recriminaba al oído el ya habitual cuestionamiento. Se estrujó el cabello con las manos en un movimiento desesperado. Espantó la vocecita que se negaba a dejarla en paz.

Los recuerdos de la noche intensa que compartiera con el segundo de los hermanos Roa estaban a flor de piel. Le bastaba con cerrar los ojos para sentir que los pechos se le endurecían y el vientre se le conmocionaba. Llegó a preguntarse si ese mismo éxtasis era el que tenía a Natalia enajenada del mundo, dejando a un lado, una vez más, a sus padres, procurando dar cada respiro al lado de Damián. ¿Serían los hermanos Roa así? ¿Vendría en la sangre?

Ya ansiaba con desespero estar otra vez junto a él. Pensaba que era absurdo esa súbita desesperación por tener de frente al rubio furioso o ¿era encima que lo quería? Sebastián no había sido un príncipe azul durante la velada. Sí, el ladrón de sus deseos, de los gemidos y múltiples orgasmos que su cuerpo experimentó. Con ese hombre no tuvo que masturbarse mientras tenía sexo como lo hacía con Santiago, como lo hacía con todos los demás. No. Con él juraba que los había tenido espontáneos. Natalia no le creería. Diría que llevaba en la mente un nivel palpable de toxicidad.

El teléfono volvió a sonar. Pensó era otra vez Santiago. ¡Qué fastidio! Tardó en estirarse en la cama y alcanzar el *Black Berry* con las manos. Los labios se le ensancharon. La dureza y conmoción le volvió aparecer en el experimentado cuerpo.

—Hola —saludó, la voz ondulada.

—¿Dónde vives? A las nueve paso por ti.

—¿Este es tu celular? —grabar ese número en la memoria del suyo era lo próximo que haría.

—No, preciosa, yo no tengo celular, me hace sentir amarrado como un perro —enseguida percibió el silencio del otro lado del teléfono, aclaró—. Tú no te preocupes que yo siempre voy a llegar hasta ti. No necesitas un celular para tenerme como un perro faldero, belleza.

Sin resistencia se dispuso a recitarle la dirección, acto seguido, a descansar. La noche se pintaba igual o más activa que la pasada.

Los días continuaron su curso sin que las amigas hicieran un intento por reconciliarse. Las ganas a Natalia se le habían esfumado. Estaba furiosa. Por más que le diera vueltas y vueltas, no lograba entender el porqué de la actitud agresiva de Cecilia con ella. ¿Qué diablos le había hecho, sino preocuparse por ella? ¿Desaparecerse con Damián? Si alguien estaba acostumbrada a las constantes desapariciones de la faz de la tierra de Natalia esa era Cecilia. Sabía que en ocasiones ella tenía que alejarse de todos y de todo para poder alinear su mente y los pensamientos. ¿Y las culpas? ¿El no haber estado presente cuando le dieron la noticia de la muerte de Tony era suficiente para que la tratara de la manera que lo hacía?

No.

No lo era.

No para ella.

Para la que ella misma solía llamar su hermana.

Natalia intentaba sobrevivir entre el trabajo en la oficina y los negocios de Damián.

Cada vez el tiempo parecía acortarse.

Cada vez menos horas de sueño.

Cada vez su objetivo más cerca.

Convertiría los números rojos en los libros de los negocios de los Roa en verde neón. Cobraría la paga acordada. Se quitaría el peso de las deudas que llevaba cargando en la espalda. Ayudaría a sus padres. Ese día se veía, cada vez, más cerca.

Reemplazó algunos suplidores en el club con el propósito de buscar reducir los costos operacionales. Recomendó unos cambios en los horarios y la plantilla de empleados que resultaron en la maximización de los recursos en las horas pico del negocio, y a la misma vez, redujeron las partidas de nómina. Natalia se paseaba con más frecuencia entre los pisos del local durante plena acción. Se había ganado un lugar junto al dueño, no era solo la novia, sino que ahora también, quien decía qué decisiones tomar.

✳✳✳

Sebastián hizo costumbre pasar los ratos libres con la diosa. Además del buen sexo que conseguía entre aquellas piernas, se entretenía con sus ocurrencias. Le gustaba esa mujer. En ella no había rastro de vergüenza ni inhibiciones a la hora del sexo. Sabía que disfrutaba tanto como él. De antemano, conocía su procedencia, el constante asecho que, desde joven, libraba con la soledad, el marido militar, las andadas nocturnas clandestinas y la prematura viudez que parecía haberla llevado a comenzar a desperdiciarse con la misma porquería que Santiago. De alguna manera extraña se veía reflejado en ella.

Cecilia disfrutaba cuidarlo. En las mañanas le velaba el sueño. ¡Ay de aquel que osara con despertarlo! A Gutiérrez no le temía. Ya había aprendido a ponerlo en su sitio. ¡Sobre su cadáver lo harían! Para el mediodía se encargaba que el desayuno estuviera listo, justo como a él le gustaba; el café tibio y un vaso de jugo de naranja natural con mucho hielo. Lo observaba comer. En cada movimiento parecía que desplazaba el aire denso que se empeñaba en rodearlo. La hacía sentir necesitada. No la juzgaba.

A solo un par de semanas, en un arranque de impulsividad, de esos que siempre lo distinguían, le ordenó que dejara el trabajo que apenas le daba para vivir. Que se mudara con él a la mansión. Le dejó muy claro que no había compromisos más allá de no ver a nadie más. Quería poner a su disposición toda aquella opulencia por el tiempo que fuera que durara aquello que tenía que hacer. Sabía era algo temporero. Sería buena diversión por el tiempo que fuera.

—¿En serio? —le escuchó preguntar con entusiasmo y algo de asombro.

Esa noche él estaba recostado del marco de una de las gigantescas puertas que abrían la habitación a la magnífica terraza. La luna llena pintaba de azul metálico todo a su alcance.

Dio una calada profunda al Cohíba que disfrutaba y con los ojos cerrados sopesó el significado de la orden que le diera a su diosa. Abrió los ojos, las aletas de la nariz se le elevaron. Le ordenaba con el dedo índice que viniera, que se le acercara.

La disfrutó mientras ella caminaba acortando la distancia, llevaba un diminuto y transparente camisón rosado que hacía verle los pezones vulnerables y le resaltaba las caderas desnudas. Sebastián pensó que ese era el placer que quería darse al regresar en las madrugadas a ese lugar después de una jornada de trabajo intensa.

—Ven, mi diosa —la calzó con la rodilla en la entrepierna, así volver a sentir esa piel húmeda y suave. Era la misma piel que resistía todo cuanto él se antojaba hacerle—. ¿Cómo te atreves a dudar de mis serias intenciones contigo? —la sumergió en un beso tan apasionado, que casi le roba todo el aliento—. Me ofendes, preciosa.

—No dudo, *honey*, solo me aseguro que no seas tú el de la duda —se le fue la sonrisa—. ¿Por qué lo haces? ¿A dónde vamos con esto?

Cecilia esperó paciente en el silencio la respuesta.

—Cuando te veo, me veo a mí mismo.

—¿Eres maricón? —ambos estallaron en un ataque súbito de risas—. No me gusta prestar mis vestidos —continuó la morena con el juego divertido.

—Si a este punto tienes alguna duda de mi preferencia sexual, estoy jodido.

Fue la mujer quien lo encerró en un beso profundo.

—No hay dudas.

—Bien. En ese caso, ¿qué respondes a la propuesta?

Cecilia se mordía los labios.

La besó en la frente.

—Qué pendejo soy —le dijo muy cerquita de la oreja—, se me olvida cómo es que te gusta recibir mis órdenes.

En segundos se deshizo del cigarro lanzándolo al piso de la terraza, se trepó en las caderas las piernas atléticas de la diosa, y sin galanterías le hizo saber cuán seguro estaba del ofrecimiento que le hacía. La quería allí, todas las noches con él, así y de todas las maneras que se le antojara.

Esa misma madrugada su morena se instalaba en el paraíso escondido sin mayores cuestionamientos. Le agradecía que la hiciera sentir como siempre había querido sentirse. Era una reina.

Sin saberlo, ambos llevaban varias cosas en común. Una de ellas era la soledad con que sus almas habían crecido a través de aquellos años tan críticos donde adolecían por naturaleza de respuestas a tantas preguntas que la juventud les exigía. Se habían iniciado en el arte del sexo a temprana edad. Sus cuerpos aventajaban en experiencia al corazón, a la razón. Desolados habían divagado por muchas pieles a tan jóvenes edades buscando en el sexo una satisfacción para el alma. Una que nunca habían hallado. Parecía no existir.

Su tío y Gutiérrez pensaban que fueron ellos los que se encargaron de comprarle la absolución de muchas sentencias callejeras. Sebastián prefería manejarse con bajo perfil. Se conocía muy bien. Era mejor así. Estar entre la gente aumentaba las probabilidades que se metiera en problemas. No frecuentaba lugares públicos, solo el club cuando a Cecilia se le antojaba sacudir un poco las caderas endemoniadas. Accedía a las súplicas de su diosa, porque sabía que la recompensa que ella le regalaría sería colosal. Se le aguaban las papilas gustativas de solo imaginarlo. Al rubio le gustaba la mezcla de alcohol, erotismo y sexo que se le acumulaba a Cecilia en cada curva del cuerpo cuando visitaba YOLO. Una noche de esas, era el sedante que le permitía disponer de ese pecaminoso cuerpo con gusto y gana. Tomarla cómo y cuánto deseara. A ella le gustaba el alcohol. Él prefería mantenerse en sobriedad, el momento en que la pudiera necesitar era incierto. Debía estar listo para actuar en cualquier instante.

La presencia de Sebastián había mermado. Solo algunas veces había visitado el lugar luego del famoso atentado que ella perpetrara en su contra con la piedra. En todas esas ocasiones, parecía disfrutar de la velada en un área *VIP* junto a Cecilia. Aunque le molestaba aceptarlo, la veía bien, lúcida, consciente de lo que fuera que hacía. No como cuando estaba con Santiago a quién hacía semanas no veía. Parecía que se lo tragó la tierra. De la noche a la mañana ya no pernoctaba en la casa de Damián, eso le daba tranquilidad. Natalia se vio tentada en múltiples ocasiones a acercarse a Cecilia, pensando en Damián, no lo hizo.

※ ※ ※

Una tarde el mayor de los hermanos Roa la invitó a que lo acompañara a hacer una visita. Jamás imaginó que la llevaría a la casa de Eladia. No estaba lista para dar un paso así. Todo era demasiado pronto.

—¡Hey, tranquila! Después de esto solo tienes que pedir mi mano —bromeó. Se había percatado del estrés que invadió el rostro de Natalia en el momento en que le reveló el destino a donde se dirigían. Logró sacarle una sonrisa—. No hago esto por mi mamá. Digo, no es que no quiera que la conozcas, sino que es a otra persona a quien quiero presentare.

Mientras se acercaban a la residencia, Natalia pudo notar que el vecindario donde estaba ubicada, no tenía que envidiarle nada a otros.

Las casas, en su mayoría de un nivel, exhibían jardines bien cuidados. Las puertas de garajes anunciaban el cupo doble en su interior y los buzones ornamentales, que formaban una línea recta si se les miraba paralelo a la carretera, eran los elementos comunes sin importar a dónde dirigiera la vista.

Damián detuvo el auto. Lo hizo frente a una de las casas más elegantes que había visto Natalia desde que cruzaron el puesto de control de acceso del vecindario.

—Llegamos —anunció mientras le abría la puerta de la camioneta.

Caminaron tomados de la mano por las escalinatas que abrían paso a una puerta doble de cristal en la entrada principal de la casa. El joven introdujo la llave, lograron acceso al amplio recibidor.

—Mamá —comenzó a llamar Damián—. ¡Eladia!

—Hola, Damián —los sorprendió la voz con un acento cantado—. Tu madre no está, salió a comprar algunas cosas. Debe estar por llegar porque hace rato que se fue.

La mujer de tez oscura cargaba en las manos un canasto con ropa.

—Hola, Altagracia.

—Hola, tigre —la mujer le dio un beso sonoro—. Oh, pero bueno, no me digai que andas enoviao.

—Ella es Natalia. Y sí, ando enoviao.

—Hola, linda. Te has sacado la lotería con este pollote.

El escepticismo con el que Natalia había entrado al lugar se disipó. La jovialidad y espontaneidad de la dominicana la hizo entrar en calor. Recibió con entusiasmo el beso de la señora.

—¿Quieren algo de tomar? ¿Les cuelo un poco de cafeito?

TU PEOR ERROR
Materia oscura

El ofrecimiento sonaba demasiado tentador como para decir que no. Natalia recordó, que en algún momento, Damián la había hablado del rico café que preparaba la señora que ayudaba a su mamá con los quehaceres.

Altagracia, con canasto en mano, continuó el rumbo al área de la cocina y la lavandería. La pareja, hacia el área de los cuartos.

Mientras se adentraban en la profundidad del pasillo, unos silbidos parecían entonar una sinfonía electrónica. De repente Natalia sintió el olor a hospital. Un estornudo repentino le limpió las fosas nasales. Llegaron hasta la última puerta al lado derecho del pasillo. Damián sintió la mano de Natalia tensarse.

—No pasa nada, ven —la haló con delicadeza dentro de la habitación—. Ella es mi princesa Estefanía. Acércate, amor, sin miedo. No pasa nada.

Aunque Damián le había hablado de Estefanía y de la discapacidad que la aquejaba, jamás imaginó la magnitud de la condición. En un principio no se atrevió a mirarla. No supo identificar si era por pena, vergüenza o cualquier otra cosa más que se pudiera llegar a sentir en una situación así. Cuando la melodía que dibujaba la voz del joven le llegó a los oídos, no pudo más que rendirse. Levantó la mirada y comenzó a grabarse en la mente la dulzura con que Damián se dirigía a su hermana. Le vio acariciarle el rostro, arreglarle un lazo que estaba fuera de lugar y regalarle un tierno beso en la mejilla. El pecho de Natalia la hizo reaccionar. Se le estrujó revolcándole la amalgama de emociones que llevaba sin identificar.

—Princesa, ella es mi novia, Natalia.

Un tímido hola fue lo que la joven visita alcanzó a decir. Damián no perdió tiempo, con toda la naturalidad del mundo sujetó una de las manos de Estefanía, con la otra mano hizo lo mismo con la de Natalia. Las unió en un saludo.

—Hola, Estefanía. Mucho gusto conocerte —dijo con más entusiasmo Natalia esta vez.

La hermana comenzó hablar con una sonrisa de oreja a oreja. Natalia no sabía qué hacer. Era imposible entenderle una sola palabra. Damián comenzó a traducir.

—Dice que mucho gusto también. Que eres muy bonita.

—Tú también eres muy bonita, Estefanía.

Sí que lo era. Las facciones eran tan similares a las de Sebastián. Los ojos igualitos. El cabello del mismo color del sol, aunque el de ella, tenía ondas que le descansaban sobre los hombros. Con certeza la línea de genes que había definido los rasgos de Damián se fue a vacacionar cuando le tocó hacer el trabajo en los hermanos menores.

La sonrisa de Estefanía tuvo un efecto anticongelante en Natalia. El lazo que el hermano había arreglado se deslizó otra vez. Esta vez Natalia se adelantó y lo volvió a colocar en su lugar. Agarró un mechón de pelo para crear una linda torcedura. Colocó el adorno.

—Ya veo que le has presentado tu hermana a la joven.

Natalia se quedó sin aire al escuchar la voz ajena. Retiró de prisa las manos de la cercanía de su cuñada.

—Hola, mamá —saludó con entusiasmo Damián.

Eladia no perdió tiempo y le plantó un beso a su muchacho. Hizo igual con Estefanía. Por último con Natalia.

—Así que tú eres quien tiene a mi muchacho mayor con la cabeza patas arriba.

—Eladia —reprendió en tono jocoso el hijo.

—Eso dice él, señora, usted me dirá si le debo creer —una tímida sonrisa se le asomaba entre los labios.

—Pues, mija, ¿qué te puedo decir? Es mi muchachito, ¿cómo te voy a decir lo contrario? Si él te dice que lo tienes loquito, será porque así es.

—Ya, ya, ya. ¿No se han dado cuenta de que yo estoy aquí?

El resto de la tarde lo pasaron de manera agradable. Conversaron un poco acerca del clima, política y otras cosas. Eladia aprovechó para que Damián revisara el listado de unos nuevos medicamentos que el neurólogo había recetado a Estefanía. No pasó desapercibido para el muchacho el análisis minucioso que su madre llevaba a cabo del ángel que él estaba seguro, había llegado a iluminarle la vida. En un momento dado antes de retirarse, Natalia lo acompañó de vuelta a la recámara. Vio como Damián, uno a uno, iba revisando los aparatos conectados a Estefanía. Llevaba dos bombas de infusión intravenosa, un monitor de oxigenación y un tanque de oxígeno.

—¿Siempre haces todo esto?

—Sí, cada vez que puedo. Uno no puede confiar en la tecnología. Al final quien está detrás de estos equipos son los mismos humanos. ¿No crees?

Natalia obsequió una dulce sonrisa al joven 'doctor'. Ahora podía entender por qué diablos alguien estudiaba algo que no era su pasión. Damián tenía una fuerza mayor para hacer sus estudios en medicina, y gracias a esa visita, ella había podido ponerle un rostro a esa razón. Se reafirmó, él no merecía vivir en ese ambiente que tanto detestaba. Las conversaciones con Eladia, de alguna manera, le habían levantado incongruencias en la mente. Comenzaba a admirarla por la actitud positiva con la que pudo notar enfrentaba la dura situación de cuidar a un hijo con discapacidad. Era una mujer orgullosa, se preocupaba por su apariencia física. Si no, ¿por qué vestiría tacones para ir al mercado?

21

Diferente ✳ Con los pies ✳ Alturas

A poco más de un mes de haber tomado las riendas en las finanzas de los Roa todo marchaba más que bien. Demasiado bien. En varias ocasiones le preguntó a Damián si estaba haciendo algo diferente en el club. Tal vez lo promocionaba. Cada noche le parecía ver la misma cantidad de clientes, todas las que el lugar podía acoger por reglamentación del Departamento de Bomberos. Intentar meter más personas, sería arriesgarse a una multa. Sin embargo, vez era mayor la ganancia nocturna.

Ya se había hecho costumbre. Los domingos la pareja de tórtolos iba de paseo. Esas horas, sumado a las que pasaban en la cama dándose cariños y deshaciéndose del cansancio que las trasnochadas les dejaban en el cuerpo, se habían convertido en un espacio muy celado por ambos.

Era su momento.

Nadie estaba bienvenido a profanarlo.

El mundo se desvanecía.

Sentía felicidad en las horas que compartía junto a él. No era plena esa felicidad. Era como llevar una bendita espina en la planta del pie. Puedes caminar y avanzar en el trayecto, pero duele. Cada noche que no llegaba a dormir a la casa de sus padres, era una que aumentaba la distancia entre ellos. Roberto Benavent debía estar apuntándoselas todas. Las discusiones entre ellos eran la constante. Ya Natalia prefería no responder cuando el padre le llamaba al celular. Si lo hacía, era una discusión segura. ¿Qué le iba hacer? El sentimiento y la necesidad de estar al lado de Damián era algo que no encontraba cómo controlar. No se lo lograba explicar.

Natalia sentía una fascinación por la naturaleza, le encantaba sentarse al aire libre y respirar la mezcla de los olores que le mostraba el lugar.

El salitre del mar.

El olor a tierra húmeda del campo.

Damián vivía para complacerla. Cada semana la pasaba planificando la sorpresa que le daría el sábado en la noche cuando terminaran la jornada en el club.

Ya habían visitado el Faro Tres Cabezas en Fajardo y El Yunque. Todos, lugares que ostentosamente reflejaban la belleza de la Isla.

Un pequeño parador escondido en las montañas se había convertido en su nido de amor. En tres ocasiones ya lo habían visitado. La primera, la noche en que Damián se la había llevado a toda prisa del club luego de la reaparición de Sebastián. En esa ocasión la intención no era un lugar romántico. La quería llevar a uno apartado donde pudiera tenerla en cautiverio. La quería alejada de todo y todos. La segunda, solo porque sí y la tercera, para celebrar el cumple mes. Nunca le había llamado la atención la naturaleza. Se esforzaba por disfrutar la creación tanto como ella.

Le despertó un interés desde la primera vez que estuvo con Natalia en ese lugar. De repente los pájaros parecían adornar el aire con su vuelo, los árboles les obsequiaban la fresca sombra en que se resguardaban durante las caminatas, y el lago les invitaba a despojarse de las telas y unirse en comunión con él. Todo lucía maravilloso reflejado en los ojos de su ángel.

TU PEOR ERROR
Materia oscura

Verla espaciarse recostada en la yerba, rodeada de helechos, observando el azul del cielo era placentero y estresante a la misma vez. Algún bicho raro podría picarla. Disfrutaba las cosquillas que le recorrían el pecho con cada suspiro que de ella escapaba al identificar el cantar de un ave diferente. Los paseos por las veredas aledañas al pequeño hostal eran los preferidos. Hacían dos rondas. En las mañanas cuando la tierra aún olía a la noche y el rocío, que bañaba la vegetación, les mojaba con gotas frías los brazos y las piernas al roce. En las tardes, los caminos se escuchaban diferentes, las hojas sonaban cansadas y los árboles parecían pedirle tregua al sol que les castigaba durante todo el día. Con frecuencia se sentía estúpido cuando se decía así mismo que ese lugar era el paraíso perdido. Agradecía a Dios por haberle cruzado en el camino a aquella hermosa mujer, que día a día, le hacía entender que valía la pena intentar hacer una vida alejado de la densa sombra del apellido Roa.

A Natalia la ponía nerviosa el camino. Era necesario recorrerlo para lograr acceso al 'paraíso'. Para llegar hasta el lugar era preciso cruzar un puente sobre una represa. La primera vez que lo hicieron, era de noche. La oscuridad le regaló la complicidad perfecta para ahorrarle la impresión. Solo sintió que Damián reducía la velocidad de la camioneta. Por suerte, no logró advertir lo estrecho del camino donde apenas cabía un solo auto ni la pendiente que se escurría bajo éste. Deseó cambiar de lugar. Hacer su nido de amor en cualquier otro sitio. No le importaría tener que mudarlo pedacito a pedacito como los pájaros. ¿Qué tal un lugar bajo la tierra? Cuando por primera vez vio el acantilado y lo estrecho del puente sobre la represa, estuvo a punto de decirle a Damián que no quería volver allí.

Que buscara otro lugar.

Que existían muchos lugares recónditos.

Los labios se le paralizaron al ver los destellos que le iluminaban los ojos de alegría al joven. Eran los rastros de lo mucho que habían disfrutado amándose durante la noche. Fue como cuando recibes por

271

accidente un chispazo de electricidad y ese lugar de contacto queda inmóvil a cualquier estímulo. Así los labios silenciaron el miedo que se empeñaba en alterarle el compás de los latidos del corazón acobardado. Que se callara. Que no fuera una niña tonta y se olvidara de sus miedos. Si ese lugar hacía feliz a Damián, ella no sería quién para decirle que no deseaba volver allí. No le diría que el estómago se le ponía chiquito y le dolía cada vez que se imaginaba cruzando aquel puente o caminando por el paseo tablado que conectaba las montañas, cabañas y los diferentes lugares del hostal entre sí.

La celebración no se hizo esperar. Desde que arribaron en la madrugada de ese sábado se encargaron de ponerla por todo lo alto. Damián tomó una botella de champán y un par de copas de la barra principal del club. Los esperaba la misma cabaña. Fue muy enfático, cuando telefoneó para hacer la reserva, quería la misma habitación. Pagaría el doble si fuera necesario. Tenía que ser la misma de siempre.

La cabaña estaba construida en madera y sembrada con pilotes altos entre montañas color esmeralda conectadas entre sí por caminos tablados que desafiaban las alturas. El nido de amor era acogedor. Un ventilador colgando del techo a dos aguas que solo se encargaba de circular el aire. Las bajas temperaturas en las noches hacía innecesario su uso. Las paredes lucían desnudas el color natural de la madera y el piso era cubierto con lozas rústicas color barro rojizo. No existían televisores ni teléfonos a millas de distancia que perturbara a los inquilinos. La naturaleza compartía la paz nativa con ellos.

El domingo le robaron horas al sueño. A las seis y media de la mañana habían completado la primera parte del recorrido matutino entre las veredas. Natalia siempre le sacaba ventaja. Y es que, aunque sus piernas cortas daban pasos de niña, la emoción por redescubrir los mismos lugares una y otra vez, la hacía ir a paso acelerado.

Dos pares de pies colgaban descalzos de un enorme peldaño, y mientras jugaban cariñosos entre sí, los dedos se retorcían al toque del agua helada que llenaba de vida aquel arroyo. El sol comenzaba a despertase y con éste los rayos que comenzaban a calentar se escapaban entre las ramas de los árboles.

Damián apoyaba la cabeza en las manos entrelazadas tras el cuello sobre la dura y lisa superficie. Natalia hacía lo mismo sobre el pecho desnudo de él.

—Hace días que quiero decirte algo… —la voz le tembló a Natalia. Continuó—: No sé cómo lo vayas a tomar.

Una alarma se le encendió en el pecho. Las caricias del agua se tornaron en hincadas de alfileres muy filosos. En segundos, ya se formulaba en la mente aquello que tanto le estaba costando decir a Natalia. *"Te dejaré. El mundo en que te rodeas es un asco. No vale la pena echar mi vida a la basura por lo que tú me ofreces. ¿Qué me puedes ofrecer, Damián? ¿Qué le puedes ofrecer, Damián?"* No preguntaría. Se aventuró con la mirada, que hablara ya y se dejara de rodeos. Detestaba las ambigüedades y que trataran de darle vuelta a los asuntos. Con ella era diferente, sentía que cada paso que se atreviera a dar, tenía que ser sólido, un pilote que le permitiera seguir construyendo un futuro para ella, para ambos.

—Esto de dos trabajos es agotador —Damián volvió a respirar—. Creo que cuando cumpla el trato que hemos hecho y las cosas en el club estén encaminadas, me quedaré solo con uno.

—Deja tu puesto en la empresa y vente a trabajar conmigo.

Fue impulsivo. No era una oferta de negocios. El corazón quería negociar. No podía imaginarse una noche sin verla, sin las conversaciones que entablaban acerca de cualquier trivialidad. Tenerla en el club le permitía compartir más tiempo con ella. Incluso más que cuando ella pernoctaba en su casa que con notable frecuencia lo hacía.

Natalia permaneció en silencio. De todas las posibles maneras que había pensado Damián podría reaccionar, esa se le había quedado fuera de la ecuación.

—¿Hablas en serio? —el corazón le latía a mil. Imaginó ver a un pequeño ratón con los ojos bien abiertos y el pecho retumbando donde segundos antes estaba el pelinegro. No podía reciprocar con la misma urgencia que le había salido tal ofrecimiento.

No debía.

Mientras, Damián intentaba mantener la cordura en los labios. Debían filtrar cualquier otra estupidez que se le fuera escapar. Permanecía con los ojos bien abiertos jugando con las nubes. Le pareció ver una casa, unos niños y hasta un perro blanquecino.

Cambió de objetivo visual.

—¿Crees que bromearía con algo así? —dejó salir con la misma entonación cada sílaba.

—Estás siendo impulsivo —le recorría de norte a sur con la punta de un dedo índice el camino que marcaba el vello oscuro en la planicie de los abdominales.

—Pon las condiciones —intentaba controlar un súbito temblor que se le desplazaba por el abdomen con cada toque de Natalia.

—¿Qué quieres hacer con tu vida, Damián?

—Estás siendo evasiva.

Natalia cesó la caricia. Apartó la mano y la llevó hasta el rostro del joven. Esta vez deslizó una caricia muy suave a través de la cicatriz.

—¿Estarás seis años más ayudando a tu tío?

Ya sabía él que ella no encajaba del todo con esa vida. Le volvió el temblor al cuerpo. Esta vez a las entrañas.

—No, Natalia, no estaré seis años más —dijo con fastidio, le instó a que se apartara un poco y le permitiera sentarse. Ese tema no se podía hablar con el cielo frente a los ojos. Había que tener los pies en la tierra y la cabeza muy derecha.

Obedeció. Se apartó y permaneció sentada a su lado con la boca en silencio y la cabeza parlanchina. *"¿Qué harás con tu vida, Damián? ¿Quién podrá ser de tal confianza para que delegues todo y te libres de esas injustas responsabilidades?"*

—Tengo planes, ¿sabes? —luego de secarse unas gotas de sudor del rostro, se colgó la camisa húmeda en el cuello, dejó las manos guindando sujetando los bordes de la tela—. No voy a confinarme seis años en ese mundo. Esa es su condena, no la mía.

Se le escapó una sonrisa leve por las comisuras entre los labios a Natalia.

—¿Me dejarías desempleada? —llevó ambas manos al pecho.

—Te llevaré conmigo —quería abrazarla.

El rostro se le contrajo en resguardo por lo que pensaba sería un rechazo absoluto. Solo a él se le ocurría soltar de esa manera una propuesta como esa. Desconocía los pormenores de la pasada relación sentimental de Natalia. En dos ocasiones intentó deslizar el tema de manera esquiva en alguna conversación cotidiana. Ella, astuta, lo evadía con la excusa de que el presente y futuro era lo que importaba.

—Me llevarás contigo —no era una pregunta.

La escuchó murmurar la afirmación para sí.

—Te llevaré conmigo —volvió a decir, está vez con la seguridad de que sí lo haría. Le dejó saber que no tenía opción. Tendría que ir con él.

Natalia no pudo resistir la orden oculta de aquellas palabras. Giró el torso, se encontró con la mirada que parecía haberle robado algunos rayos al sol.

—¿Qué tienes en mente? ¿A dónde me llevarás?

Damián se quedó estacionado en el rostro, contemplaba el brillo que irradiaban lo que pensaba eran las únicas pecas hermosas que existían en la faz de la tierra. En ese instante le parecieron hojuelas de oro que se le habían caído al sol.

—Quisiera poder responderte —la acercó a él con un abrazo—. Necesito un par de semanas —pausó y engoló la voz—, para terminar de armar mi 'pervertido' plan —terminó susurrándole cerquita de la oreja y sintió cuando ella se estremeció.

—¿Regresarás a terminar los estudios, la especialización?

Sus decisiones impactarían las de ella. Necesitaba saber cuanto antes qué era lo que él tenía en la mente.

—No, corazón, no voy a regresar a Carolina del Norte para terminar mis estudios.

—¿Los terminarás en algún otro lugar?

—No. Y más vale que nos larguemos de aquí antes, que de poco en poco, me saques los detalles del plan. ¡Que conste, me niego a compartir!

—Soy desesperada, lo sé —estrujaba el rostro en el pecho de Damián.

—No me lo tienes que jurar, mi desesperada belleza.

Natalia le lanzó un golpe al costado desnudo que lo hizo retorcerse. En venganza la agredió con un beso profundo y apasionado que le robó aliento a ambos.

—¿Hambre?

Le pareció gracioso escuchar un sonido cuyo origen parecía ser el estómago de Natalia.

—Sí, señor escurridizo, mucha hambre.

Las risotadas de ambos hicieron alborotar algunos pájaros que dormían entre las ramas de los árboles aledaños.

Regresaron en una carrera a través de las veredas. Natalia ganó. ¿Qué mejor recompensa para él?

Llevaba rato Damián insistiendo que lo acompañara, que se acostara con él en la hamaca que pendía en el modesto balcón. Primero le dijo que quería dormir y descansar un rato más. Se sentía cansada. Luego, cuando no tuvo más remedio que levantarse, le dijo que se daría otro baño. Al terminar, ya las excusas se le habían agotado.

—Ven, Natalia —extendió su mano hacia la joven.

Estaba asomada con la mitad del cuerpo escondido detrás del marco de la puerta de la cabaña.

Pudo advertir la expresión que se le alojó en el rostro y que ella trataba de disimular. Algo inquietaba a su Natalia, a su ángel de la naturaleza, a su desesperada belleza. *"¿Qué puede ser si hemos disfrutado de una mañana perfecta? ¿Será que fui muy impulsivo?"* Se enderezó en la hamaca hasta quedar sentado y los pies tocando el suelo de madera deteniendo el vaivén.

—En seguida voy.

Terminaba de arreglarse el cabello en una trenza que le escurría sobre el hombro hasta llegarle a los pechos.

Damián la esperaba de pie recostado de la baranda del balcón.

—Ven —le ordenó esta vez con las manos abiertas.

La joven caminó descalza a paso lento. Se dejó abrazar. Con un suspiro intentó deshacerse del miedo que se le comenzaba a condensar en el pecho.

Damián sintió la necesidad de su toque profundo. La tomó por la cintura, con facilidad la elevó en el aire y le colocó las nalgas sobre el borde de la baranda. A esa altura podría tener a su alcance el lugar preferido de ese cuerpo y poder refugiarse en su regazo.

Natalia ya no escuchaba el cantar de las aves. La sombra de los árboles se volvió densa. Los tres metros de distancia que separaban el balcón del suelo se convirtieron en los elementos perfectos para revivir una pesadilla.

—¡Suéltame! ¡Suéltame! —gritaba mientras le golpeaba en el pecho con los puños desesperados.

No la soltaría. Si lo hacía podría caer al vacío. Desconcertado por la súbita y violenta reacción de Natalia la encerró más fuerte entre los brazos. Intentó alejarla del barandal. Ella seguía librando una batalla. Necesitaba sentirse libre. Damián con un mayor despliegue de fuerzas, logró lanzarse al suelo de madera llevándola consigo.

—¡¿Qué demonios te pasa?!

Todavía tirada a su lado de rodillas sobre la madera, la observaba hiperventilar.

Sentía que se asfixiaba. Damián escuchaba a distancia el ruido de los fallidos intentos por volver a expandir los pulmones. Natalia llevaba la mente todavía pendiendo de la baranda de aquel balcón de un piso once. A casi dos años lo recordaba como si hubiese sido ayer.

Las manos y dientes, poseídos por un temblor descontrolado, se les unieron al sonido de su asfixia. El color morado de los labios fue lo que más alertó a Damián. Estaba a punto de desfallecer. Se apresuró sobre ella. Le sintió la piel congelada y sudorosa. Ella intentaba otra vez alejarlo. Que no la tocara. La debilidad que la poseía en ese momento se lo impidió. La encerró entre los brazos y rodó en el suelo acomodándola en su falda.

—Ya, amor, ya —mientras la acunaba como a una niña intentaba reflejar en la voz una calma que no tenía—. Respira.

Colocó un par de dedos sobre la piel de la parte interior de la muñeca. Enseguida le sintió el pulso acelerado. Los años de estudio de medicina le permitieron hacer un diagnóstico en instantes; respiraciones agitadas, piel palidecida, labios morados, sudoración y el pulso que le quería explotar las venas.

Un llanto inconsolable se le escapaba sobre el pecho del joven.

—Respira, poco a poco, Natalia —agarró el rostro del ángel, lo contuvo entre las manos, y cuando pareció que logró capturarle la atención, continuó—. Respira, amor, vamos, respira, despacio, profundo. No sabes cuánto lo siento —respiraba con ella.

Respiraba con ella.

La desvalida mujer por momentos breves intentaba obedecerle, alinear sus respiraciones a las de él.

—Lo siento, lo siento —comenzó a murmurar Natalia mientras le exploraba el rostro y el cuello. Era ella quien debía disculparse. ¿Y si le había dejado algún rasguño?—. Perdóname, perdóname —empezó a besarle las manos y los brazos—. No sé qué me pasó.

—No hay nada que sentir ni perdonar, mi amor. Debí imaginar que le temes a las alturas.

Había sido un estúpido. ¿Cómo no se había dado cuenta? No le fue nada difícil atar los cabos y montar el perfil de su paciente. La primera vez que la vio enfrentarse a las escaleras transparentes en YOLO, evidenció el mareo que le causó. Las veces subsiguientes, para ascender o descender, se le aferraba con fuerza al brazo. Era un refugio lo que ella buscaba, un sostén para combatir el terror a las alturas.

—Soy casi un médico, ¿recuerdas, Natalia? Un por poco, pero te aseguro que las clases las pasé con promedio sobresaliente —bromeó. Le besó la coronilla y aprovechó para robarle un poco de ese olor dulce que siempre llevaba en el cabello.

Una risa solitaria y desanimada escapó de los labios de la joven. Se desvaneció al instante que la mirada vacía se le aisló en los pies descalzos.

—Pensé que ibas a lanzarme.

—¡¿Qué?! ¿Qué yo te lanzaría al vacío? Pero ¿cómo se te ocurre una cosa así?, si yo te adoro —volvió a encerrarle el rostro entre las manos que se empaparon en la humedad que le hacía brillar las mejillas—, si yo te amo, Natalia. Primero me lanzo yo.

—Él iba a hacerlo… —cada vez más perdida en aquel miedo visceral que provenía del mundo que parecía reflejársele en los pies—, lanzarme… de un piso once.

—¿Quién, Natalia? ¿Quién te iba hacer daño?

—Él —respondió agarrándose el dedo anular de la mano izquierda.

Damián sintió el deseo de tropezarse con aquel él, con ese maldito desgraciado que la había hecho sufrir. Se vio descargando toda la furia en el infeliz. Cuando sintió el sabor a metal en la boca, reaccionó. Los dientes furiosos no distinguieron que era a él mismo a quien mordían.

—Mi ángel, escúchame bien. Yo jamás, jamás voy a dañarte. Jamás haría nada que te causara dolor. Jamás.

Quiso decirle todo lo que barajeaba en la mente para poder largarse de esa isla con ella y así alejarla de ese mundo que en nada le enorgullecía, que sabía que cada día que pasaba siendo parte de él, era uno que aumentaba el riesgo de caer preso en las seducciones que éste traía consigo.

Damián se puso de pie y la cargó en brazos hasta el interior de la cabaña. Allí permanecería con ella pegada al pecho por el tiempo que fuera suficiente para que recuperara la cordura, la seguridad y tranquilidad que ella siempre reflejaba. No la increpó más. Y aunque se moría por saber todos los detalles de esa tortura a la que parecía haber sido sometida, esperó, porque el momento para dialogarlo llegaría. *"¿Cuántas cosas más no sé de ti, Natalia?"*

Para la hora del almuerzo ella respiraba con mayor tranquilidad. Le había relatado de manera espontánea cómo desarrolló aquella acrofobia. Le dijo de aquella tarde en su departamento, y cómo su exesposo, en un episodio de demencia, estuvo a punto de lanzarla al vacío por el balcón desde un piso once. Que fue Dios quien le dio una nueva oportunidad de vida al devolverle un instante de lucidez a aquel hombre que logró reaccionar antes de soltarla evitando el fin de su vida. Ya le quedaba muy claro a Damián desde cuándo ese odio a las alturas la mantenía prisionera. 'Odio todo lo que se atreva a desafiar la gravead.'

El resto del fin de semana lo pasaron resguardados en la cama entre las sábanas, ella pidiéndole perdón por haber reaccionado de aquella manera tan violenta y haber arruinado el momento, él, demostrándole de todas las maneras que sabía posible, que la perdonaba.

✷✷✷

Los hombres que lideraba el agente especial Brandom sumaron a sus anotaciones todos los eventos que acababan de escuchar a través de los micrófonos escondidos y lo que la visibilidad a distancia utilizando unos binoculares le permitieron atestiguar. El reporte del FBI seguía creciendo.

22

En grande ✳ **Ingenuidad** ✳ **El corazón**

Sebastián tenía pocos ratos libres. Desde que asumió la posición de liderazgo en la organización, se enfocó en crecer la base de clientes. La demanda por los servicios de Transportes Roa había mermado en el último año. El encierro de Nicolás tenía un vínculo directo. Ni de mierda se arriesgarían los clientes a seguir haciendo negocios con alguien que tenía a los federales respirándole en la nuca. Debía demostrar que las operaciones seguían sin ningún tipo de interrupción. Ahora que él era la cabecilla, los servicios de la compañía de su tío eran, incluso, de mejor calidad. Supervisaba en persona cada operación. Cada detalle era repasado con minuciosidad días antes de la acción.

Así le habían enseñado.

Así había aprendido a sobrevivir.

Los miembros de la organización se habían acostumbrado a su manera de trabajar. No se movía un solo dedo a menos que Sebastián lo ordenara. Se encargaba que las noticias del éxito de cada operación viajaran hasta los oídos de los *peces* grandes. Transportes Roa era grande. Era importante. Sin duda, líder en servicios de transportes 'especializados'. Lo era, solo para aquellos que tuvieran una mirada estrecha. Quien tuviera una visión amplia, una ambiciosa, se daría cuenta que existían intereses de mayor nivel, de mejor recompensa. Intereses de gran valor para algunos. Intereses capaces de pagar el costo de su libertad.

283

—Pavel —dijo sin emoción aparente Sebastián—. ¡Mierda, Gutiérrez, tienes que presionarlo!

—Vas demasiado rápido, muchacho. Baja la velocidad. Nos podemos estrellar.

Gutiérrez encendía un cigarrillo mientras escuchaba la solicitud de su jefe que caminaba de un lado a otro en la sala de conferencias de las oficinas de Transportes Roa.

—Si quieres llevar esto en grande, tienes que mirar más allá. Ibáñez nos está pisando los tobillos. Se rumora que lo está haciendo bien con la droga. ¿Quién dice que no lo puede hacer también con las armas?

—Pavel es el bróker[11] de los rusos y su fidelidad está con nosotros. No haría un trato con alguien en esta isla sin antes decirnos —de eso estaba seguro Gutiérrez.

Sebastián puso cara de hastío.

Gutiérrez sostuvo el cigarrillo en la boca. Buscó el celular.

—Ten. Anda, solo tienes que presionar el botón verde y tendrás línea directa con Moscú.

No aceptó el ofrecimiento. Con ojos furiosos y dudosos cavilaba. Se preguntaba, ¿por qué Moscú y no Tula? Le estuvo curioso que Gutiérrez mencionara la ciudad de Moscú como base para las operaciones de los rusos. Hasta donde él había estudiado, hasta donde le habían enseñado, Tula era una de las principales ciudades rusas donde se concentraba la industria de metales y armamento militar. Una industria que generaba más de doce billones de dólares anuales en ganancias.

—¿Crees que los malditos rusos van a sentarse a tomarse un vodka contigo solo porque te apellidas Roa?

—Sus bolsillos deben estar sufriendo más que los de nosotros.

---

11   Agente intermediario en operaciones financieras o comerciales que percibe una comisión por su intervención.

Apenas salen de la maldita depresión.

A Gutiérrez se le aplanó la expresión de la frente. Torció la cabeza despacio. No pestañeó.

—Los rusos todavía están celebrando la victoria de Putin y llorando los infelices que se ahogaron en el submarino ese que se hundió. ¿No ves las noticias?

—¿Quieres retirarte pronto o prefieres darme una clase de historia?

—Los irlandeses aprecian a Nicolás.

—¡Quiero a los rusos, carajo! ¿Qué parte no entiendes? Quiero sus armas. Son las de mayor demanda.

—El volumen de ellos, los irlandeses, es menor que los rusos, pero si lo haces bien, escucharás timbrar tu teléfono en un par de días y más vale que aprendas a decir, aunque sea, gracias en ruso.

"**Спасибо**[12]," dijo en la mente Sebastián.

—¿Irlandeses? —torció el hocico—. Entonces, cuéntame más de ellos.

Gutiérrez invirtió la siguiente hora en una clase expedita del negocio de armas que corrían los irlandeses.

Sebastián escuchó callado, solo interrumpiendo cuando creía prudente alguna aclaración. Mientras, una voz en su cabeza se encargaba de recordarle cuál era su objetivo. *"Viktor Bodrov, Sebastián, Viktor Bodrov."*

✳ ✳ ✳

Rafael esperaba impaciente en el pequeño cubículo en la oficina. Manoseaba con insistencia el sobre que quería entregarle a Natalia. Es-

---

12   En español: gracias.

cuchó el retintín de unas llaves. De un brinco, se puso de pie y se arregló los pantalones. Volvió a sentarse. Una sonrisa se le plantó en el rostro. Conocía el sonido de las llaves de su compañera. Sabía que en su rutina de arribo nunca guardaba las llaves en el bolso; desde el auto en el estacionamiento hasta su cubículo comenzaba un juego con ellas entre los dedos, luego, las lanzaba encima del escritorio.

Cuando sintió las llaves próximas a su estación, impulsó con una mano la silla en la que permanecía sentado y se deslizó hasta bloquearle el paso a Natalia. Del susto casi cae sentada encima de él. No perdió tiempo. La agarró por el brazo y la llevó arrastrada al interior.

—¡¿Qué te pasa, Rafael?!

—Shhhh… Toma —le extendió el sobre.

Natalia contrajo los brazos.

—¿Qué es eso?

—Es tuyo. Tómalo —extendió los brazos un poco más.

—No voy a tocar ese sobre hasta que me digas qué es —llevó las manos a su espalda.

—Anda, no te des tanto puesto, tómalo.

—¿Qué es?

—Agárralo —agitó el sobre varias veces.

Rafael advirtió el intento de escape y le bloqueó la salida deslizando la silla.

—Está bien. Está bien. Digamos que es tu comisión.

—¿Comisión? ¿Comisión de qué?

—Anda, tómalo.

TU PEOR ERROR
Materia oscura

Natalia despacio extendió una de las manos mientras Rafael se apresuraba a colocarle el sobre encima. Con los dedos temblorosos la joven logró despegarle la tapa. Sintió el café de la mañana revolcársele en el estómago.

—¿De qué es esto?

—Ya te dije que es tu comisión. Invertí siguiendo tus recomendaciones.

—¿Qué te atreviste a qué? —la boca entreabierta.

—¡Shhh! Me hacía sentido.

—¿Arriesgaste el dinero de otros por un juego mío? —las manos en la cintura.

—Llámalo como quieras. Lo importante del caso es que dio resultado y ahí está tu paga. No es mucho. No soy tan idiota como para arriesgar demasiado dinero que no me pertenece.

—No puedo aceptarlo —agitaba la cabeza.

—Que sí puedes.

—No. No lo voy a aceptar —intentó colocarle de vuelta el sobre en las manos a Rafael.

—Es dinero legal, Natalia. Me diste una recomendación de inversión, yo la ejecuté y *¡viola!*[13] ¡Ganamos!

—No puedo, Rafael —lo puso encima del escritorio.

—Si no aceptas el dinero, ve pensando a quién dárselo. No me lo voy a quedar. No es mío —insistía en que lo tomara. Parecía que avanzaba en el intento.

Natalia lo tomó de nuevo en las manos. Se atrevió a llevar de regreso la mirada al interior del sobre. Eran billetes de cien.

---

13   En español: Ahí está.

—¿Cuánto hay?

—Tres mil dólares americanos —pronunció muy bajo Rafael con una sonrisa soslayada.

—¡¿Qué?!

—¡Shhhh!

—Es que no puedo aceptar todo ese dinero —comenzó a sacar algunos billetes del sobre—. Toma tú una parte.

—Ya lo hice. Cincuenta, cincuenta —sonó los dedos.

—¿Ganaste seis mil en una sola transacción?

—La ganancia fue mayor. Nuestra comisión fue seis mil.

—No sé qué decir —se mordía el labio inferior.

—No tienes que decir nada. Solo darme otra de esas recomendaciones.

—¿De verdad es legal?

—Ya te dije que la transacción es totalmente legal. Es sencillo, Natalia. Tienes una cuenta de banco con dinero suficiente para jugar un rato en la bolsa. Tú decides el nivel de riesgo que quieres. Mientras más arriesgas, más ganas.

—O pierdes.

—O pierdes —validó.

—Ya vete a tu cubículo antes que nos reporten por tener una agencia clandestina de inversiones —dijo satisfecho en un tono juguetón, Rafael.

Había logrado sorprenderla.

Sí que lo hizo.

TU PEOR ERROR
Materia oscura

Incrédula, Natalia se fue a su área de trabajo esa mañana. No podía creer que los minutos que había invertido aquella noche en darle un vistazo a algunas compañías y sus perfiles habían servido de algo. Lo hizo a modo de jugarle una broma a Rafael. Jamás pensó que ganaría algo. Guardó la comisión en su bolso y no lo volvió a ver hasta que llegó a su casa. Escondida buscó las facturas de algunas cuentas a nombre de los Benavent, anotó los números que las identificaban y otros detalles. La mañana siguiente llegó unos minutos más tarde a la oficina. De camino se detuvo en el banco.

$$* * *$$

Natalia observaba. Se había convertido en una rutina. Pasaba horas con la mejilla recostada del grueso cristal. La altura le otorgaba un permiso irrevocable para escudriñar todo lo que ocurría en los dos pisos inferiores del club. La mayoría de las cosas que le hacían torcer el estómago no eran de su incumbencia. ¿Para qué preocuparse por desconocidos? Lo que le había llamado la atención en las últimas semanas no era ajeno. Si era cierto, no solo impactaría a Damián, sino a ella también.

Veía uno de los empleados extraer dinero de la caja registradora en la barra principal. Se lo colocaba en los bolsillos del pantalón. Le hubiese dicho antes, confrontarlo y salir de dudas. Al final de cada noche no había descuadre en las arcas. No le hacía sentido. Por eso vaciló en cuestionar. Era matemática básica: uno menos uno igual a cero. ¿Qué idiota no entendería eso?

La primera vez, imaginó que el reflejo de las luces de la disco le jugaba una partida. La noche siguiente, descartó cualquier duda razonable. El grandulón con nombre chiquito, sí estaba apropiándose de algo que no le pertenecía.

Siempre era el mismo empleado. El cuerpo de ese hombre no reflejaba la sensación de pequeñez que el nombre le podía crear a cualquiera. Tito. Con facilidad su altura sobrepasaba los dos metros. Los ensanches de los bíceps parecían darle vida al tatuaje de escorpión que le cubría el brazo izquierdo. La camisilla negra, ajuar predilecto, le permitía exhibirse con orgullo y altanería.

Debía contárselo a Damián. En los últimos días era poco el tiempo que la acompañaba en el club. 'Debo atender algunos asuntos, estaré poco en el club las próximas semanas.' Natalia no había quedado conforme con la somera razón que le dio. Advirtió, que algunos detalles de esos "otros asuntos" estaba dejando fuera Damián. Por primera vez se le formó un nudo en la garganta al afincársele en la mirada. ¿Qué podía hacer? Ese mundo en el que los Roa se manejaban tenía matices grisáceos. No sería la inquisidora. Le vendió el rostro de novia comprensiva, se atragantó todas las preguntas. El tiempo le soplaría las respuestas.

Estaba ofendida, furiosa. Aquel ladrón le robaba a Damián y arruinaba el trabajo de ella. Echaría a perder interminables horas de trabajo que había dejado en ese lugar.

No la pudo detener ni el temblor habitual que le secuestraba las rodillas al acercarse a las escaleras cristalinas. Se hizo paso entre la multitud hasta la barra donde muchos aguardaban por ser servidos. Ella se serviría por cuenta propia. Tuvo que llamarlo tres veces. A falta de respuesta lo agarró del antebrazo, provocó que un trago que preparaba se le vertiera en el suelo y le mojara las zapatillas. Maldijo por partida doble a Tito.

—Ven conmigo —le ordenó con voz elevada.

La resistencia del inmenso cuerpo no se hizo esperar.

Natalia le liberó el agarre cuando advirtió la mirada del hombre azotándole la mano. No duró mucho la amenaza visual. Le vio suavizar el semblante enseguida. Al instante, la joven sintió unas manos, que sujetándola por los hombros de manera controlada, la apartaba unos cuantos pasos de Tito.

—La joven ha dicho que la acompañes.

La voz de César se escuchó firme. Él tenía las instrucciones de su jefe muy claras en la cabeza. Su trabajo era cuidar de Natalia. Estaba seguro que esa sería una tarea muy fácil. Apenas salía de aquella oficina. El único riesgo previsible, caminar hasta su auto en la madrugada. El riesgo había sido anulado. Desde el primer día de ausencia de Damián, el auto se lo entregaban los del *valet parking* en la puerta del club al finalizar la jornada. Él supervisaba en persona la operación cada noche.

El jefe de seguridad se acercó al hombre del tatuaje, le dijo algo al oído que Natalia no alcanzó a escuchar. Dedujo que había sido algo no grato, la mirada del hombre volvía a azotarla. Algunos empleados, que servían a toda prisa a los clientes, comenzaron a mirarles sin detenerse. Un sentimiento de vergüenza ajena la invadió. La mirada se le cayó al suelo.

La gente la observaba.

Ella era centro de atención.

¡Qué incomodidad!

Fue necesario que César le colocara una mano en el hombro al increpado dejándole saber quién era la autoridad en el lugar. El bartender se encontró sin salida. Comenzó a caminar bordeando la barra, César le seguía cada uno de los movimientos. Bien lo podía superar en fuerza. Pidió refuerzos a uno de los suyos a través del intercomunicador que llevaba enredado en la oreja.

Rezagada unos cuantos pasos detrás, Natalia intentaba controlar los latidos del corazón que le retumbaban hasta en las orejas. Desvió la mirada al lado derecho de la barra. Alguien la observaba inmóvil, sin un pestañazo, con una mirada fría y calculadora. La sensación de coraje que llevaba revuelta en el mismo medio de la panza se le comenzó a multiplicar cada vez que inhalaba y exhalaba frente al rostro pétreo de Sebastián.

Una fuerza desconocida le ordenó a sus extremidades que dejaran de temblar. Comenzó a sentirse dueña del momento. Ella era la autoridad a la ausencia de Damián y ese pensamiento, su estómago, lo digirió muy bien.

En el tercer nivel, dentro de la oficina, la esperaba César con Tito y otro más de la seguridad.

—Te daré la oportunidad de explicar lo que has estado haciendo las pasadas semanas —dijo Natalia mientras se acomodaba detrás del escritorio. Permaneció de pie.

Tito enmudecido, era escoltado a muy corta distancia por César.

—Tito, ¿verdad?, ¿así te llamas?

No respondió.

—Te están hablando. Responde —le ordenó César con la voz acelerada, todavía con pocos aires de cortesía.

Era un empleado, igual que él, ¿por qué tratarlo mal?

Intento fallido.

—Llevo dos semanas observándote desde aquí —la joven dio tres pasos y un giro que la llevó al lugar estratégico desde donde espiaba la acción en YOLO—. He visto cómo… —tuvo que pausar y pestañear un par de veces. Necesitaba quitarse la imagen de Sebastián y los ojos que le seguían observando desde el mismo lugar en la barra a través del cristal de la oficina. Parecía que podía verla—. He visto cómo extraes dinero de la caja y te lo metes con descaro a los bolsillos —Natalia comenzó a caminar hacía Tito. Detuvo el paso cuando advirtió la mano de César, que tiesa al nivel de su cadera, le ordenaba que no avanzara más. Que guardara la distancia—. ¿Lo vas a negar? —furiosa.

El 'delincuente' no respondió.

—¿No vas a decir nada? ¡Te estoy dando la oportunidad de defenderte!

No hubo repuesta que saliera de aquella hermética boca.

Quiso acercarse un poco más al empleado. Levantó el rostro para poderlo ver a los ojos.

—No me das otra opción. Desde este momento ya no trabajas más en este lugar. Tu liquidación será enviada por correo. César, acompaña al señor fuera de este lugar.

✳✳✳

A su regreso de New York, Todd Brandom, estaba de vuelta en su oficina en la calle Chardon donde ubicaba el edificio Federal en la Isla. Estuvo reunido con sus superiores ofreciendo una actualización del progreso en el caso Roa. Se sentía muy complacido con los cumplidos que recibió. Todos quedaron de ojos explayados al ver la obra de arte que el agente especial y su equipo habían logrado construir. Cada arteria, cada capilar, cada terminal nervioso de la organización Roa estaba identificado con meticulosidad. Llamó la atención la aparición de un miembro de la familia cuya presencia en los pasados años había sido incierta. El plan fue presentado. Cada miembro de la organización estaba identificado. El primero, segundo y hasta tercer grado de consanguinidad quedaron plasmados. Las relaciones por afinidad tampoco se salvaron. Fueron escrudiñadas a saciedad. Esposas, compañeras y hasta las amantes ya estaban identificadas.

—*Entonces, ¿cuál es la tarjeta principal?* —preguntó el director de la división luego de escuchar con cuidado el reporte del agente especial Brandom.

—*Hasta hace unos meses la organización solo contaba con Gutiérrez como segundo al mando. Creemos que nunca tuvo el máximo poder, solo fungía como puente con Nicolás Roa para recibir sus órdenes desde penitenciaría y luego comunicar al resto del equipo. Hace tres meses apareció de la nada uno de los únicos varones de la familia Roa, Sebastián. Intuimos estuvo viviendo en la clandestinidad por más de seis años, tal vez, hasta siete. Durante ese tiempo procuró hacerse una reputación envidiable en el bajo mundo —Todd agarró un cartapacio que le esperaba paciente encima de la ostentosa mesa en el salón de conferencias. Lo deslizó por encima de la superficie de caoba y se detuvo justo frente al director—. Armas, drogas, asesinatos, de todo. Solo tiene que mencionar un delito, señor, y le aseguro que Sebastián Roa ya lo ha cometido. Un vivo ejemplo de lo que no le hace falta a esta sociedad. Es el claro perfil del delincuente impulsivo, temperamental, inescrupuloso. No le tiembla la mano para nada. Tenemos información que nos lleva a creer que él fue quien mató a nuestro informante. Anda escoltado por dos hombres que en las noches cambian turnos con otros dos —Todd no les dijo que, a veces en las noches, parecía escapárseles a las escoltas y salía en una motora negra. Era tan escurridizo que nunca sus agentes podían seguirlo, como si supiera que lo vigilaban. Se la pasa encerrado en un palacio —mostró la foto de la mansión en la enorme pantalla que proyectaba para la audiencia—. Una mujer lo acompaña en su palacio o en las visitas esporádicas que hace al club nocturno propiedad del hermano. Trabaja en las noches. Supervisa en persona cada operación de transporte y ensamblaje. Nos enteramos de que su tío lo sacó de la clandestinidad para que tomara el mando de la organización.*

El jefe miraba el reloj una y otra vez. Todd le vio despegar los labios.

—Pues ya tienes a nuestro hombre, Brandom —rodó la silla hacia atrás y buscó apoyo firme en el suelo para ponerse de pie.

—No —contradijo el agente especial.

El director frunció el ceño. El resto de la audiencia permaneció en silencio. Brandom cambió la diapositiva que proyectaba.

—Esta es nuestra tarjeta —presumió y sintió cómo los ojos se le achicaron.

En la pantalla apareció la foto de un hombre joven pelinegro abrazado a una mujer mientras descansaba la barbilla en la parte superior de la cabeza rojiza.

23

La verdad ✳ Libres

Simona Riley caminaba a través del pasillo en los cuarteles centrales de la agencia federal. La noche antes recibió una llamada inesperada. Que tomara el primer vuelo de Miami a Langley, Virginia. Era de vida o muerte. Llevaba entre las manos los reportes más recientes de los proyectos a su cargo. Aunque le era costumbre calzar zapatos sin tacón, por la dolencia a causa de un accidente en los días de trabajo de campo, llevó tacones. Esa mañana tenía los ovarios bien puestos bajo el conjunto de pantalón y chaqueta color negro Liz Claiborne. Estaba lista para irse de tú a tú con quien fuera. No era la primera vez que el programa de los prospectos caía en la mirilla de los pocos que conocían de él. En los últimos dos años había sobrevivido a cuatro intentos de apagarles el interruptor, cortarle todos los fondos. Estaba segura que alguno de los burócratas moralistas se había levantado del lado equivocado de la cama y ya comenzaba a joder otra vez. Completó el desfile por el largo pasillo. Se adentró a una estancia de espera. No tuvo que anunciarse.

—El señor Brennan le recibirá en un minuto. Si gusta, puede tomar asiento.

—¡Gracias, Esther!

Le provocaba a Simona sentarse. Se sentía algo agotada por las horas de vuelo. No hubo tiempo para descanso. Desde que recibió la llamada se puso las pilas preparándose para los posibles escenarios que no pintaban muy esperanzadores. Cada vez que requerían su presencia de manera inmediata, era de seguro una nueva mierda con la que tendría que lidiar. Como si ya no tuviera suficiente.

Prefirió quedarse de pie.

En un minuto, ni más ni menos, una de las dos puertas que formaban la elegante entrada al despacho del subdirector se abrió. Landon Brennan apareció.

—Riley.

A Simona, la sonrisa que el jefe le otorgó le pareció falsa, el apretón de manos, más débil de lo habitual. Era un antifaz para esconder los nervios. Ya lo conocía. Maldita insistencia del gobierno de nombrar a un abogado sin experiencia en trabajo de campo a puestos directivos. Tenían que lidiar con miembros de la Agencia que estaban altamente adiestrados en todo tipo de destreza de sobrevivencia: espionaje, manipulación, técnicas empleadas en interrogatorios catalogadas como (demasiado rigurosas). La mentira era el área de mayor dominio. Eran expertos hasta para mentirse a ellos mismos. A Brennan estos últimos años se le habían alojado en las patas de gallo alrededor de los ojos. Ocupar la silla del Director del Programa Nacional de Clandestinaje tenía un costo. Dos décadas parecían que le habían caído encima en un pestañear. Era una pena, rondaba los cuarenta y cinco.

—Brennan —le respondió con la misma técnica.

Obedeció. Siguió la invitación que le hiciera para que se adentrara al despacho y tomara asiento. De inmediato, se colocó el portafolio de fina piel sobre las piernas. Extrajo una carpeta blanca tupida. La depositó abierta de par en par sobre la mesa de centro en la pequeña estancia que precedía el escritorio dentro de la oficina del subdirector.

—¿De cuál hablaremos hoy? —se refería a los casos que su división manejaba—. O mejor vamos al grano y digo la pregunta. ¿Quién es, en esta ocasión, a quién le remuerde la conciencia?

Materia oscura

Brennan se acercó con cautela, las manos metidas en los bolsillos. Las sacó del escondite, y con ellas, se elevó un poco las patas del pantalón antes de acomodarse en la butaca de espaldar alto frente a la mejor de sus agentes de campo. Lo sabía. ¿Será por eso que siempre le sudaban las manos cuando la tenía en frente?

—No te daré vueltas esta vez, Simona. Nos han reducido el presupuesto.

"Esta vez", cavilaba Simona en silencio.

—¿Nos? ¿A quién?

—Nosotros, la Agencia.

—Pues ponte creativo, Landon. ¿No se supone que en los tiempos de crisis es cuando la creatividad aflora?

Lo que parecía exceso de confianza de la cabecilla del programa de los prospectos, al subdirector no le molestaba. A través de los cuatro años que llevaba trabajando bajo su mando, había demostrado tener un estilo particular de manejarse. La agente especial Riley odiaba la burocracia. Eso lo tenía muy claro.

—Tenemos que trabajar con prioridades, Riley.

—La guerra contra el tráfico de armas ilegales es una prioridad, ¿o no? Parece que la definición de prioridades no es la misma en las diferentes ramas del gobierno.

—Existen otras prioridades —con un dedo rasgaba el brazo del asiento.

—Menciónamle una que vaya por encima de la seguridad de tu familia, la mía y la de cualquier otro ciudadano decente de este país. Estamos a punto de caramelo con los rusos, Brennan. Te voy a traer sus cabezas en bandeja de oro —aunque sentía unas ganas inmensas de agarrarlo por el pescuezo y gritarle ¡¿qué diablos haría con los recursos que tenían bajo su custodia como parte del programa, los que ellos mismos habían convertido en armas mortales?! Permanecía con un tono de voz que denotaba preocupación, pero a la misma vez, control.

—El FBI ya está dentro del caso Roa.

—Esto es más que el infeliz de Nicolás Roa y sus servicios de transporte. Lo sabes, Brennan. Estamos hablando de entregar a la justicia a los principales traficantes de armas del mundo. Los culpables que nuestras calles estén llenas de esas malditas porquerías, que a cada segundo, le ciegan las vidas a inocentes! ¡Maldita sea, Landon!

La voz había ascendido decibeles no aptos para el lugar donde se encontraba, para la persona a quien se dirigía. La imagen de su hijo le nubló por unos segundos la mente.

—El FBI se encargará de esa investigación.

—¿No hay nada que hacer? ¿Es final la decisión?

Landon no respondió.

—Entonces, tomo tu silencio como un sí —se humedeció los labios. No pudo relajarlos—. Me veo obligada a preguntar, ¿qué haremos con los prospectos?

—Lo que establece el protocolo.

Una carcajada femenina se dejó oír.

—Se te olvida que para este programa no existen protocolos.

—No, no se me olvida, Simona. Precisamente a eso me refiero. El no tener protocolos, es el protocolo. Debes manejar cada caso según sea necesario y entiendas pertinente. Usa tu criterio. Para eso siempre has sido la mejor.

Esther, la asistente, le interrumpió anunciándole al señor Brennan que lo esperaban en la sala de juntas. El hombre estaba ya de pie mucho antes que la asistente terminara de pronunciarse.

"Maldito, sí que lo tenías todo preparado", pensó Simona. Se largaba como lo que pensó siempre que él era, un asqueroso cobarde.

—Brennan, ¿para esto me hiciste venir hasta aquí? Pudiste haberlo dicho por teléfono. ¿No crees?

Sonrió para sí antes de responder.

—Necesitaba decirte esto de frente, que constara que yo te di estas instrucciones.

—¿Crees que lo haré, que seguiré tus órdenes?

El hombre tensó los labios, los relajó. Comenzó a caminar en retirada. A cuatro puertas de distancia, le esperaba gente más importante que la líder de uno de los programas más cuestionables de la Agencia, el de los Prospectos.

—Como dije, necesitaba constancia de que mis instrucciones fueron dictadas y escuchadas.

Riley permaneció unos minutos dentro del despacho del cobarde subdirector. Así lo había bautizado. Buscaba descifrar las últimas palabras del jefe, además, calmarse la respiración y la furia que le quemaba el estómago. Debía hacerlo o corría el riesgo de desquitarse con el primero que se encontrara en el camino rumbo a la salida. Cerró la carpeta, no sin antes dedicarle otros segundos a la foto del primer prospecto del que tenía planificado hablarle a Brennan. Luego, se puso de pie y emprendió el rumbo para largarse de allí.

Se detuvo cerca del atrio a contemplar el escrito grabado en la pared de mármol "Y conocerán la verdad, y la verdad os hará libres, Juan 8:32" ¿Qué ironías? Ese pasaje de la biblia, se había convertido en la consigna de Agencia Central de Inteligencia, la CIA.

"¿Qué verdad? ¿La de ustedes o la mía?"

24

Si te quisiera ✳ **La consulta** ✳ **Celebración**

Eran un poco más de las doce de la media noche de un viernes. A dos semanas de que Damián se ausentara atendiendo sus asuntos, Natalia arribaba a la casa de sus padres luego de una doble jornada de trabajo. Tenía esperanzas que Roberto estuviera dormido. No le quedaban energías para escuchar, una vez más, los reclamos y regaños. Ya era una mujer. ¡Por Dios! ¡Que la dejara en paz!

—Si te quisiera tanto ese muchacho no te dejaría manejar sola a estas horas.

Natalia dio un brinco al escuchar la voz que le recriminaba. Se le cayeron de las manos las zapatillas que se había removido, intento fallido para pasar desapercibida.

—Que tengas buenas noches, papá —ignoró el reclamo.

—Detente, muchachita —Roberto se le plantó en frente. Se apartó los anteojos—. Date cuenta, Natalia, que ese muchacho no te conviene. Aprende de los errores del pasado. No tropieces con la misma maldita piedra dos veces. Tú eres una mujer inteligente, educada. Enfócate en rehacer tu vida. ¿Te das cuenta del riesgo que corres con estas amanecidas? ¿Dónde está Damián? ¿Así es que se llama el muchachote ese, verdad?

—Sí —respondió por lo bajo.

301

—¿Sabes cuál es su apellido?

Un profundo suspiró logró liberarla del espasmo pulmonar que le causó escuchar la pregunta.

—Roa —dijo más bajo aún con la mirada gacha.

Roberto permaneció en silencio digiriendo las tres letras que su hija acababa de pronunciar. Natalia aprovechó el instante y a pasos apresurados se adentró en su recámara. Colocó el seguro y se retiró lo que traía puesto. Se quedó en ropa interior. Apagó la luz, dejó encendida una pequeña en la mesita de noche. Cayó sobre la cama preguntándose, ¿si acaso su padre conocía a los Roa? ¿Por qué el interés en saber el apellido? Estaba segura que las palabras, que tanto le recriminaban, se le habían silenciado al escuchar el sonido de aquellas tres letras.

Un mensaje de texto apareció en la pantalla del celular.

¿Estás despierta?

No pudo evitar sonreír al pensar lo equivocado que estaba Roberto. Damián sí se preocupaba por ella. Aunque en las pasadas semanas no la acompañaba en el club, y era poco el tiempo que pasaban juntos, él sí estaba al pendiente de ella.

Desesperada le marcó.

—Hola, mi ángel. ¿Llegaste bien? ¿Cómo estuvo tu día y tu noche? —no tardó Damián en bombardearla de preguntas. Que le contara todo lo que había pasado en su día. Lo quería saber todo.

—Hola. Me fue bien. Nada nuevo en la oficina y… todo tranquilo en el club.

Sentía unas ganas desesperadas por decirle que ya eran dos los empleados que había despedido por agarrarlos con su dinero en las manos.

—Te extraño —le confesó el joven con voz famélica.

—Yo también te extraño. ¿Cuándo nos veremos? *"¿Cuándo terminas con los asuntos esos que te tienen tan ocupado y alejado de mí?"* —quiso decir pero solo llegó a pronunciar la primera pregunta.

—Necesito que vayas a YOLO el domingo a las tres de la tarde.

—Sabes que el domingo es mi día libre —protestó.

—No trabajarás, Natalia.

Damián intentaba controlar las ganas de decirle lo que tenía planificado para el domingo.

—No quiero estar en el bullicio de la gente ni la música.

Le sintió la voz extenuada.

—Te prometo que no habrá bullicio.

—El domingo cumplimos tres meses juntos. Quiero estar sola contigo.

—No lo he olvidado.

Damián, casi, casi le decía cuáles eran sus planes para celebrarlo.

—¿Celebraremos?

—Me ofende la duda, ángel.

Una risita juguetona se escuchó a través del auricular y luego unos segundos de silencio antes de que ambos intentaran hablar a la vez.

Damián no le cedió la palabra.

—¿Estás cansada?

—Algo —suspiró.

—Vamos, cuéntale a tu doctor, ¿qué te pasa?, ¿dónde te duele?

Natalia le descifró las vibraciones en la voz. Las conocía muy bien.

303

No titubeó en seguir el juego.

—Me duelen los pechos, doc.

Damián respiró profundo. Él también sabía identificar esas vibraciones en su paciente preferida.

—A ver, ¿llevas sostén? —entrecerró los ojos.

—Sí —se mordió el labio inferior.

—Te recomiendo que te lo quites.

Natalia obedeció.

—¿Ya te lo quitaste? —preguntó insistente.

—Sí.

Damián, carraspeó la garganta.

—¿Te sientes mejor?

—No —un quejido.

—¿Dónde te molesta todavía?

—Entre las piernas —las apretó porque se le llenaron de contentura al escuchar que ellas las nombraba. Tuvo que aguantar las ganas de reír al escuchar el gruñido masculino del otro lado.

—¿Lleva un panti puesto?

—¿Cómo te atreves a preguntarme eso? ¿Sabes que te puedo denunciar?

Damián tenía la erección fuera de la ropa interior. Estaba solo en la casa, tendido sobre la cama, extrañando la presencia de ella a su lado.

—Aunque me gusta la idea del juego de denuncias y el policía, hoy jugamos al doctor y la paciente. No te desvíes, amor. Responde, ¿lo tienes puesto o no?

—Sí. Sí, todavía lo llevo puesto. De hecho, son unos pequeñitos como te gustan.

"¡Malditos pantis!"

—Quítatelos despacio —silencio y más silencio—. ¿Ya te los quitaste?

—Sí.

—¿Cómo te sientes ahora?

—Creo que estoy peor. Tengo calentura, doc.

—¿Cuán caliente estás, Natalia? Dime, ¿cuán caliente?

—Muy, muy caliente —se llevó un dedo entre los dientes—. ¿Eso es peligroso?

—Demasiado peligroso. Si no haces lo que te digo, puede ser fatal.

—No me asustes, doc. Dime, ¿qué debo hacer?

—Necesito que con tu bendita boca te mojes los dedos y luego, con ellos húmedos, te acaricies los hermosos pechos que tienes y que sé están duros, muy duros.

—¿Cómo sabes que son hermosos y que están duros?

—Porque los conozco muy bien. ¿Vas a seguir mis instrucciones?

—Lo siento.

—¿Qué sientes, Natalia?

—Mis pechos duros.

—Eres buena paciente. Eso me gusta. Quiero que deslices la mano por el centro de tu tentador abdomen, que cierres los ojos y toques con la punta de tus delicados dedos donde te duele entre las piernas.

Las respiraciones de Natalia comenzaron a ser más frecuentes, las de Damián, no tardaron en acompañarla.

—¿Te duele algo también, doc? Te escucho agitado.

—Creo que lo tuyo es contagioso.

—¿Está tan húmedo como yo?

—Duro, Natalia, me pones jodidamente duro.

Escuchar cómo ella lograba ponerlo hizo que el vientre se contrajera y lo deseara todavía más. Comenzó a hundir los dedos entre sus piernas húmedas imaginando que era Damián quien la estaba llevando a uno de esos maravillosos orgasmos que ya extrañaba tanto.

—¿Estás haciendo lo mismo que yo, doc? ¿Te estás acariciando como yo?

—Lo mismo —apenas pudo decir, ahogando las palabras en otro gruñido desesperado. La extrañaba demasiado, el cuerpo, su olor, la cercanía, toda ella.

Damián tenía atrapado su miembro erguido, fuerte y duro con la mano derecha. No se había dejado intimidar por el frío que colmaba la habitación. Imaginaba que era su ángel quien le acariciaba con aquellos labios rosados y la lengua juguetona que tanto lo desquiciaba.

De repente la conversación careció de palabras racionales. Se convirtió en una de gemidos y jadeos. Ambos escuchaban los susurros de las caricias que se reglaban en nombre del otro. Poco a poco se adentraban al camino del placer. Ambos morirían, sí que lo harían. Cualquiera que hubiese interceptado la conversación de seguro habría llamado al 911. Natalia fue quien primero sintió los espasmos máximos de placer. Los pies se le retorcían mientras las rodillas rozaban furiosas entre sí. Él le siguió unos segundos después de disfrutársela.

Materia oscura

Silencio.

Silencio.

Silencio.

—¿Te sientes mejor? —logró preguntar más calmado.

—Mucho mejor.

—¿Me quieres contar ahora qué es lo que pasó en el club que te tiene preocupada?

Natalia sonrió. Dejó escapar un suspiro que no pasó desapercibido. Damián la conocía bien. Notó el esfuerzo que tuvo que hacer para no contarle al comienzo de la llamada que algo sí había sucedido en YOLO.

Más relajada le relató la situación que tuvo que manejar. Ya eran dos los empleados despedidos por robarle.

El fin de la semana llegó en un abrir y cerrar de ojos. Natalia pasó unas pocas horas del sábado en el club. Se retiró a descansar temprano. Tenía esperanzas que el domingo fuera muy activo, de mucha celebración.

Decidió vestir provocativa. Quería que Damián se le lanzara encima al segundo de verla. Enmarcó las tonificadas piernas con una minifalda de tela de mezclilla. El busto, que sabía tanto le encantaba a su novio, lo resaltó con una camisilla multicolor donde el naranja dominaba. Estrenó un conjunto de ropa interior color blanco con encajes delicados. Al llegar al estacionamiento del club divisó la camioneta de Damián estacionada cerca de la entrada de empleados. No había ningún otro auto en el lugar. Qué extraño. En un domingo normal, a esa hora de la tarde, ya el club estaba atestado de gente en búsqueda de cerrar con broche de oro el fin de semana. Logró acceso por la puerta lateral.

—Detente, no des un paso más.

Imposible que los labios no se le ensancharan en una sonrisa al escuchar la orden en la voz de Damián. Lo vio aparecer entre los trazos de oscuridad. Sintió el calor de su cuerpo atropellarla.

—Mi ángel —le susurró al oído—. Estás hermosa —la atacó con un beso profundo. Natalia dejó caer el bolso. Ella misma se le enganchó con ambas piernas en las caderas. Lenguas sedientas exploraban en reconocimiento las bocas que hacía un par de semanas no se consolaban.

—Damián —fue largo el susurro.

—Natalia, mi Natalia —las manos frotándole los hombros.

—Necesito que me hagas el amor… ahora —cabizbaja. ¿Timidez?

—¿Y qué de la celebración? —Damián tenía planificado un gran agasajo. Esta petición a destiempo le alteraba todo. ¿Cómo poder resistirse a la sensación que el toque de las piernas desnudas de Natalia le ocasionaba en las manos?

—Así quiero comenzar la celebración —se le acercó al oído—, por favor…

¿Quién podría resistirse a una súplica así?

Le pidió que cerrera los ojos. Que por nada del mundo se atreviera a abrirlos. Fue removiéndole una a una las piezas de ropa. Con un beso, calando uno a uno los cuestionamientos que ella le hacía. Que si llegaba alguien, que si los encontraban allí en plena acción. Que sería un bochorno. Se vio tentado a removerle la ropa interior. No lo hizo, pensó era un complemento perfecto para la visión que se había pintado de su mujer.

Cargándola en los brazos la llevó hasta el medio de la pista de baile del primer nivel.

Le pidió que se quedara de pie.

Lo sintió alejarse. Los párpados se le comenzaron a inquietar.

Quería abrir los benditos ojos.

—Te estoy viendo, Natalia. Deja los ojos cerrados.

—¿Por qué no los puedo abrir?

A lo lejos escuchó la voz.

—Si los abres, no te daré lo que me pides.

—No los abriré. ¡Lo juro! ¡Lo juro!

—Buena niña.

Las solitarias notas de una guitarra eléctrica comenzaron a inundar despacio el lugar hasta llegarle a los oídos. Al instante, sonrió. Comenzó a tararear *Bed of Roses* de *Bon Jovi*. Sintió que los pies se elevaron por el aire. Damián volvía a cargarla en brazos y le acompañaba en el tarareo.

—¿Qué haces?

—Shhh… No abras los ojos.

Natalia sintió que la depositaba sobre una superficie mullida y fría. Inevitable que la espalda se le arqueara con el toque de los labios húmedos del joven.

—Abre esos hermosos ojos, mi amor.

La piel del pecho de la mujer se hundió. Le costó unos segundos que los ojos se le adaptaran a la intensidad sutil de las luces blancas que traspasaban las telas que colgaban oscilando desde las ramas del árbol de metal. Era una escena surrealista, y ella, la protagonista.

Damián le otorgó unos minutos para que apreciara la sorpresa. Había recreado la cama de rosas que tanto soñaba Natalia. Un día la joven le contó que así imaginaba sería una escena perfecta para hacer el amor. Hizo instalar una de pilotes color oro, en cuyo cabezal resaltaban unas estructuras ornamentales con forma de rosas. Sobre el colchón, telas satinadas color blanco cubrían y servían como atril para los pétalos de rosas blancas que arropaban con sutileza la superficie.

—Por, Dios, ¿tú hiciste todo esto?

Podía mentirle. Nunca sabría la verdad. Rodó los ojos.

—Tuve algo de ayuda.

La volvió a besar, esta vez muy despacio, apaciguaría la repentina inquietud que ella le mostraba.

—Está hermoso. Todo está hermoso, Damián.

—Tú estás hermosa —se deslizó a su lado y le encerró el rostro entre las manos—. Feliz cumple mes.

Natalia usó un movimiento diestro para trepárse le encima. Una de las luces, que vivía escondida entre las ramas de la escultura, alumbraba sin miedo sus pechos. La veía hermosa, la piel parecía brillarle. Y aunque a Damián le hubiese gustado que ella llevara el control, no sería en ese momento. Se irguió de repente lanzándola al colchón. Varios pétalos se elevaron al aire.

—Aún no termino de darte mi regalo.

Con las manos bajo la espada le recorría con la punta de los dedos el camino que creaba la columna vertebral. Trazaba con la lengua codiciosa desde los labios hasta el cuello. Se aventuró a explorar un poco más. Mordió los pezones sobre la tela de encajes. Sabía se ponían así de exigentes solo por él. El deleite del manjar aumentó al despojarla del sostén. Colmó las manos inquietas con los pechos ávidos. La soltó pronto. De rodillas frente a ella sujetó los tobillos instándole a dejarlo acomodar entre sus pliegues. Necesitaba pedirle perdón por haberla descuidado las pasadas semanas. Primero la olió. Se degustó el placer de llenarse los pulmones con lo que pensaba debía ser el olor del edén. Luego, con la lengua probó de ella. No tuvo piedad. Lamió sin descanso, insaciable, cada espacio de la piel tierna de ese sexo que lo llevaba loco. Las gotas tibias de excitación de su mujer le acariciaban las comisuras de sus labios. Damián estaba extasiado por la excitación que había logrado en su mujer. Necesitaba sentirse dentro de su cuerpo, ¡pero ya!

Autocontrol.

No se apresuró. Se deleitaría con regalarle lo que sabía sería el mejor orgasmo de su vida. Continuó succionando y lamiéndole la piel ardiente.

Cada vez más rápido.

Cada vez con mayor intensidad.

Cuando sintió que Natalia ondulaba en desespero las caderas, supo que el momento estaba por llegar.

Se adentró mucho más entre los pliegues y la piel suave de sus muslos. Natalia soltó un grito desesperado y con las piernas lo encerró en un abrazo obligándole a sentir cómo su sexo se derretía por él.

—¿Estás bien? —preguntó Damián.

No pudo pronunciarse. Asintió con un sutil movimiento de cabeza. Llevaba los ojos cerrados.

—Después de esto, amor, necesito sentirte. No quiero usar esta mierda —dijo lanzando el preservativo a un lado, esperanzado en que Natalia lo dejara sentirla sin un tercero entre ellos.

Aún no había terminado con ella.

Hoy, no quería intermediarios. Sería solo ella y el deseo que lo estaba devorando.

Le escuchó murmurar que estaba bien. Recién terminaba el período, andaban en zona segura.

No perdió un segundo en despojarse de todo lo que estorbaba y soltar su erección. Con las caderas encontró el espacio perfecto. La penetró despacio permitiéndose sentir cada roce de las pieles desnudas. Era como si le hiciera el amor por primera vez. Sintió el temblor que se apoderó de todo el cuerpo que le pertenecía. Comenzó con embestidas sutiles. Fue desquiciándose a medida que seguía adentrándose en ella. La razón se le fue nublando. Mientras la embestía cada vez más fuerte, con más furia, ella soltaba quejidos desesperados. Pedía más, mucho más.

La muerte lenta los alcanzó en menos tiempo de lo que a Damián le hubiese gustado. Todavía a Natalia se le escapaban quejidos involuntarios. Ya tendrían que pensar en otro método anticonceptivo. Después de probarse sin intermediarios, no habría marcha atrás.

—Gracias —ella levantó el torso y alcanzó a robarle un beso pausado.

—No podía resistirme a tu súplica.

—Con que súplica, ¡eh! —logró pegarle un golpe en el costado.

Una sonrisa efímera en los labios de Damián. Los ojos se le inquietaron, la seriedad dijo presente.

—¿Qué sucede, Damián? —un suspiro profundo, al salir desapercibido, logró levantarle las aletas de la nariz.

Natalia se sentó. Torció el rosto hacia un lado sin quitarle los ojos de encima. Damián no perdió la oportunidad para halarla hasta él y acunarla como a una niña entre sus brazos. Necesitaba que ella sintiera todos los sentimientos que provocaba en él.

—Estas pasadas semanas he estado muy ocupado.

—No me lo jures. No me había dado cuenta.

¿Sarcasmo en el ángel?

—Ya decidí lo que quiero hacer con mi vida, Natalia —se inclinó un poco hasta llevar su mano al borde del colchón. Sacó un sobre—. Ten, ábrelo.

Natalia, con los ojos dudosos y manos desesperadas tomó el sobre y extrajo el contenido. Tuvo que hacer un esfuerzo por entender lo que estaba escrito en el papel, la luz era débil. Elevó el rostro y con este la mirada. Damián podía atestiguar cómo la expresión se le fue transformando.

La besó con intensidad.

Ella lo detuvo.

—Espera, espera —un suspiro y muchas, muchas sonrisas—. Estoy muy orgullosa de ti. ¿Lo sabes, verdad?

—Gracias. Solo necesito que estés conmigo en esto. Que sigas dándome las energías para completar esta nueva aventura. Quiero poder darte una vida digna, apartados de todo esto. Quiero poder darte el cielo, mi ángel.

—¿El cielo? —entrecerró la mirada.

—El cielo —afirmó Damián.

—Ya me tienes flotando en las nubes. Digo, en pétalos de rosas. No puedo pedir más.

—Solo necesito cuatro años, o tal vez antes podremos largarnos de aquí.

A Natalia se le infló el pecho. Saber que alguien la amaba tanto como para poner todas sus energías en darle un giro de noventa grados a su vida, la hacía muy feliz.

—¿Qué voy hacer cuando me enferme? —preguntó con voz ingenua, el rostro inclinado hacia abajo y los ojos con la mirada en el joven.

Damián soltó una carcajada.

—Cuando te enfermes, llamas al doctor.

—Pero el licenciado se pondrá celoso. ¿A caso debo meterme en problemas para requerir sus servicios?

Damián le agarró la barbilla e inclinó el rosto más a su nivel.

—No será necesario que se meta en problemas para llamar la atención del abogado. Creo que entre los tres podremos pasarla muy bien.

El resto de la tarde y noche la pasaron en el club que ese domingo solo tenía dos invitados VIP. Hicieron el amor cuantas veces se le antojaron al ritmo de sus canciones favoritas. Bueno, en realidad eran las canciones favoritas de Natalia, que ahora eran también, las de Damián.

Todo había salido según planificado. Damián había pasado las últimas semanas estudiando como demente para tomar el examen de admisión para la escuela de leyes. Quería estudiar derecho. En esta etapa de su vida que comenzaba, haría lo que el corazón le dictaba. Natalia había provocado en él una necesidad de superarse, de hacer con su destino lo que quisiera y no lo que su tío quería. Estudiaba medicina porque así Nicolás lo quiso y porque de alguna manera quería poder ayudar a su hermana. No le apasionaba. Por el contrario, el derecho había logrado crear en él una curiosidad que estaba dispuesto a explorar. Después de todo, neuronas le sobraban, eso había quedado demostrado.

25

Encierro ✳ **Sensación desconocida** ✳ **En juego**

Nicolás tenía la mirada perdida en el fondo de la habitación. Los días en el encierro ya le comenzaban a pasar factura. Cada vez era mayor el esfuerzo necesario para concentrarse y atender los reportes de actualización que su mano derecha le recitaba.

—¿Nicolás? —escuchar su nombre lo trajo de vuelta a la conversación.

—Déjalo, Gutiérrez, él debe saber lo que está haciendo.

—Trato de evitar que nos haga lucir como unos malditos principiantes. Sabes que en esto no hay espacio para meter la pata. Las cagadas nos cuestan, Nicolás.

—Habla con Pavel. Dile que lo trate bien. Que le consiga la audiencia con los rusos. Veamos cómo *mi* muchacho se maneja entre los grandes.

A Gutiérrez se le arrugó la frente.

—¿Tu muchacho?

Nicolás se quedó en silencio observando inexpresivo el rostro inquisitivo de su amigo.

—¿Cómo va la cosa con la muchachita?

315

El visitante se rascó la nuca.

—¿La contadora? ¿Natalia?

Tío Nicolás asintió.

—Hasta el momento va bien. Al menos los números de Damián se van enderezando.

El reo inclinó el torso hasta que sintió la mesa que los separaba presionarle el pecho.

—¿Ya ha visto acción del otro lado?

El amigo le imitó el movimiento.

—Me parece que no, pero pronto la verá. Sebastián ha logrado buenos acuerdos —levantó las cejas y se le estiraron las arrugas de la frente—. Hemos tenido hasta cuatro transportes en una semana. No son iguales a los que teníamos antes, pero vamos volviendo a la acción.

—Te lo dije, que había que darle espacio, Gutiérrez.

Ambos compartieron, como en los tiempos de libertad, sendas sonrisas retorcidas.

※ ※ ※

Sebastián con suma facilidad había logrado acceso al lugar. Ya se lo conocía hasta con los ojos cerrados. Esperaba paciente tras la sombra en la oscuridad. La escuchó desde que inició el agarre en los pasamanos. Él tenía los oídos acostumbrados a distinguir a cualquier distancia y entre ruidos la presa. Treinta y dos escalones le tomaría llegar hasta él. Los había contado la primera vez que estuvo allí. La vio entrar. La luz principal de la habitación estaba apagada. Un esfuerzo mayor fue necesario para distinguir mejor. Llevaba el rostro cansado y vestía ropa de oficina; un pantalón largo de un color oscuro y una camisa de manga larga de un color claro. En su hombro colgando, una mochila. Cuando vio que cerró la puerta y se dirigía a encender la luz, sin más preámbulo, se le presentó

316

desde la penumbra.

—Hola, cuñada —sin mucho entusiasmo.

La luz encendida.

Natalia brincó, y del susto, cayó de vuelta junto a la puerta. Sebastián se le plantó en frente. Enseguida se apartó de él.

—¿Qué quieres? —la voz temblorosa— Tu hermano no vendrá hoy.

—Lo sé —continuó avanzando en asecho. Notó que cada vez que daba un paso hacia el frente, ella daba dos hacia atrás. Siguió el juego hasta llevarla acorralada a una de las paredes laterales en la oficina de YOLO.

—¿Qué quieres? Voy a gritar si no acabas de decirme qué demonios quieres.

—Ábrete la blusa —ordenó.

—¿Qué? —se le fue el aliento.

—Qué te abras la blusa —torció la cabeza—. ¿Prefieres que lo haga yo?

Temblaba, estaba hecha un manojo de nervios. Cualquiera podía escuchar el chasquido de sus dientes chocando entre sí.

—No me hagas daño, por favor.

Con el lado izquierdo de los labios y nariz elevados, ordenó:

—Desabotona la maldita blusa, ¡¡¡ahora!!!

Su aliento la golpeó.

Ácido.

Dulce.

Ácido.

La presa comenzó a desabotonarse la blusa. Los botones se le escurrían al temblor de los dedos. Fue despacio, desde arriba hacia abajo. La mente le lanzaba a gritos imágenes de lo que podría ocurrirle.

Ese demente abusaría de ella.

Ese desgraciado quería vengarse de lo que su hermano le había hecho hacía tantos años atrás.

¡Ese hijo de puta estaba loco!

El rubio cayó en desespero. Cuando ya solo faltaba un botón por liberar, agarró la blusa, de un tirón, terminó de explayarla desgarrando lo que faltaba. El ondular errático y desesperado de los pechos, no pasó desapercibido a los ojos furiosos de Sebastián. Le metió las manos por los costados, comenzó a palparle la piel.

Al sentir el toque intruso, cerró los ojos. ¿Resignación? El cuerpo se le desconectó de la mente. Aunque le diera la orden de pelear, de salir corriendo, de gritar, sería imposible, había perdido cualquier autoridad sobre él. Nunca tuvo tanto miedo. Ni tan siquiera aquella vez…

Al sentir que se le quemaban los dedos cada vez que le tocaba la piel, Sebastián se apartó de pronto. Esa mujer era tan fría como un bloque de hielo.

Permanecía con los ojos cerrados. Temblaba. No quería verle el rostro a su agresor.

Incómodo se apartó unos pasos.

Cuando ya no lo sintió cerca, Natalia respiró, abrió los ojos.

—Ciérratela.

Obedeció desesperada y confundida.

—Escúchame bien, quiero que dejes de botar de este lugar a mis muchachos.

—¿Qué? Yo no... *"Por Dios"* —un hilo de voz—: ¿Tú eres el que le roba a tu hermano?

Una carcajada profunda.

—Me decepcionas, mujercita.

—Pero dices que son tus muchachos.

—Yo no le robo a nadie.

—Ellos sí le estaban robando al club —continuaba sin moverse.

—Qué tonta eres —parado frente a ella.

—Yo los vi.

—Parece que necesitas un chequeo de la vista. Ya esos lentes como que no te funcionan. A ti es a quien debería botar Damián por acusar a unos empleados inocentes. Abre los oídos, tonta. Vuelvo a decirte, escúchame muy bien. Aquí nadie le roba al club, al contrario, las cosas no siempre son lo que parecen.

Natalia no tuvo que hacer mucho esfuerzo para entender lo que en realidad hacían esos hombres que había despedido. No le robaban. Ellos estaban inyectando dinero sucio a las arcas de YOLO. Por eso el negocio iba tan bien, mucho mejor de lo que debía.

"¡Pero qué tonta mujer!", furiosa estaba.

La conclusión era fácil; lavaban el dinero sucio.

Una mezcla de emociones se le iba aglutinando en el pecho y con ellas las palabras.

¿Coraje?

Miedo.

¿Valor?

Turbación.

¿Ira?

Y más ira.

—Más me decepcionas tú, Sebastián. ¿Serás imbécil? —dio un paso al frente que la acercó a él.

—Amarra tu lengua conmigo —los hombros encrespados.

Natalia dio otro paso más. Ni el temblor en las rodillas la detendría.

—¿Serás pendejo?

¡Suficiente!

Sebastián fue en alzada, y sujetándola con una mano por el cuello, la estrelló contra la pared. Iracundo la soltó, al verle los ojos destellando furia. Ya aquella piel no helaba. Atizó un valor que no sabía de dónde le había salido a la mujercita. Unos minutos atrás temblaba como una pequeña perra indefensa.

—Nos vas a mandar a todos a la Federal como tu tío. Los números no mienten. Por más que intente, tarde o temprano, la desviación del dinero se verá. ¿Eso es lo que quieres? ¿Que tú hermano termine como Nicolás?

—Mira, Natalia, mis hombres continuarán haciendo las contribuciones generosas a las arcas del club. Me importa una mierda dónde termine Damián. Tal vez al tío le vendría bien la compañía. Te encargarás de inventártelas. Maquillarás los putos números. ¡Para eso te paga la familia Roa, maldición! Parece que mi hermano no te entregó la descripción del puesto cuando te contrató.

—No lo haré.

—Sí que lo harás y también te quedarás calladita, con la lengua amarrada y a nadie le dirás ni una sola palabra de nuestro amigable encuentro. Imagino que ya sabes la historia entre Damián y yo. Sería muy triste, que ya que hemos logrado una tregua entre nosotros, tengamos que romperla por tu culpa.

Sebastián comenzó a caminar rumbo a la puerta. Antes de abrirla se volteó:

—Acostúmbrate a lo de la camisa. Es mi manera de asegurarme que no seas una rata.

El retumbe de la puerta al cerrarse con violencia le permitió a Natalia desplomarse en el suelo. ¿Qué demonios había pasado allí?

No sabía si agradecer que el desquiciado de Sebastián no tenía como intención abusar de ella o ¿hubiese preferido que sí lo hiciera y que eso cerrara el capítulo tan triste entre la historia de los hermanos Roa? *"Por Dios."* Sintió un frío escalarle a lo largo de las piernas. Llevó las manos hasta las pantorrillas para darles un poco de calor, en ese entonces entendió lo que le había sucedido. Se desbordó por largos minutos en un llanto solitario y sin consuelo.

Sebastián logró acceso a la salida de YOLO sin ser percibido. A la vuelta de la esquina abordó la camioneta que esperaba con las escoltas en el interior. Durante todo el trayecto a la guarida, no hacía más que pensar en la sensación desagradable y desconocida que llevaba aglutinada entre el pecho y la boca del estómago. Se dio cuenta que le aumentaba más cada vez que aparecía ante sus ojos la imagen de Natalia aterrada mojándose los pantalones de miedo. Tantas veces que había presenciado esa reacción. Nunca se había sentido así.

—Apenas comienza el juego, Natalia, apenas comienzo contigo —dijo en un murmullo para sí.

Esa noche, al llegar a la guarida, se dirigió sin escalas a la terraza de la habitación. Se tiró en su acostumbrado sillón y clavó los ojos en la infinita oscuridad celestial.

No se atrevió a acercársele. Sabía que cuando Sebastián llegaba a la casa y no le dirigía la palabra en los primeros diez minutos de su arribo, era mejor dejarlo solo. Había aprendido que esa era la señal que el día no había sido muy bueno. Cecilia permaneció un par de horas observándolo a través del vidrio desde el interior de la recámara. El joven por horas, estuvo en la misma posición. Entre rato y rato se rozaba la punta de los dedos con los pulgares. Pareciera que buscaba aliviar alguna inquietud.

El cansancio la venció, se fue sola a la cama.

Damián estaba feliz. ¡Por fin!, sentía que su vida comenzaba a tomar el rumbo que él deseaba. Sabía que no sería algo que lograría en un abrir y cerrar de ojos. Valdría la pena. Ella, su ángel, valía toda la bendita pena.

Esa noche de martes se dirigía rumbo a su casa con la esperanza de encontrar allí a Natalia. Había estado un par de horas haciendo su visita semanal a Estefanía y Eladia. Compartió un buen rato con su hermana mientras le daba un chequeo rutinario. Verificaba que los equipos médicos funcionaran de manera adecuada, que la joven no tuviera ningún indicio de úlceras en la piel por contacto y revisaba, cuando era necesario, algún nuevo resultado de cualquier estudio médico.

De regreso a casa manejaba con una sonrisa en los labios por un camino conocido. Recordaba la celebración del cumple mes de hacía unos días. Todo había salido perfecto.

La luz azul de un biombo y el sonido de una sirena al unísono lo sacaron del recuerdo. Miró a través del espejo retrovisor, advirtió un auto negro. La sirena volvió a sonar insistente. Que se detuviera. El corazón le comenzó a latir desesperado. En la mente repasó dónde llevaba guardados los documentos del auto y los de él. Recordó que tenía algo más. Se le apretó el pecho. Sujetó el guía con fuerza, giró el volante, detuvo la camioneta a orillas de la solitaria vía. Esperó a que algún oficial apareciera junto al vidrio del lado del conductor, y cuando así lo divisó, procedió a apretar el botón, que en automático, lo hizo descender.

—Su licencia y el registro del vehículo —escuchó decir al oficial. Por unos segundos dudó. Sintió un impulso de hundir con violencia el acelerador.

—¿Me puede decir por qué me detiene, señor oficial? —hizo un esfuerzo para que su voz se escuchara neutral.

Le pareció muy extraño que un oficial, que no era de la patrulla de carreteras, lo detuviera y mucho menos a esa hora.

—Su licencia y el registro del vehículo —volvió a ordenar el hombre de rostro inexpresivo.

—Agradeceré me muestre su placa e identificación, señor oficial, antes de mostrarle las mías.

Hasta ahí llegó la paciencia de la autoridad. Apuntándole con un arma que desenfundó con agilidad, le ordenó que levantara las manos y despacio bajara del vehículo.

Todo sucedió tan rápido que Damián no se dio cuenta cuando otro de los oficiales lo sacó a la fuerza de la camioneta, lo lanzó encima del bonete caliente y lo esposó con las manos en la espalda.

—Miren lo que tenemos aquí —dijo uno de los hombres que hurgaba en el interior del auto.

Estaba perdido. Pensó habían encontrado el arma sin registro.

Levantó el rostro para ver de qué demonios era que hablaban los oficiales. Una pequeña bolsa que parecía de plástico colgaba de la mano de la autoridad.

S. Sheeran

"¡¿Qué?!"

Esa noche nadie llegó a casa.

No lo hizo Natalia.

Menos llegó Damián.

Ninguno de los dos teléfonos sonó.

* * *

Tood Brandom llegaba a su habitación de hotel en algún lugar de la capital de la isla luego de un arduo día de trabajo. Lanzó el maletín encima de la butaca, que junto al escritorio, decoraba el área al lado de la cama. De encima de la mesa de noche tomó el control remoto del televisor. Se dirigió a una pequeña nevera de dónde sacó una botella miniatura de güisqui. Con cautela depositó un par de cubos de hielo en el vaso de cristal que esperaba sobre la nevera. Los bautizó del licor. Con la bebida en la mano se desplazó hasta la cama, se removió los zapatos y se acomodó con la espalda recostada sobre la montaña de almohadas. Disfrutaría del partido de béisbol. Jugaban los *Yankees*. Con un leve movimiento de mano, agitó la bebida en forma circular, se llevó el vaso hasta la nariz, aspiró profundo llenando los pulmones del aroma a madera, humo, café. Se preguntaba si el éxito llegaría a oler tan bien como esa bebida que era su favorita. Estaba cerca, cada vez más cerca de alcanzarlo. Podía olerlo. Quería saborearlo como lo hacía con el escocés. En la pantalla un cuadrangular de su jugador favorito. Entró un mensaje de texto a su celular. Sin demora lo revisó. Sonrió, una soslayada.

Él acababa de hacer su lanzamiento. La pelota estaba en juego. Solo quedaba ser paciente. El juego que había comenzado podría llegar a tener varias entradas. Lo importante era anotar en cada una de ellas.

26

Por él ✳ Maldita mujer

Desde que Natalia salió esa noche del club intuía que lo que estaba a punto de hacer no era correcto. Durante el trayecto todos los autos la seguían, todas las miradas la asechaban, todos sabían lo que hacía. Al menos eso era lo que sus ojos sentían.

Fue sencillo encontrar el lugar. Rafael había sido muy preciso con las instrucciones. Estacionó el auto justo en el sitio que él le indicó. Sin problemas logró acceso al edificio. Prefirió usar el ascensor, que en apariencia no la incitaba, era mejor opción que las escaleras. Presionó el botón número cinco. Sintió un frío repentino en el estómago cuando el elevador inició el ascenso con brusquedad. Se aferró con mayor fuerza a la mochila que cargaba cubriéndole el pecho. Volvió a sentir el revolcón en la panza cuando el ascensor se detuvo. Con cada paso que adelantaba por el silencioso pasillo, deseaba dar dos hacia a tras. Sintió un cosquilleo en la nariz, olía a humedad. Dio un salto y tuvo que ahogar el grito que le quiso salir de la garganta cuando a su lado se abrió una puerta y apareció una figura masculina.

Suspiró.

"Rafael."

—Entra —la haló por un antebrazo—, de prisa.

Una vez ambos adentro la puerta se cerró.

—Qué gusto tenerte aquí, Natalia —sonrisa en los labios.

—Gracias —mirada al suelo.

—Ven —sacudió con la mano la superficie de una vieja silla de resina—, siéntate—. ¿Para qué soy bueno?

En cámara lenta aceptó la invitación. Sintió un leve vaivén producto de la inestabilidad de las viejas y débiles patas de la silla. Ensanchó los ojos.

—Tranquila que ella aguanta.

La joven se mordía los labios. Él no debía notar el temblor que llevaba en ellos. Comenzó a hurgar en la mochila y del interior sacó un bolso de tela color crema. Extendió las manos repletas hacia el dueño del lugar que la observaba expectante.

—Necesito que inviertas esto.

Rafael arrugó la mirada, la llevó hasta las manos de la joven, regresó a los ojos, de nuevo a las manos. Tomó el paquete, deshizo el nudo de la tira que lo mantenía cerrado. La boca se le abrió en una enorme o. Con cientos de preguntas dándole vueltas en la cabeza, volvió a mirar a Natalia.

—¿Cuánto hay?

—Doscientos cincuenta mil.

—¡¿Qué?! ¿De dónde lo sacaste? —no hubo respuesta—. Ok, ok, entiendo. Si no me quieres decir de dónde rayos sacaste doscientos cincuenta mil dólares, al menos dime, ¿son limpios? —silencio—. ¿Droga? —caminó unos cuantos pasos hasta Natalia. La instaba a que tomara el dinero de vuelta—. Yo no brego con dinero de drogas. Tarde o temprano eso es una bala segura en el medio de tu cabeza.

—No es droga —los hombros se le encogieron.

Rafael se detuvo frente a ella.

—¿Cómo sé que no me estás mintiendo?

—No es droga, Rafael. Pero no puedo decirte la procedencia. Estoy intentando hacer un favor a alguien que está en problemas. No sabe que yo tengo este dinero. Por eso no puedo decirte.

—¿Te robaste ese dinero?

—¡No! —abandonó la silla—. Solo lo tomé prestado y las ganancias irán íntegras a su dueño.

—¿No habrá comisión para nosotros?

—Sí para ti, no para mí —volvió a sentarse.

Rafael se colocó de cuclillas frente a Natalia. Lo había logrado sorprender. Cuando recibió su llamada hacía una hora diciéndole que necesitaba su ayuda, jamás imaginó que se trataría de algo así. La curiosidad por saber en qué diablos estaba esa mujer metida lo excitaba. Debía añadir otra sensación adicional a esas que su compañera de trabajo creaba en él. Peligro, era una de sus sensaciones favoritas.

—Esto no es así de sencillo como parece. No puedes disfrazar doscientos cincuenta mil dólares como si nada. No es como ponerles un disfraz de un dólar para ir a una fiesta de *Halloween*.

El chiste no tuvo el efecto que él hubiese deseado en ella.

Natalia se puso de pie y con ella Rafael se enderezó. La joven metió la mano en el bolsillo delantero de su pantalón, sacó un papel arrugado, lo desdobló y pegándoselo al pecho intentó aplanarle las arrugas.

—Ten, es mi recomendación —lo sujetaba con el brazo estirado.

Rafael lo tomó, comenzó a analizar el contenido.

—Creo que por esta vez, puedo pedir algún favor para meter el dinero en alguna cuenta. Es que no puedes invertir dinero en efectivo,

Natalia. Necesitas colocarlo en una cuenta de banco o de un bróker de inversiones. Para eso debes poder justificar la procedencia del dinero. Hay maneras *correctas* de hacer las cosas.

—¿Me harías ese favor? Tu comisión sería el veinte porciento y puedes quedarte con la mía.

—¿Estás en problemas?

Logró acariciar entre sus dedos un mechón del pelo rojizo antes que la dueña se apartara.

—No. Ya te dije que es alguien importante para mí y quiero ayudarlo.

—¿Es un él? —se le abrieron las aletas de la nariz.

—No te daré más detalles —la manos en los bolsillos—. Solo… dime si me puedes ayudar.

La observó. Le provocaba rabia que ella estuviera ayudando un hombre. Ese fulano era importante. Muy importante. Tanto como para tomarle sin permiso esa suma de dinero y atreverse a invertirla. Podría perderlo todo, hasta el último centavo. Pareciera que el problema de ese hombre era grande y más la preocupación de Natalia por él.

—Espera aquí. Voy a hacer unas llamadas. A ver qué puedo hacer. No te vayas. Si deseas puedes tomar lo que gustes de la nevera —comenzó a caminar—. No hay mucho pero algo hay —alcanzó a decir antes de desaparecer por el pasillo

Antes de aventurarse y llamar a Rafael, Natalia llevaba horas con los ojos clavados en la caja de acero. Allí, donde a diario se guardaban las ganancias de los negocios de los Roa, estaban encerradas sus esperanzas. Sabía que los depósitos bancarios solo se hacían los lunes. Los hacía Damián, luego de completar la rutina de apartar una cantidad en efectivo y separarla en siete sobres diferentes. Él llevaba dos lunes desaparecido, el mismo tiempo transcurrido desde que recibió la visita "amistosa" de Sebastián. En la caja fuerte aguardaban dos semanas de ganancias. Debían ser divididas entre las remesas a ser distribuidas y el sobrante por ser depositado. Ella conocía la clave de acceso, era necesario. El cuadre diario era parte de sus responsabilidades.

Estaba asustada, las manos mojadas por un frío sudor, el corazón palpitando a mil. Se quedó parada en el mismo lugar observando todo a su alrededor. Era pequeño el espacio, la ventilación muy pobre, las paredes oscuras y faltas de decoración. El mobiliario era discreto. Parecía más un dormitorio de un estudiante de universidad que el departamento de un joven profesional. De repente le asaltó la confusión. Recordó que, en una de las tantas conversaciones que a diario tenía con Rafael en la oficina, este le había mencionado que vivía con sus abuelos. Con otros ojos y de pie en el mismo lugar, Natalia comenzó de nuevo un recorrido. Las paredes le volvieron a parecer oscuras, la ventilación seguía sin mejorar. Con esa nueva curiosidad que exploraba notó cómo un par de mesas de resina formaban una superficie más grande. Sobre ellas, cuatro monitores de computadoras, varias calculadoras y lápices desorganizados sobre algunos papeles.

Natalia no tenía un plan delineado. Se le ocurrió que, si invertía el dinero que Sebastián desviaba a través del club, al menos, podría generar un fondo para que Eladia tuviera los recursos necesarios para los cuidados de Estefanía. Que dejara de depender de Damián y así apartarlo lo antes posible de todo aquello que no lo hacía feliz. Debía ser antes que todas las cosas ilegales que hervían bajo el apellido Roa comenzaran a desbordarse de la olla.

Las cantidades de dinero que Sebastián quería lavar a través de YOLO eran exorbitantes. Hasta un ciego podría verlas a mil pies de distancia. ¿Cómo pretendía hacer semejante estupidez, cuando ya el Servicio de Rentas Internas estaba a punto de echarle siete años en prisión a su tío? Cuando los descubrieran, iban todos a parar a la cárcel. Todos, hasta ella.

—Nos va a costar algo, pero logré que alguien nos dejara depositar el dinero en su cuenta.

La buena noticia de Rafael la trajo de vuelta.

—Bien —sintió alivio.

—¿Sabes el riesgo que tomas en esto? ¿Verdad?

—Sí.

—No, mejor déjame recordártelo, porque tu cara me dice que no tienes la menor idea. Natalia, el riesgo de todo esto no es solo el de la inversión, si perdemos o ganamos con tus maravillosas estrategias. El riesgo mayor es que estamos confiando en gente que no conocemos, gente que no confía en nadie.

—No te entiendo —cruzó los brazos frente a su pecho.

—Voy a depositar tu dinero, o mejor dicho, el dinero de esa persona tan importante para ti en una cuenta de banco que no te pertenece. Que no me pertenece. Lo invertiremos y luego a rogarle a Dios que esa persona nos lo devuelva. ¿Entiendes o necesito ser más claro?

—¿Lo has hecho antes? —comenzó a morderse la uña de uno de sus meñiques.

Claro que lo había hecho antes. A Natalia ese lugar le parecía más un centro de operaciones que un asilo de ancianos.

Dudó en responderle. Quería mantener una imagen de bajo perfil con ella. Pasó sus manos por la cabeza, desde la base trasera del cuello hasta la frente. El pelo se le quedó crespo. Soltó una bocanada de aire tibio.

—Sí.

—Imagino que te fue bien. No veo ninguna marca de bala en tu cabeza.

El joven soltó otra bocanada, esta vez acompañada de una carcajada que se disipó enseguida. La hermosa joven era además astuta. Se plantó frente a ella intentando atrapar la mirada escurridiza. Solo logró atrapar una mano.

—Necesito que entiendas. Necesito que quede muy claro para ti y para el dueño de ese dinero, que yo no seré responsable de nada que le pase.

Natalia asintió, retiró la mano del agarre del joven.

—Necesito escucharlo, Natalia, que te quede claro.

—Me queda claro, Rafael. Seré la única responsable por lo que pase con ese dinero.

—Perfecto. Ahora ven y cuéntame tu estrategia de inversión.

Allí permanecieron casi una hora más discutiendo la estrategia que Natalia pensaba podía dar frutos. Insistía que debía ser lo antes posible. Él le explicaba que combinaría sus recomendaciones con otras estrategias que podrían darles mejores resultados en menor tiempo.

※※※

Simona se paseaba por el lugar admirando la exhibición. Esperaba paciente. Había estado en la Isla en innumerables ocasiones. Era la primera vez que visitaba el Museo de Arte Contemporáneo de Puerto Rico. Durante la noche en la habitación de hotel hojeaba una guía turística. Le llamó la atención el lugar. Decidió que mataría dos pájaros de un tiro.

—La próxima vez, búscate un puto lugar más acorde a mi apariencia.

No lo sintió aproximarse. O ella estaba envejeciendo y perdiendo agilidad, o él haciéndose más diestro. Pudo notar que la voz le seguía cambiando. Le gustaba cuando le hablaba en inglés. Como dejara de escucharle un par de meses, los tonos se le hacían más penetrantes.

Ya no era el mocoso.

Era un hombre.

Uno muy peligroso.

Contuvo el instinto de voltear para mirarlo, para validar si continuaba cargando los trazos del parecido a su difunto hijo en las facciones del rostro.

—Es que no te dejas ver muy a menudo —dijo Simona.

—Deja el juego, ustedes saben dónde doy cada pisada.

—¿Cómo estás?

—¿Qué quieres? —bramó.

—Pregunté, ¿cómo estás?

—Ahórrate los protocolos, Simona. Dime, ¿qué carajo pasa?, ¿qué quieres?

La agente Riley no respondió enseguida. Se quedó contemplando las obras de arte que tenía enfrente colgando en la pared. Una, de colores suaves, calmos que le reflejaba la imagen del prospecto parado a su lado. Él era su obra maestra.

Sí, todavía el ángulo retorcido de las quijadas y el contorno que le rodeaba la mirada se le parecía a su hijo quien, a los veintitrés años, había caído víctima inocente de una balacera callejera.

—Necesito que agilices la operación.

—¿Por?

—No preguntes tanto. Solo asegúrate que me entregas lo que te pedí, como te lo pedí —Simona apretaba las manos.

—Sabes que me pasaré tus órdenes por las pelotas, si no me dices la razón, Riley.

La mujer sonrió. Sabía que él se pasaría las órdenes por las pelotas y hasta un poco más atrás, aún así, no podía decirle. No debía. Si con el poder que le otorgaba la Agencia y el gobierno sobre los prospectos, le había costado demasiado lograr un nivel de domesticación en él, no quería imaginar qué pasaría si le confesaba, que ahora más que nunca, su futuro era incierto. Por su bienestar, no debía, no podía decirle nada.

¿O era por el bienestar de ella?

Llegó a pensar en contarle la verdad, en hacer honor a aquellas palabras que la CIA ostentaba con utilizar como consigna. ¿Y si le decía? Si le contaba que la Agencia buscaría la manera de eliminar cualquier rastro de ese maldito programa. Cualquier maldito rastro de él.

—Hay otros con los mismos intereses que nosotros. Apresura el paso. Es lo único que puedo decirte.

—Tomará más de lo que pensé —carraspeó la garganta.

—Haz lo que tengas que hacer. Recuerda que necesito algo para poder negociarte, para negociar tu libertad.

Se escuchó un respiró furioso y el rechinar de unos dientes.

—Ojalá te pudras, Riley —el hombre giró usando los pies como ejes. Las manos inquietas.

—No he terminado.

Se detuvo. No volteó.

—¿Cómo estás, Sebastián?

Apretando con furia la mandíbula giró solo el cuello y con este el rostro hacia ella. La miró de pies a cabeza.

—Definitivamente debes pudrirte en el infierno.

Simona Reiley se mantuvo quieta, sintiendo cómo su mejor prospecto se alejaba, de seguro, terminando de profanar las maldiciones en su nombre en silencio.

27

Por ella ✳ Por ellos

Esa noche caían unas lloviznas tímidas sobre la espalda de Natalia. Llevaba poco más de tres horas sentada en las escaleras de la entrada de la casa de Damián. Casi dos semanas y media sin verlo, sin hablarle sin que él le devolviera los mensajes de voz y los de textos. No había dado señales de vida. Los primeros dos días agradecía la inexplicable desaparición. No hubiese podido ocultarle lo sucedido en el encuentro 'amistoso' con Sebastián. Sintió que el temblor de las rodillas y los dientes le duró por días. Esos días le dieron el espacio suficiente para calmarse, para intentar buscar una manera de manejar al demente cuñado. No fue fácil idear un modo de hacerlo sin que Damián, de alguna manera, se viera involucrado. No lo haría. Estaba decidida. No le diría nada, ni una sola palabra al pelinegro. No sería la causante de una desgracia mayor en la vida de aquellos dos. Ya bastante tenía el pobre joven con la sombra y el peso de aquel apellido.

Invirtió cada puntuación de su *IQ* intentando hallar una sola bendita razón para el comportamiento de Damián. Natalia, en un momento de desespero, contactó a Gutiérrez y le preguntó si sabía algo de él. El número telefónico estaba en una libreta que Damián tenía sobre el escritorio. En un principio el hombre no quiso meterse en lo que no le importaba. Ya sabía que Damián estaba alejado unos cuantos días porque al notar la ausencia, se dio a la tarea de localizarlo. Lo halló en un pequeño hostal entre las montañas más recónditas de la isla. Al ver lo desesperada que estaba Natalia le dijo que no se preocupara, que él estaba bien. Era todo lo que podía decirle.

Tal vez hubiera sido mejor que Gutiérrez no le dijera nada. Saber que Damián, a propósito, se alejaba de ella le llevaba el alma devastada y furiosa.

¿Qué demonios le pasaba?

Las luces de la camioneta tuvieron la capacidad de adentrársele por los ojos y estremecerle el pecho. Por unos instantes quedó con la visión nublada. Sin importarle la ceguera temporera, se puso de pie. Damián guardó el vehículo dentro de la cochera. Su intención era cerrar la puerta automática del garaje y adentrarse a la casa. Caminó al exterior hasta las escaleras con las llaves en la mano.

—Debes irte —quería mirarla con desprecio, lo hizo con una mirada taciturna.

—Hey —le respondió Natalia muy por lo bajo.

—Vete, Natalia, ya es tarde. No debes estar a esta hora sola en la calle.

Era ese momento de transición entre la noche y la madrugada. Él pensaba que era ahora o nunca.

Estaba a punto de explotar, furiosísima por el comportamiento errático e inexcusable de Damián. Si bien quería gritarle, y hasta darle una cachetada, el hueco que llevaba en el pecho era demasiado grande. Por ahí se le escapaban las fuerzas. Pudo notar la sombra debajo de los ojos que tanto adoraba. Los llevaba apagados.

Las gotas de lluvia comenzaron a hacerse más gruesas.

—¿Qué pasa, Damián?

Se acercó e intentó, sin éxito, tomarle la mano.

—Vete, Natalia, vete de aquí —escondió los brazos en la espalda.

—¿Estás bien? —se le quebró la voz.

Solo quería saber cómo él estaba. Era solo eso, saber cómo rayos estaba.

—Nunca he estado mejor —cruzó los brazos al frente—, y si te largas, estaré de maravillas.

Los ojos se le explayaron a la joven, el pecho se le comprimió.

Ya en ese punto, Damián no podía distinguir en el rostro de Natalia cuáles eran gotas de la lluvia y cuáles eran las lágrimas, las que llevaban su nombre.

—¿Qué hice, Damián? —dos pasos al frente—. ¿Qué demonios fue lo que hice? —intentó acercársele una vez más, logró alcanzar a rozarle la piel de uno de los brazos. Lo vio apartarse con brusquedad.

—¡Vete, maldita sea! —las manos elevadas al aire—. ¡Vete ya!

La lluvia apretó.

Traqueteó con las llaves en la perilla de la puerta principal de la casa. Sin pensar más entró, volvió a colocar el seguro.

Sumergida en un llanto silencioso, permanecía en las escaleras observando la puerta cerrada. No lo abandonaría. ¡Maldita sea, que no lo haría! Volvió a sentarse en el mismo escalón. Perpetuó su presencia por horas bajo la lluvia y el frío.

Escondido en la penumbra, detrás de una ventana entreabierta, Damián la observó toda la noche. Fue testigo de cada segundo que pasaba a merced del frío y la lluvia. Maldecía una y otra vez. Los ojos le ardían, los llevaba rojos e inflamados.

En la mañana la puerta de garaje se abrió y Damián salió en la camioneta como alma que lleva el diablo, no sin antes poder evitar que su mirada se encontrara con la de ella que aún permanecía sentada en las escaleras.

vvv

Cada vez que Sebastián tenía un encuentro con Simona terminaba con el estómago y el día descojonado. Eran menos frecuentes. La capacidad de joderle el día no mermaba, la sentía en aumento.

La agente Riley fue la responsable de hacerle el tambo donde la CIA lo encerró y convirtió en un conejillo de Indias. Donde le obligaron a venderle el alma *so pena* de encierro, *so pena* de entregarlo a otros verdugos.

En aquel entonces, con solo dieciséis años de edad, llevaba escaramuzas y neuronas desperdiciadas en la cabeza. En un arranque de ira había herido a su hermano. Su tío lo había obligado a apartarse de la familia. Estaba solo con el coraje que llevaba en el pecho, el que nunca había podido explicar. Lo llevaba más fuerte que nunca. Alguien tenía que pagar su desventura. Alguien tenía que pagar la maldita vida que llevaba. El deseo de venganza lo llevó a ensañarse con el dueño del punto de drogas donde su papá solía suplirse la adicción. *"Indio"*, cargaba ese pensamiento día y noche. Poco a poco fue acomodándose. Poco a poco logrando escalar. Se había propuesto que sería un peldaño a la vez. Llegó a trabajar y administrar uno de los puntos más importantes, de los más productivos para el Indio. Ese hombre vivía de intoxicar a los ricos y a los pobres por igual. Luego de casi un año, estaba listo para ejecutar el plan. Al fin y al cabo su vida ya estaba desperdiciada y a nadie parecía importarle el futuro de Sebastián.

Si hubiese sabido cuán equivocado estaba.

Tal vez la familia no se inmutaba por saber de él. Su madre no le importaba si dormía bajo la lluvia o si su maldito estómago vacío lo dejaba conciliar el sueño. Había alguien a quien sí le importaba, un fantasma, que por meses le seguía los pasos día y noche. Sabía todo de él: su infancia, juventud, los arranques de ira, sus resultados de las pruebas de aptitudes académicas, la inteligencia, agilidad mental e fascinación por las ciencias, las noches que pasaba en vela, la inquietud incontrolable que se le alojaba en las manos, y sus planes para eliminar a quien creía causante del origen de su miserable vida.

Simona los había convencido que requeriría esfuerzo y, tal vez, años para adoctrinarlo. Era una gema, ella se encargaría de pulirlo. Al igual que la mayoría de los diamantes naturales, que se forman en condiciones de presión, temperaturas extremas y profundidades 140 a 190 kilómetros en el manto terrestre, así se había formado Sebastián Roa, así Simona había pulido su diamante en las condiciones más extremas, bajo presión y a temperaturas capaces de derretir el material más resistente. Ella lo había descubierto. Él era su prospecto.

Esa noche Sebastián tenía todo planificado. Completarían la transacción de venta de un cargamento de cocaína sin precedentes. En esta ocasión, le tocaba a él representar a Indio, se lo había ganado. Tenía que entregar la droga, colectar el dinero y llevar de vuelta las ganancias al dueño. Todo estaba planificado, sabía que ese sería el último día de su vida, del Indio y unos cuantos también. Cuando estuviera frente a él, cuando le atragantara el maldito y asqueroso dinero en el mismo medio de la tráquea, se daría el gusto de volarle la cabeza. Después se quedaría allí reclamando la victoria, esperando por sus verdugos. Sebastián sabía que una traición como esa, en ese mundo, solo se pagaba con la muerte. Le harían el favor porque él no tenía el valor.

Nada salió como lo había planificado. Cuando tenía enfrente a Indio, los hombres que parecían le protegían, resultaron ser agentes de la CIA que frente a sus ojos asesinaron al máximo cacique, manipularon todo para que pareciera que había sido Sebastián y se llevaron al desorientado muchachito bajo custodia.

Esa noche, en una pequeña pero muy iluminada habitación, se vio por primera vez ante la agente especial Simona Riley. Ella lo llevaba estu-

diando hacía mucho tiempo...

—Soy la agente especial Riley de la Agencia Central de Inteligencia —comenzó a hablarle en español con el acento gringo muy marcado.

—¡Qué me importa! —la escupió.

Un golpetazo que provino de uno de los hombres, que atentos vigilaban a ambos lados, no se hizo esperar. Le hizo retumbar la cabeza a Sebastián.

—¡Cállate, mocoso! Escúchame muy bien. Llevo meses siguiéndote los pasos. Tenemos pruebas de todo, cada una de tus andadas, los delitos que has cometido, y claro, de cómo sumaste a tu lista impecable de 'ofensas' el asesinato de Indio. Este es el trato; o entras por voluntad propia al programa de los prospectos de la CIA o te pudres en la cárcel.

Tal como la agente Riley se lo planteó era, o entraba en el programa, o iba derechito a la cárcel, donde de seguro, los hombres de Indio y otros más lo buscarían con sed de venganza.

28

Esperanza ✳ Fría ✳ No lo sé

"Los rusos, los malditos rusos es lo que necesito", cavilaba de regreso a las oficinas de Transportes Roa. No le gustaba ir a ese lugar. Hacía sentir su encierro insufrible. Era necesario le vieran la cara por allí. Si era el nuevo jefe en la Organización, en algún momento tendría que serlo para la empresa también. Llevaba las palabras de Simona jodiéndole los pensamientos: 'Hay otros con los mismos intereses que nosotros.' El hecho de que hubiese otros con el interés de tumbarle las cabezas a los rusos no era una primicia. Él sabía, que cuando estás en el bajo mundo, tienes garantizado siempre algún interés detrás del pescuezo. No, eso no fue lo que le llamó más la atención. Era el hablar pausado de Riley, ese control forzado en la voz intentando esconder el ligero temblor que le pareció tenía como punto de origen la garganta de la mujer. ¿Quién podría ser tan poderoso para poner a Simona nerviosa? Esa mujer era de acero. Esa mujer no tenía compasión con nada ni nadie. Lo único que pudo pensar, era que fuera alguien interno el que tuviera interés también, pero ¿quién? *"Recuerda que necesito algo para poder negociarte."* Sebastián soltó un golpetazo que impactó el espaldar del asiento delantero en la SUV luego de que las palabras de Riley se le reprodujeran en la mente. Los escoltas se tensaron.

—¿Está bien, Roa?

No le respondió con la voz. Movió la cabeza.

La maldita Simona lo tenía agarrado por las bolas. Aunque no tuviera seguridad de que le cumpliría la promesa que le hizo cuando lo asignó al caso Roa, tenía esperanzas. Eran pocas, pero las tenía. Si le entregaba a los rusos, ella abogaría para que la Agencia le devolviera la libertad. A saber. Si algo ellos mismos le habían enseñado era a no confiar ni en su propia sombra. La noche que lo capturaron, Simona le había prometido que cuidarían de él, que lo harían un hombre de bien.

Ya había hecho suficiente por ellos.

Ya había pagado sus condenas a la manera CIA.

Ya quería ser alguien normal, costase lo que costase.

¿Sería eso posible?

✳✳✳

Luego del encuentro con Damián a las afueras de su casa y que la tratara con total desprecio, Natalia intentó llevar los días lo más normal posible. Una tarea muy difícil considerando la necesidad de saberlo cerca, de entender qué rayos era lo que le pasaba. Cargaba la cabeza desbordada de pensamientos erráticos, preguntas sin respuestas, interrogantes vagabundas, preocupaciones propias y otras ajenas. Era imposible concentrarse. En el trabajo había entregado varios análisis sin los ya acostumbrados extras que la distinguían. La jefa lo había notado. Con su padre, ¡uff!, mejor ni intentar cruzar una sílaba. No podría tolerar los constantes ataques acerca de toda su vida; el novio, trabajo, toda ella.

Esperaba impaciente por noticias de Rafael. El martes la invitó a almorzar. Llevaban rato sentados frente a frente en un concurrido lugar de comidas rápidas. Mientras el compañero devoraba el almuerzo, la temperatura de su comida iba de poco en poco descendiendo. No había probado bocado. De vez en cuando respondía con monosílabos las preguntas o comentarios de Rafael, siempre volviendo al silencio físico para poder escuchar todas las voces que le hablaban en la cabeza a la misma vez.

Materia oscura

—Este es el cuadre —dijo Rafael mientras deslizaba en su dirección un papel sobre la mesa. ¡Al fin había logrado capturarle la atención!

Sin dudar, Natalia tomó de prisa el papel y desplazó la mirada sobre él. La pieza de información ondulaba a consecuencia de las agitadas respiraciones de la joven. De pronto, no más respirar.

—¿Es cierto? —preguntó, el rostro pálido y los ojos abiertos de par de par.

Con una sonrisa orgullosa escoltada por un resoplido, Rafael asintió.

—¿Ya tomaste tu comisión? —habló bajito.

—Yeap —hizo sonar el sorbo de refresco.

—¿Y le pagaste a quien nos prestó la cuenta?

—Sí, señorita.

—¿O sea, que esto es la ganancia neta?

—Neta, a menos que, quieras dejar a un lado las dádivas y tomes tu comisión.

Natalia soltó un suspiro, pincelada que se encargó de dibujarle una débil sonrisa en los labios. Estiró el torso para acercarse un poco más a Rafael.

—¿Dónde está el dinero? —paseó la mirada de izquierda a derecha—. ¿Lo tienes aquí?

—Por supuesto que no. ¿Cómo se te ocurre que voy a andar con trecientos cincuenta de los grandes en efectivo?

La espalda se le volvió a encorvar a la muchacha.

—Cierto. ¡Qué idiota soy! —masculló.

—Bueno, tampoco seas tan dura contigo. Digamos que es falta de experiencia —Rafael tomó ventaja del tema sensitivo y la cercanía de su compañera. Acortó un poco más la distancia entre los rostros. Continuó con decibeles todavía más bajos—. Al salir de la oficina hoy en la tarde, vamos a mi lugar y allí te haré la entrega —inhaló profundo—. Recuerda que no soy responsable de lo que te pase en el trayecto adónde sea que vayas a llevarlo.

—¿Qué intentas decir, Rafael?

El joven demoró unos segundos en responderle. Mantuvo el silencio en lo que unas personas pasaban cerca del lugar que ellos llevaban ocupando por más de cuarenta minutos.

—No es lo que intento decirte, si no lo que te estoy diciendo. Que tomes las medidas de seguridad que entiendas necesarias —mientras la observaba, los labios se le convirtieron en una línea recta—. ¿Y si te asaltan en el camino? ¿Y si tienes un accidente, quedas inconsciente y la policía encuentra esa suma de dinero tan común? ¿Cómo lo vas a explicar? —modeló la voz antes de continuar, la puso finita—. Señor oficial, mmm, mire, a ver, ¿cómo le explico? Resulta que esto es producto de un favorcito que le hago a alguien muy importante.

—Ya… ya… ya, entendí.

Quería decirle que la dejara de tratar como una niña ingenua. No advirtió el movimiento de Rafael. De pronto él le sujetaba la mano.

—Bien, porque esto no es un juego, linda. Debes entenderlo.

Natalia apartó la mano lo más pronto que pudo. Esta vez notó una seriedad ajena en el rostro del joven. Advirtió una intención oculta bajo aquella temporera frialdad.

Se levantó, tomó el bolso que descansaba colgado en el espaldar de la silla, agarró además la bandeja que llevaba el plato y la comida convertida en un bloque de hielo.

—Me queda muy claro que no es un juego, Rafael —observó el reloj que le bailaba en la muñeca. Se lo había obsequiado el hombre que ya no quería saber más de ella—. Creo que debemos irnos. Ya casi termina la hora de almuerzo.

❊ ❊ ❊

Luego de casi tres semanas de ausencia, ese mismo día Damián se apareció en el club. Media hora antes había cursado una llamada a Gutiérrez. Le dio una orden, aunque parecía más una petición. Recibió como respuesta: 'Nos vemos en el club lo antes posible'. ¿Acaso era tan complicado conseguir otra persona para ese bendito puesto?

Mientras buscaba la manera de sacar a Natalia como administradora del club y contadora de los demás negocios, solo pondría un pie en el bendito lugar durante el día. Sería solo cuando ella no estuviera, cuando no fuera necesario tenerla enfrente. A medio día llegó al club. El hombre, que lo esperaba en el estacionamiento, le dio una grata bienvenida.

—Y los muertos resucitarán.

Ignoró el comentario burlón. *"Pendejo"*, dijo para sí Damián. Necesitaba su ayuda, no debía contrariarlo.

Caminaron en silencio. Sentía la presencia de Gutiérrez siguiéndole los pasos. Nunca le había gustado la sensación que le corría por el cuerpo cuando caminaba frente a ese señor. ¡Boom! Sintió dos golpes en los cachetes. La imagen de la celebración que tuvo lugar unas semanas atrás en la pista de baile que atravesaban a paso acelerado, le golpeó. Sacudió la cabeza, se estrujó el pelo queriendo espantar los recuerdos y sensaciones, que sin aviso, le asaltaron el pecho. Bordeó la gran barra mientras intentaba organizar los pensamientos. El tema tenía que ser resuelto cuanto antes. Se dirigió hacia el espacio que quedaba detrás de la barra en forma de una gran u. Gutiérrez no necesitó invitación para acomodarse en uno de los taburetes al otro lado de la encimera. Estaba en confianza.

—Gracias —tomó la cerveza que el muchacho le ofreció.

Era apenas mediodía, Damián necesitaba enfriar el fuego que llevaba quemándole el estómago los últimos diecisiete días. Abrió la tapa de una segunda botella y bebió.

—Como te dije, necesito que consigas alguien para que lleve los números —alcanzó a pronunciarse con la misma helada temperatura que había logrado depositarle el frío líquido en las paredes de la garganta.

Gutiérrez detuvo el sorbo que disfrutaba, permaneció callado un breve momento, luego habló:

—Por un momento llegué a pensar que necesitaba una limpieza de oídos, que había escuchado mal cuando me hablaste hace un rato o que el maldito teléfono se había vuelto a dañar. Todavía no me acostumbro a esta mierda de tecnología —volvió al silencio. Esta vez su mirada era la que escudriñaba al joven—. ¿Cómo qué tienes en mente?

—No lo sé. Lo que quieras. Tú eres el experto. Solo consigue a alguien —recostó los codos sobre la barra, y aunque por impulso quiso apartarlos al sentir el frío que encerraba el granito, no lo hizo. Debía mostrarse seguro.

—¿Qué pasó con la joven Natalia?

—Ya no trabajará más aquí —la indiferencia no le salió natural.

—¿Pelea de pareja? —volvió a dar un gran sorbo de la verde botella.

Damián lo fulminó con la mirada. "*¡¿Qué te importa?!*", le hubiese dicho. Debía concentrarse en lograr su ayuda. Necesitaba un reemplazo para Natalia cuanto antes.

—¿Estás seguro?

—Ya te he dicho que busques a alguien que se encargue de todo. ¿Qué es lo que no acabas de entender?

—Sí, sí…ya dejamos claro que no tengo problemas de audición, que te escuché muy bien. ¿Se dejaron? —hizo un ruido con los dedos sobre la barra.

Damián comenzó a inquietarse. ¡El maldito ruido era desesperante!

—¿Me citaste para darme una sesión de consejería de pareja? ¡Carajo! ¿Eso también es parte de lo que te pide el tío que hagas por nosotros?

—La verdad, que después de tantos años de conocerte y pensar que serías la proeza de tu familia, a veces me pregunto, ¿adónde carajo se te va la inteligencia? —imitó la pose del muchacho, el azul marino de la camisa que llevaba puesta se hizo notar un poco más. Quedaron con los rostros frente a frente—. Créeme que si esa es la muchachita que te quieres seguir cogiendo, me vas a tener que pagar la sesión de consejería besándome el culo.

—¿De qué carajos hablas? —retrocedió. No supo si por lo insoportable que ya se le tornaba el frío de la superficie en la piel de los antebrazos o por el desagrado que le causó la cercanía de aquel hombre al que parecía escapársele la historia de su vida por los ojos. Siempre se había preguntado cómo su tío Nicolás podía confiar tanto en él. Su mera presencia lo incomodaba. Quien observara a Gutiérrez no tendría que saber que era el número dos en la organización Roa para conocer que su vida se había escrito al margen de la colindancia entre lo lícito e ilícito, siempre con una tendencia hacia la izquierda.

—Necesito que me digas si ella sigue siendo algo tuyo.

Damián permaneció en silencio, el ceño se le fue frunciendo con lentitud y las cejas se le convirtieron en una.

—¿Y si así fuera? Si todavía fuera algo mío, ¿qué te importa? No le veo la relación con que consigas a alguien que haga su trabajo, ¡maldita sea!

—Mira, doctorcito de mierda —se puso de pie—, en estos negocios que hacemos, no solemos suponer. Nos puede llevar a conclusiones erróneas. ¡Contesta! ¿Es o no algo tuyo la contadora?

—Ya no.

Gutiérrez, con un sorbo más largo aún, terminó la cerveza e hizo sonar la botella al ponerla con fuerza sobre la barra cargando el peso de lo que suponía la respuesta de Damián.

—¡Mierda! Sabía yo que ustedes dos me joderían el retiro, ¡mierda! Mira, Damiancito, se supone que dijeras que sí, que es tu mujer, que te la cogerías por siempre, para siempre y hasta que la muerte los separe. Porque eso es lo que va a pasar. ¿O acaso no lo sabías?

El color del coraje abandonó el rostro de Damián. La cicatriz tiesa en la mejilla.

—¿Qué carajo te pasa, tipo? ¡¿Qué carajo pasa?! ¡¿De qué hablas?!

—¿Qué crees que le pasó a Bermúdez? —de un brinco cayó sentado encima de la encimera y le dio un golpe en la cabeza al muchacho— ¡Dime! ¿Qué carajos crees que le pasó al maldito contador anterior? Nadie sale de la organización Roa sabiendo todo lo que ellos llegan a conocer de nosotros. ¿Te lo digo en arroz y habichuelas? —cayó de pie dentro de la barra, se sirvió otra cerveza—. Que tu mujercita, si sale de su puesto, será tiesa, fría —le ofreció otra cerveza a Damián quien ni se inmutó en levantar un dedo—. Te voy a dar dos semanas para que pienses bien tu decisión. Medita, haz yoga o cualquier mariconería de esas. Si no me dices lo contrario cuando se acabe el tiempo, sin darte detalles procederé a acatar tus órdenes, jefe —de un solo sorbo bebió todo el líquido y dándole varias palmadas en la espalda al joven atónito continuó—. Te lo dije, muchachote, que me agradecerías la sesión de consejería. Lo de besarme el culo podemos dejarlo para después. Hoy no estoy de ganas.

Contra la espada y la pared, así estaba. ¿Cómo diablos había llegado hasta allí? ¿Cómo las cosas se habían torcido de una manera inexplicable? Hacía solo unas semanas la esperanza de una nueva vida se paseaba con él a todos lados, a todas horas. ¿Y el culpable de todo? Bien, comiendo caliente en la Federal. *"¿Qué demonios voy hacer?"* La respuesta era simple. ¿O acaso no lo era?

✳ ✳ ✳

Tal como le indicara Rafael, al terminar el turno en la oficina, Natalia se dirigió al centro de operaciones como ya ella había bautizado el lugar. Tomó el dinero, no sin ates ser obligada a contarlo, uno a uno, billete a billete; trescientos cincuenta mil.

Sentía la necesidad de manejar a prisa. Recordaba las palabras de Rafael. ¿Y si tienes un accidente y la policía encuentra todo este dinero? Manejó como tortuga todo el trayecto. Apenas cayendo el sol arribó a YOLO. Lo único que deseaba era devolver el efectivo a donde pertenecía. Era mucho dinero, más de lo que jamás habría podido imaginar tendría en las manos.

Como ya era costumbre, logró acceso por la parte lateral del club. El lugar estaba vacío. El club solo operaba de miércoles a domingo. Mientras fue avanzando en el interior, encendió algunas luces. Subió las escaleras en cámara lenta con más ansias que nunca. De prisa se adentró a la oficina cerrando la puerta a su paso. No encendió la luz, no había necesidad de llamar la atención en el caso que alguien le diera por aparecer de súbito; alguien de mantenimiento, seguridad o hasta el mismo Damián. Su presencia desapercibida sería lo mejor en caso que alguien más llegara. Tuvo que hacer un esfuerzo adicional para no caer de rodillas frente a la caja fuerte. Las piernas le temblaban. No estaba acostumbrada a sentir esa mezcla de sensaciones que le era demasiado difícil describir, que no permitían que el corazón le latiera a un ritmo normal.

Dos intentos fueron necesarios para lograr abrir la caja fuerte. *"Maldita sea, Natalia, ¡concéntrate!"* Los dedos temblorosos la traicionaron. Llegó a presionar un número equivocado. Escuchó el ¡bip! del sistema de seguridad negándole acceso.

Una vez más, entró el código.

Dejó escapar un suspiro y los ojos en automático se le cerraron.

Comenzó a sacar el dinero del bulto a toda prisa. Cuando se encontraba a un segundo de lograr su cometido y hacer parecer que allí no había pasado nada, que ese dinero nunca había abandonado el lugar seguro, escuchó una orden que le quitó la respiración.

—De pie, ¡ahora!

Ya era tarde.

No había nada qué hacer.

Quiso correr, quiso desaparecer, al escuchar la maldita voz de Sebastián treparse por la espalda, quiso llorar también.

Quedó tiesa.

La quijada le comenzó a temblar, si no la controlaba pronto, el rechinar de los dientes delataría el terror que sentía ante su presencia.

—Suelta muy despacio lo que tienes en las manos, ponte de pie y súbete la camisa.

Debía obedecerle, no tenía escapatoria. Natalia intentó erguir el cuerpo apocado. Los músculos no respondieron, habían declarado un cese. Era como si protestaran por tanto estrés al que los sometía en los últimos días.

Un nuevo intento por hacerlos reaccionar. Que le obedecieran. Que ella era la dueña de ese cuerpo y decidía por él.

Imposible.

Casi no sentía las piernas. Lo que sí pudo sentir fue el ardor de unas lágrimas que comenzaban a colmarle los párpados inferiores. Le llenó de coraje el que su cuerpo delatara de una manera tan burda cuanto miedo le causaba su cuñado.

Sebastián vio los intentos fallidos de la contadora. Notó la fuerza que ésta depositó en los brazos queriendo erguirse. Le parecieron débiles. Se perdió segundos observando la pose fetal de rodillas en la que su voz había sido capaz de congelar a Natalia. El solo pensar que esa mujer fuera una rata, una infiltrada, le volaba los pensamientos; la razón.

Todo era posible.

En ese mundo, sí que lo era.

En nadie podía confiar.

Eso lo tenía muy claro.

Luego de aquel primer encuentro en ese mismo lugar, cuando él le comunicó de manera oficial cuáles eran sus responsabilidades con la organización, se dedicó a seguirla. Algo en ella le inquietaba. Algo de esa mujer que llevaba la mirada más incómoda encerrada en los párpados pintados de inocencia. Parecía demasiado frágil, demasiado inofensiva para ese mundo asqueroso donde ya llevaba unos meses dictando órdenes. Debía asegurarse quién era ella en realidad. Quién era la mujer a la que encomendaba los ingresos de la organización, la que se había negado a seguir sus instrucciones.

En la vigilancia que le montó aquellas semanas fue testigo de la visita y encuentro en un departamento con un joven más o menos de la edad de ella, de barba y piel clara, además. Luego, confirmó que ese joven trabajaba en el mismo lugar que ella. Incluso fue testigo de las veces que Natalia visitó la casa de su tío, donde vivía Damián, buscándolo sin éxito, también de la noche que pernoctó a la intemperie luego de un aparente rechazo de su hermano.

Más temprano ese día, la observó compartiendo la hora del almuerzo con el compañero de trabajo, el mismo que había visitado una semana antes. Fue muy fácil notar el cambio repentino en su nivel de interés cuando el joven le dio un papel.

Mientras esperaba impaciente la hora en que ella abandonaría la oficina, hizo unas cuantas llamadas. Era muy fácil conocer la historia de la gente. Tenía que admitirlo, era uno de los beneficios que las relaciones con gente clandestina de la Agencia ponían a su disposición, para bien o para mal. No había nada de ella que pudiera alertarlo, de Rafael, no podía pensar igual.

—De pie, ¡ahora! —volvió a ordenar.

Ante los ojos del rubio corajudo, otro intento infructuoso de la joven por obedecer.

Sebastián se inclinó, con fuerza desmedida agarró por los antebrazos a Natalia y le elevó el cuerpo. Liberó el agarre de manera fulminante. Si ella no hubiese logrado apoyar los pies en el concreto, hubiere caído al piso de vuelta de rodillas.

—Voltéate y súbete la camisa antes que pierda la poca paciencia que me queda contigo.

Obedecía la orden con movimientos flemáticos. Sebastián intentaba eliminar frotándose las manos contra la tela de los pantalones oscuros la sensación que le volvió a invadir las palmas y que encontró su origen en el instante que sintió el contacto con la piel helada de la aterrada muchacha. Dio dos pasos hasta llegar junto a una lámpara de piso que adornaba próxima a la caja fuerte. Encendió la luz de intensidad baja, volvió junto a Natalia quien lo esperaba con la mirada al suelo, el suéter descansando sobre los pechos. *"Astuta"*, llegó a pensar Sebastián cuando notó el estilo deportivo del sostén que cubría mucho más de aquellos senos que la prenda de la vez anterior. Todavía llevaba en alta resolución en la mente la imagen ¿desagradable?

Materia oscura

—¡Date vuelta!

Esa vez Natalia no movió un dedo, y no porque los músculos le continuaran en huelga, sino porque no le daba la gana. *"Si quieres saber si soy una rata, tendrás que averiguarlo tú, imbécil."* No supo identificar cómo rayos se le había metido aquella voz en la cabeza que la obligó a desafiar a tan peligroso animal.

Cuando Sebastián estuvo a punto de pronunciar de nuevo la orden, volvió a notar un cambio súbito en la mirada de la joven, igual que la otra vez. Ya no estaba clavada en el piso, ahora los ojos, que tanto le incomodaban en aquella criatura, le miraban cristalinos, ¿desafiantes? Entendió el reto que le hacía. Se le escapó un resoplido. Comenzó a dar pasos alrededor de la estatua en la que se había convertido Natalia. Mientras inspeccionaba que no hubiese rastro de ningún aparato comunicador adherido al cuerpo descolorido, tuvo que forzar la mirada, que desobediente, se le quería ir de paseo un poco más a bajo de la nívea espalda.

—¡Bájate la camisa!

Natalia obedeció.

—Dime, ¿qué hacías con ese dinero?

Los ojos esquivos.

Ella decidió por el silencio.

Sebastián continuaba observándola, cavilando la manera más apropiada para hacerla hablar. Descartó en automático todas las que llevaba como parte de los protocolos de entrevistas; (métodos innovadores), como solía llamarle Simona. Los métodos que le habían ganado el desprecio y condena de muchos a la CIA.

—¿Cómo crees que reaccionaría mi hermanote si le digo, que a escondidas te llevas nuestro dinero y en las noches te encuentras con Rafael? ¿Así es que se llama el tipo? Dime, ¿qué es lo que hacen encerrados en ese sitio? ¿Te lo coges también?

Una rabia irreconocible le estalló en el centro del estómago a Natalia. ¿Habrá sido por el chantaje asqueroso o porque, tal vez, ya en ese punto de su historia de "amor" a Damián ni le importaría? Al fin, que él no quería saber nada de ella. Con la velocidad que viaja la luz de un relámpago, comenzó a sentir esa misma combustión en todas las extremidades.

Lo tomó de sorpresa.

Sebastián estaba tan concentrado debatiendo cómo haría para lograr sacarle la verdad a la muchacha, que no advirtió los primeros movimientos de la fiera que había tomado el lugar de la débil y asustadiza criatura.

Se le abalanzó encima.

En un movimiento, que solo le tomó microsegundos, recibió con su pecho a modo de escudo lo que era para él un suave impacto de la furia en la iracunda mujer. La atrapó con ambos brazos en un agarre férreo, y logrando dar un giro torcido en el aire, rodaron sobre el espaldar del mueble cayendo encima del sofá; ella con el cuerpo aplastado por el de él.

El minuto de silencio que les imponía oír las intranquilas respiraciones, pareció una eternidad.

—¿Te crees tan atrevida? —la voz áspera—. ¿Quieres averiguar cuán atrevido puedo llegar a ser? —le inmovilizó los brazos al nivel de la cabeza.

—¡Suéltame! —gritó Natalia. Sentía el dolor de los músculos en las axilas sometidas al estiramiento forzoso. Intentó zafarse sin éxito del peso que comenzaba a privarle del aire.

—Dime, ¿qué hacías con ese dinero? ¿Qué tienes que ver con el tipo ese? ¿Quién demonios eres?

—¡Púdrete! —lo escupió directo al rostro. Le tomó menos de un segundo para que se arrepintiera de su atrevida acción.

Sintiendo cómo la piel se le quemaba según la saliva de la insolente mujer se le deslizaba por la mejilla derecha y los labios, Sebastián, con lentitud ajena, tuvo que cerrar y abrir los ojos para oxigenarse la razón. Se vio lanzando contra el suelo a la víctima, sacando al son de golpes las respuestas que necesitaba. La simulación de asfixia por sumersión la haría cantar como pajarito. ¿Por qué no lo haría esta vez? Era siempre la mejor manera.

Natalia esperaba con la mirada resignada lo que, sin dudas, sería el castigo a tal atrevimiento.

Esa bestia no se quedaría golpeada.

Volvió a mirarla.

Poco a poco fue sintiendo un alivio en los pulmones. El animal parecía comenzar una retirada. Cuando sintió que ya podía escapar del peso de su captor, se enrolló en la esquina del sofá. Lo vio dar dos pasos más en retirada y extraer lo que parecía ser un celular del pantalón. Mientras manipulaba el aparato, no le quitaba los ojos de encima. Podía sentir y ver cómo Sebastián disfrutaba cada avance de lo que fuera a ser su contraataque.

Un botón apretado por parte del animal, trajo consigo algunos centímetros más de la perniciosa sonrisa.

Otro más.

Y otro.

Y otro…

—Hola —se escuchó una voz. Sebastián había colocado la opción de manos libres.

Natalia no tardó en reconocer a quien hablaba.

—¡Hermano! —Sebastián sentía la victoria muy cerca. Era evidente, por la cara de terror que se apoderó del rostro de su contrincante, llevaba la ventaja en esta contienda.

—¿Qué quieres?

El rubio tapó con la mano la bocina del aparato, se acercó a la pobre mujer que ya comenzaba, otra vez, a pelear con el temblor del cuerpo. Pegado al oído izquierdo habló:

—¿Le digo lo que quiero, mujercita?

—¿Qué quieres? —volvió a preguntar la voz al otro lado del teléfono.

Moviendo con lentitud el rostro de lado a lado, Natalia aceptaba la derrota.

—Damián, de ti no quiero nada. Me equivoqué de número. Te mando un beso.

—¡Vete a la mierda! —sentenció con voz molesta antes de colgar.

Sebastián y la sonrisa maliciosa se le acercaron de frente a Natalia.

—Soy todo oídos. Pero te advierto, sé muy bien cuando me mienten. Si me parece, que aunque sea un suspiro de lo que sea que me vayas a decir es falso, no la pasarás nada bien.

¿Por qué demonios le advertía? Nunca lo hacía.

Silencio.

Ya volvían a lo mismo de hacía unos minutos.

—¡Dime! ¡Habla! —dio un palmetazo en el sofá.

Sabía que no tenía otra opción o le decía toda la verdad o de seguro la próxima vez que Sebastián marcara el número de Damián no sería para enviarle un beso —con la cabeza gacha y un tono por lo bajo habló.

Materia oscura

—Lo invertí.

Sebastián se atrevió a tocar la quijada de la muchacha.

—Levanta la cabeza y mírame cuando me hablas. ¿Cómo que lo invertiste?

—Que lo invertí, ¡lo invertí!, ¡¡¡lo invertí!!! —terminó desesperada y le golpeó la mano intentando remover el toque.

—¿Así que juegas con el dinero que no es tuyo? ¿Desde cuándo? —vio cómo los labios se le volvieron a sellar—. Ya me estoy cansando, Natalia, no soy un puto periodista para estar haciéndote preguntas. Acaba y dime ¡ya!, de una maldita vez, ¡¿para qué inviertes el dinero?!

—Él no merece vivir en toda esta basura. Tu hermano es una buena persona y no merece que su vida se arrastre por las cosas que hacen ustedes. No voy a depositar el dinero que me entregas de lo que sea que haces. No voy a exponer a Damián a que termine como tu tío. No nos voy a exponer. ¿Crees que es justo que él tenga que arrastrarse en esta porquería llevando en su espalda la carga de suplir para cubrir los gastos del cuidado de tu hermana y sabe Dios de quién más? Dime, ¡¿crees eso justo?!

Los papeles se habían volteado. Ahora era Natalia quien intentaba, al son de preguntas, hacer entender a Sebastián lo injusto que era para ella que su hermano pagara las consecuencias.

—Invertí el dinero que tus hombres añaden al que genera el club buscando una alternativa para crear algún fondo para los gastos de tu hermana. No me he robado nada. Ahí está todo —señaló la caja fuerte—. Solo me quedaría con la ganancia para abrir una cuenta a nombre de tu madre o hermana —no le diría que además buscaba crear un fondo para que Damián pudiera costear los gastos de estudios y así no usar ni una centavo del tío.

—¿Por qué haces esto? Parece que Damián no quiere saber nada de ti.

Natalia fijó la mirada en el rostro de Sebastián y el centro del pecho se le hundió como arena movediza.

—¿Qué sabes tú de lo que quiere tu hermano conmigo?

—Si le importaras no te hubiera dejado bajo la lluvia ni cerrado la puerta en la cara.

—¿Cómo lo sabes? ¿Tú me sigues? ¿Me estás vigilando?

—Soy yo el que hace las preguntas. ¿Qué ibas hacer con el dinero que mis hombres suman al que genera el club?

—No lo sé —el rostro al suelo.

—¡¿Qué ibas hacer?! —se acercó más.

—¡No lo sé! ¡¡No lo sé!! —las manos en la cabeza. No pudo tolerar más la tormenta de emociones que le impactaban la mente y el pecho. Comenzó a llorar.

Sebastián permaneció observándola. Era pura muestra de debilidad. Por más que esa mujer intentara hacerse la cojonuda, era simplemente una idiota que quería dárselas de heroína y salvar al hermano de lo inevitable.

—¿Cuánto invertiste y cuál fue la ganancia?

—Ciento setenta y cinco mil —se limpió las lágrimas con el lomo de la mano— ciento setenta y cinco mil.

—¿Cuánto fue la ganancia? ¡Maldita sea!

—Ya te dije, ciento setenta y cinco mil.

Sebastián pensaba que ella debía estar mintiendo. ¿Cómo era posible obtener una ganancia del 100%?

—¿Qué hiciste con el dinero?

—Te dije, ahí está todo... —volvió a señalar hacia el lugar donde había quedado petrificada minutos antes con la voz intrusa.

Despacio y sin quitarle la guardia a la joven, se alejó un poco hasta llegar frente a la caja fuerte, tomó el dinero que yacía huérfano en el suelo. Una vez extrajo el efectivo, que estaba acomodado a la perfección en grupos y asegurados con liguillas, los contó. Un conjunto de tres grupos de billetes de cien dólares sumaban la gran cantidad de trescientos cincuenta mil.

—Ten —la vio levantar la mirada—. Tómalo —le miraba confusa la mano extendida—. ¡Ten, maldita sea! ¡No te hagas la inocente! ¡Agarra el puto dinero!

Mientras ella tomaba el dinero de la mano de Sebastián, él continuó hablando:

—Quiero que lo dupliques.

—¿Qué? —la frente arrugada.

—Aquí tienes ciento cincuenta mil. Quiero que en dos semanas me entregues trescientos mil.

—Pero... ¿cómo? Yo...

—Dos semanas te doy, cuñadita, para que me hagas el favor a mí también.

Cuando Sebastián ya enlistaba la próxima ronda de amenazas en la base de su lengua, Natalia se puso de pie.

—¿Qué hay para mí en todo esto? —la voz densa.

Ahí estaba de nuevo, otra reacción incongruente a lo que la maldita mujer parecía ser; lo que decía ser. Hacía unos minutos estaba desbordada en un llanto que casi le impedía hablar, de seguro, a punto de mojarse los pantalones otra vez. Ahora, quería saber qué había para ella en todo eso. Esa voz exigía algo a cambio.

—Mi silencio, por el momento —ofreció sin dar un paso más.

La mujer acariciando los bordes de los billetes con la punta de los dedos se expresó:

—Quiero que dejes de lavar dinero a través del club.

Sebastián se aproximó. Habló con mayor claridad y un tono más alto esta vez.

—Aquí nadie lava dinero, mujercita. Desconozco de dónde sacas semejante idea —comenzó a caminar de espaldas, no le quitaba la mirada de encima—. Dos semanas, cuñada, solo dos semanas. Yo te diré día, lugar y hora para que hagas tu entrega. Cuida mucho mi dinero, no sea que lo pierdas, en cuyo caso, tendría que pensar alguna manera placentera de cómo me lo podrías devolver.

Al comenzar a bajar las escaleras, Sebastián se encontró con Gutiérrez. ¿Qué diablos hacía él allí? ¿A quién venía a visitar? No era conveniente que el informante de su tío se enterara de ese encuentro, daría demasiado espacio para que se formulara ideas y conjeturas.

—Mira a quién me encuentro —le rodó el brazo sobre el hombro—. Acompáñame. Necesito hablarte.

Natalia quedó sentada sobre el sofá, el mismo donde jamás había pensado que estaría tirada con Sebastián encima. ¿En qué coño se había metido? ¿Cómo diablos le pediría a Rafael que la ayudara otra vez? *"¿Dónde estás, Damián?"*

29

Una vez más ✳ Protocolo ✳ Hijo de Roa

Gutiérrez pensaba que la insistencia de Sebastián en reunirse con los rusos era una locura. No serían tan idiotas para volver a hacer negocios con ellos, no luego que a Nicolás lo apresaran. Sin embargo, el muchacho quería tener su audiencia con ellos, entonces, le tocaría torcer algún brazo a Pavel. Se daría el gusto de restallarle en la carota al rubio un 'te lo dije' cuando lo sacaran a patadas.

En un principio había llegado hasta el club para prestarle una visita de cortesía a la contadora. Luego que el líder Roa lo interceptara rumbo a la oficina y se lo llevara al estacionamiento del lugar, escuchó atento las instrucciones. Sebastián le dictó cada detalle de cómo quería que se llevara a cabo el encuentro con los rusos. Tenía que ser en dos semanas. Volvió al interior del club, ascendía las escaleras hacia la oficina. Tocó varias veces la puerta. A la ausencia de respuesta, se aventuró a entrar. Desde la entrada hizo un reconocimiento de 360 grados.

Nada.

No había un ser viviente entre aquellas cuatro paredes. Maldijo a Sebastián por haberlo ocupado. Ya tendría que regresar al día siguiente. Era preciso que la contadora y él tuvieran una charla "amistosa".

✳✳✳

—Vaya que a ese amigo, tan importante, le gustan los problemas. Ya quisiera tener una "amiga" que se preocupara así por mí.

En medio de su centro de operaciones estaba Rafael molesto. La primera vez que Natalia le pidió ayuda, saber que ella pudiera depender de él, le creaba una especial excitación. Una que le era muy útil en las horas nocturnas en que le dedicaba los pensamientos. Algo tendría que obtener a cambio, algo más que la comisión y el simple, 'gracias, Rafael'.

—Necesito duplicar esta cantidad.

El joven sintió el peso de los paquetes de dinero que la chica dejó caerle sobre las manos.

—¿Drogas, linda? —después de haber dejado escapar la interrogante supuso que no debió hacerlo de esa manera tan escarpada.

—Ya te he dicho que el dinero no es producto de la droga —tuvo que lidiar con la revoltura en el estómago. Ella no tenía la más mínima idea de la procedencia de ese dinero. ¿Y si en efecto era el producto del trasiego de drogas? Estaba siendo egoísta. No pensaba en las implicaciones que esas transacciones podrían tener para otras personas, mucho menos para Rafael.

—¿Esto se va a volver costumbre? —respiró hondo.

—No lo sé…

—¿En qué problemas andas, Natalia? —la sujetó por el antebrazo.

—¡Basta de preguntas, Rafael! —ojalá y hubiese podido hablarle así desde un principio a su cuñado, la voz en alto y el rostro torvo.

Un paso en retroceso del compañero, los brazos al aire en rendición.

—Oye, que no te desquites conmigo. Recuerda, al parecer, soy el único que te da la mano.

—Lo siento —buscó con la mirada dónde sentarse. Lo hizo sobre unas cajas de cartón que esperaban en medio de la pequeña sala—. Es que…

—Dime, ¿se volverá recurrente? —la frente de Natalia le exigía una aclaración—. Esto de las inversiones, de duplicar dinero.

—No lo sé… —se encerró el rostro entre las manos y suspiró— es decir… tal vez.

Ese tal vez logró disipar algo de la molestia que le causaba a Rafael saberse usado. Si la necesidad de ayuda por parte de Natalia se volvía recurrente, también la oportunidad de tenerla junto a él, sola, en su departamento. ¿Qué mejor comisión que esa?

—¿Para cuándo dijiste que necesitabas el retorno? —humedeció los labios.

—Dos semanas.

Una mueca adornó el rostro barbudo del joven. La mano estirada esperaba por algo frente a Natalia.

—¿Qué?

—La fórmula mágica —pidió Rafael.

—¿Qué fórmula mágica?

—Tu estrategia. ¿Dónde está tu estrategia de inversión?

—Ay, no traigo nada esta vez. Lo siento.

Sí que estaba en problemas. Natalia, la linda joven perfeccionista, que todo siempre lo tenía planificado por adelantado, se había lanzado en la noche con una cantidad aberrante de dinero en efectivo y no tenía una bendita estrategia. No era necesario evidencia adicional que lo confirmara, estaba metida hasta la cabeza en problemas.

—Tranquila, genio. Ven, acompáñame —Rafael la instó a emprender camino frente a él. No perdería ninguna oportunidad por contemplar el andar de las caderas que soñaba algún día hacer suyas.

✳✳✳

Aunque Simona sabía que seguir las instrucciones de los superiores sería difícil, todavía más que la naturaleza de su trabajo, jamás llegó a imaginar cuánto. Al inyectarle el líquido mortal al prospecto número uno sintió como si la aguja de la jeringa hubiese atravesado la yugular del joven y lograra alcanzarla en su propia piel. Prefirió no mirarlo, como siempre hacía con los objetivos. Fue inevitable. La mirada se le escapó en búsqueda de la del sacrificado. Incluso cuando ya al cuerpo no le quedaba ni una pizca de vida, la agente especial pudo escuchar cuando le gritaba, ¡traidora! No existía otra palabra en el diccionario que definiera con exactitud el acto que acababa de cometer. Era traición, sin importar por dónde lo mirara. La sensación confusa que se le apoderó de la mente al escuchar el palpitar del último latido del corazón del que había sido su pupilo, era algo nuevo para ella. En los años que llevaba el proyecto hubo que eliminar algunos prospectos que nunca se lograron encarrilar. Otros hacían el trabajo, ella solo daba la orden. En tantos años que llevaba entregando la vida por la seguridad de su país, jamás había experimentado algo así. Dejaba ir años de trabajo, de esfuerzo por pulir a esos pobres infelices que el destino se había ensañado con ellos poniéndolos en el camino de la CIA. Cuando Todd Brennan en los cuarteles generales de la Agencia le notificó del cierre inminente del proyecto, pensó que podría buscar la manera de relocalizar a sus muchachos, tal vez buscarle la libertad. Al fin que, bajo esa promesa era que ellos le habían servido a su país y a la Agencia. ¿O había sido bajo amenaza?

En un momento llegó a pensar que era una locura deshacerse de aquellos prospectos, pero luego de unos días de pensamientos y evaluaciones de las virtudes versus los riesgos que representarían a la sociedad, entendió que si el programa desaparecía, así debía hacerlo el prospecto número uno. Tenía a su cargo cuatro prospectos, a ese punto eran ya solo tres. Debía pensar qué haría con ellos.

TU PEOR ERROR
Materia oscura

✳✳✳

Damián esperaba en el edificio de la prisión federal sentado en el área de visitas. Intentaba controlar la ansiedad que lo llevaba loco, en especial en las últimas semanas. A quien venía a ver, haría la entrada triunfal en cualquier momento. Nunca le había cursado una visita por cortesía, todas habían sido a solicitud del tío. Esta ocasión era diferente. Tenía que entender. Tenía que, también, dejarle muy claro al desgraciado, que no se atreviera a tocar a su mujer.

—Sobrino.

El saludo le hizo levantar la cabeza que se le había hundido entre los hombros como un avestruz.

—Tío —logró decir apretando las muelas.

—Me ahorraré para el final de la visita decir si ha sido un gusto o no verte, Damián —tomó asiento.

—Lo que vengo a decirte es simple. Si por casualidad le pasa algo a Natalia —la pronunciación más pausada—, aunque sea se le cae un pelo, te juro que vas a sentir en carne propia tu acción.

Nicolás entrecerró los ojos. ¿Era Damián o Sebastián el que estaba sentado en la silla frente a él? En cámara lenta la comisura izquierda se le fue arqueando. Torció la cabeza hacia el mismo lado. Le pareció todo el evento algo divertido, algo diferente al encierro que lo llevaba loco.

—Mientras tú tengas todo bajo control, no debería pasarle nada a la contadora. Tú sabes lo que tienes que hacer para que ella siga intacta. Es tu mujer, tu responsabilidad. Caramba, sobrino, me sorprende que tengas la memoria tan corta. ¿No fuiste tú quien la trajo a trabajar con nosotros?

Cada 'tú' que le restregaba en la cara el tío le recordaba que era él el único culpable de que su ángel estuviese en esa situación.

365

—¿En qué demonios me has metido? —recriminó con las manos abiertas y las uñas casi incrustadas en la madera de la superficie de la mesa.

—En lo que te ha mantenido el buche lleno de comida de primera calidad desde que naciste, en lo que ha pagado los mejores colegios y hasta la escuela de medicina. En lo que ha suplido para sufragar los gastos médicos de tu hermana y le ha dado la oportunidad a tu madre de poder cuidar de ella. ¿Quieres que te siga mencionando en qué carajos te he metido?

Damián inhaló profundo y ni la exhalada violenta que le vació los pulmones pudo liberarle del peso de todas esas cosas que el tío acababa de mencionar.

—¿Qué es lo que maneja Sebastián?

Nicolás dudó.

—Tú no quieres saberlo, muchacho —la cabeza en negación—, es mejor que no lo sepas.

—¿Por qué siempre has pensado que yo no puedo ser como él?

Inhaló profundo para responderle la pregunta al sobrino. Prefirió esperar mientras intentaba desentrañar qué demonios era lo que llevaba diferente Damián.

—El punto no es que yo piense o deje de pensarlo, el punto es que no eres como él.

—Quiero irme, tío —el timbre de la voz delató la súplica—, no soporto estar más en este país, en esta mierda.

Ese sí era el muchacho que vio crecer. El que le huía al miedo, a la provocación.

—En la vida hay responsabilidades que no podemos eludir, Damián. Anda, ve con tu mujer, hazle el amor, reconcíliate. Vive un día a la vez. Verás cómo el tiempo pasa, y en un abrir y cerrar de ojos, estaré disfrutando de mi libertad y tú montado en la sección de primera clase de un avión rumbo al lugar que tu mujer desee. Como siempre me has dicho, 'poniendo tus pies fuera de esta mierda de isla, el mismo día en que yo ponga los míos fuera de esta mierda de encierro'.

Damián se levantó de la silla, allí no había nada más que buscar.

—Querido sobrino —era una orden, que se detuviera, él todavía no culminaba—, cometes una estupidez y deberás empezar a buscar la escoba para recoger los pedazos de tu contadora —se puso de pie—. Te aseguro quedarán esparcidos por muchos lugares.

—Hijo de puta —logró decirle entre dientes antes de salir del lugar.

Nicolás permaneció observando la retirada de Damián, y mientras esperaba que el guardia penal se acercara a él para escoltarlo hasta la celda, se le dibujó una sonrisa solitaria en el rostro mientras pensaba; *"Hijo de Roa, sobrino de Roa."*

30

De vuelta ✳ Profanación ✳ Desahogo

Era cuestión de unos días para que se cumpliera el plazo de las dos semanas que Sebastián le había dado a Natalia para duplicarle el dinero. Tal como le había indicado a la cuñada, sería él quien diría cuándo, cómo y dónde le haría la entrega.

Ese viernes, la joven había llegado más tarde de lo acostumbrado. En el trabajo, un problema con unos reportes, por primera vez metió la pata, los análisis no estaban correctos. Tuvo que volverlos hacer, llevaba la cabeza y el corazón rotos. Cuando llegó a YOLO ya los clientes disfrutaban de la joven noche y la música en pleno apogeo. Natalia entró a la oficina como siempre lo hacía, en remoto a sentarse en el escritorio, meter la cabeza, y con ésta, las neuronas al computador. Además de hacer las cuentas de los negocios de Damián, ahora tenía que dedicarle tiempo al análisis de las inversiones. Rafael la estaba ayudando. A cambio le pedía estrategias de las suyas. Le decía que las de ella eran mejores que las de él. Con un pie empujó la puerta del despacho, caminó hacia el escritorio. Se detuvo de repente, cerró los ojos, respiró profundo. Sintió la presencia de un Roa en el lugar.

—Al menos puedes agarrar modales y tocar antes de entrar —dijo molesta con el corazón subiéndosele por la garganta.

—¿Desde cuándo necesito permiso para entrar a mi oficina?

La tomó por sorpresa la voz del Roa que le respondió. El pecho se le contrajo.

¿Alegría?

¿Pena?

¿Coraje?

¿Dolor?

Despacio volteó, confirmó la presencia de ¿Damián?

—Hey —por lo bajo la saludó. Llevaba las manos metidas en los bolsillos.

Natalia supo de inmediato que el trabajo no era la razón que lo había llevado hasta allí. Había dejado su acostumbrada elegancia tirada en algún lugar.

—Hey —respondió con el rostro desabrido mientras se recogía hacia atrás el cabello en una coleta.

Damián comenzó a caminar despacio hacia la parte delantera del escritorio donde se encontraba Natalia.

—¿Cómo estás?

Ella no respondió. Quería gritarle, pegarle. También besarlo, acariciarlo y encerrarlo en un abrazo. Por su salud emocional, salir de allí era lo mejor que podía hacer.

—Mejor te dejo solo… para que hagas lo que sea que viniste hacer.

Desesperado sacó las manos de la guarida y logró sujetarla por un antebrazo antes de que se le apartara más. Poco a poco fue venciendo la resistencia que encontró y acercándola hacia él.

—Lo siento, Natalia… lo siento —buscaba con su rostro el de ella. No sabía qué más decir. No tenía más que decir—. Mírame, anda mírame, por favor —cuando logró capturar el rostro huidizo del ángel y elevarlo al mismo nivel que su mirada, encontró el rastro del daño, que esas semanas alejado de ella, habían causado, los ojos rojizos opacados por una nube de lágrimas—. Lo siento amor, lo siento, lo siento —repetía ahogado en un sollozo que consiguió su fin cuando se fundió con el de ella en un beso tibio.

Al primer respiro del aliento de Damián, Natalia sintió el pecho más liviano, como si las angustias le dieran una tregua temporera. Valía la pena todo lo que hacía por él, solo por él. Llevaba decenas de preguntas en la mente exigiéndole respuestas. Fue incapaz de exteriorizar ni tan siquiera el sonido del signo de interrogación de la primera. Ya habría tiempo después. Cuando terminara de disfrutar de los besos, del recorrido de sus manos desesperadas y hambrientas.

—Te amo, mi ángel… te amo.

El sonido de ambos corazones podía confundirse con el del bajo en la música del exterior. La habitación se había iluminado con las chispas del deseo que llevaban encendido el uno por el otro. Damián se trepó en las caderas a la angelical mujer, y sujetándola por los muslos, la cargó hasta colocarla sobre el escritorio. Le haría el amor. Sí que lo haría. Sería lo único que haría de lo que su tío le ordenó.

—No vuelvas a dejarme así, por favor… —le dijo Natalia sujetándole el rostro con autoridad hacia el de ella. Que entendiera que no le iba a tolerar otra escapada de esas.

Esa súplica celestial le hizo saber lo imbécil que había sido.

Pudo ver cómo las lágrimas, que descendían por las mejillas de Damián, delataban la culpa que le llevaba la mirada apagada. Se acercó y comenzó a besarle la cicatriz. Poco a poco, muy despacio.

Damián sintió el consuelo que los suaves y pausados besos le daban en los pensamientos y culpas. Comenzó un recorrido en ascenso a través de las piernas desnudas de la joven. Cuánto extrañaba esa cálida piel. Tan suave que lo hacía sentir que flotaba sobre una nube cada vez que la rozaba. Se detuvo. Llevó una mano hasta el cabello, enredó los dedos sintiendo las hebras deslizárseles sedosas y escurridizas. Deshizo el moño. Volvió al asunto que había dejado pendiente. Logró navegar entre las telas de la falda y enganchar los dedos en la prenda interior. Aunque su objetivo aún no era alcanzado, fue imposible dejar pasar por desapercibido el estilo de ropa interior que Natalia llevaba puesto. No era el que ella siempre usaba, era más encubridor. Sintió la transformación de los suaves besos femeninos en un lamido extenso y deseoso que le recorrió toda la piel del rostro, desde la barbilla hasta el lóbulo de la oreja izquierda.

Natalia se sintió victoriosa al notar que todavía tenía la capacidad para encender ese deseo desmedido en él. Todo su centro se contrajo al sentir el tirón que la dejó sin la prenda interior. Se aferró más a él, otro respiro de vida le permitió acondicionarse los pulmones con el olor dominante, y a la misma vez, sutil de la piel de Damián. Los ojos de la joven paseaban a través de la habitación extasiados con las sensaciones que los dedos inquietos le creaban bajo la falda.

De pronto Damián sintió el cuerpo de Natalia rígido. Ella se había quedado sin aliento.

—¿Qué pasa, amor? —al no recibir respuesta, la apartó un poco para mirarle el rostro—. ¿Estás bien?

Algo la había inquietado, y cuando estaba decidido a poner un alto en los cariños porque necesitaba saber qué le había causado aquella repentina congelación en la piel, Natalia le tomó el rostro y comenzó a besarlo desenfrenada. Le mordió los labios, lo apresuró para que se removiera la camisa.

—¿Cerraste la puerta? —le susurró al oído.

—Sí —respondió Damián seguido de un gruñido al sentir la mano de la joven atizarle el deseo erecto.

TU PEOR ERROR
Materia oscura

La piel candorosa volvió a tomar la excitante temperatura. *"¿Qué tienes, amor?"* Al escuchar cómo Natalia, desesperada, le pedía que le hiciera el amor, dejó las interrogantes para después. Sujetó en un agarre sólido los tobillos huesudos de la que, sin duda, volvería a ser su mujer. Los llevó en alzada hasta el nivel de los hombros. Era el lugar perfecto para crear el espacio que necesitaba para rendir su penitencia, para pedir el perdón que necesitaba; que necesitaban.

Con la ayuda de los codos sobre el escritorio, Natalia quedó recostada a merced. Algunos papeles se estrujaron, otros cayeron al suelo. Los ojos se le cerraron al sentir el calor de los demandantes labios entre sus pliegues. Aunque hubiese querido permanecer un rato más con ellos en la oscuridad, abrió los párpados en segundos. Una combustión de excitación bañada de coraje le controlaba los pensamientos y acciones.

La mirada malcriada viajó por encima del hombro de Damián. Se empeñaba en el Roa que la observaba desde el fondo de la habitación, en la penumbra detrás de una columna ancha de acero. El Roa que le hacía el amor estaba ajeno a la presencia expectante.

Dejó los ojos abiertos, como si la mirada intrusa se los hubiese congelado. Natalia quería que la viera. Que experimentara lo que era amor de verdad. Que presenciara cómo su hermano la hacía estallar de placer. Que supiera que estaba dispuesta a todo, hasta exponer lo que más guardaba con recelo, el acto más íntimo. Todo, por evitar un enfrentamiento entre ambos hermanos.

Damián continuaba bebiendo de ella, llevándola a ese lugar de placer que tanto ambos necesitaban. Se apartó cuando su lengua logró palpar el estado pulposo que había creado en el lugar tan preciado y deseado en ella. Con un solo movimiento, que no reflejó ningún rastro de dudas, se dejó sentir en su interior. Natalia quiso enderezarse, buscaba sentirle el calor de la piel. Los senos, casi en combustión, encontraron un refugio pegados a los pectorales tensos por la fuerza que hacían los brazos de Damián para sujetar en el aire a su mujer. Los cuerpos continuaron oscilando hasta que la fuerza los abandonó y cayeron rendidos al placer sobre el escritorio.

—Vámonos de aquí —fue Natalia quien lo pidió.

—¿Necesitas hacer esto una vez más? —preguntó Damián con una sonrisa traviesa recordando sus propias palabras la primera vez que la había tenido para él en ese mismo lugar.

—Vámonos —los labios débiles.

Damián no le apartaba la mirada a Natalia mientras se vestían. Había algo distinto en ella.

—Vamos —instó el joven a la misma vez que la halaba por la mano. No previno la resistencia.

—Adelántate, yo voy en dos minutos —le regaló una tierna caricia en el rostro.

—¿Segura? —depositó un beso en la mano femenina.

—Sí, recojo algo de este desastre —señalaba los papeles en el suelo— y te encuentro en el estacionamiento —fue ella quien lo haló, le besó lento, muy lento—. De paso, ¿por qué no usas el poder que te da ser el dueño y tomas prestada una botella de champán?

Con la cabeza inclinada, Damián sonrió.

—¿Rosada? —el rostro confuso del ángel—. ¿Qué si quieres el champán rosado?

—Sí, sí, rosada —mordía sus labios.

—¿Solo una? —otro beso tierno y malicioso.

—Qué sean dos —respondió imitando la sonrisa torcida del joven.

Al instante que la puerta se cerró luego que Damián abandonó la habitación, la presencia Roa, la que había sentido cuando entró al lugar, salió de la oscuridad.

—Lunes, ocho de la noche, Observatorio de Arecibo, solo billetes de cien. Cuando llegues a la entrada principal bordeas el lugar hacia la izquierda. Ve sola —la voz reflejaba la oscuridad del rincón de la oficina en el que llevaba camuflado la última media hora.

—Entendido —respondió Natalia mientras caminaba hacia la salida.

Un agarre tenso al nivel de la muñeca la detuvo.

—Ni una palabra de esto a nadie.

Por primera vez el agarre de la bestia Sebastián no la intimidaba. Se quedó esperando el indeseado temblor que siempre la delataba. Lo miró directo a los ojos sintiendo que los suyos le comenzaban a arder. No eran por las lágrimas, sino por la furia irracional que se le comenzaba a condensar en ellos.

—Dije que entendido —intentó con fuerza retirarle el agarre, lo que logró fue que lanzara más fuerza en él—. No me vuelvas a tocar jamás.

Sebastián, despacio la liberó. La maldita sensación le volvía a las manos.

Mientras Damián esperaba por Natalia junto a las dos botellas de champán en la camioneta, le hizo una llamada a Gutiérrez.

—Dime, papito.

—Te prohíbo que te le acerques a Natalia.

—Entonces, ¿debo entender por esa imitación barata de amenaza que se reconciliaron y que ella se quedará contigo?

—Te lo prohíbo —¡que lo entendiera de una vez!

—No he escuchado lo que tengo que escuchar para no hacer lo que me toca hacer.

—Natalia se queda en su puesto.

Una carcajada asquerosa por parte de Gutiérrez.

—¡Felicidades! Acuérdate invitarme a la boda. ¡Ah!, por favor, que no te dé con una de esas pendejadas de hacer que todo el mundo se vista de blanco. No me favorece la figura.

—Púdrete —alcanzó a decir Damián antes de colgar de prisa.

✳ ✳ ✳

Una ráfaga de calibre 5.7 le anunció en qué parte de la guarida Roa se encontraba Sebastián. Se dirigió al polígono cerrado que ubicaba en el sótano de la mansión. Observaba silencioso, escondido tras el marco grueso que servía como soporte al espeso cristal a prueba de balas de la puerta. Vio cómo el rubio expulsó el peine vacío de la pistola *FN P90*, y en segundos volvió a cargarla. Sin respirar descargó otra ronda. Al veterano, el joven le pareció demasiado diestro para haberse forjado en la calle. Cuando terminó con el rifle, se ocupó del revólver que esperaba sobre la mesa frente a él, y cuando ya no le quedaba más, lo lanzó al suelo furioso. Le vio llevar las manos a la parte trasera de la cintura, sacar la pistola *Five-seveN* semiautomática, que siempre lo acompañaba y disparar sin compasión.

Al silencio, después de las veinte detonaciones, Gutiérrez solo veía la espalda del joven moverse al compás de las respiraciones agitadas.

Era mejor largarse de allí.

El pensamiento le llegó tarde.

Cuando se disponía a dar el primer paso en retirada, su presencia cayó en el espectro visual de Sebastián. Le hizo seña que entrara.

Materia oscura

—Dime que no viniste a verme el culo mientras disparaba.

Una carcajada se antepuso a la respuesta de Gutiérrez. El olor a pólvora que colmaba el aire dentro de la habitación le hizo toser.

—Siento desilusionarte, cariñito, me gustan los culos más grandes y redondos —lo sorprendió ver un intento de carcajada en Sebastián.

—Dime que ya tienes fecha —le hablaba mientras se encargaba de organizar las armas. Las devolvía al lugar que les correspondía a cada una en la larga y tupida pared al fondo del lugar. Era impresionante la colección que Nicolás guardaba allí.

—Próximo martes —una mueca le torció el rostro.

—¿Dónde? —mostró interés.

—La verdad que tienes más leche que un palo de tetas, cariño. Vendrán a conocerte en persona. Más vale, que lo que sea que tengas para ofrecerles valga la pena haberles dado la molestia de viajar hasta acá.

El rubio sonrió, continuó caminando de un lado a otro. De la pared hasta la mesa por las armas, de la mesa hasta la pared, para acomodarlas. Llevaba los sentidos agudos, aunque por momentos pareciera que prestaba poca atención a Gutiérrez.

—Tu tío quiere saber cómo va la contadora.

Imposible anticipar el rayo que le fulminó la imagen de Natalia en la mente.

—¿Por qué tanto interés? —acomodó en la pared el rifle.

—¡Carajo!, porque es la que maneja el dinero.

—Cierto —mostró una sonrisa de idiota—. ¿Algo más que te haya hecho tomarte la molestia de llegar hasta aquí?

—No, amorcito, solo tener el placer de darte la noticia en persona.

Ve pensando cómo le retribuyes a Pavel, él sí que buscará el momento para pasarte la factura por haber convencido a los rusos que te dieran audiencia.

En menos de lo que el ojo humano pudiera ser capaz de percibir, Sebastián sentía en la parte trasera del cuello el peso y calor del cañón de la pistola que hacía solo unos minutos castigaran sus manos en un intento por descargar la rabia que lo traía preso desde hacía unas horas y que tuvo origen en el club. Permaneció quieto.

—¿Tienes ganas de jugar? —preguntó sin hacer movimiento alguno ni reflejar temblor en la voz.

Gutiérrez se quedó esperando una réplica del despliegue de habilidades y reflejos como los que hacía un rato había presenciado. Había logrado plantarle el revólver en la nuca sin que Sebastián pudiera llegar a mover un solo pelo. Si lo hubiese querido, le volaría los sesos.

—A veces la rutina se me hace aburrida —dijo plantándole el arma en las manos seguido por una palmada en trasero—. Me largo. Siempre es un placer verte, Roa.

Sebastián permaneció en el mismo lugar sin dar un paso. Vio a través del cristal la imagen del hombre desaparecer. *"Si supieras de lo que soy capaz cuando me aburro, cabrón."*

Gutiérrez se había equivocado, Sebastián llevaba en los músculos más destrezas y habilidades de las que había presenciado. Como todo un depredador felino, podía avistar a distancia el peligro, advertir cualquier amenaza. Esa ocasión no fue la excepción. El joven había descifrado el leguaje de la mirada del inesperado visitante. Sabía que las interrogantes por lo que presenció, el manejo de las armas, no le dejaban la cabeza quieta. Supuso que intentaría, de alguna manera, validar hasta dónde llegaba el alcance de sus dotes. Por eso, cuando a los oídos le llegó el sonido del roce de la piel de los dedos del tipo al primer toque del revólver, decidió que su reacción sería no reaccionar. Estaba satisfecho. Había pasado la prueba. Cualquier suspicacia acerca de él por parte del alcahuete de Nicolás había sido eliminada.

¿Pensaría así Gutiérrez?

Con pasos de plomo por la carga de las últimas horas de ese maldito día, llegó hasta su recámara, se quitó la ropa y desnudo salió a la terraza. La luz de la luna, que se encontraba en plena fase llena, hacía resaltar de un tono más blanquecino las innumerables cicatrices que le cubrían el torso. Todas evidencias de los años que había vivido y el mundo en que se desplazaba. Las más grandes delataban el tamaño de los enemigos que había tenido que enfrentar en el nombre de la (verdad), de la maldita verdad de la CIA. De un salto dejó caer su cuerpo en la piscina. Quería que el frío del agua le congelara los pensamientos. Necesitaba enfriarse la cabeza. Que le borrara de una maldita vez las imágenes que lo ¿perturbaban? Continuó sumergido en el fondo del solitario charco un largo rato. No era un problema la necesidad de aire continuo. No era una persona común. Muchas veces sumergirse por largos ratos había sido la única vía de escape. Completó dos vueltas de nado bajo el agua, de esquina a esquina, antes de subir a la superficie. Volvió a sumergirse, de manera súbita ascendió.

—¡Maldita seas, Natalia! —sentenció con el agua chorreándole por la nariz entorpeciéndole la pronunciación.

A Sebastián le quedó muy claro hasta dónde ella era capaz de llegar para proteger a Damián. Pudo ver el terror en los ojos, que tanto ¿detestaba?, cuando lo divisó escondido entre la penumbra en la oficina. De igual manera, presenció la súbita transformación en el momento en que él intentó intimidarla con una de las sonrisas endemoniadas. *"Hasta maricón me saliste, hermanote."* Se mofaba en silencio por la delicadeza con la que Damián intimaba con Natalia. *"Te amo, mi ángel. ¡¿Qué carajos?!"* De ángel esa mujer no tenía nada. Mientras más repasaba las imágenes mentales, más deseaba no haber estado allí. ¿Acaso era él quien se estaba volviendo maricón?

Necesitaba sacársela de la mente. Sería tarea difícil. Ya eran demasiadas cosas por las que debía ocuparse. Una más, era una distracción innecesaria. Cuando le ordenó que le duplicara el dinero, la estaba probando. Vería hasta dónde ella era capaz de llegar junto a Rafael. De ese sí tenía muy claro de lo que era capaz. Después de verla desnuda protegiendo a Damián con su cuerpo, exponiéndose, enfrentándose al miedo de que él mismo la dañara, tomaba más fuerza la maldita pregunta: *"¿Quién demonios eres, Natalia?"*

El roce sutil de unos pies descalzos sobre la coralina que cubría la superficie de la terraza hizo que cambiara el rumbo de la vista. La diosa se acercaba a paso lento con el cuerpo de Afrodita cubierto por una fina bata de seda rosada cuyos pliegues permanecían cruzados en la parte frontal, sujetados con una delgada tira del mismo material. Observó los pies de Cecilia. Sebastián tenía una fijación casi enfermiza con los pies femeninos. Debían estar pulcros, y a la misma vez, tan suaves como la piel de los pechos. Continuó el recorrido visual por las piernas hasta llegar a las tetas. De igual manera se comportó su miembro. Con un sensual ademán en la mano izquierda la invitó a entrar al agua. Esa noche logró poner en negro la mente, apagar los pensamientos y disfrutar, como siempre, de una buena sesión de sexo: salvaje, bruto, animal.

Sus ojos no pudieron decir lo mismo, el maldito cosmos se encargó de mostrarle la mirada de Natalia observándolo oculta entre toda aquella materia oscura que le rodeaba.

⁎⁎⁎

En el trayecto a la casa de Damián no fueron muchas las palabras que cruzaron. Solo él buscaba iniciar alguna conversación. Le fue imposible, Natalia se limitaba a responder en monosílabos. Aunque llevaba la mano aferrada a la suya, devolviéndole la caricia con la misma intensidad, la mirada esquiva se escapaba a través del vidrio delantero con más frecuencia que la deseada.

Al llegar a la casa no hubo celebración. Las botellas de champán quedaron solitarias en la encimera de la cocina. Su mujer le dijo que quería darse un baño y acostarse junto a él desnuda. Así quería sentirlo toda la noche.

Los latidos galopantes del corazón de Damián, por momentos, lograban distraerla del retumbar de sus pensamientos, de los eventos acontecidos esa noche en la oficina, de todas las preguntas que fue apilando cada hora que pasaba sin saber de él.

Una sobre otra.

Natalia no era consciente que los pulmones intentaban acoplársele al ritmo de la respiración del joven. Llevaban rato acostados en la cama, despojados de ropa, pero no de culpas. Con la luz apagada observaban el silencio mientras la pantalla del televisor, que proyectaba quien sabe qué canal, los observaba a ellos.

Él no sabía si era mejor hablar de una vez y darle alguna explicación de su desaparición, del rechazo y la tortura a la que la había sometido o solo callar. Con movimientos calmos, componía caricias tiernas desde el hombro hasta los dedos de la mano que ella le descansaba sobre el torso, y aunque el cuerpo suave de su amada parecía carecer de fuerzas, pudo notar que llevaba el pulso acelerado. Sintió un sollozo. Le palpó el rostro. No se atrevió a moverse y explorar el origen de aquella angustia. No quería romper la conexión que tanto extrañaba. Tenía muy claro que ella era todo lo que necesitaba; ella y salir de aquel país.

Los dedos se le humedecieron.

Tenía junto a él un ángel triste.

Natalia habló con la voz temblorosa antes que él pudiera hacerlo:

—¿Por qué me dejaste? —aferró más el cuerpo a él, si pudiera un poco más—. ¿A dónde demonios te fuiste? ¿Qué hice mal, Damián? Dime, por favor, ¿en qué fallé?

Su paciente preferida estaba herida, llevaba el alma agonizando, sintiéndose culpable de su cobarde huida. Permitió que una gran cantidad de aire le entrara en los pulmones. El pecho onduló y con éste el cuerpo de Natalia sobre él se meció. Habló como pudo, voz pausada y el ceño fruncido:

—Hay cosas que no puedo decir, Natalia, cosas que es mejor no saber. Tú no has hecho nada mal. ¿Me oíste? No fuiste tú. El soberano idiota, el imbécil soy yo. Me asusté. De solo pensar que mi vida podía perjudicarte me borró la cordura. Te quería lejos… lejos… Pero me di cuenta que donde te necesito es cerca… así —la aferró mucho más—, muy cerca.

—Teníamos un pacto —fue lo único que logró decir—. Aunque quería saber todo en lo que esa familia estaba metida, tenía el presentimiento que a ese punto ella, tal vez, llevaba una idea más certera de aquellos negocios paralelos de los Roa que el mismo Damián.

—Tenemos un pacto, porque aún lo tenemos. ¿Verdad? ¿Todavía lo tenemos? —*"Nos largaremos mucho antes de lo que piensas, amor, de este maldito lugar."*

"Sí, un pacto", pensaba ella también. Con la cabeza, Natalia le confirmó que ese pacto seguía respirando. Lo que no dijo con el débil movimiento fueron las modificaciones que los términos del tratado que compartían habían sufrido gracias a su hermano. ¿Y si le hubiese dicho, habría él también confesado las modificaciones a ese acuerdo que el tío Nicolás había hecho?

Lágrimas volvieron a caer.

—¿Qué pasa, mi amor? No me gusta verte llorar, mucho menos si soy yo el culpable de que te sientas así.

Todo pasaba. Todo pasaba por la cabeza que Damián pensaba de tamaño perfecto. Vueltas y más vueltas de su materia gris; cálculos, análisis, terror, angustia, dinero, amenazas, deudas, el rostro de Sebastián viendo cómo su hermano le hacía el amor, profanándoles la intimidad.

—No pasa nada. Solo déjame aquí, así, junto a ti, por favor.

Cada cual continuó la conversación en silencio. Damián podía sentir el contacto de toda la piel del cuerpo de Natalia sobre el suyo. Parecía que en un solo lugar el imán que generaba el magnetismo que los unía desde el primer día comenzaba a perder fuerzas. Ya sus pechos no colisionaban al latir de los corazones.

Esa noche fueron pocos los minutos que el joven logró conciliar el sueño. Prefirió contemplarla. No se apartó ni un instante. No relajó el agarre férreo que la mantenía unida a él. Entre sollozos, ella se quedó dormida y cuando la supo en un viaje profundo, él liberó también el llanto silencioso.

En la mañana abrió los ojos de par en par al sentir el cuerpo que se deslizaba bajo el de ella.

—¿Dónde vas? —inquirió sin aclarar la voz matutina.

—Al baño —dijo Damián a la misma vez que señalaba el camino.

Natalia elevó los pies y los escurrió entre la sábana que yacía arrugada pillada bajo su cuerpo. Se cubrió hasta el pecho. Sintió su propio calor acumulado en la tela. Dejó escapar un suspiro. La luz intensa que entraba por las rendijas de las ventanas cerradas le anunciaba que era un nuevo día, que había sobrevivido la inexplicable noche y la amalgama de emociones y sentimientos que parecían que la ahogarían.

—Comencé ya las clases de leyes —anunció el joven mientras se escuchaba el agua del lavamanos correr. Intentó poner un poco de ánimo en la entonación.

—¿Qué tal? ¿Te gusta?

En menos de dos minutos ya estaba de vuelta en la cama bajo la negra sábana junto a ella, quien sin perder la oportunidad, comenzó a jugar entrelazando los dedos en la capa fina de vello oscuro que cubría el pecho de Damián.

—Bien… sí, me gusta. Ya sabes siempre los primeros cursos son los de historia y teoría y bla, bla, bla.

—¿Mucho que leer, doctor?, perdón, licenciado —la picardía, que tanto Damián disfrutaba en la voz de Natalia, comenzaba a despertar.

—Más de lo que pensé.

—¿Más que la escuela de medicina?

—Es diferente… pero me gusta.

—Me alegro mucho por ti. ¿Ya tuviste que leer la constitución, licenciado?

—¿Cuál, la nuestra o la de los americanos?

—La del Estado Libre Asociado de Puerto Rico. Además, para su conocimiento, abogado, nosotros también somos americanos. ¿O no?

Damián detuvo las caricias, se rascó la cabeza y una mueca torcida apareció sin aviso. La voz sonaba analítica.

—Técnicamente sí, porque nacimos en América, conceptualmente, difiero, amor. Para los gringos no somos más que los indios suertudos que, al nacer son bendecidos con la ciudadanía americana, los indios que aprendieron a contar y algunos a destrozar el inglés, los indios con pasaporte.

De un solo movimiento, Natalia cayó sentada. Pero ¿cómo rayos se había desviado la conversación? Hubiese sido más fácil, más común, solo decirle '¡buenos días!' Peor aún, ¿cómo no se había dado cuenta del despreciado concepto que llevaba su novio de sus raíces?

—Bonito concepto ese que tiene usted de los puertorriqueños, licenciado.

Materia oscura

—No te enojes, cariño, es la verdad. Eso es lo que ellos piensan de nosotros. Yo puedo hablar del tema, lo viví todos estos años mientras estudiaba en los Estados Unidos.

—Sí, claro —una mueca de fastidio.

—No te enojes. Yo no pienso así de nosotros. Es mi opinión de lo que ellos piensan de nosotros. Anda, ven, mi india colorá.

La haló y apretujó en su pecho.

—¿De qué color prefieres que me ponga hoy el taparrabo? —preguntó juguetona.

Damián la miró y a su trasero también. Llegó a formar la imagen de su mujer vestida solo con una de esas prendas en discusión. Deslizó un dedo índice entre el camino uniforme que formaban los rosados glúteos. Sintió el temblor que la súbita caricia provocó en ella.

—Me gustas más al natural, como Dios te trajo al mundo.

Natalia, ya con los labios despojados del llanto nocturno, le atizó la entrepierna.

—Me gustaría verte en taparrabo.

Una risotada en la voz masculina le hizo temblar los pectorales.

—¡Ni lo sueñes! Hasta ahí llegan mis complacencias, señorita — la apartó por los hombros en un gesto juguetón de desprecio con seriedad ofensiva. Abandonó la cama.

—¡Hey! —la rechazada joven se paró sobre la cama y se le lanzó encima en un abrazo de manos y pies al nivel de los huesos cuadrados que formaban las caderas del hombre en quien había desarrollado una dependencia emocional desconocida—. ¿Y si te lo pido de una manera amable? Digamos que —muchos besos, el rostro y cuello—, muy, muy, muy amable.

—Tu amabilidad tendría que ser tan, tan, tan, tan desprendida y generosa como para que me den ganas de hacer el ridículo a ese nivel. ¿Te imaginas, un taparrabo? —al ver cómo los ojos de Natalia se volvían a iluminar con ese brillo hechicero, y la lengua, que acostumbraba darle caricias tiernas, le humedecía los labios, pensó que por verla siempre así, haría todo el ridículo del mundo. Es más, cruzaría la avenida más concurrida de la ciudad en plena hora pico en la diminuta prenda indígena, solo por verla siempre reír. Por el momento, solo enfrentaría a su tío, por verla a salvo. Le besó la frente—. Gracias por recibirme de vuelta —dejó escapar un suspiro—, *"por no preguntar"*, completó en el pensamiento.

—Gracias por volver…—ahogó las palabras en el pecho de él.

El celular de la joven sonaba desde algún lugar remoto en su bolso. Así estuvo toda la noche abandonado y así continuó la mañana. Esas almas heridas y cargadas de culpas necesitaban darse cariños, era lo único que podría hacerlas sentir mejor.

31

Misma piedra ✳ El juicio ✳ Mismo resultado

—¡Es el colmo, Iraida!

Roberto Benavent trataba de contener las ganas de montarse en el auto e ir en búsqueda de su hija. Lo único que lo detenía era el rostro preocupado de la esposa. Llevaba la misma preocupación que él, no deseaba añadirle una más.

Aunque el padre no la había vuelto a increpar en el tema de su relación con Damián, no significaba que hubiera bajado la guardia. Cuando notó que la frecuencia de las noches fuera de la casa había comenzado a mermar, se dedicó solo a observar. Seguía llegando tarde en las noches. Al menos llegaba. El rostro de su hija había vuelto a reflejar una sombra gris. Sabía que era la sombra del corazón entristecido. ¿Cómo no saberlo? El amor de padre se lo decía. No le gustaba verla así. Solo deseaba para ella que rehiciera su vida, que encontrara la felicidad en alguien que valiera la pena, que apreciara todo su valor. El Roa no era el partido. Ya había indagado con algunos amigos, que por años trabajaron en la industria de seguridad. El muchacho podía tener un récord de aptitud académica impecable pero estaba ligado a un mundo sombrío. No dejaría que Natalia volviera a caer como estúpida presa en las garras de lo que ella podría pensar era amor.

Siempre argumentaba con él mismo, que la inteligencia de Natalia, él se la había heredado, la madre sin duda, había contribuido la belleza y bondad, pero además, la habilidad mortal de poner el corazón primero que la razón. *"Una vez fue suficiente, Natalia Benavent"*, sentenciaba. Roberto recordaba de forma vívida los eventos que tuvieron lugar cinco años atrás a raíz de una locura de amor de su hija. Sufrió el abandono de su más preciado tesoro. Prefirió el amor de un joven, el primer amor. El sufrimiento que le causaba la lejanía de su hija era tan mortal, que accedió a que la pareja de mocosos contrajeran matrimonio. Todo por volver a tenerla a su lado. Bueno, debo ser responsable en la narración de los sucesos, así que el orden correcto de los eventos fue el siguiente: la niña se enamora, el padre rechaza la relación por pensar va demasiado apresurada, ella se rebela, se va de la casa con el novio, la ausencia de su única hija crea un dolor inmenso en los padres quienes terminan aceptando la relación y dan el visto bueno para que los menores contrajeran matrimonio. Con el pasar del tiempo fueron demostrando, que aunque jóvenes, eran responsables. Trabajaban a tiempo completo durante el día y en las noches continuaban los estudios universitarios. Roberto no perdía cada oportunidad que encontraba para darles una lección de planificación familiar a la pareja. Que tuvieran muy claro, que en el momento en que trajeran un hijo al mundo, todos los demás planes de estudios quedarían anulados.

Con el pasar de los meses en los primeros dos años, la frustración de la locura de haberse casado tan joven, fue transformándose en admiración. Esos chicos estaban muy centrados en lo que querían; terminar las carreras, ir por el postgrado, comprar una casa, construirle una piscina, viajar, conocer el mundo, todo eso antes de encaminarse en la faena de convertirse en padres. Roberto se sentía victorioso, los engorrosos sermones habían dado resultado.

Una noche recibió la desesperada llamada de su pequeña, lloraba sin consuelo al otro lado del teléfono. Algo terrible debía haber sucedido, jamás reconoció un llanto tan triste en ella. La mañana siguiente, él y su esposa se presentaron en la puerta del departamento de los muchachitos, luego partieron rumbo al hospital. Allí permaneció el joven Ignacio por tres semanas hasta que, finalmente fue diagnosticado con desorden bipolar y la vida de su pequeña dio un giro inesperado de noventa grados.

—Tranquilízate, cariño. Tomando esa actitud no vas a resolver nada. Vas a precipitar todo —la voz melodiosa—. Iraida sabía que su esposo le evadía la mirada con alevosía—. Vas a hacer que la historia se repita.

—No me puedo quedar de brazos cruzados viendo cómo desperdicia su vida —Roberto, sintió la calidez que le transmitió la mano de su mujer con la caricia en la espalda.

—Estás juzgando, amor, no conoces al muchacho —la mano de Iraida quedó en el aire, el hombre se apartó a la misma vez que giraba en su dirección.

—¿Y tú sí lo conoces?

—No, no lo conozco, pero pudiéramos darle la oportunidad. Recuerda lo que nos pasó con Ignacio.

—Es diferente, Iraida. Tu hija es una mujer adulta ya, ¡por Dios, que recapacite!

—Escúchate. Tú mismo lo has dicho, es una mujer adulta, no va a permitir que le digamos con quién va a tener una relación.

—Escúchate tú, Iraida, ya entregaste el juego, ya te diste por vencida.

—No, cariño, pero aprendí que cuando intentas imponerle las cosas a la fuerza a tu hija, la llevas a precipitarse en sus acciones y no porque en realidad esas sean las acciones o decisiones que quiera seguir. Como una buena Benavent, solo por el mero hecho de llevarnos la contraria.

Roberto dejó caer el rostro, Iraida volvió en su auxilio.

—Me siento impotente… con las manos atadas.

—Desayunemos y cuando aparezca, hablamos calmados. ¿Te parece?

Roberto asintió.

Iraida había logrado desarmarle la ira. Ese poder inagotable en ella balanceaba cualquier desequilibrio en él y su familia. Era una mujer que había nacido bendecida por partida doble; bella por dentro y por fuera. De tez clara, aunque no tanto como la piel de Roberto. Cabello y ojos almendrados le otorgaban una suavidad exótica a los rasgos del rostro. Incluso, cuando Iraida se molestaba, parecía no estarlo. La palabra confrontación, para ella, nunca debió entrar al diccionario de la Real Academia Española.

Los esposos Benavent no tuvieron que esperar mucho para tener la charla pendiente con su hija. A media mañana Natalia arribó a la casa de sus padres. No contaban con que llegaría acompañada. La pareja de enamorados quería pasar el fin de semana juntos y recuperar algo del tiempo de cariños perdidos. Entre caricias y besos en deuda, idearon un plan. Irían a la casa de los padres de Natalia por algo de ropa y de una vez dejarían el auto de la joven. Usarían la camioneta de Damián para transportarse. La pelirroja hubiera querido que su 'abogado' esperara en el auto, no tomaría mucho tiempo. Él, sin embargo, quiso bajarse, como todo galán educado, saludar y dar cara por ambos.

El nudo en el medio del estómago de Damián hacía que el café de la mañana se sintiese como un mar agitado. Tenía que aceptar que la presencia del padre de Natalia era imponente y de aires autoritarios.

La pareja se adentró a la sala tomados de las manos.

—Buenos días.

Se escucharon los saludos; la voz de Damián sobre la de Natalia.

Roberto los recibió sentado en su butaca preferida. Muy probable lo hizo intentando contagiarse de esa energía calma que el mueble le transmitía al cuerpo las innumerables ocasiones, que al llegar a su hogar, luego de un día muy ajetreado en la oficina, disfrutaba de un partido de béisbol, el noticiero o alguna película.

Iraida abandonó la cocina donde ya comenzaba a preparar el almuerzo. El olor a cebolla, culantro, pimientos y otros ingredientes del sofrito inundaban la casa. Trayendo consigo una sonrisa neutral, y mientras secaba las manos en el delantal, saludó.

—Buenos días, Damián. Buenos días, Natalia.

La joven barajeaba pensamientos a alta velocidad. La situación no estaba iniciando como ella esperaba. Ya conocía muy bien la huella de preocupación en el rostro de la madre y el silencio inquietante del padre. *"¡Piensa, Natalia, piensa!"*

—Tomen asiento— dijo Roberto.

El ofrecimiento llegó más como una orden que un gesto de anfitrión.

—No, si nos vamos enseguida, gracias.

Antes de terminar de hablar, Natalia comenzó a girar en dirección de la salida y con ella intentaba llevar a Damián.

—Dije que tomen asiento, Natalia —*"Demasiado tarde, muchachita."*

El agarre de Damián le impidió que continuara en la huida. Sintió la tensión llegarle al hombro. Cuando elevó la mirada para investigar qué era lo que sucedía, por qué la detenía, Natalia recibió una reprimenda silenciosa por su parte. *"¡Qué bien!"*, dijo para sí, el propio novio se lanzaba a la hoguera. *"Si supieras, solo si supieras a lo que te expones."* Si tan solo pudiera leerle los pensamientos y así entender la situación. Le diría que el hombre que tenían en frente era uno bueno, un buen padre pero sin la capacidad de depositar delicadeza en las palabras.

Sin dilatar más el momento, tomaron asiento en el amplio sofá frente al santuario del padre. Iraida prefirió quedarse de pie cerca de Roberto en caso que hiciera falta colocarle la mano en el hombro.

Un silencio incómodo los separaba.

El padre con el control remoto apagó el televisor.

—Entonces, ¿qué es lo que tienen en mente?

Silencio.

Miradas, solo miradas entre sí.

—No sé a qué te refieres, papá.

—¿No sabes, Natalia? Creo que ya pasamos por esto una vez.

—Yo… —la voz de Damián la interrumpió.

—Señor, mis intenciones con su hija son serias.

El rostro de Roberto dio un leve giro a la derecha, una efímera sonrisa le hizo temblar la comisura derecha de los labios. El momento que tanto deseaba se servía en bandeja de plata.

—¿Cuán serias, muchacho?

—Serias —su voz, un reflejo de la seriedad a la que hacía referencia.

—Vuelvo a preguntar, ¿cuán serias?

"Si solo usted supiera que daría la vida por su hija", quería decir.

—Papá, ¡por favor! —Natalia intentó ponerse de pie pero el agarre de Damián la devolvió al mismo lugar en el sillón. Con disimulo buscó zafarse de la mano del joven. No tuvo éxito. A ese punto el coraje no era solo con el padre, el novio también se lo había ganado.

—Natalia, permite que tu padre termine de hablar —dijo Damián con voz expectante.

—La tercera vez que pregunto, ¿cuán serias son tus intenciones con mi hija?

—Muy serias, señor. Yo estoy comenzando mis estudios en leyes, mi deseo es poder ofrecerle estabilidad a Natalia y...

—¡Basta! —cayó de pie la joven, llevaba el rostro ardiendo—. Esta conversación está demás. No soy una niña, papá, por si no te has dado cuenta.

Iraida se secó con el delantal unas gotas de agua que le quedaban esparcidas en las manos. Inhaló profundo y se dispuso a tomar el rol que siempre le tocaba en las conversaciones entre padre e hija.

—Natalia, Roberto, tenemos una visita y creo que es prudente que nos comportemos y hablemos como gente civilizada que somos. ¿Qué va a pensar el joven de nosotros?

La muchacha bajó el rostro.

—¿Cuán cercano eres a tu familia, Damián? —Roberto ignoró por completo el pedido de tregua de Iraida. Esa era la oportunidad y no la desperdiciaría. Pondría contra la esquina al muchachito ese.

Natalia pudo notar cuando la espalda se le encorvó al joven.

—¿Podría ser más explícito con su pregunta, señor?

—¿Cuán explicito quieres que sea? ¿Qué relación tienes con Nicolás Roa? —se puso de pie Roberto—. ¿Así de explícito o más?

—¡Papá, basta!

—Deja que el señor responda, Natalia.

—¡Basta! ¡Vámonos, Damián!

El joven había quedado tieso, observando en dirección vertical el rostro del padre de la mujer que amaba. Descargaba la ira en el interior de los cachetes. Mencionarle a su tío había sido un golpe bajo, muy bajo. Logró ponerse de pie e igualar la estatura del 'suegro'.

—Deja que el señor se vaya, Natalia, tú y yo tenemos que terminar esta conversación.

—Roberto, por favor, creo que todos están precipitándose. Hablemos como personas civilizadas. Natalia, cariño… Damián, disculpa…

—Aquí no hay nada que hablar, mamá. Vámonos —comenzaron a caminar hacia la salida.

—¡Si sales por esa puerta, no regreses! —sentenció.

La joven detuvo de súbito el paso y giró hacia el padre.

—¡¿Qué?!

—Podrás ser todo lo adulta que quieras, pero mientras vivas bajo mi techo, tienes que seguir mis reglas.

Iraida veía la historia repetirse.

—No te preocupes papá, me queda muy claro que hay piedras que rebotan y se te cruzan en el camino más de una vez. Vámonos, Damián.

Por segunda ocasión los padres veían cómo su hija ponía por delante un tercero. Desde la salida le escucharon decir:

—Si quieren saludarme, saben dónde conseguirme.

—Nat, hija, no, espera…

Aunque la joven quería volver y escuchar lo que fuera que su madre quería decirle, no lo hizo. El coraje con el padre era de tal magnitud que sabía lo mejor era irse de allí.

Partieron como mismo llegaron, en autos separados. Durante el camino, Natalia iba luchando con la rabia y la vergüenza que todavía le quemaba los cachetes. No era justo haber protagonizado tal escena frente a Damián, peor aún, haberlo expuesto a las palabras inquisidoras y cargadas de insinuaciones de Roberto. El bendito muchacho no tenía la culpa de nada. ¿Cuándo lo iban a entender?

Damián manejaba a toda velocidad, si así pudiera dejar atrás el bochorno. En voz alta repetía una y otra vez las respuestas que quiso darle a Roberto pero que nunca llegaron a salirle de la boca.

'Señor, no tengo la culpa de llevar este apellido.'

'Soy alguien que intenta superarse.'

'Yo amo a su hija.'

'Me la llevaré lejos.'

'La cuidaré.'

¡Bah! Nada era cierto. Lo cierto era que la vida de Natalia pendía de un hilo y el único culpable era él por haberla metido en el mundo Roa.

El fin de semana se había jodido, sería casi imposible darle un giro a su favor. Damián llegó primero a su casa, minutos más tarde lo hizo Natalia. Entonces, un pensamiento llegó de improvisto, *"¿Dónde vivirá, Natalia?"*

—No, Damián, no me mudaré contigo.

—Pero no vas a dormir en la calle. Soy el culpable que te echaran. ¡Por favor!

—Agradezco tu ofrecimiento. Aceptaré quedarme unos días, pero no me mudaré contigo.

—¿Por qué no? —con ambas manos, se peinó el pelo hacia atrás—. ¿Qué tiene de malo?

—Todo, Damián, tiene de malo todo. Ya viví esto. Ya comencé una relación de convivencia por impulso. Yo me las arreglaré.

—¿Cómo que te las arreglarás?

—Pues es sencillo, me busco un lugar y listo.

—Es que no logro entender qué tiene de malo que te mudes aquí. No quiero forzar nada entre nosotros, pero tampoco te voy a dejar sola con todo este embrollo, que de paso, es por mi culpa.

—Ellos son mis padres, son mi embrollo, Damián. No es tu culpa. Me toca lidiar con eso.

El joven se quedó observándola pensativo. Sabía que esa conversación no vería un final, no al menos hasta que él lograra que ella aceptara quedarse bajo su techo.

—Tengo una idea —caminó tras ella, que se dirigía a la cocina por un vaso de agua—. Te rento un cuarto en esta casa. A Santiago como que se lo tragó la tierra, hace un par de semanas que no sé nada de él. Estoy solo. Este lugar es grande, está vacío y puedes elegir el que desees.

El chorro de agua que salió expulsado con fuerza de la boca de Natalia bañó toda la camisa roja de Damián.

—¡Wao! Me alegra saber que te emociona tanto mi maravillosa idea.

Entre risas, la joven tosía en un intento de aclarar la voz.

—No es eso. Créeme que te lo agradezco. No pensé que salieras con esa "magnífica" idea.

Con una servilleta de papel Natalia intentaba absorber algo del líquido de la tela en la camisa de Damián.

—Es buena, ¿verdad? —le agarró las manos al nivel de las muñecas.

—Es buena idea, si lo hacemos bajo mis condiciones.

—Exponga los puntos, señorita.

—Mi espacio es mi espacio, significa privacidad. El que viva aquí no significa que dormiremos todas las noches juntos en la misma cama —vio como se le fue estrujando el ceño a Damián que continuaba sujetándole las manos—. No me has dicho cuánto será la renta.

—Me queda claro que tu espacio es tu espacio. También que no usaremos la misma cama todos los días —una guiñada. No le importaba andar de cama en cama siempre y cuando fuera con ella—. La tarifa, tendremos que discutirla con cautela.

—¿Cuánto me cobrarás por el alquiler de uno de los cuartos vacíos?

Damián torció la sonrisa.

—Los dos cuartos que están al principio del pasillo tienen una tarifa de setecientos dólares mensuales, los tres que le siguen a esos, quinientos. Ojo, que ninguno incluye las utilidades, esas son aparte.

Natalia explayó los ojos y la boca.

—Pero, ¿te crees que esto es el Ritz?

—La última habitación tiene una tarifa de trescientos dólares, incluye baño privado, todas las utilidades, servicio de limpieza y hasta estacionamiento bajo techo.

Mintió, el baño era compartido con otra habitación.

—Qué casualidad que es la habitación contigua a la tuya.

—Pura casualidad, cariño —le guiñó un ojo.

—Habrá que negociar.

—Esas son las propuestas y expiran en los próximos diez segundos, preciosa —comenzó a besarle la frente mientras le llevaba las manos, que aún continuaban bajo su dominio, a la espalda.

—Ya veremos cuán exitosa sale la sesión de negociación, licenciado.

32

La entrega ✳ La insurgente ✳ La identidad

Sebastián pasó el fin de semana en la guarida recibiendo los mimos de Cecilia. Intercalaba las sesiones de cariños que le otorgaba con pensamientos relacionados a la mujer de su hermano y la tarea que le había asignado. Si lo hacía, si ella lograba, junto al reconocido *hacker*, multiplicarle el dinero, entonces sería otro el escenario.

En el departamento de Rafael contaban hasta el último dólar. La primera parte del objetivo había sido logrado. El dinero de Sebastián se multiplicó según ordenado. El joven la observaba. Le llamó la atención la concentración con la que Natalia contaba con destreza ávida los billetes. Los acomodaba en abultados bloques que sumaban cantidades de mil y los colocaba de nuevo sobre la mesa. Notó que llevaba puesto un vaquero negro muy ajustado, zapatillas deportivas, un suéter de manga a tres cuartos negro también, el pelo recogido en una cola y el rostro limpio de cualquier maldad. Con disimulo deslizó una mano hasta su entrepierna y apretó para acomodar la incomodidad que se despertaba cada vez que la tenía enfrente.

—¿Iremos en tu auto? —preguntó sintiendo el intento fallido de su voz por traicionarlo. La lengua todavía saboreaba las imágenes que se había forjado de Natalia desnuda tirada sobre aquella mesa rodeada de todo aquel papel verde y él haciendo realidad todos aquellos pensamientos nocturnos que había tenido con ella. De seguro con el pasar de los días, algunas otras más podría inventar.

—¿Iremos? No, Rafael —consciente de la necesidad de su ayuda, suavizó la voz—. Gracias, pero esto debo hacerlo sola.

El joven acortó la distancia entre ellos.

—No te dejaré ir sola.

A Natalia se le estremecieron los hombros con la cercanía. Habló sin mirarlo mientras continuaban manipulando el dinero.

—Insisto que es sola como debo ir a hacer esta entrega.

—¿Mula? —esta vez sí le otorgó la atención que demandaba Rafael.

"*Tu madre*", le dieron ganas de responder a Natalia.

—¿Qué?

—¿Qué si en eso es en lo que te has convertido, Natalia, en una mula?

Desconocía en qué demonios se había convertido. El término mula solo lo había escuchado para referirse a aquellos pobres infelices que arriesgaban todo para transportar drogas por unos cuantos pesos. Ella no transportaba drogas. El coraje comenzó a agitarle el estómago. "*Tú no eres una mula, Natalia, eres cerebro detrás de la magia que hace que este dinero se multiplique*", le decía la voz que últimamente se le infiltraba en los pensamientos.

—No soy una mula —dijo con la voz seca—. Dejemos el tema.

—¿Estás armada? —ya había analizado los contornos de aquella cintura curvada y no había podido detectar una.

Tragó en seco. Natalia sintió deseos de toser.

—¿Para qué quieres saber?

Una risotada de Rafael retumbó en las paredes vacías del lugar hasta azotarle los oídos.

—No, no tienes ni un cortaúñas contigo, ¿verdad?

—Ya deja la habladuría y ayúdame a colocar todo en la mochila.

No se percató cuando Rafael había desapareció a través del pasillo.

—Toma —dijo después de lograr, silencioso, la cercanía cara a cara que tanto deseaba.

El corazón comenzó a brincarle en el pecho.

—No voy a tomar esa arma.

Él inhaló el aliento fresco que se le escapó. Intentó, sin éxito, capturar la mirada esquiva.

—Es de la única manera que te dejaré salir de aquí con ese dinero rumbo a donde demonios sea que lo tienes que entregar.

Aunque resistiendo con la mirada, la joven supo que no tenía más remedio que llevar consigo el arma. Así fuera que la dejara en el auto. Lo único que quería llevar con ella era la esperanza de acabar con todo de una vez.

Rafael retiró con recelo el arma del alcance de Natalia.

—¿Sabes usarla? —*"Claro que no sabe usarla, estúpido"* —. Ven.

En unos minutos el joven le enseñaba la teoría. Aunque sabía que la inexperiencia podía ser más un peligro para ella que una ventaja contra cualquier amenaza, algo le decía que no debía dejarla ir sin nada con lo que pudiera defenderse.

En un principio Natalia sintió que el frío del metal del arma le recorrió toda la mano y le llegó hasta el cuello congelándole la nuca. Mientras Rafael le explicaba el mecanismo de acción de la EZ 9 milímetros, el corazón agitado comenzó a bombearle sangre muy caliente a todas sus extremidades. Nunca había tenido una cosa de esas en las manos.

Por última vez el joven volvió a preguntar:

—¿De verdad no quieres que te acompañe?

Quería decirle que sí, que no sabía cómo iba a sobrevivir a ese encuentro con Sebastián, que no sabía qué habría para ella después de esa entrega.

—No, Rafael, ya has hecho demasiado por mí.

La agarró por los hombros reteniendo su atención. Habló pausado, impartió instrucciones:

—Estaré pendiente al celular. Cuando llegues al lugar me envías un mensaje de texto para saber que llegaste bien, y cuando salgas de allí, me envías otro para saber que saliste sin contratiempos. ¿Entendiste? —*"Mierda"*, sentenció el joven muy preocupado. Por más que ella intentara disfrazarlo, llevaba el miedo acentuando cada contorno de lo que él pensaba era el rostro más hermoso que jamás había visto, que jamás había tenido tan cerca.

—Entendido.

Rafael terminó de meter el dinero dentro de la mochila, le escondió en la cintura el arma, la ayudó a colgarse el bulto en la espalda. La vio cruzar el umbral y no pudo evitar pedirle a Dios que la acompañara. No era religioso. Solo sabía que cuando su abuela lo despedía en cada visita, le echaba la bendición y la escuchaba pedirle a Dios que lo acompañara siempre. Al parecer eso funcionaba; le había dado resultado en todos los años que llevaba navegando entre redes de informática ajenas, metiendo la nariz en lugares impensados y extrayendo información muy valiosa para luego intercambiarla por dinero u otros elementos de valor.

En los últimos años el manejo de dinero en la bolsa se había convertido en algo divertido y muy rentable. Con la adición de Natalia a la ecuación, y el cerebrito que escondía debajo de aquella melena, que imaginaba muy suave y deseaba con ansias algún día tener enredada entre los dedos, el factor exponencial de lo que podría lograr era incalculable. No tenía dudas.

A través de todos esos años había procurado vivir en un bajo perfil. Por eso lo hacía en un lugar que nadie conocía, al menos eso pensaba. Lo menos que necesitaba era crear ninguna sospecha. Trabajaba en la pequeña empresa y todos lo hacían un joven normal. Le preocupaba saber para quién Natalia trabajaba. Deseaba tanto tenerla cerca, que si por él hubiese sido, habría ignorado todo. Sus clientes merecían respeto, por eso era necesario conocer la identidad de quien se había adueñado de los actos de su joven amiga.

$$* * *$$

El camino del lugar donde recogió el dinero hasta el punto de encuentro no era corto. Le tomó cerca de hora y media llegar, más tiempo de lo que pensó. El tráfico de la hora pico parecía haberse extendido un poco más de lo normal. Tal vez tenía la culpa. Manejaba despacio, más de lo habitual. Con un arma y todo aquel dinero encima, de seguro, eran varios años los que podía pasar ella también en la Federal, quizás acompañando al tío Nicolás. Rogaba porque el encuentro con Sebastián no se demorara demasiado. Damián asistía a la escuela de leyes en las noches. Natalia debía estar de regreso en la casa antes de las diez. La única razón por la que puso resistencia para mudarse bajo el mismo techo era que sabía complicado mantener sus andadas en secreto. De la negociación con Damián había logrado un acuerdo para tener sus cosas en el cuarto que ella eligió. No era el que Damián quería. Así preservaría algo de su intimidad.

Luego de abandonar la carretera principal, debió adentrarse a una que la distinguían curvas tan cerradas que parecían llevar forma de herradura. Era la única ruta de acceso a las facilidades del Observatorio de Arecibo. Aunque era una atracción científica y turística muy reconocida en la Isla, nunca lo había visitado. ¿Cómo demonios lograría acceso? Por ser una joya de la ciencia, imaginaba que el lugar estaría forrado de sistemas de seguridad o varios guardias apostados en la entrada. ¡Sorpresa! Al llegar a la entrada, encontró los portones que daban acceso clausurados con cadenas, varios candados y un gran letrero colgando de ellos: 'Cerrado por Mantenimiento Anual'. Continuó, como le había instruido Sebastián, bordeando el perímetro hacía la izquierda. Detuvo el vehículo al divisar una moto estacionada en medio de una planicie de tierra desértica. Hasta que apagó las luces del auto, pudo notar la oscuridad que dominaba el lugar.

Antes de bajarse del vehículo se puso una chaqueta negra de algodón que le cubría los brazos, cerró la cremallera en la parte frontal. Miró una… dos… tres veces la cajuela en el panel frontal, había colocado allí el arma de Rafael. Volvió a observar la oscuridad, le mostraba el camino que debía seguir. Maldijo mil veces al imbécil de Sebastián por haber escogido, de tantos, un lugar como ese. Lo maldijo también por haberla metido en todo aquello. Alargó el torso sintiendo la inestabilidad en su cuerpo mientras se estiraba, tomó el arma y se la colocó en el mismo lugar que Rafael se la había escondido. Volvió a arreglarse la chaqueta, esta vez estirando el borde de la tela lo suficiente para asegurar que camuflaba el arma. Ya fuera del auto tomó la mochila y se la colgó en la espalda. Procuró cerrar en silencio la puerta. Escuchó la voz de su padre advertirle la importancia de siempre llevar una linterna en el auto. 'Nunca sabes cuándo la vas a necesitar.' Si tan siquiera hubiera sabido.

Pasó por el lado de la moto y no pudo contener las ganas de deslizar los dedos sobre el asiento. Fue breve el toque. Comenzó con paso lento y tembloroso a caminar por la vereda, que de forma natural, se abría entre la maleza. Al parecer era una ruta que alguien frecuentaba. La yerba lucía maltratada, en algunos lugares, brillaba por su ausencia. Natalia sintió la necesidad de mirar al cielo y así descubrir de dónde provenía la luz que la ayudaba alumbrándole el camino. Un enorme globo grisáceo la observa en silencio. Se permitió parpadear muy despacio. Continuó avanzando.

TU PEOR ERROR
Materia oscura

A medida que caminaba por aquel lugar desconocido, era imposible dejar de pensar cómo algo que ella amaba tanto, la naturaleza, podía tener la capacidad de convertirse en un lugar tenebroso. El cantar de los coquíes parecía un quejido de lamento y los grillos le gritaban ¡detente! Una oleada de viento generó un estruendo en los árboles. Muy probable que si hubiese sido de día, lo hubiera catalogado como una simple ventisca. En ese instante era un maldito susto adicional que debía apuntar esa noche. Otra maldición a nombre de Sebastián.

Llegó hasta una verja. Algunos alambres cortados, que formaban una especie de arco, parecían darle la bienvenida. Con lentitud temerosa se removió el bulto de la espalda, dio tres pasos e inclinándose lo depositó en la dimensión que la forzada entrada le mostraba del otro lado. Era su turno. Al atravesar por el hueco sintió el roce de los alambres en la espalda. Sacudió las manos que se le llenaron de polvo al verse forzada a apoyarse en el suelo para maniobrar, y así de una vez acompañar la entrega en el otro lado de la verja. *"Que no aparezca un perro"*, fue la primera plegaria que le saltó en la mente. Se sintió estúpida, tal vez un perro le haría menos daño del que pudiera hacerle Sebastián.

Ya con el bendito bulto y el peso de la culpa en la espalda, analizaba qué camino tomar. A diferencia del trayecto ya recorrido, éste no tenía ninguna indicación por dónde continuar. Era un tupido matorral. El crujir diferente de unas hojas viajó por encima del sonido de la noche. Se le detuvo el corazón a medio palpitar. El frío de las sombras le había secado la garganta. ¿O había sido el miedo? Dejó el cuerpo en la dirección en que se le paralizó, movió solo la cabeza intentando hacer un recorrido en el perímetro cercano.

Primero, a la derecha.

No halló más que la negra luz.

Luego, a la izquierda.

Más oscuridad.

Y cuando se disponía a devolver la mirada al frente y continuar, una presencia se impuso apareciendo de la nada. Como un maldito fantasma lunar, como siempre lo había hecho.

—Puntual, cuñadita.

Reconocer la voz de Sebastián evitó que lanzara el grito que se le condensó en la garganta.

—Respira, que pareces un fantasma. Me alegra saber que te cause tanta emoción verme, Natalia —la sonrisa era sádica. El blanco de los dientes alineados en perfecta formación la alumbraba. Llevaba el cabello cubierto con un gorro oscuro, el vello de la barba algo crecido, reflejaba la luz plateada de la luna llena.

—Acabemos con esto ya —se quitó la mochila y la lanzó al suelo—. Toma tu maldito dinero. Allí tienes el doble. Están los ciento cincuenta mil que me diste y ciento cincuenta mil más.

La joven comenzó a retroceder, se dirigía rumbo al portal por donde había logrado acceso.

Sebastián le ordenó detenerse.

No le obedeció.

Una vez más, que se detuviera. Sintió la voz impaciente avanzando tras ella.

Natalia y su coraje lograron alcanzar el arma que llevaba escondida en la cintura, con una agilidad irreconocible, giró.

Todo pasó muy rápido.

La orden de Sebastián.

El coraje de Natalia.

El arma.

El dedo en el gatillo.

La convicción de terminar todo ya.

Un arma que no se disparó.

El seguro que nunca desactivó.

Todo demasiado rápido.

—¿Serás idiota? —la voz furiosa de Sebastián le reclamaba.

Sentía los labios que le rozaban la piel de la oreja izquierda mientras lo hacía. Una mano del rubio le mantenía prisionera las de ella con fuerza en la espalda, la otra, la obligaba al silencio.

—Empezamos mal la velada, nena. ¿Te han dicho que tienes problemas de actitud? —aumentaba cada vez un poco más el agarre—. Debería darte una lección para que aprendas con quién meterte y no seas tan estúpida. ¿Sabes que si quisiera, estarías con las nueve balas decorándote el cuerpo? ¿Qué tendría que decir mi hermano a eso? —la zarandeó—. ¿Te vas a portar bien si te suelto? Mira que tenemos negocios *familiares* que discutir.

Mientras Sebastián, intentaba intimidarla, algo en la parte trasera de su cabeza deseaba que de los labios de Natalia saliera un gran *no*; que no se portaría bien, que seguiría en resistencia. Inconsciente rompió el record del tiempo en el que sus áridas manos, sin protestas, toleraban sentir la helada piel de la mujer.

Natalia comenzó, como yegua salvaje, a lanzar patadas y gritos enmudecidos. No se daba cuenta que su actitud forzaba a Sebastián a permanecer intentando someterla todavía más. La rabia era demasiada. Aunque la mente le decía *"¡suficiente!"*, su cuerpo deseaba el enfrentamiento. Ya estaba bueno de tanto abuso. Ese maldito tendría que matarla pero ¡ya estaba bueno! ¡¡Ya!!

Lo tomó por sorpresa la reacción. No le sabía tan rabiosa. Lo obligó a tomar otras medidas. Sebastián se lanzó al suelo de espalda dejando que el cuerpo de ella continuara desobediente sobre él. Deslizó la mano que le tapaba la boca un poco hasta acomodarla sin mayor esfuerzo en el hueco bajo la barbilla. Luego, soltó el agarre de los brazos de su prisionera que permanecían al nivel de la espalda, y con suma rapidez, acomodó el antebrazo en la parte trasera del cuello de Natalia.

Cerró los ojos.

Respiró profundo.

Los volvió abrir.

Había limpiado el velo helado que el toque de la mujer de su hermano le pusiera en la mirada.

Hizo lo que tenía que hacer.

Poco a poco fue aumentando la presión en sus antebrazos asegurados en los lugares exactos donde cortaba el flujo de sangre de la carótida y la yugular. Había una línea muy fina entre llevarla a un sueño profundo o al más allá. Si la presión no era ejercida en los lugares precisos, podría cortarle el flujo del aire a los pulmones.

—Déjate ir, Natalia, vamos nena, déjate ir —susurró, sintiendo de regreso la maldita sensación desagradable, pero ya no desconocida, aglutinársele entre el pecho y la boca del estómago. La misma de cuando la vio mojarse los pantalones. *"¿Qué carajo pasa, Sebastián?"*, se reclamó. Aumentó más la fuerza con que la dominaba, fue sintiendo cómo el cuerpo de la joven, poco a poco, rendía la resistencia, tardando más de lo que él hubiese deseado.

Llevaba más de una hora observándola inerte en el suelo. Quién diría que esa mujer que dormía un sueño forzado, tuvo el atrevimiento de intentar matarlo. Soltó una carcajada silenciosa al pensar que Natalia había olvidado quitar el seguro del arma. Esa mujer era todo contradicción, una mezcla de corajes, temores, inteligencia e inexperiencias. Mientras ella era víctima del efecto de la llave del sueño que tuvo que usar para someterla a la obediencia, se aseguró que no llevara ningún artefacto de grabación consigo.

Se la había echado al costado. Con ella y el bulto, caminó por casi diez minutos hasta llegar al lugar que con toda intención había seleccionado para el encuentro. La llevó hasta la entrada de uno de los cuartos de máquinas en la base del enorme plato que componía la gigantesca superficie reflectora del telescopio de un solo plato más grande del mundo. Después de matar el tiempo contando el dinero y validar que la suma había sido duplicada, se dedicó a observar el cielo a través de los espacios que dejaba libre la impresionante estructura de aluminio y acero. Permaneció así sentado en las escaleras de concreto que elevaban el cuarto de máquinas del suelo.

Una fuerte punzada en la parte superior de la cabeza y los pulmones gritando por un poco de aire, fue lo que logró traer de vuelta a Natalia del *sueño de los justos*. El cuerpo se le encorvó en pose fetal a causa del esfuerzo por lograr llevar algo de aire a su cuerpo. La tos no paraba. Intentaba abrir los ojos, un resplandor, que parecía provenir del cielo, se lo impedía.

Otra punzada en la cabeza.

Tos.

Algunas punzadas adicionales, esta vez, por partida doble.

Más tos.

Le pareció escuchar una voz a lo lejos. Intentó abrir los ojos otra vez y dirigirlos a donde los oídos le decían que se originaban aquellas palabras.

—No te impacientes. Pasarán unos cuantos minutos hasta que tu cerebro registre que le está llegando suficiente oxígeno. Yo tú, me quedaría quietecita.

Como era de esperarse, Natalia no obedeció. Sumida en el letargo que le imposibilitaba usar todos los sentidos, intentó ponerse de pie. Apenas logró elevarse unas cuantas pulgadas, suficientes para pegarse un golpetazo en la quijada con el concreto al volver a caer. El cuerpo quedó inmóvil.

Sebastián en un principio disfrutaba de lo indefensa que estaba la pobre mujer. Se lo merecía, por atrevida, por estúpida. En otras circunstancias le hubiese dado algo más para que aprendiera de una vez a respetarlo. No esperaba que el pecho le diera un salto cuando vio cómo la muchacha volvió a caer y restrelló la cara contra el suelo áspero. Esperó unos segundos, los que necesitó para sacarse de los oídos el sonido del crujir de los huesos al colisionar con el concreto. Sabía que intentaría levantarse de nuevo. Se quedó esperando. En su lugar vio cómo comenzaba a correr un hilo de sangre entre las veredas formadas por grietas en el cemento. Sintió la necesidad de apresurarse hacia ella. Caminó despacio, se agachó frente al cuerpo yerto, deslizó una mano entre el rostro ensangrentado y el concreto, con la otra, buscó un agarre más férreo alrededor del pecho. Poco a poco fue deslizándose de espalda contra la pared. Al final, logró quedar sentado sujetando el cuerpo entre sus brazos, sobre las piernas. Sebastián se quitó el gorro y con este comenzó a colocar presión en la herida.

—Vamos, nena, despierta —la voz carecía del usual tono sarcástico.

Continuaba colocando presión en el mentón, y a al misma vez, dejaba que la mirada se le escapara en un recorrido obligatorio del perímetro. El lugar estaba cerrado de forma temporera a raíz de unas reparaciones en la infraestructura. No por eso debía descuidarse. Removió el pedazo de tela para inspeccionar la herida. Pudo reconocer, que por fortuna, no era de grave profundidad. Unos cuantos puntos de mariposas servirían para sellar ambos extremos de la piel de vuelta a su lugar. Algunas gotas de sangre comenzaban a brotar a través de la blanquecina piel.

Materia oscura

Volvió a colocar presión. A ese punto, Sebastián había perdido la batalla que lidiaba con su mirada. En vano fueron las violentas pestañeadas que buscaban calmarle la curiosidad. Cayó rendido ante el rostro apacible que sujetaba. Con excitada curiosidad tornaba los ojos explorando poco a poco cada rasgo de ella. Fue desplazando el contacto visual partiendo desde el cabello revuelto que se le escapaba de la coleta y le cubría rabioso parte de la frente. Los hombros se le encogieron al advertir la degradación, que de forma natural, sufría el color naranja del cabello hasta convertirse en un tono rosado en la piel del ser que le parecía más una deidad que una simple e idiota muchachita. Comenzó a soplarle el rostro para apartarle unas pajas que llevaba pegadas. Una mejilla quiso elevársele al notar que la mayoría de las pajas no se movían, que eran pecas. Vio cómo le ondulaban las pestañas al toque de su aliento. Le duró poco la contemplación porque el cuerpo de la joven comenzó a estremecerse, la garganta intentaba liberar algunos quejidos. Sebastián salió del embelesado trance, los músculos se le volvieron a tensar. Sujetó la mano de Natalia y la llevó hasta la herida para que continuara colocando presión.

—Despierta, que no es momento de jugar a la bella durmiente.

Natalia intentaba elevar los párpados, le pesaban demasiado. Sentía una compresión ajena en la mano y la quijada. Volvió a escuchar la voz que le incitaba a despertar. Luego de varios intentos, pudo vencer la pesadez de los ojos y las punzadas infernales que le querían reventar la cabeza a vuelta redonda. Entre la intensidad de la luz vio asomarse un rostro con cabellos amarillos. Recordó dónde estaba y con quién.

—Suéltame —demandó en un susurro desnutrido.

La joven soltó un quejido al sentir el impacto del suelo en la espalda. Sebastián había obedecido la orden, la hizo rodar sobre sus piernas hasta el suelo. Nunca le quitó las manos de la cabeza.

—Animal.

El insulto le llegó como un cumplido. Forzó otra vez la mano de la joven a donde debía permanecer.

—No quites la presión de la herida.

—¿Qué me hiciste? —otro murmullo, esta vez un poco más audible mientras se pasaba la mano libre por la nuca buscando el origen de otro dolor.

—Todavía nada. Todo eso te lo has hecho tú sola —permaneció sentado contra la pared.

En cámara lenta Natalia fue recuperando el control del cuerpo. Primero se colocó en posición fetal, luego, de rodillas y por último, logró sentarse recostando la espalda de la pared a un par de metros de distancia de Sebastián.

—Bebe —le lanzó la orden junto con la botella plástica rodando por el suelo—. Es agua, te ayudará a aliviar un poco el endemoniado dolor de cabeza que debes tener.

La joven rechazó el ofrecimiento devolviendo la botella de la misma manera pero con menor fuerza.

—No tengo toda la noche, Natalia. Ya me has hecho perder demasiado tiempo con tus estupideces —volvió a lanzar la botella—. ¡Bebe!

El rubio comenzó a sentir satisfacción cuando vio que la pelirroja, con manos temblorosas, logró sujetar el recipiente y desenroscar la tapa.

La satisfacción de Natalia, por otro lado, emergió cuando vertió el envase y sintió que algunas gotas de agua le mojaban la tela del pantalón al salpicar contra el suelo. No seguiría ninguna orden de ese maldito.

—¿No te cansas de hacer estupideces?

—Quiero irme de aquí —le lanzó de vuelta la botella vacía.

—Lo harás solo cuando me asegure que has entendido lo que tengo que decir y lo que tienes que hacer.

—Habla —Natalia pensó que al saberla atenta, Sebastián no perdería el tiempo. Sin embargo, se quedó lerdo con la mirada y el cuerpo en dirección de la enorme estructura frente a ellos. La joven pensó tomar ventaja del aparente trance en que había caído su captor. Consiguió ponerse de pie.

—¿No te parece impresionante semejante maravilla de la ciencia? —le escuchó preguntar.

A ella le importaba muy poco las maravillas y mucho menos de la ciencia. Solo quería salir de aquel lugar.

—¿Por qué me haces esto? Ya te di tu dinero, déjame en paz… déjanos en paz.

—Lamento decirte que eso no será posible. Mentira, no lo lamento. ¿No tienes curiosidad de saber por qué se me antojó citarte aquí?

"Para joderme la vida", pensó decir pero era mejor mantenerse al margen. Ya había cruzado demasiado temprano en la noche el límite y le había costado muy caro. Negó con la cabeza.

—Dime, ¿cuánto crees que mide el diámetro del plato? —Sebastián no recibió respuesta—. Trescientos cinco metros. Aquí tienes otra oportunidad. ¿Cuántos paneles de aluminio forman la superficie del reflector esférico de ese plato gigantesco que ves allí?

Natalia se quedó en silencio, sin embargo, llevó la mirada entrecerrada hasta el objeto en referencia. Comenzó hablar:

—Treinta y ocho… no… cuarenta mil —respondió con voz vaga.

Sebastián no pudo disimular la sorpresa al recibir la respuesta correcta. Para ella el cálculo había sido, aunque doloroso por las punzadas que todavía le aquejaban, demasiado fácil. La elevación de la superficie donde se encontraban le permitía ver gran parte del gigantesco plato al que Sebastián hacía referencia. Tomó la mitad de la imagen, dejándose llevar por las líneas divisoras entre cada recuadro, calculó la cantidad de paneles y luego lo ponderó para el resto de la estructura.

—Trabajo para la CIA.

El razonamiento de la mujer, que todavía celebraba la respuesta ofrecida a Sebastián no pudo descifrar al instante el significado de las palabras que escuchó.

Enmudeció cuando entendió.

—¿Te comieron la lengua?

Un paso corto al frente la acercó un poco tambaleándose.

—Como si fuera tan estúpida para creerte. ¿Dónde está tu identificación? ¡Muéstramela! —dejó suspendida la mano en espera de lo solicitado.

—Como si fuera tan estúpido para andar con ella —se levantó el suéter—. ¿No crees que sean suficientes cartas de presentación?

Natalia sintió la urgencia de apartar la mirada. El pecho se le achicó al notar el mapa de cicatrices que guardaba el joven en el torso bajo la camisa.

Había escuchado hablar de la CIA, principalmente en series investigativas de televisión y alguno que otro reportaje noticioso. No tenía una idea real de qué diablos hacían. Y ahora, de la nada, quien llevaba semanas torturándola con amenazas, le revelaba que era uno de ellos. Por unos instantes, además de sentirse la más idiota del mundo porque ni en las series de televisión alguien encubierto llevaría un carnet de identificación, se sintió en una dimensión desconocida, donde la realidad se había convertido en una cosa transversal con la fantasía. Ya era imposible saberse real.

—Tú y yo tenemos algo en común…

—No, no tenemos nada —le lanzó el gorro ensangrentado que cayó al borde de las botas negras que llevaba puestas esa noche Sebastián—, ya quisieras.

Volteó por completo y acortó la distancia quedando frente a frente a la que consideraba malcriada.

—Sí, sí tenemos. Además del parentesco que nos une, cuñada —una sonrisa lúbrica en los labios desérticos—, y el momento íntimo que quisiste que compartiéramos los tres aquella noche en YOLO, tú quieres liberar a Damián de esta mierda de vida que viene con el apellido Roa, yo —una fuga de microsegundos al suelo en los ojos de Sebastián—, yo quiero cumplir mi misión con la CIA. La única manera que eso será posible es entregándoles las cabezas de varios individuos.

—No entiendo nada —un paso atrás, era necesario mantener la distancia con ese hombre—. Además, y si fuera cierto eso que dices —la tos interrumpió—, ¿qué carajos pinto yo en todo eso?

"¡Enfócate!, imbécil." Sebastián pensó que nunca un carajo le había parecido tan... tan ¿melodioso?

—Lo que teníamos planificado en un principio no servirá para agarrarlos. Necesito crear algo más, algo más atractivo, algo que les llene las bocas de deseo. Algo en lo que ellos quieran poner su dinero. Necesito que crees un esquema para que laven su dinero.

—¡¿Yo?! Pero…

—¡¿No lo ves?! La CIA quiere que negocie un *mega* cargamento de armas y agarrarlos con eso. Ellos no son pendejos, ya no querrán hacer negocios con alguien que tiene los federales oliéndole la nuca. Además, si sigo con las armas, es inevitable que tenga que lavar el dinero a través de los negocios a nombre de Damián —se acercó más a Natalia—. Tú no quieres eso, ¿o sí?

—¿Armas?

Sebastián observó incrédulo lo que le gritaba el rostro de la bendita muchacha. Dos pasos atrás le devolvieron la distancia prudente. Con las manos estrujándose el rostro habló:

—Ay, no me jodas. No me digas que no sabías a lo que se dedica la familia Roa. ¡Mierda! —dejó escapar la palabra cuando Natalia le confirmó que no tenía idea del grado de ilicitud en los negocios de los Roa.

—No puedo hacer eso que me pides.

—Sí, sí puedes.

—No, no puedo. ¡No sé cómo hacerlo!

—Pues pregúntale a Rafael. ¿Me vas a decir que tampoco sabes quién es tu amigo?

Otra vez la cara de desconcierto por parte de Natalia, se sintió tan estúpida porque comenzaba a creer la *fantasiosa* historia que escuchaba.

El rubio volvió a acercársele.

—Permíteme ilustrarte, niña tonta, tu amiguito es uno de los *hackers* más codiciados de este lado del mundo. Me decepcionas, princesita. ¡Qué capacidad para escoger tus amistades! ¿Qué diría el señor Roberto Benavent de su única hija? ¿Qué piensas que diría tu padre, Natalia?

Una patada en el pecho, así sintió esas últimas palabras.

—Deja a mis padres fuera de esto —las muelas castigando con fuerza la quijada y los brazos con un intento fallido de empujar lejos a Sebastián. Solo consiguió tambalearse, no cayó de vuelta al suelo porque la mano áspera la sujetó a tiempo devolviéndole de mala gana el balance.

—¿Es que no logras entender? —permanecía sujetándola—. Parece que todavía no te llega suficiente aire a esa cabeza… *"bonita"*, completó una voz intrusa en su cabeza. No he sido yo quien te metió en esto. Tú solita te metiste. O mejor dicho, ¿fue Damián? Dime, ¿tenemos un trato?

Natalia agitó los brazos, logró sacudirse el agarre de Sebastián.

—¡Es que no sé cómo hacerlo! ¿No me estás escuchando? ¡No sé! ¡No sé!

TU PEOR ERROR
Materia oscura

Con un tono de voz que nunca había advertido en él, escuchó a Sebastián decirle:

—No soy un hombre de fe, Natalia —le acomodó los mechones revueltos de cabello detrás de la oreja—, pero estoy empezando a creer en las cosas que serás capaz de hacer —la voz rauca volvió aparecer—. No puedes hablar de esto con nadie, ni una sola palabra a mi hermanote. Esto es serio, nos jugamos la vida de todos. ¿Entiendes? —Sebastián giró y volvió a centrar la mirada en la grandiosa estructura del telescopio—. ¿Sabías que atados a las antenas hay unos receptores de radio muy sensitivos y de alta complejidad? —no esperó respuesta—. Operan inmersos en un baño de helio líquido para mantenerles la temperatura baja, tan bajas como -273 grados Celsius. El ruido electrónico en los receptores es muy bajo; las señales de radio que entran son muy débiles y deben ser amplificadas. Donde único podemos hablar de esto con libertad es aquí. La cantidad elevada de ondas que emiten los radares imposibilitan que escuchen con cualquier equipo de espionaje nuestras conversaciones. En dos días me veré con los clientes. Mañana en la noche debo tener el esquema listo para presentárselos.

—Pero, estás asumiendo que Rafael me va a ayudar. ¿Y si dice que no?

—Solo dile que la inversión inicial serán cuatro millones y que su comisión será un diez por ciento del monto invertido. Te aseguro que no pondrá resistencia. Y si no lo logras enamorar con esa cifra y tu cara bonita, dile que *Watchman* lo recomendó.

Sebastián daba por sentado que Rafael no pondría resistencia. A ese lo motivaba el dinero. ¿Por qué no lo haría esta vez? Y en última instancia, al escuchar el nombre de *Watchman*, moriría de júbilo por demostrarle lo que era capaz.

—¿Qué hay para mí?

Aunque no era la primera vez que ella exigía algo a cambio de cumplir una de sus órdenes, que más bien parecía que ella las interpretaba como peticiones, le molestó escucharla.

—Lo que tanto quieres, la libertad de mi hermano de sus responsabilidades y retribuciones a la familia Roa.

—Quiero el cinco por ciento del monto invertido, volver a relacionarme con Ceci y que me enseñes a defenderme.

Más le molestó la contraoferta.

—Tendrás el tres por ciento del monto invertido y Cecilia volverá a ir de compras contigo.

—¿Y el tercer punto?

—Ni pienses que voy a enseñarte cómo matarme de verdad.

Se acercó más a Natalia, quien por instinto echó un poco hacia atrás el torso. Sin delicadeza en la mano, Sebastián le elevó la quijada herida para poder observarla.

—Ve pensando qué le dirás a Damián de cómo te hiciste eso —la soltó—. Nos encontraremos aquí mañana, misma hora, mismas condiciones. Vamos, larguémonos de aquí.

Comenzaron a caminar en silencio. Partes del camino parecían vírgenes, como si nadie nunca hubiese pisado ese suelo. Seguía cuidadosa el tramo que Sebastián abría a su paso. Procuraba mantener un espacio entre ambos que le permitiera reaccionar a cualquier imprevisto. Es que ya se había convertido en costumbre las sorpresas de ese hombre. Llevaba el pensamiento descojonado, deseaba brincarle en la espalda y desahogar la ira que sentía por todo. Intentaba repasar una y otra y otra y otra vez las palabras de Sebastián. ¿Y si era cierto? ¿Y si todo no era más que otra de sus tretas para meterla en sabe Dios qué otros líos? Algo muy dentro de ella le decía que no mentía. Era esa voz con entonación autoritaria, que en los últimos días, se le apoderaba de la cabeza y le desplazaba la cordura. La misma voz que venía acompañada de la furia desconocida que la había hecho actuar con imprudencia.

Luego de un rato y varios tropiezos con peldaños inesperados en el camino, llegaron a la planicie donde se encontraba el auto de Natalia y la moto de Sebastián.

—Maneja con cuidado —dijo y al instante se arrepintió.

—Púdrete —respondió entre dientes mientras caminaba hasta el auto.

La joven le siguió el paso con la mirada hasta que vio las luces de la moto desvanecerse al fondo de la carretera, momento en el que encendió el auto y se marchó a toda prisa del lugar.

Sebastián la escoltó a través de todo el trayecto. Camuflado a metros de distancia y maniobrando entre los autos, vigilaba el rumbo que ella decidiera tomar. Inconsciente prestaba especial atención al patrón de las llantas. Sabía que a causa del efecto de la llave del sueño y el golpe en la quijada, la joven podría sufrir algún mareo repentino y accidentarse. No podía darse el lujo que el cerebro, que idearía el magistral esquema que le permitiría apuntarse a los rusos, terminara estrellado contra un poste o alguna de las vallas en la autopista. Casi noventa minutos más tarde la vio llegar hasta la casa de Damián. Aceleró la moto con brusquedad.

Cuando Natalia llegó a la casa y se percató que aún Damián no lo hacía, de prisa corrió al que había seleccionado como su cuarto. Era el más alejado de la puerta del novio. El entrecejo se le arrugó al encontrarlo vacío. Ningunas de las tres cosas que cargaba siempre con ella estaban allí, no lo hacía el bulto con algunas mudas de ropa, una almohada, que se negaba a dejar y las zapatillas doradas. Mientras se dirigía furiosa a la habitación del joven, pensando que le había impuesto su voluntad colocando en su cuarto las cosas que le pertenecían para obligarla a compartir el espacio, un lazo rosa, que colgaba en la perilla de la puerta contigua a la de Damián, le atrapó la atención. Sin pensarlo abrió la puerta. Lo otro que se le abrió de par en par fue la boca cuando los ojos se le colmaron con la visión de un cuarto donde hasta el último detalle había sido cuidado. Una cama con sábanas que lucían nuevas de estampados en tonos amarillos y grises, en el borde sobre el suelo, las zapatillas doradas. El espaldar blanco y alto otorgaba cierto aire de elegancia al lugar, un gavetero adornando la línea frontal de la pared lateral exhibiendo algunas cosas de aseo personal. Quería caminar despacio entre todas aquellas cosas. No había tiempo para dramas. Cerró los ojos, si así pudiera cerrarle el paso a las lágrimas que se le querían escapar. Ese cuarto tenía un baño que compartía con el de Damián. Corrió mientras se despojaba de las ropas sucias, se metió en la ducha, y a toda prisa, se removió del cuerpo cualquier evidencia visible del encuentro con Sebastián. ¡Demonios! Apenas logró mirarse en el espejo y palpar la gravedad de la herida en el mentón. Por suerte encontró en el botiquín algunas cosas para curársela, terminó cubriéndola con una banda adhesiva. Cuando sintió la vibración peculiar que causaba en algunas de las ventanas de la casa la puerta de garaje automática al abrir, supo que su hombre había llegado. Apagó la luz y se lanzó debajo de la sábana intentando controlar la velocidad de su respiración.

Al salir de la escuela de leyes, Damián fue directo a su casa. Aunque hubiera querido ver el rostro de sorpresa de Natalia cuando encontrara el nuevo juego de cuarto que le había comprado, no fue posible, debía cumplir con el compromiso de sus estudios. Por ella lo haría.

Poco después de las diez y media de la noche había llegado a lo que comenzaba a transformarse en un hogar. Expectante se dirigió a la recámara que él había decidido era la que ella ocuparía. La quería cerca, muy cerca. Dio dos toques en la puerta, a falta de una invitación, dispuso de su autoridad. Entre penumbras se acercó a la cama donde Natalia parecía dormir, estaba enroscada entre las sábanas y con un abrazó férreo llevaba atrapada la almohada al nivel del pecho cubriéndole la mitad del rostro. Damián se inclinó al pie de la estructura y le habló en susurros.

—Hey, buenas noches.

TU PEOR ERROR
Materia oscura

No esperaba una respuesta, su ángel parecía estar ya en un sueño profundo. No quiso llevar al límite su suerte por esa noche. Ya bastante tenía con verla dormida en el cuarto que él, sin consenso alguno, había elegido y amueblado para ella.

Había sido demasiado fácil que aceptara el regalo. Esperaba encontrar a Natalia haciendo una huelga de hambre como castigo al atrevimiento que se había tomado. Se permitió, como premio de consuelo, sentir la suavidad del cabello. La acarició un par de veces, sintió la humedad entre las hebras. Continuó recorriendo el camino que le delineaba el cabello y que lo llevó hasta la espalda de ella. Contó las respiraciones y con estas las pulsaciones que apenas se podrían sentir en una persona dormida. Las sintió en una carrera contra el tiempo. De pronto algunos pensamientos se le cruzaron. Pensó metérsele de intruso entre las sábanas y permanecer allí toda la noche. Volvió a recordar que ella quería su espacio. Se puso de pie, y cuando ya casi llegaba a la puerta, escuchó la voz que tanto deseaba, murmurarle:

—Gracias…

—Por nada. Que descanses, amor.

Fue suficiente. Por escuchar esas siete letras de la boca de la mujer que amaba, haría lo inimaginable. El resto de la noche lo dedicó a leer para preparar un ensayo. El mensaje le llegó claro. Ese era su castigo por atrevido.

33

El hacker ✳ El plan ✳ Las órdenes

—¡Carajo, Natalia! Cuando te digo que me llames o envíes un texto, ¡es que lo hagas!

Rafael llevaba rato esperando por ella en el estacionamiento de la empresa. Se había calado una noche de perro en vela. No perdió un segundo, al ver que el auto se detuvo en el mismo espacio de siempre, abrió la puerta y se le metió en el asiento del pasajero.

—¡No vuelvas hacer eso, Rafael! —la tomó por sorpresa. Casi muere del susto.

—Pero, ¿qué diablos te pasó? —le agarró el rostro.

—No pasó nada —que la soltara, le dejó saber con la mano.

—¿Que no qué? ¿Y ese golpe? ¿Y la cara que traes de zombi? ¿Por qué no llamaste o respondiste mis mensajes? No, no me contestes. Obvio que anoche no te fue muy bien. ¿Y mi arma, dónde está? —la vio arrugar el rostro—. Sé que estás en problemas, cariño, pero si no me dices en qué es en lo que estás metida, no sabrás si puedo ayudarte.

Natalia permaneció con la mirada fija en el joven, mientras, iba reconociendo cada detalle del rostro. En sus pensamientos comparaba aquellos rasgos de joven dócil, amable, divertido con la imagen mental que llevaba por años de lo que debía ser un *hacker cibernético*. No encontró puntos de convergencia en ningún lugar. Solo cuando llegó a los ojos pudo darle validez a la revelación que le hiciera Sebastián. Para Natalia, los ojos eran la puerta al alma, eso le había dicho su madre una vez y ella coincidía. Rafael no le permitió entrar a echar un vistazo. Esas puertas estaban selladas con algún código de programación indescifrable. Como si una cara bonita fuera razón suficiente para que alguien le revelara el secreto de su vida.

Sin pronunciar una sola palabra, Natalia puso en marcha el auto.

—¡Wepa! ¡Ey! ¡Ey! ¿Adónde me llevas, cariño?

—Tu casa —respondió en automático con la voz en neutro.

—¡Uy, yuyui! —"*¿Tan temprano se te antoja?*"

Lo llevó en silencio todo el corto trayecto. Rafael iba entretejiendo musarañas y alimentando esperanzas que se le acumulaban bajo el cinturón y no era el de seguridad.

Puerta cerrada y ellos dentro del centro de operaciones del *hacker*, Natalia hurgaba en el bolso. Sacó un papel arrugado y se lo entregó. Sin esperar comenzó a hablar.

—Cuatro millones es la inversión inicial. Tu comisión es el diez porciento de la inversión y no de la ganancia.

Rafael, ahora con mirada escéptica, observaba detenido en el medio del pequeño lugar. Sin terminar de analizar el contenido del papel que le entregó la chica lo colocó encima de la mesa que custodiaba las computadoras.

—O me dices en los próximos tres segundos quién carajos eres en realidad y en lo que estás metida, o te largas de aquí —los hombros le lucían encrespados y la frente había perdido cualquier rasgo de amistad.

—*Watchman* te recomendó para este trabajo —y sucedió con exactitud lo que Sebastián dijo.

Los orificios de la nariz al joven se le ensancharon, la cabeza bailó para lado y lado, la boca se le abrió solo un poco. Los ojos, aunque permanecían abiertos de par en par, comenzaron a suavizarse.

Ella debía mostrar control total de la situación.

—Si deseas puedes sentarte para que escuches con atención los detalles.

Quedó sorprendida cuando vio que Rafael tomaba de vuelta el papel y un lápiz de la mesa antes de sentarse sobre un contenedor de pintura vacío a unos pasos de ella.

—Todo oídos, Natalia. Dime una cosa, ¿ese es tu verdadero nombre?

Ignorando la pregunta comenzó a impartir órdenes:

—Debemos crear un esquema que permita —se detuvo pues recordó lo que había dicho Sebastián, que solo podía hablar con libertad en aquel lugar remoto de anoche. Con los ojos recorrió la habitación.

Rafael ya conocía esas dudas en todos los clientes que le visitaban. Eran pocos, solo los más importantes.

—Dilo. Aquí puedes hablar con libertad.

Al ver que Natalia continuaba sumergida en la duda se trepó en el mismo contenedor que estaba sentado, alcanzó con los brazos estirados la sección de plafón en el techo justo encima de él y con una mano extrajo un aparato electrónico que parecía más un árbol de navidad por las luces rojas y verdes que prendían y apagaban.

—Es un inhibidor, anula cualquier dispositivo de audio o grabación. Nadie puede oír lo que se dice en estas cuatro paredes. Ni siquiera si tú traes algún aparatito pegado a alguna parte de tu *"lindo"* cuerpo —reveló Rafael.

Mientras el joven devolvía a su lugar el dispositivo y libraba una batalla con la excitación que le causaba saber a su adorada niña metida en lo mismo que a él le apasionaba, volvió a escuchar la voz de Natalia, otra vez comenzaba la impartición de instrucciones.

—Debemos crear un esquema que permita transformar el dinero que recibiremos a una forma lícita. Estuve toda la noche pensando e indagando y creo que lo mejor es crear algún tipo de negocio virtual como pantalla. Alguno que esté generando ganancias reales y trabaje como encubrimiento.

—¿Porno? —preguntó Rafael con los ojos brillantes y el labio inferior atrapado entre los dientes. Había expulsado lo primero que le llegó a la mente. Ese negocio era uno de los más rentables y con tendencias de mayor crecimiento en el mundo cibernético. La industria de porno representaba alrededor de $15 billones de ventas anuales. Llevaba muy clara esa cifra. Mucho de sus clientes invertían en acciones de compañías ligadas al negocio del sexo. Negocio que consideraba muy lucrativo y placentero.

—Apuestas —respondió Natalia con un intento desconocido de sonrisa en el rostro.

¿Decepción para Rafael?

Le tomó unos segundos trasladar el raciocinio desde la industria del sexo y placer a las apuestas. Pero cuando lo hizo, comenzó a nadar como pez en el agua. La suma de $830 millones comenzó a parpadearle en los ojos. Un monto de ganancia anual algo menor que la industria del placer, sin embargo, una plaza joven y poco regulada, lo que le otorgaba cierto atractivo para manifestarse.

—¿Qué tienes en mente, póker, black jack, ruleta, apuestas?

—Varios.

—Primero aseguremos los fondos de nuestro lado, luego le metemos cráneo al diseño.

Natalia le dejó saber con un movimiento sutil en la cabeza que estaba de acuerdo.

—El dinero no puede venir en efectivo, linda. Es necesario que sea a través de transferencias bancarias. ¿Dónde tiene tu cliente su cuenta?

—No lo sé.

—Pues averígualo —arrancó un pedazo de la parte inferior del papel que sujetaba, escribió—. Ten, estos son los datos de las cuentas donde deben hacer las transferencias. Yo me encargo de cobrar mi comisión antes de cualquier movimiento adicional con el dinero. Si hay algo para ti en todo esto, te recomiendo que hagas lo mismo. Con esta gente uno nunca sabe qué cosas pueden pasar.

—Necesito que dejemos algo muy claro, Rafael, las instrucciones las imparto yo. Por eso tienes una buena tajada, para que te dejes dirigir.

Si Natalia hubiera sabido que dejarse dirigir por ella era la mejor tajada que Rafael pudiera recibir, tal vez, lo hubiese pensado antes de hablar.

—Será un placer recibir tus órdenes, cariño, pero solo en este lugar. No responderé a nada relacionado con esto fuera de estas cuatro paredes. ¿Entendido? —otro intento de acomodar la excitación clandestina tuvo lugar en el cuerpo masculino.

—Entendido.

—¿Quién o quiénes son tus clientes? —se acercó a Natalia e intentó, sin éxito, alcanzarle el rostro—. ¿Ellos te hicieron eso?

—Por la seguridad de ambos, mejor no compartamos información que no sea relevante a nuestro objetivo.

—¿Y cuál es nuestro objetivo, Natalia? —él tenía muy claro cuál era ese objetivo, solo quería darse el placer de escucharlo de los labios que en un corto tiempo se devoraría. Sí que lo haría. Apenas ella saliera de su departamento, lo haría en su mente.

—Lavarle el dinero a mis clientes.

Si el orgasmo mental era algo posible, él había acabado de experimentar uno. El éxtasis de escucharla manifestar el objetivo ilícito que compartían se le manifestó. Esa voz melodiosa hasta hacía parecer que todo era legal.

—Será un placer trabajar para ti y también recibir tus órdenes, belleza.

—Comencemos por —se acercó y removió el resto del papel de la mano del joven, no era necesario que rondaran evidencias— que dejes de decirme belleza, linda, amor.

—Como gustes, cariño.

Natalia lo fulminó con la mirada y el porte denso en los hombros.

—Lo siento — *"preciosura"*, terminó en silencio.

—No pienso regresar a la oficina. ¿Quieres que te dé un aventón por tu auto?

—Tranquila, yo busco la manera de llegar. Vete a descansar, no puedes negarme que tu noche estuvo algo descojonada. Antes, te daré un consejo. Si vas a hacer esto parte de tu vida, no debes dar ninguna sospecha. Debes ser una ciudadana ejemplar a los ojos de todos. Alguien normal. No te conviene seguir ausentándote de la oficina.

"Si supieras, Rafael, tan solo si supieras", caviló mientras devolvía a la garganta las ganas súbitas de caer de rodillas y llorar para poder decir, tal vez 'gracias'. Un agradecimiento que, quizás no tenía lugar. Sabía que Rafael colaboraría con ella, no porque fuera un gran amigo con deseos desprendidos de ayudarla, sino porque pensaba que ella representaba fuerzas mayores.

Y así debía ser.

Se marchó sin decir nada.

***

El agente, que ese mismo día tenía asignado comenzar una vigilancia permanente a la novia de la tarjeta principal de la investigación del FBI, no estaba sorprendido con el hallazgo; aparentemente la joven tenía una relación amorosa con el compañero de trabajo.

***

Natalia estaba agotada. Luego que Damián la dejara sola en su nuevo cuarto la noche anterior, y cuando no escuchó más ruidos en la casa, encendió el computador portátil y se dedicó a navegar en la red. Invirtió horas estudiando posibles esquemas de lavado de dinero, así como también casos que las autoridades descubrieran. Fue así como llegó a la conclusión que algún esquema de juegos de azar podría funcionar. Apenas pegó los párpados procurando abandonar la residencia antes que saliera el sol buscando, evitar tener que dar alguna explicación a Damián por el golpe en el rostro.

Después de dejarle muy claro a Rafael quién sería la que impartiría las órdenes, se dirigió al club en búsqueda de un lugar para descansar. El *altar* de vida nocturna debía estar a esa temprana hora de la mañana vacío. Allí podría encontrar algo de paz.

34

Quizás ✳ Confianza ✳ Sin ti ✳ Alumna

Cecilia llevaba quince minutos sentada en el otomán al pie de la cama. Por casi dos meses llevaba compartiendo la habitación con Sebastián. Aunque las cortinas, que operaban con mecanismos automáticos, estaban cerradas, una iluminación tímida que se colaba indiscreta, le permitía observarlo. Anoche, a diferencia de otras, él no había llegado muy tarde. Igual que muchas otras, se dirigió con caminar terminante a la terraza y allí permaneció casi hasta que los primeros rayos del sol comenzaron a despedir la luna llena. Se preguntaba qué tanto el rubio buscaba en la negrura de la noche. Si bien la joven viuda tenía muy claro que su tiempo al lado de Sebastián era algo temporero e incierto, y que lo que los unía era esa necesidad de calmar con placer y lujuria los demonios autónomos que los atormentaban, no podía negarse que los cambios de los últimos días en el comportamiento y estado de ánimo del joven le creaban curiosidad.

Terminó de colocarse las sandalias, saldría a dar una vuelta. Tal vez a un centro comercial o un lugar donde, quizás, algún extraño se animara a entablar una conversación. Alguien que le preguntara ¿cómo estás?, ¿qué tal tu día?, ¿tienes alguna preocupación? Quizás que le dijera lo lindo que le lucía el vestido fresco y rosado que llevaba puesto, sin la intención oculta de querer metérsele debajo. Quizás…

Tomó el bolso de diseñador que hacía juego con el cinturón y las sandalias, dio un último vistazo a la imagen que le presentaba el espejo de piso ubicado en una esquina de la imponente habitación, se regaló ella misma una sonrisa. Cuando ya se disponía a alcanzar la perilla de la puerta para salir del lugar, tal vez, encontrarse con el quizás, lo escuchó hablar:

—Ven, belleza.

La sonrisa ladeada, por voluntad propia, le moldeó los labios que llevaba de color fucsia. Imposible negar el efecto hipnotizante que tenía impregnada como cualidad la voz de aquel hombre. A veces le parecía confundir algunas entonaciones con los rugidos de un león.

—¿Te ibas sin darme los buenos días? —cuestionó sin mucho esfuerzo y con el cuerpo aún perteneciéndole al sueño.

Sin ninguna resistencia Cecilia fue avanzando rumbo a la cama. En el camino quedaron las sandalias, y sobre el otomán, el bolso de diseñador.

Lo de ellos era algo silencioso.

Algo que solo la piel podía sentir.

No había ataduras ni coacción alguna.

Él era un león.

Ella su leona.

Entonces, tal como llamaba la naturaleza, estaría dispuesta a aparearse veinte veces al día si él lo quería.

—Buenos días, Sebastián —saludó en un ronronear.

Y esas fueron las últimas palabras coherentes que escuchó la habitación.

Los quejidos, frases sin sentido y halagos de las primeras semanas que llenaban el abismo irracional entre la pareja, poco a poco fueron desapareciendo. Como si ellos mismos ya no desearan ser partícipes de la dosis de fornicación diaria. El placer era el mismo, eso no había cambiado. Simplemente ya no era necesario adornarlo con palabras o parafernalia innecesaria. Ella sabía cómo darle el placer que buscaba, y no dudaba que con Sebastián, la reciprocidad siempre jugaba a su favor. La sensualidad que dejaba esparcida la joven coqueta era suficiente para encender el deseo en Sebastián. Ella pensaba que el sigilo y misterio que cargaba el joven en aquel cuerpo de tonificada perfección era lo que la hacía andar con el deseo entre las bragas, siempre lista para él.

Cuando el león entregó todas las fuerzas en sus últimas embestidas, el vacío volvió a aparecer. Si alguna vez se hubieran atrevido a compartir lo que sentían, se hubiesen dado cuenta que el éxtasis al que sucumbían en cada orgasmo de locura, que los hacía sentir tan colmados de deseo, capaces de reventar en cualquier instante, era de la misma intensidad que el vacío, que con violencia les succionaba los residuos de placer. ¿Cómo era posible que a solo segundos de haber experimentado el mejor sexo de sus vidas, que les dejaba las pieles incandescentes, sintieran los cuerpos helados y los terminales nerviosos sudando amnesia?

Con minutos de silencio de por medio Cecilia quedó sorprendida por la propuesta de Sebastián.

—¿Almorzamos?

✳✳✳

Natalia había sucumbido a un sueño profundo en los brazos del cómodo sofá de la oficina en el club. Era el tipo de sueño que te sabes consciente que duermes pero te resistes a aceptar, que en algún momento, tienes que despertar.

El olor que le llenó las poquitas neuronas que le quedaban despiertas retumbando en la cabeza le gritó, ¡despierta! Los ojos se le explayaron al recordar dónde estaba y todo lo que le quedaba por hacer ese día.

—Justo a tiempo. Iba a llamar al 911 —el rostro de Damián estaba inexpresivo, la voz no.

Un '¡hey!' se le atragantó a Natalia cuando intentó aclimatar el momento. No sabía cuánto tiempo él llevaba allí observándola.

El pelinegro por su parte llevaba en el pecho una mezcla de coraje y preocupación. Casi dos horas contemplándola en un sueño profundo y formulándose decenas de preguntas: ¡¿Qué diablos te pasó en el rostro?! ¿Por qué tienes el celular apagado? ¿De quién o qué te escondes? ¿Por qué te fuiste de la casa tan temprano? ¿No fuiste a trabajar?

Natalia hizo el intento de llevar el encuentro como algo rutinario. Se irguió en el sofá e instó al joven que se acercara. La calidez de la caricia le permitiría sondear el ánimo de Damián.

No funcionó.

Él permaneció a distancia.

—¿Será que tendré que hacerte un interrogatorio formal para que me digas qué —una gran bocanada de aire le agitó el cabello que le cubría partes de la frente— es lo que te pasa?

—No pasa nada, amor.

—Nada es cuando cumples con tu rutina diaria. Nada es cuando marco tu número y me contestas. Nada es cuando puedo mirar tu rostro y verlo igual, no con la evidencia de que, en efecto, sí te ha pasado algo.

—Ya hablas como abogado —dijo con fastidio y un intento falso de sonrisa.

La instó a echarse a un lado, que le dejara un espacio más amplio junto a ella en el sofá.

—No tengo deseos de bromear, Natalia. ¿Qué es lo que pasa?

Un gran suspiro, los hombros caídos de ella le decían todo y a la misma vez nada.

—Es que hoy no tenía la cabeza como para ir al trabajo. Necesitaba estar sola, descansar, barajar cómo voy a bregar con mis padres.

—¿Eso te lo hizo tu papá? ¿Te golpeó, Natalia? ¡Dime!, ¿quién te hizo eso? —intentó removerle la banda adhesiva, le detuvo la mano antes que lo lograra.

—No, no... Ay, ya mejor ni me preguntes. No te quiero mentir, no me gusta mentir...pero no quiero hablar de esto, por favor.

—¿Te estás escuchando, Natalia? ¿Por qué mejor no me dices que no te da la gana contarme, que no te da la gana confiar en mí?

La mujer inhaló con violencia y los ojos cerrados.

Exhaló y lo fulminó con la mirada furiosa.

—No te atrevas a traer a la discusión la palabra confianza, Damián —se puso de pie, con las manos se arreglaba el vestido y el cabello también—, no fui yo quien se desapareció dos semanas —el reproche se le había escapado sin mayor resistencia, como si lo llevara listo para lanzarlo en el momento preciso.

—¿Qué es lo que te pasa? Esa no eres tú —la señalaba.

—¡¿Qué diablos sabes tú de mí, Damián?! ¿Tanto como sé yo de ti?

En segundos ya estaban enfrascados en una discusión. Herido de gravedad por el reclamo de su ángel, quiso ganar espacio, caminó hasta el escritorio. Llevaba las de perder.

—Ve a casa, descansa. Seguro esto puede correr sin ti hoy.

Natalia, tomó la mochila, fiel acompañante. Cuando intentaba meter los pies en las zapatillas, una le hizo resistencia rodando por el suelo como si se fuera en la huida.

—¡Mierda! —se dobló con violencia, agarró la maldita zapatilla con la mano y metió el pie—. A ver si puedes tú correr sin mí —murmuró en un tono alto con toda la intención que Damián le escuchara antes de que el estruendo de la puerta le retumbara en los oídos.

Lleno de coraje y desconociendo a la mujer que acababa de lanzarle en la cara todos aquellos reclamos, intentó completar las tareas que tenía pendiente. Llevaba semanas que no hacía los depósitos en el banco de las ganancias de los negocios, además, el mismo tiempo que no revisaba los reportes semanales que su (empleada) preparaba para él. Tomó un tiempo para repasar los informes. Por más que los analizaba, no encontraba algo fuera de lugar, algo que pudiera ofrecerles. Natalia parecía tener todo cuadrado al dedillo. Estaba seguro, que si ella hubiese encontrado cualquier desviación, algo sospechoso, sin dudarlo dos veces le hubiese dicho. Recordó que una vez Natalia le había preguntado si estaba promocionando el club porque las ganancias parecían aumentar, sin embargo, en los reportes que había revisado los números parecían tener una tendencia estable.

Aún le quedaban un par de horas antes de ir a la escuela de leyes. Tomó el dinero de la caja fuerte. Quedó a la vista otra caja fuerte más pequeña que guardaba dentro de la más grande. Solo él sabía la clave de acceso. Espantó enseguida los pensamientos que le venían a la mente cada vez que recordaba lo que estaba allí encerrado. No contó el dinero. Se dejó llevar por las etiquetas escritas en la letra de Natalia, indicándole los montos en cada paquete. Volvió a sentarse detrás del escritorio y comenzó a dividir el dinero para luego colocar las diferentes partidas en sobres blancos. Escribía el destino de cada monto en la parte frontal de las envolturas: Iraida, Karla, Hogar, abuela, etc…

✳✳✳

Sentada en un banco del centro comercial más grande de la isla, Cecilia columpiaba la mirada desde el rojo intenso que modelaban las recién arregladas uñas hasta el panel de botones en su celular. Si la invitación de Sebastián a almorzar la había tomado por sorpresa, más lo había hecho cuando en la conversación éste le preguntó por Natalia. No fue el primer tema en la velada. El joven esa tarde se mostraba más conversador que de costumbre. Parecía interesarse por algo más que el placer que ella le ofrecía.

—*Cuéntame, ¿has pensado qué te gustaría hacer con tu vida?*

Esa pregunta le cayó como si fuera Roberto, el padre de Natalia, quien la hiciera.

—*¿A qué se debe el repentino interés, cariño?* —*los ojos entornados.*

—*Me agradas, Cecilia.*

—*¿Debo sorprenderme? ¡No! No me digas que sacarás la cajita aterciopelada.*

—*¿Cajita atercio qué carajo?*

—*Ay, Sebastián, no me asustes. Es que, de momento, pensé que después de ese 'me agradas' vendría una declaración de amor. Ya sabes la cajita de pana con la sortija y la propuesta de matrimonio.*

Sebastián tuvo que hacer un esfuerzo por contener el sorbo de jugo de naranja que acababa de echarse en la boca.

—*No te me ahogues, galán, que no hay drama. Estoy consciente de la naturaleza que encierra nuestra relación. Es decir, relación en el sentido de la manera en que, tú sabes, nos relacionamos.*

—*¿Terminaste?* —*preguntó con voz baja el rubio.*

—*¿De qué?*

—*De hablar.*

—*Sí, sí ya casi termino. Dime, ¿a qué se debe el interés? Me decías que te agrado y ¿qué más?*

—*Que, aunque me queda clarísimo que sabes la naturaleza de… lo que sea, no desaproveches el tiempo. Eres una mujer inteligente, Cecilia. Detrás de esa cara hermosa y cuerpo de* —elevó las cejas— *diosa que tanto disfruto sé que hay alguien que necesita algo más.*

—*Ay, mi fiera, no te recuestes mucho de mi inteligencia porque cuando me hablan en claves tengo tendencia a perderme. ¿Qué es lo que me quieres decir? Vamos, escúpelo. Déjalo salir, sin pena. ¿Quieres que me vaya de tu casa? ¿Quieres que hagamos un trío o alguna cosa rara?*

—*Quiero que llames a Natalia* —vio cuando la mirada se le endureció a la morena.

—*¿Y cómo para qué quiere el rey que llame a su cuñada?*

—*No lo sé. Me vino al pensamiento que pasas demasiado tiempo sola. Si no estás de compras, estás en la casa encerrada* —dio dos bocados.

—*Pero no estoy tirada patas arribas echándome fresco.*

—*Lo sé. Te la pasas leyendo. Ustedes eran muy buenas amigas antes de esta "relación". Quizás me ha dado un poco de sentido de culpa que haya sido por mí que ya no se hablen más.*

—*¿Culpa, tú? Bueno, cariño, no te voy a negar que la colorá me hace mucha falta. Pero Natalia tiene que aprender que el mundo no gira a su alrededor. Que la gente que la aprecia merece la misma atención que ella recibe de ellos.*

Sebastián la observaba con el ceño fruncido.

—*¿Egoísta la cuñadita?*

—*Ay, ya ni te mareo con las estupideces de nosotras.*

—*¿Por qué no la invitas a la casa?*

—*¿Hablas en serio?*

—*¿Por qué no? Mientras tengamos 'esto' esa es tu casa* —uno de los *guardaespaldas se le acercó, le habló al oído. Acto seguido, Sebastián se quitó la servilleta azul royal que le cubría la falda.*

—*Preciosa, debo irme. Pedro se quedará contigo, te llevará donde quieras.*

—Gracias, *lion king* —le lanzó un beso.

Los hombros del rubio se agitaron a consecuencia de las carcajadas, que imprevistas, le salieron al escuchar de la forma que Cecilia lo había llamado. Acercándola con la mano que por instinto se enredó en la nuca de la diosa, le plantó un beso que encontró un final en el momento que los colmillos del león sintieron, que si ejercían más presión, le arrancarían el labio a la mujer.

—*En conclusión, aprovecha la oportunidad, esto no durará por mucho tiempo, preciosa.*

Cecilia se llevó un dedo a la boca mientras lo veía marcharse.

—*¡Mierda!, resopló cuando notó la marca que los dientes habían dejado en la recién esmaltada uña —volvió a mecer la mirada. Tal vez Sebastián sí tenía razón, tal vez ya era el momento de reconciliarse con Natalia.*

La joven quedó todavía más sorprendida cuando al segundo timbrazo su amiga respondió.

—Hola…—la morena se atrevió a hablar primero.

—Hola. ¿Estás bien, Ceci?

—¿Por qué no voy a estarlo? —tenía que romper el hielo a su estilo.

—Sí, seguro que estás bien. ¿En qué te puedo ayudar? —Natalia no pudo disfrazar la sorpresa, el tono de su voz y las constantes pausas la delataba.

—¿Quisieras cenar el sábado o domingo conmigo?

—Domingo, sábado no puedo, estoy en el club. ¿Dónde nos encontramos?

—Yo paso por ti. ¿A tu casa? —puro protocolo, sabía que Natalia, una vez más, se había ido de la casa. Roberto mismo se lo había contado.

—No… estoy viviendo en la casa de Damián.

—Oh, ok, entonces paso por ti allí. Chao, Nat.

—¡Ceci! —le salió el llamado en desespero.

—Si, Nat, aquí estoy no me he ido.

—Gracias por llamar.

Silencio bidireccional.

—Gracias por responder, Nat. Te veo el domingo.

Al fin algo agradable había sucedido en su día. Cuando Natalia salió como alma que lleva el diablo de la oficina de YOLO, se fue para la que ahora era su casa. Llevaba rato pegada en la computadora, continuaba estudiando todo lo que el portal de búsquedas le lanzaba en la pantalla. Necesitaba saber todo acerca del mundo de las apuestas, las inversiones y esquemas de lavado de dinero; de todo. Incluso tecleó las letras CIA, tal vez encontraría algo que le dijera cómo reconocer a un agente de la CIA. Solo pudo confirmar algunos datos: que era la principal agencia de recolección de información de inteligencia de los Estados Unidos Continentales. Supo también que varias actividades de esa agencia tenían críticos y detractores, como por ejemplo; la práctica de experimentos no consentidos en humanos, rendición extraordinaria, técnicas de interrogación mejoradas, asesinatos por objetivo y encargo, el apoyo monetario y adiestramiento a militantes de diversos grupos revolucionarios alrededor del mundo que luego terminaban matando a civiles. ¡Por Dios! Esto sí parecía ser de la seriedad que Sebastián había mencionado.

Rogaba porque a Damián no le diera por pasar por la casa antes de irse a la universidad. Era demasiado la rabia que sentía con él y por él. Sí que había sido un descarado al tirar en medio de la discusión la palabra confianza. ¡¿Qué carajos se creía?! Todo lo que ella hacía era por él, para él y su familia. En todo ese embrollo, había solo la esperanza de sentir que los había ayudado, que no lo había abandonado en el peor de los momentos, porque la verdadera Natalia Benavent, era una buena mujer, era fiel a las personas que amaba. Esta vez no lo abandonaría… esta vez no dejaría a la suerte el destino de quién creía amar, no lo haría.

El camino esa tarde se le hizo más corto que el día anterior. Otra cosa más que recordó escuchar alguna vez en la voz de su madre, 'Suele suceder que cuando experimentas algo por segunda vez, te sientes más en control.' En control sí sentía, lo que no sabía, era por cuánto tiempo lograría mantener los nervios subyugados. Hoy tenía esperanzas de no caer víctima de la fuerza bruta de Sebastián. Vistió la misma ropa de la noche anterior, aunque no se dirigía en lo absoluto a un encuentro romántico, como de costumbre, se colocó crema base en el rostro. Solo fue necesario tirar las telas un rato a la lavadora y secadora. No contaba con un guardarropas lleno de piezas diseñadas para actividades *ilícitas* con agentes de la CIA.

Al parecer el cuñado era un hombre de palabra y comenzaba a cumplirla. Eso lo pudo inferir a raíz de la llamada inesperada de Cecilia.

Cuando llegó al mismo lugar donde había estacionado el auto la noche anterior, ya Sebastián la esperaba.

El joven, que vestía una ropa similar de colores oscuros y pantalones cargo, no perdió en evaluar a distancia el semblante de la chica. Era poco el contacto visual que se permitía con él. La notó pausada, la mirada como si llevara una conversación interna.

No hubo saludo.

Caminaron en silencio por la misma vereda bajo los indicios de

441

una luna llena que los había acompañado ayer. En esta ocasión, Sebastián notó que la mujer no tropezó ni una sola vez con los obstáculos y peñones que se encontraban en el camino camuflados bajo lo matorrales y las sombras de la noche. *"Eres buena recordando detalles, Natalia"*, anotó en la lista mental que llevaba de cualidades de la, a veces, ininteligible mujer. Cuando al fin completaron el tramo necesario y llegaron al lugar cercano a las máquinas, así también lo hizo la noche en plenitud.

Natalia se detuvo en el borde de los cinco escalones que elevaban del terreno casi treinta centímetros la plataforma del cuarto de máquinas. Sin perder tiempo comenzó a brindar los detalles de lo que estuvo trabajando toda la noche.

—Será un esquema de juegos de azar a través del internet. Crearemos una compañía legítima registrada en la isla de Antigua, allí también conseguiremos la licencia para operar un negocio de apuestas en línea —hablaba en automático—. Como la compañía se registrará privada en un principio y no pública, no será necesario revelar los nombres de los inversionistas, será capital privado. Creo que el negocio lícito de apuestas es la mejor pantalla por el momento. Es una industria que va creciendo como la espuma, y al día de hoy, hay pocas regulaciones que la limiten. Solo hay uno que otro país que hace intentos de prohibir las apuestas en línea.

—Estados Unidos es uno de ellos —contribuyó Sebastián.

—Así es —comenzó a mordisquearse la uña del dedo índice de una de sus manos—. Creo debemos enfocarnos en el mercado de Europa para promocionar la compañía.

—Explícame más los detalles porque no logro entender cómo lavarán el dinero mis clientes.

Apartó el dedo castigado antes de volver hablar.

—Con el capital inicial se crea la compañía privada y la plataforma de apuestas. Será como un casino en el internet. Un negocio lícito donde la gente puede jugar, ganar y perder. Para que los jugadores puedan transferir fondos a sus cuentas en el "casino virtual" deben hacerlo utilizando tarjetas de crédito —una breve entonación elevada y las manos con desgano abiertas, adornaron el anuncio—. Ahí tienes tu máquina de lavar. La compañía va a generar ingresos legítimos de esa actividad, pero por arte de magia, la cantidad crecerá. En corto tiempo, cuando los números se vean demasiado prometedores, los accionistas venderán y recibirán la ganancia de la venta legítima de sus acciones.

—¿De cuánto tiempo estamos hablando? ¿Cuánto le tomará a los inversionistas recuperar sus ganancias y hacerlas legítimas? —quería saber todo ¡ya!

—De seis meses a un año.

—¡¿Qué?! —quiso intimidarla con su cuerpo.

—Esto no se hace en un abrir y cerrar de ojos. Toma tiempo. Hay que hacer parecer que todo es legítimo. No puedes crear una compañía y de la nada hacerla pública.

Era demasiado tiempo, el mismo que él ya no tenía.

—¿Y toda esa mierda se puede hacer de verdad? —Sebastián se rascaba la cabeza a la misma vez que intentaba descifrar alguna ínfima señal de engaño por parte de la muchacha que permanecía sosegada.

—Sí… eso creo… —con los hombros encogidos torció el cuello para mirarlo—. Para eso necesitamos a Rafael. Yo no tengo ni el conocimiento técnico, ni los contactos necesarios.

—¿Qué dijo nuestro amigo Rafaelito? —sonrisa maliciosa.

—Que está abordo —humedeció los labios—. Fue necesario mencionarle a Watchman —Natalia quería saber quién era ese fulano que con solo mencionarlo tenía la capacidad de doblegar a Rafael. Prefirió no preguntar.

El joven recostó el cuerpo contra una columna y apoyó el pie derecho contra el concreto. La boca se le torció.

—Me lo imaginé.

—¿Tienes con qué anotar? —lo escuchó carcajear.

—No es necesario. Continua.

Natalia le dictó de memoria el número de cuenta y datos que Rafael le había indicado, donde debían depositar los fondos. Estaba segura que Sebastián, en algún momento le volvería a preguntar. Imposible que alguien como él pudiera memorizar tantos números y datos.

—Además, necesitamos los nombres de los clientes.

—¿Por qué? —manos cruzadas al pecho, el rostro torcido.

—Porque la compañía será lícita. Debes decirme a nombre de quién irá el dinero lavado. Es a nombre de quién debe estar la compañía. Es inevitable, en algún momento tendrás que decirme quiénes son nuestros clientes.

Sebastián se quedó observándola en silencio. Natalia, por unos instantes, no supo descifrar qué vendría después. ¿Habrá sido demasiado indiscreta? ¿Acaso lo que causó esa reacción en él había sido la atribución de la titularidad de los clientes o haber requerido su identidad? Con movimientos felinos, el rubio se le acercó al punto que cuando comenzó hablar podía sentir en la piel de sus labios la temperatura de los de ella.

—¿Por qué rayos quieres saber? —el volumen de la voz comenzó una expedición a través de los decibeles, primero cruzó el umbral auditivo—. ¿Quién te está pidiendo esa información? ¿Damián? ¿Rafael? ¡¿El FBI?¡ —a este punto violentó el umbral del dolor—. ¡¡¡¿Trabajas con ellos?!!!

Se quedó esperando presenciar la familiar transformación a un pequeño e indefenso gatito. En su lugar, vio un rostro sosegado elevarse hacia su norte, le siguieron las pestañas asoleadas en plena oscuridad, luego los ojos grises que lograron capturarlo en el vórtice de tonalidades que circundaban los iris. Sintió cómo su aliento le abandonaba la boca mientras era succionado, prisionero de la bocanada de aire que la mujer dio antes de hablar.

—Pierdes tiempo y energías. Ya no me intimidas. Deberías guardarlas para cuando, de verdad, las necesites. Alguien como tú, alguien de la CIA, debería saber eso.

A Sebastián se le pusieron las aletas de la nariz elevadas y la boca torcida.

—No debes usar ese perfume, no debes usar ninguno —¿Lo habrá dicho porque el olor del que ella llevaba puesto le había hecho salivar?—. Un lobo puede olfatearte a millas de distancia. Ya serías una presa muerta.

—¿Me vas a decir quién o quiénes son los clientes?

—¿Me vas a decir si disfrutaste mientras mi hermano te cogía y tus ojos me miraban?

Sin pensarlo, Natalia soltó una cachetada que no llegó a lo que se suponía fuera el objetivo. Murió atrapada en la garra del león.

—No dejes que la ausencia de miedo en tu estómago y de pipis en las pantaletas te haga seguir cometiendo estupideces. En esta liga que te has apuntado, cariñito, no sobrevive el de los cojones o las tetas más grandes o el puño más pesado —con el dedo índice golpeó dos veces la cabeza de la desafiante criatura a la altura de la sien izquierda—, lo hace el de la mente más fuerte —deslizó el dedo a través del costado del rostro, luego el cuello, cruzó el centro del pecho y se detuvo en la boca del estómago—, el de las entrañas adormecidas —retomó el recorrido en retroceso por el camino de reciente exploración, se detuvo, volvió a repicar el dedo en el hueso del esternón femenino—, y el pecho vacío —inclinó un poco la cabeza y respiró la esencia que sabía capaz, no tan solo de atraer al lobo, sino capaz hasta de despertar al desquiciado león—. Cuando puedas comerte el almuerzo frente a un par de cuerpos desmembrados, entonces podrás decirme que ya no te intimido, que ya venciste el miedo.

Natalia bajó el rostro, con unos cuantos pasos se alejó. Sebastián la observaba mientras ella sacudía con la mano algunas hojas que cubrían un pedazo de los escalones. Sentada con las rodillas al pecho y los brazos amarrados alrededor de éstas se dedicó a contemplar el cielo.

—Vamos, ya es hora de irnos —ordenó el joven.

—Vete tú, me quedaré un rato más.

Le dieron ganas de dejarla sola. A ver si solita podía encontrar el camino de regreso en la oscuridad. El viento soplaba del norte y la noche le olía a humedad. Esa mezcla de olores que tantas noches lo acompañaba en la oscuridad.

—Pronto comenzará a llover, vamos —volvió a ordenar.

Vio como la joven hizo un recorrido visual del cielo y los árboles.

—No va a llover —mintió, sí llovería.

"¡Claro que va a llover!", bramó para sí Sebastián.

—No importa, vamos, ¡vamos!

Ignorándolo por completo, la chica se dedicó a cerrar los ojos y respirar profundo. Lo hizo varias veces. Hacía semanas que no tenía el contacto con la naturaleza que encontraba en aquellas escapadas al campo con Damián. Extrañaba saborear el olor fresco de la tierra matutina y la tranquilidad que el apartado nido de amor le brindaba.

—¿Por qué tanta maldad, Sebastián? —la escuchó preguntar.

Quiso responderle.

Hacerlo sería mostrarle un lado de él que nadie conocía.

Permaneció en silencio.

La luz de un relámpago trajo por breves segundos el día y le traspasó la piel de los párpados. El estruendo que le siguió la terminó de sacar del trance. Manteniendo el silencio se puso de pie y comenzó a caminar por el mismo lugar que habían llegado.

Sebastián con la boca torcida y mordiéndose las ganas de decirle 'te lo dije' emprendió camino tras ella. El mutismo les abría el paso entre la maleza hasta que Natalia se detuvo de un sopetón.

Sebastián se puso en guardia.

—Ceci llamó hoy —una pausa para ver si él tenía algo que decir. Nada—. Imagino que debo darte las gracias.

—No es necesario. Es para que veas que cumplo con los acuerdos del trato, de la misma manera que espero cumplas tú los tuyos.

La joven continuó el paso ascendente por una mediana colina. Cuando ya se encontraba en la cima y buscaba recuperar un poco del aire que había dejado en el camino, sintió un brazo deslizársele por la parte frontal del cuello y otro por la parte de atrás. El abrazo, aunque poco amistoso, era familiar. Esta vez no se resistió, permaneció quieta en el mismo lugar.

—Empezaste bien, la clave es no desesperarse. ¿Qué harías para zafarte? ¡Vamos! Demuéstrame lo que harías —le hablaba al oído Sebastián.

Natalia comenzó a empujar el brazo que le rodeaba la garganta mientras intentaba girarse en dirección del atacante, ¿o era instructor?

—Si sigues así, acabarás por asfixiarte tú misma. Lo primero que debes hacer es permanecer en control de tus emociones, después, sin perder tiempo empuja la lengua lo más fuerte que puedas contra la parte superior del paladar. Eso hará que los músculos alrededor de tu garganta se expandan y hagan algo de espacio para que tu carótida pueda seguir teniendo flujo de sangre. Intentar voltearte acelerará el proceso de asfixia. Una vez te hayas ocupado de ti, agarra el brazo que permanece en tu cuello, tira con fuerza hacia abajo e intenta colocar la quijada debajo del antebrazo del atacante. Eso te ayudará a ganar un poco más de espacio para continuar respirando —la zarandeó—. ¡Vamos, inténtalo!

En la mente Natalia trataba de barajear al situación y de hacer que el dolor que sentía en la quijada por la herida pasara a segundo plano. Lo que pensó que en un inicio era otro ataque con sabe quién qué propósitos, tenía la intención aparente de ser una sesión de defensa personal. Lo que no le sucedió cuando sintió el repentino agarre, comenzaba a manifestarse. El pecho poco a poco dejaba en descubierto la velocidad que habían alcanzado los latidos de su corazón. En el cuello, la piel ardiendo de aquellos brazos acentuaban los latidos impares de ambos cuerpos y los intentos de su arteria por mantenerla consciente.

—¡Vamos! Se te acaba el tiempo, nena. Si esto fuera un ataque real, estarías ya al otro lado de la inconsciencia. Si quisiera coloco tan solo un poco más de presión y te paso al otro mundo. ¡Vamos! Cuando tengas el espacio para respirar busca con tus manos el rostro del desgraciado. Los ojos son el lugar perfecto para meterle los dedos con tanta fuerza que le salgan por las orejas.

Obedeciendo, ella completó con notable exactitud cada paso indicado.

—Vas bien, nena. Ahora busca agarrar el brazo que tengo detrás de tu cabeza, no importa con qué mano lo hagas. Tu objetivo es lograr que estire la mano aunque sea un poco para que no pueda seguir ejerciendo la presión al brazo en tu cuello. En el mismo instante que sientas que afloja un poco para volver acomodar el agarre, te giras hacia el lado del brazo que sujetas y buscas golpearlo en las pelotas lo más fuerte que puedas.

Sebastián la hizo repetir el ejercicio más de diez veces. No le importó los quejidos por la molestia de la herida en la quijada que era lastimada una y otra vez. A ella tampoco le importó, estaba exhausta pero no quería desaprovechar la oportunidad. Solo cuando se sintió complacido de su desempeño la dejó en paz.

El cielo se manifestó. Unas gotas de lluvia comenzaron a caer. Sebastián fue el primero en romper el contacto visual y emprender el paso acelerado. Natalia lo siguió. En su interior, maldiciones a la naturaleza por haberle dado la razón a él.

Al fin llegaron a la planicie donde esperaban sus vehículos. La lluvia comenzaba a hacerse más densa. Sin despedirse, Natalia continuó caminando pasando de largo a Sebastián que, ya montado en su caballo de ruedas, se colocaba el casco protector. Iba con la sonrisa por dentro de los labios. Estaba satisfecha con su desempeño aunque también se preguntaba por qué el rubio le quiso enseñar esos movimientos de defensa cuando ya le había dicho que no lo haría.

—¡¡¡Natalia, abajo!!!

Cuatro detonaciones siguieron el llamado.

Natalia quedó de una sola pieza, congelada en el mismo lugar donde las palabras de advertencia, que viajaban desesperadas en el grito de Sebastián, la alcanzaron. Nunca llegó al suelo.

—¡Mierda! ¡Mierda! ¡Mierda! ¡Súbete al carro¡ ¡Ahora! ¡¡Ahora!! —desesperado escudriñaba el perímetro y a la misma vez se acercaba apuntando con el arma al cuerpo del hombre desconocido que yacía en la superficie fangosa, Natalia obedecía.

—¡Muévete¡ ¡Ahora! —la hizo brincar al asiento del pasajero—. ¡¿Las llaves?! ¡Dame las malditas llaves, Natalia! ¡Las llaves!

Aterrada no recordaba dónde diablos había colocado las llaves. A toda prisa y casi sin poder pensar, buscó en el bolso que estaba tirado a sus pies. No tuvo éxito. De pronto el recuerdo apareció; las llevaba guardadas en uno de los bolsillos del pantalón.

Sebastián aceleró el auto. Tuvo que gritarle tres veces a Natalia, que llevaba la cara sin color, que se colocara el cinturón de seguridad. Con una mano, mantuvo el control del volante por la carretera serpenteada, con la otra, sujetaba el celular.

—Necesito una limpieza en la entrada lateral del Radar de Arecibo. Dime quién era ese hijo de puta. Estoy bien. Manda a Ernesto y Tato en carros separados por mí al club. ¡No, no estoy con ellos! ¡Encárgate de lo que te pedí! ¡Ahora!

35

Menos prospectos ✳ **Para olvidar** ✳ **Comerte el...**

El prospecto número dos regresaba a su guarida luego de completar una misión en el *Silicone Valley* localizado en la parte sur de la bahía de San Francisco al norte del estado de California. Lograr la misión había sido tarea fácil. ¿Qué podía esperar de un viejo científico debilucho? A pesar que los prospectos recibían las órdenes de sus misiones solo acompañadas de una descripción detallada de la tarjeta y la acción a llevar a cabo, en esta ocasión, por voluntad propia, y a causa de la esperanza de que, tal vez, el verdugo le diera una oportunidad, la tarjeta confesó el crimen.

El desgraciado científico trabajaba en el área de desarrollo e investigación en una reconocida empresa de tecnología para las comunicaciones. Mientras le hacía creer a la compañía que los últimos diseños de los dispositivos creados no cumplían con las expectativas de calidad de producto, vendía los conceptos, que eran del todo funcionales, en el mercado negro. Muy probable que el hombre no tuviera idea del alcance del impacto de sus acciones, sin embargo, la CIA sí ya había tomado una decisión.

En la mayoría de los casos, el trabajo se hacía a ciegas.

Era mejor así.

Él, al igual que sus homólogos, trabajaban por encargo, sin pre-

guntar por qué debían purgar las almas de aquellos que caían identificados como tarjetas.

Las misiones habían estado limitadas en las últimas semanas, por
eso llevaba un par de ellas radicado en Mississippi, donde una pequeña
cabaña justo en la colindancia con el estado de Tennessee se había convertido en el sitio perfecto para albergar su guarida. El lugar era idóneo
para el hombre de piel negra y contextura corporal fornida. Bien pudiera
ser cualquier hijo de vecino de esos dos estados, unos más de una de
las tantas minorías de la tierra de la libertad. Cierto era que sus padres,
ambos médicos, en algún momento fueron muy reconocidos en las altas
esferas sociales y científicas en la ciudad de Dallas en el estado de Texas.
El prospecto era el único hijo de la pareja de galenos. Disfrutaba de una
vida de lujos indescriptibles. El día en que cumplió dieciséis años cayó
en las manos de la CIA, ese fue el mismo día en que el FBI acusó y arres-
tó a sus padres por el fraude al *Medicare*[14] más grande en la historia de
los Estados Unidos. Ya había pasado trece años bajo el "cuidado" de la
Agencia.

Al parecer cuando construyeron la estructura, el asfalto no fue
suficiente para completar el camino hasta la entrada de la cabaña. Desde
que las llantas abandonaron la vereda asfaltada y tocaron el pavimento
desnudo, el auto comenzó a agitarse por los múltiples desniveles en la
superficie. A Gale lo llenó una sensación de incomodidad. Lo llevó a
detener el auto a unos cuantos metros más de distancia de la cabaña de
lo que lo hacía habitualmente. La oscuridad era plena en todo aquel lugar que los rayos de luz provenientes de los focos delanteros del auto no
llegaban alcanzar. El hombre aseguró la pistola que llevaba en el cinturón. Luego de escudriñar con los ojos paranoicos el área iluminada y no
encontrar nada que pudiese alertarlo del origen de aquella desagradable
sensación, apagó las luces del auto. Permitió por unos segundos que las
pupilas se le ajustaran a la nueva intensidad de la oscuridad. Cuando ya
era capaz de identificar las sombras familiares que oscurecían el área,
bajó del auto y se dirigió a la cajuela para extraer el pesado bulto donde

---

14   Programa de cobertura de seguridad social del gobierno de Estados Unidos.

guardaba las herramientas de trabajo. Caminó sigiloso asegurando que el equipaje viajara suspendido en el aire y no creara ruido demás. El esfuerzo por mantener el silencio de la noche fue en vano. Al pisar el primer escalón que lo llevaría a la puerta de entrada de la cabaña, el quejido de la madera creó un crujido que bien pudo haberse escuchado a millas de distancia. Maldijo en silencio. Un sonido que provino de la parte trasera de la casa lo hizo detener y sacar de la cintura el arma. Repasó por segunda vez la naturaleza del ruido. Le pareció bastante similar al que hacían los cocodrilos cuando salían y entraban al río que corría cerca de la parte trasera de la cabaña. Decidió continuar, y aunque la adrenalina le palpitaba entre el espacio de los músculos y la piel, estaba cansado, el viaje había sido extenso. Se adentró a la oscuridad de la modesta estancia, dejó en el suelo el bulto y del bolsillo delantero del pantalón extrajo un encendedor. Al compartir la lumbre con varias velas que en fidelidad le acompañaban sobre la pequeña mesa de madera en el medio del comedor, supo que lo que le había alertado los sentidos se encontraba parado justo detrás de él.

—Hubieses avisado que vendrías.

—Hubiese perdido la gracia, Gale.

Las comisuras de los labios se le encorvaron al hombre al escuchar su nombre en aquella voz. Los hombros se le relajaron, colocó el arma sobre la mesa y sus manos sobre la piel de la que sabía una mujer peligrosa, una colega con alas oscuras.

✳ ✳ ✳

El viaje fue más corto que de costumbre. Cuando Sebastián y Natalia arribaron cuarenta y cinco minutos más tarde al estacionamiento del club, Ernesto y Tato ya esperaban por ellos. El jefe se apresuró a bajar del auto y llegar hasta ambos hombres que aguardaban impacientes por las órdenes a seguir. Mientras Sebastián le indicaba a Tato que se asegurara llevar a su cuñada a la casa de su hermano y ordenaba a Ernesto que desapareciera el auto de la joven, que no podía quedar ni un rastro de ese conjunto de chatarra, pudo percatarse que ella permanecía aún sentada dentro del auto japonés. Estaba en la posición en la que había recorrido todo el trayecto de vuelta. El cuerpo rígido intentaba disimular las ganas inmensas de temblar. La mirada perdida en dirección frontal y unas lágrimas queriendo más. A pasos agigantados llegó hasta el auto, abrió con el mismo impulso la puerta.

—Se acabó el paseo —la sujetó con poca delicadeza por un brazo—, vamos.

Cuando Natalia logró reaccionar cuestionó:

—¿A dónde? —con la misma delicadeza que había recibido, apartó el brazo del agarre.

—Tato te llevará a la casa con Damián. Ernesto se encargará del auto. En la mañana tendrás uno a tu disposición cortesía de Transportes Roa.

—Pero ¿qué le harán a mi auto?

—Desaparecerlo. ¡Vete ya, Ernesto!

—Pero… pero… —logró soltársele del agarre a Tato.

Si el aturdimiento tuviese una unidad de medida específica, seguro que Natalia estaría al tope de lo que fuera posible registrar.

Sebastián volvió a acercársele, le habló al oído.

—Escúchame, Natalia, ve a la casa con el imbécil de Damián. Date un baño que te quite el miedo de encima, métetele en la cama y dile que te coja como un hombre de verdad. Mientras lo esté haciendo, cierras los ojos y verás cómo te olvidas del mundo —tuvo que aplicar voluntad mayor a una de sus manos, que atrevida, deseaba rozarle el rostro. También tuvo que apretar los abdominales para combatir el súbito malestar que le apareció en el estómago al imaginarse la escena—. Verás cómo en la mañana ya ni te acuerdas de nada. Tato se quedará la noche vigilando hasta que yo sepa quién era el desgraciado que nos atacó.

Molesta por la selección de palabras con las que Sebastián se dirigía a ella, lo empujó con ambas manos al pecho. Que se apartara de ella.

Lo quería lejos, muy lejos.

En menos de quince minutos ya Natalia estaba entrando a la casa que ahora compartía con Damián. Se despojó de los tenis en la entrada y caminó de puntillas directo a su habitación, no sin antes detener la mirada para observar la rendija inferior de la puerta de la habitación de Damián. Era todo oscuridad. Imaginó que ya dormía.

Por su parte Damián escoltaba con los sentidos agudizados los movimientos de la joven en la residencia. Supo cuando llegó porque la puerta de entrada principal hacía un chillido al cerrarla. Era algo que debía arreglar hacía tiempo, en ese momento agradeció no haberlo hecho. Observando los reflejos que se colaban por debajo de la puerta en la habitación en penumbras, vio cómo la sombra se hacía cada vez más pequeña. Supuso que caminaba a través del pasillo acercándose al cuarto. El corazón le comenzó a palpitar más acelerado en el instante que la sintió detenerse frente al umbral. Cuando parecía que iba a entrar, desapareció. Minutos más tarde, la escuchó en el baño que ambas habitaciones compartían a través de puertas independientes. Ese día había sido uno de mierda. Desde que la encontró dormida en la oficina del club, llevaba un coraje alojado en la boca del estómago. Era difícil saber si la cólera tenía su raíz en la discusión y los reclamos que el ángel furioso le había escupido o en el mero hecho de que ella le aceptó que algo había sucedido, sin embargo, prefería no compartirlo con él. Una transparente afirmación de que cargaba secretos. *"¿Y por qué tanto drama, Damián? ¿A caso no los tienes tú también?"*

Decidió llenarse de valor y enfrentarla. Que le dijera de una vez qué diablos le pasaba. Ella debía entender que no existía un deseo, una necesidad mayor que la que él sentía por ayudarla, protegerla y agradecerle lo que ella hacía por él.

Damián se detuvo frente a la puerta que daba acceso al baño desde su cuarto. Acercó el oído a la fría madera, curiosidad al silencio que de repente provenía del otro lado de la puerta. El valor se le hizo mierda cuando solo escuchó sollozos. Quiso entrar, abrazarla y decirle que todo estaría bien. Que fuera lo que fuera él la entendería. Asustado y desorientado retrocedió. Se metió en la cama, a ver si lograba capturar el maldito sueño. En su lugar, el ruido del agua de la ducha lo transportó al momento meses atrás cuando, en un recorrido matutino por el campo mientras refrescaban los pies en el riachuelo y mirando el cielo, imaginó por primera vez la posibilidad de una vida diferente junto a esa mujer.

La ducha cesó muy pronto. ¿O acaso fue que el tiempo pasó de prisa mientras él se perdía en esa fantasía absurda de una vida diferente? Escuchó la puerta abrirse. El corazón palpitándole aún más acelerado. La oscuridad continuaba alumbrando, era difícil percibir detalles solo con las pocas hilachas de claridad que se colaban. El olor fresco del jabón reciente en la piel de Natalia le decía que ella se acercaba poco a poco a la cama. Su cuerpo respondió al movimiento del colchón cuando la mujer lo acompañó. Quería decir tantas cosas. No encontraba cómo pronunciar la primera sílaba. En un inesperado momento el cuerpo helado desnudo del ángel se enroscaba desesperado al de él.

—Hazme el amor —le escuchó susurrar la súplica—. Lo siento mucho, lo siento, Damián.

Las dudas y el coraje rodaron sobre las sábanas, cayeron reventadas en el suelo. En la cama ya no había espacio para nadie más. En dos segundos Damián ya socorría el cuerpo de Natalia bajo el calor que el suyo generaba.

—También lo siento...—embozando las ganas de llorar que lo atacaron sin previo aviso, y mientras con la punta de la nariz exploraba a ciegas el rostro de la joven, permitió que los labios se le separaran—. Te amo, Natalia, solo quiero que entiendas una cosa, que yo te amo.

TU PEOR ERROR
Materia oscura

Un tierno beso en metamorfosis fue dejando en evidencia la necesidad que ambos se tenían. La codicia con la que ella le reclamaba el cuerpo le otorgaba la respuesta que hubiese querido escuchar en palabras.

✳✳✳

Sebastián no podía creer lo que Chapo le acababa de informar. Estaba segurísimo que los balazos que le lanzó al atacante lo habían herido de muerte. Por primera vez, violentó una de las reglas básicas de su trabajo. 'Siempre debes asegurarte que la tarjeta quede eliminada.' Una de las primeras cosas que aprendiera de Simona. Todo lo tomó desprevenido. En el desespero de asegurar que no hubiese otros atacantes y sacar de aquel lugar a Natalia, los años de experiencia y las mañas no le sirvieron de nada.

—No puede ser. Te aseguro, que al menos, un tiro le llegó directo al pecho. ¡Maldita sea!

—Cuando llegamos no había nada. Solo su moto, señor, y algunas manchas de sangre en el piso, pero ningún muerto. Peinamos el perímetro.

—¿Qué hicieron con la motora? —caminaba de un lado a otro con una mano en la cintura, otra, en la cabeza.

—La desaparecimos.

—¿Ves por qué no debes andar solo? Te lo he dicho, ¡carajo! ¡¿Dónde demonios están Ernesto y Tato?!

—Siguiendo mis órdenes —respondió y al instante cambió el punto de atención—. Chapo —llamó.

—Sí, señor.

—Ve con algunos de los hombres de nuevo al lugar. Busquen has-

457

ta debajo de las putas piedras, hablen con la gente de los caminos aledaños. Hagan lo que tengan que hacer. Necesito saber quién carajos era el infeliz, pero sobre todo, cuál era su intención.

—¡Comerte el culo, Sebastián! —soltó Gutiérrez entre risotadas—. Porque dudo mucho que te haya seguido sin que te dieras cuenta para darte cariño.

Chapo reaccionó al ademán de despedida de Sebastián, con media vuelta y unos pasos desapareció por la puerta del salón de conferencias en las oficinas de Transportes Roa.

—¿Qué hacías allí? No me digas que estás en las andadas de antes. Mira que no fue fácil lavarte el nombre en la calle.

Un respiro profundo del rubio que le obligó a cerrar los ojos y apeñuscar el hocico antes de responder.

—Salí a dar una vuelta. Por si no lo has notado, me gusta estar solo. Me detuve a guarecerme de la lluvia, y de la nada, salió el tipo.

Gutiérrez lo observaba con el ceño cruzado. Se preguntaba cómo alguien con una destreza tan diestra en el manejo de armas no vio venir al intruso. Sin embargo, recordaba el día que le pegó el arma en el cuello al mocoso y cómo éste ni se inmutó. *"Demasiada poca reacción"*, pensó y continuó en voz alta:

—Espera, espera, deja que me siente —se acomodó—. Tengo que estar cómodo para cuando me digas, que después de que le soplaste cuatro tiros al tipo, te volviste pajarito, te salieron alas y volaste hasta aquí.

Sebastián intentó disimular la sorpresa. ¿Qué demonios le había pasado? Toda la situación la estaba manejando como si fuera un novato. En los ojos de Gutiérrez miles de conjeturas asomadas. ¿Qué diría? No podía saber que era con Natalia con quien estaba o que había un interés especial en él por aquel lugar.

—Quisiera saber cuándo carajos te convertiste en mi madre.

—Para mi disgusto, tú y tu hermano son mi prioridad. Soy yo quien tiene que responder ante Nicolás por la seguridad de ustedes. Dime, ¿qué hacías por ese lugar?

Imposible que le dijera la verdad. Se dio media vuelta y comenzó a contemplar una exhibición de parafernalia de colección de diferentes deportes que adornaba una pared en el salón de conferencias. Tomó con las manos un balón de soccer, lo observaba con minucia. Todavía de espaldas, Sebastián comenzó hablar:

—Me gusta que tengas muy claro tus responsabilidades. Más vale que empieces a cumplirlas —volteó y lanzó con fuerza el balón en dirección de Gutiérrez. Comenzó a caminar rumbo a abandonar el lugar—. Me parece que esta noche por poco te anotan un gol.

El hombre atrapó la pelota, la lanzó con furia contra la puerta que ya Sebastián había cerrado.

—¡Y a ti un tiro, pendejo!

✳ ✳ ✳

La mañana siguiente Natalia logró despertar de la anestesia de placer que había encontrado en el cuerpo y las caricias de Damián. Sigilosa pudo deshacerse de las sábanas. Llevaba rato en la cocina con solo un camisón cubriéndole la desnudez. Había preparado café. Pretendía disfrutar del suyo sentada en uno de los taburetes nuevos. Debió haberlos comprado también Damián. Sintiendo cómo el calor del líquido en la taza atravesaba la cerámica y se le alojaba en las palmas de las manos, reprendía la voz intrusa en su cabeza que le decía, *"Tu cuñado tenía razón."* Mentira, porque solo olvidó por el instante que se encontraba en los brazos de Damián, que estuvo a punto de morir con un tiro en el pecho. A esa hora de la mañana, volvía a tener los recuerdos más frescos que el mismo café que acababa de colar.

Esperaba darle los buenos días a un hombre satisfecho, los recibió de uno confundido.

—Buenos días —dijo Natalia sintiendo la caricia que le hiciera Damián en la espalda al pasar junto a ella. Comenzó a levantarse—.¿Te sirvo café?

—No, no te preocupes. Yo me lo sirvo.

Mientras Damián se servía el café, que esa mañana prefirió puro, aprovechaba cada oportunidad para darle vistazos a la joven que parecía haber extraviado algo dentro de la taza. Los ojos fijos no miraban a otro lugar. Se ubicó de pie junto a ella, colocó la taza sobre la encimera.

—¿Estás bien? —el instinto de médico le obligó a tomarla por la barbilla y hacerla girar para observarle la herida.

Una mueca de dolor se le escapó antes de hablar.

—Eso creo.

Damián demoró haciendo el diagnóstico algunos segundos más de lo que hubiera hecho con un paciente particular.

—Deberías ponerte un poco de triple antibiótico. Eso no se ve bien, tienes los bordes rosados y algo inflamados. Pudiera estar infectado.

—De camino a la oficina paro en una farmacia, doctor —permaneció con el rostro esquivo entre las manos.

—Dime, Natalia, ¿qué te preocupa? —la liberó al sentir que ella buscaba refugiar la mirada en cualquier otro lugar que no fuera el rostro de él.

—Lo que dijiste anoche, ¿lo dijiste en serio?

—¿Qué fue lo que dije? —un sorbo al café.

—Olvídalo —la voz débil.

—Hey, tranquila. Es una broma. Claro que recuerdo lo que dije anoche. ¿Cómo no lo voy a recordar? Lo recuerdo muy bien.

—¿De verdad me amas?

Era como si ella hablara con la bendita taza. La instó a que le prestara atención.

—Yo no sé cuál es la definición de amar en un diccionario, solo sé que lo único que hago es pensar en ti. En que quisiera mandar todo a la mierda y solo estar enroscado a ti las veinticuatro horas del día —comenzó a pestañear con rapidez. Una gran bocanada logró calmarle los párpados y la emoción que se le comenzaba a acumular detrás—. Que cuando hemos tenido algún altercado, como el de ayer, me siento como una bolsa de basura. Y cuando trato de ponerle un nombre, adjetivo o encajonar todo esto que siento en unas benditas palabras, solo aparecen en mi mente un te amo —encogió los hombros—. Tú te has enamorado antes, dime, ¿esto es lo que se siente?

Natalia descansó los codos sobre la encimera y en sus manos hundió el rostro.

—Me agarró desprevenida. Yo tenía mi vida planificada a la perfección: bachiller, el posgrado, un buen trabajo, un departamento, un marido, hijos, nietos… De repente —un suspiro que le hundió más el rostro—, mi corazón se empeñó en incluir un tercero entre ese maravilloso perfecto plan y yo. El proyecto de vida seguía en mi cabezota pero no hacía ningún sentido sino era con esa persona junto a mí —comenzó a sentir cómo la piel de la espalda se le erizaba, los dedos de Damián la acariciaban.

—Por la descripción que das, pareciera que pudieras llegar a un autodiagnóstico de enamoramiento.

—Hablo en serio, Damián.

—Yo también, Natalia —la tomó por los hombros e hizo girar la banqueta—. ¿Acaso estar seguro de que daría mi vida por ti no es hablar en serio?

—Eso es lo que no entiendo del amor.

—Dime, corazón, ¿qué es lo que no entiendes?

—Solo llevamos tres meses juntos, apenas nos conocemos y ya dices que morirías por mí.

Aclaró la garganta antes de dejarle saber su sentir.

—Me ofende la duda.

—No, no, si no dudo que sientas de esa manera. Yo también me sentía así. Yo juré estar a su lado hasta que la muerte nos separara. Pero no cumplí. Salí huyendo, buscando mi salvación. ¿Entiendes?

—Son situaciones diferentes. Era tu seguridad lo que estaba en juego. No es lo mismo —*"Es lo mismo, Damián, ¿no te das cuenta?"*

—Sí, lo es. Por eso no sé qué responder cuando me preguntas si he amado. No lo sé. Tal vez sí… Tal vez no… Tal vez fui cobarde… No lo sé…

Damián intentaba descifrar las claves que sabía escondidas entre las palabras de Natalia.

—¡Hey!, no quiero que te sientas presionada. Aunque me gustaría escuchar de esa hermosa boca que me amas, prefiero no hacerlo a que no sea verdad. Nada me haría más feliz, pero estás aquí, a pesar de las implicaciones que eso tiene en la relación con tus padres. Anoche fuiste capaz de disculparte y decir que lo sentías. Yo siento también la discusión que tuvimos y las cosas que no debimos decir, además, la manera en que me pediste que… te amara… Para éste que está aquí, eso es prueba suficiente de que te importo, que me necesitas.

Natalia deslizó la mano caliente por la frente de Damián lleván- dose consigo cabellos que le caían en los ojos, luego, dejó estacionada la mano en la mejilla. Al instante que sintió las lágrimas la traicionarían, cambió la mirada y apartó el toque.

—Hey, no quiero verte llorar, no puedo verte llorar. Se me estruja el pecho verte así y no saber qué es lo que te pasa y no saber cómo puedo ayudarte.

Se limpió las lágrimas antes de confesar.

—Tengo miedo.

—¿De qué o quién? —le obligó con sutileza forzada a mirarlo—. ¿Alguien te ha amenazado? —*"¡Maldito tío! ¡Maldita seas!"*

De pronto Natalia lo miraba con la cabeza inclinada a un lado y los ojos escudriñando. Le respondió que no agitando la cabeza con un movimiento lento.

—De mí, de hacer por una vez en la vida las cosas correctas. De no decepcionarte. De no volver a decepcionar a mis padres.

—¿Por qué me decepcionarías? —le hablaba pausado al oído—. Eres la mujer más maravillosa que he conocido en la vida. Eres inteligente, hermosa, divertida y hasta cojonuda de vez en cuando —Damián dejó escapar un suspiro que salió cargado de sus propios miedos—. Está bien tener miedo, amor. Yo estoy aterrado. Lo único que quiero es hacer lo correcto, lo necesario para llevarte lejos de todo esto. A cada segundo me pregunto, ¿cómo diablos lo estoy haciendo? No tengo idea, Natalia. Me enfurece no tener alguien que me pueda decir, 'lo haces bien, hijo' o 'de verdad que la estás cagando, Damián'. No sé si lo estoy haciendo bien o no. Yo solo sé que lo hago con el corazón por ti y para ti. Yo no sé a cuántos decepcionaré en el camino, y siendo sincero, me importa una mierda. Solo sé que me aseguraré de no decepcionar a una persona y esa eres tú. Solo quiero que sientas la confianza de decirme qué es lo que necesitas de mí. Es todo lo que tienes que hacer, decirme qué es lo que necesitas de éste imbécil que está aquí, que se está muriendo por ti.

Una débil sonrisa hizo el intento de encorvar los pálidos labios de la joven. Si había dudas ocupando un espacio en su corazón, las hermosas palabras de Damián las acababan de desplazar.

—Que me ames…—dijo y enseguida enmudeció el resto de la respuesta— *"que entiendas mis silencios. Que entiendas que en ellos intento descifrar cómo resolverles el mundo."*

***

El sol encontró a Sebastián en su habitual pose en el sillón de tomar el sol. Pasó la madrugada dándole vueltas y vueltas a los últimos eventos. Repasó cada fotograma de la película que llevaba grabada en la mente. Identificó todos los errores crasos que, por primera vez, cometía en una misión. Se negó a aceptar la causa raíz de tales descuidos. Como sabía que Gutiérrez había ordenado redoblar la seguridad en los predios de la mansión, se dejó vencer por el sueño abrazado a su arma y la mirada fija al negro cielo.

—¿Tomando el sol, princesita?

Los ojos bien abiertos. De un brinco cayó sentado al escuchar la indeseable voz.

—¿A caso no duermes? —a duras penas logró pronunciar la recriminación al hombre que parecía haberse convertido en su nana.

—Solo cuando no te da por joderme la noche. Vamos, ve y date una ducha, come algo y asegúrate que tienes muy bien pensado lo que vas a proponer a la importante visita de hoy.

"Mierda", dijo para sí Sebastián. Ese era el tan esperado día. ¿Cómo diablos se le había podido olvidar?

***

Natalia continuó el día intentando volver a la normalidad. Luego de la conversación con Damián, estaba segura de los pasos que debía seguir. Al encontrarse con Rafael de camino a su área de trabajo, bastó un leve asentamiento de cabeza y mirada fija para comunicarle que el esquema había sido aceptado. No le diría que dicha aceptación era solo preliminar, que todavía faltaba que Sebastián, su cuñado, quien la había metido en todo ese lío, formalizara la propuesta y cerrara el negocio con los clientes

∗∗∗

Damián por su parte intentó hacer lo mismo. Visitó la casa de su madre, le habló de su nuevo proyecto. Eladia no perdió la oportunidad para preguntarle por Natalia. Él evadió profundizar en el asunto, dijo que todo estaba bien. A Estefanía le habló un rato de la nieve, tema que saltó al mando al ver la película que rodaban en el televisor que colgaba en la pared frente a la cama de su hermana, el fiel acompañante en la recámara solitaria. Tardó solo unos minutos para que escuchara a la joven preguntarle también por Natalia. Le dijo que estaba trabajando, que en un par de días se la traería para que chismearan un rato. Se marchó al cabo de poco más de una hora, no sin antes darle el chequeo de rutina a los aparatos electrónicos que eran necesarios para hacer más agradable los días en la vida de su hermana.

36

Diversificar ✳ ¡Ahora soy yo!

A las dos de la tarde, según previo acuerdo, Sebastián y Gutiérrez llegaban escoltados por Chapo y otros dos hombres a la Marina Puerto del Rey en el pueblo de Fajardo, al este de la isla. Los rusos quisieron evitar el control de Aduana e Inmigración del Aeropuerto Internacional ubicado en la zona metropolitana. Por ser Puerto Rico un territorio americano, las fronteras tanto aéreas como marítimas son vigiladas y controladas por los organismos federales del gobierno de los Estados Unidos. Los accesos marítimos tenían fama de llevar mayores grietas que permitían burlarse con facilidad del sistema. Habían viajado en un jet privado desde Moscú hasta la hermana isla francesa *St. Barts* y luego navegado hasta las transparentes y cristalinas costas de la Isla en un lujoso yate de 120 pies de eslora.

Al llegar al estacionamiento de la marina, Gutiérrez divisó de inmediato un rostro fraternal. Pavel le esperaba al borde del muelle de madera que los dirigiría hasta la embarcación donde se daría el encuentro. El hombre de ascendencia árabe le mostró una breve sonrisa.

Sebastián ordenó a Chapo que indicara a sus dos hombres que permanecieran junto a la SUV, y a los que viajaban en el segundo vehículo, que vigilaran el perímetro. Por la relación con Pavel, que casi se podía catalogar como familiar, todo debía transcurrir sin mayores inconvenientes. Al menos eso era lo que debía aparentar. Si por casualidad los rusos o Pavel se enteraban a estas alturas para quién trabajaba en realidad, todo y todos se irían al infierno.

Caminaron los hombres escoltados de cerca por Chapo quien llevaba los brazos cruzados en el pecho y las manos escondidas en los costados, enganchadas en los mangos de sendas pistolas que no llevaban seguros y sí algunas balas deseosas de acción. Los viejos amigos se estrecharon en un estrujado y efusivo abrazo. Sebastián esperaba atento a unos pasos de distancia y pudo ver cómo Pavel, sobre el hombro de Gutiérrez, lo analizaba con miradas furtivas desde los ojos alargados.

—Vaya, vaya. Al fin le pongo cara al temible Sebastián —dejó escapar en español con lo que le pareció al rubio un acento muy raro.

Aunque sabía el linaje del hombre, que por años había sido el bróker de su tío en el negocio de armas, intentó descifrar la influencia de otras culturas en el peculiar hablar. El Roa no perdió un segundo. Estiró la mano en un saludo que fue correspondido y en el cual pudo sentir los latidos de la desconfianza que se le escapaba por los poros a Pavel.

—Un placer —completó Sebastián en seriedad.

—¿Quiénes te acompañan? —preguntó Gutiérrez.

—Bodrov.

—¿Viktor? —preguntó Sebastián intentando esconder la sorpresa.

Pavel dirigió solo la mirada al joven de quién había escuchado bastante en los últimos meses. Tenía dudas de que pudiera continuar el impecable trabajo Nicolás.

—Sí, Viktor Bodrov. Tiene unos cuantos de los suyos a bordo. Que nos se te inflen las ilusiones, muchachito, accedió al encuentro por el respeto que le tiene a Nicolás y los favores que le debe. Prepárate para que te mande a la mierda. Yo que tú, no hago ningún movimiento brusco. Su gente no se corre riesgos en cuanto a la seguridad. En menos de una centésima de segundo quedarías tieso —comenzaron a caminar sobre el muelle de madera en ruta a la embarcación—. Te tengo unos clientes que están deseosos porque ustedes les ofrezcan sus servicios.

—Cerremos este negocio, Pavel, luego hablamos de los demás —respondió Sebastián mientras analizaba el andar del bróker. Notó que tenía una leve cojera en la pierna derecha.

A Chapo solo le permitieron acercarse hasta el borde de la embarcación. Lo dejaron escoltando las armas de las que Gutiérrez y Sebastián tuvieron que despojarse antes de abordar. Pavel le mostró todo el tiempo el camino hasta que se adentraron a una de las estancias principales de la lujosa embarcación. Roa, intentando mantener los ojos quietos, registraba todos los detalles del lugar, en especial de los hombres que acompañaban a Viktor.

—*Gentleman*[15] —se escuchó la voz con acento ruso que continuó expresándose en inglés—. Gutiérrez, siempre es un placer verte —se estrecharon las manos.

Viktor, con movimientos lentos y confiados se acercó al joven.

Los poros se le constriñeron, tuvo que librar una gran batalla mental para no dejar escapar los instintos animales al advertir las manos del hombre acercárseles a la cara. Las palmas calientes y gruesas atraparon el rostro de Sebastián, que de reojo continuaba deliberando el plan de acción en caso que la situación se tornara imprevista y fuera necesario realizar un escape prematuro.

Gutiérrez sin darse cuenta se encontraba elevando una plegaria, pedía porque el muchachito no fuera a cometer una estupidez.

—Sí que pareces un Roa —soltó el viejo luego de darle una cachetada cariñosa. Viktor volvió con caminar lento hasta el sillón donde disfrutaba una copa de coñac minutos antes que la visita se presentara—. Voy a ahorrarte saliva, Sebastián. Ya no tengo interés en continuar negocios con ustedes. Me da mucha pena porque estimo mucho a Nicolás. Pero creo que mencionar las razones sería imprudente.

---

15   En español: caballeros.

—Entiendo, señor, las preocupaciones que le hayan surgido a raíz de los eventos inesperados.

Gutiérrez, quería interrumpir y ahorrarle una vergüenza mayor a la familia Roa que sentía como suya. Sebastián sin duda metería la pata con cualquiera que fuera la magnífica propuesta que había mantenido en secreto y ni con él había querido compartir. La fluidez con que el rubio comenzó a expresarse en inglés le hizo expandir el estómago.

¿Sorpresa?

—En los negocios —continuó Sebastián— hay que sacar oportunidades de los momentos difíciles. Hay que diversificarse y explorar suerte en otros ámbitos— pausó para otorgarse tiempo y ver si era capaz de identificar aunque fuera una ínfima señal de interés en el rostro de Bodrov. El hombre de cabellos blancos y piel gélida continuaba mirándolo sin pestañear. Cuando elevó la mano sujetando la copa de coñac, Sebastián notó el leve temblor en ella. No era miedo. No. El hombre que, por años llevaba ocupando el liderato del mercado más importante de trasiego de armas, jamás se amedrentaría por un estúpido muchachito que jugaba a ser un mafioso. No, por el momento no debían temerle.

—¿Coñac o vodka? —preguntó a la visita Viktor mientras con un ademán los invitaba a sentar—. ¿Qué me ofreces, Sebastián?

—Digamos que la familia Roa entiende las necesidades de sus clientes. Por más de veinte años hemos sido una pieza clave en sus negocios y queremos seguir siéndolo.

—¿Como qué se te ocurre?

—Reducir riesgos.

Viktor miró a Pavel que permanecía serio de pie con una mano cruzada frente el pecho y la otra en el mentón. Volvió a mirar a Sebastián.

—La vida y los negocios son cosas de riesgos. Quien no arriesga, no gana.

—Cierto, pero no puedes pasártela todo el tiempo arriesgando. Debe llegar el momento en que puedas asegurar el futuro.

—Tienes dos minutos para explicarme tu propuesta —anunció antes de hundir los labios en el etílico.

—Verás, Viktor ¿puedo llamarte Viktor? —se escuchaba más en confianza Sebastián.

—Solo mis socios me llaman Viktor.

—Creo que podré con la espera —inclinó el rostro—. Serán solo dos minutos.

—Se te acaba el tiempo, Roa.

—Decía, Bodrov, que preferiría esta fuera una conversación en privado. Espero entiendas, no quiero competencia antes de tiempo.

Viktor ordenó a los tres hombres que lo escoltaban que salieran de la estancia. Con la mirada que otorgó a Pavel, le pasó la responsabilidad de lo que fuera que pasara luego. Observó su reloj.

—Te queda solo un minuto.

—Mi propuesta de negocio es hacer legítimo el producto de los tuyos.

—Ilústrame, Roa —dijo Viktor a la misma vez que inclinaba el torso hacia el frente.

Sebastián de una manera ágil, precisa y concisa, resumió la propuesta del negocio. Era sencillo: ellos le daban el dinero, él lo utilizaba para crear compañías legítimas que a través de las actividades comerciales generarían ganancias, y al cabo de unos meses se venderían a un precio inflado permitiéndoles recibir el doble del dinero invertido pero esa vez, pulcro.

El único ruso que quedaba en la habitación se tomó el mismo tiempo que había otorgado a Sebastián para pensar. Roa nunca le quitó los ojos de encima, sin embargo, moría por verle la cara a Gutiérrez y Pavel. ¿Qué dirían de él ahora? ¿Habrán entendido la propuesta de negocios? ¿Era todo demasiado sofisticado para que aquellos, que solo sabían de traficar armas, pudieran entenderlo?

—¿Qué le parece la propuesta? —se aventuró Sebastián intentando mantener las manos quietas.

—¿Qué te hace pensar que pudiéramos necesitar tus servicios? Llevamos años en nuestro negocio principal y hemos podido sobrevivir, incluso en temporadas de alta competencia e inesperadas turbulencias.

—Sabemos que la *Interpol*[16] ha estado inquieta últimamente, intentan fortalecer las relaciones con Rusia, haciéndoles las cosas más difíciles a los hombres de negocios como tú.

Viktor permaneció en silencio, los ojos se le estrecharon. Para lucir tan joven, el sobrino del que había sido hasta hace poco más de un año su principal socio de transporte, parecía haber hecho la tarea en historia (criminal).

—¿Cuánto es la inversión inicial? —peguntó mientras hacía un ruido constante con los dedos en el cristal del vaso.

—Ocho millones de dólares americanos en transferencia bancaria.

Una risotada que se le escapó de manera espontánea le hizo rebotar la barriga a Viktor.

—Digamos que me decidiera a contratar tus servicios, ¡jamás te daría esa cantidad! ¿Estás loco?

—No crucemos el charco antes de llegar al puente. Cuando te decidas, negociamos esa parte. Pero te advierto que no eres mi único

_____

16   Organización Internacional de Policía Criminal.

cliente, Transportes Roa cuenta con una amplia cartera, que de la misma manera, necesitan nuestros servicios. Te estoy dando el privilegio de ser el primero, Bodrov, y eso tiene un precio.

—Y riesgos —habló Pavel.

—Qué gentil, muchacho. Empezaste bien. Tu tío siempre nos dio la primera opción en todo. Este viejo ya no piensa con la agilidad de antes. Voy a meditarlo. Escucharás de mí, como siempre, a través de mi amigo Pavel.

Sebastián y Gutiérrez se levantaron de las cómodas y mullidas butacas de piel color camello, y al unísono, colocaron las copas encima de una pequeña pero imponente mesa de cristal y madera pulida con terminaciones de metal dorado. Sebastián notó que la copa de su "nana" estaba vacía. Gutiérrez notó todo lo contrario en la copa de Sebastián.

La pareja visitante completó el protocolo de despedida. Gutiérrez intentaba controlar los movimientos del cuerpo. No era necesario que Pavel y Viktor supieran que era la primera vez que escuchaba tal locura salir de la boca del mocoso. Ya tendría la oportunidad de decirle a Sebastián lo imbécil que había lucido. ¿Cómo carajos se le ocurría que los rusos le darían dinero para jugar?

Bodrov habló en ruso a los hombres que volvían a colmar la estancia. Las palabras llegaron hasta los oídos de Sebastián que caminaba dando la espalda rumbo a la salida, no pudo evitar que se le torciera una de las esquinas de la boca. El gesto no pasó desapercibido por Gutiérrez, quien ya a ese momento, se había convencido que era algo normal el dominio del inglés por parte de Sebastián. Es que esos muchachos habían estudiado en el mejor colegio privado y bilingüe de la Isla. *"¿Acaso allí estudió ruso también?"*

Con pasos apresurados por los pedazos de madera iban de vuelta a la camioneta. Sebastián llevaba un sentimiento de satisfacción. Había logrado más de lo que se propuso en aquella primera visita. Chapo les entregó las armas que custodiaba, fue lo primero que hizo al verles desembarcar.

—Mi comisión seguirá siendo el veinte por ciento —soltó Pavel en voz baja casi al oído de Gutiérrez mientras le seguía.

El Roa detuvo el paso de improviso.

—Consigue que se complete el acuerdo y cobrarás. No ofrezcas a ningún otro cliente estos servicios. No aún. Ya te dirá Gutiérrez. Sebastián extendió la mano para despedirse—. Tu comisión siempre ha sido parte de la ecuación —el bróker devolvió el gesto—. Ha sido un placer ponerle cara al famoso Pavel.

El joven continuó a paso todavía más acelerado hasta donde ubicaba la camioneta y con ella sus hombres. Luego de limpiar el perímetro con la mirada, abordó en la parte trasera del vehículo que lo había llevado hasta allí. Un airado Gutiérrez le siguió.

—¿Qué carajo pretendes? ¿Ahora tienes ganas de jugar Monopolio? ¿Poner en ridículo a tu tío, a nosotros? ¿Tienes una mínima idea de lo que ha costado lograr la reputación y respeto para la Organización? —ya a este punto el hombre llevaba la voz en un tono bastante alto—. ¡¿La tienes, la puta idea?! —Sebastián lo ignoró—. ¡Te estoy hablando, maldita sea!

—No, no lo estás haciendo. Estás gritando y me duelen los cojones de escucharte —lo dejó con la palabra en la boca. El rubio abandonó el auto por la puerta contraria a la que utilizó para abordar, caminó hasta salir del estacionamiento donde aguadaba el segundo vehículo de su escolta.

Abordó.

Gutiérrez no esperó a que entraran a las oficinas de Transportes Roa. Es que no podía. El coraje por la actitud de Sebastián lo llevaba de loco todo el trayecto de vuelta al área metropolitana luego de la reunión con Viktor y Pavel. Hizo que Chapo manejara tras la escolta de Sebastián a donde quiera que fuera. Le diría de una vez todas las que le llevaba guardando varios meses al mocoso.

—Escúchame bien, pendejillo de mierda, no voy a permitir que tires a la basura todo lo que tu tío y yo hemos construido. No tienes ni la más mínima puta idea de lo que ha costado, de los sacrificios sangrados para lograr esto que te cayó en las manos como un juguete.

Chapo, con una señal de manos, ordenó a las escoltas que abandonara el lugar. Permitió que solo se quedara uno, necesitaría refuerzos si los ánimos llegaban a caldearse un poco más en el estacionamiento de las oficinas Roa. No podía predecir. Parecía que Sebastián intentaba evitar cualquier enfrentamiento. El rubio sacudió con movimiento brusco uno de los brazos quitándose el agarre del airado Gutiérrez. Chapo se había equivocado.

—No, escúchame tú a mí. El tiempo de jugar a niñera se acabó. ¡No necesito que me quieras cuidar el culo! Si no te has dado cuenta, tipo, yo me lo puedo cuidar muy bien. ¿A quién Nicolás puso al mando? —no esperó respuesta de Gutiérrez—. A mí. Eso significa que yo pongo las reglas. Yo doy las órdenes. Yo digo qué sí y qué no. Si te da la gana, vete con la queja al tío. Ya veremos qué tanto puede hacer desde el puto encierro.

—¿De dónde carajos vas a sacar el dinero para reponerle a los rusos? Porque eso es lo que va a pasar. Vas a terminar debiéndoles hasta el culo, imbécil. Aunque dudo mucho que sean tan estúpidos como para soltarte semejante cantidad.

Sebastián permaneció observándole el rostro a Gutiérrez. Las venas le brotaban desde el cuello hasta las sienes, y la piel en el centro, roja como una hornilla a punto de reventar. Le hubiese encantado hacer una apuesta. Apostaría lo que fuera porque ese trato con los rusos se cerraba antes de dos días. Ya Viktor Bodrov había ordenado a los suyos que validaran la información bancaria y en 24 horas procedieran con la transferencia de cuatro millones de dólares. Todo le había salido como planificó. Le había solicitado ocho millones porque intuía le cortarían la cantidad a la mitad. Esa había sido la razón por la que Sebastián tuvo que contener las ganas de reír cuando se marchaba del yate. El trato ya estaba cerrado, solo faltaba oficializarlo en el idioma inglés.

—Ve despacio, Gutiérrez—comenzó a decir con voz más calmada—, por la orillita —le dio la espalda—, no jodas tu retiro— completó elevando el timbre de voz. Abandonó el lugar adentrándose a las oficinas.

37

Protocolo ✳ **En equipo** ✳ **La identidad**

Simona Riley intentaba dar con el paradero del prospecto número tres. No tenía tiempo que perder. Si no actuaba de manera apresurada, otros lo harían por ella. La decisión de qué hacer con los prospectos del programa no había sido algo fácil de tomar, mucho menos ejecutar. Intentaba lidiar con cada uno de ellos según el orden que ocupaban en la lista de reclutas. ¿Casualidad? Aunque no era una mujer de esperanzas, no dejaba a la suerte las cosas que tenían que suceder, confiaba que Sebastián lograría traerle algo para poder negociar. Con el cierre del programa de los prospectos, tarde o temprano algún republicano conservador en el Congreso de los Estados Unidos jodería tanto que lograría abrir la caja de Pandora liberando, no tan solo los detalles minuciosos del programa del que ella era encargada, sino que de todos los tantos que también se llevaban en el clandestinaje y que le retorcerían las entrañas a cualquier ciudadano común.

La mujer estaba consciente de que la soga partiría por el lado más fino. Siempre había sido así. A través de los años, y como si fuera un rompecabezas, había colocado poco a poco cada una de las piezas que conformaban su as. No lo llevaba bajo la manga. Lo tenía guardado en un mejor lugar.

Fulminó el pensamiento y dejó la mente en blanco al sentir que la mesera se acercaba con la tasa de té que había ordenado hacía unos diez

477

minutos. Como si la simple ciudadana, que se ganaba la vida sirviendo de mesa en mesa y aguantando los malos humores de la gente, fuera a tener cualidades telepáticas y leerle los pensamientos. Estuvo apunto de sumársele al promedio de los clientes del lugar. ¡Diez minutos para que le sirvieran un bendito té! Desistió al advertir el hombre que entraba en esos instantes a la cafetería. Hasta olvidó ofrecer un agradecimiento fatulo a la mesera.

La mirada de Simona fue acompañando al hombre en el recorrido hasta el apartado que ocupaba en una esquina al fondo del lugar, donde la mayoría de las personas, a esa hora del día, disfrutaban el desayuno.

—Riley —saludó a la misma vez que se removía los lentes oscuros y dejaba al descubierto los ojos cansados.

—Robertson, ¿café?

—No, gracias —miró a ambos lados antes de continuar—. No tengo muy buenas noticias.

Simona no se alarmó, esperaría escuchar las noticias y entonces llegaría a sus propias conclusiones.

El agente Robertson, que llevaba un par de años laborando como parte del equipo de Riley y cuya responsabilidad era monitorear los movimientos de los prospectos asegurándose que cumplían con las encomiendas asignadas, llevaba la preocupación guindando del rostro. Era un hombre experimentado en la CIA, había cursado los adiestramientos de la Agencia junto con Simona algunas décadas atrás.

—Se me ha hecho imposible dar con el paradero del número uno y el dos —Simona intentó depositar en el rostro trazos de preocupación—. Tampoco he logrado localizar a los agentes asignados a ellos —en esa ocasión no fue necesario un esfuerzo mayor para que las cejas de la mujer le descendieran y se apartara de inmediato la tasa de té de la boca.

—¿Cómo así, Robertson?

—Creo debemos alertar, que activen el protocolo de agentes desaparecidos.

En una situación "normal" Riley hubiese coincidido con la apreciación del agente.

—Esperemos unos días. Haré unos movimientos y luego decidimos qué acción tomar.

El hombre, que se mordía el labio superior, mostró dudas.

—El número tres está dando tumbos erráticos. Ha ido ubicándose con sigilo hacia los estados el sur este. Como si huyera de algo, Riley.

—Quédate junto a él, Robertson. Yo me encargo de averiguar qué demonios ha pasado con los otros prospectos y sus agentes —la mujer estiró el brazo logrando descansar la mano encima de la del hombre—. Mantengamos esto entre nosotros en lo que tenemos más información. No hay necesidad de alarmar a nadie hasta que no tengamos algo concreto.

El agente asintió.

—¿Y el número cuatro? —preguntó a modo de exploración. Sabía que Simona se encargaba personalmente de ese prospecto, incluso desde que era vigilado antes de su reclutamiento años atrás. Entre los mismos agentes y para desconocimiento de Riley, comentaban que era el preferido de la líder del proyecto.

—Bajo control —se limitó a responder.

El celular de Simona sonó. Ella atendió la llamada y luego de intercambiar preguntas cerradas y responder en oraciones cortas y ambiguas colgó. Se percató que, durante el tiempo al teléfono, Robertson no le quitó los ojos de encima.

—Me tengo que ir. Espera mi llamada en un par de días. Me notificas tan pronto sepas cualquier información adicional de los prospectos o los agentes —se levantó del sillón forrado con vinil, y mientras caminaba rumbo a la salida se detuvo, volteó, se otorgó la libertad observar por última vez al agente Robertson. Si algo tenía muy claro Riley entre toda aquellas incongruencias, era que no volvería a ver a su compañero.

* * *

Natalia se escapó esa tarde diez minutos antes que todos los demás salieran a almorzar. No quería que Rafael, por voluntad propia, la acompañara. No tenía auto porque los hombres de Sebastián se lo habían desaparecido y no quiso aceptar el que le ofreció el rubio. A Damián le dijo que se lo habían robado. Luego de varios cuestionamientos, se ofreció en ayudarla a conseguir uno. Lo harían el fin de semana.

Decidió caminar para ver si así lograba dejar la mente en blanco, y a su regreso a la oficina en una hora, poder concentrarse en el trabajo pendiente. La supervisora ya le había llamado la atención en dos ocasiones por retrasos en cumplimiento de fechas.

¿Qué más podían esperar?

Aunque la temperatura era bastante caliente a esa hora del día, llevaba un caminar pausado por la acera que formaba un camino directo a un modesto centro comercial. Era el único lugar que albergaba opciones decentes para almorzar en un radio bastante amplio del parque industrial donde se encontraba ubicada la oficina. Tenía en la mente a Damián.

Los hombros se le encresparon y la piel se le erizó. Ya se le estaba haciendo costumbre la sensación incómoda. No volteó. Continuó el rumbo.

—Sígueme —la voz la sujetó de manera cordial pero con un agarre seguro.

Obedeció tal cual iba recibiendo las instrucciones. Abordó el Aston Martin. En quince minutos se encontraba sentada en un aparatado de un restaurante cuyo menú estaba fuera de su presupuesto habitual para el almuerzo.

—Pide lo que quieras —esbozó Sebastián luego que la mesera le entregara la carta y se retirara.

Natalia apartó a un lado el llamativo pedazo de cartón que servía como lienzo al menú. A cualquiera se le pasmaba el apetito ante tal presencia.

—Habla —alcanzó a decirle.

—Parece que tu amigo y tú tendrán que empezar a trabajar antes de lo que pensaban.

La mesera se acercó con dos copas desbordando agua y preguntó si estaban listos para ordenar. El joven le concedió el primer turno a Natalia. No quiso nada.

—Si es tan amable, tráiganos dos platos del día —dijo Sebastián.

Ante los ojos confusos de la mesera Natalia no respondió. Él podía pedir lo que le viniera en ganas, otra cosa era que ella se lo comiera. *"Si es tan amable"*, repitió en un esfuerzo mental por entender tanta amabilidad.

—Tengo que regresar a la una en punto a la oficina.

—¿Por qué no aceptas el auto que te ofrecí? No debes andar sola y mucho menos por la calle con la mente en el limbo como lo hacías.

—¿Y tanta preocupación por mí?

—No, si no es por ti, sino por lo que tú harás por mí.

Le dieron ganas a Natalia de levantarse y largarse de aquel lugar donde ninguno de los dos parecía encajar en la estética visual.

La entrada de un hombre trajeado lo puso inquieto. Le duró solo segundos. Era otro más del perfil de clientes del lugar. Con premeditación había seleccionado el sitio que ocupaban, le permitía observar todo el que entraba y salía. Era un restaurante de alto nivel, muy concurrido por ejecutivos luciendo inmaculados trapos de oficina. Había hecho reserva, por eso logró un lugar.

Volvió a la conversación.

—Tengo algo para ti —pausó, analizaba la reacción—, necesitamos estar comunicados.

—¿Un celular? —dejó escapar un intento de carcajada que le sacudió los hombros—. No que ese tipo de…

La interrumpió.

—Es un aparato especial y muy costoso. Por eso debes cuidarlo. Tiene un solo número grabado. No lo puedes usar para nada más que hablar conmigo. ¿Entendiste?

—Como si fuera tan complicado entenderte —respondió con desprecio rodando los ojos. En la mente la contradicción apareció: *"Todo él es complicado, Natalia. ¿No te acabas de dar cuenta?"*

—¡Ja! El aparatito es para cuando *esto* se ponga complicado. Ahí te aseguro que me lo vas a agradecer.

El silencio se apoderó de repente de la conversación. Los ojos de Sebastián, quien tenía las manos descansando sobre la mesa, estaban fijos en dirección de Natalia, la mirada, esquivaba el cuerpo de la joven y escudriñaba más allá.

Natalia encontró, por primera vez, la oportunidad de mirarlo con detenimiento en un lugar con la suficiente luz que le permitiera irse en una expedición y así reconocerle cada detalle del rostro. Notó que tres líneas horizontales de expresión le dividían la frente. Que éstas se acentuaban cuando él hacía el intento de enfocar la vista en algún punto en particular. El cabello rubio, aunque demarcaba un linde al comienzo de la frente, se confundía con la diminuta y fina lana, también rubia que le cubría el resto de la piel. El sol había hecho de las suyas en aquel rostro. Una que otra tenue peca decía presente en el área debajo de los ojos y la base de la nariz. Otras tantas parecían que se le habían desprendido y aterrizado en los firmes y pálidos labios. Los ojos, aunque de primer vistazo parecían oscuros por el contorno de las gruesas cejas, eran en realidad verdosos y encerraban una mirada impenetrable. A Natalia se le comenzaron a nublar los ojos. Fue necesario algunos parpadeos. Una sensación de vértigo le empezó a bailar en la cabeza. La boca se le había secado. Al instante que advirtió que la atención de Sebastián regresaba a la mesa intentó enfocarse en la copa de agua que tenía enfrente. Tomó con la mano temblorosa un sorbo. Las gotas del frío sudor del cristal se le deslizaron por el mentón a través del cuello y entre los pechos. Maldijo en silencio por el dolor que le causó el agua al humedecerle la herida de la quijada que llevaba cubierta con una venda de algodón. En las últimas horas, hasta el intento de una mueca le incomodaba el mentón.

Sebastián dejó que sus ojos se montaran en el viaje con las gotas de agua. Se le estropeó el recorrido al instante que advirtió la presencia de dolor en ella. Hubiera querido completar la travesía.

La mesera llegó con la comida ordenada.

—Señorita, ¿tiene un bolígrafo que me preste por unos minutos? ¡Ah!, ¿y podría traerme algunas servilletas de papel?

"*¿Señorita? ¡Increíble!*", pensaba Natalia observando todos los movimientos de Sebastián. Cuando la mesera regresó con el pedido, le observó escribir con pausas en una de las servilletas.

"*Zurdo*", un descubrimiento más acerca del cuñado. La nueva pasó al olvido en el instante que él deslizó la servilleta hasta el frente de ella. Natalia desdobló el papel, unos segundos tomó para leer. Cuando terminó llevaba el corazón galopando. Volvió a doblar el papel y lo deslizó de vuelta a Sebastián. Observó la manera en que la tinta se disolvía cuando él la hundió en su copa de agua.

Comieron despacio y en silencio. Sebastián devoró el exquisito plato francés, ella, solo la mitad.

—Debemos irnos —anunció el joven luego de revisar el reloj que llevaba en la muñeca—. Te debo el postre —sonrió con burla.

Como si le interesara a Natalia disfrutar un dulce a su lado.

Sebastián no esperó la cuenta. Dejó caer algunos billetes sobre la mesa.

—Vamos —extendió la mano.

Fue necesario que Natalia diera un gran respiro antes de descansar una mano sobre la de él. Le sintió la piel tibia. A Sebastián, por el contrario, le llamó la atención lo caliente que estaba toda ella. La acercó advirtiendo la resistencia inicial, luego, la tuvo tan cerca como debía. Deslizó los brazos sobre los hombros, les sintió achicarse. Dejó que las manos le acariciaran la espalda. Tal como le había escrito en la servilleta, la besó en la mejilla mientras depositaba el aparato telefónico en el bolso que Natalia sostenía ya abierto en el espacio que se creó entre los cuerpos.

Cuando sintió el peso adicional en el bolso, supo que era momento de apartase y caminar de la mano de Sebastián hacia la salida. Llevaba grabada la imagen de las instrucciones que recibió en la servilleta y la razón para seguirlas al pie de la letra. Comenzó a ver cada vez más cerca la piel del rostro del cuñado. Se atrevió a mirarlo directo a los ojos, el corazón palpitando mucho más acelerado.

—Vamos —lo escuchó decir.

Ya de vuelta en el auto:

—¿Por qué dices que nos vigilan?

—En un lugar donde todos presumen de beber el vino más caro, un solo hombre no lo hacía. Llevaba rato con la copa servida sin darle un sorbo. Eso solo lo hacen los agentes encubiertos. Los del FBI. Los imbéciles tienen prohibido ingerir alcohol mientras trabajan. Son tan idiotas.

—¿El FBI? ¿No se supone son amigos? ¿No se supone que juegan para el mismo bando?

—Se suponen muchas cosas, Natalia, que no lo son.

—¿Qué voy hacer ahora? ¿Significa que me seguirán a todos lados?

—No sabemos si es a ti o a mí a quien vigilan —hizo un recorrido a través de los espejos del auto de colección—. Relájate. No veo que nos sigan. Por el momento actúa normal. Ya te diré quién es la tarjeta de ellos, si es que somos alguno de los dos.

Continuaron el resto del camino en silencio.

✳ ✳ ✳

Rafael notó cuando su 'socia' pasó como un celaje frente al cubículo que él ocupaba. Tenía planes de invitarla a almorzar, hablar un poco de los temas en común. La vio irse caminando, y por más que quiso acelerar el paso, alguien más se le adelantó. Era alguien conocido, Natalia no puso resistencia para abordar un auto llamativo con aquel hombre. El hambre se le fue al carajo, caminó respirando profundo hasta el estacionamiento de la empresa, allí pasó sesenta minutos infiltrado en el sistema de circuito cerrado de cámaras de seguridad. A la una en punto de la tarde la vio llegar en el mismo auto, con el mismo hombre.

38

Golpe bajo ✳ Algo más

—El tiempo empieza a jugar en contra, Sánchez. Hay que presionar mucho más a Damián Roa.

Todd Brandom comenzaba a desesperarse, el FBI comenzaba a desesperar. Se supone que para ese tiempo, Damián, el punto débil de la organización Roa, ya hubiese comenzado a producir evidencia que le permitiera adelantar en la investigación. Para el agente especial Brandon, no era suficiente que Nicolás cumpliera solo siete años por evasión de impuestos, si es que finalmente lo llegaban a sentenciar. Tenía algunas dudas.

Quería algo más.

Quería desarticular la organización.

Todd se quedó pensativo por unos segundos mientras abría y cerraba la mano maltratando una esfera de poliuretano color amarilla que llevaba una carita feliz dibujada en ella.

—¿Te ha dado algo más Bermúdez? La inmunidad para ese desgraciado no era gratis. Tiene que darnos algo que valga, algo con lo que podamos pillar a Nicolás y la pandilla de maleantes que hace llamar Organización.

—Insiste que en los últimos meses que estuvo, el dinero lo lavaban

487

a través del club y el alquiler de bienes inmuebles. Dice que jura lo que sea que Damián tiene o sabe de la bitácora.

El agente Brandom abrió el expediente del caso Roa que lo acompañaba a cada lugar como si fuera su biblia, pasó varias páginas antes de detenerse, tomó varios papeles y se recostó del espaldar de la silla en la oficina del FBI en San Juan. La silla que ocupaba en New York era más cómoda. Todo era más cómodo en La Gran Manzana. Aquí hacía calor, los mosquitos jodían todo el día y la justicia, en ocasiones, parecía esconderse, como si no quisiera que la encontraran. Dedicó algunos minutos en silencio a los documentos.

—Necesitamos estados financieros más antiguos que estos. Facturas de compras de suministros del club. ¡Maldita sea! ¡Algo, algo más. Que te los consiga Damián Roa.

—Dice que no los encuentra. Que ha buscado por todos lados pero no los encuentra.

—¿Y tú le crees? —cuestionó Brandon lanzando los papeles sobre el escritorio.

El agente Sánchez asintió.

—Me parece que dice la verdad. Con todo el respeto, señor, creo que ese muchacho no podrá darnos nada. Nos llevará a un punto muerto.

—¿Qué sugieres entonces? ¿Cómo qué se te ocurre, Sánchez? —lo vio buscar con la mirada autorización para continuar hablando.

—Ir por el menor, mejor dicho poner a los hermanos a enfrentarse.

—Dime más.

—En el reporte de vigilancia de Natalia Benavent del día de ayer, el agente de campo informa que Sebastián Roa la interceptó a la hora del almuerzo y la llevó a un restaurante. Allí hablaron por largo rato. Inicialmente él era quien parecía llevar la conversación, luego, ella se involucró más.

—¿Qué de malo tiene almorzar con tu cuñado?

—Hubo más que muestras de afecto familiar entre ellos, la acariciaba y hasta besó.

—¡Óyeme! ¿Me estás diciendo que engaña al novio con el compañero de trabajo y con el cuñado?

—Señor, yo le doy los datos para que lo ayuden a llegar a sus conclusiones.

—Mmm, no lo sé. Háblame más de Natalia.

—No hay mucho que decir. Proviene de una familia que era de clase media-acomodada pero en los últimos años han tenido dificultades financieras a causa del retiro forzoso del padre. Es divorciada, se casó a los diecinueve años con un joven de familia de bajos recursos, se divorció cuatro años después. Tiene un nivel de escolaridad de maestría en finanzas. Lleva una relación íntima con Damián Roa desde hace tres meses y hace un par de semanas se ha mudado a la casa con él. Visita con mucha frecuencia en las noches el club de Damián.

El agente Todd Brandom arrugó el ceño.

—¿Sabemos para qué visita tanto el club?

—No tengo el dato preciso. Imagino que para estar cerca del novio.

—No lo sé, Sánchez, esto no me hace mucho sentido. ¿Por qué quisiera complicarse tanto la vida esa muchachita?

—¿Y si los ponemos a pelearse a la muchachita?

—No, no, eso de lidiar con un cuernudo no nos beneficiará. ¿Te han sido infiel alguna vez, Sánchez?

—No.

—A los hombres se les va la razón porque los cuernos le roban el espacio en el cerebro. Por el momento, dejemos esa carta para jugarla en otra ronda. Tienen que estar lavando el dinero de alguna manera —se quedó pensativo, con la mirada fija en la foto que se había deslizado del cartapacio del caso Roa. Era como si la bendita foto le dijera qué paso debía seguir. La mirada del muchacho Roa decía tanto. Pensó que esa misma mirada era la que se le apoderaba de sus ojos cuando tenía a su esposa cerca—. No nos dejas otra opción, Damián, tu chica parece tener movimientos más interesantes que los tuyos —le hablaba a la foto con la imagen de Damián y Natalia que había presentado al comité del FBI en New York—. Tendremos que incentivarte para que te esfuerces un poco más.

39

Cobrando deudas ✳ Orgullo de padre ✳ Abismo

Desde que Nicolás vio a Gutiérrez sentado en la sala de visitas en la penitenciaría, elevó una plegaría para que el hombre trajera alguna noticia favorable.

—Tenemos que hacer algo, hermano. Este encierro comienza a inquietarme —confesó mientras se rascaba los tocones de vello en el rostro.

—¿No has hablado con Escardille en estos días? —preguntó Gutiérrez notando con facilidad la desmejorada apariencia de su amigo.

—No. Hace varias semanas que no viene a verme. ¿Se habrá cansado de mí?

—Nada que preocuparse, hermano. Intenta cobrar algunos de los tantos favores que te deben.

El torso se le irguió a Nicolás.

—¿De quién hablamos?

—De gente importante, mi hermano. De todos los que están en deuda con usted.

Recostó el rostro sobre el puño que descansaba sobre la mesa.

—Ojalá se dé prisa. Tengo que salir de este maldito lugar.

—En eso estoy cien porciento de acuerdo —el visitante comenzó a sonar los dedos sobre la mesa ya familiar—. Tu sobrino se ha vuelto loco, Nicolás. Me estoy cuestionando seriamente si habrá sido la mejor decisión que lo trajeras.

—¿Qué sucede? —cuestionó con una mezcla de intriga y hastío.

—Tanto estuvo jodiendo hasta que Pavel nos logró un encuentro con los amigos del vodka —no podía sincerarse en aquel lugar. Una cosa era que Nicolás, con sus influencias, lograra recibir un trato preferencial en el presidio y otra muy diferente, que sintieran la libertad de confesarse en aquel salón que era monitoreado por cámaras de circuito cerrado y sabe Dios si micrófonos escondidos.

Nicolás sonrió.

—Está demostrando sus destrezas de persuasión. No veo el problema en eso. Cuéntame más. ¿Dónde? ¿Cómo? ¿Cuándo? ¿Para qué?

—El dónde, el cómo y el cuándo no es el problema, sino el para qué. El principal hombre estuvo hace dos días en nuestra tierra.

—¿El principal? —ojos atentos.

—En carne y hueso.

—¡Puta madre! —dijo Nicolás con los ojos bien abiertos. Incluso para él lograr una audiencia en vivo y en directo con Viktor Bodrov no era tarea sencilla—. Avanza y escupe los detalles —deslizó la mirada a las cuatro esquinas del cuarto de visitas—. No, no, ahórratelos. Dame solo lo necesario.

—El hombre mayor solo accedió a la visita por respeto y condescendencia a ti.

—Sí, sí, sigue, sigue —llevaba la intriga en los labios.

—A tu sobrino se le ha despertado la vena de hombre de negocios. Resulta que le quiere dar un giro a lo que ya hacemos a la perfección.

—¿Y tú qué piensas? —quería saber más. ¡Todo!

—Que es una locura.

Nicolás se quedó observándolo de manera pausada y fría. Conocía muy bien a Gutiérrez. Sabía que le era difícil dejar las emociones de un lado cuando de negocios se trataba. Por eso las decisiones siempre las tomaba Nicolás y su hermano de la vida se encargaba de ejecutar el plan.

—Dame un poco más de carne para que pueda decidir cómo cocino esto, amigo.

—Sebastián dice que los clientes, nuestros clientes, tienen nuevas necesidades. Que él ha identificado una oportunidad en los negocios.

—Acaba y dime qué tipo de negocios quiere hacer el muchacho.

—Quiere entrar en el negocio de ama de casa.

—¿Ama de casa? —el líder se desorbitó. Pero solo fue un par de segundos, porque al escuchar que Gutiérrez repetía las palabras "ama de casa", las neuronas se le alinearon y captó cuál sería la naturaleza del negocio. Una sonrisa orgullosa se le plantó en la boca—. ¡Uff!, eso son grandes palabras.

—¡Eso son grandes pendejadas, tipo! —no encontraba una pose cómoda en aquella silla.

—Me muero por conocer los detalles —se mordió lo labios—, me comeré la curiosidad. Dime, ¿cuánta posibilidad hay de que acepten?

—No lo sé. Al principio de la conversación la cara del grande no decía mucho. Pero luego, luego me pareció que Sebastián logró atraer su atención.

—Entonces, no le veo el problema, Gutiérrez. Veamos cómo sale todo eso. ¿Qué riesgos podemos correr?

—Es mucho dinero, Nicolás.

—¿De cuánto hablamos?

Gutiérrez levantó las manos con ocho dedos alzados mientras decía:

—De los grandes.

—Uff, sí es mucho para la situación que nos encontramos ahora. ¿Qué dice nuestra contadora?

—No lo sé. Dudo mucho que esté al tanto.

—¿Se resolvió ese asunto?

—Sí, eso creo. Si hasta de consejero matrimonial me tienes. La verdad que tengo que quererte mucho para las mariconadas que hago por ti.

Ambos se unieron en unas breves carcajadas.

—Dale el espacio a Sebastián, hermano. Esa pudiera ser una buena oportunidad para diversificarnos.

Gutiérrez agitaba la cabeza hacia arriba y abajo, lo hacía con desgano. Nicolás sabía que su amigo no estaba del todo convencido.

—Mírame, hermano —ordenó el líder—.

Gutiérrez, de pronto, sintió cómo crecía una extraña tensión entre el espacio que ocupaba la mesa que garantizaba la distancia entre ambos.

Obedeció.

—Te quiero, hermano. Valoro todo lo que haces por mí y por lo que hemos construido. Pero en esta ocasión, te pido que sigas al pie de la letra mis *deseos*.

Nicolás era muy hábil con las palabras. Por algo era el líder. Por algo controlaba sin la necesidad de la fuerza a todos en su organización. Ya después de tanto tiempo Gutiérrez sabía que cuando su amigo decía *deseos* el verdadero sustantivo era *órdenes*.

—No te siento convencido, Manuel.

Ahora sí que la cosa se ponía seria. Nicolás lo había llamado por su nombre de pila.

—Lo siento, Nicolás, mi estómago me dice que esto será la gran cagada que acabará con todo.

—Seré claro, como siempre lo he sido contigo. Necesito que en esta ocasión apoyes a mi muchacho en sus planes.

No, no. Suficiente de doblegarse. No sería cómplice de lo que estaba seguro se aproximaría.

—Me vas a tener que perdonar ésta, hermano, pero no voy a ser cómplice de esa locura.

—A ver, Gutiérrez, siéntate derecho. Respira profundo. Deja las emociones fuera de esto. Te estoy pidiendo que apoyes a Sebastián. ¿Tienes alguna objeción?

—¿Por qué tanta fe ciega en ese muchacho? No es más que un delincuente callejero, Nicolás.

Gutiérrez pensaba que era algo más, pero no le diría al jefe, no en ese momento.

¡Uff!, si supiera que había cruzado una raya desconocida para él.

Varias respiraciones profundas antecedieron la respuesta de Nicolás. Era él quien debía dejar las emociones a un lado en ese momento.

—Tienes razón, hermano. Probablemente Sebastián sea un delincuente callejero, pero es mi hijo, mi hijo de verdad e intento encaminarlo. ¿No harías tú lo mismo por tus muchachos? Tú decidiste que los tuyos crecieran alejados de toda la mierda que nos rodea y yo nunca te reclamé o cuestioné esa decisión. Intento reparar en algo el futuro de ese muchacho. Entiendo tus preocupaciones y sé que no seré capaz de forzarte a trabajar de la mano con él. Solo te pido que no le entorpezcas el camino, que me lo cuides, que me cuides a los dos muchachos.

—¿Los dos son hijos tuyos? —las manos en la cabeza.

—No, solo Sebastián… —se le debilitó un poco la voz— y Estefanía.

Una carcajada silenciosa escapó de la boca abierta de Gutiérrez.

—¡Carajo! Te guardaste el secreto muy bien todo este tiempo. Ya entiendo muchas cosas.

—¿Cómo cuáles?

—Que el hijo de puta es igual de cojonudo que tú. ¡Mierda!

Aunque ambos mostraban sonrisas, una barrera se creció en medio de la amistad que los unía por tantos años. Una revelación como esa tenía implicaciones y todas se apellidaban desconfianza.

Esa tarde Natalia estuvo a punto de excusarse del trabajo diurno. No lo hizo, debía cumplir con las responsabilidades allí también. En YOLO en la noche solo estuvo unas horas, la cabeza le dolía y el cuerpo solo le pedía lanzarse en la cama. Parecía que había atrapado algún resfriado. El sábado, aunque hubiera querido quedarse todo el día metida entre el colchón y las sábanas, tuvo que levantarse e ir al departamento de Rafael. Temprano en la mañana recibió la llamada de Sebastián notificándole que su cliente había oficializado el acuerdo. El dinero ya estaba camino a una cuenta de banco donde la autoridad era muy amistosa con los extranjeros. El estómago se le hizo chiquito cuando escuchó decir a

Sebastián la cantidad que le habían confiado para esta inversión, 'cuatro millones de dólares'.

Pasó casi todo el día encerrada en el departamento de Rafael, sobreviviendo a fuerza de las aspirinas, que sin falta, tomaba cada seis horas para mantener la fiebre controlada. Fue bueno el progreso. Se concentraron en esquematizar la estructura jurídica de la compañía a la que en unos días darían vida. Por momentos sentía que quería salir corriendo de aquel lugar. Rafael, por lapsos, le plantaba la mirada. Parecía molesto. ¿Por qué habría de estarlo? En dos días cobraría su comisión. ¿Qué más podía pedir?

El domingo en la mañana Natalia hubiera querido quedarse durmiendo. Extrañó no sentir el cuerpo de Damián junto a ella en la cama nueva. Ya se le había hecho costumbre, silencioso como niño pequeño en medio de la noche, se le metía en la cama. Natalia se levantó dejando atrás el colchón. Con pasos lentos poco a poco atravesó el baño para acceder el cuarto de Damián. Tal vez había llegado cansado y se había quedado dormido en su cama. A media tarde del sábado la había llamado y dicho que iría a la biblioteca a reunirse con un grupo de compañeros de la universidad. No mencionó que llegaría tarde, mucho menos que no lo haría. Encontró la cama vacía, las sábanas desarregladas pero frías. Le dolía demasiado la cabeza como para recorrer el camino de vuelta a su cama. Se acomodó en la de Damián y allí continuó durmiendo hasta las doce del mediodía cuando a lo lejos el timbre de su celular escuchó. Intentó avanzar, tenía esperanzas que fuera Damián quien llamaba. Devolvió la llamada al último número que aparecía como llamada perdida. Cecilia le confirmó que Pedro, una de las escoltas de Sebastián, pasaría a recogerlos.

Cuando terminó la llamada revisó el celular a ver si tenía otras perdidas. No había ninguna. Al parecer tendría que ir sola a la cena. Cuando Natalia recibió la invitación de Cecilia, una noche le comentó a Damián creyendo que se alegraría de que ellas intentaban entablar comunicación de nuevo. Por sorpresa, no fue así. Dijo que ni loco la dejaría ir sola a ese lugar y mucho menos estar rodeada de los hombres de Nicolás y ni pensar de Sebastián. La idea de que él la acompañara pareció descabellada en un principio, luego, la vio como una oportunidad para que, tal vez, la tensión entre hermanos comenzara a mermar.

Llegó el momento de arreglarse, ni rastro de la sombra de Damián. Natalia intentó no reflejar en la vestimenta el estado de ánimo que llevaba. Deslizó sobre la cabeza un vestido maxi negro con las mangas a tres cuartos, confeccionado con una mezcla de fino algodón y licra que le había regalado quien no había llegado. Llevó el cabello suelto y algunas ondas naturales le creaban un poco de volumen en las puntas. Vistió los pies con unas sandalias color plata que también Damián le había comprado.

El sonido de la bocina de un auto le hizo saltar los hombros, por un segundo pensó que él había llegado y caminó a toda prisa hasta la sala.

Desilusión.

Quería esperar un poco más a ver si el novio alcanzaba a llegar. Buscó el bolso y se dispuso a abordar la camioneta negra. Quería ir en el asiento delantero. El joven no la dejó. Tenía prohibido transportar a nadie en ese lugar a menos que fuera parte de la seguridad de los Roa.

Anduvo todo el trayecto en silencio con la mirada clavada en el perfil de Pedro que parecía muy concentrado haciendo su trabajo. Era joven, pero mayor que los hermanos Roa. Mostraba un trato muy educado y ausencia plena de cualquier señal que pudiera decirse que era de procedencia callejera.

—Haremos una parada intermedia —lo escuchó hablar.

"¿Parada intermedia?"

—¿Dónde iremos? —Natalia se aventuró a asomarse entre los asientos delanteros.

—A las oficinas, a buscar al jefe.

Nadie había mencionado que viajarían juntos.

—Supongo que si te digo que sigas directo y no hagas la parada "intermedia" ignorarás por completo mi orden.

—Sí, señorita.

Volvió a recostarse resignada contra el espaldar del asiento. Al cabo de unos minutos, el vehículo estaba entrando en un amplio garaje cuya puerta cerró en automático en el momento que la camioneta estaba por completo en el interior.

—¿Qué pasa? —los labios le comenzaron a temblar y con ellos la voz.

La puerta del pasajero se abrió.

—Hola, Natalia. Lamento interrumpir el viaje placentero pero es necesario que cambiemos de vehículo.

—¿Por qué? —cuestionó a Sebastián quien sujetaba la puerta abierta y le ofrecía una mano para ayudarla a desabordar.

—Puras precauciones —vio la duda asomársele en los ojos a la joven—. Date prisa que Cecilia se ha esmerado en la cocina, y si llegamos tarde por mi culpa, me buscaré un problema.

Sebastián sintió la mano asegurarse en la suya. Otra vez le sentía la piel hirviendo.

—¿Te sientes bien?

"¿Y a este qué mosca le había picado?"

—Ando un poco acatarrada. ¿Tan mal me veo? —se atrevió a preguntar ya acomodada en el otro vehículo, que aguardaba como una copia exacta, al lado del primero. Vio cuando la puerta automática se deslizó por los rieles hasta el techo. Ya no era Pedro quien manejaba.

Sebastián demoró en responder.

—No te ves mal… pura curiosidad.

Tenía dos opciones o iba en silencio el resto del camino, y eso la pondría de un humor peor al que ya estaba por el plantón de Damián o intentaba tener una conversación como gente normal.

—¿Por qué no puedo ir en el asiento delantero? —lo observaba.

—Dímelo tú —su mirada fue breve.

—¿No se te ocurre que tal vez no sepa la respuesta y por eso te estoy preguntando?

—Usa tus neuronas —esta vez de reojo.

—Olvídalo —imposible disimular el enfado.

—¿Qué pasaría si nos emboscaran?

—No lo sé. ¿No se te ocurre que en mi vida, que era normal, las emboscadas no son algo de todos los días?

Un resoplido salió de la boca de Sebastián antes que hablara.

—El enemigo buscará eliminar primero a quien te cuida, quienes se supone tengan las mejores destrezas para defenderte. Si vas en el asiento delantero, les facilitarás el trabajo a quien quiera eliminarte.

"Mejor te callas, Natalia, disfruta el silencio por lo que resta de camino."

* * *

—¡Maldita sea!

Rafael castigaba con furia las teclas del computador portátil que descansaba en su falda. Llevaba horas intentando infiltrarse al sistema de escaneo de perfiles del FBI. Obtuvo la imagen del rostro del hombre que acompañó a Natalia unos días atrás en el estacionamiento del trabajo. Lo buscó en el sistema de perfiles de la policía local y con facilidad lo encontró. Debía saber si había algo más. Entender el grado de riesgo que podía representar el individuo para él y sus clientes, ¿para Natalia? Era necesario.

Tenía que manejarse con cautela. Una vez lograra acceso era imperativo maniobrar con agilidad. Utilizaba un puerto de acceso fantasma para infiltrarse. No debía dejar rastro. Echarse al FBI encima por tan solo el puro capricho de saber la identidad de aquel hombre era una idiotez. ¿Qué podía hacer, si los celos lo llevaban idiotizado?

Corrió una vez más el programa que había desarrollado para violentar los protocolos de seguridad de la agencia federal. Era como la décima vez que lo hacía, esperaba la misma respuesta.

El pecho le saltó.

Los ojos le bailaron al ritmo de los códigos y números que corrían en la pantalla colmándola.

Había logrado acceso.

Era hora de trabajar.

40

Reconciliación ✳ Materia ✳ Como basura

A ver, Damián Roa, veamos qué tenemos aquí.

—Usted sabe que esto es inconstitucional, ¡que es ilegal!

—Uy, si parece que ya las clases de derecho te están dando ínfulas de defensor —Brandom azotó el expediente del caso Roa sobre la insulsa mesa de madera ante el impávido muchacho—. Poseer un kilo de cocaína con la intención de distribuir es ilegal también. ¿Aún no llegan a esa materia?

—¿No tienen consciencia? Esto es todo un montaje. Esa droga no es mía. No era mía. ¡Ustedes lo saben!

—Eso no es lo que dice en la página… mmm veamos —deslizó el dedo índice de norte a sur en el papel—. ¡Aquí está! Página número uno del reporte de aprehensión.

—Ya les di todo lo que pude, ¡maldita sea!, no tengo nada más.

—Creo que no te estás esforzando demasiado. Tu hermano gesta algo grande. Dime, Damián, ¿qué es?

—No sé. No tengo que ver nada con Sebastián. Vayan tras él. Déjenme en paz.

—Fíjate que en algo estamos de acuerdo, a quién queremos es a él, tu tío y el resto de la organización. Pero creo que desconoces un pequeño detalle; Natalia Benavent.

Damián levantó la mirada sombría. El corazón le comenzó a latir mucho más fuerte, lo sentía retumbar en las sienes. Hubiese querido lanzarse sobre el malnacido Brandom y hacerle comer sin piedad el expediente completo que encerraba tantas mentiras y cuentos inventados. ¿Quién sería capaz de distinguir entre la realidad y la fantasía en esa historia llena de inverosímiles?

—Por favor, no la metan a ella en esto —dejó Damián escapar la súplica. No era momento de arrogancias.

—Creo que ya logras entender tu posición en esta situación.

—¿Qué más quieren? Ya no sé qué hacer.

—Hemos estado vigilando a tu novia. Esta chica —le mostró la foto de ellos dos—, ¿es tu novia? —la falta de respuesta por parte del inquirido fue la afirmación—. Creemos que está involucrada en algo con tu hermano Sebastián.

—Eso es absurdo —bramó.

¡Claro que tenía que ser absurdo!

Sobre la mesa cayeron cinco fotografías en blanco y negro. Damián pudo haberlas tomado en las manos, tal vez acercárselas a los ojos e intentar descifrar la situación. Permaneció tieso observándolas a distancia. Sin duda la imagen que tenía ante él era ella, su Natalia, el ángel por el que daría la vida junto al demonio que era su hermano Sebastián.

—Esto es otra de sus asquerosas mentiras y montajes.

—La única manera de saberlo, Damián, es que nos la entregues.

—¿Qué? ¿Entregarles a quién?

—Podemos lograr un acuerdo de inmunidad para ella y para ti.

—Un acuerdo de inmunidad es para cuando tienes algo que ofrecer al gobierno. Aquí no hay nada. No tenemos nada que darles.

—Yo no estaría tan seguro —Brandom sacó de la caja de cartón, que aguardaba impaciente sobre la mesa, otro cartapacio. Lo lanzó sobre el anterior—. He analizado la vida de Natalia. Completa. De la A a la Z. Una joven ejemplar, única hija, cariñosa, un genio con IQ sobre 160. Curioso es que se casó tan temprano, pareciera que las neuronas no las tiene conectadas al corazón. Bueno, bueno, dejemos el psicoanálisis para luego. ¿Sabes lo que me crea suspicacia? Desde que comenzó a trabajar contigo por obra y gracia del Espíritu Santo, los problemas financieros de sus padres se arreglaron. Las cuentas de tener morosidades de más de ciento veinte días, ahora estaban adelantadas y en algunos casos hasta saldadas.

—Para eso tiene dos trabajos —soltó el joven con mirada retadora.

—Cierto, ¿quién no dejaría el lomo trabajando por sus padres? ¿Tú lo haces por tu madre y hermana Estefanía?

Se decía que no sucumbiría a la provocación. Tenía que mostrarse fuerte y resistir hasta entender cuánto más tenían los federales y cómo era que querían involucrar a Natalia.

—¿Eso es todo lo que tiene? Ya veremos qué juzgado les deja someter cargos por trabajar a tiempo doble para ayudar a tus padres en una situación económica difícil.

—No, si es que los cargos van por conspiración y falsificación de información sometida a una entidad federal.

—Saben que todo eso es falso. ¡Es mentira!

—Dime si esto también es falso —le mostró un par de fotos—. ¿Sabes quién es o ya lo olvidaste?

La respiración a Damián se le quedó a mitad.

—Bermúdez —respondió más bajo.

—Vamos progresando, Damián. ¿Quién era Bermúdez en la organización Roa?

—Yo no sé quién era en lo que ustedes llaman "la Organización Roa". Solo sé que era quien llevaba la contabilidad de los negocios de mi tío.

—¿Y sabes qué le pasó? —agitó la foto.

La respiración se le hacía más corta. Quería acabar ya con ese circo del que pretendían que él fuera el payaso mayor.

—No tengo idea. Solo sé que un día ya no apareció más. La tierra se lo tragó y me dejó con un lío de cuatro pares de cojones —hundió la cabeza en el hueco que se formaba entre la mesa y su pecho. Se restregó con fuerza la frente al levantarla y dejó escapar una fuerte bocanada de aire—. Natalia fue quien arregló toda la mierda que dejó el idiota ese —cuando terminó de pronunciarse ya llevaba el estómago pegado a la espalda. *Natalia fue quien arregló todo*", esas palabras comenzaron a retumbarle en la cabeza.

Todd Brandom pudo notar la atadura de cabos que comenzaba a materializarse en el rostro de Damián.

—Permíteme ilustrarte y darte la parte de la historia, que estoy seguro, no conoces. Bermúdez corría la contabilidad para todos los negocios de tu tío. Y cuando digo todos, presta especial atención a la manera en que enfatizo la palabra "todos". Con el tiempo decidió que el pago que recibía por sus servicios "especializados" ¿Viste cómo enfatizo en "especializados" también? Pues decía, que pensaba que la organización no valoraba la importancia de su trabajo y decidió atribuirse la remuneración apropiada según el riesgo que conllevaba su ardua labor, que entre otras, estaba el maquillaje de cifras, el cobro indebido de intereses por arrendamiento de inmuebles, registro de ingresos inflados en algunos de los negocios para limpiar el dinero de las operaciones sucias.

—Ya tienen un testigo y a Nicolás en la cárcel. ¿Qué les cuesta someterle más cargos?

—No lo entiendes. Es la Organización a la que queremos. Es a tu hermano.

—Pues vayan tras él y déjenos en paz. Y de paso, ¡váyanse al carajo también!

A Brandom le hubiese gustado darle una buena bofetada al muchacho para que midiera las palabras. Dio cuatro pasos; dos de retirada y dos de avanzada.

—Piénsalo, muchacho, inmunidad para ambos. Voy por un café. ¿Te apetece algo?

Negó con la cabeza.

En silencio, así dejaron a Damián. Que tuviera el espacio suficiente para pensarlo.

* * *

Sebastián no quiso apartarle la mirada de encima. Quería saber cuál era su reacción al momento que llegaran a la mansión Roa. No demoró mucho en reconocer la emoción en el rostro de Natalia; confusión.

Negar que el lugar fuera impresionante, imposible. La camioneta se detuvo. Los portones en acero inoxidable, que se elevaban a una altura casi hasta el techo del primer nivel de la residencia, no tardaron en abrirse según el vehículo se aproximaba. Cuando entró en la cochera y la puerta de garaje estaba cerrada, la invitó a bajar.

Sebastián le marcaba el camino caminando enfrente. Subieron varios escalones que los llevaron a un pasillo que conectaba con la cocina.

—¡Nat! —escuchó el grito en la voz inconfundible de su amiga.

Vio a Cecilia, que llevaba puesto un delantal rosado, soltar el cuchillo sobre la encimera y correr hacia ella. Sintió el abrazó eufórico. ¿Cómo debía reaccionar?

—¡Por Dios, Nat!, ¿estás bien? —no la dejó responder—. El cansancio te brota por los ojos. ¿Estás durmiendo bien? Ay, pero que imbécil soy, recibirte así. Estás hermosa como siempre. Claro lo estarías más sin esas ojeras y el rojo de los ojos. Pero ven, hoy eres mi invitada. En un rato te pongo una crema humectante que hace milagros —Cecilia dejó de hablar, caminó unos cuantos pasos y asomó la cabeza por el pasillo—. ¿Dónde dejaste a Damián?

Sebastián torció el cuello. Nadie había dicho nada de que el hermano asistiría.

—No pudo venir —respondió Natalia con voz baja.

—Oh, no importa, ya tendremos otras oportunidades para compartir. Ay, cariño, te he dejado en el olvido —se acercó al rubio y lo besó en los labios. Fue un beso muy bien correspondido—. Es que tanta emoción me confunde. Gracias por traerla, Sebastián.

—Por nada —el entusiasmo fue vago.

—Imagino ya tuvieron oportunidad de conversar en el camino.

Un espacio de silencio mayor al habitual en una conversación dijo presente.

—Algo —dijo Sebastián.

Natalia no habló.

—¿Qué quieres tomar, Nat?

—Agua, por favor.

—Ay, no seas aguafiestas. Mira que hay que celebrar la ocasión. No tengo mojitos, pero sí el vino que te gusta.

—Supongo que no aceptarás un no.

—Supones bien, cariño.

Cecilia agarró de la mano a Natalia y la adentró al medio de la cocina.

—Las dejo sola para que hablen de sus cosas.

—¿Me harías un favor? —preguntó la morena.

Detuvo el paso Sebastián. Volteó.

—Claro.

—Cuando te pongas cómodo, ¿me ayudas a darle un *tour* a Nat por la casa? Es que todavía me faltan algunas cositas de la cena.

—Será un placer —respondió mientras veía a la invitada bajar la mirada hacia el suelo.

—No es necesario —dijo Natalia.

—¿Cómo que no, Nat? Este lugar es un castillo. No te lo puedes perder.

Sebastián desapareció por el pasillo, las chicas quedaron solas en la estancia. Natalia debatía ¿qué hacer?, ¿qué decir?, ¿cómo actuar?, ¿debía recriminar o agradecerle por haber accedido a la idea de Sebastián de entablar contacto con ella de nuevo?

—Gracias por llamar, Ceci —comenzó a decir sin mostrar demasiado entusiasmo.

La anfitriona detuvo la tarea de descorche.

—Ahorrémonos la conversación incómoda. Lo cierto es que cuando te enamoras, eres una egoísta que no piensas en nadie más. Yo fui una estúpida que descargué en ti toda mi furia por la muerte de Tony. Dije cosas feas, Nat, lo sé. En ese momento las sentía así, pero sabes que así soy, cariño, impulsiva y de poco pensar —la beldad negra encerró las manos de la joven de rostro cansado entre las suyas—. Te quiero, cariño, eres lo único que tengo en este mundo —ambas enmudecieron por unos segundos—. ¿Sigo siendo la mejor de las mejores amigas o ya conseguiste a alguna idiota que te soporte?

—Es difícil conseguir una como tú, Cecilia.

—¿Una idiota?

—No, una amiga.

—Ven, bésame y abrázame. Dejemos todo atrás. ¡Uy, Nat!, ¿qué te pasó en el rostro? —intentó removerle la banda adhesiva.

—Nada, un tropezón —esquivó el acercamiento.

—Ay, no quiero imaginar cómo quedó el piso.

Cecilia terminó de descorchar la botella de vino. Natalia la observaba servir con destreza refinada la bebida en las copas. Se veía linda, parecía un pez nadando en el estanque que siempre deseó.

—Salud, Nat, por las ignorancias de ambas.

—Salud, Ceci —tomó un sorbo con los ojos cerrados, sintió cómo los taninos le despertaban las papilas haciéndole torcer el interior de los cachetes—. ¿Cómo estás?

Cecilia achicó los ojos.

—¡Feliz! ¿No se me nota?

—Me refiero a cómo estás en realidad.

—Ay, Nat, no empecemos con las vueltas de carrusel de feria para marearme. Anda, escupe de una vez lo que me quieres preguntar.

—¿Cómo te va con Sebastián?

Cecilia no mostró sorpresa por lo que Natalia consideraba era una indiscreción preguntar. Inclinó el cuerpo sobre la encimera dejando descansar el peso en los codos. Dio un trago a la copa, la apartó a un lado y fijó toda la atención en Natalia.

—No te voy a contestar todas las preguntas que veo desfilando en tus ojos como cintillo con los números telefónicos corriendo en la parte inferior de la pantalla de un televisor cuando dan una telemaratón. Estoy bien, cariño, lo de nosotros es algo muy especial. Tenemos un compromiso mutuo mientras dure esto.

—¿Estás segura que esto es lo que quieres?

—¡¿Qué?! ¿Estás loca? Claro que esto —abrió los brazos y dibujó dos grandes círculos— es lo que quiero. ¿Acaso no es lo que quiere toda mujer? Un palacio como este, dinero para que compres lo que quieras, para que hagas lo que te venga en gana y un animal en la cama como es Sebastián —advirtió el rubor en el rostro de Natalia—. Ay, no te me pasmes, querida, que el Damián tiene cara de que lleva los mismos genes, que es una bestia en la cama.

—Por favor, Cecilia.

—Mírate, si hasta te pones seria cuando hablas de él. Está bien, está bien, no voy a entrar en tus intimidades. Ya sé que no te gusta hablarme de ellas. Solo dime si coge como mira.

Natalia le lanzó con una toalla de cocina que estaba sobre la encimera.

—No te vayas por la tangente —sentenció.

—¿Qué quieres saber, Nat? ¿Si me casaré? ¿Si tendremos hijos? ¿Si envejeceremos juntos entre todo este lujo artificial? —permaneció observando a su amiga. Habían pasado demasiado tiempo juntas, podía sentir que algo le pasaba a la pelirroja. Era grave—. No, no tendré hijos que apellidar Roa, mucho menos me llevará a un altar y este castillo es como uno de hielo; poco a poco se irá derritiendo.

Natalia quería indagar más. Sebastián ya estaba de regreso en la estancia.

—¿Lista para el recorrido?

—En realidad no es necesario.

—Ve con mi *lion king,* porque si te quedas aquí, me distraes y terminaremos comiendo la cena como desayuno.

Natalia caminó en la dirección que el cuñado le indicó, era un segundo acceso en el lado opuesto de la cocina. Lo sentía respirarle en la espalda.

—¿*Lion king*? —preguntó mordiéndose las ganas de reír. Solo a Cecilia se le ocurría llamar a un hombre de esa manera.

—Ni una sola palabra más sobre eso —bramó.

Percibió las mismas ganas de reír en él.

—No tienes que hacer esto. Podemos sentarnos en cualquier lugar y al rato decir que terminamos el recorrido.

La ignoró por completo. Continuó guiándola hasta el polígono.

—Entra —se habían acabado las amabilidades.

—Esta es la colección privada de armas de Nicolás.

—¿Esto es legal? —los ojos le recorrieron todo el lugar.

—Si quieres saberlo, averígualo por ti misma o pregúntale al abogaducho.

—No tienes que ser grosero.

—No lo soy. Solo intento darte información que pudiera ser útil, carajo.

Natalia volteó furiosa, había dado por terminado el recorrido. Sebastián sujetándola por un brazo le prohibió que saliera del lugar.

—Suéltame.

La sintió tambalearse, los ojos desorbitados.

—¿Qué te pasa?

Debía sentarse o estaba segura caería reventada en el suelo. Se dejó caer de rodillas en el mismo lugar que el rubio la había detenido.

—¿Qué es lo que te pasa? ¡Dime!

Ni ella misma sabía qué era lo que le sucedía. ¿Por qué el cuerpo parecía que se le había fundido de repente?

—Nada. Ya estoy bien. No me pasa nada.

—Si pareces un cadáver.

—Vete a la mierda —masculló.

Un resoplido del león.

—¿Al menos puedes escuchar lo que voy a decirte?

—Habla.

—Estas armas están a tu disposición. Solo Pedro tiene autorización para entrar aquí y disponer, de manera exclusiva, de todo lo que está aquí para ti o para mí.

—¿Qué averiguaste del tipo que nos atacó la otra noche y del que nos vigilaba en el restaurante?

—Del de la noche, todavía nada, el del restaurante —dejó de mirarla, tenía que hacerlo a otro punto en la habitación para decir lo que seguía—, no es a ti a quién vigilan. Puedes estar tranquila.

Sintió la necesidad de ayudarla a erguirse. Se apartó hasta un armario.

—Aquí hay de todo, chalecos antibalas y municiones suficientes para enfrentarse a un ejército, si fuera necesario.

—¿Y crees que será necesario?

Una vez más era imperativo esconder la mirada en cualquier otro lugar.

—No lo sé. Toma esto. Es un dispositivo, que al conectarlo al computador, extrae de manera automática toda la información del disco duro, incluso si está encriptado.

—¿Para qué lo necesitaré?

—La información es poder. Tu amigo, el *hacker*, tiene demasiado poder en sus manos. Es necesario que tengamos nosotros algo con que jugar. Cada vez que vayas a ese lugar a reunirte con él, conectarás el dispositivo en un puerto USB de la computadora principal. Tardará de cinco a diez minutos en copiar todo. Dependerá de la cantidad de información que tenga almacenada.

—Solo lo conecto y espero de cinco a diez minutos —validaba.

—Sí. La pequeña luz roja se apagará cuando termine de copiar la información. Vamos, todavía falta enseñarte lo mejor de este lugar.

Caminó detrás de sus pasos intentando esconder el embelesamiento causado por todo aquel lujo. No pudo evitar pensar, ¿cómo estaría pasándola Nicolás en la prisión? ¿Extrañaría toda aquella profusión?

Sumida en aquel pensamiento de Nicolás, a quien nunca había visto en persona, llegó junto a Sebastián hasta una puerta doble, blanca e imponente. La curiosidad se le inquietó. ¿Qué habría allí? ¿Sería "lo mejor de ese lugar" que todavía faltaba por ver?

Quiso mandarlo al carajo al instante en que las puertas le mostraron el interior de la habitación. ¿Qué demonios se creía? Se le adelantó en el hablar.

—No me interesa lo que pasa aquí. Podemos regresar a la cocina.

No le interesaba, sin embargo, era imposible no imaginarlo y eso la hacía sentir ¿furiosa? La habitación era inmensa, el techo y las paredes en concreto desnudo daban un aire frío que desaparecía al instante que girabas la mirada hacia la cama. De pronto la imagen de Cecilia allí acostada la hizo respirar profundo en un intento de disipar el malestar en el estómago.

—No me interesa que sepas lo que pasa aquí tampoco, no comparto intimidades como lo haces tú. Ven —la tomó del mismo brazo y no pudo evitar pensar qué rayos era lo que pasaba con la temperatura de ese cuerpo que solo conocía helado, sin embargo, en los últimos días hervía.

La liberó a insistencia de ella. Presionó unos cuantos botones del control remoto que tomó de encima de la cama. Las luces se apagaron permitiendo, que mientras las cortinas se alzaban en automático, la oscuridad de la noche alumbrara la estancia. Continuó caminando hacia el exterior de la habitación, y como siempre sucedía en aquel lugar, la mirada se le escapó al cielo.

Natalia le siguió al escuchar que la llamaba. No podía negar que la escena pintada en aquel lienzo negro era surreal. Esperó unos minutos a ver si Sebastián hablaba. Que dijera de una vez lo que quería mostrarle. Comenzó a desesperar y cuando giraba para regresar por el mismo camino que había llegado, lo escuchó hablar.

—Mira el cielo y dime qué ves.

Dio dos pasos en retirada, pero la maldita curiosidad, que siempre la metía en problemas, la hizo regresar hasta él. Inclinó la cabeza y una sensación extraña le invadió el cuerpo. Ante los ojos tenía un cielo negro pincelado por diminutas luces que parecían competir entre sí para deslumbrar a quien se atreviera mirarlas. Trazaban una línea diagonal y la intensidad lumínica variaba por pedazos.

—¿Qué ves? —volvió a preguntar Sebastián sin apartar la vista del objetivo en común.

—El cielo.

—¿Y qué más?

—Las estrellas.

—Observa bien, cuñada, esfuérzate.

Natalia se obligó a observar con mayor cautela. Al cabo de otros minutos, solo veía el cielo y las estrellas.

—Solo el cielo y las estrellas.

—Ese es el problema, que no lo ves. Entre toda esa belleza que nos roba el aliento hay algo más. Hay una energía oscura que causa la expansión del universo ejerciendo una presión negativa en toda la materia —giró un poco el cuerpo para quedar frente a Natalia que escuchaba con los ojos entrecerrados. Con lentitud deliberada elevó el brazo izquierdo extendiéndose hasta descansar la mano en el pecho de ella quien sintió el exiguo impulso por alejarse. Sebastián le ejerció presión medida en el pecho—. Esto es presión positiva, cuando empujas la materia —apartó la mano y se la colocó en su pecho presionándose—. Esto es presión negativa. Tiene un efecto contrario a la positiva, provoca una presión hacia dentro de la materia.

—No sé si te sigo o me he perdido. ¿A dónde quieres llegar?

—Una vez me preguntaste por qué tanta maldad. Yo me lo he preguntado desde que tengo uso de la razón. La única explicación que he logrado encontrarle después de todo estos años está relacionada a la materia oscura que se desplaza entre toda la materia del universo. La maldad, al igual que ella, está presente en todo aquel espacio que parece vacío. Está entre tú y yo ahora mismo, presionándonos el pecho, así —

con la mano libre agarró una de Natalia y se la colocó en el medio del pecho de ella. Presionó fuerte—. Es naturaleza humana.

Llevaba rato buscándolos por toda la casa. Quería avisarles que la carne ya estaba en el horno. No le extrañó el lugar donde los encontró, lo hizo, verlo compartir con ella aquel aparente secreto que encerraba el cielo. Lo hizo ver la mano de su león en el pecho de Natalia y no ver nunca llegar la predecible reacción de repulsión que conocía en su amiga cuando un extraño se le acercaba. Quería quedarse algún tiempo más oculta entre las sombras en la habitación. Le faltó valor.

—Hasta que ¡por fin! los encuentro —y pasó justo lo que pensaba cuando su voz invadió el silencio. Sebastián, con un movimiento acelerado, soltó la mano de Natalia.

—No podía dejar de mostrarle este lugar —habló el rubio.

—Debí imaginar que estabas aquí, tu parte favorita de la casa, pero me lancé el maratón por todo el lugar antes de llegar aquí.

—La próxima vez lo llamas al celular —habló Natalia con naturalidad.

—Sebastián no tiene celular —ripostó Cecilia intentando sonreír—. Tengo una mejor idea. Te pondré una campanita colgando del cuello, así sabré por dónde andas.

Sebastián encerró en un abrazo por encima de los hombros a la morena y le susurró al oído:

—Puedes ponerme las campanitas donde gustes, belleza.

La cena fue corta, Natalia no se sentía muy bien y pidió regresar. Sebastián solo las acompañó a comer, luego las dejó solas. Cecilia no perdió la oportunidad para interrogar a Natalia. Quiso saber cómo le iba con Damián. Si lo amaba. La instó a que intentara restablecer la conversación con su padre. Quedaron en que irían de compras, insistía en que a Natalia le hacía falta un nuevo look.

***

Le tomó unos días a Simona decidir hacer la llamada. Intentaba atar cabos antes de ponerle en evidencia a Lanndon Brennan que sospechaba alguien había ordenado una limpieza total en el programa de prospectos.

—Brennan, es solo una llamada de cortesía para actualizarte en los avances de tu encomienda.

—No es necesario que me des los detalles, Riley, tengo plena confianza en tus capacidades.

—Me has hecho el día con el cumplido, jefe.

—Avísame cuando todo esté completado.

—Ten por seguro que lo haré.

Brennan siempre quería detalles de cada paso que Simona daba, decía que debía estar preparado para cuando algún superior e incluso de los del FBI vinieran a reclamarle por las andadas de los chicos de la CIA. En esta ocasión, no quiso saber nada y eso a Simona la inquietó.

***

Al salir del trabajo el lunes en la tarde, Natalia fue directo al departamento de Rafael. Debían completar la estrategia inicial de inversión, todavía quedaba bastante trabajo por hacer. Lo hizo en una camioneta azul que le había aceptado a Sebastián como préstamo. Su novio no había aparecido aún por lo que la ayuda que le prometió para conseguir otro auto tampoco había dicho presente.

Tenía los ojos rojos. Las horas que pasó llorando la noche anterior no la ayudaron. Al regreso de la cena con Cecilia en la mansión Roa encontró la casa igual como la había dejado, vacía. No había rastro de Damián por ningún lado. Lo llamó innumerables ocasiones al celular sin lograr una respuesta. Llevaba tantas palabras acumuladas en la garganta, que cuando lo tuviera de frente se las escupiría todas sin compasión. Si había algo que ella no estaba dispuesta a tolerar era una infidelidad. Y si no era por eso, por qué Damián la estuviese engañando, ¿por qué otra razón desaparecía sin dejar rastro, sin importarle nada?

—Te necesito con la cabeza en estas cuatro paredes, Natalia —reclamó Rafael.

Llevaba observándola rato y veía cómo la mente se le alejaba del cuerpo.

—Estoy aquí.

—Mira, cariño, creo que podemos invertir a través de una cuenta por pedido algo de los cuatro millones. Es una inversión corta pero nos permitirá agrandar los fondos y nuestra ganancia.

—Es demasiado arriesgado. Le he dado veinte vueltas al diseño del plan. No encuentro la manera de darle un giro —dijo Natalia.

—¿Un giro hacia dónde?

—Esto tiene que rendir ganancias rápido, Rafael. No podemos esperar seis meses o más.

—¿Te están presionando?

—Tiene que ser rápido.

—En ese caso podemos hacerlo comprando una compañía *shell*[17]

—¿Qué es eso?

—Es una compañía que existe pero que no tiene ningún negocio

---

17   Término en el mercado de inversiones. Se refiere a una empresa que cumple con los requisitos para participar en el mercado de valores, pero no tiene un negocio activo.

o activo. Hay unas que ya están listadas en la bolsa de valores. Si compras una de esas, te ahorras el tiempo de todos los trámites y *underwriting*[18]. Existen brókers que viven de esto.

—¿Cuánto puede costarnos?

—Hay de todo, desde quinientos mil, hasta algunos millones. La comodidad tiene precio, corazoncito.

Pero ¿qué rayos le había pasado a Rafael? ¿No le había quedado muy claro que debía parar de llamarla de esas maneras?

—¿Cuán rápido puedes hacer la gestión? —preguntó Natalia.

—Mmm, no lo sé. Un par de días tal vez.

—¿Pudieras empezar con tus famosas y mágicas llamadas ahora?

—Por ti, muñeca, lo que sea.

"*¡Basta ya!*", fulminó en el pensamiento la joven.

—Te dije que… —un fuerte dolor de cabeza le robó el aliento.

—Uyyy, ¿estás bien? —intentó socorrerla del brazo.

Intento fallido.

—Sí. Ya vete a llamar.

Rafael estuvo más de veinte minutos encerrado en una de las diminutas recámaras del departamento. Una llamada lo llevó a otra y a otra, pero al final, tenía buenas noticias para compartir con Natalia. Sería ese el momento que desde que logró acceso a la red de información del FBI esperaba con ansias. Estaba ansioso por decirle que sabía quién era el hombre que la manejaba, el que estaba detrás de todo ese andamiaje.

—¡Natalia! —la llamó con desespero. Se acercó hasta el cuerpo

18   Término en el mercado de inversiones. Se refiere a los trámites de oficialaización de la documentación para poder cotizar una acción en el mercado de valores.

que yacía inerte en el suelo de la sala del departamento—. ¿Qué carajo te pasó? Despierta, Natalia.

La sostuvo en brazos. ¿Qué carajo haría? La llamó varias veces más. Hundió la mano en un vaso plástico donde le había servido agua hacía un rato, esparció varias gotas en el rostro de la joven. Se rascaba la cabeza con desesperación. Le tomó el pulso y casi no sentía nada. Acercó el rostro hasta la nariz de la mujer para sentir si brotaba aire. De repente el desespero pasó a un segundo plano cuando el aliento tibio de la mujer lo obligó a cerrar los ojos. Al abrirlos le pareció que despertaba sumido en una de las tantas fantasías que repetía y repetía en la mente junto a ella. Se atrevió a recorrerle el borde de los labios con un dedo que continuó deslizando por el cuello hasta dibujarle sobre los pechos dos círculos en el lugar de los pezones. Imaginando que era correspondido se inclinó y le besó los labios atreviéndose a introducir la lengua vívida en búsqueda de la de ella desabrida. La respiración se le fue entrecortando y no pudo resistirse a morderle la piel. Ella dejó escapar un quejido débil, y cuando se disponía a volverla a morder, el sonido de un celular lo hizo despertar a la realidad. El aparato parecía estar dentro de la mochila de Natalia. Con la excitación reculando se echó el cuerpo encima, y como pudo, agarró el bulto donde continuaba sonando el celular. Como ya eran pasadas las once de la noche, tenía esperanza de no encontrarse a nadie por el pasillo del edificio. Y si ocurría que alguien lo veía, diría que era la consecuencia de pasarse de tragos. Fue por las escaleras. Llevaban menos probabilidades de un tropiezo indeseado. Abandonó el edificio por la puerta principal y llevó el cuerpo hasta la camioneta que sabía ahora conducía Natalia.

Cuando Sebastián advirtió a Rafael cargando el cuerpo de Natalia, sintió la urgencia de correr y torcerle el cuello, así nada más, sin preguntar qué demonios había ocurrido. No podía exponerse, no debía mostrarse ante el *hacker*. No todavía. Había seguido a Natalia todo ese día con el propósito de identificar los turnos de vigilancia que le tenía montado el FBI a la muchacha. Estaba desesperado porque ella llevaba demasiado rato allí metida con aquel delincuente, de pronto el hijo de puta sale con ella inconsciente y la suelta como una bolsa de basura en la camioneta.

Esperó a que el hombre entrara. A esa hora, los del FBI echaban una siesta en el auto que intentaban camuflar detrás de un contenedor de desperdicios. Corrió hasta ella, le tomó el pulso, lo sintió débil. Palpó la frente blanquecina y la mano casi se le quema con la temperatura. Sin duda ardía en fiebre y llevaba la piel de los labios resecos partida. Movió el cuerpo al lado del pasajero, aseguró el cinturón de seguridad y emprendió camino a la sala de emergencia más cercana.

41

A jugar ✳ **Ángel negro** ✳ ¿Qué te hicieron?

Damián estaba hastiado, llevaba casi sesenta horas bajo custodia del FBI. Lo tenían encerrado en un cuarto de interrogatorios. Solo le habían ofrecido ingerir líquidos en dos ocasiones y un emparedado frío hacía doce horas. ¿Qué más querían los desgraciados esos? No tenía nada para darles. Estaba cansado de escuchar mentira tras mentira.

—Buenos días, muchacho.

Con pesadez levantó el rostro para mirar al agente Brandom que hacía entrada al pequeño cuarto cargando una taza de café en una mano y en la otra un cartapacio. Llevaba ropa limpia, diferente a la que le había visto hacía unas horas. El maldito, de seguro, se retiró y fue a dormir a su casa mientras lo tenía allí encerrado.

—¿Qué has decidido?

—Que quiero irme a mi casa, comer, bañarme y acostarme a dormir.

Brandom bebió un poco del café.

—Ya te está haciendo efecto la falta de azúcar en la sangre. Mira —lanzó un par de fotos sobre la mesa—, a ver si esto te hace correr un poco la adrenalina y levantas ese ánimo.

Damián se negó a mirarlas. Si ellos querían jugar, que se buscaran

523

a otro. ¿Qué otra maldita historia inventarían ahora?

—Está bien, está bien, te haré el favor —Brandom volvió a tomar las fotos en las manos—. Hace un par de horas internaron en la sala de emergencia del hospital de área a Natalia —se le torció el pecho de satisfacción al agente al ver cómo el nombre de la muchacha tenía la capacidad de hacerle prestar atención—. Todavía no sabemos qué es lo que le sucedió. Lo que sí sabemos es cómo llegó inconsciente al lugar —en esta ocasión solo deslizó una foto hasta Damián quien lo observaba pestañeando con frecuencia—. Ayúdame a confirmar si quien carga a tu novia en brazos es Sebastián, tu hermano.

Antes que el muchacho terminara de acercase la fotografía, una lágrima le rodaba por el rostro. Ya no podía más. Que le sometieran los cargos por la droga que no era de él, pero al menos así solo él se vería afectado. No era necesario perpetrar la tortura que sentía al ver la escena que parecía haber sido capturada por una cámara de seguridad del hospital. El corazón, que también llevaba cansado, le comenzó a latir desesperado. Solo deseaba que llegara el momento de tener de frente a Sebastián.

—No dices nada —el agente le vio cerrar los ojos, bajar la cabeza, y con las manos, limpiarse la humedad del rostro. Al cabo de unos segundos Damián se irguió, el rostro lo llevaba pétreo y la voz en neutro.

—Quiero un acuerdo irrevocable de inmunidad para Natalia Benavent y Damián Roa, además, la opción de entrar al WITSEC[19] para nosotros dos, mi madre y mi hermana.

—Muchas exigencias como para haberlas concretado en las últimas horas —dejó caer una mano en el hombro del joven, apretó—. ¿Qué me darás a cambio?

—Lo que quieres, la Organización Roa.

---

19   En español: Programa Federal de Protección de Testigos.
En inglés: United States Federal Witness Protection Program.

Brandom sonrió, los dientes blancos resaltaban en la oscuridad que le daba su piel al rostro.

—Me parece que te había escuchado decir hace unas horas que no existía tal cosa como "Organización Roa".

Damián se sacudió el brazo del hombre de encima.

—Me parece, que cuando firmemos el acuerdo, bajo los términos indicados, tendrá que buscarse quién le cuide la espalda.

La sonrisa se le fue a la mierda al agente especial. Se mordió el labio inferior. Los últimos minutos habían traído consigo avances significativos en la pesquisa, decidió no indagar más por el momento. Recordaba que se comería el elefante a pedacitos. Ya esa mañana había tenido una buena dosis.

—En este cartapacio tengo lo que me pides. Sabía que eras un muchacho inteligente que no dejarías que tu vida ni la de la mujer que amas se fuera por la borda por culpa de un delincuente que no le importó embarrarlos con sus actos. Como entenderás, el acuerdo será válido solo si logramos convicción.

—No. El acuerdo entra en efecto si un Gran Jurado somete los cargos en contra de Nicolás, Gutiérrez o Sebastián.

—Pides demasiado, Damián. Hay cosas fuera de mi control.

—Empiece por ponerle fin a esta privación de libertad ilegal para que pueda ir al hospital con Natalia y luego haga las llamadas que sean necesarias. Nuestra seguridad no va a estar a la merced de que el corrupto sistema de justicia pueda lograr una convicción. Le entrego la información, y ese mismo día, desaparezco de la faz de la tierra con mi madre, mi hermana y mi mujer.

✳✳✳

Simona observaba a distancia sentada en un vehículo con vidrios ahumados. Llevaba más de cuatro horas monitoreando los acontecimientos frente al lugar que tenía registrado como última ubicación del prospecto número tres. Soplaba un ligero aire caliente en el estado de Florida. Vio entrar al majestuoso edificio de South Beach al prospecto. Mientras los demás pupilos preferían un perfil bajo para camuflarse, Wade siempre lo hacía por lo alto. Supo que el joven estaba alerta. Advirtió los movimientos circundantes del rostro cuando se bajó del auto en el área de valet parking, la mano en la cintura por si aparecía un imprevisto. Un minuto después, Simona tuvo que admitir su equivocación al pensar que no volvería a ver, una vez más, al agente especial Robertson. En esta ocasión parecía hacerle una visita al prospecto. Seguramente indagaría por el paradero de los otros dos desaparecidos. No era parte del protocolo que se conocieran, mucho menos que se relacionaran entre sí los prospectos. Sin embargo, el número cuatro había intentado cambiar las reglas. En uno de los tantos arranques de ira con la Agencia, Sebastián logró acceso a información confidencial de los otros miembros del programa. Fue un breve desliz de Simona lo que le abrió la puerta a la información. Se dio a la tarea de contactar a cada uno con el solo propósito de demostrarle a Riley, que si se lo proponía, él podría ser más ágil que ella. El prospecto número uno y el dos habían mandado a la mierda a Sebastián. Tomaron el acto como una imbecilidad que ponía en riesgo sus identidades clandestinas. Solo Wade, el número tres, se sintió complacido con el acto de rebeldía que había sido el inicio de una relación laboral cooperativa entre él y Sebastián.

—¡Maldito seas, Brennan! —sentenció Simona dentro del auto al reconocer un rostro, que cinco minutos después, salía del edificio. No era ni Robertson ni Wade. Aunque llevaba gafas oscuras pudo reconocerla.

Natasha Casey era por excelencia uno de los ángeles negros y alas oscuras de la CIA cuya existencia era fundamentada en un solo propósito; eliminar cualquier situación interna de la Agencia que pudiera representar un problema tanto interno como externo.

Simona deslizó un poco el cuerpo en el asiento para cubrirse el rostro. Si los prospectos uno, dos y tres en conjunto con sus respectivos agentes especiales, que le vigilaban los pasos, ya habían sido eliminados, solo quedaba un prospecto y su agente especial por silenciar.

✳ ✳ ✳

Cuando los federales lo dejaron de vuelta en el estacionamiento de la universidad, a toda prisa manejó hasta el hospital. Entró desesperado al área de emergencia preguntando por Natalia Benavent. Sabía que por protocolo de seguridad y privacidad al paciente no lo dejarían verla a menos que fuera un familiar cercano. Dijo ser su esposo. Lo enviaron a un salón de espera. Al rato un médico lo acompañó e informó el estatus de salud de la joven. Antes de que el galeno continuara, le indicó que podía hablar sin reservas, no había necesidad de simplificar las palabras.

—Natalia llegó en shock causado por la temperatura de más de cuarenta grados que llevaba días aquejándola.

—¿Fiebre? —Damián no pudo evitar cuestionarse en voz alta.

—Quien la trajo dijo que llevaba días con fiebre. Identificamos una herida en la parte inferior del mentón, que al parecer, es la raíz de la infección severa que la aqueja. En sala abrimos la herida y extrajimos todo el tejido. Me aseguré que el hueso estuviera limpio. Por suerte la infección permaneció en el tejido circundante. Unos días más y hubiera afectado el hueso. La dejaré recluida por siete días con una combinación agresiva de antibióticos intravenosos. Debemos asegurarnos que la infección no se haya desplazado a ninguna otra parte como el torrente sanguíneo o algún órgano vital; los pulmones o riñones. Monitorearé el progreso diario para decidir cuándo podrá ir a casa.

—¿Cómo está ahora?

—Creo que ya deben estar transfiriéndola a una habitación. Oiga, ¿sabe cómo se hizo la herida?

"¡Piensa rápido, Damián!"

—Se tropezó en la casa y cuando cayó se pegó con el borde de una pared.

Si hubiese sido él quién escuchara una explicación así, tendría la misma mirada indagatoria con la que el médico le oteaba.

—Debió atenderse antes —se quitó los anteojos y rascó al frente.

—Pensé que lo había hecho. Debí darle seguimiento.

—Tranquilo que está en buenas manos. La enfermera vendrá en unos minutos para llevarlo con ella.

Damián agradeció al cirujano todo el detalle y claridad en la explicación. Permaneció de pie pero no por mucho tiempo. Enseguida una enfermera le indicaba por dónde debía acompañarla para guiarlo a la habitación de Natalia.

Cuando entró al cuarto la encontró dormida con dos líneas intravenosas conectadas en el brazo izquierdo y un vendaje cubriéndole el mentón.

—Debería traerle ropa, una almohada, sábanas gruesas y unos calcetines también. Hoy no las usará porque todavía tiene fiebre, pero cuando le baje la temperatura, sentirá hasta en los huesos el frío desquiciado que hace aquí.

Damián se acercaba despacio a la cama mientras hablaba.

—¿Está dormida o bajo los efectos de algún sedante?

—Le dimos Demerol para el dolor. No creo que despierte hasta mañana. Usted debe pasar temprano en la mañana por el departamento de admisiones para que llene todos los documentos de admisión y entregue la tarjeta del seguro médico.

—¿Sabe dónde están sus pertenencias? —preguntó Damián.

—Ah, claro, casi lo olvido —caminó hasta la camilla y de la parte de abajo sacó una funda plástica—, es todo lo que trajo consigo.

El joven agradeció a la señora a la misma vez que tomaba en las manos la funda. Cuando quedó solo, se acercó más a la cama. Descansó la mano libre en la frente del ángel dormido. Le peinó las cejas mientras decenas de preguntas le retorcían las entrañas. Acercó la nariz a la sien, y cuando aspiró el aire, lo sintió como un bálsamo que le alivió la intranquilidad. No quería dejar de sentirla. Estaba exhausto. Se dejó caer sin fuerzas en el sillón junto a la cama. Permaneció con la mano derecha de Natalia entre la suya. Con la mano libre comenzó a manosear el celular pensando a quién llamar. ¿Debía informar la los padres de Natalia o esperar a que ella decidiera? Recordó que tenía grabado en el celular el número desde donde Sebastián lo había llamado unas semanas atrás. Presionó el botón de iniciar llamada. Solo escuchó el retintín. Nadie respondió. Volvió a intentar la llamada, obtuvo el mismo resultado. Tal vez era mejor así. Llevaba tanta rabia por todo lo acontecido en los últimos días; mejor esperar. Todo lo que importaba en ese momento era que su mujer estaba bien.

Ya habría tiempo para hablar.

Ya habría tiempo para la verdad.

42

Cobarde ✳ ¡Lárgate! ✳ ¿Cuánto?

Para un hombre con la experiencia que cargaba en la espalda como él, fue sencillo lograr acceso. Esperó impaciente toda la madrugada. Llevaba rato manoseando los anteojos de Natalia que encontró huérfanos tirados en el suelo. El hijo de puta tendría que volver a ese lugar, y cuando lo hiciera, rendiría la cuenta pendiente. Pensó en saquear los sistemas de información del pirata cibernético. Prefirió que fuera Natalia quien lo hiciera. No quería dejar sus huellas.

El pomo de la puerta comenzó a girar despacio. Sebastián guardó en el bolsillo interior de la chaqueta de cuero los anteojos, y con sigilo, tomó la posición perfecta al lado de la puerta para sorprender a quien, sin saberlo, haría una entrada triunfal.

—Camina despacio hasta la silla y siéntate, cobarde —ordenó.

Rafael dejó caer la bebida que cargaba en una mano, el líquido le mojó los pies.

—¿Qué quieres?¿Qué carajo haces aquí?

—Cállate y siéntate ¡ahora!

Se tambaleó al empujón que le diera Sebastián en la espalda.

—¿Y así quieres que ayude a Natalia? —dijo con ironía.

—¿No que no sabías quién soy, asqueroso cobarde? ¡¿Qué le hiciste?! ¡¿Por qué la abandonaste moribunda?!

Con ambas manos cerradas torcía el cuello de la camisa de quien consideraba un pusilánime, un soberano desgraciado. Podía ser considerado el *hacker* más codiciado de este lado del mundo, para Sebastián, desde hacía unas horas, se había convertido en un maldito y asqueroso cobarde. Ganas no le faltaban de torcerle el pescuezo también.

—No le hice nada —con dificultad hablaba—, lo juro, lo juro. La encontré tirada inconsciente en la sala. La puse en el auto y después hice una llamada al 911. Cuando llegaron, ya no estaba. Evito a la policía, no quiero problemas, amigo —tosió un poco al sentir que el aire volvía a correrle por la garganta.

Sebastián volvió a agarrarlo, esta vez por el cuello desnudo y lo obligó a ponerse de pie.

—No soy tu amigo, desgraciado —le hablaba pegado al rostro—. La dejaste a la suerte, ¡maldita sea!

Enseguida notó que el aire le comenzaba a faltar a Rafael. Lo soltó bajo protesta.

—No lo hice. Entré en los sistemas de información de los hospitales más cercanos y del sistema de emergencia. Sé que está internada en el hospital de área. Supuse que bien atendida —elevó el rostro, la voz se le puso valiente, habló con osadía—. Además, ya sé quién eres.

La cabeza del rubio se le torció de derecha a izquierda, las aletas de la nariz se le elevaron.

—¿Y quién soy, maldito cabrón? —indagaba con cautela.

—No eres más que un delincuente barato. El FBI tiene en sus sistemas un amplio expediente tuyo. Te falta mucho por igualar a los buenos de verdad. Confieso que ellos tienen otros expedientes más interesantes que el tuyo.

Sebastián soltó el aire que se le había encajado en el pecho. Por segundos tuvo la duda si el *hacker* tenía la capacidad de perpetrar una intromisión en los sistemas de la CIA.

—Me alegra que sepas quién soy, así nos ahorramos las presentaciones —con las manos comenzó a arreglarle la camisa estrujada—. Sí, soy un criminal barato, lo que significa que me importa madre volarme uno más. Yo también sé quién eres —lo golpeó en dos ocasiones con fuerza "amistosa" en la mejilla derecha—, *Digital Void*.

Rafael sintió un calentón apoderársele del rostro. Que Natalia y el Roa supieran que él era un As en las computadoras, era una cosa, que supieran su verdadera identidad, era otra que no le agradaba.

Digital Void era el nombre por el que navegaba delinquiendo en las redes. En todos estos años había sido muy precavido, donde quiera que entraba sin permiso, al salir, se aseguraba borrar las huellas cibernéticas. Nadie, hasta ese día, había podido hacer una correlación entre el famoso *hacker* y el muchacho común, algo holgazán, que tenía un sueldo del montón y vivía con su abuela.

Le duraron poco los aires de valentía.

—¿Para quién trabajas? ¿Quién demonios eres? —preguntaba en desespero Rafael.

—Lo que te debe importar es para quién tú trabajas. Que te quede claro que trabajas para Natalia Benavent, grábate eso en la maldita cabeza. Entiende, que si fuera necesario agarrar un tiro por ella, lo tienes que hacer. Ella nunca anda sola. Te veré pronto.

Rafael permaneció inmóvil mientras Sebastián abandonaba el lugar. Cuando la ira lo dejó pensar, se levantó de la silla y comenzó a hurgar por todo el departamento. Era imperativo reforzar la seguridad.

✳ ✳ ✳

El intermitente bip, bip le retumbaba en el interior de la cabeza. A los lejos escuchaba el sonar de unos dientes tropezando entre sí.

Eran los suyos.

Abrió los ojos.

Se le volvieron a cerrar.

Intentó mover la mano derecha, algo se lo impedía.

Volvió a abrir los ojos y esta vez logró mantenerlos despejados.

Se desorientó al instante.

Con movimientos torpes en la mano izquierda se palpó el mentón. El dolor que sintió al toque de los dedos sobre las vendas la obligó a retorcerse en la camilla.

—Hey.

Natalia giró la cabeza en busca de la voz familiar. Cuando avistó el rostro de Damián, intentó hablar.

Solo pudo toser.

En ese preciso momento una enfermera entró a la habitación arrastrando un carrito que cargaba medicamentos en su interior. Las ruedas hacían un chirrido algo desesperante.

—¡Buenos días, linda! —corrió la cortina y la luz externa inundó la estancia—. Qué bien que ya estás despierta —comenzó a cambiar las bolsas de los medicamentos intravenosos mientras continuaba hablando—. En un rato traerán el desayuno. Abre la boca, vamos a ver si esa fiebre ya te dejó tranquila.

Tardó en obedecer.

Damián podía notar la turbación en los ojos de Natalia. Se inclinó un poco y plantó un suave beso en la piel sobre la mano. Habló de cerca con voz transigente.

—Amor, deja que te tomen la temperatura y luego te hago la historia.

A duras penas la paciente pudo despegar los labios consiguiendo el espacio suficiente para que la enfermera lograra colocar el termómetro.

—Joven —comenzó a dirigirse a Damián la señora—, no se olvide que tiene que ir al área de admisiones para completar la documentación.

Mientras esperaban porque se consumieran los tres minutos de esperar para que el aparato registrara la temperatura de Natalia, el joven le pidió a la enfermera que lo orientara acerca de dónde ubicaba la oficina que debía visitar.

El chirrido del termómetro anunció que era hora de saber si la fiebre había dejado en paz a Natalia. Por el gesto en la cara de la enfermera, Damián supo que todavía no le había cedido.

—Todavía tienes fiebre —le dijo a la joven. Comenzó a dirigirse Damián—: No es mucha pero no se debe descuidar. Mantenla desarropada. Mientras más fresca, mejor —volvió a dirigirse a ella—. Después que desayunes debes darte un baño con agua bastante fría.

Cuando quedaron solos en la habitación, el ángel quiso que el *desaparecido* le liberara la mano. Comenzó a hablar con dificultad sintiendo la cabeza como un bloque de concreto.

—¿Qué hago aquí?

"No lo sé. Dímelo tú." Quiso decirle pero se refugió en lo importante, ella estaba bien.

—Te desmayaste en algún lugar y algún buen samaritano te hizo el favor de traerte al hospital.

—¿Por qué me duele tanto la cara… la cabeza… la quijada?

—Hubo que llevarte a sala de operaciones.

535

—¿Qué? —la mente le hizo el favor de regalarle algunos recuerdos, los más claros, cuando comenzó a sentirse mal en el departamento de Rafael. Entonces, el estómago también se le comenzó a endurecer.

—La herida, la que te dije que te cuidaras, ¿recuerdas?, llevaba infectada días y te hizo caer en shock por la fiebre que tampoco parece que atendiste. Pudiste haber caído en una sepsis. Debería darte un buen regaño.

A Natalia no le hizo ninguna gracia el comentario. Permaneció en silencio. Damián notó que un brillo cristalino comenzaba a cubrirle la mirada.

—Vete.

Confundido se mordió los cachetes mientras descifraba qué decir.

Ella tenía razones de sobra para estar molesta, él las tenía también.

—¿Quién te dijo? ¿Cómo te enteraste que estaba aquí?

—Tenemos que hablar pero no creo que estés en condiciones.

—Dime, ¿cómo supiste?

—Hablaremos después, descansa.

Le regaló una caricia apacible en el hombro.

—¡Dime!

¡Qué insistencia!

—Ya te dije que no es el lugar ni el momento adecuado para que hablemos de eso y otras cosas necesarias. Mírate, aún no digo una sola palabra y estás toda alterada. Dije que no te hace bien. Descansa, Natalia, te hace falta.

Entre la decena de imágenes que le corrían en la cabeza apareció una que le gritó el tema que tenía pendiente con él.

—Lárgate, estúpido, vuelve con quien sea que hayas desaparecido el fin de semana— le gritó al advertir que vestía la misma ropa de la última vez que lo había visto; el viernes al mediodía.

Damián vio cuando las lágrimas se escaparon de aquellos ojos que le querían hablar. Pensó que debía estar volviéndose loco. En medio de toda esa discusión y el desastre que el FBI estaba haciendo en su vida, escuchar que Natalia lo acusaba de serle infiel lo llenó de esperanza. Quería besarla. Corría el riesgo, que en un arrebato de coraje, hiciera un movimiento brusco y se lastimara.

—Tengo que decirte algo, Natalia —tragó hondo—, es precisamente acerca del fin de semana.

—No me interesa la excusa que me vengas a dar. Ahórratela —por lo bajo dijo—: No tienes idea en qué condiciones estoy.

Un silencio sepulcral se apoderó del espacio entre ellos. Un hombre entró al cuarto cargando la bandeja con el desayuno de la paciente, la colocó sobre la mesita para esos fines que acercó a la cama al alcance de Natalia. Salió del lugar devolviéndoles la privacidad que ameritaba la conversación.

—Nunca te lo he preguntado, pero hoy necesito saber si me amas.

Un huevo hervido aterrizó en su pecho. Lo tomó por sorpresa.

La desconocía.

—Si fueras más inteligente, sabrías que es un pésimo momento para preguntar cuánto te amo —por lo bajo— si es que lo hago.

Ella estaba jugando rudo. Conocía su punto mortal.

—Yo lo hago, yo sí te amo. Te amo con mi vida, Natalia.

—¿Es todo lo que tienes que decir? —señaló con un gesto débil la puerta—. Fuera.

No le daba opción. Con un tirón de angustia en el estómago, comenzó a hablar.

—Hace casi un par de meses los federales me fabricaron un caso de posesión de cocaína. Desde entonces me han hecho vivir en un infierno, me han hecho la vida imposible intentando chantajearme para que les dé algo que le entregue la organización del tío. Dicen que si no lo hago, si no les doy algo, van a borrar del panorama cualquier posibilidad de una vida digna para mí. Cuando desaparecí la primera vez, fue luego que ellos me arrestaran una noche cuando regresaba de visitar a Estefanía y a Eladia —bajó la mirada algo avergonzada, de cuclillas recogió el huevo que permanecía intacto en el piso—. ¿Entiendes por qué me desaparecí? No podía permitir que siguieras junto a mí. Podrían, quizás, inventar algo y hacerte alguna maraña como lo han hecho conmigo. Cuando intenté sacarte del club, me di cuenta que ya era tarde, Natalia, que ya sin estar consciente, te había hecho yo el peor daño. Te había metido en el mundo Roa. De este mundo no te dejarán salir con vida, al menos no Nicolás, para él ya sabes demasiado de sus negocios. El viernes en la noche, al salir de la universidad, el FBI volvió a llevarme con ellos. Nos vigilan cada paso. Sabían que el domingo en la tarde tú y yo teníamos un compromiso. Me mostraron fotos tuyas con Sebastián —hizo una pausa deliberada, tal vez ella debiera decir algo a su favor. Continuó—: Quieren jugarme con la maldita mente—decía mientras se daba dos toques con un dedo en la sien—. No lo lograrán. ¡Maldita sea, que no lo harán! No me importa lo que sea que haces con Sebastián. Estoy seguro que es en contra de tu voluntad —la vio bajar la cabeza, también notó cómo la fina sábana blanca se humedecía de lágrimas—. Hay una salida, amor, para todo esto creo que tengo una salida. Solo necesito saber cuánto me amas.

De pronto Natalia estaba sumergida en un llanto profundo que le hacía temblar el pecho. Con la mezcla del temor a lo que fuera su reacción luego de tal confesión, y la necesidad de encontrar en un abrazo el consuelo mutuo, la cubrió con su cuerpo. La escuchó decirle te amo entre sollozos. Apretó aún más cuidando no lastimarle la herida.

—No tienes idea de lo que estoy dispuesta a hacer por ti.

Damián despegó un poco el cuerpo tibio.

Necesitaba distancia.

Era ahora o nunca.

—Estoy negociando un acuerdo de inmunidad y la entrada al programa federal de testigos. Es nuestra única oportunidad de desaparecer de todo esto. Si logro el acuerdo, significa que no volveremos a ver a nadie de los que nos rodean. No verás jamás a tus padres, a nadie.

—Tengo miedo —los labios llevaban un temblor involuntario.

La confesión le hizo estremecer el pecho a Damián.

—Escúchame bien—la acarició en la frente con el dorso de la mano—, vamos a estar bien. Voy a darles lo que quieren, conseguiré el acuerdo y estaremos bien, preciosa.

—¿Qué les darás a cambio?

—La Organización.

—¿Cómo?

—Es mejor que no sepas. Por tu seguridad, es mejor que no sepas nada.

—¿Qué pasará con tu hermano? —no pudo evitar preguntar.

—¿Por qué nos tiene que preocupar? —comenzó a respirar más fuerte—. ¿Qué es lo que haces con él, Natalia? ¿A qué te obliga el desgraciado?

Bajó el rostro.

—No puedo decirte. Es mejor que no sepas… por tu seguridad.

Damián permaneció observándola con detenimiento.

—Solo dime que no te hace daño, por favor —la vio tragar despacio y con dificultad.

—No, no me hace daño.

—¿Ese golpe te lo hizo él, Sebastián?

Asintió.

—Malnacido —apretó los puños cerrados hasta que se le veían los nudillos blancuzcos, quiso patear la mesa del desayuno—. Es mejor que todo siga normal hasta que no tenga algo concreto con los federales. Que no haya ningún cambio en nada. Seguirás con lo que sea que haces para Sebastián, nuestras rutinas seguirán igual. No hables de esto con nadie, por favor.

—No podemos hablar en el club ni en tu casa pudieran estar escuchándonos. ¿Qué les vas a dar, Damián? ¿Qué puede ser de tanto valor como para que nos concedan tu petición?

—Quisiera decirte, pero es mejor que no lo sepas. Confía en mí, mi amor. Sé que no es fácil pedirte confianza cuando no he sido sincero desde el principio. Solo te pido que me des la oportunidad de demostrarte que no te voy a fallar. Yo te metí en esto y te voy a sacar. *"Así me cueste la vida, Natalia."*

—Perdóname, Damián, yo… yo solo quería ayudarte. No dije nada de lo de tu hermano por evitar un encontronazo entre ustedes. Jamás imaginé a qué nivel escalaría todo.

—Shhh, shhhh. Lo único que necesito es que te tranquilices y descanses. Te ganaste siete días en este lugar por no obedecer a tu doctor. ¿Dónde tienes tu tarjeta del seguro médico?

—En el bolso, alcánzamelo y te lo busco.

Mientras Damián inspeccionaba el trabajo que había realizado la enfermera reemplazando las infusiones intravenosas, Natalia hurgaba en el bolso. No pudo encontrar todo lo que buscaba. En una mano sujetaba los documentos personales que debía presentar en el hospital, con la otra esperaba encontrar el celular que le había entregado Sebastián.

—Tengo que ir a completar los documentos de admisión. Tuve que decir que eras mi esposa para que me dejaran verte.

—¿Qué hiciste qué? —desistió la búsqueda del aparato.

—No tenía otra opción —hombros encogidos.

—¿Ellos fueron los que te dijeron dónde estaba y lo que me había pasado, verdad, los federales?

Damián asintió.

Natalia solo pudo dibujar en la mente el momento preciso en que Sebastián le aseguraba que el FBI no la vigilaba. Sin importar cuántas veces recreara el momento, la mirada que llevaba el joven era esquiva.

—Necesito que me ayudes —comenzó a caminar de un lado a otro.

—¿A qué? —preguntó Natalia.

Se detuvo frente a ella.

—Que me hagas una lista de las cosas que necesitas.

Le ofreció las manos. Que llegara hasta ella. Le otorgó un poco del exceso de calor que llevaba en el cuerpo.

—Quédate tranquilo, le pediré a Ceci que me dé una mano con eso.

Ahora fue él quien devolvió la caricia.

—¿Cómo fue todo con ella? —la pregunta le salió forzada. La verdad, no le importaba saber nada de cómo había sido todo con la amiga que más bien consideraba la peor influencia. Lo que le importaba era saber cómo había sido todo en la casa del tío con Sebastián allí.

—Creo que bien —Natalia le mostró una sonrisa lisa y con debilidad, elevó los hombros.

—Me alegro por ti —comenzó a acomodarle la fina sábana entre las piernas—. Sé que ella es importante para ti. *"Aunque no entiendo por qué"*, quiso decir.

—Vete ya. Si no les llevas la tarjeta de seguro médico me lanzarán a la calle.

—Sí, voy, voy. Vengo enseguida.

—No, Damián. Ve a darte un baño, come algo, duerme un rato.

—Estoy bien, estoy bien.

—Llevas la misma ropa desde el viernes.

—Mientras tú estés bien, yo también lo estaré —la encerró en un abrazo.

—Estaré mejor si no hueles a perro lloviznado.

Damián levantó los brazos y hocicó la nariz en sus axilas. Se le arrugó toda la cara.

—¡Por Dios! Tienes razón, podrías volver a desmayarte si hueles esto.

Natalia sonrió, esta vez una sonrisa acompañada de un tenue brillo en los ojos.

43

Brecha ✳ El brillo ✳ Orgullo

Su secretaria le pasó la nota, tenía órdenes de indicarle que dejara lo que fuera, era ineludible su presencia, cuanto antes, en la oficina del Director de la Agencia. Landonn Brennan caminaba los pasillos del edificio que lo conducirían rumbo al lugar indicado repasando en la mente las operaciones de campo más relevantes que se llevaban a cabo bajo su dirección. Suponía tener argumentos para todas.

Cuando entró a la oficina más grande del edificio, sentados junto a Macknight, el Director de la CIA, puesto que es nominado por el Presidente de los Estados Unidos y confirmado por el Senado, se encontraba Thomas Miller, Director Ejecutivo y Evan Jones, Director de Inteligencia.

—¡Buenos días, caballeros! —saludó con entusiasmo ocultando la inquietud que comenzaba a revolvérsele en la boca del estómago. Debía palpar la tensión en el lugar.

Respondieron al unísono. Todos se pusieron de pie y reciprocaron el saludo de mano que ofreciera Brennan, el Director del Programa de Servicio Nacional de Clandestinaje, y quien enseguida supo, que algo crítico sucedía. Fue imperativo pensar en Simona Riely.

—Toma asiento, Brennan —dijo Macknight y esperó a que el hombre se acomodara en la silla para continuar—. Tenemos una situación de carácter crítico, pudiera ser catalogada como de seguridad nacional.

Brennan paseó la mirada por el semblante de los otros dos hombres que le aventajaban en años de experiencia. Mierda, sí que era algo grave.

Jones tomó la palabra:

—Anoche se registró una intromisión en los sistemas de información de la CIA. El *hacker* encontró una brecha inadvertida por donde logró navegar y ganar acceso a información clasificada.

—¿Buscaba algo en específico? —preguntó Brennan.

—En un principio, todo acerca de un individuo, luego, creemos que se llevaron todo acerca del programa de los Prospectos.

El hombre que recibía la noticia dejó de respirar, buscó enseguida los ojos de Macknight. El Programa de Prospectos era uno fantasma, solo el más alto nivel de la Agencia, y los que pertenecían al programa, tenían conocimiento de su existencia. Nadie más.

—Podemos hablar en confianza, Brennan —comenzó a decir descansando la quijada en una mano—. Debido a los acontecimientos hemos tenido que divulgar cierta información del programa a otros niveles.

Volvió a permitir que el aire continuara oxigenándole. Presintió que lo necesitaría más de ahora en adelante.

—¿De quién se trata? —continuó indagando.

—Sebastián Roa —"*Maldita Simona*", pensó. Sabía que ese delincuente, a quien Riley protegía con particular afán, en algún momento le traería problemas.

Se llevó el puño a la boca y apretó con disimulo para silenciar la maldición a nombre de Simona que estaba a punto de escapársele del pensamiento.

—Desconozco si han sido informados que ese programa está en proceso de ser desmantelado.

—Sé más específico, Brennan. ¿En qué etapa se encuentra el proceso de desarticulación? —demandó el director.

—La mayoría de los miembros han sido notificados del cierre del programa. Han lamentado la situación, sin embargo, le hemos hecho entender las circunstancias. Queda un agente y un prospecto por notificar. De hecho, el prospecto es Sebastián Roa.

—Y el agente, ¿quién es? —preguntó Jones.

—La agente especial Simona Riley.

—¿Dónde se encuentran ubicados en estos momentos? —continuaba inquiriendo el Director de Inteligencia.

—Riley en la Florida y Roa en Puerto Rico —respondió y continuó—: ¿De dónde provino el ataque?

—Todavía el equipo no ha logrado dar con el punto de origen —respondió Jones quien comenzaba a perder la tranquilidad que lo mantenía hablando sentado.

—¿Cuánta información lograron extraer?

Jones se puso de pie antes de responderle a Brennan.

—La suficiente para crear un caos político si llegara a salir a la luz pública la existencia del programa de los Prospectos.

—¿Qué riesgos representan ambos? —bramó Macknight levantándose del asiento.

Brennan fue político en su respuesta.

—El riesgo va a depender de cuán rápido actuemos.

—No podemos actuar hasta tanto demos con la raíz del entrometido. Es necesario recuperar la información extraída —dijo Miller con notada preocupación—. Si saliera a la luz pública se armaría un escándalo para este gobierno de una magnitud inmedible.

Macknight detuvo el paso detrás de la silla que ocupaba Brennan y habló:

—Imagino el maldito titular, 'La CIA recluta por la fuerza a menores de edad y los convierte en armas clandestinas'. ¡Carajos! Nos joderíamos todos y hasta a la Casa Blanca salpicaría la mierda. Los Republicanos rezarían el himno sobre nuestros cadáveres —por la manera en que los rostros de todos en aquel lugar se retorcieron, se podía decir que fueron capaces de imaginar los efectos de un titular así. Jones y Miller comenzaron a comentar entre sí. Macknight continuó—: Caballeros, dejemos que nuestro amigo Brennan nos proponga un plan de acción.

El hombre, por quién todos esperaban expusiera sus recomendaciones, permaneció sentado, recostó la espalda a la silla y cruzó las piernas.

—Me encargaré de vigilar de cerca cada paso de Riley y Roa. Ustedes deben darse prisa con identificar la raíz del quebranto. Cuando lo hayamos fichado, tomaremos acción inmediata eliminando cualquier fuente de riesgo y colaterales que pudieran representar un problema para este gobierno.

—Demasiado simple, Brennan, para la magnitud del riesgo que esto representa —protestó Miller. Se dirigió a Macknight —: Llamemos a Garth.

—¿El FBI? —cuestionó Brennan.

—Necesitamos los mejores hombres de campo en esto —agregó Miller con los ojos bien abiertos.

—Mientras menos gente tenga conocimiento de esto, más aislados tendremos los posibles daños. Además, los mejores hombres de campo, sin duda, los tiene la CIA.

—Coincido con Brennan —dijo el director—. Ustedes dos pierden el tiempo aquí encerrados. Hagamos lo que recomienda Brennan. Váyanse a ver cómo arreglan este desastre. Me mantienen informado de cualquier novedad por insignificante que parezca.

Al salir de la oficina, Brennan dio las nuevas órdenes al agente de campo que llevaba a cabo la tarea de desmantelar el proyecto de los Prospectos.

—Vigílales hasta los respiros. Espera mis instrucciones.

❊ ❊ ❊

Salía de darse el primer baño de su estadía en el hospital. Cuando Damián se marchó para cumplir con las gestiones administrativas y luego irse a descansar un poco, Natalia llamó a Cecilia y le pidió que la ayudara trayéndole ropa, sábanas gruesas y los artículos de aseo personal.

La amiga no dudó en socorrerla. Tuvo que aguantarse el interrogatorio de casi media hora en un intento de la morena por entender qué rayos le había pasado. Insistió en ayudarla a tomar la ducha. Accedió solo a que la acompañara con su presencia. ¡Caramba!, que ella no tenía ni los pies ni las manos incapacitados, era la cabeza, y al parecer, la razón.

—Hola, hija —Iraida llevaba rato sentada al borde de la cama. Esperaba en calma por ver a su hija. La paciente detuvo el paso y fulminó con la mirada a su amiga.

—Deja a Ceci tranquila, que no fue ella quién me avisó.

—¿Damián? —la mirada confusa.

—Deberías agradecerle a ese muchacho que parece tener un sentido del significado de la palabra familia más claro que el tuyo. ¿No pensabas llamarme? —se puso de pie y caminó hasta su hija para encerrarla en un abrazo.

—Lo siento mamá —comenzó a decir mientras sentía que la voz se le debilitaba al calor de la caricia tierna que Iraida le regalaba. No pudo evitar pensar que tal vez ese sería al último abrazo que diera a su madre.

—¿Qué te pasó? ¿Cómo te hiciste eso?

—Se cayó, Iraida, y como siempre, de lo menos que se ocupa es de ella misma. Siempre pensando en los demás.

—Me dijo Damián que estarás una semana internada.

—Así parece.

—¿Necesitas algo?

—No, mamá, ya Ceci me dio la mano con eso.

—¿Necesitas que me quede contigo durante el día o en las noches?

—No te preocupes, no quiero molestar a nadie. Estoy bien, un poco a dolorida, pero bien.

—Voy por algo de comer a la cafetería, ¿quieren algo? ¿café, agua, mojito? —Iraida hizo el intento de responder—. Tranquila, ya sé, un café clarito con un solo sobrecito de azúcar regular. Jamás olvidaré cómo es que a mi segunda madre le gusta el café.

—Gracias, Ceci.

—Y tú, princesita, ¿qué quieres? Aprovéchame que esto de ser tu sirvienta te durará por los próximos seis días—miró el reloj que llevaba en la muñeca— y doce horas —completó.

—Tráeme un jugo, un néctar, cualquiera que sea suave.

La morena se fue con la excusa perfecta para dejarlas solas.

—Y papá ¿sabe? —se atrevió a cuestionar.

A Iraida le sorprendió la rapidez con la que Natalia preguntaba por Roberto. Pensaba que el coraje con él todavía llevaba fuerzas.

—Sí, en realidad con él fue con quien habló Damián.

—¿Por qué no vino contigo? —preguntó mientras se acomodaba de vuelta en la cama y permitía que Iraida la ayudara con la sábana.

—Ya sabes cómo es tu papá.

—Sí, ya sé —rodó los ojos.

Natalia se quedó en silencio. Iraida sacó de su bolso un cepillo y comenzó a peinarle el cabello. La instó a que se sentara en la cama junto a ella, y cuando lo hizo, buscó la manera de acomodársele en la falda. La herida le molestaba en esa posición, pero era más la necesidad de sentir las caricias y consuelo de su madre.

—¿Cómo has estado? —la vio sosegada.

—Bien—mintió Natalia—, con mucho trabajo.

—¿Cómo te trata ese muchacho, Damián?

—Bien —dejó escapar un suspiro que aterrizó en la falda de la madre—, no me puedo quejar.

—¿Lo quieres?

Silencio.

—¿Crees que me iría a guerra con papá solo por querer a alguien?

Iraida dejó escapar una bocanada de aire sonora.

—De tu padre y de ti, a veces no sé ni qué esperar.

—¿Es un cumplido o un insulto, mamá?

Sonrieron.

—Tu padre dice que la familia de ese muchacho anda en cosas turbias. Que un tío está preso.

—Si fuera cierto, ¿qué culpa tiene Damián, mamá? ¿No se les ocurre pensar que él no tuvo la oportunidad de escoger dónde nacer? —Natalia se enderezó y apartó un poco. Mirándola habló—. Lo amo, mamá. Damián es un hombre bueno… es noble, sensible y me ama.

Iraida permaneció con el rostro llevando una inclinación sutil. Repasó en segundos cada rasgo de la que siempre sería su pequeña sin importar cuánto los años siguieran avanzando. Advirtió cuando Natalia cerró los ojos negándole el acceso a su alma.

—No tengo por qué dudar de las virtudes del muchacho, cariño, es solo que no logro encontrar el brillo en tu mirada, el que se supone acompañe esas palabras que dicen tanto.

El silencio creció, la joven agarró la mano de su madre y la colocó de vuelta en su cabello que le escurría sobre el hombro. Que por favor continuara dándole de ese bálsamo maternal que tanto necesitaba, y que hasta ese momento, se había negado a aceptar.

Así pasaron unas cuantas horas entre conversaciones y temas inesperados que introducía Cecilia para evitar que el silencio incómodo se apoderara del lugar. La amiga se despidió y unos minutos más tarde lo intentó hacer Iraida.

—Debo irme, cariño —anunció la mujer. Ya no podía aplazar más lo que sabía se tornaría en una despedida desagradable.

Con lentitud intencional se levantó de la cama donde había permanecido junto a su adorada hija las últimas horas, caminó hasta la butaca reclinable y tomó su bolso. Cuando volteó llevaba en las manos un sobre blanco cuyo contenido lo hacía lucir grueso.

Natalia observaba a su madre con cautela.

—¿Por qué tengo la sensación que no me va a gustar lo que me vas a decir cuando me entregues eso?

—Cariño, agradecemos la intención, pero no podemos aceptar este dinero. No es justo que tú cargues con el peso de los problemas financieros de nosotros.

—Pero, mamá, es dinero lícito, me he sudado cada peso.

—Hija, sabemos que el divorcio y los gastos médicos de Ignacio dejaron tus finanzas en muy mal estado. Es tu dinero, cariño, debes usarlo para resolver tus asuntos.

—Pero ustedes me ayudaron cuando yo lo necesitaba. ¡Eso es lo que no es justo! ¿Cómo hizo papá para obtener el dinero de vuelta de los acreedores?

—Tú no te preocupes por eso, es cosa nuestra —colocó el sobre encima de la falda de Natalia. Se acercó un poco más y le plantó un beso en la frente—. Te llamaré mañana para ver cómo sigues. Si necesitas algo, no dudes en dejármelo saber.

La joven molesta asintió, permaneció callada escuchando un te quiero en la voz de su madre.

—Mamá —llamó.

—Sí, amor.

—Hazme un favor, dile a Roberto Benavent que es un orgulloso, por no aceptar mi ayuda y un cobarde por enviarte a devolverme el dinero.

Dejó escapar una sonrisa algo entristecida antes de hablar.

—Le diré que te llame para que se lo digas tú misma, de Benavent a Benavent. ¿Te parece?

El coraje le dio dolor de cabeza. Las ganas que tenía eran de llamar a su papá y darle una lección de humildad. ¿Dónde habían quedado aquellas palabras que tanto él mismo le repetía? 'Hay que ser humilde y aceptar cuándo necesitamos una mano de un amigo o hasta de un extraño' ¡Que ella no es una extraña! ¡Es su hija!

Damián se dio la vuelta por el hospital a media tarde, llegó unos minutos después que Iraida se había marchado. Encontró a su mujer seria y sin dudar la abordó. Ella le relató lo sucedido, al menos la ayudó a descargar la presión que le quería reventar el pecho. La escuchó atento, sin embargo, no tomó posición en ningún bando. Se marchó en menos de una hora para dar una vuelta por el club. Debía trabajar el cuadre de la semana, gestionar los depósitos y las mesadas de quienes subsidiaba. Aprovechó para ofrecerle a Natalia guardarle el dinero en la bóveda del club.

Aceptó.

44

De visita ✳ El pase ✳ Estrella

A toda prisa, intentando no perder la compostura, la agente Simona Riley llegó hasta el pequeño departamento que arrendaba bajo otra identidad hacía ya dos años. Era preciso tener un plan alterno en el caso que sucediera lo que muchos agentes pensaban improbable. De ser la directora de uno de los programas más esperanzadores y exitosos, bajo la definición de la CIA, ahora era el enemigo. Ellos ahora la llamaban alto riesgo. Debían manejarla de la única manera que sabía la Agencia; ser eliminada.

Cambió de rumbo cuando recibió una llamada antes de llegar a su departamento, luego que confirmara, con la presencia del ángel negro, que la CIA había decidido implementar su propio plan de desvinculación del programa. Un buen amigo, miembro del equipo de la División de Inteligencia, le informó a través de una línea segura del atentado y robo de información del Programa de Prospectos. También le reveló que ella y Sebastián Roa ahora eran enemigos del estado. De un momento a otro su captura y eliminación tenían que ser completadas.

Cada dos a tres años Simona cambiaba de escondite. Procuraba que fuera un lugar pequeño en algún barrio de mala muerte donde nadie pudiera imaginar que una mujer como ella se pasearía. En el lugar guardaba bajo estricta seguridad documentos falsificados que le daban la probabilidad de ser: una alemana, holandesa, canadiense y hasta española. Al menos cinco pasaportes, certificados de nacimientos, permisos de conducir y visados de residencia formaban parte de su caja de posibilidades. Guardaba, además, una suma de dinero cada vez mayor, suficiente para transportarse de país en país sin violentar las leyes en cuanto al monto de dinero en efectivo que puede traer consigo un viajero.

La situación se había complicado. Tomó todo el dinero y los documentos. Lo hizo también con un bulto donde llevaba suficientes artículos para disfrazarse según la situación y el país lo ameritara. El problema serían las armas. No podría viajar por aire armada. Era un asunto de prioridad para atender cuando aterrizara en el destino que ya había elegido.

* * *

Damián llegó al club en la tarde. Dedicó un par de horas a preparar los cuadres y mesadas que debían ser entregadas, sin falta, cada martes. Vaciló si contarle a su madre lo del acuerdo. Decidió no hacerlo, al menos no hasta que todo fuera oficial. Se dispuso a guardar de vuelta en la caja fuerte el dinero segmentado e identificado como correspondía. Lo movió a un lado. Necesitaba espacio para extraer la pequeña caja negra que llevaba escondida al fondo por meses. La tomó con las manos temblorosas. Abrió la caja sin apartarse mucho de la bóveda. En caso de que alguien entrara lanzaría todo de vuelta al interior. Allí estaba su pase. Ese era el canje para obtener el acuerdo que los sacaría con vida de aquel lugar. Tuvo que sentarse en el suelo para poder usar las piernas de apoyo y colocar sobre ellas la bitácora. El pequeño, pero grueso libro, no había llegado a sus manos por arte de magia. En las primeras semanas de su forzado regreso a la vida Roa, estaba como loco buscando una manera de mandar al demonio al tío y a todo el que se le cruzara en el camino. Observaba que Bermúdez siempre andaba con un libro donde anotaba todo con puño y letra. Parecía ser un objeto preciado, no lo dejaba solo ni un instante. Damián también notó en sus observaciones que al contador le gustaba tomarse tres güisquis. El muchacho novato en el mundo Roa no sabía mucho de los asuntos, tampoco de ser, como todos, rudos queriendo intimidar a cualquiera.

Sí, sabía de otras cosas.

Una noche se aseguró de depositar un pequeño complemento en la tercera ronda del licor que le llevara una mesera a Bermúdez. Esperó casi quince minutos, cuando subió a la oficina, encontró todo como quería. El gordo cascarrabias se había atosigado entre los papeles. Dormiría un sueño profundo por lo menos un par de horas, las suficientes para indagar en el contenido del cuaderno y fotocopiar cualquier cosa de valor que pudiera usar a su favor.

Al cabo de unos minutos entendió que dos horas no serían suficientes para copiar el contenido. Eran demasiados nombres, números, favores. Algunos conocidos, otros tuvo que darse a la tarea de averiguar quiénes eran. Al parecer la dosis de somnífero que le colocó en el trago no era suficiente para un hombre con su gruesa contextura. Bermúdez comenzó a despertar mucho antes de lo previsto. Damián estaba aterrado, temblaba por toda la nueva información que aún su mente no lograba procesar. ¡¿Qué diablos iba hacer?! En aquel momento no supo si fue de coraje o por miedo, se escondió la bitácora bajo la camisa entre el pantalón y salió del club intentando disimular que nada había pasado. Nunca supo qué pasó después con Bermúdez. El día siguiente no lo vio llegar ni el siguiente ni los demás. En un momento durante los primeros días de la desaparición del contador, Gutiérrez lo cuestionó acerca del famoso libro, que si sabía algo, si lo había visto por casualidad en algún lugar. Allí fue cuando Damián, a quien todo creían débil, también sabía mentir, también sabía jugar a lo Roa.

✳✳✳

Cecilia la visitaba durante el día, aunque fuera por unos minutos para asegurarse que llevara rubor en las mejillas y el cabello arreglado. 'Primero muerta que sencilla', le decía todas las mañanas. También le llevaba desayuno. Las primeras noches de su forzosa estadía en el hospital,

Natalia durmió acompañada. Al salir de la universidad en las noches, Damián iba directo al hospital. A pesar del regaño de las enfermeras, se acurrucaba al lado de su mujer.

La fiebre fue generosa con Natalia. Con la ayuda de los medicamentos el cuadro clínico iba mejorando. El doctor le había informado esa mañana de jueves, que si todo seguía progresando igual, la daría de alta el viernes o sábado.

Era la primera vez que dormiría sola ya que Damián tenía que trabajar en unos escritos (un trabajo pendiente), era incómodo hacerlo allí. Esa noche llevaba rato dando vueltas entre lapsos cortos de sueño. Cada vez que cerraba los ojos, una imagen le pintaba la oscuridad de los párpados y la curiosidad por saber de él, el desaparecido.

En todos esos días el rubio no había hecho ni un solo intento por comunicarse. Estuvo a punto de preguntarle a Cecilia. Logró controlar el impulso.

Estaba hastiada de tanto ir al baño. El exceso de líquidos intravenosos la tenía con viajes constantes.

Abrió los ojos.

Dilató el esfuerzo por extender una mano para encender la luz sobre el espaldar de la cama.

Respiró profundo.

Volvió a respirar una vez más antes de hablar:

—La hora de visitas terminó —¿A caso lo había llamado con el pensamiento? "¡Bah!, tonterías."

Se escuchó el sonido de una garganta carraspear.

—Llegué antes pero estabas dormida.

Esperó para encender la luz hasta que se le disolvió la sonrisa involuntaria que le salió en los labios al saberse con la capacidad de identificar a los hermanos Roa.

—No te levantes, yo la enciendo —dijo Sebastián, su voz, un antónimo del gesto cortés.

Cuando la luz iluminó el cuarto, los ojos se le cerraron, aunque la intensidad era tenue, a Natalia se le tardaron unos segundos en aclimatarse.

Lo vio sentado en la butaca con las piernas cruzadas, en las manos, unos espejuelos.

—¿Dónde los encontraste? Llevo como loca buscándolos.

—Ten —le ofreció con la mano estirada.

Natalia los tomó con un movimiento vacilante evitando cualquier roce de piel.

—Gracias —jugó un poco con ellos, los observaba con detenimiento.

—Por nada —una mueca torcida—. Intenté que los hicieran lo más parecido a los anteriores. Estaban hechos una mierda.

Se los puso.

Eran perfectos.

Hasta los sentía más livianos que los anteriores.

—Gracias —otra vez—. No me has respondido, ¿dónde los encontraste? —el último recuerdo que tenía de haberlos usado era en el departamento de Rafael.

—No importa —se pasó las manos por el cabello, se las llevó hasta el cuello.

—¿Estuviste allí? —comenzó a desarroparse.

—Quédate en la cama.

Ya estaba sentada.

—Respóndeme —se le paró enfrente—. ¿Estuviste con Rafael?

—Fui por que había que dejarle algunas cosas claras al idiota ese.

Un breve silencio.

—¿Cómo cuáles?

—No importa —se puso de pie—. Tenemos que hablar.

—Sí, sí importa —comenzó a agitársele un poco la voz—. ¿Qué le hiciste?

Sebastián se levantó con brusquedad de la butaca obligando a Natalia a retroceder. ¿Por qué ella siempre pensaba que lo único que podía hacerle él a otra persona era daño?

—Ay, no me jodas. ¡¿Qué le hice?! —caminaba en avanzada mientras ella retrocedía de regreso a la cama—. ¿Quieres saber de verdad que le hice? Hice que entendiera que dejarte moribunda en la calle tirada es un acto de cobardes. Que entendiera, que si no fuera porque necesitamos completar el proyecto, la historia hubiera sido otra —le dio los dos toques habituales con el dedo índice en el esternón. ¡Por fin la volvía sentir!—. Ese tipo no es de fiar, mujer, entiende eso de una buena vez, carajo.

—¿Y tú sí? Dime, ¿en ti sí puedo confiar?

El rubio no respondió. Lo tomó desprevenido el interrogatorio. Sin apartarle la mirada se llevó las manos a los bolsillos traseros del pantalón oscuro.

—Toma —en las manos cargaba el celular que les daba línea directa el uno con el otro y el aparato con el que debía violentar los sistemas de información de las computadoras de Rafael.

Algo confundida preguntó:

—¿De dónde sacaste eso? Estaban en mi bolso.

—Los tomé antes de dejarte en la sala de emergencia —con ironía—: Ahórrate las gracias. Tómalo —volvió a insistir—. Nadie debe poner las manos en esto.

—Antes, dime si puedo confiar en ti, Sebastián.

Natalia le vio ¿dolor? en el rostro y en la mirada verdosa.

El hombre se acercó un paso más y colocó ambos objetos sobre la cama. Volvió a clavar los ojos en la que tanto le incomodaba. Una mano iba en desobediencia rumbo a tocarle el rostro a Natalia. La palma abierta se le hizo puño en el trayecto. Bajo protesta retrocedió.

—¿Sabes qué es lo que me ha mantenido estos años con vida? —no la dejó responder—. No confiar. No confío ni en mi sombra ni en mi respiración —con toda la intención dejó escapar una bocanada de aire volviéndola a tocar. Si no debía hacerlo con la piel, ¿por qué no con su aliento? —se alejó hasta la ventana al fondo de la pequeña habitación—. ¿Cuándo sales de aquí? —deslizaba un poco la cortina y observaba con detenimiento el exterior.

—El viernes o sábado —de poco en poco le permitía a los pulmones volver a llenarse de aire. De uno que no oliera a él.

—Vuelve a la cama, hay trabajo que hacer cuando salgas. Todavía necesitas copiar el disco duro del servidor de Rafael. Aún estamos en desventaja con el imbécil.

—Debo atender algo, me vas a disculpar —quería refugiarse en cualquier otro lugar. La presencia inesperada le estaba haciendo sentir algo en el pecho que no sabía identificar. De algo estaba segura, no era miedo.

Abrió el grifo para esconder el sonido de la naturaleza. Mientras se lavaba las manos intentaba quitarse del pecho con cada exhalada aquella sensación desconocida. Levantó el rostro y el brillo de sus ojos la hizo parpadear.

Al salir del baño le diría que debía darse prisa, no sabía por cuánto tiempo adicional podría continuar ayudándolo. Lo buscó con la mirada inquieta por toda la estancia.

Ya no estaba.

Sobre la almohada, una figura de papel.

La tomó en las manos.

La hizo rotar entre los dedos.

"¿Una estrella?"

45

Descubrimiento ✳ Una llamada ✳ Con miedo

Hacía veinticuatro horas que estaba en la Isla. El mismo tiempo llevaba monitoreándole los movimientos a su prospecto. No le importaba que él se diera cuenta de su presencia, si no, saber quién más tenía interés en Sebastián. Reconoció enseguida a los del FBI siguiéndole los pasos. De igual manera supo que su prospecto conocía que era una tarjeta y que intentaba comportarse como si no lo supiera. Esos imbéciles no serían ningún problema. Por más que pusieran agentes experimentados a manejar un caso de gran transcendencia, parecían niños de tetas al lado de los de la CIA.

Lo esperó paciente en el interior de las escaleras que daban acceso a los diferentes pisos del hospital. El sudor empezaba a hacerle sentir la piel pegajosa. No le preocupaba perderlo de vista. Había sido ella quien le enseñó que los elevadores podrían llegar a convertirse en una enorme jaula; una trampa mortal cuando llegaba el tiempo de huir. Contuvo de manera temporera la curiosidad por saber a quién visitaba, quién era tan importante como para lograr mantener a Sebastián Roa entre cuatro diminutas paredes por más de quince minutos.

Debía ser alguien especial.

Alguien importante para él.

Escuchó unos pasos.

Se adentró refugiada en la sombra que llenaba el hueco en la esquina de la pared.

Cesó el andar que se aproximaba.

¿Habría notado su presencia?

Simona ya llevaba las manos abiertas dentro de los bolsillos de la bata médica que usaba para camuflarse. Las tenía llenas con el cúmulo de adrenalina suficiente para someterlo a la obediencia si fuera necesario. En el pasado le había tolerado un sinnúmero de malacrianzas.

Hoy era diferente.

Él no tenía opción.

Debían trabajar en alianza.

De no hacerlo, morirían de a dos.

Entre el sonido lejano de algunas puertas proveniente de los pisos más elevados, volvió a escuchar el andar inconfundible; un pie con la pisada más pesada que el otro.

—Espero que se recupere pronto —le habló porque sabía que sorprenderlo, era jugar a la ruleta rusa con su vida.

—¿Qué quieres? —habló con ausencia de sorpresa sin detener el paso apresurado.

—Detente —ordenó Simona.

Esta vez el comando a su mejor soldado no hizo efecto. Tuvo que írsele detrás.

—Déjame en paz —comenzó hablar mientras bajaba los escalones de dos en dos—, ya casi tengo todo para entregarte lo que te prometí. Solo unos días. ¡Maldita sea!

—Ya no importan ni los rusos, ni la Organización Roa —con ese pronunciamiento logró detenerle las piernas—. Hubo una infiltración en los sistemas de información de la Agencia. Quién lo hizo iba por ti, pero encontró un botín mayor. Extrajo todo los archivos clasificados del programa.

—Mierda —dejó escapar llevándose las manos a la cabeza. Solo un nombre se le logró atravesar en la mente—, mierda —otra vez—. ¿Ya lo atraparon?

—No.

—¿Al menos saben quién es?

—Hasta hace dos días no lo sabían. En este instante, desconozco —con ironía continuó—: Tenemos el honor de haber sido declarados enemigos del estado.

"Mierda, puta madre, ¡mierda!", voceaba en el pensamiento el rubio. Intentaba avistar aunque fuera una sola señal en Riley que le dijera que todo eso era una treta. Otra más de las tantas que ella utilizaba para jugarle con la mente.

—¿Dónde están los demás? ¿Ya saben? ¿Les avisaste? —guardaba cautelosa distancia.

—La Agencia se nos adelantó. Solo quedamos tú y yo, Sebastián.

Parecía decirle la verdad.

—Nos van a eliminar también —dijo el rubio más como una afirmación para sí en voz alta.

—La única salida es encontrar primero a quién robó la información.

—¿Y después qué? —bramó.

—Lo eliminamos nosotros y negociamos la entrega de la información a cambio de nuestra libertad.

—Escúchate, Simona, pareciera que eres tú el prospecto. ¿De veras crees que esos hijos de puta nos dejarán ir así sin más? Ya me lo imagino, porque le hacemos el trabajo de desaparecer al maldito hacker nos van a devolver la libertad. Tú y tu puto plan pueden irse a la mierda, Riley. ¿Qué te hace pensar que yo voy a salvarte el pescuezo?

—Te equivocas —elevó un dedo al aire—. Ese siempre ha sido el problema contigo, Roa. Siempre avanzando de prisa, siempre en la dirección incorrecta.

—¡En la puta dirección que me metieron ustedes, maldita sea!

—Dime, muchacho, ¿a quiénes has hecho enojar esta vez? Sabes que es cosa de tiempo. Si no nos movemos rápido, ellos encontraran al individuo antes y luego vendrán por nosotros. ¿Crees que son los rusos?

Sebastián comenzó a reír, una sonrisa burlona que trajo consigo algunas carcajadas. Los hombros se le sacudían.

—Lo siento —más risas—, lo siento mucho, agente especial Simona Riley.

—¿Qué es lo que sientes? —con cautela indagó.

En milésimas de segundo no quedaban ni rastros de las carcajadas y diversión en el rostro de Sebastián. Un vacío se creó. Se acercó bastante a la cara de Simona. Habló un tono sepulcral.

—Siento que no podré ver cuando los tuyos te vuelen la cabeza —le peinó algunos cabellos alborotados fuera de la frente—. Cuando hagan en ti las cosas que me obligaban a hacerle a otros —le escupió a los pies.

—Soy tu única opción para sobrevivir, Sebastián.

—¿Y no se te ocurre que, tal vez, el cobarde muchachito, al que le jodiste la puta vida, no le importe ya más si está aquí o allá? La tierra o el infierno, da igual, Simona, da igual.

—Te daré veinticuatro horas para que lo pienses, Sebastián. A esta misma hora mañana te estaré contactando.

Simona abandonó el lugar primero, Sebastián permaneció por algún tiempo más. Éste era ahora otro panorama. Sabía que el maldito de Rafael de alguna manera cagaría todo. Estaba seguro que el *hacker* infiltrado era él. Cuando lo dejó "asustado" aquella noche en su departamento, le vio en los ojos la sed de venganza que le empujaba el miedo fuera de las pupilas. Ahora más que nunca debía conseguir la información de la memoria de las computadoras del imbécil, antes, debía ir a la mansión.

Manejó como demente su motora, una de las tantas que también tenía el tío en la mansión. Sebastián recorrió el camino en solo la mitad del tiempo de una noche normal. A toda prisa se adentró a la estructura vociferando el nombre de la beldad.

La encontró en una de las estancias en un sillón reclinable leyendo un libro.

—Aquí estoy. ¿Qué sucede? Me asustaste.

Le quitó sin delicadeza el libro de las manos. Le bajó las piernas del mueble e instó a que se sentara derecha.

—Necesito que me escuches muy bien.

—Ay, ¿le pasó algo malo a mi Nat? —solo pudo pensar en lo único que tenía en la vida.

—No —respondió con la incertidumbre de que si en unos días le volvía a preguntar lo mismo, fuera la misma respuesta la que le pudiera dar—. Necesito que esta noche empaques tus cosas. Uno de los muchachos te llevará a un lugar lejano, el que desees. No me lo digas, no quiero saberlo. Te daré dinero suficiente para que puedas estar lejos por algunos meses.

—¿Qué es lo que pasa, Sebastián? —el cuerpo rígido.

—Pasa que se acabó el cuento de hadas —le encerró el rostro en sus manos sudorosas.

—¿Qué harás tú? —la voz a la morena le salió débil.

—Yo estaré bien. Pero necesito que me prometas que harás lo que te digo. Mientras no sepas nada y estés lejos, estarás bien. No le digas a nadie que te vas, solo te vas al amanecer. No llames a nadie, no contactes a nadie, tienes que desaparecerte por unos meses. ¿Entendiste?

—Sí. ¿Volveré a verte? —era ella ahora quien tocaba el rostro de Sebastián.

—Tal vez, no lo sé. Anda, ve a empacar tus cosas.

La morena había caído en un estado de perplejidad. Dentro de la ignorancia de la realidad en la vida de Sebastián Roa, sentía el deseo de quererlo ayudar. Pero ¿cómo?, no tenía ni la más mínima idea de cuál era la raíz de la súbita situación.

Sebastián fue corriendo hasta el polígono en el sótano de la mansión. Necesitó bastante esfuerzo para mover una mesa que ubicaba contra una pared. Con unas llaves abrió una especie de compartimiento empotrado en el concreto. De allí sacó varias armas y municiones. De inmediato las colocó en una mochila verde monte. Cuando cruzó la sala de regreso a la recámara le habló a Ernesto, una de sus escoltas nocturnas.

—Ojo abierto esta noche. Las cosas se han calentado. Cecilia no sale de esta casa hasta mañana antes del amanecer. Llévala donde ella quiera, debe ser un lugar lejos de aquí. Descarta el aeropuerto. No me dirás a dónde la llevarás, de hecho no lo harás con nadie —le puso en las manos un paquete cubierto con una bolsa de plástico—. Toma, hay suficiente para que desaparezcas tú también. Haz lo que te venga en gana, solo desaparece.

—No entiendo.

—Solo es necesario que entiendas que esta noche vigilas a Cecilia que no salga de la casa, antes del amanecer saldrás de la casa con ella rumbo al sur o cualquier lugar que ella quiera. Después que cumplas con dejarla en un destino seguro, te desapareces. Nada complicado para entender, tipo. ¿Más simple? Que te desaparezcas o te desaparezco.

Dubitativo la escolta aceptó el dinero.

—Entendido.

Sebastián continuó rumbo al cuarto. Desde el umbral observaba empacar a la mujer que le había regalado placer por los últimos meses. Con una maleta sobre el otomán, en cámara lenta organizaba sus pertenencias. Por un instante sintió remordimiento, si no se hubiese empeñado en tener esa mujer consigo, el peligro de ser la primera tarjeta de la CIA para presionarlo no estaría presente.

Cecilia sintió el peso de la mirada que la monitoreaba. Volteó.

—Al menos dime, ¿qué es lo que pasa? ¿Mataste a alguien? ¿En qué problemas estás metido? —los labios arrugados—. Dime que estarás bien.

Con pocos pero largos pasos, se acercó a ella. Le colocó las manos en las caderas en un intento por comenzar a sentir el suero anestésico que ella era capaz de infundirle a través de la piel.

—No sé cómo estaré —comenzó a deslizarle los dedos por la piel desnuda de los muslos llevándose consigo fuera del paso la tela del vestido de algodón—, lo que sé es cómo quiero estar ahora.

En la incertidumbre de si sería esa la última vez, sobre la cama tomó de aquel cuerpo la dosis de éxtasis que necesitaba para calmar la ansiedad que las últimas horas habían traído consigo. Fue corto el apareamiento, y cuando todo acabó, cuando el abismo ensordecedor le robó el aliento que compartían, entendió que aquel cuerpo voluptuoso, por el que cualquier hombre con niveles normales de testosterona mataría por fundirse en él, ya no era suficiente, ya no para él.

Mientras Sebastián estaba en la ducha, Cecilia continuaba desnuda tendida de medio lado en la cama. La cabeza recostada en su brazo, la mirada, perdida en el blanco satén de las sábanas. En ese aislado lugar, junto al hombre que nunca la juzgó, que nunca hizo preguntas, había encontrado un refugio a la soledad, una distracción a los hábitos destructivos que le iban consumiendo de poco a poco su joven vida.

Y de pronto, el sueño de princesa se esfumó.

Sabía que tarde o temprano ese momento llegaría.

Así, jamás lo imaginó.

Un sonido extraño capturó su atención. Parecía un beep, beep. Se levantó de la cama y buscó en el bolso de diseñador su celular. Revisó las llamadas entrantes y los mensajes de texto. No halló nada pendiente.

Beep.

Beep.

Se dejó llevar por el retintín en un intento por encontrar el origen del ruido que nunca antes había estado en aquella habitación. Del suelo levantó el pantalón de Sebastián, de su interior cayó al piso un celular. La pantalla solo leía 'llamada entrante'. La curiosidad fue más fuerte. Sabiendo que no debía, apretó el botón de contestar.

—Ven, por favor… tengo miedo.

Cecilia sintió cómo se le apretó la garganta.

—¿Nat, eres tú?

La línea muerta.

Al levantar el rostro se encontró al rubio desnudo y el cuerpo tieso con la mirada fulminante en ella.

Sebastián se acercaba despacio. Llevaba la mano izquierda extendida.

—Entrégamelo —ordenó sin adornos.

Cecilia retrocedió dos pasos, resguardó el aparato en su pecho.

—Por la memoria de mis padres te puedo jurar que esa era Natalia.

Un resoplido antes de hablar.

—No debiste contestar.

—Dime, ¿es ella?

—Dame el teléfono, Cecilia —volvió a ordenar mientras se vestía sin apartarla de vista.

—¿Qué demonios pasa? —comenzaba a entrar en desespero.

—No hay tiempo para esto. Dame el maldito teléfono.

—¿Tienes algo con ella? ¡¿Ustedes tienen algo?!

—Dame el maldito celular, ¡carajo! —se colocaba los zapatos.

—¡Toma tu puto celular! ¡Te lo puedes meter por el culo! ¡Mentiroso de mierda!

Le lanzó el aparato electrónico. Sebastián sintió el golpetazo cuando lo azotó en la cabeza y luego le cayó junto a los pies. Enseguida se levantó y tomó por los brazos a Cecilia, quien sin sentirse intimidada, continuó hablando:

—He permanecido a tu lado estos meses consciente que esto era temporero. Que solo te interesaba tener un buen cuerpo y un coño húmedo disponible las veinticuatro horas para cuando se te antojara coger. Lo he hecho en silencio, observando y callando. ¡Pero es el colmo que me hayas visto la cara de pendeja con mi amiga! ¡Maldita seas! ¡Maldita sea ella también! ¡Suéltame, estúpido, que me largo ahora mismo!

—Cálmate —la zarandeó—. ¡Demonios! ¡Cálmate! ¡Entiende que no puedes irte!

—Mírame hacerlo —hablaba desafiante.

—Hay una bala afuera con tu nombre. Quiero protegerte, pero si sales por esa puerta ahora, y no cuando debes, no podré hacerlo.

La furiosa beldad enmudeció. Sebastián pudo avistar cómo la tristeza le arropó el rostro. Ahora hablaba más despacio:

—¿Qué es lo que pasa? Háblame. Dime, por favor.

Sintió el alivio y la circulación de vuelta en los brazos cuando el rubio la liberó. Lo vio estrujarse con fuerza la frente hasta la parte trasera de la cabeza.

—Cosas feas, Cecilia, cosas que ya eran feas y ahora se han puesto peores.

—Solo dime si tienes algo con Nat, *please*. No me dejes así con la duda.

—No tengo nada con ella, nada de lo que puedas estar pensando.

—Entonces, ¿qué es lo que tienes? Porque sí tienen algo. No soy estúpida. La otra noche cuando estuvo aquí los vi. ¡Maldita sea!, que te vi cómo la mirabas, cómo compartías con ella el único lugar en esta casa donde pareces estar a gusto. Le pusiste la mano en el pecho y ella no te la apartó. Nat casi mete la pata cuando me dijo que la próxima vez te llamara a tu celular. Y yo de estúpida respondiendo tan segura que Sebastián Roa no tenía celular, y ahora de la nada, suena en tu pantalón un bendito celular. Una vez más, dime, ¿qué demonios es lo que tienen ustedes dos?

—No lo entenderías.

Materia oscura

—Cierto, la *airhead*[20] no lo entendería.

—Debo irme. Ernesto tiene instrucciones de velar por ti toda la noche. Por favor, obedécelo, no hagas una estupidez. No debes salir de aquí. En la mañana él te llevará donde desees. Usa solo el efectivo. Cuídate, por favor.

Lo vio adentrarse al *walk-in closet*, al salir se acomodaba un par de armas; una en la cintura, otra, en el tobillo derecho.

—Dios —susurró con el poco aliento que le quedó al verlo. Las lágrimas comenzaron a correrle por el rostro—. Tiene miedo —otro murmullo, esta vez, un poco más audible.

Sebastián se detuvo cerca. Le habló con cautela.

—¿Quién? ¿De quién hablas? ¿Quién tiene miedo?

La joven, que se cubría el rostro con las manos, continuaba sumida en un llanto que no le impidió hablar.

—Nat… dijo que vayas con ella porque tiene mucho miedo.

Y Cecilia comprobó al ver el rostro de Sebastián, que el dicho que dice que una mirada habla más que mil palabras era cierto.

---

20   En español: persona estúpida.

46

Confía ✳ Con él ✳ Breve amor

Natalia decidió que no jugaría con la suerte. Llevaba más de una hora parada detrás de la puerta. Era el único lugar con probabilidades de darle alguna ventaja en cualquier momento. Le temblaban las piernas y hasta las manos. Vio una sombra bloquear los hilos de luz, que desde el pasillo, entraban por debajo de la puerta. De manera involuntaria contuvo la respiración. Comenzó a sentir cómo el frío del metal de la puerta le hacía contraer los hombros al desplazarse contra ella mientras alguien se adentraba al lugar. Apretó con más fuerza la base del atril donde colgaban los medicamentos intravenosos. Fue la única cosa que pudo encontrar en el lugar con cualidades dañinas.

Sintió la presencia caminando con cautela.

¡Era ahora o nunca!

Se le abalanzó encima y comenzó a golpear con la pieza de metal.

—¡Soy yo! ¡Soy yo, maldición!

La pobre criatura aterrada soltó lo que llevaba en las manos y se abrazó a él. Respiraba agitada.

Sebastián tuvo que hacer un esfuerzo para no devolverle el abrazo.

—¿Qué pasó? —la apartó y llevó hasta la cama.

Que se sentara y tranquilizara.

Sintió que las manos se le humedecieron.

Encendió la luz.

Sangre.

—¿Estás herida?

—No, no, es que me arranqué el suero.

—Mierda, espera —tomó la sábana, y con un despliegue de fuerza mayor, la desgarró para luego convertirla en una larga tira blanca. Comenzó a formarle un torniquete en el brazo a unas pulgadas más abajo del hombro—. Sigue hablando.

—Hace más de una hora alguien entró al cuarto. Yo estaba dormida pero sentí una presencia y desperté. Solo abrí un poco los ojos y cuando la vi, no supe qué hacer. Creo que no lo notó, que yo la miraba, porque me quedé quieta haciéndome la dormida.

—¿Cómo era?

—Estaba oscuro, no pude verla bien. Sé que era una mujer porque se me acercó y hablaba en inglés y la voz no era masculina.

—¿Lograste entender lo que decía?

—Habló muy bajo pero creo que dijo algo como 'conque eres tú'.

Se quedó de cuclillas frente a ella observando todo el manojo de nervios en el que se había convertido. Con el rostro constreñido habló:

—Debo sacarte de aquí.

—¿Sabes quién era?

Podía mentirle.

—Sí, alguien muy peligroso —no lo hizo.

—Te llamé y no respondiste. Fue Cecilia, ¿verdad?

—Debo sacarte de aquí —miraba a todos lados como si en las cuatro paredes fuera a encontrar la respuesta que necesitaba.

—Pobre Ceci. ¿Qué estará pensando?

—Ella estará mejor que nosotros.

—¿A dónde iremos?

—Tú, con Damián, yo, a ajustar cuentas.

—¿Cómo voy a justificar irme de aquí?

—Sencillo, te cansaste, estabas aburrida y decidiste irte. ¿Lo quieres más fácil? No lo hagas, no te justifiques. Llegas y se acabó. Llegaste.

—¿Quién era esa persona? ¿Por qué estaba aquí velándome?

—No está detrás de ti, es de mí. Usará cualquier método a su alcance para conseguir lo que quiere. Natalia, algo imprevisto se ha presentado relacionado a la CIA. Tienes que ir a primera hora mañana donde Rafael. Dile que cancele todo, que el proyecto queda anulado, que el cliente quiere su dinero de vuelta. Pueden quedarse con sus comisiones pero es necesario regresar el resto del dinero a las mismas cuentas de donde vinieron.

—¿Pero por qué? —los ojos bien abiertos, la boca también.

—En estos momentos tu única opción es confiar en mí. Haz lo que te digo, y de una vez, extrae la información del servidor. Haz lo que tengas que hacer para obtenerla. Pero ten cuidado con Rafael. No debes estar mucho tiempo allí con él.

Sebastián se levantó y buscó en los cajones de un pequeño armario junto a la cama. Tomó algunas piezas de ropa.

—Cámbiate, que nos tenemos que ir ya.

Abandonar el hospital fue más fácil de lo que Natalia pudo pensar. Lo hicieron por la puerta principal, lo que parecía una insistencia irracional de Sebastián. No le diría a la asustada joven que de seguro la mujer que la acosó esperaba por ellos escondida en algún lugar. La llevó al club. A un cuarto para la una de la madrugada le había confirmado uno de sus hombres que Damián se encontraba todavía allí. Sin temor a que le vieran detuvo la moto enfrente de la entrada principal. No la ayudó a bajar. Quería llevarla a otro lugar.

Las miradas de algunos clientes y empleados no se hicieron esperar. La facha que llevaba puesta robó más miradas que si hubiese vestido algo de diseñador. César, el jefe de seguridad del club, debió haberlo puesto en alerta, porque cuando ella llegó hasta las escaleras que daban para la oficina, ya Damián estaba descendiéndolas a toda prisa.

La bombardeó de preguntas desde el primer escalón hasta el último. No le soltaba los brazos brindándole un apoyo adicional para ascender. Si no fuera por la protesta que le lanzó cuando intentó hacerlo, la hubiera cargado en los brazos.

Ya en el silencio comprimido del despacho y con Natalia sentada en el sofá volvió a lanzar el ataque.

—¿Qué haces aquí? ¿Estás bien? ¿Por qué abandonaste el hospital?

—Estoy bien —fueron las únicas palabras que dijo antes de acurrucársele entre los brazos—. Necesitaba estar contigo.

—Dime la verdad, Natalia.

Le volvió a repetir en un susurro.

—Estoy bien —le rozó sus labios en la piel de la mejilla—. Necesitaba estar contigo.

Por los hombros la apartó con cuidado. Damián la observaba mientras en la mente intentaba descifrar el control que llevaban las palabras.

—¿Cómo llegaste hasta aquí? ¿Quién te trajo? —la vio plasmar una sonrisa débil y adulterada.

—Lo que importa es que ya estoy aquí, contigo.

El instinto médico hizo de las suyas. Le evaluó el mentón. Dijo estar mejorando. Reprimió porque aún le faltaban dos días de tratamiento de los antibióticos. Y cuando notó el trapo amarrado en el brazo, se detuvo. Con atención fue removiendo la tela que lucía manchas oscuras.

—¿Quién te colocó esto?

Quien lo hizo tenía conocimientos de primeros auxilios. Lo supo por la precisión en la elevación del torniquete en el brazo y el ajuste necesario para que detuviera el sangrado sin que cortara del todo la circulación.

Recibió una respuesta muda de los ojos vacilantes.

—¿Sebastián te sacó de allí y te trajo?

"¿Quién más?"

Natalia con un breve movimiento de cabeza validó la teoría.

—Dice que estoy más segura contigo que allá.

Como si el pelinegro no pudiera confundirse todavía más. Ahora debía descifrar por qué su hermano pensaba que ella estaría más segura con él. ¿A caso no era el menor el bravo, el guapo que no tenía miedo a nada, a nadie? Se levantó y le puso el seguro a la perilla de la puerta. Caminó hasta el escritorio mientras hablaba:

—Estoy trabajando el cuadre. Necesito terminarlo por si logramos lo que esperamos antes del lunes. Déjame acabarlo y nos largamos de aquí. Recuéstate, descansa.

Natalia obedeció en silencio. Se recostó en el mismo sofá donde había tenido sobre su cuerpo a los dos hermanos Roa.

Uno, amándola.

Otro, aterrándola.

Desde algunos metros observaba a Damián trabajar. El tope del escritorio lleno de paquetes de dinero. Faltaban solo algunos paquetes cuadrados envueltos en papel plástico y formaría una escena perfecta de alguna película de tráfico de drogas.

Era mucho dinero.

Entre conteo, acomodo de billetes, colocarlos dentro de los habituales sobres blancos, escribir sobre ellos el nombre del beneficiario, lo veía observarla intermitente. Llevaba la frente constreñida bajo los cabellos despeinados que le caían sobre las pestañas. De vez en cuando dejaba escapar un resoplido para quitárselos de los ojos. Las mandíbulas estaban tensas, los huesos de la quijada más pronunciados que nunca.

Natalia intentaba bajar los niveles de adrenalina que le llevaban la sangre a mil. Despacio fue levantándose del sofá. Cuando iba a mitad de camino, Damián se percató de su cercanía. Le siguió los movimientos el resto de la travesía. Llegó hasta donde se encontraba sentado. Dejó caer con delicadeza las manos sobre los hombros que sintió tensos. Con los dedos comenzó a masajear. Cada vez depositando un poco más de fuerza y sintiendo como la mente se le llenaba de negro y todo desaparecía cada vez que le apretaba la piel a aquel hombre que tanto la quería. Urgió la necesidad de hundir la nariz en el tope de su cabeza. Cuando respiró, se le escapó un gruñido tierno.

Quiso más.

Damián dejó todo lo que le tenía las manos ocupadas. Hizo girar la silla. Se echó a su mujer en la falda. Buscó refugio en los pechos tiernos que le regalaban el palpitar de un corazón deseoso.

Las manos delicadas le acariciaban la cabeza y le hacían sentir corrientes eléctricas cada vez que lo acariciaban desde la frente hasta la nuca.

—¿Tanta gente recibe dinero de ti? —la escuchó preguntar.

—Demasiada —respondió con pesar.

Natalia fue despacio levantándose la camisa. Frente a la mirada atenta se removió el sostén. Que la sintiera como a él le gustaba, sin nada entre ellos.

No pudo contener el impulso de llevarla por las caderas sobre el escritorio. Lo único que deseaba contar en ese momento era las hermosas manchas que le adornaban la piel de todo el cuerpo a su mujer. No importaba si llevaba la verdad o mentira en las palabras que hablaba. No importaban las dudas que en momentos le insistían en la falta de inocencia de aquellos ojos brillantes, las que le gritaban tantas preguntas acerca de lo que ella pudiera estar haciendo por Sebastián.

Necesitaba tenerla.

Ella sabía de su dolencia.

Ya tendría que lidiar con la miseria que le hacía sentir el pensar entregar a todos en su familia por salvarla, por salvarse. Era incierto el escándalo que se armaría cuando los federales pusieran los ojos en aquellos nombres escritos con tinta negra. De seguro se le mancharían sus cuellos blancos. Estabán ajenos a su presencia en las páginas de la bitácora, que en silencio, Damián había bautizado *El libro de los amigos del tío Nicolás*.

Hicieron un breve amor, pausado, sedicioso, como si compartieran el esfuerzo por la búsqueda de un nuevo empeño.

Al rato, Natalia lo ayudó a completar el resto de los conteos y manejos de los sobres. Lo hizo sin muchas preguntas. Detuvo lo que hacía cuando sintió el peso de la mirada de Damián sobre ella. Le regaló su atención.

—Todo va a estar bien —dijo el joven.

Si todo iba a estar bien, ¿por qué la mirada en que aquellos ojos opacos, que le solían transmitir seguridad, parecía buscar un refugio fuera de aquel lugar?

—No tengo duda —inició de nuevo la labor de acomodar en una caja rectangular los sobres ya listos para ser distribuidos. Otra pausa—. Nunca me has dicho quiénes son toda esta gente —deslizó los dedos sobre los sobres ya acomodados de manera horizontal.

Un respiro profundo antecedió la respuesta.

—Es la gente que se les complicará la vida cuando nos vayamos.

—¿Por eso estás así?

—¿Así cómo? —hizo una mueca en un intento por disipar cualquiera que fuera la expresión, que inadvertida, se le había apoderado del rostro.

—Preocupado, como si llevaras el peso del mundo en tu espalda.

Damián encorvó la espalda, parecía un jorobado. En la cara, un intento fingido de diversión.

—¿Así me veo?

Al advertir que a Natalia no le hizo gracia la broma, volvió a erguirse, tomó en las manos la caja que guardaba los sobres y se dirigió hasta la bóveda.

Regresó con un libro en las manos.

—Toma.

A Natalia le tomó unos segundos reaccionar, cuando lo hizo, sostuvo en las manos el pequeño pero grueso cuaderno.

Abrió sin cuidado. Comenzó a leer. Lo hizo al azar, en la página que primero se mostró. En breve instante retrocedió con un movimiento de dedos impacientes. Los ojos moviéndoseles de lado a lado.

Damián registró todo el efecto en el cuerpo de Natalia, la transformación de la que podía hacer alarde aquel pequeño cuaderno. Las líneas de la frente ganaron profundidad, los labios entreabiertos y las manos parecían perder fuerza. Como si con cada página que pasara Natalia, el peso del cuaderno aumentara.

Entonces, entendió cómo era que él lucía también.

"¡Suficiente!"

Sin delicadeza le quitó lo que creía era la llave para cerrar el acuerdo con el FBI. Bastaba con que uno de ellos ya estuviera consciente de lo que pasaría cuando los federales pusieran las manos en el libro.

—Lo siento —dijo todavía con la mente en desorden—. ¿Qué es ese libro? —preguntó todavía con la sensación de haber tenido en las manos el cielo y el infierno. ¿A caso era eso posible?

—Es nuestro pasaporte a la libertad —devolvió la bitácora al lugar seguro donde debía permanecer hasta que la pusiera en las manos de la ley.

—Es algo absurdo —agitaba la cabeza de lado a lado—, Damián, absurdo.

La culpa era el sentimiento que llenaba cada línea de expresión de Damián. Se sentía culpable por tener que dejar a toda aquella gente sin el apoyo económico que su tío Nicolás llevaba dándoles por años.

—Todo es absurdo, Natalia.

—Me refiero a las dos caras de tu tío. ¿Cómo una persona puede hacer tanto bien y a la misma vez tanto mal?

—Él no lo ve de esa manera —la cabeza acentuando la negación.

—No debes sentirte culpable, Damián.

—No puedo evitarlo… sentirme así —la voz débil.

—No es tu culpa, ni la de ellos.

El joven dejó escapar un resoplido antes de responder.

—Una de las primeras cosas que aprendes en la escuela de leyes es que el desconocimiento de la ley no te exime de la culpa. Esa gente que recibe el dinero que los subsidia mes a mes, semana a semana, son tan culpables como mi tío. Ellos han debido tener la responsabilidad de informarse de la procedencia de ese dinero.

Entonces, usando esa misma premisa, ella era culpable también de ayudar a Sebastián, a él y de aceptar el dinero de YOLO.

—¿Qué crees que les pase?

Damián no respondió al instante. Se debatía con el pensamiento de que la vida no era diametral. No como la ley insistía en etiquetar todo; legal o ilegal.

—No lo sé. Y no debe importarnos.

47

Antes ✳ Septiembre ✳ Después

Cuando Natalia llamó a Rafael a las seis y media de la mañana para citarlo en el departamento, quedaron que en dos horas se encontrarían. Tenía la intención de abandonar la residencia temprano. Damián la había instado a que visitara a sus padres, en cualquier momento podrían lograr la aceptación del acuerdo de inmunidad y era muy probable que no hubiera tiempo para despedidas.

Desde el auto, frente al edificio donde mismo Rafael la había abandonado a su suerte, llamó a Sebastián.

No hubo saludo.

—Ya estoy aquí.

—Perfecto —lo escuchó hablar pausado.

Con toda intención tardó unos segundos demás en colgar. Necesitaba un poco más de ese no sé qué que le transmitía con su voz Sebastián. Lo escuchó hablar otra vez:

—Natalia…

—Sí.

—Ten mucho cuidado.

Con las tres palabras balanceándosele en la cabeza, en un tono hasta entonces, desconocido en la voz de Sebastián, se armó de valor y entró al edificio.

No hubo necesidad de anunciarse. Rafael la esperaba cabizbajo bajo el marco de la puerta.

—Entra —intentó ayudarla con la mochila pero ella se resistió—. Oye, lo siento. De verdad que lo siento. No sabía qué hacer.

—Y solo se te ocurrió sacarme a la calle como una bolsa de basura.

—¿Ya estás bien? —las manos en los bolsillos.

—Eso parece, ¿o no? Mira, olvidemos lo que pasó. Necesito que cancelemos todo cuanto antes. El dinero debemos devolverlo a las mimas cuentas de donde lo obtuvimos. Puedes quedarte con tu comisión.

—¡Espérate! ¡Detente! ¿Qué carajo estás diciendo?

—Que canceles todo.

—Esto no es como mear y sacudir, Natalia. Tomará días en que todas esas transacciones sean ejecutadas —respiraba fuerte y sonoro. Acortó la distancia con la joven a un punto que notó cuán incómoda la hacía sentir—. Y después, ¿qué?

—¿De qué hablas?

Ya Natalia no tenía piso donde retroceder. Estaba atrapada entre la pared y un furioso y extraño Rafael.

—¿Quién eres de verdad?

—Me estás asustando. Apártate. No sé de qué demonios hablas —lo empujó para buscar un espacio seguro. No pudo contrarrestar la fuerza con la que Rafael apoyaba ambos brazos contra la pared.

—¿También eres un experimento malogrado de la CIA igual que

Sebastián?

Las paredes del estómago se le pegaron a la espalda a Natalia.

—¿Estás alucinando? —en el pensamiento, *"¿un experimento?"*

—Ven, te enseñaré mis alucinaciones —le ofreció una mano que se le quedó esperando solitaria.

Mientras caminaba rumbo a una de las computadoras y Natalia le seguía los pasos con cautela, escuchó el sonido que le avisaba que un mensaje de texto había llegado. Ambos revisaron sus celulares a la vez. No era el de Natalia.

—Mierda —bramó Rafael y enseguida comenzó a correr por el pasillo y desapareció dentro de uno de los cuartos.

Natalia permaneció en el mismo lugar. Dudaba qué hacer. La razón le gritaba que se largara de allí que ese era el momento de huir, que Sebastián tenía razón; Rafael era peligroso.

La curiosidad por entender más de lo que había detrás de aquellas palabras (experimento malogrado) y la convicción de cumplir con lo acordado con Sebastián la hizo quedarse en el lugar.

Lo que parecían las voces de reporteros de noticiario de televisión comenzó a inundar el pasillo. Natalia llamó en cuatro ocasiones a Rafael sin lograr respuesta. Se aventuró en la búsqueda del joven y de saber qué rayos había pasado. Lo encontró en el primer cuarto a la izquierda. Estaba pálido, los ojos congelados en la pantalla, la boca abierta, y de las manos que parecían estar sin vida le colgaba el control remoto del televisor.

—¿Qué pasa, Rafael?

No recibió respuesta. Le arrancó el control de las manos, comenzó a saltar varios canales. Todas las cadenas televisivas transmitían en directo, todas entrelazadas sin prejuicios, ni acuerdos contractuales, ni protestas de competencia entre sí. Natalia en el asombro no tuvo más que respetar el silencio en el que de seguro el mundo entero se había sumido. A Rafael las respiraciones se le volvieron cortas, las manos comenzaron a temblarle.

En un intento fallido de buscar cualquier noticiario en el que dijeran que todo aquello era una falsa, que era una broma adelantada del Día de los Inocentes o quizás algo montado por algún estudio de *Hollywood*, Natalia brincó, otra vez, de canal en canal. Las mismas imágenes se repetían, los mismos rostros de terror habían conseguido mucho más de los cinco segundos de fama.

—¡Por Dios! —fue lo único que pudo decir.

En la televisión un segundo avión volvió a impactar.

El sonido de su celular, el que compartía con el cuñado, la sacó del trance. Antes de responderle miró la pantalla del aparato que sostenía en las manos: *11 de septiembre de 2011.*

✳✳✳

Sebastián estuvo toda la madrugada paseándose en la moto por lugares de vida nocturna.

No buscaba diversión.

Quería ser encontrado.

Necesitaba ver a Simona, no sabía dónde hallarla.

Pasó toda la madrugada dando vueltas, y cuando el sol salió, se detuvo en un lugar de comidas rápidas por un café.

Regresó a la mansión a eso de las siete de la mañana. La encontró vacía, como debía ser. Cecilia no estaba, ni sus cosas. Se encontraba exhausto. Aterrizó en la cama, necesitaba un par de horas de sueño antes de volver a la carga. Dormía cuando Natalia lo llamó para informarle que ya se encontraba con Rafael. Imposible volver a tomar el sueño. Permaneció en la cama dando vueltas intentando descifrar el rumbo que debía seguir. Si la cuñada tenía éxito extrayendo la data del servidor del *hacker*, tendría consigo la información robada del programa, entonces le revelaría la identidad del intruso a Simona para que ella se diera el gusto de eliminarlo. Después, sería inminente madrugarla. Haría lo que por todos esos años deseó hacer con la agente Riley. Luego, copiaría la información, entregaría la "original" a la CIA y se olvidaría negociar con ellos. De los rusos que se encargara Gutiérrez y el tío Nicolás. Tendrían que hacer bastante para contentarlos. Ellos serían un cliente defraudado, aunque recibieran su dinero de vuelta, no sería con las ganancias que él había prometido.

Él, simplemente desaparecería de la faz de la tierra, como siempre lo había planeado, para lo que llevaba preparándose más de seis años.

Unos toques en la puerta y la voz de Pedro solicitando permiso para entrar. Sebastián le dijo a la escolta que entrara.

—Es Gutiérrez quien llama —anunció ofreciéndole el celular.

Tomo el aparato y con un movimiento de mano ordenó que lo dejara solo.

—Nana —bromeó —fue un impulso desconocido, puras ganas de joder a Gutiérrez.

—Mira, bella durmiente, yo no sabré mucho de esa mierda en la que metiste a la organización, eso de las inversiones, pero algo me dice que lo que está pasando en Nueva York de alguna manera va a jodernos.

—¿De qué hablas? ¿Qué pasa? —tuvo que sentarse. Advirtió un aire de preocupación extraño en Gutiérrez, más de lo que siempre tenía.

—Enciende la tele, y cuando te limpies el culo después de ver lo que está pasando en el mundo mientras tú duermes, me llamas y me dices si tengo que hacer algo, si tengo que alertar a Nicolás.

8:56 de la mañana Sebastián saltó de la cama, buscó el control remoto en la mesa de noche y sobre el gavetero. No lo encontró. Entre maldiciones encendió el televisor usando los botones directos del panel en el aparato.

Tropezó con algo.

El maldito control.

Lo tomó y aumentó el volumen. Sebastián caminó con pasos agigantados de regreso frente a la cama. Necesitaba ganar distancia para ver bien la enorme pantalla plana.

Había visto de todo en los pasados siete años.

Nada como las imágenes que marcaban una nueva forma de sufrimiento, de dolor.

Esto era diferente.

Se llevó las manos al tope de la cabeza, estrujó con fuerza. Tal vez continuaba todavía dormido. Tuvo que sentarse en el otomán mientras procesaba el impacto que tendría en su vida lo que el mundo entero estaba atestiguando en vivo y en directo.

La urgencia de hablarle lo obligó a salir del desconcierto. Gateó sobre la cama en búsqueda de su celular.

—Sal de ahí ahora mismo —advirtió Sebastián.

—Todavía no puedo —habló Natalia sin quitarle los ojos de encima a un atónito Rafael que yacía de rodillas en el suelo con las manos abiertas sobre los muslos.

—Date prisa.

Natalia se dejó caer en el suelo, de rodillas para hablarle al muchacho que parecía no haberse dado cuenta de la conversación.

—Vamos, levántate —usó la voz melodiosa, la que sabía tenía la capacidad de ponerle los ojos a Rafael como si estuviera hipnotizado.

Materia oscura

—Estoy jodido, preciosa, estamos jodidos. Todos… jodidos.

Mientras él continuaba recitando en automático todas las consecuencias que tendría el atentado terrorista que ocurría a tantas millas de distancia, la mujer deslizó las manos sobre las de Rafael. Por las muñecas lo sujetó con empatía. Logró que se sentara sobre la pequeña cama que colmaba más de la mitad de la habitación.

—Debes irte, preciosa. Dile a tu amigo de la CIA que te ayude o que te esconda, porque cuando sus clientes, los rusos, vengan a cobrar su dinero, no encontraran un solo centavo. Yo no estaré para ayudarte. Seguro que antes, otro de mis clientes viene a pasarme factura.

—Tranquilo, vamos a salir de esto.

—No hay manera, Natalia. La bolsa se ha desplomado no habrá inversión que se salve. No habrá nadie que nos salve.

Con un respiro profundo intentó llenarse de valor, con un paso al frente se acomodó entre el hueco de las piernas a Rafael, le deslizó un brazo por la espalda que sintió húmeda y presionándolo con ternura por el cuello lo instó a que se le acercara.

Natalia tuvo que aguantar las ganas de salir corriendo al momento en que las manos inquietas y mojadas en un sudor frío le recorrían las caderas. Las sintió metérseles por debajo de la camisa y manosearle los senos mientras repetía como disco rayado 'es el fin, es el fin.'

Dejó que la fuerza de Rafael la lanzara con él sobre la cama, también lo hicieron las náuseas cuando sintió los labios sobre los suyos. Lo apartó un poco, que viera cuando ella se removía la camisa. Él hizo lo mismo. Lo dejó que se entretuviera como un niño jugueteándole con los senos mientras repasaba en el pensamiento paso a paso los próximos movimientos. Se deslizó hasta quedar rozándolo con la piel desnuda del torso en la espalda. Comenzó a susurrarle gemidos tenues al oído. Lo llevó poco a poco a un trance que le impidió advertir la precisión premeditada con la que ella deslizaba y acomodaba sus brazos en el grueso cuello.

Al comienzo puso resistencia.

El muchacho ignorante hacía todo lo que no debía.

Con las manos intentaba deshacerse de las de ella.

Le arañó la piel de los brazos. Logró alcanzarla con un codazo en el costado y hacerla retorcer.

Era fuerte el Rafael.

Cuando intentó ponerse de pie, ambos cayeron al suelo y Natalia por unos segundos perdió la fuerza en el agarre.

Se llenó de una rabia que no conocía.

Apretó con mayor fuerza por tiempo indefinido hasta que sintió el peso del cuerpo inerte sobre el suyo.

Con la ayuda de sus piernas se lo quitó de encima. Respiraba desesperada, incrédula por lo que se había atrevido hacer. *"¿Y si lo mataste, Natalia?"* Puso la mano en la nariz del muchacho. Sintió el aire tibio salir. No debía perder tiempo. Desconocía la duración del sueño inducido a Rafael.

A toda prisa se puso de vuelta la camisa, corrió hasta la sala en búsqueda del servidor. Solo encontró las computadoras pero no la memoria central. Regresó al cuarto, por instinto buscó en un armario. No pudo contener la sonrisa que le visitó los labios al saber que lo había encontrado. Sacó el aparato con conexión USB y lo enchufó a la memoria madre. Alternando la vista entre el cuerpo de Rafael en el suelo y el reloj de muñeca que llevaba, Natalia monitoreaba el pasar del tiempo. Decidió esperar diez minutos; el máximo de tiempo que le había instruido Sebastián y así asegurarse que el aparato lograba capturar toda la información.

48

Tu hacker ✳ La verdad ✳ La dueña

Landon Breenan participaba de una reunión urgente donde todos los directores de la CIA recibían órdenes para activar de inmediato los más estrictos protocolos de investigación. No debían tener piedad. El pueblo norteamericano estaba herido, había que vengar.

El agente Jones, Director de Inteligencia de la agencia, estaba sentado a su lado derecho. Breenan advirtió la sonrisa que se le plantó en la boca cuando otro agente se le acercó y le habló al oído. ¿Qué podría causarle gracia con tanta desgracia que estaban viviendo en esa sombría mañana?

—Tenemos tu *hacker*, Breenan.

Esta vez, el susurro fue para él.

Landon Brenan sonrió.

✳✳✳

El impulso de esconderse en algún lugar llevó a Natalia hasta la casa de sus padres. Cuando abandonó el departamento de Rafael, él todavía seguía preso de un sueño profundo. ¿Y si lo había matado o si no le había hecho la llave esa del sueño bien y le había dañado? La preocupación estuvo presente en todo el camino. Por instantes se desvanecía: entonces, la pregunta de qué era lo que Rafael le iba a enseñar antes que recibiera el mensaje que alteró todo, ocupaba su lugar.

Agradeció que su padre no había cambiado la cerradura, pudo usar la llave que todavía tenía en su poder. Ninguno de los padres estaba en el interior, el vehículo de Roberto tampoco en la cochera. Dedujo que Cecilia tampoco había pasado en días por su casa, el césped estaba crecido y el jardín descuidado.

Natalia se dirigió al cuarto que hacía las veces de oficina en el hogar donde Iraida había invertido muchas horas de su vida preparando las lecciones para la universidad. Sobre el escritorio encontró el computador portátil de su madre, lo tomó y a toda prisa se encerró en su antigua habitación. Intentaba conectar el dispositivo de almacenaje. Las manos le temblaban. Desconocía si en realidad podría acceder la información que había robado a Rafael. La respiración se le detuvo cuando le pareció que había logrado el acceso. Navegó entre los archivos. Eran tantos. Demasiados para ir explorando uno a uno. Se le ocurrió usar la opción que muestra los archivos según las fechas en que han sido modificados, desde los más recientes hasta los más antiguos. Casi al final de la pantalla halló uno con el nombre de (CLASIFICADO). Con dos golpes al recuadro en el centro del computador, entró en la carpeta, encontró otras organizadas por números del 1 al 4. Comenzó a explorar por el orden lógico. Con cada click, los ojos se le abrían a un mundo desconocido. Sentía que iba perdiendo el sentido de la realidad según entraba y salía de los archivos. Era como abrir una puerta, asomarse y luego salir aterrada de ese cuarto oscuro, que no estaba vacío. Si colocaba en secuencia las imágenes que veía detrás de cada una de aquellas puertas, podría asegurar que la vida de esa persona estaba allí grabada. Encontró un documento llamado (perfil del prospecto). Comenzó a leer:

Nombre: Joshua Lively

Alias: Prospecto #1

Nacionalidad: Americana

Edad: 24

Estatus de servicio: Inactivo

Razón: Muerte

Modo: Envenenamiento

Con la palabra muerte golpeándole el pensamiento como un marrón Natalia abrió las carpetas 2 y 3. Más de lo mismo, diferentes protagonistas. Agradeció estar sentada sobre la cama cuando abrió la número 4, de lo contrario, hubiera caído desvanecida en el piso. Leyó:

Nombre: Sebastián Roa

Alias: Prospecto #4

Nacionalidad: Americana (origen puertorriqueño)

Edad: 24

Estatus de servicio: En proceso de desactivación

Razón: Muerte

Modo: Por confirmar

Fue archivo por archivo. Encontró la vida de Sebastián encerrada en aquel lugar, de la misma manera como le parecían que estaban los sentimientos dentro de ese corazón tan frío. Había fotos y vídeos desde que era un niño. Mientras seguía explorando, descubría imágenes desgarradoras. Sebastián apenas siendo un mocoso enclenque, no el hombre fuerte y musculoso que tantas veces la había intimidado, era sometido a cosas que en un principio no les encontró nombre o sentido. Al cabo de algunos minutos le parecían ser sesiones de entrenamiento en combate físico, armas y torturas mentales. ¡Por Dios! Todo eso lo llevaban acabo adultos sobre aquel niño! Además de la imagen del pobre muchacho y el sufrimiento que podía identificar en su rostro, había otra constante. Una mujer rubia, alta y de piel blanca era quien parecía dar las instrucciones. Siempre cargaba una libreta donde tomaba notas.

Un vídeo le mostró a un Sebastián mucho más joven que en la

actualidad, vestido con pantalón y camisa gris de algodón, sentado en un colchón que descansaba sobre un marco de metal en lo que parecía ser una recámara muy pequeña con paredes lisas y vacías. Por el ángulo en que se apreciaba la imagen, podría decir que la cámara estaba ubicada en el techo del lugar, en la unión de dos paredes. Se le veía manosear un pedazo de papel. A su alrededor, sobre el colchón, unos objetos que en un principio no podía distinguir bien. Aunque esa imagen solitaria del joven fue el detonante para que el llanto se le apoderara de los sentidos, Natalia sintió la necesidad de continuar viendo la grabación. El muchacho, sin expresión alguna en el rostro y con las manos inquietas, rasgaba tiras de las páginas de un libro que guardaba en el hueco que se le formaba entre las piernas por llevarlas cruzadas sobre la cama. Los dedos, con una destreza increíble, daban forma a los pedazos de papel.

Era algo compulsivo.

Repetía y repetía los mismos movimientos.

Siempre el mismo resultado.

La misma figura de papel.

"Una estrella."

La mujer rubia entró al pequeño espacio, permaneció unos minutos en silencio observándolo desde la puerta. Le habló en inglés:

—Hoy fue un día productivo, Sebastián.

Natalia no encontró ninguna reacción visible a la voz de la mujer en la imagen del rubio.

—Ves, cuando pones de tu parte, logramos avances. El jefe está muy complacido con la mejoría en tu desempeño. Yo estoy muy contenta también.

El muchacho continuaba fabricando estrellas. Natalia pudo contar, al menos, más de cuarenta sobre el colchón.

Materia oscura

—¿Por qué haces siempre la misma figura? —preguntó la mujer que sujetaba entre los dedos una de las estrellas y la observaba con detenimiento.

Lo escuchó hablar en el mismo idioma, la cabeza gacha.

—A veces me sorprenden ustedes. Tanta ciencia y son incapaces de descifrar por qué hago siempre la misma porquería.

—Resultaste ser más complejo de lo que imaginamos antes de traerte con nosotros.

—Es una galaxia, Simona —colocó otra estrella que acababa de fabricar con las demás y deslizó los dedos inquietos sobre el conglomerado a su alrededor—, la *M31*. Dijiste que cuando sintiera dolor enfocara mi mente en una imagen, en una que me hiciera sentir paz. ¿No se dan cuenta? No puedo controlar la maldita ansiedad que vive en mis dedos, en mis manos, en mi mente. Tal vez dándoles de eso que me hace aguantar las torturas a las que me someten ustedes, las logre tranquilizar.

—Pensé que ya esa etapa la habíamos superado, Sebastián. Que había quedado muy claro que no son torturas, que es parte de un entrenamiento riguroso del que debes sentirte privilegiado participar.

El joven levantó el rostro y por primera vez en el encuentro, observó directo a los ojos de la mujer. Habló pausado y con voz profunda:

—Pareces una mujer inteligente. Deberías saber que algún día voy a darme el gusto de romperte el pescuezo.

Sebastián se dejó caer de espalda sobre las figuras de papel que se elevaron en el aire y volvieron a caer, algunas sobre él. Tomó en cada mano una estrella y se colocó una sobre cada ojo. Estiró los brazos, el cuerpo formó una cruz, allí se quedó el resto del tiempo. La mujer continuó observándolo por un rato hasta que abandonó el lugar.

Natalia bajó la mirada hasta sus manos, abrió los puños que se le habían cerrado en un intento por contener las emociones que desconocía podía ser capaz de sentir por aquel hombre. Observó en ellas la figura maltratada de la estrella que Sebastián le había dejado en el hospital y la misma que ella había llevado consigo desde ese día sin saber por qué.

Podía llegar a tantas conclusiones.

Recordó las palabras de su madre que una vez le dijo que el comportamiento de las personas siempre tiene una razón de ser. Que para entenderlas hay que comprender su pasado, la vida que le ha tocado vivir, los miedos a los que se han tenido que enfrentar. Es igual para un niño que para un adulto. Después de estar más de dos horas sumergida en el mundo que Sebastián había vivido, entendió quién era el hombre grosero, peligroso, amenazante, egoísta; una víctima más de la historia del apellido Roa y el gobierno. Y si fuera posible, diría que el corazón se le quebró en dos y los pensamientos comenzaron a jugarle un juego ¿sucio? ¿injusto? le remplazaba el nombre de Damián por el de Sebastián.

Sentía en los bolsillos traseros del pantalón la vibración del celular que había silenciado desde la mañana. Sabía que Damián no podría controlar el impulso de monitorearla a cada cinco minutos si fuera posible. Al unísono el sonido del otro celular, el que le daba línea directa con Sebastián.

Ambos Roa la buscaban.

¿Qué debía hacer?

No sabía quién era el cliente de Sebastián, pero sí que habría problemas cuando supiera que el dinero que había confiado en ellos para hacerlo lícito se había esfumado esa mañana como lo habían hecho las Torres Gemelas en la ciudad de Nueva York. Eso era un problema, uno más para la lista de Sebastián y muy probable para ella. Pensó que esa información, tal vez, pudiera serle útil al rubio para lograr librarse de la CIA. Si es que realmente era lo que él quería.

"¡Maldita sea!"

Todo era tan confuso, eran tantas las probabilidades, las hipótesis que podía formularse. Después de haber visto en los vídeos las destrezas de combate de Sebastián, supo que era la única salida. A ciencia cierta no sabía qué pero algo en el acuerdo de inmunidad que negociaba Damián no le hacía sentir bien. Inmunidad, ¿para qué? ¿Qué les diría? ¿Qué podía saber ella que fuera tan valioso para el FBI? No lograba descifrar qué demonios era. Su estómago se lo gritaba. Era un presentimiento que le hacía palpitar a mil el corazón. Entonces, Natalia recordó las palabras de Sebastián, 'la información es ventaja, es poder'.

Ahora era ella la dueña de la información.

¿Sería capaz de llevar la ventaja, el poder?

49

Libertad ✳ **Comerle los miedos** ✳ **Ella o nosotros…**

Nicolás Roa recibió esa mañana una visita del licenciado Raymond Escardille. Le sorprendió verlo. Hacía un par de semanas que no sabía de él. Cuando se acercaba a la mesa donde el abogado aguardaba advirtió el temblor en los labios del hombre, un esfuerzo por controlar las ganas de reír.

—Te olvidas de mí por semanas y después vienes a reírteme en la cara. Qué cabrón eres, gordo.

El saludo con el que su cliente lo había recibido le hizo estallar en carcajadas y la barriga le saltó a ritmo un par de ocasiones.

—Siéntate, Nicolás, yo también te extrañé.

—¿Qué se cuenta, Raymond? Dime algo que no sea lo de las Torres Gemelas, es de lo que todo el mundo habla hoy.

—Creo que es de lo que el mundo hablará por los próximos meses. Todo una desgracia de grandes proporciones —una pausa breve. La cabeza se le balanceaba a ambos lados—. Te aconsejo hagas una cita pronto en la peluquería de este lugar.

—¿Cómo para qué querría quitarme todo este pelo? —se peinó la abultada barba gris con la mano izquierda. ¿No te parece que me da la apariencia perfecta para este lugar?

—Tal vez para este lugar sí, para presentarte a una vista no me parece.

—No juegues conmigo. No estoy de humor. Estoy algo sensible estos días.

—Ve afilando el lápiz, Nicolás, mi factura va a venir pesada. Estuve visitando algunos de tus amigos, de los que Gutiérrez me habló. Logramos una vista de diálogo con la fiscalía. No es ninguna garantía. Si todo sale como debe, en menos de un mes, estarás fuera de este lugar.

El estado de relajación que le causó a Nicolás escuchar que pronto estaría en libertad lo obligó a dejar caer la espalda contra la silla y la cabeza hacia atrás. Una sonrisa se le dibujó en toda la cara.

✳ ✳ ✳

Sebastián no pudo controlar el nivel de voz al ver a Natalia entrando a la cocina de la mansión acompañada por Pedro.

—¡¿Qué demonios haces aquí?! Debes irte, no es seguro que estés en este lugar.

Natalia ignoró las advertencias, continuó avanzando hasta él. Permaneció frente a frente. Y mientras observaba al hombre que la miraba expectante, pudo imaginarse al niño que describían en aquellos informes de la CIA, al que ella había visto en aquellas grabaciones.

—¿Qué carajo me ves? ¡Lárgate, Natalia! ¡Vete!

Ella seguía en mutismo. Elevando despacio el brazo izquierdo, logró descansar la punta de los dedos en la piel rígida del pómulo de Sebastián quien se mordía el interior de los cachetes. Logró contagiarlo de la mudez.

—Sé quién eres —habló sin dejar de contemplarlo—. Que no eres un agente de la CIA… Eres su experimento, su experimento… su prisionero —poco a poco las palabras le comenzaban a temblar—. Vi todo lo que ellos te han hecho, en lo que te han convertido. Por Dios, eras un niño. ¿Cómo pudieron hacerte algo así? Se supone que ellos están para protegerte, para protegernos.

Sebastián jamás pensó que escucharía esas palabras de la boca de nadie, mucho menos de donde las acababa de recibir. ¿Era posible sentir paz y experimentar el mayor miedo a la vez?

Se atrevió a imitar el movimiento que había acercado la piel de Natalia a la de él. Con el pulgar le limpió del rostro algunas lágrimas que comenzaban a humedecerle la piel rosada, unas lágrimas que él no lograba encontrarles sentido. ¿Por qué Natalia sentiría tristeza por él? ¿Por qué desperdiciar ni tan siquiera una lágrima por el hombre que la había metido en todo aquel lío? De repente se sintió cargando el peso de la culpa por el golpe que había marcado la quijada de aquella joven tan... tan... diferente.

Natalia se atrevió a acercarse todavía más. Le colocó la mano libre en el pecho. La palma abierta servía como amplificador dejándola sentir el retumbar del aquel corazón salvaje y maltratado.

Presionó.

Más.

Más y más... antes de hablar:

—Esto es lo que me haces sentir cuando te me metes en la cabeza.

Lo vio balancearse de un pie al otro, llevaba los ojos inquietos y bien abiertos, parecía una fiera acorralada. Flexionaba los dedos de las manos como si buscara llevarles mejor cirulación.

Sí, estaba acorralado.

Natalia sintió el vaivén agitado de la respiración masculina. Dejó que los pies se le elevaran en puntillas y que los labios, de a poco, le acariciaran la piel de la mejilla. Tuvo que balancearse a un lado para otorgarse el equilibrio necesario y llegarle con el roce hasta la boca que de repente le urgía experimentar. Sintió el roce del vello crecido electrizarle hasta el cuello.

¿Será posible?

Ya qué más daba.

En unos días Natalia dejaría de existir, en unos días sería alguien más. A nadie importaría lo que la insensata muchachita hiciera o a quiénes defraudara.

Dos rostros le aparecieron en el pensamiento.

Primero, Cecilia, después, Damián.

Como si Sebastián también los hubiese visto a través de los ojos de la joven, dejó escapar un resoplido que tuvo la capacidad de disolverle las culpas. Se fueron en el aire, volando como granos de arena que sabían a sal.

Lo hizo pausada, lo hizo de a poco, llevándose consigo su aliento corrosivo.

Lo besó.

Entonces, supo que ese mismo aire tenía la capacidad de comerle los miedos, hacerla sentir la idea utópica de que, por un instante, los últimos meses habían valido la pena.

El universo pausó.

La tierra dejó de girar.

Sebastián sintió que el tiempo se detuvo al toque de los inquietos dedos, tan inquietos como los de él. Todo alrededor parecía una masa congelada de materia. Lo único que le mantenía con vida allí era el aire que respiraba de la boca, que muchas veces llegó a pensar fastidiosa, que llegó a pensar desleal. Por primera vez no sintió la urgencia de devorar la carne que tanto necesitaba para borrarse de la mente los aterradores recuerdos. Los instintos animales se le fueron en un sueño profundo, enajenados de lo que estaba aconteciendo. Permaneció quieto, con el corazón despierto y los ojos cerrados, con toda una vida atravesándosele en el pensamiento. Una vida intensa, llena de soledad, de la necesidad de sentirse parte de algo, de alguien. Una vida marcada por la cruel realidad de un mundo que demasiados desconocen, de injusticias en el nombre de la verdad y la libertad. Sentía que con cada respiro del aliento que aquella mujer le robaba, le regalaba un suspiro sanador; como lo hacían las estrellas. Y así se perdió en la constelación, en la mirada celestial de Natalia. Comenzó a sentirse levitando, sin el peso ni el dolor en la conciencia. Ya no era solo en los ojos de esa mujer que encontraría la paz.

Aun siendo dueño de la proximidad confortable, la realidad lo obligó a hablar:

—¿Por qué haces esto? —sonó como un lamento.

—No lo sé —apartó el rostro solo un poco—. Dime, ¿se ven así en mí?

La frente se le arrugó a Sebastián.

—¿Qué? ¿De qué hablas?

Vio cómo una sonrisa fugaz le iluminó el rostro a Natalia. Lo hizo parpadear.

—Mis pecas, ¿se ven así como las tuyas?

Demoró en responder. Intentaba descifrar qué treta podría ocultar esa mujer tras aquella ingenua sonrisa.

—¿Cómo se ven las mías?

—Lindas —dejó escapar con un hilo fino de voz.

La misma sonrisa breve tomó lugar en Sebastián. Con los dedos amilanados el hombre se atrevió a trazar el mapa que dibujaban las pequeñas manchas en la cara que nunca había podido sacarse de la mente desde el instante que cayó preso en sus ojos. Lo llevaron en un recorrido por todo el rostro. De pronto el peligro parecía haberse esfumado. ¿A quién diablos se le ocurría pensar en cómo se veían unas pecas cuando sus vidas pendían de un hilo?

El celular comenzó a sonarle insistente a Natalia.

Lo ignoró.

Volvió a sonar.

No respondió.

Y a la tercera, lo sacó del bolsillo trasero.

Un mensaje de texto:

"Lo logramos. Nos vamos esta noche. Te veo en YOLO cuanto antes."

La sonrisa se le esfumó.

No pudo elevar la mirada.

Permaneció observando el suelo y los pies de Sebastián.

¡Por Dios! ¿Qué demonios le pasaba? Llevaba los últimos días esperando ese momento. No sabía cómo llegaría, de qué forma se manifestaría. De lo que pensaba no tener dudas era que en ese momento, cuando le dijera Damián que los federales accedieron a sus peticiones, sentiría esperanza y alivio.

¿Por qué no sentía nada de eso?

¿Por qué de pronto era solo miedo lo que podía sentir?

¿Por qué se perdió en un lapsus de tiempo donde deseó borrar los pasados meses de su vida y solo dejar en la memoria ese último instante, el que sabía impropio?

Un profundo respiro salió en su auxilio, le extendió una mano para que pudiera tragarse las dudas irracionales que le quitaron el aliento.

No pudo mirarlo a los ojos.

No debía.

—Debo irme —anunció regalándole una caricia ciega en el pecho. Lo sintió estremecerse.

—Ven conmigo —dijo Sebastián mientras sujetaba con una mano el dedo índice de Natalia que lo acababa de rozar.

Antes que ella pudiera tan siquiera descifrar lo que significaba aquellas palabras que parecían haber naufragado de la boca que quería volver a besar, él se le abalanzó encima. Volvía a ser el mismo Sebastián. Le tapó la boca y la arrastró hasta detrás de la isla en medio de la cocina. De cuclillas sometiendo a Natalia a la obediencia bruta susurró que no se moviera, que permaneciera en silencio. Poco a poco el rubio fue irguiéndose hasta que Natalia lo escuchó hablar:

—Espero que hayas sido cortés con Pedro —las manos estiradas a ambos lados del cuerpo, los dedos tiesos acompañaron el pronunciamiento.

—Si te refieres al joven que tenías vigilando la entrada —una mueca—, debiste decirle que mostrara algo de cortesía primero, Sebastián.

"Una voz de mujer", pensó Natalia mientras intentaba controlar el temblor que se le apoderó del cuerpo.

—Pensé que nuestra cita era a las once de la noche.

—Tantos años conociéndome, Sebastián, y no has aprendido que la palabra paciencia no existe en mi vocabulario. Deberías saberlo, creo que es unas de las pocas cosas que tenemos en común.

—¿Qué quieres, Simona?

—Otra cosa más que deberías saber.

—No estoy para juegos. Dime, ¿que carajo quieres?

La mujer decidida a salvarse el pellejo dio dos pasos con los pies, algunos más con la inquieta mirada y el cuello.

—No, si nadie ha dicho que esto es un maldito juego. ¿Dónde tienes la información que le quitaste al *hacker*?

—No sé de qué hablas.

—La Agencia identificó hace unas horas la localización de quién irrumpió en los sistemas. Como siempre, los madrugué. Eso ya está resuelto, ya me hice cargo del muchacho. Digamos que esa y la inteligencia de adentro de la Agencia que me filtran son mis aportaciones a nuestra sociedad.

—¿Qué hiciste?

—Lo que ibas a hacer tú, eliminar cualquier potencial de peligro que haya sido expuesto a la información clasificada del Programa de Prospectos. Pero hay un problema, Sebastián, no pensaste que cuando violentas los muros de control de acceso de cualquier sistema, puedes entrar tú pero también cualquiera que esté merodeando. Tu chica le abrió las puertas a la CIA, se las puso demasiado fácil, muchacho.

—Llevas tanta mierda en esa cabeza que ya no sabes distinguir de la realidad y la fantasía.

—¿Fantasía?

—Sí, tu puta fantasía.

—Entonces pareciera que todos estamos sumidos en la misma mierda fumándonos las mismas malditas fantasías, tus fantasías, Sebastián. ¿Dónde está la muchacha? Anda, dime dónde está Natalia.

Sebastián, que permanecía de pie en el mismo lugar, sintió cuando las manos de la joven se le aferraron como una niña a las pantorrillas.

Que tenía miedo.

Que no la dejara.

Que la protegiera.

Simona continuó:

—Te ofrezco otro trato. Yo me encargo de la muchacha, a cambio me das una copia exacta de la información. Siempre te lo dije, Roa. Confiar es uno de los descuidos más grandes que te pueden llevar al final, pero meter el corazón, ¡ja!, ese sí es tu peor error, Roa.

—Te lo pediré con cortesía. ¡Lárgate, Riley, al carajo con toda tu mierda!

—Tan cuidadoso siempre que fuiste. El mejor en cumplir con las misiones y no dejar ni una huella, ni el más diminuto rastro. Volviste a hacer estrellas. ¡Claro que haces estrellas! Natalia tenía una la noche que la visité. ¿Ves qué fácil? Un miserable pedazo de papel me dijo tanto. Un miserable papel me dijo que te preocupas por ella, que es importante para ti. Que ella te da paz. ¿Ves por qué no podemos subestimar a nada ni nadie? ¿Te imaginas lo que puede representar esa muchacha para nosotros si no la silenciamos?

—Por última vez, fuera de mi propiedad.

—Definitivamente estás hecho un desastre. ¡Mírate! —Simona llevaba un gesto de decepción en el rostro. Su mejor prospecto. ¡Qué desperdicio! —El FBI sabe quién es ella. Ya la seguían. Tu hermano negocia un acuerdo con ellos. Quiere inmunidad total y entrar al programa de testigos. ¿Qué será lo que tiene que pudiera valer tanto como una inmunidad y el WITSEC? Casi, casi lo logra. ¿No lo ves? Saben que ella fue quien extrajo la información de los sistemas del *hacker*. Tienen instrucciones de apoyar la Agencia, tienen instrucciones de eliminar cualquier riesgo potencial. Activaron a Natasha Casey. Tú sabes muy bien lo que eso significa. Ella es el ángel de la muerte de la CIA. Siempre elimina todo. La tenemos respirándonos en la nuca. Natalia es riesgo potencial. Tú la convertiste en un daño colateral. Esto es sencillo, niño, las opciones son fáciles; ella o nosotros.

Natalia ya no sujetaba las piernas de Sebastián. Si hubiera permanecido de aquella manera, en el suelo reventados estarían ambos. Debió liberar el agarre para poderse apoyar en el piso y no desvanecer cuando las piernas le fallaron mientras la mente se le abría a las realidades que la mujer, a quién Sebastián llamaba Simona Riley, dejaba escapar en el aire como si supiera que ella estaba allí escondida. Dudó si los nervios la habían dejado escuchar bien. ¿Acaso dijo que casi, casi Damián conseguía el acuerdo? Volvió a mirar la pantalla del celular. Validó que el pelinegro sí le había confirmado el acuerdo. ¿Quién mentía? ¿Habría escuchado la tal Simona cuando ella le decía a Sebastián que vio los archivos? *"¡Oh, por Dios, Rafael!"*, pensó aterrada intentado sacarse de la mente las ideas de lo que pudo ser de Rafael. Esa mujer dijo que se había hecho cargo del muchacho. *"¿Lo mató?"* Se encerró el rostro entre las manos, tuvo que hacer un esfuerzo por no dejar escapar el llanto. Podrían escucharla. Podría poner a Sebastián en un peligro mayor si la mujer se enteraba que a quien buscaba, estaba allí escondida a los pies de su prospecto temblando como una diminuta criatura aterrada. De pronto sintió en el pecho la sensación seguridad que la inundó cuando lo besaba. Él no permitiría que nada le pasara.

El hombro casi se le disloca cuando Sebastián la agarró con violencia y la hizo levantar.

—Entonces, ¿cómo es el trato, Simona?

Los ojos a Natalia se le nublaron por un instante, parpadeó y reconoció el rostro de aquella mujer de inmediato. Era la misma de los vídeos; parecía ser la misma de aquella noche en hospital.

La vio sonreír con la boca torcida. No llevaba armas en las manos. Giró en torno a Sebastián quien solo observaba atento a Simona pero no soltaba el agarre en ella. No era una caricia, no como cuando paseó con los dedos por su rostro.

—Yo me encargo de la muchachita después que me des la copia de los archivos.

El rubio, que llevaba el rostro inexpresivo, comenzó a palparle el cuerpo a la joven, hurgaba en cuanto posible lugar pudiera llevar escondido el dispositivo de almacenamiento de data.

—¿Dónde los tienes, Natalia?

Ella no respondía. Solo lo miraba con los ojos confundidos, el pecho lleno de rabia y también de confusión. El toque de las manos de Sebastián volvió a ser como el de antes; rudo, grosero. Si hubiera podido lo abofetearía allí mismo. Sabía que un movimiento inesperado podría alterar a aquellos dos seres letales. Ella de seguro llevaría la peor parte, se sentía ante ellos como una simple mortal.

—Déjamela, Roa, que yo sé cómo hacerla hablar. Solo un par de minutos y esta mujercita estará arrepentida de no haber hablado antes.

Sebastián dejó el cuerpo quieto, solo con una mano empujó por un antebrazo a Natalia haciéndola desbalancearse.

—Toda tuya.

Simona aceptó el pase de batón inesperado, también perdió el balance, momento en que el rubio saltó encima de ella y los tres cayeron al suelo.

Natalia reaccionó cuando comenzó a escuchar la voz de Sebastián que le gritaba que se fuera del lugar. ¡Que corrierra! ¡Que escapara! Logró apartase de la batalla en la que se enfrentaban aquella mujer y aquel hombre. Se golpeaban sin piedad. Parecían máquinas incapaces de sentir dolor.

—¡Vete, Natalia! ¡Lárgate!

Un estruendo retumbó contra el techo e inundó las paredes de la cocina. Cuando Natalia logró enfocar la mirada, vio que Simona llevaba un arma en las manos y apuntaba directo al pecho se Sebastián.

—¡Déjalo! —sin pensarlo la joven se lanzó sobre la diestra mujer quien, si hubiera querido, le hubiese disparado.

La necesitaba con vida. Recibió sin resistencia el ataque endeble de Natalia, la golpeó con la culata del arma encima del hombro derecho haciéndola caer de rodillas en el suelo.

A Sebastián se le retorció el pecho cuando escuchó el quejido huérfano de Natalia. Sabía que Simona la aventajaba en la batalla por mucho. Sin embargo, la mujer diestra la necesitaba viva, al menos hasta que consiguiera el dispositivo con la información robada de la Agencia. Por el contrario, su mentora podría prescindir de él en cualquier momento.

Simona se llenó los pulmones de aire antes de ladear el cuerpo buscando ampliar el ángulo visual. Estiró el brazo cuando vio que Sebastián se preparaba para embestirla.

Apretó el gatillo.

Escuchó dos detonaciones.

Perdió el balance.

Iba en una caída sin frenos directo al suelo. Vio a Sebastián caer primero que ella, enseguida maldijo a la muchacha.

Aunque el dolor en el hombro casi le inhabilitaba el brazo derecho a Natalia, había logrado con el izquierdo sacar el arma que llevaba guardada en el tobillo, la que Sebastián sabía que existía pero no se la quitó. Se la había robado a Rafael que la llevaba encima cuando lo sometió. Si tener claro dónde debía disparar a la mujer abusadora, apretó el gatillo pensando que fuera lo que Dios quisiera.

Temió lo peor cuando vio caer a Sebastián abatido. Supo que para poder intentar ayudarlo, antes tenía que deshacerse de Simona quien yacía de espaldas con las manos apretándose el estómago. Se le lanzó encima. Esta vez lo hizo con mayor decisión. Deslizó los brazos adoloridos por el cuello que ponía resistencia. Encontró el lugar oportuno.

Simona, sorprendida, intentaba evadir la llave del sueño que le estaba aplicando Natalia. Quitó las manos de la herida para llevarlas hasta el cuello y así poder liberarse. Aunque intentó la técnica que conocía a la perfección, no logró liberarse. Entonces comenzó a rodar por el suelo buscando golpearse con lo que fuera. El objetivo era sacarse la maldita muchacha de encima. Sintió que por lapsos repentinos perdía fuerzas. Intentó ponerse de pie, sin embargo, el peso que le hacía Natalia, quien había enroscado las piernas alrededor de su cintura, se lo impedía. ¡Era imposible! No claudicaría ante una niña. Ella era la agente Simona Riley. Sin poder llenarse los pulmones de aire concentró una detonación de fuerza que le permitió erguirse y lanzarse encima de la mesa del comedor. El tope, que era de cristal, se quebró y miles de pedazos se unieron al viaje de las dos mujeres de regreso al piso. A ese punto, y sin poder dar un último respiro, Riley ya no contaba con fuerzas, ya no se resistía.

Sebastián logró recuperar el sentido de orientación que perdió al recibir el roce de la bala en la sien. Unos milímetros, y la historia hubiera sido otra. Vio a Natalia con respiraciones cortas que seguía enroscada en la mujer. Se acercó y le dio un agarre sólido en un brazo.

—Ya, suéltala ya —no pudo percibir ninguna reacción de la muchacha a su orden—. Suéltala, Natalia, ya está dormida.

Esta vez Natalia sí reaccionó a la voz que le ordenaba, sin embargo, comenzó a intensificar el agarre, cada vez más.

Más.

Y más.

Sebastián no sintió la necesidad de apresurarse a quitársela de encima a Simona. Quedó atrapado en la intensidad de la furia que destilaban los ojos de Natalia, y con su mirada, le otorgó el permiso que supo ella le pedía para hacer lo que tanto él deseaba.

50

Muy malo ✳ La única opción

Damián, desesperado, subió los escalones de tres en tres. Necesitaba tener a Natalia de frente cuanto antes. Jugaba contra el tiempo y el tiempo contra ellos.

El estruendo que creó la puerta de la oficina en el club cuando azotó contra la pared no fue capaz de sacar a Natalia del trance en que se encontraba, del que había caído presa desde el momento en que supo como real lo que le había hecho a Simona.

—Dios, mi vida —dejó escapar el lamento desesperado al verla. Se lanzó encerrándola en un abrazo de alivio. Le duró muy poco, sintió que no era correspondido—. Debemos irnos ya —no era momento para indagar en las razones que la hacían mantener un temple frío.

—Siéntate, Damián —ordenó la mujer con el rostro liso.

—Debemos largarnos de aquí, Natalia, escondernos en algún lugar seguro y luego podemos hablar con calma.

—Algo malo ha pasado… muy malo —continuaba hablando como si las palabras de él fueran mudas.

—Lo sé, mi vida —volvió a abrazarla—, hablaremos de eso cuando estemos en un lugar seguro —la haló de un brazo—. ¡Vamos!

—No, Damián, es que tú no entiendes la gravedad de lo que he hecho.

—Natalia, sé todo. De cómo Sebastián te arrastró a meterte en cosas sucias con él —se arrodilló ante ella—. Y no sabes cuánto lo siento porque todo es mi culpa, mi maldita culpa por empeñarme a tenerte junto a mí en mi mierda de mundo.

Aunque el rostro de Natalia continuaba congelado, los ojos comenzaban a derretírsele. Un par de lágrimas rodaron por el rostro gélido.

—Todo va a estar bien, mi amor. No permitiré que te pase nada. Vamos, ven conmigo, por favor.

—Me gustaría saber cómo vas hacer para mantenerla con vida.

El estómago se le revolcó a Damián cuando escuchó la voz de Sebastián, y al levantar la mirada, lo vio salir de entre las sombras del fondo de la habitación.

—¿Qué haces aquí? —preguntó a la misma vez que erguía el cuerpo.

—No puedes hacer nada, Damián. Contra ellos no se puede hacer nada.

La palabras de Natalia lograron poner una pausa en la avanzada que el pelinegro estaba dispuesto a iniciar y cuyo fin tenía al hermano menor.

Ella continuaba en el trance entre la realidad y la fantasía que era lo que parecían todos aquellos eventos. Damián supo que debía darle una razón de mayor peso que la motivara a moverse de inmediato de allí. No le quedó otra opción.

—Tengo un acuerdo de inmunidad con el FBI —¡Al fin! sus palabras lograron ponerle alguna reacción al rostro que solo anhelaba ver lleno de felicidad—. Es para ambos, para ti y para mí. Solo necesitan que le digas todo lo que sabes. Después, nos largaremos de aquí. Nos ofrecerán entrar al programa de testigos en los Estados Unidos. Es nuestra oportunidad de borrarnos de este mundo. De empezar de cero, Natalia. Solo tienes que decirles lo que sabes. No tienes porqué proteger a nadie. Nada te pasará. Yo no dejaré que te pase nada, mi vida. ¿Oíste?

—¿De verdad eres tan idiota, Damián? ¿Crees que de verdad van a darte inmunidad? Deja que te diga el otro lado de la historia. Seré breve, conciso y directo. La CIA es quién está detrás de todo esto, no es el FBI. Me buscan, nos buscan a tu mujercita y a mí para eliminarnos. Yo fui parte de ellos hasta hace muy poco. Sé como piensan, como se mueven. Soy quien único puede mantenerlos con vida.

—¿De qué hablas? —preguntó el pelinegro con la frente arrugada.

—Esto es serio, hay demasiados intereses que buscan a Natalia.

—¿En qué demonios la metiste, cabrón? —esta vez sí logró llegar hasta el hermano, quien sin mucho esfuerzo, lo sometió a la obediencia.

—¡Basta! ¡Escúchalo, Damián! ¡Escúchalo!

Sebastián continuó:

—Soy la única opción que ella tiene para escapar con vida de esto.

—¿De quién hay que escapar? —logró preguntar entre respiraciones agitadas.

—De los rusos, que si la atrapan, la lanzarán al medio del mar luego de haberse despachado con la cuchara grande su cuerpo. De la CIA, que después de torturarla para que le dé la información que robamos, de seguro la enterrarán en una fosa rellena de cal. Y por último, del tío, que cuando se entere de que sus sobrinos son un par de ratas, uno de soplón con el FBI y el otro encubierto de la CIA, no dudará en ser él mismo quien nos vuele los sesos, antes, le volará los de ella frente a ti.

—¿Les crees? —preguntó a Natalia—. ¿Es cierto lo que dice?

La vio asentir y luego hablar:

—Es la única opción que tenemos.

—¿Dónde tienes la información, Natalia? —preguntó Sebastián.

—En un lugar seguro —se puso de pie observando en dirección de los hermanos—. Te la daré cuando nos pongas a salvo a tu hermano y a mí.

—¿De qué información habla, Natalia? ¡¿De qué demonios hablan?!

Ninguno respondió a los cuestionamientos de Damián.

—¿Qué dices, Sebastián, tenemos un trato? —Natalia vio asentir en disgusto al rubio. Entendió que tenían un trato, uno que a él no le agradaba.

El hermano mayor intentó zafarse del agarre del rubio quien se lo permitió. Damián perdió el equilibrio. ¿Habrá sido el peso de la culpa que llevaba la mirada de Natalia lo que lo hizo tambalear? Llegó hasta ella, se inclinó un poco más intentando volver a mirarle el rostro de ¿ángel? Tuvo que forzarle la quijada para que levantara la cara y lo mirara. *"¡No puede ser!"*, se decía una y otra vez.

—Dime que no es cierto, Natalia —no fue necesario que ella pronunciara palabra alguna. La manera en que el rostro esquivo volvió a sucumbir en el peso del pecado fue suficiente para entender lo que ella se negaba a responder.

¿Qué debía hacer? ¿Cuál debía ser el siguiente paso? El plan que había trazado ya no hacía sentido. Nada hacía sentido.

De repente:

—Así quería encontrarlos a los tres. Esto será más fácil de lo que imaginé. Ya lo dije yo siempre, que eras un pendejo de mierda. Pero, creo me equivoqué porque son tres pendejos de mierda —se escuchó a Gutiérrez decir mientras aparecía en la puerta apuntándoles con un arma. Llevaba rato escondido a las afueras de la oficina. Desde la madrugada, cuando no logró conseguir a Ernesto, algo no le olió bien. Otro de los muchachos le había dicho que lo vio salir con la mujer del jefe. Cada vez le olía peor. Jamás imaginó que la magnitud de la pestilencia sería tal.

Debía hacer algo.

Tenía que hacerse cargo.

Siempre lo hacía.

Después de todo era él el único empleado de la división de limpieza y mantenimiento de la Organización Roa.

—Ustedes dirán, ¿quién va primero? Yo prefiero que sea la muchacha primero, así ven la consecuencia de en lo que la metieron. Al rubio me lo quedo de último, tengo algunas cuentas adicionales que ajustar contigo, Sebastián.

—Si Nicolás se entera que le mataste el hijo, no creo vaya a estar muy contento.

La revelación tomó a todos por sorpresa. Natalia alternaba la mirada confusa entre los hermanos Roa. Damián hacía lo mismo pero entre Gutiérrez y Sebastián.

—Probablemente tengas razón, creo que él preferiría hacerlo en persona, pegarte el tiro, darte la lección que debió a tiempo. Baja el arma, ¡ahora!

El rubio corajudo cerró los ojos a la misma vez que se le torcía el rostro y empuñaba el hocico. Sin ofrecer resistencia fue despacio descendiendo el arma hasta que la colocó en el suelo.

—Si la quieres, ven por ella —dijo aniquilando a Gutiérrez con la mirada.

—Ustedes dos, al piso de espaldas, ¡ahora! —ordenó a Natalia y Damián.

—Háganlo —les dijo Sebastián.

Obedecieron.

Una batalla campal se comenzó a escuchar. Damián sujetó a Natalia y la arrastró hasta una esquina del salón cubriéndola con el cuerpo. Veía a Sebastián en una lucha campal con Gutiérrez, quien para llevarle más de dos décadas de edad al rubio, todavía tenía reflejos y movimientos diestros.

Los cuerpos rodando por el suelo.

Una detonación.

Segundos de terror por ver quién se alzaba con la victoria.

Natalia logró zafársele a Damián de las manos y se lanzó en lo que pensaba sería el auxilio de Sebastián. Antes de llegar a él lo vio quitarse de encima el cuerpo inerte de la mano derecha de Nicolás. Se levantó.

—¡Larguémonos de aquí! —bramó Sebastián todavía jadeando.

—¿A dónde iremos? —preguntó Damián.

—Debemos escondernos al menos por unos días, luego ya veremos —no le compartiría el plan que llevaba gestado por hace ya bastante tiempo para desaparecer.

—Sé de un sitio en las montañas —reveló el pelinegro.

—¿Has ido allí en los pasados meses? —cuestionó Sebastián.

—No.

—Vamos —dijo mientras salía a toda prisa del lugar.

Damián y Natalia avanzaban detrás de Sebastián a toda prisa

rumbo a abandonar el club. Salieron por la puerta trasera y cuando se dirigían a abordar la camioneta, Damián se percató de que las llantas estaban reventadas.

—¡Maldito seas, Gutiérrez! ¡Maldito seas!

Sebastián se les acercó y le entregó las llaves de su motora y un casco protector. Sin mediar palabras, volvió a correr hacia el interior del edificio.

Damián instó a la joven montarse y sujetarse con fuerza. Que se colocara también el casco protector. Cuando ya estaban listos para partir vieron a Sebastián que volvía a salir del lugar a toda prisa con unas llaves en las manos en dirección a la motora de Gutiérrez. Ambos hermanos aceleraron los caballos de acero sin compasión. Los tres emprendieron la travesía.

51

Damián ✳ FBI ✳ Sebastián ✳ CIA ✳ Natalia

En la oscura noche fueron adentrándose las dos motoras a toda velocidad a las serpenteadas y estrechas carreteras que los conducirían a la zona montañosa de la Isla.

Huían en un rumbo desconocido para Natalia y Sebastián.

Temían con razón.

Damián manejaba como demente. Con cada curva que daba, sentía en las rodillas el calor que creaban las llantas al maltratar el asfalto. Jamás imaginó ser capaz de dividir sus sentidos de aquella manera; los ojos monitoreando a través de los retrovisores las luces de los autos que los seguían, y a la misma vez, el camino enfrente que solo era iluminado a corta distancia por el bombillo de la moto.

Estaban dentro de la boca del lobo.

Era cuestión que a la bestia le diera por cerrarla.

En el abdomen podía medir la intensidad del agarre de Natalia, quien llevaba ambas manos enroscadas y las uñas clavadas a él. En cada curva apretaba con mayor fuerza. De repente, lo que parecía una pequeña luz adicional entre los autos que los acechaban fue cobrando intensidad. *"¡Mierda!"* Con frecuencia se aseguraba por el espejo retrovisor que Sebastián siguiera tras ellos. Llevaba un dilema en el estómago. ¿Estaría haciendo bien en creerle y confiar en su hermano? Toda aquella historia de la CIA y los rusos parecía fantasía. Al cabo que su versión con los del FBI también. Intentó acelerar más cuando escuchó unas detonaciones y vio que era Sebastián quien disparaba hacia unos vehículos que parecían seguirlos. Desistió de seguir acelerando más al sentir que le era difícil mantener el control del guía. En segundos ya tenía a las espaldas la otra motora y los autos. Unas detonaciones adicionales volvieron a estremecerle los oídos. Torció hasta el fondo el acelerador sin pensar en las consecuencias. La única cosa importante en aquel momento era evitar que Natalia cayera en las manos equivocadas. Por ella se las tenía que jugar todas.

La joven mujer llevaba una mezcla de miedo y adrenalina en la sangre. Era esa sensación que últimamente se sentía ¿bien? Esta vez, con un Roa diferente a su lado. Tal vez eso fue lo que la motivó a soltar una mano del agarre de Damián, desenfundar un arma que le había dado Sebastián y dejar escapar algunas balas hacia atrás sin ningún objetivo fijo. Ojo por ojo. Que los desgraciados se comieran las balas que se atrevían a lanzarles. Notó la facilidad con la que otra moto acortaba la distancia entre ellos. En segundos, vio como solo unos centímetros evitaban la colisión entre las llantas de ambas motos. Aunque el conductor, al igual que ella, llevaba el rostro cubierto con el casco protector, lo reconoció al instante y también el gesto de que aumentaran la velocidad que le hizo con una mano. Volteó la cara hacia Damián. Le gritó en tres ocasiones, con desespero, que acelerara ¡más! ¡más! ¡más! Volvió a mirar a la retaguardia. El corazón le palpitaba, tan feroz, que le dolía el pecho. Sintió culpa al desear ir en la motora contraria. Tal vez se hubiera sentido más segura.

Un jamaqueón la elevó por los aires. Vio cuando Sebastián, como empujado por una catapulta, también alzó vuelo. Ya no sentía el rugir de la motora entre las piernas. El arma se le fue de las manos. Entre cantazos y retumbes sentía el craquear de los huesos cada vez que azotaba el pavimento. La cabeza, por unos cuantos retumbes, la llevaba dentro del casco protector, luego, ya no sentía el peso de éste. Hizo intentos por clavar las manos en cualquier cosa que la ayudara a detener la caída. *"Sebastián, Damián"*, solo pensaba en ellos.

Cuando todo dejó de dar vueltas, supo que se encontraba con el rostro sobre la yerba. El olor inconfundible se le había metido por las fosas nasales. Intentó abrir los ojos, los volvió a cerrar de manera abrupta. La luz, de lo que parecía ser una de las motos que yacía sobre el pavimento, la cegaba. Otra vez, lo intentó. Lo hizo de poco en poco.

—¡Natalia!

Escuchó a lo lejos.

Suspiró profundo y no le importó el terrible dolor que sintió. Era la voz de Damián quien la llamaba con intensidad. Debía estar bien. Tenía que estar bien. Aunque intentó responder, el fino hilo de voz que logró pronunciar, no fue suficiente para que él la escuchara.

—¡Natalia! ¡Natalia! —continuó gritando Damián.

Ella quiso ponerse de pie, fue imposible. Bajo los pies, que sintió descalzos, no encontraba superficie para apoyarse. Vio una sombra que se arrastraba por el pavimento y se acercaba desde la misma dirección que provenía la luz entre dos pilas de chatarras.

—¡Aguanta, Natalia, aguanta!

"¿Qué aguantara qué?", se decía. Por instinto exploratorio deslizó el rostro en búsqueda de algo en qué apoyar los pies. Comenzó a sentir que el cuerpo poco a poco se le resbalaba sobre la grama lisa y mojada. Como gata que buscaba alejarse del peligro, enterró las uñas en la tierra con todas las fuerzas que logró sacar. El dolor era demasiado fuerte para poder soportar unos minutos más. Los pies le colgaban al vacío oscuro. Intentó elevar las rodillas a ver si así podía apoyarse en algo. Desistió al saber, que mientras más moviera el cuerpo, más velocidad adquiría el desliz. Volvió a buscar la luz enfrente. Sintió las manos de Damián sujetarle las de ella con un agarre firme. ¡Por fin estaría a salvo! Al menos de

caer por aquel precipicio.

—Agárrame con fuerza, Natalia, ¡agárrame! —la voz de Damián reflejaba angustia. Reflejaba dolor.

—No puedo, Damián, no puedo —sollozaba el ángel—. No puedo apretar más las manos, me duelen mucho, me duelen.

Damián, poco a poco y con el agarre más fuerte que pudo lograr, llegó a tenerla sujetada al nivel de los antebrazos. El chillido de los neumáticos le avisó que la compañía ya había llegado. La pregunta era, ¿quiénes? El rostro de Natalia estaba todavía más iluminado por la luz de los autos que llegaban. Damián le vio ensangrentado, golpeado y maltratado. Los ojos abiertos gritándole ¡auxilio! y él sin poderla salvar. A metros bajo los pies de Natalia, un río salvaje le hacía de falda a las montañas. Él lo sabía porque en un lugar cercano era que había pasado los días en el anonimato, aquellos días luego que el FBI le fabricara el caso y acabara de joderle la vida, las posibilidades de un futuro diferente. Uno con ella.

Supo que los hombres se acercaban con furia. Estrellaron las puertas de los autos con intensidad. Las imágenes asquerosas de lo que Sebastián había dicho le harían los rusos, el tío Nicolás o la CIA a Natalia lo abofetearon. Tenía en las manos el futuro de la mujer que amaba. La culpa de haber sido el responsable de que ella se encontrara en aquella situación hacía que los brazos de la joven se le deslizaran de entre los dedos. Debía decidir ¡pronto!

—¡Mírame, Natalia! —Contempló aquel rostro, que aunque maltratado, seguía siendo el rostro de su ángel. Un ángel que, aunque llevaba las alas heridas, era el más hermoso que jamás había podido mirar. Pestañeó con fuerza para sacarse las lágrimas que le empañaron la visión.

—No me dejes caer, Damián, por favor, no me dejes caer —imploraba en llanto.

—Te amo, Natalia. ¡Maldición! Te amo… —repetía sin parar y sin apartar la mirada de la de ella pudiendo notar cómo el rostro de Natalia fue poco a poco entendiendo las razones de aquellos te amo, de aquellas lágrimas.

Lo que parecían ser unas pisadas en desespero cada vez se escuchaban más cerca de ellos. Otra vez le aparecieron ante sus ojos las aterradoras imágenes del final que aguardaba por ellos. Damián liberó la fuerza que llevaba en las manos, al instante sintió el corazón estallar de dolor. Aunque ya no sentía el peso del cuerpo de su amada colmándole los brazos, sí lo sentía, el de la culpa y estaba triplicado en el corazón. Los pasos se escuchaban más cercanos a su cuerpo, unas botas negras logró ver justo antes que sintiera un fuerte golpe en la nuca y todo se tornara todavía más oscuro.

TU PEOR ERROR

66 Lunas

66 Lunas

1 de agosto de 2011
San Juan, Puerto Rico

El licenciado Damián Roa se encontraba sentado en el diminuto despacho que había establecido en una zona cercana a la casa de su madre. Llevaba el pelo recogido en una cola y la barba más abultada que nunca. Había tenido un día productivo, algunos casos de infracciones de leyes de tránsito. Al menos era algo que mantendría algún flujo de efectivo en la cuenta del negocio.

Escuchó el celular sonar. No era el que llevaba consigo. Se puso de pie y avanzó hasta donde había dejado descansando el portafolio. Tomó el teléfono y respondió:

—Diga.

—Jefe, tenemos una bandera roja.

—¿Dónde? —preguntó sin mucho entusiasmo. Ya era costumbre ese tipo de llamadas. Cada vez que identificaban una bandera roja le avisaban, y cuando él así lo ordenaba, activaban el protocolo.

—Boston, Massachusetts.

—¿Quién es en esta ocasión? —Damián tenía una lista amplia de las personas que pudieran necesitar sus servicios.

—No quién, sino quiénes —corrigió la voz del otro lado del teléfono.

A Damián le pareció un golpe de suerte haber podido identificar dos posibles clientes.

—¿Nombres? —inquirió.

—Natalia Benavent y Sebastián Roa.

El abogado sintió que las rodillas le fallaron, tuvo que halar una silla y dejarse caer. De inmediato el rostro se le fue al suelo.

—¿Estás seguro, Chapo? —intentó que la voz no le temblara.

—No hay duda, Damián, son ellos, Natalia, tu hermano y tres niños. Sebastián y Natalia viajan bajo las identidades de Salvador y Naja Miller, los niños llevan por nombre Aarón, Nardo y Sabella Miller.

El hombre dejó de registrar el sentido de las palabras que continuaban sonando en el auricular. Aunque soñó mil malditas veces con ese día, que parecía imposible, pensaba que jamás llegaría. Los muertos no se paseaban entre los vivos. Era solo probable en sus pesadillas. Levantó el rostro, y con él, su cuerpo de la silla. Dirigió la mirada hacia el cristal que le daba visibilidad a la pequeña estancia que servía como recibidor. Había un escritorio, una computadora y algunos portarretratos con imágenes de él y una mujer. Contempló a la hermosa morena sentada, a la que llevaba un brillo en la mirada más intenso en los últimos días. No pudo devolverle la sonrisa.

TU PEOR ERROR

66 Lunas

2016

Agradecimientos

Infinitas gracias a todos los que leen mis historias. No hay motivación más placentera que esa.

Miguel & Shennen, por su apoyo incondicional y soportarme en mis momentos de *crankiness*. ¡Los amo!

Mami,

Natalia besó la piel de la frente, donde los años comenzaban a dejar algunas arrugas en su madre. Le devolvió la misma sonrisa complaciente.

—Mamá —llamó antes de que Iraida abandonara el cuarto.

—Dime, cariño.

—Gracias.

No hubo necesidad de abundar en las razones que impulsaron esas gracias a través de las cuerdas vocales de la joven. La madre las tenía todas muy presentes en el corazón.

¡GRACIAS!

Otras obras de S. Sheeran

Otras obras de S. Sheeran

¡Fuiste tú! (Segunda parte)
¿Te acostarías conmigo?

Otras obras de S. Sheeran

Acerca de la Autora

Sheila Irizarry abrió los ojos a la luz un 8 de agosto del 1975 en Bayamón, Puerto Rico. La segunda hija del trio que compone la cría de un exbanquero adjunteño, una maestra comerieña.

Cursó sus estudios primarios y secundarios en las escuelas del sector Van Scoy en Bayamón, Puerto Rico parte del sistema público de enseñanza del país. De chica siempre estuvo atraída por las artes. No fue hasta la secundaría que la lectura y escritura tomó un papel protagónico como pasatiempo.

Graduada con un bachiller en comunicaciones y concentración en publicidad de la Universidad del Sagrado Corazón además, una maestría en Gerencia Global de la Universidad de Phoenix. El destino la encaminó en la industria del mercadeo desde muy temprano en su carrera. Es ahí donde ha ejercido en diversas compañías multinacionales en diferentes ramas de la profesión en las cuales se ha desarrollado y crecido profesionalmente.

Siendo amante de la lectura y escritura se encontró de repente, justo a dos años de cumplir sus cuarenta primaveras, listando las cosas que quería hacer antes de conmemorar tan importante evento. Una de esas tareas pendientes era publicar alguno de sus escritos. ¡Misión cumplida! Es así que nace la novela de romance provocativo ¿Te acostarías conmigo? publicada bajo el seudónimo de S. Sheeran. El segundo libro de esta bilogía ¡Fuiste tú! fue publicado el 8 de agosto de 2014, alcanzando en las primeras horas de publicación los primeros lugares de mayor venta en su categoría en el portal Amazon. El ángel de Sol es un relato que nació de una historia que soñó y no pudo resistirse a la tentación de darle vida. En la actualidad trabaja en su tercer proyecto, la bilogía Tu Peor Error, cuya primera entrega será acabas de leer.

Si quieres saber más sobre S. Sheeran, y estar informado de las novedades, puedes seguirla en:

www.facebook.com/ssheeranwriter
www.ssheeran.com/

www.ingramcontent.com/pod-product-compliance
Lightning Source LLC
Chambersburg PA
CBHW052340020726
47503CB00001B/38